Jürgen Glocker

Schopfloch

Ein Kleinstadtroman

Morio Verlag

Die Stadt Schopfloch im Hochschwarzwald, die Gemeinden Düllenbach, Neumatt, Obernü, Stutzdorf und alle in diesem Roman begegnenden Figuren sind frei erfunden. Ähnlichkeiten mit real existierenden Kommunen sowie lebenden oder verstorbenen Personen wären reiner Zufall.

1

„Nun mach schon, beeil dich, Tempo!“, hätte Konstantin gesagt, „komm endlich in die Puschen! Und gib gefälligst Gas! Es muss doch weitergehn.“

Wann immer ich an Klingele Konstantin denke, den verstolperten Frauenfreund, Literaturliebhaber und Reisefachmann, der meines Wissens niemals in Urlaub gefahren ist, wann immer dieser Blutwurst-Intellektuelle in meinem Kopf herumgeistert und ich beginne, die Gedanken auf ihn zu richten, mir sein Leben und seinen Leib in aller Muße und von allen Seiten zu betrachten, aus möglichst vielen Blickwinkeln, von oben, von unten, von links und von rechts, von vorne und von hinten, insbesondere aus der zuletzt genannten Perspektive – denn es wird schnell deutlich werden, weshalb Konstantins Hinterteil so wichtig war –, fällt mir als Erstes seine Eile ein, sein gedankenloses Gehetztsein. Er hatte es, seit ich ihn kannte, stets eilig, er „pressierte“, oder: Es „pressierte ihm“, wie seine Großmutter mütterlicherseits gesagt hätte. Er ruhte nicht in sich, war nicht gelassen, niemals bedachtsam, niemals besonnen, nie langsam in einem positiven Sinn. Er überlegte nicht, er dachte nicht nach mit Hilfe seines Hirnleins, auf das er so stolz war, vor allem nicht über sich und die Situation, in der er steckte.

Nicht dass er gerannt wäre. Nein, das nicht. Laufen, rennen sehe ich ihn nie, wenn ich an ihn denke und mich an ihn zu erinnern versuche, laufen im Sinne von ‚sich mit schnellen Schritten leicht springend oder hüpfend fortbewegen‘, nein, so habe ich ihn niemals wahrgenommen. Konstantin war kein sportlicher Typ. Überhaupt nicht. Er war auch nicht agil, also nicht gewandt und nicht beweglich, nein. Jedoch schien er alles allzu geschwind, unbedacht, ja hastig und hektisch in Angriff zu nehmen, mit fiebriger Hand und heißem Kopf gewissermaßen, heißem Bemühen meinetwegen, den dritten Schritt grundsätzlich vor dem zweiten setzend, stets in Gefahr, das Gleichgewicht zu verlieren oder zu stolpern. Er zappelte und hoppelte ungelenk auf seiner Lebensbahn.

Schlecht sah er nicht aus, das will ich nicht behaupten, durchschnittlich, würde ich sagen oder vielleicht sogar gut, mit seinem weitgehend symmetrischen Gesicht, den graublauen Augen, seinen prallen Lippen, den rotblonden Haaren und der reinen Haut, die stets weiß war, nie gebräunt. Leichenblass war K. immer und allezeit, daran kann es keinen Zweifel geben; und er lief niemals rot an, selbst wenn er in Erregung geriet. Dazu mochte seine verhältnismäßig hohe Stimme recht gut passen. Dennoch war er ein Heißsporn, ein Hitzkopf, der sich schnell verrannte und dann zu zappeln begann. Ja, Konstantin strampelte, er wirkte fahrig und hastig und hampelte auch beim Gehen herum. Alle paar Meter stellte er sich, sinnbildlich gesprochen, selbst ein Bein. Möglicherweise war das, aufs Ganze gesehen, sein größter Fehler.

Solche Missgriffe sollen mir nicht unterlaufen. Rasen, rennen und stolpern will ich auf keinen Fall, ich will nichts übereilen oder überstürzen. Ich bevorzuge, ich genieße die Langsamkeit, den gemächlichen Gang, obwohl man neuerdings nahezu täglich in der Zeitung lesen kann, dass Menschen, die sich bedächtig und gemessen bewegen, einen niederen IQ haben sollen und früher altern als die Schnellen, die Geschwinden. Nun gut, von mir aus. Ich bleibe langsam und gelassen und lasse mir Zeit – mit allen Folgen, die das haben kann.

Dennoch weiß ich: Vorworte sind wie Vororte. Seien wir ehrlich, nahezu jeder von uns ist doch bestrebt, aus dem Gewirr der grauen Vorstadtstraßen mit ihren deprimierenden Ladengeschäften und Eckkneipen endlich herauszufinden, ihre vermeintlich gesichtslose Ödnis, die toten Areale, die schmutzigen Plätze und die schäbigen Plattenbauten möglichst schnell hinter sich zu lassen und ins Zentrum vorzustoßen. Denn dort spielt, so glauben, so hoffen wir, die Musik, dort findet angeblich das wahre Leben statt; dort erst treffen wir auf die sogenannten Vergnügungsviertel, auf Glitzer und Glamour, auf die breiten Boulevards, auf denen Paare eng umschlungen gehen; dort stoßen wir auf die prunkenden Bank- und Handelshäuser, die großen Hotels, Cafés, Bars und Restaurants, in denen verwöhnte Esser und Trinker, von eilfertigen Kellnern bedient, sich nach Kräften mühen, endlich den Sinn des Lebens zu erhaschen; dort erst können wir, zumindest will man uns das weismachen, Frauen und Männer in all ihrem Glanz beschauen, die danach trachten, sich so schnell wie möglich zu ergreifen und Haut auf Haut zu spüren, auch wenn viele am Ende mitsamt ihren Kleidern, Uhren und Ticks doch nur ermattet und erschöpft an winzigen Tischchen sitzen, sich langweilen und gegenseitig beschweigen. Und erst dort, in den Zentren, so glauben wir immer noch inständig, treffen wir auf den Sound, auf den Puls, auf den sogenannten Geist unserer Zeit, zu dessen Rhythmen wir tanzen. Trotzdem will ich einen Augenblick am Rand verharren und meine Karten kurz auf den Tisch legen.

Es ist Winter, es ist früher Abend, ich sitze in meiner Schreibstube am gewohnten Arbeitsplatz, weit weg von allen Metropolen, von jedem Zentrum; bei mir um die Ecke gibt es lediglich das *Reifen-Center Strittmatter*. Es ist dunkel, nichts tut sich. Nur der Bildschirm des Computers spendet ein mattes Licht, und die Stille beruhigt meine Nerven. Hier habe ich alles zur Hand, was ich brauche: die Originalschreiben, die Drachenberichte, meine Aufzeichnungen und Notizen, meine Handbibliothek und so weiter und so fort. Neben dem Schreibtisch hängt eine gerahmte Arbeit des Schwarzwald-Photographen Fred B. Lichter: *Am Rand von Sch.* Ich beginne, Texte zusammenzustellen, zu schreiben, zu erzählen.

Diese Geschichte spielt lange vor dem Beginn der Großen Seuche, in tiefer Vergangenheit und in einer angeblich glücklichen Zeit, in der unsere löbliche Stadt nur selten auf die Probe gestellt wurde. Jahr für Jahr begingen die Menschen in leichtsinniger Bedenkenlosigkeit ihre Feste, Jahr für Jahr feierten sie nicht zuletzt die traditionelle Fasnacht und mit ihr auch das von der Sankt Wilhelmer Spirituosen-Manufaktur und der Brauerei Wiesler organisierte Popmusik-Festival, das im Frühjahr 2020 innerhalb kürzester Zeit für unzählige Kranke und für die meisten Seuchen-Toten im ganzen Schwarzwald sorgte – die zahlreichen Verstorbenen in den Seniorenheimen noch nicht einmal mitgerechnet. Die Medien, von der *BILD*-Zeitung bis zur *FAZ*, mancher wird sich noch daran erinnern, schrieben mehrfach über „das badische Epizentrum“. Und für einige Wochen, im Frühling und im darauf folgenden Winter, in dem es noch schlimmer kam und noch mehr Menschen starben, eroberten sich Katzen und Ratten die Gassen der Innenstadt zurück und lieferten sich wilde Jagden. Doch dieses Geschehen lag zu jener Zeit, in der meine Erzählung einsetzt, noch weitab in ferner Zukunft. Es war möglicherweise grausiger als das, wovon ich berichten will, obwohl alle Opfer eines sogenannten natürlichen Todes starben und ganz sicher niemand wissentlich oder gar absichtlich getötet wurde.

Die mutmaßlichen Ausrutscher und Vergehen des alten Klingele und sein läppischer Raubüberfall sind für meine Aufzeichnungen allenfalls von untergeordneter Bedeutung. Mir geht es um Konstantin, seinen Sohn, meinen Freund und „Helden", den ich bisweilen für mich, ausschließlich für mich, als Konstantin den Großen verspottet habe und von dem ich kaum glauben mag, dass er vor nicht allzu langer Zeit noch mit mir korrespondiert hat. So abstoßend und widerwärtig erscheinen mir inzwischen sein Tun und sein Treiben, seine absonderlichen, häufig vor Selbstmitleid triefenden Schriftsätze und seine abscheuliche Bluttat. Heute weiß ich: Konstantin war schlicht gestrickt. Dr Ingrid B hätte gesagt: zwei links, zwei rechts. Er war ganz anders, als er mir früher erschien. Aber ich bekenne: Er fehlt mir. Er hinterlässt ein Loch, einen deutlich sichtbaren Fehler im Gewebe meines Lebens. Trotz allem.

Obwohl ich immer weniger zu wissen glaube, wie gut man sich selbst, die anderen und sogar einen Freund wie Konstantin kennen kann, dem man über viele Jahre mehr oder weniger blindlings vertraut hat: K. K.s Lebensgeschichte will ich mich widmen. Um Konstantin geht es mir in erster Linie, um den Weg zu seiner vielversprechenden Laufbahn, um seine kurze Karriere als Hochstapler und seinen üblen Absturz. Dabei bin ich mir bewusst, dass ich nie bis zum Kern, zum Zentrum seiner Person vordringen werde – trotz all meiner aufwendigen Nachforschungen. Was macht den Wesenskern eines Menschen aus? Blausäure, wie bei Aprikosen? Von Konstantin will ich erzählen, jedoch nicht weil er eine so besondere Person gewesen wäre, das war er nicht, sondern um seiner abenteuerlichen Geschichte willen, oder, etwas hochtrabend ausgedrückt: um unserer kleinen Welt willen.

Konstantin: Das ist auch ein blinder Fleck. Eine Leerstelle, die ich wie aus großer Entfernung wahrnehme. Ein matter Spiegel, in dem ich mich in gewisser Weise selbst suche. Ich behaupte: Es ist noch nicht einmal möglich, sich ins eigene Gehirn oder gar in den schlammigen Seelenmorast zu schauen und sich ohne böse Selbsttäuschungen auf die Schliche zu kommen. Wie dann erst einem anderen? Ich will also schon zu Beginn meine Zweifel zum Ausdruck bringen, ob man das Wesen und das Handeln eines Menschen auch nur annähernd beschreiben und begreifen kann. Und ich bin davon überzeugt, dass noch nicht einmal K. in der Lage war, sich selbst zu entschlüsseln. Wie und auf welche Weise sollte es da mir gelingen?

Die anderen stehen vor uns wie dunkle, zweidimensionale Schatten, von denen wir nichts wissen und oftmals noch nicht einmal ahnen, ob sie uns hassen oder lieben. Wenn ich ehrlich sein soll, muss ich eingestehen, dass ich diese Erkenntnis von Konstantin geerbt habe, und der wiederum hatte sie von Proust. Da möchte ich wetten.

K. K. erscheint mir als Chiffre dafür, dass wir uns nicht auskennen können in der Welt.

Auf mich kommt es nicht an. Ich will es ausdrücklich betonen: Meine Wenigkeit ist nicht wichtig. Überhaupt nicht. Es spielt keine Rolle, wer ich bin und was ich mache. In diesem Buch bin ich allenfalls eine Randfigur, ein Statist im Hochschwarzwälder Welttheater. Ich bin nur insofern von Belang und Bedeutung, als ich aufschreibe, woran ich mich erinnere, was Konstantin mir erzählt hat und was ich hie und da zufällig aufgeschnappt habe. Dass ich weitergebe, was er mir geschrieben hat – als Brief, als Karte, E-Mail, als seine sogenannten Idyllen oder als das, was er, in Anfällen eitelster Selbstüberschätzung, als seine Memoranden oder als seine Tiraden, Notate und Gesprächsschnipsel zu bezeichnen pflegte, dieser, im Wortsinn, merkwürdige Mensch. Und dass ich, wie ich gerne zugebe, meine eigenen Beobachtungen und Nachforschungen in der Sache K. K. nicht unterschlage. Zwar habe ich ihn schon seit unserer Kindheit gekannt, aber vor seine Geburt reichen meine Erinnerungen an ihn dann doch nicht zurück. Und ich habe ihn auch nicht Tag und Nacht begleitet. Also war ich von Anfang an auf andere angewiesen, auf Zeugen, Zuträger, Gesprächspartner, also auf meine Drachen (Dr)[1], auf ihre mündlichen Mitteilungen und die Drachenpost. Sie sind in meinem Auftrag ausgeschwärmt und waren mir bei meiner Verwandlung des Schopflocher Lebens in Schrift Tag für Tag behilflich. Ich will hoffen, dass das so bleibt.

Die Nachrichten, die ich aus erster, zweiter und dritter Hand erhalten habe, beziehe ich, sofern sie dem Verständnis dienen, Schritt für Schritt, wie es sinnvoll erscheint, und ohne Rücksicht auf die Chronologie ihrer Entstehung, in meinen Bericht ebenso ein wie meine sich allmählich entwickelnden Beurteilungen. Ich möchte damit eine möglichst dichte Beschreibung erzielen, die es erlaubt, dem Menschen Konstantin ein Stückweit näher zu kommen. Oder dafür eine erste Grundlage bereitzustellen. Denn Konstantins Verbrechen und seine Voraussetzungen werden, sie müssen die Stadt und den Hochschwarzwald noch lange Zeit beschäftigen.

Mein alter Jugendfreund Konstantin Klingele steht also im Mittelpunkt dieses Buches, aber längst hat sich mein Interesse ausgeweitet auf unseren Hochschwarzwälder Lebensraum und auf die Kleinstadt Schopfloch, in der sich die Welt spiegelt wie in einer Pfütze voller Spülicht. In einem verwackelten Bild, das deutlich vor aller Augen steht, aber trotzdem nur mit Mühe zu

---

1 Wie und warum ich auf diesen Begriff verfallen bin, vermag ich nicht mehr zu sagen. Vielleicht hängt er mit meiner Vorliebe für die phantastische Literatur zusammen, möglicherweise aber auch damit, dass ich bei einem großen Autor gelernt habe, mit allem zu rechnen, selbst mit der Existenz von Drachen. Außerdem, das gebe ich zu, bin ich ein wenig antiquiert. In meinem Brotberuf hat mir das bisher nur Vorteile gebracht.

entziffern ist. Ich werde versuchen, genau hinzuschauen, auch wenn das Licht trübe sein mag. Allmählich beginne ich zu akzeptieren, dass unsere Augen grundsätzlich gebrechlich sind. Dass wir wenig von dem wahrnehmen und verstehen, was sich, verborgen hinter einem dünnen Schleier, um uns herum ereignet.

Meine *Romangeschichten*, das ganz nebenbei, habe ich nur deshalb in den Text integriert, weil ich das Gefühl hatte, sie passten hierher. Und weil ich nicht wusste, was ich sonst mit ihnen anstellen sollte.

Eines will ich vorausschicken: Ich bin kein Zeitungsmann, kein gelernter Berichterstatter, schon gar kein Schriftsteller. Nichts dergleichen. Ich bin ganz einfach jemand, der schreibt, der seit seiner Jugend geschrieben und an seinem Stil gefeilt hat – aber stets nur für die Schublade, immer nur zur persönlichen Kurzweil. Ich bin einer, der aufschreibt, was er weiß oder in Erfahrung gebracht hat. Eine Art nebenberuflicher Nachrichtenfischer und Mittelsmann, eine Kamera, das zusätzliche Polyphem-Organ der Leserin und des Lesers. Allerdings kann ich nicht ausschließen, dass ich bisweilen auf einem Auge blind bin. Die Zeiten der Zensoren sind zwar lange vorbei, doch die informelle, vorweggenommene Zensur einer Kleinstadt, die Schopfloch-Schere ist so wirkungsmächtig wie eh und je. Bei jedem zweiten Satz, den ich niederschreibe, frage ich mich, ob meine Drachen und ich künftig noch durch die Stadt gehen können, ohne verunglimpft oder verprügelt zu werden. Denn ich muss zumindest damit rechnen, dass mein Buch auch in Schopfloch gelesen wird.

Mir kommt es nicht darauf an, das gestehe ich frank und frei, dass alles bis ins Kleinste exakt und überprüfbar ist. Ich kann und will nicht beurteilen, ob das, was Konstantin der Großsprecher, als der er sich im Laufe seines Lebens zunehmend gebärdete, in die Welt hinausposaunt hat, der Wahrheit und der Wirklichkeit entsprach oder seiner Phantasie entsprungen ist, und wie es sich mit dem verhält, was mir meine lieben Drachen feurig ins Ohr geblasen haben und hoffentlich weiter als Beute zuteilwerden lassen.

Ganz abgesehen davon, dass ich nicht ausschließen kann, selbst parteiisch zu sein oder einseitig. Wer kann das schon? Und *pro domo* gesprochen: Hand aufs Herz, bin ich nicht immer noch, trotz seines schrecklichen Endes, neidisch auf Konstantin, auf seine privilegierte Ausgangsposition, auf seine Laufbahn? K. ging mit großem Vorsprung an den Start.

Außerdem habe ich inzwischen so viel über ihn in Erfahrung gebracht, dass ich nicht mehr überblicke, was ich von wem eingeflüstert bekommen und was ich selbst mit ihm erlebt habe. Mehr und mehr gewinne ich den Eindruck, dass die „Konstantinischen Geschichten“ in meinem Kopf eine Art Eigendynamik gewinnen und sich von allein entfalten und fortspinnen und immer fabelhaftere Züge annehmen. Erinnerung ist schön und gut, doch sie bleibt stets eine gefährliche, infektiöse Partnerin. Vieles von dem, was ich schreibe und beschreibe, das bekenne ich offen, mag im Sinne des Faktischen falsch sein. Indessen: Es ist wahrhaftig und stimmt. Ich habe mich redlich bemüht. Dieser Roman ist übrigens das erste Manuskript, das ich veröffentliche.

Sprache, die mehr oder minder sinnvolle Aneinanderreihung von Sätzen, erzeugt ihre eigene Wahrheit: Silbe für Silbe, Wort für Wort, Satz für Satz. Unsere Sprache formt und überformt, ob das gewünscht ist oder nicht, die sogenannte Wirklichkeit und bringt eine neue hervor, vielleicht die einzig denkbare und damit gültige, eine Realität, über die wir uns, mit etwas gutem Willen, verständigen können. Dennoch: Da ich mir, meinen Aufzeichnungen und meinen Einschätzungen selbst nicht ganz über den Weg traue, ist jede Leserin und jeder Leser aufgerufen, sich ein eigenes Urteil zu bilden, ein Bild zu machen. Denn jeder und jede schminkt sich die Welt sprachlich so zurecht, wie es ihm oder ihr passt. Und die Sprache handelt ohnehin auf eine sehr ungenaue und abstrakte Art und Weise von den Dingen, von der Wirklichkeit. Denn: Was sehen wir vor uns, wenn wir beispielsweise das Wort ‚Tisch' hören oder lesen?

Mir kommt es ausschließlich darauf an, dass die Geschichte am Ende stimmig ist und zeigt, wie die Uhren gehen, hier, bei uns. Wie sie ticken. Wie *wir* ticken. Nur das ist von Belang. Und eines kann ich versichern: Die Geschichte stimmt. Selbst wenn sie zahlreiche Lügen und Widersprüche und Fehler enthält. Auf den wissenschaftlichen Prüfstand sollte man einen Roman wie den vorliegenden grundsätzlich nicht stellen; ist er doch, trotz all seiner schaurigen Züge, zugleich ein großer *Wahrheitsspaß*. Und seien wir einen klitzekleinen Moment lang aufrichtig: Wir wollen doch vor allem Geschichten hören oder lesen, die das Eis in uns zum Schmelzen, zum Knistern, Klickern und zum Scheppern bringen. Nur das ist wichtig. Ausschließlich das. Für mich jedenfalls. Anders gefragt: Gibt es etwas Langweiligeres als einen realistischen Roman? Dieses Buch will im Übrigen mehr, als einen Nestflüchter mit Schließmuskel-Trauma und irgendeine Kleinstadt im tiefsten Hochschwarzwald abkonterfeien.

Eines möchte ich noch betonen: Obwohl ich Konstantin zeitweise als Freund kannte und Schopfloch wie meine altersmüde Tourenhose kenne: Ich schreibe letztlich über Themen, von denen ich nichts verstehe. Alles andere wäre langweilig und würde mich anöden. Und deshalb sind mir die Banlieues und Stadtränder viel näher als die zum Gähnen langweiligen Zentren, die ihre faszinierende Austauschbarkeit hinter spiegelnden, glitzernden Glas- und Stahlfassaden zu verbergen suchen. Auf den wahren Glamour, auf Zauber und Verzauberung, auf John Burnsides schottische *glamourie* stoßen wir eher in Schopfloch, Obernü oder Stutzdorf und nicht in den durchfinanzierten TV-Plots der Großstädte. *Glamourie*, sagt Burnside, bleibe fern vom alltäglichen, rationalen Leben, sei am dunklen Ende des Jahrmarktes anzutreffen, jenem Ort, *an dem alles passieren kann – und damit ist tatsächlich alles gemeint, von einer Variante des Magnum Mysterium bis hin zur verkommensten oder erniedrigendsten Schmach des Geistes.*

*

Ich beginne mit etwas, das fein säuberlich nachprüfbar ist: dass Schopfloch im Hochschwarzwald mit der Postleitzahl 79710 aussieht wie ein zu groß gewordenes Haufendorf, dessen malerische Altstadt die Kirche, das Rathaus und den Stadtturm in die Mitte nimmt. Damit ist naturgemäß noch nichts gesagt. Und auch nicht damit, dass die neuen Schlafquartiere die Berge der Umgebung dicht an dicht, Bienenwaben gleich, erklimmen, während Industrie, Handwerk, Fisch WP, die Brauerei Wiesler, das Möbelhaus Kiesch, *Aldilidlrewe* und wie sie alle heißen mögen, unten, im Tal, ziemlich unordentlich den Schopfbach säumen. Genau betrachtet können Lügen und Erfindungen wahrer und interessanter sein als die langweilige Wahrheit. Oder etwa nicht? Unstrittig ist demgegenüber, dass ein paar mehr oder minder alteingesessene Familien ein engmaschiges Netz über die Gegend ausgebreitet haben und einen Fang nach dem anderen einheimsen: die Kiesch, Künzel, Schlägel, Widmer-Pohl, Wiesler. Früher, es ist noch nicht allzu lange her, zählten auch die Klingeles ein paar Jahrzehnte lang zu diesem erlauchten Kreis.

Die wichtigste Instanz der Stadt war und ist jedoch der Hauptbestandteil aller Schopflocher Unterhaltungen: der Klatsch, das Geschwätz, das Gezischel und Gemurmel, das von der dünnen Schicht der sogenannten Gebildeten zur Fama stilisiert wird. Sie ist ein Dämon, eine Furie, ein, wie ich einräumen muss, schneller, wendiger Drache mit großen Augen, riesigen Ohren, tönenden Zungen, der alles sieht und alles hört, der sagt, was geschah, erfindet, was nie geschehen, und sitzt im Mittelpunkt von allem. Auf einem Berg, dem Spitzle, haust er und zieht seine Strippen, wie er will, nach Lust und Laune.

Übrigens darf unser Hochschwarzwälder Schopfloch auf keinen Fall mit den anderen Schopflöchern dieser Welt, also jenen Gemeinden gleichen Namens im Nordschwarzwald, im Landkreis Esslingen, in Mittelfranken und wo es sonst noch welche geben mag, verwechselt werden. Denn dort sind die Verhältnisse möglicherweise ganz anders. Oder auch nicht. Wer vermag das schon zu sagen?

*

Notat Eins[2]

Aus jener märchenhaften Zeit, die ich, fast in der Diktion Tassilos und selbstverliebt, wie ich trotz meiner fortgeschrittenen körperlichen, geistigen und psychischen Zerrüttung noch immer bin, als meine prähistorische Phase bezeichne, spiegelt mir das, was wir Erinnerung nennen, nicht viel vor. Sehr wenig sogar. Sonnenglanz, Sonnenflecken, auf einem honiggelben Parkettboden. Leuchtende Flächen, über die bewegte Schatten huschen, vor dem Fenster zittern Äste und Blätter, wiegen sich Baumkronen voller Laubwerk im Wind. Der Geruch von Bohnerwachs. Totenstill ist es in der Stube. Nur eine Uhr tickt. Die Wärme meiner Mutter auf einem grünsamtenen Sofa, in der Abendröte der Frühlingssonne, Vögel zwitschern und trillern, und große Pflanzen stehen in Messingtöpfen greifbar nah, Gummibäume wahrscheinlich. Die dunkelblonden, leicht gelockten Haare der Mutter, mit denen ich manchmal spielen darf. Eine schneeweiße Schürze und eine dünne Bluse, an die ich sanft gedrückt werde, ein süßherber Duft: Das war der Geruch einer Göttin, Sonjas Parfum. Mein Kinderwagen im Hotelgarten, auf der Terrasse, im kühlen Vorfrühling. Unser Haus, das Hotel, groß und alt und frisch gestrichen, inmitten lispelnder Birken, und ein Springbrunnen kichert im Wind, der die Wolken zaust. Das Spiegelbild auf der dunklen Wasseroberfläche, es fesselt mich, es gefällt mir, *mein* Spiegelbild, das leider immer wieder von der Fontaine zerstört wird. Großmama und

2 Handschriftlich, K.s späte, zittrige Hand, undatiert, vermutlich aus seinem letzten oder vorletzten Lebensjahr. Ich frage mich, ob er zum Zeitpunkt der Niederschrift ahnte, auf was er sich zubewegte. – Im Folgenden werden Anmerkungen nur dann vorgenommen, wenn sie in irgendeiner Hinsicht wichtig sind.

Mutter an meinem vergitterten, weiß lackierten Kinderbett, Dämmerschwaden fluten ins Zimmer, Essensdunst, das Abendlied *Guten Abend, gut' Nacht*. Ein Spaziergang an der Hand der Mutter, ich bin schon ein wenig älter, durch einen kalten blauen Nachmittag; ich bin krank gewesen und noch immer schwach, schlapp, die Beinchen ohne Kraft. Jeder Schritt strengt mich an. Der Geruch von heißer Milch und die Haut auf dem Getränk, vor der ich mich ekle, im Mund, auf der Zunge eine widerliche pelzige Haut, wie eine Strafe. Die stechende Sonne in einem Gefährt, noch vor der Zeit des Mehls, die Landschaft links und rechts und wie sie leise vorbeiwischt, vorüberzischt: Eine Reise mit meiner Omama zur Erholung in die Schweiz war das, wie ich schon lange weiß, und eine kurze Zeitlang in dem gläsernen Aussichtswagen des *Rheingold*-Expresszugs, der an der grünen Welt draußen, an den Hängen des Schwarzwalds und an vielen kleinen Häusern und winzigen Figürchen so unglaublich schnell vorbeiflog. Wieder unser Haus, das mir von irgendeinem Moment an zum Schiff wurde, das ich als Kapitän durch die raue See steuerte, vor allem im Herbst, wenn Stürme über uns hinwegzogen. Mein von juckenden Pusteln übersäter Körper und das Fieber, mitten im Sommer, die Angst der Mutter, ich könne meinen ohnehin schwächlichen Bruder anstecken. Der Zauberkasten als Krankheitsgeschenk, damit ich in meinem Zimmer blieb. In Quarantäne. Doch es gelingt mir nicht, irgendetwas wegzuzaubern.

*

Von klein auf werden wir sprachlich bearbeitet und geformt. Und wir, hier im Schwarzwald, scheinen am Alten, am Adel zu hängen. Jedenfalls nannten sie ihn „Grafi“ oder „Prinzchen“, den kleinen Konstantin. Sonja hat diese Kosenamen für den jungen Hotel-Fürsten aufgebracht und häufig benutzt; nach und nach hat sie aber auch K. K.s Mutter übernommen.

Konstantin Klingele war ein zartes Kind, das obendrein gewaltig verzärtelt und verwöhnt wurde. Gemessen daran, hat er sich nicht schlecht entwickelt. Was nicht heißen soll, dass Grafi durch Sonjas betörenden Duft und ihre zärtliche Zuwendung nicht empfindlich gemacht worden wäre für kleinste Kränkungen, vorbereitet auch für sein großes Geruchstrauma. Schlechte Gerüche konnte der erwachsene K. K. auf den Tod nicht ausstehen. Partout nicht.

*

Schnipsel Eins[3]

Gummi? Auf keinen Fall! Nein, ich finde nicht, dass meine, also ich meine, dass dem Blasius seine Frankfurter Würstchen nicht nach Gummi geschmeckt haben. Und seine zu Unrecht verschrienen Gummiadler auch nicht. Worin besteht denn der Unterschied zwischen Wienerle und Frankfurter Würstchen?

Blödmann! Ich hab' dich gefragt, ob du ein Gummi hast.

Wozu brauchst du denn ausgerechnet jetzt ein Gummi? Wir sind doch nicht im Büro.

Idiot! Hast du wenigstens einen Pariser zur Hand, wenn das jetzt schon sein …?

Wieso um Himmels willen sollte ich einen Pariser in der Hand haben? Du müsstest doch spüren, dass ich etwas ganz

---

3 K.s späte Handschrift auf einem DIN-A5-Blatt mit Rotweinspuren

Anderes in der Hand halte. Etwas, das mich eher an einen frischen Berliner erinnert. Zum Reinbeißen!

Schwätzer! Ich kann mir jetzt weder eine Schwangerschaft noch ein Kind leisten. Der Betrieb geht vor. Das weißt du so gut wie ich.

Blödsinn! Wir brauchen einen kleinen Schopflocher, einen Nachfolger, einen Erben! Du, meine Liebe, wirst bei Gott auch nicht jünger. Der Fasnetsmändig am 29. Februar: Das ist doch ein tolles Vorzeichen. Auf geht's!

Nur über die Leiche meiner Seele.

*

Ich wünschte, K. K.s Eltern hätten an jenem ominösen Rosenmontag, Fasnetsmändig, wie dieser widerwärtige Tag bei uns auf dem Wald heißt, auf den Konstantin immer wieder in völliger Verblendung als das Urwunder seines Lebens zurückkam, um einiges verantwortlicher gehandelt und ausreichend viele Vitamine zu sich genommen, viel gesundes Gemüse und Obst vor allem, gut duftende Orangen oder Mandarinen aus Nordafrika, auch ein wenig naturbelassenen Joghurt vom Fallerhof oder Quark mit Leinöl und einer Prise Ingwer, meinetwegen Forelle oder Saibling von Fisch WP, nur keine fade Mehlsuppe, keine vor lauter Fett glitschigen Würste und Schweineschnitzel, keinen Fleischkäse und keine Gummiadler von Metzgermeister Blasius Vogt mit der dunkelrot und braun bespritzten Schürze, keine Blutwürste und keine sauren Kutteln, die K. K.s Vater zu jeder Tages- und Nachtzeit in großen Mengen verschlang. Nichts von alledem!

Um Konstantins willen wünschte ich, er wäre nicht das besudelte Produkt einer Fasnachtsnacht, man hätte ihn nicht von Anfang an durch glibberiges Fett und schlechten, im Hals brennenden Schnaps vorbereitet auf ein Leben in Unrast und Süchten. Und seine Eltern hätten sich nicht so kläglich benommen, hätten sich deutlich mehr Mühe bei seiner Hervorbringung gegeben, wären mit emotionaler Intelligenz, mit Lust und Leidenschaft ans Werk gegangen und hätten sich nicht einen Abend und eine Nacht lang der cholesteringeschwängerten Völlerei, einem Meer aus Wiesler-Bier, Wein, Kirschwasser und ungezählten Tassen rabenschwarzen Mokkas sowie ich-weiß-nicht-wie-vielen Schachteln *Rothändle* anheimgegeben, bevor sie mit mehrfach vergifteten Körpersäften, nach einer wilden Tanzerei, die ich mir wie einen überdrehten Reigen verrutschter Ensor'scher Masken vorstelle, in einer nach diversen scharfen Putzmitteln riechenden Besenkammer à la Boris Becker im Stehen und stehend k. o., halb getrieben und halb *contre cœur*, miteinander schliefen. Durchs buntgeschmückte, holzgetäfelte Restaurant und durchs Nebenzimmer, ich weiß nicht, welche Stunde die alte Standuhr im Entrée schlug und ob zumindest sie einigermaßen präzise funktionierte, durch die Gasträume dröhnten derweil noch die schrägen Gesänge der Zecher und die Schlager der für kleines Geld engagierten Drei-Mann-Kapelle ‚Mensch ärgere dich nicht', *Das hab' ich in Paris gelernt, Kriminal-Tango, Nur du, du, du allein,* lauter ziemlich neue Gassenhauer, die auch K.s Eltern in ihrer Kammer den Takt vorgaben, soweit dies zwischen Eimern, Leitern, Besen und allerlei Behältnissen mit Bürsten und Seifen überhaupt möglich war.

Draußen, vor den großen Fenstern des Hotels, war die Nacht nebelschwarz. Dass K. K. dort, auf der Straße, bei nur mildem Frost, schwachem Schneefall und knappem Halbmond, wie ich für den 29. Februar 1960 ermittelt habe, in einem Zelt vor dem *Hof* gezeugt wurde, in dem tagsüber und am frühen Abend während der Fasnachtszeit in guter Schopflocher Tradition minderwertiger Glühwein zu gehobenen Preisen feilgeboten wurde, ist nach meiner Einschätzung nicht mehr als ein übles, nicht auszurottendes Gerücht. Aber jede Legende, jede Sage hat bekanntlich einen wahren Kern. Oder etwa nicht? Diese Geschichte würde jedenfalls gut dazu passen, dass K. zeitlebens bei weit aufgerissenen Fenstern gelebt hat. Tag und Nacht. Auch im tiefsten Schwarzwaldwinter, wie es ihn früher ab und zu ja noch gab. Mit unverhohlenem Pathos pflegte Konstantin zu sagen: „Ich liebe den Duft frischer Luft." Wie es in Wahrheit war, damals, in jener ominösen bibelschwarzen Nacht, werden wir wohl nie ergründen.

Denn K. K.s Vater, der sonst immer gern in alle Windrichtungen so wortreich geprahlt und geschwatzt hat wie eine Elster am Stammtisch, ließ sich nie über diese vernebelte Februarnacht aus, soweit ich weiß und von meinen Drachinnen und Drachen unterrichtet wurde. Aber die Andeutungen von Helene Klingele über K.s Zeugung, die sie offenbar, mehr unabsichtlich und aus Versehen als aus Berechnung, nach der schmählichen Verhaftung ihres Mannes in einem Anfall von Entrüstung und plötzlicher Ehrlichkeit Konstantin gegenüber machte, lassen sich dahingehend deuten, dass der Austragungsort der besinnungslosen Rangelei vermutlich die Besenkammer war. Lediglich vereinzeltes Drachengezischel will vom Glühweinzelt wissen. Doch die reine Wahrheit über die Zeugung des Großen Konstantin wird wohl nie zu erlangen sein.

Als redlicher Bürger will ich übrigens nicht unterschlagen, dass die hochheilige Schopflocher Fasnacht früher einen legendären Ruf genoss. Unsere Stadt war bekannt, ja, berühmt für ihre angeblich urtümlichen alemannischen Bräuche. Bis in die achtziger Jahre hinein gab es sogar eine Art Fasnachtsfremdenverkehr, und zahlreiche Heimweh-Schopflocher, die irgendwann um des Broterwerbes willen das Weite gesucht hatten und in eine Großstadt ausgewandert waren, kehrten für kurze Zeit zu den ortsüblichen Bräuchen und Besäufnissen heim, um nach ein paar Tagen befriedigt und krank die Rückreise anzutreten.

*

Karte Eins[4]

Lieber Max,

ich weiß, Du bist ein kreuzbraver Lehrersmann. Schon deshalb will ich nicht den Oberlehrer spielen. Aber mir fällt es auf, dass Du oftmals und nachgerade trotzig von Fremdenverkehr sprichst und schreibst. Daher bin ich, als Fachmann, gehalten, Dich ein für alle Mal und grundsätzlich darauf aufmerksam zu machen, dass die Zeiten, in denen man von Fremdenverkehr gesprochen hat, seit ein paar Jahrzehnten definitiv vorbei sind. Ich sage: Aus die Maus! Die Fremden sollen sich im Schwarzwald nicht mehr fremd fühlen, auch wenn sie fremd sind und immer fremd bleiben werden, weil sie nun mal Fremde sind und nicht dazugehören. Deshalb spricht man seit langem, selbst bei uns, hinter den Bergen, bei den sieben Zwergen, wo nichts sich zu ändern scheint, von Tourismus. Das nennt man Psychologie, mein Lieber, die Transformation der Realität durch Sprache.

---

4 Faltkarte, Großformat, von K. datiert: „Im grauen November 2008“

Nun noch was ganz anderes: Meine geliebte Musik setzt sich gleichfalls mit der Wirklichkeit auseinander, auch wenn viele das nicht wahrhaben wollen, und wandelt sie in ein kunstvolles System, in Sprache um, überschreibt sie, übersetzt sie dergestalt in ein anderes Vokabular, dass sie erträglich und nicht selten sogar harmonisch wirkt. Nimm doch nur mal Franz Schubert, falls Du den kennen solltest: Eine venerische Krankheit, wahrscheinlich Syphilis, und dazu Bauchtyphus machten ihm den Garaus. Seine *Klaviersonate Nr. 21*, D 960, kurz vor dem Tod abgeschlossen, ist eine Art Lebensrückblick. Sie macht großes Glück erfahrbar, Glück, verhakt und verkettet mit größter Wehmut. Aus aller Not und Pein formt Schubert eine musikalische Selbstbiografie, die uns noch heute erreicht, mit jedem Ton, mit jeder Silbe. Denn sie spricht von … Ich weiß nicht, von was. Aber wer zu hören vermag, versteht jede Note, jedes Wort: über das Trommelfell gesendete Himmelsbriefe.

Wenn es mir schlecht geht, kann ich nicht mehr lesen. Nur noch hören. Nahezu ausschließlich Schubert und Brahms. Selten nur Wagner. *Tristan*.

Trotzdem herzliche Grüße
Konstantin der Wissende

*

Es ist bis heute noch nicht einmal ansatzweise erforscht, was akute toxische Zustände für einen Zeugungsvorgang und vor allem für dessen Ergebnis, für einen Körper, für ein Gehirn und dessen Synapsen, für die Seele eines Menschleins bedeuten. Wie sie wirken. Was sie mit einem künftigen Lebewesen machen – kurzfristig und langfristig. Die Biochemie und die

Biopsychologie der Befruchtung beim Menschen: Nein, in diese Themen investiert niemand! Damit kann man kein Geld verdienen, daran hat noch nicht einmal ein ganz und gar uneigennütziger Vertreter der Heilkunde Interesse.

Wir alle wissen, dass das Genom haarklein zerlegt und entschlüsselt wird, aber die Wirkungen von fettem Fleischkäse und Hektolitern von Kirschwasser, von Lunge, Leber und Sliwowitz auf unser Erbgut will niemand untersuchen, geschweige denn zur Kenntnis nehmen. Ganz abgesehen davon, dass man es keinem Wissenschaftler in den großen Forschungszentren der zivilisierten Metropolen als Fahrlässigkeit anrechnen darf, wenn er kein Interesse daran hat zu ermitteln, ob irgendwelche Schwarzwälder Eingeborenen so verrückt sind, freiwillig und ohne jeden Zwang Gamsaugen oder gesottenes Hirn mit Mayonnaise hinunterzuwürgen. Doch ich bin fest davon überzeugt, dass die Lebenslinie unseres Großen Konstantin zu vier Fünfteln von den Nebenwirkungen seiner langfristig und kurzfristig toxisch beeinflussten Zeugung bestimmt wurde, also von den aus heutiger Sicht haarsträubenden Ess- und Trinkgewohnheiten seiner Eltern.

Ist es nötig, die Überlegungen von Clauren, Klebsattel, Schmelzle und des auf zahlreichen Gebieten so rührig tätigen Eidöttel zu diesem komplexen Thema hier auszubreiten? Ich glaube, das erübrigt sich, denn in jener Nacht, das muss ich unumwunden anerkennen, das hätte auch K. K. ohne jeden Zweifel eingeräumt, war das sogenannte Mitfeiern der *Hof*-Wirte gewissermaßen erste Bürgerpflicht. Daran führte kein Weg vorbei. Das gehörte ganz einfach zum Beruf und seinen Grundregeln. Alles andere wäre in Schopfloch als bösartige Spielverderberei, als sauertöpfischer Dünkel verstanden worden, als hochnäsig und arrogant und hätte sich ganz gewiss geschäftsschädigend ausgewirkt. Wenn die damaligen Schopflocher Orts-Honoratioren vom Veterinär über den Chirurgen und den Apotheker bis zum wichtigsten Anwalt, dem Bankdirektor, dem Forellenzüchter und dem Kommandanten der Freiwilligen Feuerwehr, im *Hof*, in mehr oder weniger geschlossener Gesellschaft, die allerwerteste Sau rausließen, dann mussten Helene und insbesondere der aus dem Schwäbischen zugezogene Karl Klingele mit von der Partie sein. Punktum, finito. Mitgefangen, mitgehangen. Nur: Die Besenkammer oder das Glühweinzelt wäre nicht nötig gewesen.

Konstantin hat mir mehrfach gesagt, es habe ihm keine Ruhe gelassen, und es werde ihn bis zu seinem letzten Tag umtreiben: Er habe immer wieder nachgerechnet. Immer wieder aufs Neue. Es müsse nicht, so Konstantin, aber es könne durchaus dieser Rosenmontag gewesen sein, der 29. Februar 1960, selbstverständlich der 29., ein Schnapstag also, ein Ausnahmetag in Potenz. Vorher, seit seiner Erfindung gewissermaßen, sei der Schopflocher Fasnetsmändig nur in den Jahren 1808 und 1892 auf den 29. Februar gefallen. Lediglich zweimal. Das alles passe doch bestens zu ihm, Konstantin, dem Ausnahme-Schopflocher!

Ich kenne niemanden, der so unsportlich gewesen wäre wie K., keinen, der sich so wenig wie er für irgendwelche sportlichen Wettkämpfe interessierte. Trotzdem, und der Teufel weiß vielleicht, woher K. das in allen Einzelheiten wusste, kam er oft darauf zurück, dass Georg Thoma aus Hinterzarten, der große Thoma, nach „beinharten Trainingswochen“ (K. K.) in Squaw Valley, bei den Olympischen Winterspielen, am 21. und am 22. Februar 1960 die Goldmedaille in der Nordischen Kombination gewonnen hat: „Das musst du dir vorstellen, eine Woche vor meiner Zeugung. Eine einzige Woche.

Ein paar Tage nur. Ist das nicht irre? Total irre? Das war die Woche der großen Schwarzwälder. Der Hans Thoma und der Georg Thoma kamen beide sozusagen aus dem Schwarzwälder Nichts und haben sagenhafte Karrieren hingelegt. Hans Thoma lief lange, wegen seiner damals avantgardistischen Malweise, mit dem Kopf gegen die Wand, und der Durchbruch kam spät. Der Georg, das Jörgli, galt in Squaw Valley als so krasser Außenseiter, dass ihn niemand während des entscheidenden Langlaufs auch nur photographiert hat, kein Einziger hatte ihn auf dem Zettel. Seelenruhig aber hat der Georg mit seiner hohen Startnummer das Feld von hinten aufgerollt, ganz gelassen. Und das kurz vor meiner Zeugung. Ja, das war die Woche der großen Schwarzwälder."

Ich fürchte, er meinte es ernst.

An Konstantins so besonderem Rosenmontag stand unsere kleine Stadt, wie in jedem Jahr vorher und nachher, Kopf, da bin ich sicher, davon können, ja, davon müssen wir ausgehen, denn hier ändert sich nichts, die Zeit scheint stillzustehen in Schopfloch, die Flaschen mögen variieren, der Schnaps bleibt immer derselbe. Von der Unterstadt bis zur Oberstadt waren alle mit Sicherheit sternhageltrunken. Bis an den Rand schopflochvoll. Laurence Sterne, hat Konstantin in seinen guten Tagen mehrfach mit einem Augenzwinkern gesagt, lasse über den Ärmelkanal seine Erzeuger und ihn ironisch grinsend grüßen. Ein nach Schopfloch entlaufener ehemaliger evangelischer Prediger, der anonym bleiben wollte, wurde deutlicher. Mit einem von Vernunft bestimmten Leben, sagte er, dürfe man hierzulande ohnehin nicht rechnen. Aber an jedem Fasnetsmändig herrsche Ausnahmezustand, der widerwärtigste, der allerschrecklichste Ausnahmezustand, währenddessen das Unterste zuoberst gekehrt werde. Das beginne, und ich weiß, dass das stimmt, schon am frühesten Morgen, noch bei tiefer Dunkelheit, mit dem rituellen Wecken der sogenannten Fasnachtsführer. Wie allgemein bekannt, sind sie mit schwarz und braun gefleckten Ziegenbocksfellen angetan, tragen feuerrote Masken und haben Hörner auf den Köpfen. Diese den gesamten Tag bestimmenden Gestalten, ergänzte der entwichene Geistliche, hätten angeblich schon immer, auch in unvordenklichen, vollkommen unschuldigen Zeiten, ‚Fasnachtsführer' geheißen. Das irrsinnige Geschehen ende erst am übernächsten Tag im Morgengrauen mit dem Hinauskehren der grünlichen Alkoholleichen, der Montag vor Aschermittwoch treibe die hochprozentige Unkultur des Schwarzwaldes auf ihre Spitze und mache sie auch für jeden ausgemachten Hohlkopf kenntlich. Der ehemalige Geistliche, der möglicherweise ursprünglich Pietist war, schloss mit der Frage: „Wie mag das erst an einem 29. Februar zugegangen sein?" Das möchte ich nicht kommentieren.

*

Karte Zwei[5]

2. März 1960

Liebe Helene, lieber Karl,

jetzt bin ich wieder, wenn auch mit einer gewissen Mühe, in der Lage, einen Füller zu halten. Und meine erste amtliche Tätigkeit

5 Briefkarte, beschrieben mit blauer Tinte in zittriger Schrift; oben rechts: „Dr. Harry Hirsch / Veterinär / Schopfloch i. Hochschwarzwald"; aus K.s sogenanntem Archiv, mir postalisch übermittelt

besteht selbstverständlich darin, Euch, mit noch ungelenker Hand, zu schreiben und meinen Dank abzustatten. Der Mändig in Euren Hallen war erneut die Klimax des Jahres. Ein ums andere Mal habe ich mir an die Nase gefasst und gesagt: ‚Hier bin ich Mensch, hier darf ich's sein.' Es sei also erlaubt, dass ich Ostern zurückbinde ans irdische Maß. Nicht nur Brot und Wein, auch die Gamsaugen, Kutteln, das Kalbsbries und die Froschschenkel waren exzellent. Gamsaugen, das steht außer Zweifel, sind die Austern des Hochschwarzwaldes.

Besonders erwähnen möchte ich Eure großzügigen Saalrunden. Ich hoffe nur, Ihr seid dennoch auf Eure Kosten gekommen und hattet gleichfalls Freud'. Übrigens: Dass Ihr dem jungen Streuner, der offensichtlich aus der Bahn geraten ist, kostenlos ein großes Glas kredenzt habt, hat mich sehr berührt. Bis zum nächsten blauen Kirschen-Freitag (übermorgen)

herzliche Grüße
Euer H.

*

Aus der *Schopflocher Zeitung*

Prominenz in der Stadt

Heute können wir vermelden, dass der gebürtige Schopflocher Dr. h. c. Hans Matt, seines Zeichens Honorarkonsul des Fürstentums Liechtenstein, anlässlich der tollen Tage mit seiner Gattin Anneliese in der Hochschwarzwald-Metropole weilte.

Der erfolgreiche Geschäftsmann, der hinaus in die Welt gegangen ist, um dort sein Glück zu machen, und heute in Düsseldorf ein florierendes Handelshaus betreibt, war über Fasnacht im Hotel *Kronenhof* abgestiegen. Dr. Matt sagte, er sei stolz und glücklich, der Sohn eines solch schönen Gemeinwesens zu sein. In Gegenwart von Bürgermeister Ernst Pfeiffer trug er sich in das Goldene Buch der Stadt ein.

Das Stadtoberhaupt seinerseits verwies darauf, dass sich Hans Matt in bester Gesellschaft befände. Es sei erst drei Jahre her, dass sich Bundesernährungsminister Werner Schwarz sowie der österreichische Skirennläufer und Schauspieler Toni Sailer im Rahmen einer landwirtschaftlichen Leistungsschau ins Goldene Buch eingetragen hätten. Sailer habe darüber hinaus eine Autogrammstunde im Sporthaus Kraut absolviert. Wir werden noch ausführlich berichten.

*

Andererseits: Wenn sich Konstantins Eltern in dieser Nacht besser in der Gewalt gehabt, wenn Helene und Karl Klingele lediglich eine leichte Mahlzeit zu sich genommen hätten, sagen wir: Spreewaldgurken mit Rübchen, Walnüssen, Mandeln und Schnittlauch, mit mancherlei kühlenden Samentränklein, ein appetitliches, kleines, veganes Vesperchen, das es damals, in jenen kalorienreichen, cholesteringesättigten Wirtschaftswunder-Jahren, ohnehin noch gar nicht gab, wäre K. K. überhaupt nicht in die Verlegenheit gekommen, sich durchs Leben zu schlagen. Dann gäbe es jetzt auch nichts zu klagen, zu zagen, zu zetern und zu erzählen. Denn die beiden alten Klingeles, die damals so alt noch gar nicht waren, lebten im schnöden Alltag längst nur noch nebeneinander her, wie Brüderchen und

Schwesterchen, wie zwei Geschäftspartner, die sich jedoch glänzend ergänzten – sofern das stimmt, was Konstantins Mutter in ihren späten Tagen meist ebenso stolz wie ernüchtert ihrem Sohn zu Protokoll gab. Ohne reichliches Essen und Trinken, ohne saure Kaldaunen und vor allem ohne die enthemmenden Segnungen hoch dosierten alkoholischen Fusels gäbe es also auch keinen Klingele Konstantin.

Ich stelle mir vor: Schon in jenen gar nicht so weit fortgeschrittenen Ehejahren rackerten Karl und Helene K. unter dem Joch des Hotels wie zwei ausgebeutete Arbeitstiere, wie Ochs und Esel, und setzten ein freundliches Gesicht meist nur noch von Berufs wegen auf, wenn es beispielsweise galt, mit irgendwelchen großmopsigen Gästen zu plaudern oder kritische Geschäftspartner zu besänftigen, Reiseunternehmer, Lieferanten, Handwerker und dergleichen mehr. Aufs Ganze gesehen lebten sie, eingeklemmt zwischen Investitionen, Krediten, Gehaltszahlungen, Einnahmen, Ausgaben, einem dicht getakteten Terminkalender, Nachtarbeit, Ehrenämtern und Wetterkapriolen ein Leben ohne Lachen, ohne Lächeln, ein Leben unter der Knute der Pflicht, mit zusammengebissenen Zähnen. Seltsam farblos, ja, fahl im Gesicht, mit tiefen Furchen links und rechts der fleischigen Nase und um die kleinen Schweinsaugen wirkte Klingele senior erstaunlicherweise schon in der Zeit, als das Geschäft bestens lief, bisweilen verkrampft, müde und verbraucht. Größe besaß er wohl kaum. Das legen Anekdoten über seinen Jähzorn sowie einige Photos nahe, die mir meine Drachen zugespielt haben. Und Karls Bauchumfang scheint bereits damals beträchtlich gewesen zu sein, während Helene noch einigermaßen schlank war, zugleich aber schon ein wenig verhärmt wirkte. Auf einer Photographie ist gut zu erkennen, dass sie in früheren Jahren eine hübsche Frau gewesen sein muss; nun jedoch hatte ihr Gesicht nichts Weiches, nichts Verführerisches mehr, da bin ich mir trotz der mangelhaften Qualität einiger Bilder ziemlich sicher, es zeigte Kanten, eine gewisse Schärfe in den Konturen und strahlte mit dem hervortretenden Kinn und den schmalen Lippen vor allem Härte und einen verbissenen Willen aus. Eines der Bilder zeigt eine Frau in den besten Jahren, wie man so sagt, die zu lächeln bemüht ist, deren Gesicht indes zu einer Grimasse entgleist. Ich stelle mir vor: Die schöne Helena von Schopfloch war sie in ihren strengen, hochgeschlossenen Kleidern längst nicht mehr. Eher eine tatsächlich fromme, eine berufsfromme Helene.

Fast immer, wenn ich an Konstantins Zeugung denke, fällt mir ein Werk des österreichischen Künstlers Fritz Fröhlich ein, das noch immer im Schopflocher Rathaus besichtigt werden kann, obwohl es einst für hohe Wellen in der Stadtpolitik gesorgt hat. So ist es ja fast immer: Sobald ein echter oder vermeintlicher Skandal aus den Schlagzeilen rutscht und die nächste Sau durchs Dorf getrieben wird, kehrt das skandalisierte Objekt in ruhiges Fahrwasser zurück, und niemand mehr fühlt sich von ihm beleidigt. Ich bin kein Kunstfachmann, aber Fröhlichs Arbeit mit dem Titel *Die Jagdgesellschaft* erinnert mich an Thomas Bernhards gleichnamiges Stück aus dem Jahr 1974 mit all seinen muffigen Figuren, dem General vor allem, und der Demontage der Mächtigen und Herrschenden. Fröhlichs Bild zeigt eine einigermaßen verstörende Szene mit teilweise halbnackten männlichen und weiblichen Gestalten, die hilflos und orientierungslos umherstrampeln; es ist zu vermuten, dass sie auf die eine oder andere Weise behindert sind. Man kann das aber nicht wirklich erkennen. Auch der Raum selbst, in dem die Figuren agieren, von denen eine maskiert scheint, verunsichert mich. Denn er ist gleichsam verrutscht und bis auf ein Hirschgeweih an der Wand kahl und leer.

Als die neue Bürgermeisterin, die erste Rathauschefin von Schopfloch überhaupt, in deren persönlichem Besitz sich das Bild offenbar ursprünglich befand, Fröhlichs Werk kurz nach ihrer glänzenden Wahl im Beisein der Presse von einem graumelierten Hausmeister, der ihr von allen ihren Mitarbeitern zum liebsten werden sollte, aufhängen ließ, gab es einen Aufruhr in der Stadt, denn Frau Schlägel sagte, das Gemälde habe für sie „Programmcharakter". Es stehe für die Moderne, für eine neue Zeit, und sie selbst strebe „ein neues, ein weltoffenes, ein modernes Schopfloch im Hochschwarzwald an".

Bis zu diesem Tag war ich davon ausgegangen, dass Frau Dr. Schlägel, deren hübsches Aussehen auf den ersten Blick so ganz und gar nicht zu ihrem Namen passen wollte, über politisches Gespür verfügte. Dass sie wusste, was in Schopfloch geht und was nicht. Dass sie es verstehen würde, sich nach langer Abwesenheit in ihrer Heimatstadt zu positionieren. Mit einem Wort: Ich hatte sie für klüger gehalten. In der Folge zerrissen sich die Bürger nicht nur hinter vorgehaltener Hand das Maul; nach und nach druckte die Zeitung etliche Leserbriefe ab, in denen es unter anderem hieß, das Bild sei „krank", Schopfloch hingegen sei „gesund" und man brauche keine „künstlerisch angekränkelte Stadt". Eine solche Schmähung hätten weder der Schwarzwald noch Schopfloch verdient: „Wir lehnen es ab, dass unsere Heimat verhöhnt wird. Wir wünschen keinen modernistischen Schund. Wir fordern, dass die heimischen Traditionen hochgehalten werden, denn wir wollen den Schwarzwald schützen!" Ein anderer schrieb, es sei „eine Unverschämtheit, einen hergelaufenen Ausländer, der keine Ahnung von der Zentralperspektive hat, den bewährten heimischen Künstlern, die darauf angewiesen sind, mit ihrer Hände Arbeit ihr Brot zu verdienen, vorzuziehen". Und so weiter und so fort, Tag für Tag. Heute würde in den sozialen Medien ein Shitstorm losgetreten.

Mich veranlasst Fröhlichs Werk jedes Mal, wenn ich etwas im Rathaus zu erledigen habe, das oberste Stockwerk aufzusuchen und das Bild in Ruhe zu betrachten. Die Szene mit den scheinbar unkoordiniert herumhampelnden Gestalten gemahnt mich noch immer an die Familie Klingele und ihr trauriges Schicksal. Aber es hat mich sehr verwundert, dass die Bürgermeisterin es aufgehängt und diesen Verwaltungsakt über die Presse öffentlich gemacht hat. Sie hätte wissen müssen, wie Schopfloch beschaffen ist. Kleinstadt bleibt Kleinstadt. Aber Hand aufs Herz: Wäre es in einer Stadt wie Hamburg wirklich anders abgelaufen? Hätte es nicht auch dort ein paar Krakeeler gegeben, die Fröhlichs *Jagdgesellschaft* für ihre populistischen Zwecke genutzt hätten? Ist die Welt nicht ein einziges großes Schopfloch?

Inzwischen bin ich unsicher, worum es in diesem Roman letztlich geht. Doch: Wäre es, genau betrachtet, nicht bedenklich, wenn es sich anders verhielte? Ohnehin projiziert jeder den jeweils eigenen Film auf die innere Leinwand.

*

Idylle Eins[6]

Ich war noch kaum wach, noch ganz schlafbetrunken und traumbezecht. Und wollte nur kurz in die Küche, um etwas

6 K.s (junge?) Hand, Tinte auf Papier, undatiert; auf der leeren Rückseite interessanterweise bezeichnet als „Idylle“; mir zugegangen am 11. Mai 2007

Wasser zu trinken. Stattdessen setzte ich mich ans offene Fenster und schaute und hörte und roch. Mein Wahrnehmungsbereich: klein, also riesig. Heuduft in der Luft, Heuduft und Morgenfeuchte. Noch keine Frühstücksgeräusche, kein Klappern, kein Klirren, kein Brodeln und Brutzeln, kein durchs Haus schlappender Eddi, kein Geruch von Kaffee, von Spiegeleiern und Toast. Dafür Vogeltschilpen, Finken, Meisen, Drosseln, hin und her. Es ist recht warm. Denn über dem Tal, über den Bergen, auch über unserem Hausberg, dem Spitzle, liegt eine grau-dämmrige Decke, durch die an einzelnen Stellen die Sonne bricht und ab und zu einen Gipfel kurz anstrahlt. Überm Feldbergmassiv schläft der Himmel noch und wird erst langsam wach. Die Häuser, die Gebäude unten, in Richtung Bach, in tiefe Schatten gehüllt, eine klumpige Masse, ein der Länge nach hingestreckter Riese mit geschlossenen Augen, geschlossenen Lidern. Die Stadt scheint noch zu schnarchen. Alle Farben zurückgenommen, still, leise. Grau herrscht vor, in vielen Abstufungen, frostgrau, nebelgrau, regengrau, weißgrau, blaugrau, anthrazit. Noch redet die Welt nicht, macht keinen Lärm, flüstert, lispelt nur. Kaum hörbar fächelt der Wind im Baum neben dem Fenster. Es ist, als ob die Äste zitterten. Der Springbrunnen plätschert, murmelt. Einzelne Schwalben durchzischen den jungen Tag. Schwarzwald.

Jaulen hätt' ich mögen vor Glück. Aber es wär' zu laut gewesen, viel zu laut. Schwarzwald: Der Schwarzwald an einem frühen Sommermorgen. Ja, es war Sommer. Und ich hatte viel vor.

2

So kann man sich täuschen. Lange Zeit war ich überzeugt, Konstantin sei mehr als nur aufgeweckt und ausgeschlafen. Ich war sicher, er befände sich auf der richtigen Spur, er würde seinen Pfad durchs Leben mit schlafwandlerischer Selbstverständlichkeit finden und habe eine viel kräftigere Karriere vor sich als ich. Was ja zunächst auch ins Schwarze traf, bis irgendwann aus der Laufbahn ein abschüssiger Stolperweg und dann ein jäher Absturz wurde.

Als ein Überflieger erschien er mir, als ein verwöhnter, mit vielen Vorteilen und Sonderrechten ausgestatteter Sohn aus gutem Haus mit bestmöglichen Startchancen und so weiter und so fort, als ein gehätscheltes, zappeliges Luxussöhnchen und Hotel-Fürstchen. Damals ahnte ich allerdings nichts von der närrischen Natur seiner von Fett und Alkohol besudelten Zeugung. Will sagen: von der zweifelhaften Güte seines biologischen Materials, von seiner psychischen Haltlosigkeit.

So etwas ist, wenn auch mit einem Augenzwinkern, ernst zu nehmen. Zumindest als Verdachtsmoment. Schließlich gab es beispielsweise auf der Brexit-Insel in früheren Zeiten bedeutende Gelehrte, die sogar der These zuneigten, die Unberechenbarkeit und die Unbeständigkeit des englischen Klimas trügen zur Exzentrik der Menschen dort entscheidend bei, die Regellosigkeit urplötzlich über das Land hereinbrechender Regengüsse etwa, die, Sturzbächen gleich, Mensch und Tier mit sich fortreißen, außerdem Stürme, Nebel, Feuchtigkeit und Kälte, meteorologische Erscheinungen mithin, die im Hochschwarzwald viel heftiger auf Mensch und Tier einwirken als auf der Insel. Von anderen Faktoren wie Gamsaugen, Kalbsbries und Kutteln ganz zu schweigen.

Und ich Idiot dachte lange, bei Konstantin sei, im Großen und Ganzen, alles in allerbester Ordnung. Ich wusste jedoch rein gar nichts von seinen Ängsten, Phobien, Fixierungen und eingebildeten Krankheiten, von den Verrücktheiten, die ihn im Griff hatten. Denn alles schien bei meinem Freund ja auf Geist, Verstand und Vernunft gepolt. Eine Birne vermag weit vom Stamm zu fallen, sagte ich mir. Und alles würde wie am Schnürchen laufen. Auf der Überholspur sozusagen. Denn K.s Kopf schien jedes Problem mühelos zu knacken. Fast jedes.

Das hinderte indessen nicht, dass er sich am Ende, ganz im Gegenteil, als ein intellektueller Schelm und kleiner Kopf-Bankrotteur auf tollpatschigen Füßen erwies, als ein gutes Beispiel also dafür, wie ein Mensch auf dumme Weise sein Leben gründlich verpfuschen kann. Und wie er andere mitzureißen vermag in ein bodenloses Loch.

Dass ich mich, im Vergleich zu Konstantin, im Schmalspurformat fortbewegen würde, war abzusehen. Als Sohn eines Oberstudienrates wird man bestenfalls – da gibt es kein Vertun, Oberstudienrat. Was denn sonst? Ich habe während meines Studiums in Freiburg brav bei Muttern gewohnt, wie man im Norden sagen würde, habe Schopfloch, das heimelige Nest und Loch meiner Kindheit und Jugend, also nie wirklich verlassen. Anders als Konstantin. Aus Kostengründen, versteht sich. Und nach dem Staatsexamen bin ich praktischerweise gleich hiergeblieben: Referendariat, Zweites Staatsexamen, feste Anstellung, Übernahme ins heilige Beamtenverhältnis, das unsereinen lebenslang vor fast allen Unbilden und Fährnissen schützt. Oh Schwarzwald, oh Heimat!

Im Angesicht von Konstantins Schicksal hat mein Credo zu lauten: Ich habe es nicht bereut. Oder doch? Ein paarmal? In der Zeit, als er den erfolgreichen intellektuellen Überflieger gab? Immerhin habe ich mir irgendwann eine eigene Wohnung gesucht und habe schließlich meine – wie viele sagen – aparte Christa geheiratet. Ein Kind haben wir nicht. Aber ich verfüge nun über eine komfortable Schreibstube.

Ich frage mich immer wieder: Zu wie viel Neid bin ich fähig und zu wie viel Missgunst? Und wie stark beeinflussen Ärger, Neid und Missgunst meine Schopflocher Chronik? Durch die Auswahl meiner Drachen zum Beispiel? Durch die Redaktion ihrer Berichte? Oder durch meine eigenen Beiträge? Ich misstraue mir mehr und mehr.

*

Während meines Studiums lernte ich Suzanne kennen, Suzanne Mantle, eine hinreißende amerikanische Kommilitonin, die zwei oder drei Jahre älter war als ich. Und nach ihr benenne ich die folgende Romangeschichte.

Suzanne

Sie stammte, wie sie mir bei unserer ersten Begegnung während einer Vorlesungspause in ihrem wunderbar dunklen, kaugummigurrenden, kehligen Deutsch nahezu akzentfrei erzählte, von den Great Plains – genauer gesagt: aus Montana, von einer Farm bei Great Falls. Inmitten des Gedränges der alten Studentenkantine war sie mir augenblicklich aufgefallen. An ihrem Tischchen war noch ein Stuhl frei, und so balancierte ich meinen Kaffee dorthin, wo sie strahlend, ja, leuchtend wie eine Sonne Hof hielt, und quetschte mich neben sie. Nein, sie hielt nicht Hof, das stimmt nicht, sie hatte es nicht nötig, sich in Szene zu setzen oder sich aufzuspielen. Sie leuchtete unablässig und ohne es darauf anzulegen. Eine Frau mit einer so überwältigenden Ausstrahlung hatte ich in Freiburg noch nie gesehen. Ich war hingerissen. Alle in ihrer Umgebung waren erkennbar hin und weg, alle hingen an ihren anmutigen, nicht allzu üppigen Lippen, die, wann immer sie ihr irgendwie wassersprudelndes Lachen an uns verschenkte, makellose, große Zähne entblößten. Suzanne war stets, wie ich in den nächsten Wochen realisierte, ungeschminkt, sie benutzte weder Lippenstift noch Nagellack, aber der Duft, der von ihr ausging, wirkte auf mich wie ein erotisch aufgeheiztes Fest. Sie besaß das ebenmäßige Gesicht eines Photomodells, große braune, leicht schrägstehende Augen, lange blonde Haare, und an dem Tag, an dem ich sie zum ersten Mal sah, trug sie ein enges dunkelrotes Kleid, dazu Schuhe mit hohen Absätzen in derselben Farbe und winzig kleine Korallen-Ohrstecker. Keine Freiburger Studentin außer ihr trug solche Schuhe, keine trug solche Kleider, keine schwebte wie sie über die Flure. Ja, sie war hinreißend. Und: Nein, solche Studentinnen kannte ich sonst nicht. Aber Suzanne studierte tatsächlich, sie studierte sogar sehr ernsthaft und wohnte in einem Studentenwohnheim, draußen in Landwasser. Als ich sie, um eine vollkommen vermessene Formulierung zu wählen, an unserem ersten Tag, ihr Gespräch mit einem gutgebauten Blondmann ziemlich brüsk und plump unterbrechend, nach ihren Schwerpunktthemen fragte, lachte sie wieder wasserhell und sagte, sie sei nur wegen Walter Benjamin nach Deutschland gekommen. Von ihm sei sie schon seit Jahren fasziniert, von seinem so eminent modernen Denken und von seinem bildreichen Stil; und nun sei sie glücklich, bei Kaiser über Benjamins Verhältnis zum 19. Jahrhundert promovieren zu dürfen. Bis zum Beginn ihrer nächsten Vorlesung erzählte mir Suzanne begeistert von ihrer Arbeit und gestikulierte dabei mit ihren nackten Armen. Als ich auf zwei Bände mit Schriften von Theodor Adorno wies, die vor ihr auf dem Tisch lagen, sagte sie, selbstverständlich versuche sie auch, Benjamins Umfeld ein wenig kennenzulernen.

Bedauerlicherweise habe ich Suzanne nicht oft getroffen. Verabredungen ging sie aus dem Weg. Ich hatte keine Chance. Sie lebte sehr zurückgezogen und arbeitete hart. Außerdem verbrachte ich die Abende nur selten in Freiburg, sondern fuhr meist schon am Spätnachmittag zurück nach Schopfloch. Aber wann immer ich Suzanne begegnete, bewegte sie sich durch die Uni wie ein exotisches Geschöpf, denn nie habe ich sie anders inmitten der meist mausgrauen Studentinnen und Studenten gesehen als in farbenfrohen, gut sitzenden Kleidern und hochhackigen Schuhen. Sie hatte Stil, und sie verfügte offenbar auch über Geld.

Zum letzten Mal habe ich Suzanne kurz nach ihrer Doktorprüfung getroffen, die sie glänzend mit *Summa cum laude* bestanden hatte. Zu meiner Verblüffung teilte sie mir mit, dass sie schon in vierzehn Tagen nach Montana abreisen werde, obwohl man ihr eine Assistentenstelle mit der Möglichkeit zur Habilitation anbot. Sie sagte, sie werde zuhause ihren Jugendfreund heiraten und zusammen mit ihm, Schritt um Schritt, die große Farm ihrer Eltern übernehmen: „Ich habe keine Lust dazu, an der Uni zu bleiben. Es ist wichtig, dass es gut ausgebildete Farmer gibt, die wissen, was es mit der Frankfurter Schule auf sich hat. Oder mit Baudelaire. Das ist von Bedeutung für die Gesellschaft", gurrte sie lachend. Es sei höchste Zeit, dass Benjamin in den Great Plains ankomme. Und auch sie müsse nach Montana, die Farm und die Landschaft dort fehlten ihr. Zum Abschied tauschten wir unsere Adressen aus.

Es dauerte nicht lange, bis eine Grußkarte in Schopfloch eintraf, zusammen mit einem Farbphoto, das Suzanne in Stiefeln, Reithosen und einer großzügig aufgeknöpften roten Bluse vor einem hellen Weizenfeld zeigte, das bis zu einer Bergkette am Horizont zu reichen schien. Neben ihr stand ein Hüne von einem Mann. Es war ein schönes Bild.

Ich schnupperte am Kuvert, dessen Briefmarke das Konterfei von Sinclair Lewis zeigte und in Great Falls abgestempelt war, und bildete mir ein, Suzannes Duft zu ahnen. Aber dann sagte ich mir, dass es doch nur eine banale Mischung aus Pappe, Leim und Gummi war, die ich roch.

*

Ja, auch ich mag meine Heimat, ich mag die Landschaft, die Berge. Die frische, saubere Schärfe der Luft, früh am Morgen. Das gläserne Licht. Den Tau auf den Wiesen, auf all den Pflanzen, dem Gelben Enzian, dem Fingerhut in seiner purpurnen Pracht, den Farnen, Moosen und Flechten. Die sengende Sommerhitze. Die rhythmisch gegliederten Berg- und Hügelketten, die sich vor mir in gestaffelten Blautönen ausbreiten, wenn ich vom Herzogenhorn nach Süden schaue, führen mir im milchigen Abendschimmer vor Augen, dass es, alles in allem, ein sanftes Land ist, in dem ich lebe – bis hin zu den scharfen Alpenzacken; sie stehen da wie zwergenhafte Riesen, luftig und leicht, und grüßen zu mir herüber. Den Blick von Hebels heiligem Belchen mag ich, hinunter ins Oberrheintal und hinüber zu den Vogesen und, wenn ich mein schwaches Augenlicht ganz besonders schärfe, bis hinein in das Gewusel der Altstadtgassen von Basel und in die Wohnräume der stattlichen Häuser am Münsterberg. Sogar den Blick auf den vom Fremdenverkehr geschundenen Feldberg mag ich, zumindest vom Thurner, vom Wilhelmertal oder vom Bärental aus: ein beinahe alpines Massiv. Den Schnee mag ich, wenn er denn noch fällt, den Schnee, den mir der Sturm im Dezember oder im Januar horizontal entgegenschleudert. Die tief verschneiten Waldflanken und die unberührten Flächen, die in der Sonne glitzern und glänzen. Die Streuobstwiesen im Winter mit ihren schlanken grafischen Zeichen vor weißem Hintergrund. Die Ruhe des Schwarzwaldes schätze ich ganz besonders, denn bei uns hier oben gibt es, anders als in den Großstädten, zumindest noch Momente der Stille, Momente ohne tosenden Lärm von Menschen, Motorrädern, Autos oder Fabriken, und noch gibt es den Raum, in dem sich diese Stille auszubreiten vermag. Und die Insel-Lage des Gebirges gefällt mir, sein Herausgehobensein aus den schalen Ebenen des Flachlandes, aus der Tiefe der Zeit. Ich behaupte nach wie vor: Bei uns hier oben gehen die Uhren anders. Wir denken anders. Wir fühlen anders. Wir sind anders. Daran gibt es nichts herumzudeuteln: Ich mag den Schwarzwald, auch wenn er es nicht zum Hochgebirge gebracht hat. Ich mag dieses Land. Und ich mag das Leben auf dem Land.

Obwohl ich, anders als der Große Konstantin, von Zeit zu Zeit zum Klettern in die Alpen gehe, oder, genauer gesagt, das entspricht eher den Tatsachen und meinem aktuellen Bauchumfang, obwohl ich früher zum Klettern in die Schweiz, nach Österreich oder Italien gefahren bin, war die Fallhöhe bei mir nie gewaltig. Ich wollte niemals ein bedeutender Mensch sein, eine Person mit höheren Ansprüchen. Ehrgeiz ist mir ziemlich fremd, der abgestandene Begriff der Ehre schon gar. Auch wenn meine Eltern mich auf den Namen Maximilian getauft haben, bin ich immer, bis zum heutigen Tag, ein Mäxchen geblieben. Ein einigermaßen kleiner Max, der, darin dem Mittelgebirge

Schwarzwald vergleichbar, gegenüber dem Großen K. auch mit relativ wenig zufrieden ist; ich wollte nie hoch hinaus und bin auch ohne die Sensationen literaturwissenschaftlicher Tiefenbohrungen glücklich und zufrieden. Bin ein bekennender Nesthocker, ein bescheidener Schreiber und Leser, ein genügsamer Pauker in einem Provinznest, in dem jeder jeden kennt und zu durchschauen glaubt. Vor Wagnissen und Gefahren scheute ich immer zurück und bin nie abgestürzt, denn ich bin stets am Seil gegangen. Ich führe ein Leben ohne große Ausschläge nach oben und unten, aber auch eines, und das ist wichtig, ohne quälend juckenden Ausschlag. Ohne Lug, Betrug und jähe Katastrophen. Es mag bitter klingen, doch ich bevorzuge die tägliche Wiederkehr des immer Gleichen, ein Dasein im Verborgenen. Vor allem lebe ich das Leben eines Zuschauers. Eines Beobachters. Und mit meinem politisch nicht mehr korrekten Nachnamen habe ich mich abgefunden, auch wenn mich die Schüler *Sarotti* nennen, wie ich weiß.

Ich habe Konstantin und sein Lesepensum die meiste Zeit aus der Ferne verfolgt und habe mir regelmäßig von ihm Tipps geben lassen – nicht um ihm Konkurrenz zu machen, nein, natürlich nicht, sondern nur um ein wenig aus seinem großen Wissen Nutzen zu ziehen. Auch für meine Schreibübungen.

Was K. selbst angeht: Er ist auf der ganzen Linie gescheitert. Doch ohne einen modernen Münchhausen oder einen Mini-Trump geben zu wollen, der zunächst das eine behauptet und bald darauf dessen Gegenteil zwitschernd in alle Erdteile hinausschreit, könnte ich seinen Lebenslauf, obwohl er ein schreckliches Ende gefunden hat, ohne weiteres als eine wunderbare Erfolgsgeschichte erzählen. Einer, der, mit seinem dichten rotblonden Haar, den graublauen Augen, die vor Begeisterung leuchten konnten, der weißen Haut und seinem ebenmäßigen Gesicht wirklich gut aussah, sehr gut sogar, verließ den Schwarzwald und ging in die Welt, um anders als ich auf eigenen Beinen zu stehen und Freiheit zu erspielen, ja, Freiheit! Und nach den eigenen Regeln zu leben, ist ganz sicher nicht das Schlechteste. Ich könnte von einem berichten, dessen Sinnen und Trachten nicht darauf abzielten, der Diener seiner Gäste zu sein; von einem, der es lange nicht nötig hatte, die bösen Geister mit sauren Kutteln und frittiertem Kalbsbries zu bekämpfen; von einem, der nicht in der Flut des Gleichförmigen, in Routine und Stumpfsinn, im verrückten Schopflocher Wahn untergehen wollte; von einem, dem Poe und Poetologie wichtiger waren als Polenta und pochiertes Hirn auf Champagnerkraut, als unsere Kleinstadt und ihre mal bessere, mal schlechtere Tradition des Bewirtens und Bezechens. Und von einem, der am Ende für seine Freiheit die Schlussrechnung beglichen hat, eine Liquidation, die für einige unschuldige Zeitgenossen allerdings sehr, sehr teuer wurde.

Und nun: Was stimmt jetzt, wenn ich beides auf die Waagschale lege? Was trifft zu? Je länger ich hier in meiner Schreibstube sitze, in den Nebel und auf die im Tauwetter zerfließende Landschaft vor meinem Fenster hinausschaue, in der sich die Konturen, die Grenzen zwischen Himmel und Erde aufzulösen scheinen, und über Konstantins Leben, über seine Flucht aus Schopfloch, über seinen Aufstieg und seinen Fall nachzudenken versuche, desto weniger scheine ich zu verstehen. Ist K. überhaupt aus dem Schwarzwald geflohen? Oder war es ein freier Entschluss aus Überzeugung und Begeisterung und von langer Hand geplant? Bis heute vermag ich nicht mehr, als mit einer Stange im Nebel der Welt umherzutasten. Dennoch versuche ich, wie ein braver Lehrer, der Noten vergibt, zu möglichst genauen Einschätzungen zu gelangen.

Er, der Große Konstantin, hat es intellektuell und geografisch, auch was die Erziehung zur, ja: zur Empfindsamkeit angeht, um viele Meilen weitergebracht als jeder andere aus seiner Familie. Das steht außer Zweifel. Er hat sich selbst an den Haaren aus dem nach Pommes-frites-Fett und Hähnchenherzen-Ragout riechenden Sumpf gezogen. Er scheint in hohem Maße anpassungsfähig gewesen zu sein, flexibel und auf dem Quivive. Eine Zeitlang war er wohl das, was man einen Lebenskünstler nennt, und hat sich als ein echter Kämpfer ziemlich lange über Wasser gehalten. Auch wenn ich mich von dem Gefühl nicht freizumachen vermag, dass Konstantin langsam und über große Zeiträume hinweg, längst bevor meine Drachen und ich irgendetwas geahnt haben, röchelnd und nach Luft japsend, unter Qualen untergegangen ist. Er hat sich, pathetisch gesagt, für das Leben eines Selbstdenkers und gegen das Schmoren im familiären Wohlstandsfett entschieden. Er hat einiges gewagt und hat manches gewonnen. Er ist aber auch seinen mittelalterlich anmutenden, tatsächlich lächerlichen Ängsten, Irrtümern und Hirngespinsten zum Opfer gefallen, die er niemals als solche durchschaut hat – da würde ich wetten.

Ein Haken schlagender neurotischer Hase ist er, ganz anders als ich, gewesen, davongelaufen in den platten Norden, wo er keine Menschenseele kannte, und wäre zappelnd um den gesamten Erdball gehetzt, wenn seine Laufbahn das in irgendeiner Weise hergegeben hätte, anstatt im Schwarzwald zu bleiben, wo er seine Freunde und seine Feinde aus dem Effeff kannte. Er hat, irgendeinem Sog folgend, seine Rettung ausschließlich in einem grenzenlosen Karrierewahn, in Revierkämpfen mit anderen akademischen Jungtieren gesucht, statt das Hotel herauszuputzen, den Eltern Rettungsringe zuzuwerfen und seine Freundschaften zu pflegen. Und er ist später, wenn ich schon an dieser Stelle offen sein soll und vorausgreifen darf, als großer Tor, der er war, sogar zum kleinen städtischen Oberkasperl und zu einem Gewaltverbrecher ersten Ranges geworden, wie es auf dem Narrenschiff namens Schopfloch vor ihm wohl kaum einen gegeben hat.

Ein Hochstapler aus Existenzangst und möglicherweise aus Geldnot, ein Mörder aus Verzweiflung: Auch das war K. K. Aber dazu kommen wir später. Viel später, und bis dahin muss ich noch einige Nachforschungen in Gang setzen. Konstantins hohnvolle, bösartige Tiraden, in denen er sich zum Volksverhetzer stilisiert und sich in die ganz und gar wirklichkeitsferne Pose eines Großredners ohne Publikum hineinphantasiert hat, zeigen ihn als winzigen Geist. Sie lassen mich daran zweifeln, ob er bei ihrer Niederschrift noch klaren Verstandes war. Eines der frühesten, noch harmlosen Notate, das, wie die meisten anderen, nicht datiert ist, ein Schriftstück, das mir Konstantin der Allergrößte nach seinem ersten Zusammenbruch zukommen ließ, enthielt die folgenden Sätze:

„Ein neutraler Beobachter würde mir sicherlich bedeuten (sic!), ich sei den falschen Weg gegangen und aus dem Gleis geraten – bis ich mich schließlich selbst aufgegeben und so lange verleugnet habe, dass ich den Turnaround nicht mehr hinkriegen konnte. Klar. Ich hätte, mit einem Wort, früher begreifen müssen, dass La Rochefoucauld recht hat, wenn er die These vertritt, es sei nötiger, die Menschen zu studieren als die Bücher. Ich sage: Eventuell hat die falsche Bewegung, mein Abdriften ins Abseits einer selbst gewählten Absonderung schon begonnen, als ich im Kindergarten eine Art allergischen Schub erlitt und einen veritablen (sic!) Schreikrampf bekam, an den sich meine altersheimerschlappe Birne heute noch ebenso erinnern kann wie daran, dass ich anderntags unter keinen Umständen mehr dazu bereit war, in die von einem riesigen blonden Trampel namens Magda beherrschte Verwahranstalt zurückzukehren. Oder als ich mich, selbstverständlich ohne das Wissen meiner Eltern, statt weiter die Tanzschule unseres weltstädtischen Kaffs zu besuchen, wie sich das für die Sprösslinge der sogenannten Ehrbarkeit, also für die jungen Bewohner der Oberstadt und des Schlafgürtels, gehörte, noch vor dem Abitur, mit Fritzi, einem Mädchen oder eher: einer jungen Frau vom Zirkus, einließ, die mindestens drei oder vier Jahre älter war als ich. Das waren meine glücklichsten Monate. Ist so etwas ein Indiz? War das damals ein Fehler? Hätte ich mich nicht mit den ‚Schmuddelkindern' abgeben sollen? Ihre Lieder nicht singen? Ihre aufregenden Spiele nicht genießen?

Wie es mir in letzter Zeit immer geht, wenn ich ein Urteil oder auch nur eine Frage formuliere: Kaum steht etwas auf dem Papier, so fange ich schon an, seiner Angemessenheit zu misstrauen, nicht wahr? Was ist damals richtig gewesen, was falsch? Was wäre geschehen, wenn ich im Kindergarten der blonden, knöchernen Magda mit den riesigen Händen und den klobigen Schuhen geblieben wäre? Wenn ich gehorsam die Tanzschule *Hösel & Butz* über Jahre hinaus besucht und die vorgegebenen Schrittfolgen bei den Standardtänzen eingehalten hätte, statt mich mit Fritzi in unserem dämmrigen Schuppen auf ein viel reizvolleres Parkett zu begeben und aus der Reihe zu tanzen? Wenn ich brav alles getan und gelassen hätte, wie es Papi und Mami wollten?

Ein Muster begann sich auf jeden Fall schon früh abzuzeichnen: Nicht zu gehorchen, nicht nachzudenken, nicht zu planen, mich treiben zu lassen, aus der normalen Spur zu springen, in der sich die anderen bewegten. Keine Frage.

Aber stolpern wir nicht alle mehr oder weniger durchs Leben? Ohne wirklich zu wissen, wohin und wofür? Selbst ein gravitätisch herumstolzierender Dr. Tassilo Widmer-Pohl? Und habe ich instinktiv nicht vollkommen richtig gehandelt? Für mich schien und scheint zu gelten: Hinschmeißen, aussteigen, abhauen."

Für mich, Max Mohr, hingegen galt bisher: Durchhalten, ausharren, bleiben. Ruhe bewahren. Damit bin ich bis auf den heutigen Tag aufs Ganze gesehen nicht schlecht gefahren. Ohne Spitzen und ohne echte Zusammenbrüche. Allerdings auch ohne eine Fritzi. Aber mit meiner Christa. Durchkommen, einigermaßen anständig durchkommen: Das bedeutet, das ist, für mich, nicht wenig.

*

Notat Zwei[7]

Max Mohr, genannt der Leisetreter, ist ein allzu braver Lehrer Lämpel, ist es immer gewesen. Ich sage: Sein Vorname erscheint mir als pure Angabe, reine Prätention. Von wegen Maximilian! Von wegen Max und Moritz! Klar, ich brauche den duckmäuserischen Hanswurst zurzeit mehr denn je: als Ohr und als transzendentale Toilette. Aber man sollte ihn, zur Strafe für seine ekelhafte pädagogische Besserwisserei, kreuz und quer durch den nächstbesten Circus Maximus jagen und dem Hasenfuß nach Herzenslust die Läufe lang- und das Fell über die Segelohren ziehen.

*

7 Sehr spät, krakelige Schrift auf schmutzigem Papier, in K.s sogenanntem Berghaus gefunden

Ob sich Konstantin jemals in seinen frühen Jahren, also rechtzeitig, in einer Phase, als noch nicht die wichtigen Weichen gestellt waren, als noch nicht alles festgezurrt und im Grunde entschieden war, ernsthaft mit sich selbst beschäftigt und auseinandergesetzt hat, ob er auch nur einen einzigen genauen Blick in sein Inneres geworfen und sich, wie man zu sagen pflegt, auf Herz und Nieren geprüft hat, wage ich zu bezweifeln. Ich glaube es nicht, ich kann mir das nicht vorstellen. Vermutlich hat er sich viel zu wenig dafür interessiert, was für eine Art Mensch er war und was überhaupt im Bereich seiner Möglichkeiten lag, und ist sich selbst aus dem Weg gegangen. Vielleicht hat er sogar absichtlich die Augen vor den Tatsachen verschlossen, vielleicht wollte er es gar nicht wissen, vielleicht hatte er sogar Angst vor der Erkenntnis, letztlich ein labiler und nicht sonderlich belastbarer Mensch zu sein, ein Mensch ohne langen Atem, Ausdauer und Standfestigkeit. Er hat, davon bin ich überzeugt, nicht in sich hineingehorcht, er hat nicht versucht, sich zu entschlüsseln, das kann ich mir beim besten Willen nicht vorstellen; und ich bezweifle, dass er sich jemals ernsthaft darüber Gedanken gemacht hat, was er mit seinem Leben anfangen wollte, was er tun sollte und was vermeiden. Nach allem, was ich weiß, hat er sich vielmehr treiben lassen wie ein Schilfkästchen auf dem Meer und hat Entscheidungen, wenn überhaupt, emotional und aus dem jeweiligen Augenblick heraus, das heißt: mit dem Bauch getroffen. Ich fürchte, wir alle haben seine intellektuellen Fähigkeiten bei weitem überschätzt. Er aber auch. Vor allem er.

Ich bin sicher: Er war von seiner Bedeutung und seinem Rang durchdrungen. In Wahrheit jedoch erwies er sich als ein Kleinspekulant an der literarischen Börse, der kaum mehr zu bieten hatte als ein paar Pennystocks und die Maske eines Möchtegern-Intellektuellen. Wenn Intelligenz besteuert würde, hätte er wenig nur zu begleichen gehabt. Viel zu spät hat K. erkannt, woraus er bestand.

*

Mail Eins

6. September 2009, um 9:55

Hallo Max,

schnell, zwischen zwei Schülern, will ich Dir schreiben. Ja, Konny und ich sind drei, vier Monate miteinander gegangen, wie man damals sagte. War alles harmlos, wir waren ja noch sehr jung. Aber ich war regelrecht in ihn verschossen. Bin sicher, er hatte sich auch in mich verknallt. Mehr als schüchterne Umarmungen und Knutschen im Freibad, wenn wir an trüben Tagen allein waren am Liebeshügel, gab's nicht. Dafür hat es einige Zeit gehalten. Dann habe ich Sammi kennengelernt. Der hatte schon ein Moped. So war das eben damals. Und Sammi hat sich mehr getraut. Jetzt läutet es an der Tür. Muss Schluss machen.

Liebe Grüße
Deine Dr Birgit

*

Angst und Ängste scheinen Konstantin immer schon geplagt zu haben. Geld indessen machte ihm lange Zeit keine Sorgen. Da bin ich ziemlich sicher. Es war ja zunächst auch ganz einfach da. Aus meinem Blickwinkel: in Hülle und Fülle.

Die Bedeutung von Geld wird ohnehin, obwohl sich das heutzutage absurd anhören mag, überbewertet. Die Welt besteht nach meiner Einschätzung nur, wenn man lediglich an der äußersten Oberfläche kratzt, sozusagen an der Hornschicht der Epidermis, also ganz, ganz außen, und wenn man noch nicht einmal einen kurzen Blick in die Tiefe riskiert, hinunter in die Ebenen der Lederhaut und der Unterhaut, aus großen und kleinen Wirtschaftsunternehmen, aus riesigen Konzernen und kleinstädtischen Krämerläden, aus *Alibaba*, *Alphabet*, *Amazon*, *Apple* und Metzgermeister Vogt in der Kaiser-Franz-Joseph-Straße oder Bäcker Rohrbach, Bömmels Souvenirladen, Feinkost Laule und Juwelier Rotzler in der Hauptstraße, aus politischen Schaltstellen und schwarzen Löchern der Macht, aus Banken, Behörden, Verbänden und Marktteilnehmern der verschiedensten Art, aus Krankenhäusern, niedergelassenen Ärzten, Heilpraktikern, Anwälten, Unternehmensberatern, Versicherungen, Verkehrsbetrieben, Schaustellern und Verbrechern. Man sagt zwar: „Money Makes The World Go Round", aber das verkürzt und verfälscht die Sachlage ganz gewaltig. Das stimmt nur zum Teil. Nur im Hinblick auf die Stratosphäre der Haut, das Stratum corneum – und auf unsere Gänsehaut.

Geld und die Gier danach, das versteht sich von selbst, sind zu den bestimmenden Maßstäben unserer Welt geworden. Das gesamte Leben, alles Sinnen und Trachten scheint sich nur noch um den Mammon zu drehen, um Asche, Mäuse, Moos, Eier, die Penunzen, Pinkepinke, den Schotter, den Kies, Knete und Kohle. Die Kröten bilden das alleinige Emblem unserer Epoche, sie regieren die Politik, die Wirtschaft, die Kultur, die ganze Gesellschaft. Alles andere ist schon lange bachab gegangen.

Aber, und dieses ‚Aber' ist wichtig, die Tiefenstrukturen, Lederhaut und Unterhaut, lehren uns etwas anderes. In Wahrheit wird die Welt längst nicht nur vom Geld und von unserer Geldgier angetrieben, sondern vor allem durch etwas Immaterielles, durch Erzählungen, durch das, was wir uns alle, Tag für Tag, Nacht für Nacht, gegenseitig erzählen. Auch vom Geld erzählen. Vom Geld, vom Gold, von den Jobs, vom Bimbes und den Banken. Man sagt zwar, Reden sei Silber, Schweigen hingegen Gold. Doch dies Edelmetall ist uns nicht erreichbar, wir kommen ohne die kleinen und großen Silbermünzen nicht aus. Letztlich bestehen wir Menschen aus nichts anderem als aus unserem grenzenlosen Mitteilungsbedürfnis, aus den mannigfaltigsten Erzählstoffen und aus den unterschiedlichsten Erzählformaten. Ohne Erzählungen käme nichts in Gang, würde nichts geschehen, nichts angeschoben und nichts vorangetrieben. Im Guten wie im Bösen. Ohne Erzählungen vermögen wir nicht zu existieren, ohne sie würden wir verkümmern. Ja, ohne unser ununterbrochenes Reden müssten wir sterben.

Die Literatur verliert zwar immer mehr an Bedeutung, das ist unübersehbar, Verlage und Grossisten gehen in Konkurs, eine Buchhandlung schließt nach der anderen, und in Schopfloch gibt es nur noch eine winzige *Kalliope*-Filiale. Möhm hat längst abgedankt. Der Obere schlägt den Unteren, der Größere schluckt den Kleineren. Und unser Kino hat dichtgemacht. Es war schon lange vor der Seuche nicht mehr rentabel. Aber ohne Erzählungen käme die Geschichte an ein Ende. Im Bösen wie im Guten. Sie würde aufhören. Auch unser höchstprivates Leben. Gerade wir kleinen Leute würden sterben, würden im Schweigen versickern und versinken, untergehen.

Doch wir können gar nicht anders, wir müssen von früh bis spät den Mund aufmachen und lossprudeln, losplappern, losquatschen. Wir hören, lesen oder sehen etwas und geben es früher oder später weiter. Wir reden wild drauflos. Oder wir streuen gezielt Gerüchte und beteiligen uns an Famas Gezischel. Oder wir erfinden etwas und machen eine Nachricht daraus. In politischen Zusammenhängen hat man es sich angewöhnt, hochtrabend und schick von Narrativen zu sprechen, von Erzählungen, die die Geschichte von Nationen, Regionen, Städten, Dörfern oder von Unternehmen, Parteien und politischen Bewegungen darstellen und damit zugleich deuten und manipulieren.

Vor einiger Zeit war im Programmheft zu einer Freiburger Čechov-Aufführung zu lesen, diese Inszenierung der *Möwe* biete ein ganz und gar neuartiges Narrativ. Wirklich wahr, kein Fake! Erzählungen gibt es aber genauso im Leben von uns Alltagsmenschen, ob sie nun mit einem wichtigen Inhalt gefüllt sind oder nicht. Ob es sich um private Mythen und Legenden, um die Wut über eine Straße, die uns mit ihrem Lärm belästigt, um irgendwelche politischen Forderungen oder um das nur scheinbar sinnlose Geplapper am Gartenzaun übers Wetter handelt. Wir wollen erzählen und wir wollen zuhören. Wir brauchen, so oder so, unsere täglichen Erzählungen. Unser Gerede, unser Gequatsche und Gequengel. Daher rühren auch, das ist zumindest meine Einschätzung, der Rummel um all die Stars und Sternchen und der globale Erfolg der Regenbogenpresse, der Seifenopern und der Telenovelas und unsere stündlichen Nachrichtenrituale. Sie sind nichts anderes als die Fortsetzung des Erzählens und der Literatur mit anderen Mitteln. Wir gieren, wir lechzen nach Neuigkeiten, wir alle hängen an den Nadeln der Online-Magazine und sind abhängige, süchtige Nachrichtenkonsumenten. Das weiß ich von meinen Drachen ebenso wie von mir selbst. Das Erzählen neuer und neuester

Geschichten und das Zuhören: Sie können unser Leben mit Glück erfüllen, vermögen uns manchmal sogar zu retten oder zu vergiften, sie sind uns Wegweiser und führen uns zugleich in die Irre, sie halten unsere Welt am Laufen, sie beherrschen unser kleines Leben und sorgen dafür, dass die Weltkugel nicht stillsteht. Und sie sind, im schlechtesten Fall, in der Lage, uns ins Verderben zu führen und umzubringen.

Zugleich sehnen wir uns aber nicht nur nach den neuesten Storys, sondern auch nach Märchen, nach uralten Geschichten. Beispielsweise nach der Wiederkehr des Mythos vom Jungen, der ein Mädchen trifft. Und wir brauchen, jeder von uns benötigt Zuhörer, es drängt ihn zu jedem erreichbaren, aufnahmebereiten Ohr, in das er sich mit seiner Erzählung erleichtern und entlasten kann. Er braucht eine Ohrmuschel, die sich ihm öffnet und der er sich mitzuteilen und anzuvertrauen vermag. Wer keinen Pfarrer kennt und keinen Psychotherapeuten hat, muss zwangsläufig andernorts erzählen. Tag für Tag gieren wir nach der profanen Beichte und nach Absolution. Wir alle suchen die Gemeinschaft im Wort. Die Übereinstimmung. Den Austausch. Die Entlastung. Selbst wenn sie nur eine knappe Minute dauert. Ich bin fest davon überzeugt, dass die Menschheit Erzählungen benötigt wie die Luft zum Leben, wie Konstantin seine tägliche Blutwurst. Jedes Ohr ist eine Bedürfnisanstalt.

Das alles wusste, bis zu einem gewissen Grad, auch K., der ohne einen Zuhörer, der ohne mich schon viel früher kollabiert wäre. Aber er kannte zugleich die Fährnisse des Erzählens.

„Die Gefahr, die von Erzählungen ausgeht“, so seine Worte bei unserem ersten ernsthaften Gespräch nach seinem Zusammenbruch, „macht mir Angst, große Angst sogar, sie setzt bei mir Panik frei, das Erzählen gefährdet eh jeden, das kann ich dir sagen, es gefährdet auch mich. Gar keine Frage. Das wissen wir nicht erst seit Marías. Mit jeder Erzählung, mit jedem Satz, mit jedem auch noch so kleinen und harmlosen Sätzchen liefert sich der Erzähler seinem Zuhörer aus und verleiht ihm Macht."

Der Erzähler, so Konstantin, mache sich angreifbar und verletzbar. Jedes Wort, das er ausspricht und damit in die Welt bringt und in Umlauf setzt, und sei es unter dem Siegel der tiefsten, der allertiefsten Verschwiegenheit, könne, wann auch immer, wie auch immer, wo auch immer, gegen ihn verwendet werden. Und beileibe nicht nur vor Gericht. Übrigens, das nur nebenbei, sagte K., nichts werde so schnell durchgestochen und so schnell öffentlich wie Beschlüsse, die in irgendeinem Gremium nicht-öffentlich getroffen werden. Oder wie das Geraune, das wir irgendjemandem unter dem Siegel des tiefsten Geheimnisses weiterreichen. Nirgendwo werde so offen und freimütig das Intimste ausgeplaudert wie in einer anonymen Öffentlichkeit, in der man niemanden auch nur vom Sehen kennt, wie zum Beispiel in einem vollbesetzten Zugabteil, in einer Großstadt im Wartezimmer eines Arztes, eines Physiotherapeuten oder Friseurs. Aber wer erzählt und sich offenbart, wer redet, wer tratscht und plappert, gebe sich preis und liefere sich freiwillig seinen Scharfrichtern aus, jenen, die ihm ans Leder, die ihn zur Strecke bringen wollen, beruflich oder privat. Die Schar der möglichen Henker sei unüberschaubar groß. Konstantin machte eine Pause, in der er die Oberlippe zwischen den Zähnen einklemmte, was ihm ein seltsam hasenhaftes Aussehen verlieh.

„Also gut", sagte K. in einem ziemlich kläglichen Tonfall und mit gepresster Stimme, „ich will nicht um den Brei meines eventuell, meines höchstwahrscheinlich eh verkorksten Lebens herumreden. Wenn ich jetzt zu erzählen beginne, wenn ich mich dir anvertraue, Max, gebe ich mich dir anheim. Mit

Haut und Haaren, mit meinem maladen Hintern und mit meinem verrückten Kopf. Ich gebe mich preis, mit all meinen Lebensgeheimnissen, mit meinen Sünden und Fehlern, aller Pein und allen Peinlichkeiten. Auch mit all meinen psychischen und physischen Befindlichkeiten, mit den Schatten, die auf mir und meiner Familie lasten. Und wenn ich jetzt tatsächlich zu erzählen beginne", fuhr Konstantin ziemlich kurzatmig fort, „muss ich dir alles, wirklich alles rückhaltlos berichten. Mit allen Zweifeln, Selbstzweifeln und Bosheiten. Soweit das überhaupt möglich ist. Und so schwer es mir fällt. Sonst ist es eh zwecklos, nicht wahr? Mit meinen Eltern kann ich nicht mehr vernünftig sprechen. Eigentlich konnte ich es nie und habe es niemals wirklich versucht. Meine Ärzte verbieten sich von vornherein als Gesprächspartner. Das ist ganz ausgeschlossen. Außer dir, Max, kommt niemand in Frage.

Aber: Jetzt kommt ein großes ‚Aber'", sagte K., „kann ich denn *dir* vertrauen? Kann ich mich auf dich verlassen? Auf Gedeih und Verderb, wie man früher gesagt hat, in der sogenannten guten, alten Zeit unserer Eltern und Großeltern? Wie lange haben wir uns nicht mehr getroffen? Wie lange ist es her, dass wir Freunde waren? Wie oft haben wir uns gesehen, seit ich begonnen habe, den Schopflocher Marktschreier zu spielen? Dreißigmal? Fünfzigmal? Hundertmal? Ich weiß es nicht. Jedes Mal jedoch sind wir in Alkohol geschwommen, nicht wahr? Wenigstens ich. Das macht mir Angst, große Angst sogar. Kann ich dir wirklich noch vertrauen? Bist du noch", K. redete sich in einen ziemlich verrückten Furor hinein, „bist du tatsächlich noch mein Freund? Sag: Bist du es? Warst du denn jemals mein Freund? Ebenso gut könnte ich mich, das denke ich jetzt, an die Teilnehmer einer öffentlichen Versammlung wenden oder alles ins Netz stellen. Oder zwischen zwei Buchdeckel packen.

Alles, alles Erzählen, Max“, sagte Konstantin, „ist auf Sand gebaut. Echtes Erzählen, daran denkt fast niemand, hat viel damit zu tun, dass man auf jemanden zählt, voll und ganz, mit Haut und Haaren zählt, hat aber auch mit dem Bezahlen von Rechnungen, mit Risiko und Risikobereitschaft, hat mit Gefahr zu tun. Denn der, der erzählt und von sich, über sich spricht, entblößt sich und gibt sich preis. Er zieht sich aus und steht am Ende nackt da. Sobald er von sich zu erzählen beginnt, ist er eh schon angezählt. Er hat begonnen, sich auszuliefern an fremde Instanzen. Hat damit angefangen, sich aufzugeben. Niemals wird er das, was er ausgeplaudert hat, zurückholen, erneut einhegen können, nie. Jede Erzählung, jedes Geständnis, jede Beichte kann von einem Mund zum nächsten Ohr und zum übernächsten weitererzählt und weitergereicht werden. Und immer so fort, nicht wahr? Und irgendjemanden wird es schon geben in dieser unendlich langen Menschenkette, der Lust verspürt, mir zu schaden. Mir eins auszuwischen. Mich zu verderben. Diesen faulen Großschwätzer und Intellektuellen. Diesen feinen Pinkel aus dem *Hof*. Besser wäre es: zu schweigen, den Mund zu halten. Sich nicht in fremde Hände zu begeben. Sich nicht auszusetzen. Sich nicht den Fährnissen der Zukunft, möglichen Entfremdungen und Zerwürfnissen auszuliefern, die wir heute noch nicht einmal ahnen. Die Zeit verändert bekanntlich die Menschen. Wer sagt mir, dass wir beide, du und ich, nicht irgendwann einmal Streit bekommen? Dass wir nicht zu Konkurrenten, zu Gegnern, ja zu Feinden werden? Meistens wissen wir es ganz genau, wann es besser wäre zu schweigen. Wann wir den Mund halten sollten. Aber wir sind nicht dazu fähig. Wir reden und reden und ruinieren uns. Hinterher machen wir uns Vorwürfe und anderntags versuchen wir, uns mit fadenscheinigen Argumenten zu beschwichtigen. Uns einzulullen.

Versteh mich nicht falsch", beteuerte K. mehrfach, „ich möchte dich nicht vor den Kopf stoßen. Ich will es nicht und am Ende kann ich es mir auch gar nicht leisten. Ich weiß, was du auf dich nimmst, ich weiß, dass ich mich dir förmlich aufgedrängt habe. Und dass es nicht leicht ist, mir zuzuhören und Konstantin das Wrack zu ertragen. Du, Max, bist eh meine letzte Hoffnung. Denn ich leide längst wieder unter Panikattacken. Also muss ich versuchen, zusammen mit dir, ein wenig Licht ins Dunkel zu bringen. Um mich womöglich zu kurieren. Zu retten. Soweit mein Gehirn noch mitspielt, das schon viel mitgemacht hat und dem ich mit Sicherheit auch weiterhin ziemlich übel zusetzen werde. Es gab einmal eine kurze leichtsinnige Zeit in meinem Leben, da sagte ich mir manchmal: Klingele gegen den Rest der Welt. Jetzt heißt es eher: Klingele gegen sein Hirn. Das ist so, dummerweise."

Nach einer langen Pause Konstantin der Große, kaum hörbar: „Ich versuche doch, dir zu vertrauen." Gram lagerte auf seinem Gesicht.

3

Tirade Eins[8]

Wir müssen, liebe Freundinnen und Freunde, den Tatsachen in die Augen sehen. (Nebenbei: Verfügen Fakten über Sehorgane?) Schopfloch und der Hochschwarzwald sind schön, allzu schön sogar und lassen andere deutsche Landschaften und Städte ziemlich mickrig erscheinen. Schon um der ausgleichenden Gerechtigkeit willen sind wir also gehalten, Schopfloch ein wenig, wie soll ich mich ausdrücken?, zu korrigieren. Wer zu hübsch ist, zieht nur Neid auf sich, nicht wahr? Ist es nicht so? Und das wollen wir doch nicht.

Aber jetzt im Ernst! Schopfloch im Hochschwarzwald, nicht zu verwechseln mit dem berühmten Kaff *Giffendorf* am Rand der Lüneburger Heide, ist nicht Barcelona, klar. Ist auch nicht Paris, Palma de Mallorca oder Venedig. Das gebe ich zu. Das muss ich fairerweise einräumen. Trotzdem bin ich in den letzten Wochen vom Saulus zum Paulus geworden. Auch wenn nicht siebenundzwanzig Millionen urlaubssüchtige Touristen im Jahr auf den Wald tapern, auch wenn bei uns nicht ganze Flotten von Kreuzfahrtschiffen tagtäglich ihre menschliche Fracht ausspucken wie Massen eingespeichelter Kaugummis, auch wenn unsere wunderschöne Altstadt, anders als die Rambla oder als Titisee, noch nicht von Heeren farbenfroh gewandeter Flip-Flop-Träger geflutet wird, so leiden wir doch an akutem Overtourism. Mancher Besitzer oder Pächter eines

---

8 Undatiert. Aufgrund des Inhalts sehr spät, vermutlich Sommer 2017. – Wie auch immer: Zum Zeitpunkt der Niederschrift beschränkten sich K.s Tabubrüche noch auf wüste verbale Angriffe.

Beherbergungsbetriebs, wie es im Fachjargon heißt, wird mir vehement widersprechen und würde mir sicher am liebsten das freche Mundwerk verbieten. Das ist mir, mit Verlaub, schnuppe und geht mir am Allerwertesten vorbei.

Ich, liebe Freundinnen und Freunde, sage: Wir leiden, wir leiden sogar ganz erheblich unter Overtourism. Im richtigen Leben sind wir konservativ bis in die kleine Zehe, wie wir gerne und mit einem unterschwelligen Stolz behaupten. Aber beim Tourismus machen wir jede blödsinnige Mode mit. Im blinden Vertrauen darauf, dass dadurch alles so bleibt, wie es ist. Oder noch besser: wie es niemals war. Ich frage mich, warum nur besitzen wir so wenig Selbstbewusstsein? Weshalb können wir nicht dazu stehen, was wir haben und unser Eigen nennen dürfen? Wieso sind wir so furchtbar mutlos? So verzagt? Und zugleich so unbescheiden und vorlaut?

Manches aber machen wir ganz hervorragend. Endlich wagen wir es, uns offen zu unseren schönen, traditionsreichen Wanderwegen zu bekennen. Und wir erklären, was sie in Wahrheit sind: Steige nämlich, Steige wie im Hochgebirge, die wir entsprechend ausschildern. Und tatsächlich reiht sich im Hochschwarzwald längst ein Steig an den anderen, vom *Drei-Teiche-Steig* über den *Zehn-Bäche-Steig* und den *Wolfs-Steig* bis hin zum *Himmels-Steig* und zum *Höllen-Steig* – um nur einige wenige zu nennen. Selbstverständlich handelt es sich um ganz wundervolle Wanderwege, die nichts, aber auch gar nichts mit unbequemen, gefährlichen alpinen Steigen zu tun haben. Aber der sprachliche Trick klingt gut und macht Laune. Wer das, meine Freunde, als tourismusinduzierte Rosstäuscherei oder als rhetorischen Overtourism tituliert, ist ein übler Nestbeschmutzer, nichts weiter. Und Wolfsrudel, das versteht sich von selbst, gibt es im Schwarzwald nicht wirklich. Wen wundert's? Das ist ja auch ganz in Ordnung so. Und sollte sich doch wieder einmal solch ein armes, klepperdürres Tier, fehlgeleitet womöglich durch die Beschilderung des *Wolfs-Steigs*, hierher verirren, wird es umgehend standrechtlich, wie geschehen, von einem eifrigen Jägersmann erschossen und im Schluchsee oder einem anderen Teich versenkt. Keine Frage. Das heißt: Wir können ruhig schlafen. Wölfe hierzulande sind medial und digital: Tourismustiere.

Hinzuaddieren zu den zahlreichen Steige-Schildern dürfen wir prachtvolle Bildtafeln („Das schönste und bunteste Alpen-Landschaftspanorama des Schwarzwalds"), die Schilder für die diversen *Lehr-* und *Genießerpfade*, jene für die Mountain-Biker, E-Bike-Pedalisten und andere Radfahrer, für Nordic-Walking-Fans und professionell ausgestattete Schneeschuh-Läufer, die in ihrem Erkenntnis- und Bewegungsdrang dem Wild bis in die hintersten Winkel des Waldes dicht auf den Fersen bleiben, die Beschilderung von Loipen, Skipisten und Skirouten, die auch im Sommer die Landschaft zieren und somit diskret auf die nächste Saison hinweisen, die offiziellen, klassischen Schilder des Schwarzwaldvereins (noch sprechen wir nicht vom West-, vom Mittel- und vom Oststeig, aber das kann ja noch kommen, was nur zu begrüßen wäre) und die Hinweistafeln für Parkplätze, Stromtankstellen, öffentliche Bedürfnisanstalten, Hütten, Gasthöfe und Naturfreunde-Häuser. Vergessen werden dürfen nicht kommunale Sonderwege wie der *Pflümliweg*, der *Obstlerweg* oder der *Kirschwasserweg*, für die ich persönlich, aus bekannten Gründen, die größte Sympathie hege.

Dank dieser vielfältigen Wegekultur ist es nicht erstaunlich, wenn an einem einzigen Baum bis zu zehn oder noch mehr Schilder hängen. Dafür dürfen, ja, dafür müssen wir dankbar sein, denn dieser Schilderwald rund um Schopfloch, der von Jahr zu Jahr dichter gerät, ist nicht nur Ausweis der rührigen

Arbeit des Tourismus-Amtes, sondern hat unter anderem den positiven Nebeneffekt, dass die Feriengäste und Tagestouristen vom kranken Borkenkäfer-Schwarzwald abgelenkt werden, was dem Erholungswert nur dienlich sein kann. Wenn Spötter von Schildawald oder Schildaloch sprechen, ist das nichts anderes als boshaft.

Hinzu kommt, meine lieben Mitbürgerinnen und Mitbürger, hinzu kommt, sage ich, dass der Wald seit ein paar Jahren immer komfortabler ausgestattet wird. Der Forst der Vergangenheit ist passé. Und das ist gut so. Schlichte, einfache Ruhebänke beispielsweise, wie sie jahrzehntelang an besonders schönen Aussichtspunkten standen und Millionen von Besuchern nicht nur Rückenschmerzen, sondern bleibende Bandscheiben-Schäden verursachten, werden von den kenntnisreichen Touristikern von heute mehr und mehr durch zeitgemäße Alternativen ersetzt. Dabei denke ich zum Beispiel an die sechzig oder siebzig Meter lange Riesenliege, auf die Schopfloch zurecht stolz ist, oder an die vielen großen, drehbaren Wald-Sofas aus Stahl und Holz, die man inzwischen nahezu überall antrifft.

Klar, wir leben noch immer im Hochschwarzwald, in dem es bäuerlich, zuweilen auch bäurisch zugeht; das lässt sich so schnell nicht ändern. Dennoch sind Wald, Feld und Flur inzwischen zur badischen Copacabana geworden. Waldbaden ist angesagt. Im Kimono, im Bikini, in der Badehose oder im Wanderdress. Gruppenweise, mannschaftsweise, herdenweise werden Touristen eingeladen, es sich auf Holzliegen zwischen unseren stolzen Tannen bequem zu machen. Sie schauen mit aufmerksamen Augen in den Himmel und lauschen mit gut gespanntem Trommelfell, unter der kompetenten Anleitung eines Gurus, dem Säuseln des Winds und dem Tschilpen der Vögel. Sie baden, sie aalen sich, achtsamkeitsorientiert, im Wald rund um Schopfloch, sie bauen Cortisol ab, optimieren ihr Stress-Management und regenerieren ihr vom Alltagsleben in der Stadt ruiniertes Immunsystem, nicht selten umgeben von Scharen geschnitzter, buntbemalter Märchenfiguren, was den Heilungseffekt zusätzlich unterstützen soll. Das hat zumindest das *Institut Dr. Möhl* aus Fallingbostel kürzlich in einem umfangreichen Gutachten bestätigt. Die Natur wird hoffentlich weiter zu einem ganzjährigen Wohlfühl- und Spaß-Parcours verfeinert; schon heute haben wir keinen Anlass, uns hinter der *Disney World* zu verstecken. Wir sind auf der Höhe der Zeit.

Dass unsere Landschaft mit Vollerntern bearbeitet wird, lässt mich, das sage ich offen, kalt; Sachzwängen wie finanziellem Druck und Personalmangel können sich auch die Forstverwaltung und der Naturschutz nicht entziehen. Ähnliches gilt für den Pistenbau im Sommer und einen angemessenen Skibetrieb im Winter. Damit meine ich nicht nur das gesetzeskonforme Bespielen der Natur mit Hilfe von Liftanlagen, Speicherteichen, Schneekanonen und Pisten-Bullys, sondern in gleicher Weise das aufopferungsvolle finanzielle Engagement etlicher Gemeinden, die sich im Interesse der gesamten Region verschulden und riesige Summen in den Wintertourismus investieren, weil sie dazu bereit sind, sich dem Klimawandel mit aller Macht entgegenzustemmen. Dass es für Dörfer und Kleinstädte nicht ganz leicht ist, den teuren Kampf gegen ein globales Phänomen aufzunehmen, sollte klar sein. Wenn deshalb einige Gemeindestraßen ein bisschen verkommen und gegenüber den großen Zielen des Wintertourismus eine Zeitlang zurückstehen müssen, manche Mehrzweckhallen und ein paar Schulen und öffentliche Bibliotheken nicht so renoviert werden können, wie es wünschenswert wäre, so ist das, aus meiner Sicht, hinzunehmen. Das Hauptaugenmerk sollte doch darauf liegen, dass die

Liftschlangen lang sind und die Pisten voll und ordentlich beschneit. Neulich hat eine große, landesweit erscheinende Zeitung in ihrem Reiseteil die steile These in den Raum gestellt, der Hochschwarzwald kämpfe für die Vergangenheit statt für die Gegenwart und verschlafe dabei die Vorsorge für die Zukunft. Das ist nicht nur geschäftsschädigend, sondern eine üble Verdrehung der Tatsachen.

Das Gegenteil ist richtig! Unsere wunderschöne Winterlandschaft entlang der Pisten wird immer attraktiver und mittlerweile auch akustisch mit Schlagern und Popsongs verschönt. Preiswerte Wurstständе bieten an den Talstationen hervorragendes Essen an, da läuft einem das Wasser im Mund zusammen. So geht Wintersport für die ganze Familie, so geht Qualität.

Das gilt in ähnlicher Weise für etliche Dörfer des Hochschwarzwalds. In nicht wenigen Gemeinden muss die Bauwirtschaft nicht darben, denn dort werden dankenswerterweise weiterhin Ferienhäuser und Wohnanlagen für Urlauber errichtet. Sie sind zwar selten belegt, und die Rollläden bleiben monatelang heruntergelassen, das sei zugegeben, doch an Weihnachten tragen die Besitzer wesentlich zur Wertschöpfung in der Region bei. Außerdem wird die Landschaft durch moderne, häufig neobarocke Gebäude bereichert und aufgewertet. Ich gebe ein Beispiel: In Obernü hat ein ehemaliger Baden-Badener Anwalt vor kurzem einen Schwarzwaldhof in bester Lage erworben. Aber seiner jungen Frau gefällt das Haus nicht. Es ist ihr zu altmodisch und macht ihr Angst, weil es unheimlich sei, wie sie sagt. Das ist nachvollziehbar. Jetzt wohnt die Dame, wenn sie einmal fürs Wochenende in den Schwarzwald kommt, in drei großen Wohnwagen vor dem Hof, bis ein piekfeines Gebäude in Neumatt nach ihren Wünschen fertiggestellt ist. Im

Tegernseer-Landhaus-Stil, mit Erkern und Türmen, wie der Herr Anwalt gerne erzählt.

Ein paar Ewiggestrige fordern demgegenüber, wir sollten „wenigstens“ die Schwarzwälder Bautraditionen ernst nehmen. Aber das ist Unsinn, schließlich leben wir in einem freien Land. Wir sind vielmehr gehalten, unseren traditionellen Humor nicht zu verlieren, die alten Zöpfe abzuschneiden und endlich Schluss zu machen mit der Bruchbudenhaftigkeit des Schwarzwalds, mit verlotterten Häusern, die kaum zu dämmen sind, deren tief heruntergezogene Dächer aber selbst im Juni für dumpfen Dämmer sorgen und ans finstere Mittelalter gemahnen. Wenn das gelingt, wenn wir das hinkriegen, verlieren etliche Dörfer ihren verstaubten, altertümlichen Charakter und gewinnen den Anschluss an unsere Zeit. Die Bürgerinnen und Bürger haben ebenso ein Recht auf Komfort wie die Urlaubsgäste. Statt alte Fratzen zu konservieren, sollten wir darum bemüht sein, unseren Dörfern ein zeitgemäßes Gesicht zu schenken und die einstmals gravierenden Unterschiede zwischen Stadt und Land einzuebnen. Erste Erfolge sind bereits unübersehbar: Manche benachbarten Orte beginnen schon zusammenzuwachsen und sehen nun aus wie die allerschönsten Vorstadtsiedlungen.

Einer meiner Maler-Favoriten hat einmal gesagt: *Man muss nicht glauben, daß ich gerade das Hässliche malen will. Ich will nur malen, was wahr ist und das hält man für hässlich, weil man nicht mehr gewohnt ist, etwas Wahres zu sehen.* Mir geht es ähnlich.

Also, worauf warten wir noch, Compañeros? Wir sollten endlich unsere Gelbwesten anziehen und geschlossen und solidarisch für unsere Heimat eintreten, für Schwarzwälder Blutwurst, für gut gewürztes Kalbsbries und feine Kutteln!

Aber jetzt muss ich fürs Erste schließen, meine Freunde, denn ich merke, ich spüre allzu deutlich, dass der Spiegel meiner schwarzen Galle beim allmählichen Verfertigen meiner Gedanken beim Schreiben und Sprechen rapide gestiegen ist. Und das werde ich heute und morgen erneut zu büßen haben. Doch für die gute Sache bringt man gerne Opfer. Und denkt an die heilige Blutwurst! Denkt an sie! Vergesst sie nicht! Lasst sie nicht im Stich! *Nichts, niemand, nirgends, nie.*

Konstantin der Erboste

*

Es ist noch nicht allzu lange her, da trafen wir uns an einem nebligen, nasskalten Spätnachmittag zu einer unserer Besprechungen hoch oben im Nebenzimmer des *Turmcafés*. Wir wollen nach Möglichkeit unerkannt bleiben und nicht zusammen gesehen werden, wie es sich für eine Turmgesellschaft gehört (haha), und Dr Bernd kam tatsächlich wie so oft mit Schlapphut, Sonnenbrille und hochgestelltem Mantelkragen. An dem für uns reservierten, angestammten Tisch haben wir unsere Ruhe, wenn man davon absieht, dass ab und zu ein Nachrichten-Sender laut aufgedreht wird und dass bisweilen ein wenig Lärm aus den Gassen zu uns heraufdringt. Aber das spielt ja keine Rolle. Ich traf mich also ganz unauffällig mit zwei der wichtigsten Drachen. Wir setzten uns, ich paffte gemütlich vor mich hin, was ich in Gesellschaft und außer Haus gerne tue, und strenggenommen standen andere Angelegenheiten an. Es sollte, wenn ich mich nicht sehr täusche, um Künzel gehen. Ich weiß nicht warum, ich habe keine Ahnung, doch ich platzte gleich zu Beginn mit dem Thema K. K. heraus:

„Es tut mir leid, aber ich kann bis zum heutigen Tag nicht begreifen, wie sich mein Freund mit seinen zum Teil ekelhaften Tiraden und Beleidigungen auf ein ganz und gar kleinliches, kindisches Stammtischniveau begeben konnte und kann. Er macht sich doch lächerlich! Und er ist sich noch nicht einmal zu schade dafür, den großen Zauberer Leibl auf sein eigenes Format herunter zu schrumpfen. Das ist widerwärtig! Viele Jahre hat sich K. K. mit seinen Großschriftstellern, mit Joyce, mit Kafka und vor allem mit Proust beschäftigt, hat Derrida und Barthes hinauf- und hinunterdekliniert. Ich muss das nicht alles wiederholen, ihr wisst ja selbst, dass er sich als kleiner Großdenker aufgespielt hat, der lange absolut keine Lust dazu hatte, die, aus seiner Sicht, muffigen Problemchen des Schwarzwaldes und der Schwarzwälder auch nur von Ferne zur Kenntnis zu nehmen. Stimmt's? Oder stimmt's nicht?"

„Und ein paar Jahre später, mein lieber Maximilian", warf Dr Bernd ein, der auf beiden Backen die guten *Turmcafé*-Pralinen kaute, „das darf man ja wohl hinter vorgehaltener Hand sagen, wenn wir unter uns sind, versteigt sich unser Objekt zu hirnrissigen, populistischen Äußerungen! Von meiner …"

„Ja, obwohl …"

Das Telefon von Dr Ingrid B. läutete. Sie nahm ab: „Wie nett, dass du anrufst, mein Dicker! Hallo, Mausi!"

„Entschuldige, lieber Maximilian, ich war noch nicht ganz fertig. Von meiner Frau weiß ich, dass Konstantin sich im Rathaus von Anfang an vollkommen anders benommen hat. Da war er immer, sagt sie, eher eine kleine männliche Memme, ein Kerlchen, das ziemlich linkisch und verdruckst und richtig schüchtern aufgetreten ist. Nur ausnahmsweise, wenn die Chefin …"

„Ach du meine Güte, das tut mir aber leid. So ein Mist, Mausi! Wie ist denn das …?"

„… wenn die Chefin und auch der Hirschle nicht dabei waren, hat er wohl versucht, den großen, sorry, den großen Maxen zu spielen und hat mit Fremdwörtern nur so um sich geworfen. Jedoch immer brav auf Rathauslinie, ohne Kritik, nur um anzugeben. Und nun spielt er den bissigen, bösartigen Populisten und beschimpft lauthals den Schwarzwald und alle, die etwas für unsere Region tun wollen. Den Begriff der ‚Bruchbudenhaftigkeit' hat er letzthin in einem anderen Sinn benutzt."

„Ja", setzte ich nochmals an und nuckelte an meiner Tabakspfeife, „obwohl er doch lange Zeit das Leben eines entrückten Akademikers geführt und später in der Fremdenverkehrs-Szene munter mitgemischt hat."

„Fein, mach das, nimm den grünen. Du bist doch so ein toller Tennisspieler, Mausi, du gewinnst auch in Grün. Du, ich muss jetzt auflegen, ich bin in einer wichtigen Besprechung. Du weißt schon. Und denk an dein Herz!"

„Das passt doch alles nicht zusammen, Bernd. Zuerst den hochintellektuellen Flachländer geben und kurz darauf die große Verwandlung durchlaufen und den Schopflocher Marktschreihals spielen. Und jetzt? Wie kann er sich nur dazu verstehen, seine Heimat dermaßen mit Füßen zu treten, durch den Kakao zu ziehen …"

„Ich teile ja die Meinung des jungen Klingele, dass wir den Schwarzwald auf gar keinen …"

„… in den Schmutz zu zerren, zu beschimpfen und überdies die Wirklichkeit bösartig auf den Kopf zu stellen? Das will mir nicht in mein Hirn gehen. Schließlich müssen wir, müssen die Menschen hier bei uns von etwas leben. Oder wollen wir den Schwarzwald zu Tode schützen? Ohne den Fremdenverkehr gehen in Schopfloch die Lichter aus. Dann wird es stockfinster. Natürlich können wir unsere Feriengäste nach Malle und Australien schicken. Und uns einen Strick kaufen. Die Familie Klingele hat über Jahrzehnte hinweg kräftig vom Fremdenverkehr profitiert. Und unser …"

Barcelona. Heute stimmten die Abgeordneten des katalanischen Regionalparlaments mit 70 zu 10 Stimmen für die Unabhängigkeit ihrer Region von Spanien. In Madrid erklärte sich der Senat einverstanden mit den vom Kabinett Rajoy beschlossenen Zwangsmaßnahmen gegen Katalonien. Der Ministerrat setzte später am Tag die katalanische Regionalregierung ab und kündigte Neuwahlen zum Regionalparlament im Dezember an. Die deutsche Bundesregierung hat sich gegen die Unabhängigkeitserklärung Kataloniens ausgesprochen.

„… unser Freund K. K. hat kräftig mitprofitiert. Das Hotel, das Restaurant und die Feriengäste haben unter anderem auch sein Studium ermöglicht und finanziert. Das gönne ich ihm, ohne jeden Neid. Aber man muss das sagen dürfen. Oder? Schopfloch braucht den Fremdenverkehr. Und wir brauchen dringend Zuwächse. Das steht für mich außer Diskussion."

„Ich teile schon die Meinung des jungen Klingele, dass wir mehr Mumm, mehr Selbstbewusstsein nötig haben. Und dass wir den Schwarzwald auf keinen Fall verramschen dürfen. Das sagt mein Mann von morgens bis abends. Und wenn er recht hat, hat er recht. Schon früher haben wir hier, bei uns, ganz famose, feine Sachen auf die Beine gestellt, fünfundsiebzig oder sechsundsiebzig fand, nur als Beispiel, das Elvis-Konzert auf dem Marktplatz …"

Berlin. Heute wird ein Kapitel der Luftfahrtgeschichte geschlossen. Die Fluggesellschaft Air Berlin beendet ihren Betrieb mit einem Flug von München nach Berlin-Tegel. Die Airline stellte bereits im August dieses Jahres Antrag auf Insolvenz.

„Ja, das stimmt! Daran erinnere ich mich immer wieder gern. Elvis in Schopfloch, der große Elvis im Hochschwarzwald! Das war eine Sensation damals. Und hat erstklassige Werbung gebracht. Auch wenn sich eine kommunalpolitische Krise daraus ... Wegen dem *Spiegel*-Artikel ...“

„Wegen des *Spiegel*-Artikels ...“

„Meinetwegen wegen des *Spiegel*-Artikels, wenn ich mich ... Wegen des Elvis-Interviews ... Aber die Stadt und der Handels- und Fremdenverkehrsverein haben das hingekriegt, astrein haben die das hingekriegt, der Pfeiffer, Bud Spänzer und der Hirschle, wenn ich mich nicht ... Und auch die Veranstaltungen mit den Original Oberkrainern ...“

„Die Sparkasse hat das alles unterstützt. Und auch heute gibt es jede Menge gute Vorhaben. Konstantin jedoch will, wie wir alle wissen, nicht zur Kenntnis nehmen, dass manche Leute, vor allem jüngere Bürgermeisterinnen und Bürgermeister und gestandene Bankdirektoren, dem Ausverkauf des Schwarzwaldes und seiner Verkitschung entschlossen entgegentreten. Der junge Klingele aber ...“

„Das sehe ich ganz genau ...“

„... der junge Klingele will das ums Verrecken nicht wahrhaben, ums Verrecken nicht, sondern geht mit seinen rüden Beleidigungen, wie wir wissen, kommentarlos über ganz tolle Vorhaben hinweg, mit ‚zwei links, zwei rechts‘ gewissermaßen, und teilt so munter aus, dass man sich angewidert abwendet. Sogar über das gesunde Waldbaden versucht er sich lustig zu machen. Da kann ich nur sagen: Pfui Deibel! Wahrscheinlich ärgert er sich über die eigene Untätigkeit, weil er in seiner Zeit als Fremdenverkehrsdirektor keine Ideen hatte, der faule Kerl, der Tunichtgut. Mag sein. Ich kann sein Verhalten nicht akzeptieren.“

„Das geht mir …“

„Mein Mann auch nicht. Trotz Helene und Karl. Noch weniger verstehe ich, dass ein Mensch wie der junge Klingele, der keine schlechte Ausbildung erhalten hat, das kann man ja wohl so sagen, oder?, in kurzer Zeit den Boden unter seinen zwei linken Füßen und den Verstand verlieren konnte und sich am laufenden Meter in vollkommen irrwitzige Wahnvorstellungen hineinsteigert und einen Mist daherredet, der sich gewaschen hat. Der muss ja allen Ernstes glauben, er hätte eine riesige Menge von treuen Gefolgsleuten hinter sich, der Depp. Der ist ja nicht mehr richtig im Kopf! Mein Mann vermutet, dass er, also der junge Klingele, schon lange säuft. Seine Eltern haben ihm alles durchgehen lassen. Wirklich alles. Besser, viel besser wäre es gewesen, wenn sie ihn dazu angehalten hätten, sich zum Beispiel an den Blutspende-Aktionen des Roten Kreuzes zu beteiligen. Er aber ist nie zu den Terminen im Feuerwehrhaus aufgetaucht. Das hätte ich als ehrenamtliche Helferin mitbekommen. Ein solches Verhalten hätte es bei uns nicht gegeben.“

„Bei uns auch nicht“, sagte Dr Bernd und kaute offenen Mundes weiter genüsslich Pralinen. „Dafür würde ich meine Hand ins Feuer legen. Wir sollten übrigens häufiger zusammenkommen. Hier sind wir ungestört, wir genießen einen ausgezeichneten Blick auf die Altstadt, und alles bleibt vertraulich.“

*

Notat Drei[9]

Die Flocken, die vor meinem Fenster fallen, erinnern mich daran, dass ich es nicht ertrug als Kind, dass jemand in mein unberührtes Schneefeld lief und mir den stillen Blick aufs schöne Dasein störte, dass einer mir nichts, dir nichts kam und mir den reinen Duft von Frost und Winter stahl; es zog mich, wenn ich's offen sagen darf, *um Jahrhunderte rückwärts im Schnee.*

Doch war's nicht, ohne dass ich's wirklich sah, ein alter Abglanz nur, ein überhelles Bild vom Paradies, ein Planquadrat und frostig Gärtlein klein, zum Sterben schön?

*

Aus der Sicht eines zwar nicht armen, aber auch nicht in den Reichtümern eines Dagobert Duck schwimmenden Lehrersohnes und Lehrers war es ein riesengroßer Fehler, eine nicht wieder gut zu machende Dummheit: Der Ruin des *Kronenhofs* hätte verhindert werden können, wenn rechtzeitig investiert worden wäre, wenn der vermutlich doch ziemlich schlicht gestrickte Konstantin („zwei links, zwei rechts") zur richtigen Zeit investiert hätte. Wenn er die *Bude*, wie er das Hotel oftmals abschätzig genannt hat, als Direktor übernommen hätte, bevor sie endgültig zur Bruchbude wurde und von Woche zu Woche, von Monat zu Monat mehr verlotterte. Wenn er die Zeichen der Zeit erkannt und das Hotel aufgemöbelt hätte. Auch seinen eigenen Ruin hätte er vermeiden können, seinen Zusammenbruch, die Zerrüttung seines Herzens und seinen gesamten körperlichen

9 Maschinenschriftlich, sauberes Papier; datiert auf Dezember 1980. Das kann jedoch nicht stimmen, denn die zitierte Gedichtzeile von Sarah Kirsch wurde erst im Februar 1983 veröffentlicht (aufwendige Recherche!).

und seelischen Schlamassel. Da bin ich mir sicher. Indessen, auf den Gedanken, sich um den *Hof* zu kümmern, zunächst im Hotel mitzuarbeiten und es später selbst zu führen, ist er nie gekommen. Ich hätte mir eine solche Chance nicht entgehen lassen. Ich nicht. Ganz sicher nicht. Ich wäre vielmehr stolz gewesen, meinen Eltern zu helfen und gleichzeitig etwas für mich selbst tun zu können. Ich war aber auch niemals so blutwurstsatt und so kirschwasserblau wie Konstantin.

Ein anderer, nicht ganz unwichtiger Aspekt sollte allerdings nicht übersehen werden: Ob Konstantin mit seinem Hotel Peters neuer, luxuriöser *Mountain Lodge* und Tommys Edelschuppen *Berge à discrétion* auf Dauer hätte Paroli bieten können, ist mindestens unsicher. Denn beide verfügen über riesige Spa-Bereiche, in denen sich die blondesten Top-Blondinen Süddeutschlands die Sektflöten gegenseitig in die Hand drücken, und spielen in der Liga ‚Vier Sterne superior', sind andererseits aber auch nicht so abgedreht und so überdreht teuer wie zum Beispiel Samih Sawiris' *The Chedi* in Andermatt. Die Besitzer, die sich zu einer Gesellschaft mit dem Namen *Silver Mountain Residences* zusammengeschlossen haben, sind gebürtige Schopflocher und wissen, was hier geht und was nicht: bodenständig dürften sie immer noch sein, bodenständig und somit beinahe solide und rechtschaffen. Beinahe zumindest. Verwurzelt in der Region, wie man hier sagt.

Andermatt dagegen ist ein Beispiel dafür, das nur *en passant* und ganz nebenbei, wie sich ein Bergdorf selbst verraten, verkaufen und abschaffen kann. Womit ich nicht in den Raum stellen will, dass Vergleichbares, in beträchtlich kleinerem Maßstab, versteht sich, nicht auch im Schwarzwald unterlaufen würde. Ganz im Gegenteil. Ich möchte behaupten: in Hülle und Fülle. Die Beispiele stehen uns vor Augen. Und Konstantin hat mir gegenüber, es fällt mir nicht leicht, das einräumen zu müssen, mehrfach solche Problemfelder benannt. Auch wenn er sich dabei häufig im Ton vergriffen hat.

Ohne Zweifel ist es im Übrigen so, dass es nicht die Dinge sind, die die Menschen beunruhigen, sondern die Ansichten, die von den Dingen in der Welt sind. Und lange Zeit hatte K. ganz andere Meinungen und Ansichten und vor allem ganz andere Perspektiven und Themen, auf die er fixiert war und die ihn bewegten. Was ich damit zum Ausdruck bringen will: Früher hat er sich einen feuchten Kehricht um den Schwarzwald und um Schopfloch gekümmert. Schließlich hat er ein Spitzenabitur gemacht und zwar, ganz und gar anders als ich, mit lockerer Hand, wie er sich vermutlich gesagt hat, denn er hat die Reifeprüfung geschafft, ohne dass er dafür auch nur einen Strich hätte tun müssen. Stattdessen ist er während der letzten Schulklasse, selbst kurz vor dem schriftlichen Abitur noch, mehrmals in der Woche mit seinem Fiat nach Freiburg gefahren, um sich als Schauspieler an einer Laien-Inszenierung des Stadttheaters zu beteiligen.

Es ging um ein Schulstück mit dem tiefsinnigen Titel *Haut die Penne in die Pfanne*, um die Erfolge der antiautoritären Bewegung an einem Gymnasium. Wie es in jenen Jahren Mode war. Ich habe nichts gegen italienische Nudeln. Doch dass der höhere Sohn aus gutem Haus, dem es an nichts gebrach, sich in der Rolle des aufmüpfigen Revoluzzers gefiel, hat mich damals ziemlich gestört, obwohl ich ihn gleichzeitig bewunderte und beneidete. Mein Papa hätte solche Sachen nie und nimmer geduldet. Der hätte mir den größten Krach gemacht und hätte mich, mit rot angelaufenem Gesicht, angebrüllt: „Solange du deine Füße unter meinen Tisch streckst, gibt es solche Faxen nicht, mein Lieber!"

Und dann ist Konstantin weit weg gegangen. Überraschenderweise haben seine Eltern auch bei diesem Thema keinerlei Widerstand geleistet; klaglos ließen sie ihren einzigen Sohn und möglichen Nachfolger ziehen. K. scheint es nicht angefochten zu haben, seine Familie, seine Freunde und das Hotel zurückzulassen, er hat nicht mit der Wimper gezuckt, hat sogar damit geprahlt, dass er endlich den spießigen Schopfloch-Sumpf zugunsten des aufgeklärten Nordens hinter sich lasse. Der altkluge K. hatte schon damals nur noch Literatur und eine steile wissenschaftliche Karriere im Kopf und wollte vor allem eine große Distanz zwischen sich und dem Schwarzwald herstellen. Die Universitäten von Freiburg, Basel, Konstanz oder Tübingen kamen daher für ihn überhaupt nicht in Frage. Das hat er unzählige Male gesagt: „Ich muss weg, möglichst weit, weit weg!" Weshalb, ließ er noch nicht einmal durchblicken. Dass auch viele andere aus unserer Klasse die Gegend verlassen haben und zum Teil sogar ins Ausland gegangen sind, war mir gleichgültig. K.s Entscheidung gegen den Schwarzwald jedoch hat mich getroffen. Getroffen und gekränkt.

Konstantin hat also im norddeutschen Tiefland, in Göttingen, studiert. Dort ist zunächst alles reibungslos, glatt und gut vonstattengegangen. Und zwar mit schier unglaublichem Tempo, es pressierte ihm sozusagen, Zug um Zug hat er sich scheinbar „ein Wissensgebiet nach dem anderen angeeignet und sich die Literatur und die Literaturwissenschaft der Welt erschlossen" (so eine seiner großsprecherischen brieflichen Mitteilungen). Das hat nicht gerade wenig Zeit gekostet. Und die hat er sich genommen. Denn Geld hatte der Herr Sohn ja noch zur Genüge. Seine Eltern haben brav gezahlt, Monat für Monat, Jahr für Jahr, obwohl es mit dem Hotel längst schlechter lief und sie andere Pläne mit ihrem Sohnemann und für ihn gehabt hatten. Und obwohl sie nur schnöden Undank geerntet haben, wenn ich das richtig sehe. Bereits in seinen ersten Semestern muss Konstantin den kleinen Möchte-gern-Gelehrten und Hochschul-Dandy mit Tweed-Mütze und rotem Schal theaterreif gegeben haben. Solche Gerüchte wurden damals jedenfalls im Hochschwarzwald über das „*Hof*-Söhnchen" kolportiert.

Sein Examen hat Konstantin ohne Probleme hinter sich gebracht und hat hernach eine anscheinend ziemlich glänzende Doktorarbeit verfasst und im Rigorosum verteidigt, die ich nicht gelesen habe, schnell, also abermals pressant, und mit Bestnoten, auf einer Assistentenstelle und dank der zusätzlichen mütterlichen Zuwendungen (!) noch eine gewisse Zeit mit ausreichend Geld für seinen Treibstoff ausgestattet, wie er das nannte. Gestolpert ist er in seiner Göttinger Zeit vorderhand nicht.

Das mehrere Jahrzehnte lang beste Schopflocher Hotel hat Konstantin also scheinbar nie interessiert, er hat es links liegen lassen, was ich niemals begriffen habe und bis heute nicht begreifen kann. Und so hat er sich aus dem Schopflocher Staub gemacht. Genauer gesagt hat er sich, wie ich inzwischen weiß, nicht aus dem Hochschwarzwälder Staub verabschiedet, sondern aus dem angeblichen Gestank des *Kronenhofs*. Er ist, im Wortsinn, verduftet, weil er seinen Obsessionen und Ängsten zum Opfer gefallen ist.

Das hat Konstantin mir gegenüber viele Jahre später, nach seiner Rückkehr, behauptet. Was erneut deutlich zeigt, dass man die Leistungsfähigkeit seines Gehirns nicht überschätzen durfte. Oder besser, und anders, formuliert: Dem romantischen Blick auf die Welt ist gegenüber der Aufklärung doch der Vorzug zu geben, die Vernunft findet in einer kranken Seele keinen Lichtschalter. Aber das ist nur die unbedeutende Meinung eines kleinen Provinz-Oberstudienrats, der die höheren akademischen Weihen nicht erlangt hat, sondern sein Lebtag lang einer geblieben ist, der sich auf biedere Art und Weise schreibend bemüht. Der als Schreiber sich der Welt zu nähern und sie ein wenig zu begreifen versucht, indem er sie in Schrift übersetzt.

Vor und nach der Reifeprüfung hatte Konstantin, das war lange Zeit mein Eindruck, nur noch einen möglichst schnellen Abgang aus Schopfloch im Kopf, nur Bücher und eine Laufbahn, die es ihm erlauben sollte, aus seiner beginnenden Sucht nach Literatur einen Beruf zu machen. Und der tragikomische Witz an der Sache ist, dass seine Eltern diese Entwicklung wider Willen sogar angestoßen und begünstigt haben.

*

Notat Vier

Seit meinem zehnten Geburtstag schenkten mir meine Erzeuger jeden Monat ein Buch meiner Wahl. Sie nannten das, ihrer Zeit weit voraus und in Anlehnung an die Sprache des Hotels (‚Wein der Woche') Buch des Monats. Sie wollten mich fördern, wollten mich sprachlich fit machen, klar, keine Frage, sie hatten die Absicht, mich zu einem prächtigen Hotellerie-Schwein zu mästen, das heißt, ein wenig präziser formuliert, sie wollten mich, wenn möglich, zu einem gewandt plappernden gastronomischen Papagei dressieren und heranpäppeln, weil man als künftiger Wirt und Gastgeber, den sie sicherlich früh schon in mir sahen, sehen wollten, auf Sprachkompetenz angewiesen ist. Schließlich ist es von Vorteil, wenn der Patron nicht nur adrett und à la mode gekleidet, sondern darüber hinaus in angemessener Form mit seinen Gästen zu kommunizieren in der Lage ist. Mündlich und schriftlich. Meine Alten hätten freilich, und das soll nicht despektierlich klingen, „schwätzen“ gesagt.

Wollen, wollen, sollen: Sie wollten ihren Willen durchsetzen. Das kann man, aus ihrer Perspektive, ja auch verstehen, doch irgendwann begann ich zu grollen. Und jeder Druck erzeugt, wie man weiß, Gegendruck. Ich wollte nicht sollen. Schon gar nicht müssen.

Es lief schließlich wie beim Billard, wenn ein Stoß zu ungenau gesetzt wird und eine Kugel die andere so trifft, dass diese ihr Ziel verfehlt und über dasselbe hinausschießt. Am Willen vorbei. Vater und Mutter fütterten mich an: Wunschgemäß fand ich mehr und mehr Gefallen an den dicken Schwarten, die sie mir Monat für Monat offerierten. Am Anfang waren das vor allem Abenteuer-Schmöker, Karl May, Humboldt für Heranwachsende, Western und Kriminalromane. Aber schon als ich dreizehn, vierzehn Jahre alt war, lief die Operation Gastro-Papagei aus dem Ruder, und ich ging, ich pilgerte fast täglich zu dem ältlichen Herrn Möhm in die *Hochschwarzwald-Buchhandlung*, den einzigen Buchladen bei uns, und graste, wie eine hungrige Kuh, die mir heiligen Taschenbuch-Regale ab, um da und dort zu blättern und um kurz in den einen oder anderen Abschnitt hinein zu schnüffeln. Vor allen anderen stach mir die regenbogenbunte Reihe der *edition-suhrkamp*-Bände in die Augen, die mir schnell zum Inbegriff der Literatur, ja zum Kern meines Lebensgefühls wurde.

Pop und Rock, vor allem auch kurze Röcke waren damals angesagt, die Stones, Led Zeppelin, The Who und außer der Musik und den Partys, auf denen man den Mädchen mit den ultrakurzen Röcken begegnete, eben das, was man später, mit einem Ausdruck von George Steiner, die Suhrkamp-Kultur nennen sollte. Das ist ja alles bekannt. Aber um es ganz offen zu sagen: So begeistert ich in meiner Kindheit Karl Mays Wälzer und andere Abenteuerromane verschlungen hatte, sogar Krimi-Heftchen und Science Fiction, *Jerry Cotton* und *Perry Rhodan* beispielsweise, mit denen ich ganze Wochenenden zubringen konnte, ohne mich jemals zu langweilen, so *lebte* ich etwas später doch mehr in der Welt aus billig zusammengepappten Büchern mit ernst zu nehmender Literatur, als dass ich sie wirklich *gelesen* hätte.

Mir kam es ab irgendeinem Zeitpunkt ganz einfach chic vor, in unserer Kleinstadt den jugendlichen Intellektuellen und Anti-Dörfler zu mimen. Mich abzusetzen, mich abzugrenzen und, ja, mich, wenn ich ehrlich sein soll, ein wenig aufzuspielen vor unseren Schwarzwald-Lolitas. Wir, Lukas, der Sohn eines Internisten, Bernhard, dessen Vater eine kleine Fabrik betrieb, mein Freund Max und ich, ein halbes Jahr, wenn ich mich nicht täusche, auch Tommy und Peter, zwei Gastwirtssöhne, wir kamen uns damals ziemlich einmalig vor, wenn wir, mit einem regenbogenbunten Buch in der Hand oder einer fremdsprachigen Zeitung, vorzugsweise *Le Monde* oder *The Times*, gut sichtbar unter dem Arm, über den Markt und rund um die Sankt-Oswalds-Kirche, hügelauf und hügelab, durch die engen Altstadt-Gässchen spazierten und geschwollen daherredeten.

Wann immer es der Pegel des Monatsbudgets beziehungsweise meiner nicht allzu üppig gefüllten Taschengeldkasse erlaubte, trabte ich unverdrossen los und erwarb, voll Ehrfurcht vor dem Inhaber all der literarischen Schätze, eines der farbigen Bändchen von Hans Magnus Enzensberger, von Uwe Johnson oder Walter Benjamin. Die Neuerwerbung in meinem Regal zuhause einzuordnen und aufzustellen, war stets ein Fest. Das Zimmer weitete sich zum Raum und wurde zugleich zu einem Bollwerk, in dem ich mich sicher und geschützt fühlte. Immer wieder schnupperte, schnüffelte ich an den Büchern, roch verzückt das billige, schlechte Papier und den Leim, ich streichelte sogar die Buchrücken, ich konnte mich nicht satt sehen an ihnen und sagte mir: ‚Das ist deine Welt. Da steht deine Zukunft! In dieser Welt willst du, in dieser Welt *wirst* du leben.' Und ich hätte hinzufügen können: ‚Du hohler Fatzke!' Denn ich muss zugeben, dass ich mir all die Bücher in erster Linie nicht kaufte, um mich ernsthaft mit ihnen zu beschäftigen, dazu war ich viel zu faul und zu bequem, viel zu abgelenkt von kurzen Röcken und von unserer Musik, sondern um mich vom Mainstream meiner Altersgenossen abzusetzen, die, von Bernhard, Lukas und von Max abgesehen, entweder überhaupt nichts lasen oder höchstens von Hermann Hesse schwärmten. Bei Benjamin verstand ich eh nur Bahnhof, klar. Aber auch bei meinen anderen Anschaffungen kam ich selten über die ersten zwei, drei Seiten hinaus. Dennoch: Die Suhrkamp-Bändchen richteten mein schwaches Ego auf, sie waren die Luft, die ich atmen, das Wasser, in dem ich schwimmen wollte. Das war's! Das war alles. Nicht mehr und nicht weniger.

*

Ziemlich bald nach seiner Flucht aus Göttingen erzählte mir Konstantin, dass er in unserer Abiturzeit zufällig Zeuge gewesen sei, wie der uralte Fallerhof abgebrannt sei. Obwohl das Anwesen recht weit vom Zentrum entfernt lag, habe sich in kürzester Zeit eine Menschenmenge „zusammengerottet". In den Augen der meisten Schaulustigen sei ein auffälliges Leuchten, ja, ein Strahlen zu sehen gewesen.

Etwas Ähnliches habe er wenig später auch in G. beim Brand einer großen Villa beobachtet. Dort sei er außerdem einem älteren Mann begegnet, der stark nach Petroleum gerochen habe, und er sei auf den Gedanken verfallen, ob das nicht ein Brandstifter sein könne.

*

Schnipsel Zwei[10]

And what, if I don't?

Hä!? Was soll denn das heißen?

Ist ein Klassiker. Von Herbie Hancock. Ein paar Jährchen jünger als ich, Jahrgang 1963. Also das Stück.

Und was willst du uns damit sagen, Konny?

Beispielsweise: Und wenn ich nicht auf die Welt hätte kommen wollen?

Sonst noch was? Bist du verrückt?

Und wenn ich nicht in eure Fußstapfen treten will?

Ist das alles, was du uns mitzuteilen hast?

I would prefer not to.

Hä? Ich verstehe nur noch Bahnhof.

Das ist Literatur, Vater, nichts als Literatur. You can't always get what you want!

Du hast dich ganz schön verändert.

I'm braver than I used to be.

Mensch, Kerle, schwätz düütsch, net englisch. Und bereit' dich seelisch und geistig gefälligst aufs Hotelfach vor!

*

---

10 Undatiert, vermutlich aus der Zeit des Abiturs

Aus der *Schopflocher Zeitung*

Todesopfer bei Großfeuer

Vorgestern brannte das Anwesen Faller, einer der traditionsreichsten und ältesten Höfe des ganzen Hochschwarzwalds, bis auf die Grundmauern nieder. Der bettlägerige Nikolaus Faller fiel den Flammen zum Opfer, für ihn kam jede Hilfe zu spät. Die anderen Familienmitglieder konnten sich retten. Die mit großem Aufgebot ausgerückte Freiwillige Feuerwehr unter ihrem Kommandanten Spänzer war ansonsten ohne jede Chance. Mehr als fünfzig Kühe verendeten. Bud Spänzer sagte, die Feuerwehr sei allein am Samstagabend achtzehn Stunden lang im Einsatz gewesen. Die Polizei teilte mit, sie ermittle in alle Richtungen. Wir werden weiter berichten.

*

Fortsetzung Notat Vier

Jeden Samstag trabte ich also mit ein, zwei Büchern durch die Stadt und ins Straßencafé neben dem Rathausbrunnen, um meine schmächtige linksliberale Intellektuellenfigur bei einer Tasse heißer Schokolade zur Schau zu stellen. Am Nebentischchen steckten meist einige ältere Männer ihre Dickschädel zusammen, Metzger Blasius Vogt, Bäcker Rohrbach, Apotheker Schmidtlein, Reformhaus-Kiesch, und hechelten die Animierdamen im *Troc*, der einzigen Schopflocher Bar, und ihre diversen „Vorzüge“ durch, während ich mich mit den Miniröcken der vorübergehenden jungen Frauen und Mädchen zufriedengeben musste, die nicht alle wirklich gut kleideten. Aber ich selbst war schließlich auch nicht viel mehr als ein später, hässlicher Pubertätspickel.

Ich war gleichzeitig ein Außenseiter und ein kleiner Angeber. Damit hatte ich zwei gute Gründe, um meine Zuflucht in der Buchhandlung am Markt zu suchen. Herr Möhm, der in Schopfloch nichts galt, ein überaus freundlicher, etwas teigiger, dicklicher Herr mit Halbglatze, von dem sommers wie winters ein schwacher Geruch nach trockenem Staub und nassen Wollsachen ausging, residierte an einem riesigen alten Schreibtisch, auf dem sich Bücher, Zeitungen und Prospekte kreuz und quer stapelten. Der Buchhändler war aus Norddeutschland zugezogen und hatte zwar keinen Buckel, aber er artikulierte wie Sesemi Weichbrodt: in einwandfreiem Schriftdeutsch, was für Schopfloch eine nachgerade exzentrische Ausnahme darstellte, akzent- und dialektfrei, wie mir damals schien, doch mit monströs übertrieben artikulierten Vokalen. Nur dass er, anders als Sesemi Weichbrodt, häufig angelsächsische Floskeln in seine Rede einstreute: „Allright, jonger Monn", sprach er mich nicht selten an, „allright, deeses Booch von Oowe Joohnsoon est wörklech okay. Ech konn ös Ehnen wörmstens ömpföhlen!" Und nicht selten setzte er hinzu, indem er mich sanft am Ellenbogen berührte: „Vüül bösser ols Hösse oder Frösch!"

Herr Möhm erschien mir als ein sehr belesener Mann, und ihm, seinem sanften Wesen und seinen stark vokalisierten Lesehinweisen habe ich es tatsächlich auch zu verdanken, dass ich nicht bei meiner ekligen Angeberei und bei „Hösse" hängenblieb, dass ich Bücher bald nicht nur zusammenraffte, um mich als kleinen Möchte-gern-Intellektuellen zu kostümieren, sondern nach und nach wirklich zu einem Leser wurde. Eines Samstagmorgens empfahl Möhm mir Thomas Bernhards *Kor-*

rektur, und von da an verlor ich mich endgültig an die Literatur. Ich las und las und tauchte ein in Bernhards dunkle Welt, die mir auf seltsame Weise mit der meinen verwandt schien. Und ich begann in ihr zu versinken.

*

Mail Zwei

8. September 2009 um 18:05

Lieber Maximilian,

vielen Dank für Deine Anfrage! Selbstverständlich bin ich gerne bereit, Dein Projekt zu unterstützen. Konstantin hat mich zwar sehr enttäuscht, ein solch mieses Niveau hätte ich ihm nicht zugetraut. Gleichwohl liegt er mir noch immer am Herzen, Freund bleibt eben Freund. Schwarzwälder bleibt Schwarzwälder. Und nach wie vor bin ich der festen Überzeugung: Konstantin ist ein Genie. Außerdem finde ich es gut, dass unsere kleine Stadt gewürdigt wird. Kleinstädte wie die unsrige werden ja kaum noch wahrgenommen. Unter Berlin, Paris und Peking scheint es nicht mehr zu gehen. Aber reden wir Klartext: Wir machen ja selbst eine Städtereise nach der anderen.

Neulich waren wir in Boston. War toll! Toll, toll, toll, kann ich nur sagen. Dort kannst Du nach Belieben im lebendigen Getümmel untertauchen, dort gibt es nicht das Schopfloch-Syndrom, keine Langeweile. Jeder Tag ist anders. In Boston boxt der Bär auf unzähligen Veranstaltungen. Ein schnell wechselnder Rhythmus voller Synkopen bringt Dich in

Schwung, aus Autos, Rollern, Fahrrädern, Schiffen, Körpern, Gesichtern, Beinen, dunklen und leuchtenden Farben; der Atlantik, die Flüsse, die Parks und Brunnen: Das ist Boston. Und die Beantown hat, auch wenn Du es mir nicht glauben magst, einen eigenen Ton, einen speziellen, wie soll ich sagen?, scharfkantigen Sound, der sich aus einer riesigen Anzahl von dumpfen, hellen, schrillen, warmen und kalten, leisen und lauten Tönen, aus schäumendem, plätscherndem, sprudelndem Wasser, aus Wind, Motorgeräuschen, Schiffshörnern und Autohupen zu einem vielstimmigen Klang bündelt, der an manchen Straßenecken von Popmusik und Jazz überlagert wird. Erst in Boston ist mir klargeworden, dass unsere schöne Heimat keinen eigenen Sound besitzt. Schopfloch: Das ist Natur und ein wenig Straßenlärm und Arbeitswelt, und das war's dann. Akustisch unterscheidet sich unsere kleine Stadt in nichts von Rottweil, Neustadt und Donaueschingen. Oder? Aber ich bin abgeschweift.

Ich weiß nicht, wie Du unsere literarischen Jahre erlebt hast. Ich kann für mich nicht bestätigen, dass die Beschäftigung mit Literatur damals etwas mit Angeberei zu tun hatte. Mir ging es um die Sache, mir erschien Literatur plötzlich wie ein neues Fenster zur Welt. Nur habe ich bald gemerkt, dass Du und Konstantin mir gegenüber weit voraus wart, und deshalb und, ich gebe es zu, wegen der besseren Verdienstmöglichkeiten und weil ich mein eigener Chef sein wollte, habe ich mich am Ende für das Medizinstudium entschieden. Mein Vater war bekanntlich Arzt. Da drängte sich dieser Weg ohnehin auf. Aber dass Konstantin die Beschäftigung mit Literatur als Angeberei betrieben hat, das würde ich ausschließen. Glaub mir, er ist ein Genie. Ein Genie, das offenkundig schon lange den Glauben an sich verloren hat.

Lass mal wieder von Dir hören und halte mich bitte vor allem über Konstantins Zustand auf dem Laufenden. Ich bin gerne bereit zu helfen.

Herzlich, Dein Dr Lukas

*

Malerei spielte damals für mich keine Rolle. Das war naturgemäß kein Wunder, denn Kunst, bedeutende Kunst, gab es nicht zu sehen in Schopfloch. Wo auch? Ein richtiges Museum existierte nicht, niemand im Rathaus war dazu bereit, in einem nennenswerten Umfang Geld für Kunst auszugeben. Erst später, in Freiburg, während des Studiums, wurden mir die Augen geöffnet. Seitdem lässt mich die Malerei, lassen mich Bilder nicht mehr los.

Gestern bin ich nach Winterthur gefahren und habe Leibls *Dorfpolitiker* genauestens studiert. Abgesehen davon, dass die Komposition und die Malweise, das Spiel mit Hell und Dunkel, Licht und Schatten, mit Weiß, Rot, Schwarz, die Zeichnung der Physiognomien und die Perspektive delikat sind, hat mir das Bild mit den fünf Gestalten in einer Stube erneut gezeigt, wie Politik auf dem Lande lange Zeit funktioniert hat und dargestellt wurde. Zwei Herren haben buchstäblich das Heft in der Hand, ein dritter liest mit, und die zwei anderen, insbesondere jener ganz außen mit den gefalteten Händen, der sich aufmerksam nach vorne beugt, sie warten geduldig auf das Ergebnis der Beratung. Derjenige jedoch, der die Strippen zieht, trägt zwar keine Weste, dafür aber eine große, blendendweiße Schürze. Sie ist die kompositorische Mitte des Bildes. Selbstverständlich weiß ich, dass Leibl das *Wie* viel, viel wichtiger war als das *Was*.

*

Schnipsel Drei

Ich will kein Interview mit dir führen.

Das würde ich mir auch verbitten.

Aber vielleicht kannst du mir dennoch sagen, was Musik damals für dich bedeutet hat.

Keine leichte Frage. Musik war lange nur Pop. Pop war Atemluft. Ich sage: Pop war Gefühl. War Sein. War die pure Existenz.

So pathetisch?

Die Ironie ist fehl am Platz. Musik war zentral. Vor allem in der Zeit mit Fritzi.

Fritzi?

Zu ihr vielleicht später einmal. Vielleicht.

Die Musik und Fritzi: Was bedeutet dieser Kurzschluss?

Ja, das hatte viel mit Strom zu tun.

Elektrotherapie?

Sicher, klar. Bis hin zur Ablation.

Konkret?

Led Zeppelin, Pink Floyd, die Stones: Sie haben uns elektrisiert. Sie haben unsere Gefühle zum Klingen gebracht.

Und? Was heißt das?

Sie waren ein Spiegel. Ein Schallraum, in dem wir uns bewegten. Ein Kokon. Die Musik waren wir. Damals hatte ich keine Rhythmusstörungen.

4

Lesen und Schreiben, ja, auch das Schreiben, bedeuteten für K. ab irgendeinem Zeitpunkt, den ich nicht genau benennen kann, bewusst oder unbewusst: Leben als ob. Leben in einem geschützten Raum, in dem er der Herr des Geschehens war und in dem ihm nichts Negatives widerfahren konnte. Leben ohne Verantwortung und Verbindlichkeiten. Leben in einer Parallelwelt, in der, recht besehen, in letzter Konsequenz nichts ernst gemeint war, in der Versuchsanordnungen nicht nur erlaubt, sondern sogar gewollt waren. Und das ‚Als ob' dieser Lebensform schien ihm leichter zu bewältigen zu sein als sein Alltag in Schopfloch. Die Literatur sei, hat Konstantin mir nicht nur einmal gesagt, und vermutlich hat er das irgendeinem Theoretiker nachgeplappert, die Literatur sei ein der Lebenspraxis beigeordneter Simulationsraum, ein Spielfeld für ein fiktives Handeln, in dem man als Autor und als Leser die Grenzen seiner praktischen Erfahrungen überschreite, ohne ein wirkliches Risiko einzugehen. Sie sei für ihn eine Art Festung, ein Bollwerk, das ihn vor den Anfeindungen der anderen schütze. Seine Beschäftigung mit Literatur, das ist meine feste Überzeugung, war immer auch und ist bis in die jüngste Vergangenheit hinein eines gewesen: Flucht. Die Flucht aus einem Leben, mit dem er nicht zurechtkam, eine Flucht, ein ernstes Spiel und eine Droge. K.s frühe verrückte Liebe zu Fritzi war nichts anderes.

Im Übrigen war er bei Mädchengeschichten ziemlich verschwiegen oder auch ängstlich, ich weiß nicht, was mehr zutrifft, aber ab und zu ließ er doch etwas raus. Wie viele Mädchen er hatte, weiß ich nicht. Namen gab er nie preis. Fritzi habe ich nicht ein einziges Mal zu Gesicht bekommen. Für mich war und ist sie ein Phantom. Den Erzählungen K.s zufolge aber muss das strahlende Blau ihrer Augen beinahe kitschig gewesen sein. Heute würde man vermuten, eine solche Frau trage gefärbte Kontaktlinsen.

K. hat Fritzi zufällig in der Nähe des sogenannten Standlagers im Kleinen Bühltal kennengelernt und traf sich mit ihr in irgendwelchen Schuppen. Ich beneidete ihn und beneide ihn noch heute um seine frühen sexuellen Abenteuer, auch wenn ich mir damals nicht wirklich vorstellen konnte, was genau die beiden zusammen machten. Es ist meine feste Überzeugung, dass ich viel Unwiederbringliches versäumt habe.

Das Zirkuslager gefiel uns, K. und mir, die Gegend dort war ein etwas verwahrloster, halbwilder Ort zwischen Stadt und Land und hatte nichts mit der herausgeputzten Schopflocher Postkartenidylle und meinem peinlich sauberen Elternhaus zu schaffen. Sie galt bei den anständigen Bürgern als verrucht, und von Zeit zu Zeit kam das Gerücht auf, ein älterer Mann sei aus dem Unterholz gekommen und habe vor einer Spaziergängerin die Hose heruntergelassen.

Oft hing der Geruch nach Verbranntem und nach Abfall in der Luft, alte Autoreifen lagen umher, Hundegebell war zu hören, das Wiehern von Pferden und ein vielstimmiges spitzes Quieken, Ratten und Mäuse. Das Geviert der Camping-Anhänger, in denen die Zirkusleute hausten, erinnerte mich an die Wagenburg in einem meiner Lieblingswestern. Zum Stadtrand hin aber standen rostige Zäune wie alte Grenzmarkierungen im wuchernden Unkraut, ein paar Baracken verrotteten inmitten von Brennnesselstauden, scheinbar fensterlose Ruinen, Überreste von Hütten aus mürbem, morschem Holz, in denen früher „Zwangsarbeiter“ untergebracht worden waren, „Fremde“, wie es hieß. Dass es „Polacken“ gewesen seien, sagten die Leute, wegwerfend und barsch. Sogar einige von denen, die im angrenzenden Armeleuteviertel und rund um den *Gescheckten Bock*, das inoffizielle Schopflocher Freudenhaus, lebten, sagten das.

Selbst wenn es anders aussehen mochte: Konstantins Kindheit und seine Jugend, das ahnte ich lange Zeit nur, aber ich weiß es heute, waren tatsächlich von Schatten verhangen. Obwohl ich seine Eltern, aus mittlerer Entfernung, nicht anders als fürsorglich wahrgenommen habe. Vor allem materiell war für K. gut gesorgt. Ausgezeichnet sogar. Da kann es keine Zweifel geben. Er war mit Sicherheit ein verwöhntes Luxussöhnchen. Ich vermute, dass die Klingeles ihren Sprössling aus einem notorisch schlechten Gewissen heraus, weil sie kaum Zeit für ihn hatten oder sie sich nicht nehmen wollten, mit Geschenken überhäuften. In seinem Zimmer gab es jede Menge Spielzeug, auch ein Kasperle-Theater und eine große *Märklin*-Eisenbahn. Zur Konfirmation, er war ja protestantisch getauft, bekam er, neben vielem anderen, einen Fernseher, den teuersten Dual-Plattenspieler und obendrein sogar ein Pferd, auf dem er schon bald durchs untere Bühltal reiten durfte. Obwohl K. damals noch ein schlankes Bürschchen war, gefiel er sich in der Rolle des durch den Schwarzwald trabenden Hoss Cartwright. So etwas hat ihm sicher Spaß gemacht.

Dennoch empfand er seine frühen Jahre, und das nahm ich ihm später ab, als so dunkel und so muffig wie einen Keller. Daher verkroch er sich oft in seinem Zimmer, ließ das Krokodil durch seine Landschaften fahren und spielte auf dem Theater ein Stück, in dem der Kasper alle seine Gegner tötete oder zumindest verprügelte. Aber niemand, außer seiner Großmutter, war bereit, ihm zuzuschauen. K. fühlte sich nicht wahrgenommen.

Also wollte er, sobald sich ihm eine Chance bot, so schnell wie möglich weg aus Schopfloch. Ein großer Schriftsteller, einer meiner Leib- und Magen-Autoren, hat einmal darauf hingewiesen, dass Aufbrüche immer mit Qual, Widerspruch und Auflehnung zusammenzuhängen pflegen. Vermutlich war es genauso um K. bestellt. Da bin ich inzwischen sicher. Der Entschluss, wegzugehen, war, sieht man einmal von seiner Literatursucht ab, eine jener klassischen Entscheidungen gegen etwas und nicht für etwas.

Seit dem Jahr, in dem wir zusammen in der Oberprima saßen, war ich davon überzeugt, dass Konstantin der Große ein extremer Narzisst und Egozentriker sei. Wenn er laut nachdachte, sann er über sich nach. Wenn er sprach, redete er ausschließlich über sich und seine Interessen, seine Themen, seine Pläne, stets nur über sich, über sich, über sich. Über nichts anderes. Die Welt außerhalb seines Hirns schien nicht von Belang zu sein und ihn nichts anzugehen. Er spielte den Professor, er pflegte zu dozieren. Und ich bin sicher: Solche Auftritte übte er zuhause vor dem Spiegel wie besessen. Fragen stellte er nicht. Was mit mir war, was ich wollte und vorhatte, wie es mir ging, womit ich mich gerade beschäftigte, interessierte ihn nicht. Mich und all die anderen behandelte er schnippisch und so herablassend, als säße er auf dem Olymp. Inzwischen denke ich: Auf diese Weise wollte er sich schützen.

K. konnte sich durchaus großzügig zeigen und mich bisweilen an seinen Reichtümern teilhaben lassen. Doch im Grunde war ich für ihn nur Fußvolk, sein billiges, Beifall spendendes Publikum, wann immer er seine Zukunftspläne entfaltete. Zuhause wollte ihm wohl niemand zuhören. Ich aber muss gestehen: Seine Erzählungen hatten etwas Begeisterndes, etwas Mitreißendes, sie hatten Schwung und Drive, einen sehr persönlichen Ton oder Sound, wie man auf Neudeutsch sagt, und entwickelten einen eigentümlichen Sog. Je länger ich Konstantin zuhörte, desto mehr gewann ich den Eindruck, dass es ihm genau darauf ankam: erzählerische Anziehung, Attraktivität herzustellen, zu gefallen und zu beeindrucken, auch mit seinem Motto, das er mir beinahe täglich zurief: „Du hast keine Chance, aber nutze sie!“ Der Inhalt seiner Lebens- und Zukunftsentwürfe war ihm gar nicht so wichtig (behaupte ich heute). Er wollte im Mittelpunkt stehen, in Schopfloch wie im Freiburger Theater, mochte seine Zuhörerschaft noch so klein sein. Wie lachhaft angesichts des großen Ganzen K.s Selbstverliebtheit und sein eiserner Wille zur Karriere erscheinen mussten: Dessen war er sich nicht bewusst. Doch auch mir ist die Lächerlichkeit seines Verhaltens erst vor kurzem richtig klargeworden, als ich mich daran erinnerte, dass damals selbst das vermeintlich heile Schopfloch von den Morden der RAF und vom Deutschen Herbst durchgerüttelt wurde. Aber K. schien das nicht zu berühren. Ich glaube, er war, um es vorsichtig auszudrücken, ein verstörter Mensch und konnte nicht aus seiner Albino-Haut. Für ihn gab es nur Konstantin Klingele und sonst nichts und niemanden. Und irgendetwas trieb ihn fort. Zog ihn fort. Da kam eines zum anderen.

Denn es gab, wie ich schon angedeutet habe, einen weiteren Grund – neben der Literatur, den er für sich als Rechtfertigung in Anspruch nahm: Er wollte weg aus dem väterlichen Dunstkreis. Aus dem Gestank. Damals, mit sechzehn, siebzehn, achtzehn Jahren, das weiß ich auch von mehreren Drachen, hätte er es sich absolut nicht vorstellen können, im elterlichen Hotel gegen den Verfall anzustinken. Das kam für ihn überhaupt nicht in Betracht.

Insbesondere in den ersten beiden Klassen der Volksschule, einem finsteren, sogar im Sommer kalten Gemäuer mit ausgetretenen Steintreppen und Möbeln, die wohl noch aus dem

Tausendjährigen Reich stammten, wurde K. K. ununterbrochen gehänselt. Gemobbt, könnte man auch sagen. Und das kam so: Im Herbst und im Winter schickten ihn seine Eltern in einer Kotze aus grauem Loden in den Unterricht, die sie sich aus Salzburg hatten schicken lassen. Er lief also in einem kuttenartigen Gewand herum, das man zwar in den Alpen, nicht aber im Schwarzwald kannte. Weiß der Teufel, wie die Klingeles auf die Idee verfallen konnten, ihr Söhnchen zu einem kleinen Mönch zu stilisieren. Gut möglich, dass seine Mutter in einem der damals beliebten Versandhauskataloge auf den Schattenhabit gestoßen war. Kein anderes Kind trug in Schopfloch ein solches Kleidungsstück. Allein schon das machte K. zum Außenseiter und Sonderling. Zu einer Randfigur. Für seine sogenannten Kameraden aber war er, das kam hinzu, vor allem nichts anderes als das „Stinker-Söhnchen". Oder kurz und bündig „Stinky". Tag für Tag zogen sie ihn auf und grenzten ihn aus. Als das Stinker-Söhnchen in der Kotze.

Besonders schlimm trieb es die Tasse, Tassilo Widmer-Pohl, der gleichfalls verwöhnte Spross eines Forellenzüchters, der selbst den Klassen-Leithammeln und ihren Anhängern als willkommenes Opfer diente. Obwohl oder gerade weil ihnen der Reichtum seiner Familie sicher mächtig imponierte. Zum Außenseiter wurde die Tasse nicht nur durch den affigen Name Tassilo, sondern auch dank seines ungeschlachten, walzenförmigen Körperbaus und nicht zuletzt durch seine seltsame Kleidung. Kein anderer Schüler zog sich so an oder wurde so angezogen.

Eine Zeitlang war Tassilo die bizarre Attraktion von Konstantins Lehranstalt, die durch die Tasse in der Stadt tatsächlich eine gewisse Berühmtheit erlangte. In der großen Pause kamen regelmäßig ein paar angehende Halbstarke aus einer benachbarten Schule herüber, um den Sohn des Forellenzüchters wie ein exotisches Tier zu bestaunen.

Er kam stets im frisch gebügelten Anzug, mit zweifarbigen Schuhen, blütenweißem Hemd und bunter Krawatte zum Unterricht. Genau genommen kam er auch nicht in die Schule, sondern wurde jeden Morgen pünktlich gebracht und jeden Mittag abgeholt: in einer großen schwarzen Mercedes-Limousine und von einem Chauffeur, der aussah wie ein Schlachter, aber Livree trug. Der Fahrer öffnete dem jungen Herrn die Tür und schloss sie, nachdem er aus- beziehungsweise eingestiegen war.

Der dicke Tassilo, der in jenen Jahren im Grunde ziemlich gutmütig war und nur dazugehören wollte, sah die Chance, endlich akzeptiert oder von den anderen zumindest weniger beachtet und gequält zu werden, sofern er mitmachte und sich an den Attacken auf den Hotelier-Sohn beteiligte.

Der Vater der Tasse war beileibe kein einfacher Forellenzüchter. In kürzester Zeit hatte er es geschafft, die Wirtschaftswunder-Jahre machten es möglich, aus dem kleinen väterlichen Betrieb mit zwei Teichen ein Unternehmen mit knapp einhundert Angestellten zu formen, das nicht nur den Hochschwarzwald, sondern fast ganz Südwestdeutschland mit seinen Produkten versorgte. Unzählige Hotels, Restaurants und Gastwirtschaften, unter ihnen naturgemäß auch der *Hof*, belieferte er nicht nur mit seinen Forellen und Saiblingen, sondern seit einiger Zeit auch mit Seefisch und Meeresfrüchten. Er fütterte viele, ja, ungezählte Mitarbeiter von Behörden, Banken und Handwerksbetrieben landauf, landab mit billigem Fast-Food-Mittagessen zu moderaten Preisen und hatte eigens dazu preiswerte Fleisch- und Wurstwaren in sein Programm aufgenommen.

K. K. konnte tun und lassen, was er wollte: Für die Tasse und ihre neuen Kumpane war er nur der Stinky, immer war er derjenige, den die anderen schikanierten, an dem sie voller Freude ihr Mütchen kühlten. Nach meinem Kenntnisstand bildeten sie auf dem Schulhof nahezu täglich einen Kreis um ihn, in dem sie ihn einschlossen, und dann stimmten sie ihren Schlachtruf an: „Stinky! Stinky! Stinky!“

Es war ein Ritual: Jedes Mal, wenn Konstantin verhöhnt wurde, geriet er in Zorn und begann, blindlings gegen seine Einkesselung, gegen seine Widersacher anzurennen und um sich zu schlagen. Darauf wurde er, ein Pinball in einem Flipperautomaten, hin und her gestoßen und bekam anschließend solange Dresche, bis er heulte wie ein Wickelkind, dessen Windeln nicht rechtzeitig gewechselt worden sind. An anderen Tagen fand er obszöne Schmierereien auf seinem Schulpult vor, die seinen Vater und ihn auf das Übelste in den Schmutz zogen. All dem war er wehrlos preisgegeben und ausgeliefert.

K. K.s Eltern erfuhren nichts. Denn aus Scham erzählte ihr Kind kein Sterbenswörtchen von seiner Schmach. Umso schneller entwickelte sich Konstantin zu einem Außenseiter und sonderte sich ab. Die Unterrichtspausen versuchte er nun meist allein zu verbringen, in der Nähe des Verkaufskiosks oder des Lehrerzimmers. Den Schulhof mied er, wann immer es ging. Er gehörte nicht dazu, wollte bald nicht mehr dazugehören und aalte sich in seiner Opferrolle, in seinem Selbstmitleid. Das alles weiß ich in erster Linie aus zweiter Hand und aus späteren Gesprächen mit Konstantin selbst. Kennengelernt haben wir uns erst auf dem Gymnasium. Aber auch dort stand er in der Pause oft wie verloren in einer Ecke, starrte auf den Boden, schnupperte an seiner Kleidung und schien Selbstgespräche zu führen. K. lebte unter einem Unstern.

*

Aus der *Schopflocher Zeitung*

Kultur in unserer Stadt

Nachdem Stanley Kubricks brandneuer Film *2001: Odyssee im Weltraum* am zweiten April diesen Jahres in der amerikanischen Hauptstadt Washington uraufgeführt wurde, konnte das Werk dank des rührigen Hermann Zitzelsberger nun in unserer Stadt bewundert werden. Am 28. September führte der Betreiber der *Roxy Lichtspiele* drei Aufführungen durch.

Der Film über eine Reise von fünf Wissenschaftlern durch die Tiefen des Raums wartet mit einer großartigen Musik auf, die unter anderem vom Sinfonieorchester des Südwestfunks Baden-Baden, also von einem Schwarzwälder Klangkörper, und von den Berliner Philharmonikern dargeboten wird. Er führt uns zu zentralen Fragen der menschlichen Existenz. Umso bedauerlicher erscheint es, dass der Zuspruch des Publikums nur sehr mäßig ausfiel. Auf Anfrage dieser Zeitung teilte Hermann Zitzelsberger mit, er werde dennoch auch in Zukunft „große Filmkunst“ nicht aus dem Programm nehmen.

*

Mein Drache Stangel hat mir einen bemerkenswerten Kurzbericht zukommen lassen. Ich gebe ihn im Wortlaut wieder: „Eine Person, die ich anhand ihrer Fettleibigkeit, der polierten Glatze und der flamboyanten Bekleidung aus größerer Entfernung zweifelsfrei als Doktor Widmer-Pohl erkenne, verlässt das alte Hansmüller-Palais am Markt; möglicherweise war er dort bei Zahnarzt Knöcher. Wie immer schreitet er Aufmerksamkeit heischend aus. Doch dann scheint Widmer-Pohl über seinen eigenen Spazierstock zu stolpern, er kommt ins Straucheln, versucht sich noch ein oder zwei Sekunden lang auf den Beinen zu halten, aber er verliert das Gleichgewicht und stürzt, schlägt mit dem Kopf, mit der Schläfe aufs Pflaster und bleibt buchstäblich in der Gosse liegen, mit besudeltem Gehrock.

Der Marktplatz ist leer, ich eile, um Widmer-Pohl zu helfen. Zunächst ist er nicht bei Bewusstsein, am Schädel, der so weiß aussieht wie Forellenfleisch, klafft eine kleine, blutende Wunde, aber die Atmung geht ruhig. Als WP zu sich kommt, beginnt er kaum hörbar zu murmeln (ich notiere so genau wie möglich): ‚Wann kommt der Sturz? Wann? Im Augenblick der Betäubung? Von Erfolg zu Erfolg. Wie lange noch aufwärts, wie lange? Immer mehr steht auf dem Spiel. Immer größer, immer mehr. Die sündhaft teuren Neubauten. Wer hat das erreicht? Ich doch nicht. Wo ist die Grenze? Der Scheitel? Es wird zu viel. Die Last, die täglichen Sorgen. Viel lieber würde ich spielen.‘ Ich laufe zu Schmidtlein, um Hilfe zu holen.“

*

Memorandum Eins[11]

Hiermit schreibe ich kraft eigener Willkür die stinkende Hummel Dr. T. W.-P. zur Fahndung aus. W.-P. ist, wie in Stadt und Land bekannt, gemeingefährlich und stellt eine Gefahr für jedermann und jede Frau dar. Er hat bereits in seinen frühen Jahren, zum Teil in Tatgemeinschaft mit anderen, insbesondere kleine Kinder mit seinen Anzüglichkeiten, Boshaftigkeiten und Gemeinheiten verfolgt und mit teuflischer Lust dafür gesorgt, dass sie bleibende Schäden an Seele, Geist und Körper davontrugen, ja, dass ihr Lebensweg wenn nicht gekappt, so doch in falsche, verhängnisvolle Bahnen gelenkt wurde. In Zusammenhang damit verweise ich auf den Artikel „Demütigungen in der Schulzeit haben langfristige Folgen“ in der *Frankfurter Allgemeinen* auf Seite 19 der Ausgabe vom 14. Mai 2016. Darin wird dargetan, dass schulische Mobbing-Opfer in späteren Jahren mit einer deutlich höheren Wahrscheinlichkeit unter psychischen Erkrankungen leiden. Das habe auch Folgen für die berufliche Laufbahn, heißt es dort.

Als diplomierter Schwarzwälder Jäger behalte ich mir ausdrücklich nach dem alten Badischen Landrecht die Option vor, W.-P., sollte er mir in einem günstigen Moment vor die Flinte laufen, ohne weitere Warnung entweder nachhaltig zu verletzen oder umstandslos zu erlegen. Es ist vollkommen klar: Wir

---

11 Undatiert. Eingegangen bei mir am 17. Oktober 2016, also recht spät. Nicht zuletzt der Kleist-Bezug verdeutlicht K.s zunehmenden Wirklichkeitsverlust und seine Maßlosigkeit. Außerdem lässt das sogenannte Memorandum im Nachhinein erkennen, dass sich die Tendenz, mit Phantasien der Selbstjustiz zu spielen, bei Konstantin in seinen letzten Lebensjahren unübersehbar manifestiert hat. Die plumpe, primitive Proust-Anspielung zeigt überdies, dass nicht nur der landläufige Schopflocher, sondern auch unser intellektueller K. zu bösartigen Unterstellungen und Verleumdungen fähig war.

brauchen hier keinen Charlus! Ich unterzeichne dieses Mandat als Statthalter Michaels, des Erzengels, der gekommen ist, an allen die Arglist zu bestrafen, in welcher die ganze Welt versunken ist.

Gegeben zu Schopfloch am Tag der beginnenden Rache
Konstantin der Entsetzliche

*

Um es kurz zu machen, mit dem Epitheton ornans ‚Stinky' hatte es folgende Bewandtnis: Konstantin wurde gehänselt und schämte sich, weil sein Vater angeblich ein Problem hatte. Nach der jeweils unabhängigen Abklärung mehrerer Drachen bestand diese Problematik allerdings überhaupt nicht. Vielmehr verhielt es sich so, dass einige Schopflocher, unter anderem Besitzer und Wirte einfacherer Gasthäuser, aus dem *Bären*, dem *Adler* und der *Sonne*, den alten Klingele seit einiger Zeit, im Grunde seit dem Aufschwung, den der *Kronenhof* nach dem Zweiten Weltkrieg genommen hatte, mit einer Art Rufmord-Kampagne, mit Klatsch und Geschwätz überzogen. Sie streuten das Gerücht, Klingele senior leide an einem körperlichen Mangel, an einem Defekt des Schließmuskels, der dazu führe, dass er mehr oder weniger ununterbrochen stinke. Dies und nichts anderes sei die Ursache dafür, dass er sich stark parfümiere. Denn er wolle sein Gebrechen, koste es, was es wolle, mit allen Mitteln übertünchen. In der Sprache der Wirte hieß das: „Habt ihr es schon gehört? Der Klingele ist nicht ganz dicht! Er furzt, was das Zeug hält."

Wahr an diesen Gemeinheiten war lediglich, so meine Drachen, dass der alte Klingele nicht an einem schwachen Schließmuskel litt, sondern eine Schwäche für Rasier- und Duftwässer hatte. Er wollte in einer möglichst intensiven Duftwolke leben, wollte sich gegen seine Umgebung abschotten, abschließen, abdichten, eine sehr persönliche Duftmarke setzen.

Und wahr ist wohl ebenso, dass die üble Kampagne in purem Erfolgs-Neid und darin ihren Grund hatte, dass Klingele senior kein Einheimischer, sondern ein aus dem Schwäbischen zugereister Fremder und Protestant war. Eventuell, wer weiß, sogar einer von diesen schrecklichen, gottlosen Pietisten, ein Anhänger der Herrnhuter Brüdergemeine und der französischen Quietistin Guyon. Und das mitten im tief katholischen Schopfloch!

Fremde haben es nicht nur heute, sie hatten es vermutlich zu jeder Zeit schwer in unserer schönen Stadt, besonders während der Nazi-Herrschaft und nach dem Zweiten Weltkrieg, als viele Flüchtlinge aus dem Osten in den Südschwarzwald strömten („Die bruuchet mir doch itt!"). Einquartierungen sind lästig, das will ich überhaupt nicht bestreiten. Aber schon damals gab es in Ansätzen, es fällt mir nicht leicht das einzugestehen, offenbar so etwas wie eine identitäre Bewegung in Schopfloch: für uns, für Freiburg, für Rom, für den Papst – und gegen die Fremden. K.s Schulkameraden jedenfalls bekamen das hässliche Gerede vom „vor Geld stinkenden, reichen Arsch-Klingele" selbstverständlich mit und übertrugen es, wen wundert's, auf Konstantin.

*

Notat Fünf[12]

Ich muss zugeben, dass ich das Problem meines alten Herrn lange nur ahnte und erst nach und nach zu orten verstand. Dass ich die Gerüchte und Gerüche spät, sehr spät einzuordnen und zu begreifen lernte. Es handelte sich um ein Problem, über das ich mich mit niemandem zu sprechen traute. Weder innerhalb der Familie noch außerhalb. Es war ein Tabu.

Klar, ich schämte mich. Weil Vater ein Problemvater war. Weil Vater roch, was mir lange nicht auffiel. Weil Vater, so wurde es behauptet, ostinato furzte wie eine junge Sau. Er tat das nicht etwa, weil er ungehobelt gewesen wäre. Nein, das nicht. Da war ich sicher. Ich wusste, er legte größten Wert auf gutes Benehmen, auf Etikette und auf seine heilige Sauberkeit und galt, das war mir als Kind und, später, als Schüler freilich noch nicht klar, er galt bei den Bessergestellten als einer der integren, angesehenen Bürger der Stadt. Und ihm war die Stinkerei garantiert selbst hochnotpeinlich.

Aber mit ihm stimmte einfach etwas nicht. Vater war nicht in Ordnung. Gesundheitlich nicht auf der Reihe. Er litt, das konnte ich viel später einem medizinischen Handwörterbuch entnehmen, an einer sehr seltenen, genetisch bedingten Schwäche seines *Musculus sphincter ani externus*. Vulgo: seines Schließmuskels.

Davon hatte ich lange, sehr lange keinen Schimmer vom Dunst einer blassen Ahnung. Auch wusste ich nicht, dass es ein Leichtes gewesen wäre, das Problem zu beseitigen, wenn Vater nicht Angst vor einer Operation gehabt hätte. Selbst im

---

12 Die formalen und inhaltlichen Eigenschaften dieses Notats sprechen dafür, dass es erst in den letzten Jahren entstanden ist. Das gibt zu denken.

Familienkreis sprach er weder über seine Schwäche noch über seine Ängste. Er unternahm, soweit ich weiß, bis zuletzt rein gar nichts. Wahrscheinlich hat er es noch nicht einmal gewagt, mit einem Arzt zu sprechen. Also umgaben ihn häufig, je nach seinem Speiseplan, die Düfte seiner Winde, weshalb er sich von früh bis spät intensiv parfümierte.

In meiner Kindheit lebte Vater in einer Wolke aus *Pitralon*, später ging er zu Exquisiterem über, zu richtig teuren Sachen. Er begann Düfte zu sammeln wie andere Leute Briefmarken, Bücher oder Bilder. Seiner Duftwolke hätte man in Schopfloch blindlings und geschlossenen Augs folgen können und wäre ihm dabei unfehlbar auf den Fersen geblieben. Dass sein schwacher Darmausgang peinliche Geräusche produzierte, habe ich selbst nie erlebt. Aber das muss oft geschehen sein, auch in aller Öffentlichkeit, denn hinter vorgehaltener Hand, das hörte ich ab irgendeinem Zeitpunkt nicht selten, sprachen die Leute in der Stadt nicht nur vom „Duft-Klingele", sondern auch vom „Gewitter-Wirt". Obwohl mein alter Herr jahrzehntelang der wichtigste Hotelier der Stadt und weit über die Grenzen der Region hinaus bekannt war, erntete er nicht nur geheuchelte Anerkennung, sondern zugleich blanke Respektlosigkeiten (diese vor allem hintenrum – und diese Formulierung passt ja zum Thema).

Das für mich persönlich Schlimmste an dieser ganzen Angelegenheit, sage ich, war und ist: Der Apfel fällt nicht weit vom Stamm. Ich kann es nicht leugnen, dass ich nun mal Vaters Sohn bin und dass viele seiner Schwächen auf mich gekommen sind. Ich trinke, wie er, zu viel Wein. Ich trinke zu viel Schnaps. Viel zu viel. Trinken gehört bekanntlich nicht nur zur Gastronomie, sondern in gleicher Weise, ja, mehr noch, zur Literatur; Alkohol ist ihre Nährlösung, ist ihr Treibstoff, ohne den sie nicht auf Touren kommt. Ich esse außerdem, obwohl ich als Zaungast eines ausgezeichneten Restaurants groß geworden bin, schon lange wie mein alter Herr mit Vorliebe Gamsaugen, Kalbsbries, Kutteln und Blutwurst. Ich rauche. Ich bin in einem pathologischen Übermaß hinter Frauen her, notabene nicht hinter rundlichen, vollschlanken, dicken wie er und vor allem weitgehend ohne nennenswerten Erfolg. Und ich leide gleichfalls unter einem schwachen Schließmuskel. Ich weiß es genau: Das Schicksal meines Alten ist auch mein Los. Ich kann ihm nicht entrinnen.

Nachdem ich von seinem Problem, von seiner Krankheit erfahren hatte, achtete ich verstärkt auf mich, tastete ich meinen Unterbauch und mein Gesäß in der Nähe des Darmausgangs ab, hörte ich in mich hinein, unterzog ich die Äußerungen meines Körpers monatelang einer genauen Prüfung: meine Darmgeräusche, die Blähungen, die mit zunehmendem Alter immer heftiger werden, meine Winde, Stürme und Orkane. Ich will nicht in die Details gehen.

Das Ergebnis war, und daran gab und gibt es für mich nichts zu deuteln: Schließmuskelschwäche. Eine ganz und gar vulgäre Schließmuskelschwäche. Also litt ich damals, in meiner Jugend, als alles beginnen sollte und die Weichen für mein Leben gestellt wurden, unter einer Art Doppel-Scham. Meine Lebensfreude war dahin. Dass ich überhaupt den Mut aufbrachte, mich Fritzi zu nähern und mich mit ihr einzulassen, will mir heute als ein Wunder erscheinen.

Wie mein alter Herr hatte und habe auch ich panische Angst vor Krankenhäusern, vor Ärzten, vor allen Situationen des Ausgeliefertseins, der Hilflosigkeit und vor allem vor einer OP. Die Vorstellung, mich freiwillig in die Hände eines chirurgischen Schnitters zu begeben, macht mich auch heute noch, nach all meinen entsetzlichen Krankheits- und Krankenhauserfahrungen, rasend. Sie setzt bei mir alptraumartige Ängste in Gang, die mir zusätzlich aufs Gedärm schlagen. In solchen Fällen wage ich noch nicht einmal mehr, meine Wohnung zu verlassen, ins Büro zu gehen oder mich auf eine Reise zu begeben. Allein der Gedanke, in einen Zug oder einen Bus einzusteigen oder, mit irgendwelchen Leuten zusammen, in einem Auto oder in einem kleinen Wartezimmer zu sitzen, ist furchtbar und führt bei mir nicht selten zu den heftigsten, zu den allerschlimmsten Bauchkrämpfen. Es ist wie eine Krankheits- und Bedrohungsspirale. Ich bringe es fertig, mich aus dem Stand in die entsetzlichsten Fantasien hineinzusteigern, von denen ich niemandem erzählen mag.

Nach solchen Anfällen von Angst und Panik erhebe ich die größten Vorhaltungen und Vorwürfe gegen mich, ich mache mir regelrecht den Prozess. Und bin dann in gewissem Sinn mein eigener Häftling und werfe mir vor, dass ich viel zu viel Furcht vor einem harmlosen Eingriff habe. Dass ich verrückt bin. Und dass ich ohne meine Ängste und Angstvorstellungen zumindest dieses eine Problem loshätte. Doch die Alpträume und Alpfantasien obsiegen immer wieder aufs Neue. So ändert sich nichts, alles stagniert, alles bleibt beim Alten. Und ich kann mich nur wundern, dass mein Vater über eine lange Zeit hinweg, nach allem, was ich weiß, ein recht zufriedenes Leben zu führen vermochte.

All das erscheint mir als ein familiärer und persönlicher Makel. Als ein Kainsmal. Locker, das versteht sich von selbst, kann ich damit nicht umgehen.

Neulich habe ich im Netz gelesen, dass *Amazon* eine scharfe Kochzutat mit dem Namen *Prof. Paynes's Anal Angst X-Hot Sauce* anbietet. Kein Scherz. Das hat mich sofort angesprochen.

Habe die Sauce augenblicklich geordert, klar. Wirklich scharf. Aber auch sie hat mir nicht weitergeholfen. Meine anale Angst existiert fort und fort.

Ansonsten habe ich im Verlauf meines Lebens versucht, mich wie mein Alter zu arrangieren, und lebe, soweit das möglich ist, bei weit geöffneten Fenstern. Im Sommer wie im Winter. Und mit intensiv duftenden Parfums und Aftershaves. Außerdem bin ich bemüht, wann immer das möglich ist, mich in der Nähe komfortabler, gut gepflegter Toiletten aufzuhalten. Wenn ich eine Reise buchen muss, ist das mein vorrangiges Kriterium, nicht die Innenstadtnähe oder die Küche des Hotels.

Dennoch schäme ich mich, bestehe ich nachgerade aus Scham. Mittlerweile bin ich die personifizierte Scham. Ich schäme mich für mich und meinen Mangel. Meine Mängel. Für meine falschen Entscheidungen und für all das, was aus ihnen folgte. Schamlosigkeit erscheint mir als großes Glück. Ich jedoch war bis heute nicht in der Lage, über meine Probleme zu sprechen. *Es ist ein einförmiges Ding um das Menschengeschlecht*: Jeder besitzt einen Darm, jeder besitzt auch einen Darmausgang, jeder braucht beide, aber kaum einer mag über die beiden sprechen. Weder öffentlich noch nichtöffentlich. Und ich bin ein Mängelexemplar. Ein Montagsprodukt der besonderen Art.

*

Schon in unserer Studienzeit, während der wir in loser Verbindung blieben, hat mich K. brieflich auf Adornos und Horkheimers Fragmente zur *Dialektik der Aufklärung* hingewiesen. Ich habe damals, wie so oft, nicht auf seinen Zuruf reagiert. Mit Konstantins Lesetempo und seinen unendlich langen Leselisten, vor allem mit seinen sicherlich gut gemeinten Ratschlägen bin ich nie zurechtgekommen. Das Schreiben, das Feilen an meinen Techniken und das Abarbeiten meines universitären Pflichtpensums waren mir wichtiger. Aber Adornos Buch habe ich immerhin gekauft, ohne es jedoch wirklich zu lesen. Solche Sachen sind für mich schwer verdaulich.

Irgendwann wanderte der Schmöker, als ich längst ein Schulmann geworden war, auf das kleine Regalbrett in unserer Toilette, und ab und zu, wenn ich, wie so oft, an einer Verstopfung herumlaborierte, nahm ich es zur Hand und blätterte darin. Es half mir damals nicht weiter. Sofern ich mich richtig erinnere, handelt es von der Entzauberung der Welt und davon, dass der Herrschaftscharakter der Vernunft zugleich eine selbstzerstörerische Barbarei hervorbringe. Ich sehe mich nicht in der Lage, das zu kommentieren. Und ich will es auch nicht. Doch über Konstantin vermag ich naturgemäß nur zu staunen. Früh schon hat er anscheinend damit begonnen, sich selbst zu ruinieren.

5

Notat Sechs[13]

Ich stehe zwischen zwei stinkenden Mülltonnen, die vielleicht eine Art Starthäuschen markieren sollen, keine Ahnung. Der säuerliche Gestank ist unerträglich. Ich befinde mich hoch oben auf einem Gipfel. Oder an einem Steilhang. Es könnte das *Kahle Feld* sein. Das Bild, das sich mir bietet, erscheint beinahe monochrom. Unberührt breitet sich die Schneefläche vor mir und unter mir aus: frischer Tiefschnee ohne eine einzige Spur. Wie ein riesiges Leintuch. Ein Bahrtuch. Der Himmel ist weißgrau bis dunkelgrau. Bleigrau. Eine hermetische Glasglocke. Der Wald, drüben, am Hang gegenüber, ist, soweit ich das erkennen kann, von einer dicken Eisschicht überzogen. In einem Sessellift, der zu mir heraufführt, scheinen zahlreiche Personen zu kauern. Der Lift steht. Niemand rührt sich, niemand macht auch nur die kleinste Bewegung. Alles ist erstarrt, eingefroren. Ich höre keinen einzigen Laut. Auch nicht Derridas „glas", seine und Genets Totenglocke, denke ich jetzt beim Schreiben. Keine Tonspur. Nichts. Totenstille.

Ich weiß nicht, warum ich das erzähle, aber diese rätselhafte Szene lässt mich nicht los. Ich sehe sie im Traum und ich sehe sie am Tag.

*

13 Undatiert, möglicherweise in K.s Manager-Phase entstanden

K.s Leben in Schopfloch hätte, trotz allem, trotz all seiner Fehler und falschen Entscheidungen, trotz der Schatten, die ihn umlagerten, das Himmelreich auf Erden, sein im Vergleich zu Göttingen hinterwäldlerisches Paradies sein können: das Leben und die Gesundheit, wenn man von seinem eingebildeten olfaktorisch-akustisch-medizinischen Problem einmal absieht, nach seinem Zusammenbruch von den Ärzten, vor denen er sich so schrecklich zu fürchten schien und die er oft hemmungslos beschimpfte, gerade noch einmal gerettet, seine berufliche Existenz von aller Verantwortung befreit, finanziell abgesichert, unkündbar und mit viel Zeit für sich und seine Bibliothek ausgestattet. Das nenne selbst ich, der ich längst nicht so von Literatur besessen bin wie er, paradiesisch. Ganz abgesehen davon, dass er den sogenannten Entscheidungsträgern der Gegend von seiner privilegierten Position aus bequem und gefahrlos bei ihrem Treiben über die Schulter sehen zu können glaubte.

Doch wer trifft heutzutage überhaupt die Entscheidungen? Ist es unversehens wieder das sogenannte gesunde Volksempfinden, dem die Politik atemlos hinterherhechelt? Ist es das zahnlose Brüssel, das über weite Strecken gelähmte Berlin oder, ein wenig noch, die Landesregierung? Oder sind es tatsächlich, ein kleines Stück weit, die ortsansässigen Wahlbeamten, die ich gerne Agenten beziehungsweise Funktionäre nenne, denn sie handeln ja zumindest teilweise im Auftrag höherer Instanzen? Bisweilen gewinne ich den Eindruck, dass Entscheidungen gar nicht mehr getroffen, sondern möglichst solange hinausgeschoben und vertagt werden, bis sie überflüssig erscheinen und, gewissermaßen von selbst, eine neue, veränderte Situation entstanden ist, die ganz andere, neue Entscheidungen erfordern würde. Wer ist heute noch dazu bereit, Verantwortung zu übernehmen? Wer delegiert sie nicht allzu gerne an Gutachter, Berater, sogenannte Spezialisten?

Seine neue Stelle bringe für ihn ebenso kostenlose wie mühelose Besuche in der Klippschule der Politik mit sich, versuchte K. mir lange weiszumachen. Man werde nicht dümmer, wenn man die stadtpolitische Mechanik und die Schachzüge, die ihr zugrunde liegen, aus allernächster Nähe zu beobachten vermöge. Er hoffe, Zuschauer einer großen *Comédie Communale* zu werden. Dank mehrerer Gespräche und einiger schriftlicher Informationen von zwei oder drei Drachen weiß ich, dass K. sich das alles einbildete und nach seiner Rückkehr ins Haus einzureden versuchte. Der merkwürdige Mensch, zu dem er längst geworden war, sah sich in seiner größenwahnsinnigen Selbstüberschätzung schon als ein zweiter Balzac oder, noch besser, als der Julian Assange des Hochschwarzwaldes, der den Großmächtigen unserer Gegend ganz gehörig auf die Finger schauen wollte. Doch ähnlich wie an der Universität machte er sich in Schopfloch ein X für ein U vor. Und bekanntlich musste Assange teuer für seine *WikiLeaks*-Aktivitäten bezahlen.

In Tat und Wahrheit war der Große Konstantin, das haben die Ereignisse der vergangenen Jahre und Monate sattsam gezeigt, nichts anderes als ein Ritter von der traurigen Gestalt. Ein kleiner, dicker Ritter. Ein zappeliger Mitarbeiter seiner jeweiligen Tafelrunde. Ja, das war er. In der Göttinger Zeit, wenn er Schopfloch besuchte, und am Anfang seiner heroischen Direktoren-Phase kam K. noch von Kopf bis Fuß herausgeputzt daher: schlank, scheinbar durchtrainiert, immer im Intellektuellen-Schwarz gewandet und meist mit modischer Sonnenbrille. Später, als niemand mehr wusste, ob er seine doch recht komfortable Vorzimmer-Stelle behalten würde, war er längst fett, ja aufgedunsen, die häufig ungewaschenen kurzen Haare ohnehin schütter geworden, lange vor der Zeit, das von feinen Falten und einzelnen braunen Altersflecken entstellte Antlitz noch weißer, noch fahler als früher, seine Züge erschienen vergröbert, die einstmals strahlenden Augen glanzlos und trüb. Alles in allem: ein trauriges, von kleinen Kratern übersätes Mondgesicht. K.s Kleidung, im Sommer wie im Winter, eine verwitterte grüne Windjacke, ein Pullover von undefinierbarer Farbe, eine Cordhose, die einstmals grau gewesen sein mochte, und derbe, abgetragene Stiefel, hätte gut zu einem Landstreicher gepasst. Ich frage mich, was seine Kolleginnen und Kollegen, was seine Vorgesetzten dachten, wenn er so im Rathaus aufkreuzte und das verwaiste Büro von Frau Dr. Schlägel hütete.

*

Mail Drei

2. Januar 2009 um 23:50

Sehr geehrter Herr Oberstudienrat,
liebes Mäxchen,

zum Neuen Jahr wünsche ich Dir von Herzen alles Gute, Gesundheit vor allem, eine in jeder Hinsicht stabile ‚Befindität' und einen sicheren Arbeitsplatz, denn ich habe es am eigenen Leib erfahren müssen, was es bedeutet, all das nicht mehr zu besitzen. Du freilich bist gut bestallter deutscher, ja, sogar baden-württembergischer Beamter, darfst Deine braven Schülerschäfchen auf die pädagogische Weide führen, und da wird die körperliche Unversehrtheit doch in aller Regel zusammen mit der Besoldung monatlich aufs Konto überwiesen, das am besten bei der BBBank angesiedelt ist. Oder sollte ich mich täuschen? Im äußersten Notfall springt die Beihilfe ein, nicht wahr?

Du weißt, dass ich unsere Gespräche sehr schätze, und Dir ist hoffentlich auch bewusst, dass ich ohne Dein Ohr längst aufgegeben hätte und elendiglich krepiert wäre (das ist als Kompliment gemeint). Aber wenn Du glaubst, ich sei so strunzdumm, nicht zu realisieren, dass Du Aufzeichnungen über mich anfertigst, zu deren Abrundung Du zusätzlich Deine Schnüffler ausschwärmen lässt, um mich auf die blödsinnigste mögliche Weise auszuforschen, dann ist Dir nicht mehr zu helfen, noch weniger als mir sogar, und ich fange ernstlich an, mir Sorgen um das deutsche Berufsbeamtentum zu machen. Vor allem werde ich so wütend, dass ich Gift, Galle und Feuer speien möchte. Deine Agenten und Spione benehmen sich (man hat mir gesteckt, denn auch ich habe meine Informanten, Du würdest sie seltsamerweise als ‚Drachen' bezeichnen), das nur nebenbei, wie die allernaivsten Schafe und tragen ihr Herz so offen auf der Zunge, dass ich ihnen direkt in den Sitz ihrer armseligen Seelen zu schauen vermag. In Sonderheit (sic!) gehen sie ein wenig nachlässig mit der deutschen Sprache um, und ich fürchte, das gilt nicht nur für das gesprochene Wort.

Warum nur, Mäxchen, hast Du mir nichts gesagt? Weshalb vertraust Du mir nicht? Ich habe rein gar nichts, das wird Dich überraschen, wirklich überhaupt nichts gegen Dein Protokoll oder wie immer Du Dein Elaborat nennst. Ganz im Gegenteil. Wer weiß, vielleicht kann ich mir eines Tages auch die Veröffentlichung meiner Akte vorstellen. Mal sehen. Das hängt davon ab, wie sich die Dinge entwickeln. Muss es mir noch überlegen. Und wenn ich mich dafür entscheiden sollte, sage ich: Schrei alles raus, und zwar laut, sehr laut sogar. Nur, Mäxchen, mach es gut. Laut und gut: *du mußt etwas wagen wenn du arbeitest, sage ich, du mußt etwas einsetzen, nämlich dein Leben, deine Gesundheit, du mußt tollkühn vorgehen, ich glaube tollwütig, sage ich, auf niemand Rücksicht nehmen, am allerwenigsten auf dich selbst, alle Regeln des guten Geschmacks außer acht lassen, ja: verächtlich machen, alle Begrenzungen überschreiten ... Du brauchst künstlich herbeigeführte Verwüstungstendenzen, daß / damit das Schreiben noch überhaupt möglich ist, je mehr VERWÜSTUNG desto hinreißender das Schreiben, nicht wahr* (Mayröcker).

Aber so weit sind wir längst noch nicht, nein, nein, mein Guter. Wenn ich eines Tages eine positive Entscheidung treffen sollte, will ich Dein Geschreibsel nicht einmal gegenlesen. Eine Zensur findet bei mir nämlich nicht statt. Dass das klar ist! Aber vorläufig, da verlasse ich mich auf Dich, bleibt alles unter Verschluss. Deshalb dekretiere ich, zusammen mit dem alten Schmidt und auf der Basis von dessen Vorsatz zu *Kaff*, Folgendes:

a) Wer in diesem Buch <Ähnlichkeiten mit Personen und Ortschaften> aufzuspüren versucht, wird mit Gefängnis, nicht unter 18 Monaten, bestraft.
b) Wer <Beleidigungen, Lästerungen, o. ä.> hineinzukonstruieren unternimmt, wird des Landes verwiesen.
c) Wer nach <Handlung> und <tieferem Sinn> schnüffeln, oder gar ein <Kunstwerk> darin zu erblicken versuchen sollte, wird erschossen.

Schopfloch im Hochschwarzwald, den 2. Januar 2009
Konstantin der Große, Bruderschaft der Lemminge

*

Es war K. schon immer vollkommen gleichgültig, er hätte gesagt: „schnuppe", wenn er jemanden gekränkt hatte. Es war ihm, in der Sprache meiner Schüler, die ich nur ungern in den Mund nehme, scheißegal. Vorausgesetzt, er konnte es sich leisten. Und auf mich, den er mit Sicherheit als einen intellektuellen Hungerleider einstufte, nahm er sowieso niemals Rücksicht. Wo bei ihm die Verachtung aufhörte und der Neid anfing, ist dennoch schwer zu beurteilen. Immerhin: In seiner langen Spätphase erkannte er mich als Ohr an, wenn auch nicht als echten, gleichberechtigten Gesprächspartner. Wie er ex cathedra sprach, wie er mich zu seinem Erfüllungsgehilfen degradierte und überdies dekretierte, ich müsse Leib und Leben aufs Spiel setzen und Verwüstungen anrichten, wie er die Frage einer Veröffentlichung ausschließlich, nach Gutsherrenart, von seiner Laune abhängig machen wollte, ist schon erstaunlich. Aber er operierte ja inzwischen mit dem Autor von *Zettels Traum*, neudeutsch gesprochen, auf Augenhöhe. Am liebsten wäre er mir vermutlich mit Joyce gekommen. Merde alors!

Dafür, dass meine Drachinnen und Drachen weder Rose Williams noch Jaime Deza, Peter Wheeler, Bertram Tupra oder Tomás Nevinson heißen und auch nicht Mitarbeiter des MI5 sind, konnte und kann ich nichts. Die Einwohner von Schopfloch im Hochschwarzwald sind nun mal keine Wissenschaftler, solche Kapazitäten stehen mir nicht zur Verfügung, obwohl, neben Herrn Scheitzhammel, ein kalifornischer Professor namens Carl Meyers zuweilen in der Gegend wohnen soll, offenbar in Obernü, und ich musste und muss mich eben nach der Decke strecken. Anders als Herr Hochnäsig war ich mit meinen Ermittlern immer sehr zufrieden.

*

Tirade Zwei[14]

Hochverehrte Völker,
geschätzte Drachen,

ganz oben, unterhalb des Bühler Kamms, habe ich mich vor ein paar Jahren angesiedelt, in meiner *Outstation*. Das wisst Ihr ja. Oder etwa nicht? In der Freizeit lebe ich wie ein Wald-Intellektueller, wie ein Trapper. Soweit meine zerschlissene Gesundheit es zulässt, streife ich über die Höhen und durch das Unterholz. In der warmen Jahreszeit sammle ich Beeren, Kräuter und Pilze, beobachte Tiere, jage. Und wenn ich zurückkehre in meine Festung, höre ich Platten und ich lese, in letzter Zeit auch Cooper, Thoreau und Hawthorne. Vor allem aber Dos Passos. Ich schaue hinüber zur Alpenkette und ins Tal und ich bekomme sehr wohl mit, was sich dort unten abspielt.

Ein Mitglied des Schopflocher Lehrkörpers (ich bitte um Verständnis, dass ich keine Lust habe, mich näher zu diesem Corpus zu äußern), das ja nur einen winzig kleinen Teil des Kollegiums ausmachen kann, hat geruht, mich auf das Widerlichste und Unverschämteste zu schmähen und zu beleidigen. Es ist dieses Faktum im Grunde nicht weiter verwunderlich, denn was soll man von einer von Neid erfüllten, von Neid zerfressenen, missgünstigen Person, die es zu nichts gebracht hat, anderes erwarten? Zumal wenn dieser Wurmfortsatz des Leerkörpers (sic!) in der Schopfbach-Kloake angesiedelt ist.

Gleichwohl: Gnade ist in diesem Fall nicht am Platz. *Es war Mein sehnlichster Wunsch, die Jahre, die Mir durch Gottes Gnade noch beschieden sind, Werken des Friedens zu weihen und Mei-*

14 Eingang bei Maximilian Mohr am 5. Januar 2009 um 2:04 Uhr

ne Völker vor den schweren Opfern und Lasten des Krieges zu bewahren. Im Rate der Vorsehung ward es anders beschlossen. Hiermit fordere ich Euch auf, keinerlei christliches Erbarmen obwalten zu lassen und konsequent zu handeln, wo immer und wann immer der bekannte Professor Dr. Superschlau angetroffen wird. Ihr wisst, was Ihr zu tun habt. Zu den Waffen! Weidmannsheil! Auf geht's, beeilt euch gefälligst, Tempo, kommt endlich in die Puschen!

Konstantin der Bescheidene, Volkstribun

*

Für den 26. Februar 2009, das ist in meinem Kalender vermerkt, hatten wir ein Gespräch in K.s sogenanntem Berghaus verabredet. Trotz Konstantins neuen Gemeinheiten hielt ich den Termin brav ein, ich brach rechtzeitig auf und war, als altmodischer, allzu gutmütiger Mensch und Pauker, wie immer pünktlich bei ihm. Ich schätze, das war und ist einer meiner größten Fehler: loyal zu sein bis ins Mark und einer vermeintlichen Autoritätsperson blind zu gehorchen. In der Schule geht es zwar längst nicht mehr zu wie auf einem Kasernenhof, doch das hierarchische Prinzip ist, so verbrämt es auch auftreten mag, nach wie vor in Kraft: Es geht noch immer um oben und unten, um Abhängigkeiten, um das Spiel der Macht. Und mir steckt das alles in den Knochen, das hat man mir eingebläut, denn ich bin der Sohn eines Lehrers …

Sicher jedoch, ob K. mich überhaupt seine Fluchtburg betreten lassen würde, war ich angesichts seines Wankelmuts nicht. In der Stadt liefen damals Gerüchte um, er hause dort oben wie ein Waldmensch, dem nicht recht zu trauen sei, er lasse niemanden an sich heran und habe dafür seine Gründe. Die Rede war von irgendwelchen Frauengeschichten, der Apfel falle nicht weit vom Stamm und so weiter. Jeder Wanderer, jeder Besucher werde, so die Fama, dort oben lauthals beschimpft, bedroht und von dannen gejagt. Kurz, man hätte meinen können, K. halte sich einen Harem, den er erbittert verteidige.

Aus der Ferne nahm ich lediglich einen kleinen braunen Fleck in der Landschaft wahr, der allmählich größer wurde. Bald darauf erschien er mir als eine Art Unterstand, wie ihn Waldarbeiter benutzen. In der Folge durchquerte ich ein lichtes Gehölz und verlor die Hütte aus den Augen. Große weiße, durchlöcherte Leintücher bedeckten den Erdboden, als ich schließlich das Berghaus erreichte, der Schnee sah faulig aus. Überall waren Fußspuren zu sehen. Ich ging hinüber zur Hütte, die auf mich plötzlich so groß wirkte wie der Landsitz eines Geschäftsmannes. Der Anblick erfüllte mich, ich gebe es zu, mit giftigem Neid. Für Sekunden überzog die Sonne das Gebäude, als der bleifarbene Himmel aufriss, zudem mit einem goldgelben Zuckerguss. Doch dann schoben sich die Wolken erneut ineinander, es wurde dunkler, und Wind kam auf. Ich klopfte.

Lange warten musste ich nicht. Feist erschien K. in der Tür. Seine Körpermasse war noch beeindruckender als sonst. Er trat auf mich zu, bei jedem Schritt wabbelte sein Bauch, und ich wich instinktiv zurück. Er wirkte anders hier oben als in der Stadt. Die Gerüchte kamen mir erneut in den Sinn.

Man könnte sagen, der selbsternannte Potentat von der traurigen Gestalt, an dessen Hals ein großflächiger Ausschlag blühte, hatte sich für mich geradezu fein gemacht und in Schale geworfen. Als er den Cowboyhut, den ich zum ersten Mal sah, kurz abnahm, bemerkte ich, dass seine Haare sogar gewaschen waren, und K. trug zu seinem alten Pullover einen neuen rosa Anorak. Doch wie dessen Vorgänger hatte er ihn von oben bis unten verkleckert: Tomatenmarkspritzer, braune Saucen, Senf und Honig bildeten eine interessante informelle Komposition und zugleich eine wenig abwechslungsreiche Wochenübersicht.

„Soll ich dir was zu trinken holen?“, fragte K. und verschränkte seine oberschenkeldicken Arme vor der Brust, „was möchtest du? Kirsch, Williams oder Wacholder? Ich habe alles da, was das Leben noch schöner und noch mehr sexy macht. Und in ausreichenden Mengen.“

„Wollen wir nicht hineingehen?“

„Können wir uns nicht hier unterhalten? Wie soll ich es sagen? Das Haus ist tabu, das musst du verstehen, es ist mein intimer, es ist ein extrem vulnerabler (!) Bereich. Wie das Atelier eines Malers. Es ist meine Werkstatt, meine Denkfabrik. Außer mir hat sie bisher niemand betreten. Ich dachte, hier draußen wäre es doch ebenfalls nett, an der frischen Luft. Findest du nicht? Ich habe auch noch nicht aufgeräumt.“

„Unordnung stört mich nicht.“

„Ach was! Tatsächlich? Das ist mir neu.“

Eine Weile standen wir uns wortlos gegenüber. Dann begann K. überraschenderweise den Rückwärtsgang einzulegen. Ich folgte ihm, mit Abstand.

Und plötzlich, von einem Augenblick auf den anderen, gab sich mein penetrant nach Parfüm riechender Freund ziemlich leutselig, redete munter drauflos und betonte, er freue sich sehr, dass er sich erneut „erleichtern“ könne, und erwähnte weder seine Mail noch die haarsträubend lachhafte Tirade à la Kaiser Franz Joseph. Dennoch sah er mich so geringschätzig an, als sei ich eine entblößte Kleiderpuppe in der Auslage des Modehauses Schlick. Viel schlimmer erschien mir allerdings Konstantins alte Marotte rund um seinen maladen Hintern: Die Fenster standen, wie fast immer bei ihm, offen und verursachten Durchzug. Es war, obwohl nassgraues Tauwetter herrschte, kalt im Haus. Sehr kalt sogar. Ich hatte vorgesorgt und mich entsprechend angezogen. Indessen fror ich wie ein geschorener Schafsbock. Wir hätten genauso gut im Freien reden können. Auf meine Bitte, die Heizung zurückzudrehen, da mir heiß sei, zuckte K. nicht mit der Wimper: „Du bist viel zu warm angezogen", versetzte er, „leg doch deinen albernen Schal ab und zieh den Mantel aus!"

Seine Hütte beeindruckte mich jedoch, das muss ich sagen. Viele der Deckenbalken und Sparren waren zwar nicht sauber verarbeitet, sie passten nicht richtig und lagen teilweise schief und krumm, wie ja auch, vorsichtig formuliert, in K.s Leben nicht alles stimmte und vieles krumm und schief und zerrüttet war. Trotzdem: Die Hütte war schön; traumhaft, hoch über Obernü gelegen, erschien sie mir als eine Bücherfestung, die mit allem ausgestattet war, was man brauchte, selbst mit einer Hi-Fi-Anlage und einem alten Weltempfänger. Hierher konnte man sich zurückziehen, wenn man, ein Stück weit, die Zivilisation hinter sich lassen wollte. Eine Palisade fehlte noch; mit ihr hätten wir uns dort oben wie in einem kleinen Wildwest-Fort gefühlt. Ich frage mich: War die Hütte für K. in erster Linie ein Fluchtort, an dem er sich vor der Außenwelt in Sicherheit bringen wollte? Oder hatte er die Absicht, sich so gut wie möglich von ihr auszuschließen, um in der Öffentlichkeit keine Dummheiten zu begehen? Hatte er Angst vor der Stadt? Oder hasste er sie?

In diesem Haus hätte ich es jedenfalls längere Zeit ausgehalten, wenn es denn geheizt gewesen wäre. Außerdem hatte K. eben „noch nicht aufgeräumt". Die Hütte war furchtbar schmutzig, unordentlich und, ja: voller Unrat. Auf der kleinen Küchenzeile stapelten sich benutzte Pappteller, und überall lagen leere Flaschen und verkrustete Messer herum. Aber auch daran konnte man sich eventuell gewöhnen. K.s Bücher jedoch waren nicht nur in zahlreichen Regalen untergebracht, sie hielten nicht nur Schränke und Stühle besetzt, nein, sie bildeten papierene Mauern, manche Büchertürme ragten vom Boden bis zur Decke empor, sie formten schmale Gassen, durch die ich mich vorsichtig hindurchschlängeln musste, um zu K.s Tisch zu gelangen. Das war zwar befremdlich, und ich konnte mir nicht vorstellen, wie er in diesem Chaos ein Buch zu finden, geschweige denn aus einem der Stapel herauszuziehen in der Lage wäre. Doch ein besseres Abbild meines Jugendfreundes als das Innere seiner Hütte war wohl kaum vorstellbar.

„Wie es nach Schlägels Aus weitergehen wird", sagte K. zu Beginn, nachdem wir uns an den heillos klebrigen Tisch gesetzt hatten, und gestikulierte wild mit Armen und Händen, „wissen die Götter. Wenigstens, was mich angeht. Der Neue ist politisch garantiert um einiges gewiefter als die Rosa. Aber ich wette mit dir, dass er nie eine Hochschule von innen gesehen hat und kaum den Unterschied zwischen Präsens und Präsenz kennt. Und wenn er keinen dicklichen und unattraktiven, dafür aber promovierten Akademiker, dem gegenüber er sich voraussichtlich unterlegen fühlen würde, sondern eine adrette junge Frau mit guter Figur in seinem Vorzimmer haben will, wofür einiges spricht, werde ich, wie die Medien zu formulieren pflegen, mit an Sicherheit grenzender Wahrscheinlichkeit innerhalb des Hauses versetzt, umgesetzt, wie sich wiederum die geschliffenen Verwaltungshirsche ausdrücken, umgesetzt wie eine Primel oder ein vergammelter Kaktus, und bin von neuem gezwungen, in irgendeinem mehr oder weniger gepolsterten Hamsterrad zu strampeln. Soweit die Atteste, über die ich verfüge, das zulassen.

Vielleicht hat Künzel aber auch Mitleid mit mir, denke ich manchmal, schließlich ist er selbst krank und unter Umständen sogar kränker als ich. Keine Ahnung. Man hört, er leide an hohem Fieber, dessen Ursache unklar sein soll. Kommt Zeit, kommt Rat, gemäß den Worten meines armen, alten Vaters, an die er jedoch selbst nie glaubte", sagte K. und ergänzte: „Aber es wird mit Sicherheit nicht der Personalrat sein, der mir zu Hilfe kommt. Nein, ganz gewiss nicht! Denn ich gelte im Haus seit einiger Zeit, und vielleicht ja sogar mit Recht, als eine Art Herrenreiter, als Ausbeuter und rücksichtsloser Menschenschinder, der, solange er es konnte, auf den unteren Chargen nach Lust und Laune herumgetrampelt ist. Und für solch einen üblen Wicht mit üppigem Gehalt verbrennt man sich doch nicht seine empfindlichen Fingerchen oder riskiert gar Streit und Ärger mit der Obrigkeit, nicht wahr? Wer sollte denn auf eine so abwegige Idee verfallen? Nein, nein, was mich angeht, liegen alle Beteiligten, die Personalvertretung, das Personalamt, die Chefetage, auf einer Linie, da herrschen Friede, Freude, Fasnachtskrapfen, da bin ich sicher. Hinzu kommt, dass die Organisation der Tischtennis-Turniere, der beiden Sonnwendfeiern, der Herbst-Lotterie *Glück am Stück* und all der anderen Veranstaltungen unseren kleinen ehrenamtlichen Personalrat sowieso an den Rand seiner Kapazitäten treibt, das ist eh klar.

Ich werde mich also selbst mit Händen und Füßen und vor allem mit meinem Dickschädel zu wehren haben. Vormachen will ich mir freilich nichts: In meinem Fall, oder sprechen wir besser von einem Fällchen, denn ich bin ja eine vollkommen unbedeutende Nummer, besser gesagt eine Null, eine Null-Nummer, die vom Amtsleiter zum Vorzimmerherrn degradiert wurde[15], in meiner mikroskopisch kleinen Causa (sic!) müsste

15 Vor dem Hintergrund der Tirade vom 5. Januar erstaunt diese Bemerkung doch einigermaßen. Augenscheinlich befand sich K. bei unserem Gespräch, das ich eher als Monolog bezeichnen sollte, trotz seiner Medikamente in einer depressiven Phase.

eher von ‚dick' die Rede sein als von ‚Schädel'. Möglicherweise liegt es nicht nur am Alkohol, sondern auch an den diversen Tabletten, dass mein Hirn schrumpft und ich derart aus der Form gegangen bin. Beipackzettel lese ich ebenso wenig wie das Horoskop in der *Bäckerblume*. Nein, unterbrich mich nicht! Bitte jetzt keine Vorhaltungen! Schweig gefälligst still!

Nun aber ist für mich", so der Große Konstantin mit betont bedeutender Miene weiter, „zunächst einmal der Zeitpunkt gekommen, um eine Zwischenbilanz vorzunehmen. Eine möglichst ehrliche Analyse meiner Situation. Sofern die mir überhaupt noch gelingen kann. Ich bin dir dankbar, Mäxchen, dass du zu einem weiteren Gespräch bereit bist (hört, hört!). Denn ich setze weiterhin auf deine Hilfe. Und wenn sie nur im Zuhören besteht. Bilanzieren war noch nie meine Stärke. Zwar hatte ich im Abitur, wie du weißt, selbst in Mathe eine glatte Eins, aber wirklich gelernt habe ich im Unterricht nicht besonders viel. Wie ich damals meine Noten herbeiimprovisiert habe, kann ich mit meiner lädierten, schon leicht faulen Birne nicht mehr nachvollziehen, das ist auch schon lange her, aber eines weiß ich noch: Statt dem sympathischen einbeinigen WK-II-Veteranen zuzuhören, der unter elliptischen Verrenkungen bemüht war, uns an der Tafel die Integral- und die Differenzialrechnung nahezubringen, hab' ich mir unter der Bank irgendwelche Heftchen-Romane reingezogen. Auch dafür war ich mir nicht zu schade. Samstags, sage ich dir, habe ich mit geschwellter Brust den Pseudointellektuellen gegeben, in der Schule jedoch *Jerry Cotton* geschmökert. Das müsstest du eigentlich noch wissen. Der Trivialliteratur war ich verfallen, und geschmückt habe ich mich mit der Kritischen Theorie. Auch diese Maskerade gehört zur langen Reihe meiner Dummheiten.

Eine Tourismusbilanz kapiere ich jetzt zwar bis zu einem gewissen Grad und konnte, nach einem ausführlichen Briefing durch eine meiner Mädels, auch stundenlang über den Inhalt solcher Papiere daherschwafeln; wirklich verstanden aber hab' ich so etwas nie. Vor allem wenn es um die Feinheiten ging. Du darfst mich nicht überschätzen (hört, hört!). Meine notorische Zahlen-Inkompetenz hat jedoch nur ein winziges Nägelchen bei der Anfertigung meines Touri-Sargs zur Verfügung gestellt. Abgesehen davon, muss ich bekennen, dass mir auch persönliche Bilanzen Schwierigkeiten bereiten. Es fällt mir nicht gerade leicht, offen mir selbst gegenüber zu sein. Sogar für mich lege ich sozusagen Rouge auf und mache mein bleiches Konterfei zurecht. Ich betrüge mich oft und gern. Ehrlich gesagt: Im Grunde will ich gar nicht wissen, wer ich bin. Wer möchte das schon? Der Blick in die persönliche Jauchegrube ekelt uns doch alle an. Oder?

Wie kurz vor meinem widerlichen Kollaps hat mein Herz inzwischen wieder zu flimmern begonnen: *Mes Intermittences du Cœur* feiern fröhliche Urständ. Da kommt nichts mehr aus dem amtlich zuständigen Sinusknoten, hat mich mein Freiburger Doc nach vierzehn Tagen voller Aufzeichnungen durch einen Event Recorder wissen lassen, da läuft etwas, bedingt durch echten oder vermeintlichen Stress", klagte K., „und dank anständiger Kirsch-, Obstler-, Whiskey- und Weinzufuhr ganz gewaltig aus dem Ruder, es rumort fürchterlich dort, wo deine und meine romantischen Freunde früher die Seele dingfest machen wollten. Es holpert und stolpert, bis der Punk abgeht, bis ich in Panik verfalle, zu keuchen beginne und mich auf halber Strecke zwischen OP und Friedhof wähne, es flimmert in einem ganz und gar verrückten Lebensrhythmus, der mir vollkommen fremd und auf keinen Fall zuträglich ist. Beim letzten Appell hat mir der kommandierende Doc weniger Alkohol, weniger Blutwurst und weniger Zigaretten, er hat mir insbesondere weniger Körpergewicht und mehr Bewegung befohlen. Aber was mache ich mit meinen verdammten Antidepressiva? Sag mir das!", polterte Konstantin.

Nach einer Pause, während der er minutenlang auf einen alten, schmutzigen Bierdeckel starrte, der vor ihm auf dem Tisch lag, nahm er seinen Monolog von neuem auf. „Der Weißkittel hat mir eine weitere Hochfrequenz-Ablation empfohlen. Er will mir also mit Feuer, Schwert und allen Höllenteufeln, sprich: mit Strom, mitten in mein armes Herz fahren. Eine Frühpensionierung hat er zu meinem größten Missfallen kategorisch ausgeschlossen. Das musst du dir vorstellen! Sie brächte nichts, hat er verlautbart, denn dann kämen ‚andere Auslöser' ins Spiel. Auslöser! Wenn ich das schon höre! Wie bei einer Schusswaffe.

Wenn mir der Weißkittel etwas von Synkopen erzählt, denke ich selbstverständlich schon lange nicht mehr an Musik. Meine Gedanken sind ohnehin fast nur noch auf Waffen gerichtet. Auf private Schlachten und Rachefeldzüge. Mein dummer Kopf, das habe ich dir ja schon oft gesagt, wird mir überdies von Tag zu Tag fremder. Sein Gedächtnis scheint sich allmählich selbst zu durchlöchern. Sogar meine Lieblingsschriftsteller fallen ihm, sofern ich unter Druck stehe, und sei die Situation noch so banal, noch so harmlos, nicht mehr ein. Die Birne wirkt dann auf mich wie ein leergeblasenes Ei unter einer kurz geschnittenen, rötlich-blonden Perücke. Und je mehr ich mir das Gehirn zermartere, umso schlimmer wird es.

Sobald ich aber später, am Abend, hier oben die Tür meines Berghauses, das ich normalerweise, das darfst du mir glauben, peinlich pflege und in Ordnung halte, aufschließe und mein rettendes Asyl, meine Festung betrete, wenn ich, im Wortsinn, wieder bei mir bin und allmählich zur Ruhe komme, lässt das verdammte Zittern nach, kehren sie alle, alle zurück, meine Freunde, die Autoren und ihre Namen, als wäre nichts gewesen. Als hätte sich in meinem Hirn noch nie eine namenlose Eiswüste ausgebreitet. Sowie ich mich meiner Bibliothek und ihren Regalen nähere, ist alles anders, sowie ich mich sicher und geborgen fühle, sind meine Freunde und Kumpane um mich versammelt. Oder verhält es sich gerade umgekehrt? Einerlei: Hier oben vermag ich mich einzuigeln, hier geht es mir noch vergleichsweise gut, vor allem wenn es Bindfäden regnet oder wenn es schneit und stürmt. Oder wenn ich mich, meinem Weltempfänger sei Dank, von Rai 3, FIP, Radio NY oder einem Jazz-Sender in Santa Monica einspinnen und entführen lasse, wenn es zirpt und zischelt im Äther: Dann ist alles Schopflocher Geplärr weit weg, ich lausche den fremden Stimmen und folge ihren Besitzerinnen nach Sendeschluss aus den Studios über dunkle Gänge und Treppen hinaus und verliere mich in den Häuserschluchten von Manhattan, in den Straßen von L. A., Rom, Neapel und Paris. Am liebsten trabe ich, gleichgültig zu welcher Tages- oder Jahreszeit, durch New York, wo ich noch nie war, durch den Central Park, die Fifth Avenue und über den Broadway bis zum Riverside Drive, und jeden Augenblick rechne ich damit, Gesine Cresspahl zu begegnen. Wenn ich das Berghaus betrete, fühle ich mich nicht mehr einsam, obwohl ich allein und verloren im Wald sitze. Rotwein ist stets zur Hand, das Feuer wärmt, und Blutwürste sind rasch zubereitet.

Aber das, was ich mein Syndrom nenne“, sagte K. nach einer weiteren Pause ziemlich kleinmütig und mit gepresster Stimme, indem er seinen Cowboyhut tief in die Stirn drückte, „ist auf jeden Fall manifest und nimmt mich von Tag zu Tag mehr in Besitz. Die kleinen, flachen Flaschen sind ebenso längst wieder zu meinen täglichen Begleiterinnen geworden. Sie lassen sich weitaus leichter einwickeln und in die Tasche stecken als die meisten Frauen. Vor allem wenn der Beutel einem Fettsack wie mir gehört. Ich bin zu einem *Unding der Liebe* geworden. Doch auch diese Erfahrung ist mir nicht neu. Im Klartext heißt das unter dem Strich: Ich schlucke in jeder Hinsicht viel zu viel und bin gänzlich dumpf und stumpf und kann mich nur mit Mühe am Schreibtisch aufrecht halten. Klingele Konstantin ist ein Schatten seiner selbst, wenn auch ein in die Breite gegangener, ein fetter Schatten.

Der verdiente Angestellte und Jammerlappen hat derzeit immerhin nicht allzu viel zu tun. Das ist ein großes Glück. Rosa Schlägel ist, wie du weißt, seit langem nicht mehr im Dienst. Sie sitzt bereits auf ihrem neuen lukrativen Job-Thron, und Künzel befindet sich nach wie vor im Krankenstand. Vogt und Hirschle vertreten ihn, so gut sie es können. Da fällt ziemlich viel weg."

„So", sagte K. nach einer Weile, „ist im Augenblick summa summarum die Situation von Konstantin Klingele. Aber die Leute im Haus behaupten lauthals, der Klingele sei ein Lump", flüsterte K. jetzt beinahe unhörbar, „will heißen, sie werden alles daransetzen, mich wegzumobben. Selbst die Beinle Emerentia stichelte neulich hinter notdürftig vorgehaltener Hand, der Klingele sei nicht mehr tragbar. Klar, ich bin nicht nur viel zu dick, sondern auch schwer. Doch aus solchen Feststellungen vermochte ich noch nie die richtigen Schlüsse zu ziehen."

6

Er war ein Chamäleon, das einer seiner Grundfarben stets die Treue hielt. Der Abiturient Konstantin, der Göttinger Konstantin und der Schopflocher Tourismus-Direktor Konstantin, alle drei waren, davon bin ich zutiefst überzeugt, in hohem Maße eitel. Entsprechend überheblich trat K. auf und behandelte sein jeweiliges Gegenüber oftmals herablassend und anmaßend, auch wenn die- oder derjenige ihm haushoch überlegen war und keinerlei Anlass für Hohn oder Häme bot. Immer vorausgesetzt, dass K. keine negativen Konsequenzen zu befürchten hatte. Selbst der späte Konstantin, der sich immer mehr gehen ließ, schien noch bis in den undurchdringlichsten Alkoholnebel hinein von sich und seinem Rang erfüllt zu sein. Nicht nur der Treibstoff, auch seine Eitelkeit, seine Einbildung, sein Dünkel machten ihn besoffen.

Das Adjektiv eitel aber hat, nach Ausweis von Friedrich Kluges *Etymologischem Wörterbuch*, die Grundbedeutungen leer sowie eingebildet, „weil Gehaltlosigkeit oft mit einer in Missverhältnis dazu stehenden Selbstschätzung verbunden ist“. Ich fürchte, kaum jemand ist sich darüber im Klaren, wie fatal die Folgen einer deutlich ausgeprägten Selbstherrlichkeit sein können.

*

Notat Sieben[16]

Etwas Besseres als Fritzi, sage ich aus voller Überzeugung, hätte mir damals nicht begegnen können, ganz gewiss nicht. Sie war ein einziges großes Glück für mich. Aber ich weiß nicht, was passiert wäre, wenn meine Eltern mich mit ihr erwischt oder wenn sie erfahren hätten, was ich mit ihr in unserer außerschulischen Lehranstalt trieb. Wie sie mich unterrichtete. Aber: *On The Long Run* waren unsere sexuellen Spiele und Spielchen noch nicht einmal das Wichtigste. Damals natürlich schon. Ich haschte nach Wind, doch sie blies mir frische Luft ins Gehirn.

Plötzlich schaute ich über den Rand meines kleinen Tellers hinaus, ich lernte, was wichtig sein könnte im Leben und was nicht, und ich fand sogar einen richtigen Zugang zur Literatur, obwohl Fritzi überhaupt nicht las. Aber sie konnte auf eine so wunderbar wache Art und Weise zuhören, wenn ich ihr danach ein Stück Prosa oder ein Gedicht vortrug oder vorlas, und *sie* war es meist auch, nicht ich, die Form und Inhalt instinktiv begriff und in unser Leben zu holen vermochte. Ja, so war das.

Literarisch zu leben, bedeutet nicht zwangsläufig, die Existenz eines Stubenhockers zu führen. Es ist schade, dass ich diese banale Erkenntnis allzu schnell vergessen habe. Damals freilich

16 Die Erwähnung von Rudolf Borchardts Martha liefert einen guten Ansatz für die Datierung. Lange habe ich vergeblich in B.s Briefwechsel und in seinen Erzählungen nach einer „Martha“ gesucht. Ganz am Ende entdeckte ich sie in dem von den Erben über Jahrzehnte hinweg unter Verschluss gehaltenen pornoartigen Roman *Weltpuff Berlin*. Er erschien erst am 11. Oktober 2018. Konstantins Notat kann also frühestens im (Spät-)Herbst desselben Jahres entstanden sein. Zugleich zeigt K.s Anspielung auf Martha, dass er vermutlich auch vergleichsweise abgelegene Texteditionen erwarb und las. Der Band war in seinem Berghaus allerdings unauffindbar.

war ich in mancherlei Hinsicht läufig. Es lief etwas. Es lief ziemlich viel. Und zwar in Siebenmeilenstiefeln.

Kennengelernt habe ich Fritzi in einem Frühsommer, in der Nähe ihres Campinglagers, nicht weit vom Forstacker, wo die Wohnsitzlosen und all die Schopflocher Hoppenmarieken hausten, die für ihre flügellahmen Vögel, alten Hunde, Eichhörnchen und blinden Katzen lebten. Sie zog nicht mit dem Zirkus ihrer Familie von Stadt zu Stadt, sondern blieb in Schopfloch und kümmerte sich um das, was sie „Büro" oder „Verwaltung" nannte, und um ihre jüngeren Geschwister. Fritzi war sicher zwei, drei Jahre älter, so genau weiß ich das nicht, sie war auf jeden Fall viel weiter als ich, übernahm schon Verantwortung, war im Leben angekommen.

Als ich ihr das dritte oder vierte Mal begegnete, es war auf einem staubigen Feldweg am Waldrand, kam sie mir in ihrem roten Kleid wie absichtslos entgegen, sie blieb stehen, schaute mich an, und dann nahm sie mich wortlos bei der Hand und führte mich weg. An jeden Baum, an dem wir vorbeikamen, kann ich mich noch erinnern, an jeden Baum und an jeden Busch, als wäre es gestern gewesen. Obwohl ich furchtbar aufgeregt war. Doch an mein Gebrechen, den großen Makel, der mein Leben sonst so oft verdüsterte, dachte ich nicht. In diesem Moment war er mir schnuppe. Der Geruch von Staub lag in der Luft, Staub und Sommer. Beides. Und Fritzis Parfum. Ein heißer Wind kam auf, der alles leicht zu machen schien.

Wir gingen zu einem von großen Linden gesäumten Schuppen, Ziegenböcke blökten, Tauben gurrten, wie es sich gehörte, und Fritzi schloss das Tor auf, vor dem ein großer Holunderbusch emporwuchs.

Umstandslos zog sie ihre Klamotten aus (sie trug nie einen BH), dann entkleidete sie mich, und zwar langsam und mit Bedacht, in aller Ruhe und ganz sicher auch mit Genuss, und führte mich tiefer in den Dämmer des Schuppens hinein. Zum ersten Mal sah ich den dichten Haarwusch zwischen ihren wie das Innere einer Muschel schimmernden, milchweißen Schenkeln, die sie langsam für mich öffnete, zum ersten Mal sah ich ihre Brüste und die Linien ihrer Hüfte. Keine Ahnung, wie lange ich sie angestarrt habe. Ich war schüchtern, ich hatte Angst vor dem nächsten und dem übernächsten Schritt, fürchterliche Angst, aber ich konnte mich auch nicht satt sehen an diesem jungen Frauenkörper, der mich verrückt machte.

Fritzi besaß ganz sicher nicht die glatte Makellosigkeit eines Fotomodells, ihre Hände waren mit ihren kurzen Fingern ein wenig plump, aber das Zusammenspiel von Augen, Nase, Mund, Haaren, von Gesicht und Körper, und ihre gesamte Erscheinung wirkten in hohem Maße betörend und verstörend auf mich. Überwältigend. Und das ging sicher nicht nur mir so. Doch daran dachte ich damals nicht.

Irgendwann wurde Fritzi ungeduldig. Sie begann ob meiner Blödigkeit schallend zu lachen und zog mich zu sich ins Heu. Zum ersten Mal glitt ich in sie hinein, zum ersten Mal in ihren Duft und in ihren Körper, und diesen Moment werde ich nie vergessen. Der Rausch, mein erster echter Rausch, begann. Ja, es war ein Rausch. Ein wacher Sinnentaumel, eine Trunkenheit, die alles andere war als dumpf, ein drängendes, bedrängendes Geschehen, das die Welt ausblendete und zum Schweigen brachte. Es kam mir vor wie eine sich langsam anbahnende Explosion. Etwas Ähnliches ist mir später nie mehr passiert. Heute würde ich, mit Blick auf jenen fernen, immer weiter in der Vergangenheit entschwindenden Nachmittag, sagen: *Tritt nur bar ins Leben, und sorge nicht!*

Fritzi zu beschreiben, fällt mir, aus mehreren Gründen, schwer. Sie erinnert mich jetzt, im Rückblick, mit ihren blauen, je nach Situation und Licht unsicher flackernden und wasserblau, meerblau leuchtenden Augen, ihrem Gesicht und den strohblonden Haaren an Borchardts Martha, auch wenn der Groß-Rhetor seine frühe Geliebte stellenweise bös verkitscht hat. Betörend (ja, sie konnte mich zu einem Toren machen) wirkten nicht nur ihre Figur, ihr russisch-blondes Haar und ihre hohen Wangenknochen, betörend wirkten ebenso die grünen Einsprengsel in ihren Augen, besonders wenn sie ihren Blick wie einen starken Scheinwerfer auf mich richtete. Ähnlich wie Martha konnte sie vollkommen unverkrampft und ohne rot zu werden über das sprechen, was wir miteinander taten. Das hat unser Vergnügen mindestens verdoppelt. Wenn nicht verdreifacht, vervierfacht … Jeder Schopflocher Ohrenzeuge hätte Fritzis Sätze als Pornografie verunglimpft und verabscheut. Mir erschien meine Freundin jedoch als vollkommen unschuldig. Und das war sie ganz sicher. Fritzi war der erste erwachsene Mensch, den ich getroffen habe.

In dieser Zeit bin ich auch dem Sepp begegnet und habe mich nach und nach mit ihm angefreundet. Obwohl er einen Beruf hatte, er arbeitete in einer kleinen Werkzeugfabrik, lief er in Schopfloch nur unter dem Übernamen Streuner. Wahrscheinlich, weil er in seiner Freizeit meist ziellos durch die Stadt und die Landschaft der Umgebung lief, mehr schlecht als recht Gitarre spielte, lauthals sein Idol Bob Dylan rühmte und trank. Man hätte ihn genauso gut Stinker nennen können, denn er stank beständig: nach Rauch, nach Fusel, nach seinen ungewaschenen Achselhöhlen.

Der Streuner war mit seinen abgerissenen, schmutzigen Klamotten nicht aus dem Schopflocher Stadtbild wegzudenken. Als Sohn eines versoffenen Waldarbeiters und einer Magd aus Sankt Peter hatte er das genossen, was man beschönigend eine schwierige Kindheit und Jugend zu nennen pflegt. *Mehr Prügel als Flügel* sozusagen. Dass er überhaupt einen Schulabschluss und eine Lehre hinbekam, grenzt ebenso an ein Wunder wie die Tatsache, dass er ein wenig mit Musik und Büchern in Berührung geriet. Später prahlte der Streuner sogar damit, intensiv zu lesen, Lyrik vor allem, Dylan Thomas zum Beispiel, klar, und von dessen Werken hatte er tatsächlich das eine oder andere inhaliert.

Von Sepp habe ich einiges gelernt, in erster Linie das fatale Saufen, das Schlucken bis an den Rand der Bewusstlosigkeit. Ansatzweise ging das schon damals los. Doch ich schaffte es, die Trinkerei vor meinen Eltern zu verbergen. Und vor Fritzi, die ich nie mit Sepp bekannt gemacht habe. Dass er von Gedichten, überhaupt von Literatur eigentlich keine Ahnung hatte, wollte ich lange nicht wahrhaben.

An einem heißen, tiefblauen Sommertag, von weither waren meckernde Ziegen zu hören, wanderten wir, Fritzi und ich, zum Schluchsee. Im Wald, unter den dunklen Tannen, war es sogar am Nachmittag angenehm kühl. Eine *schwarze Perlenschnur des Schafkots lag wie eine Messtischblatt-Grenze über'n Weg.* Fritzi trug ihr tief ausgeschnittenes feuerrotes Kleid und dazu, andere hätten gesagt: vollkommen unpassend, schwere Wanderstiefel. An einer einsamen Stelle zogen wir uns aus und badeten, fernab des Touristentrubels. Der See umspülte uns warm und weich.

So herrlich kitschig hätte mein Lebensweg verlaufen können. So hätte er sich durch die Landschaft fädeln sollen. Ein Leben im Verborgenen des Schwarzwalds – und geborgen in ihm: Das wär's gewesen.

Heute würde ich sagen: Vor allem wegen Fritzi war es ein großer, ein nicht wiedergutzumachender Fehler, Schopfloch zu verlassen. Es war vollkommen überflüssig zu handeln, irgendetwas zu tun. Längst hatte ich sie erobert, obwohl ich um einiges jünger war als sie. Wir waren ein Paar. Ich hätte nur nicht kopfscheu werden und weggehen dürfen, ich hätte in Freiburg studieren und in Schopfloch wohnen können. Noch besser wäre es gewesen, statt an irgendeine Uni zu gehen, an Fritzis Lehrstuhl zu bleiben. Und im Hotel. Ich hätte leben sollen statt unaufhörlich zu lernen. Oder einen Kompromiss suchen. Heute würde man von Work-Life-Balance reden. Blablabla. Fritzi hätte auch eine attraktive Hotelière abgegeben. Keine Frage, auch wenn sie für meine Eltern in keiner Weise gesellschaftsfähig gewesen wäre. Das hübsche Zirkusmädchen und der junge Klingele: für Schopfloch ein Skandal, eine Katastrophe! Damals wäre das undenkbar gewesen. „Wie kannst du uns nur so etwas antun?", hätten meine Alten gebrüllt, „was fällt dir ein? Bisch du noch ganz bei Troscht? Hasch du se noch alle?"

So aber habe ich Fritzi und mir das Herz gebrochen. Was aus ihr geworden ist, weiß ich nicht. Mit anderen Worten: Ich habe mich als feiger, ängstlicher Schwächling erwiesen. Als selbstvergessener Schlappschwanz. Ich habe nicht gewagt aufzumucken. Ich habe die Widersprüche nicht ausgehalten und bin den Weg des zweitschwächsten Widerstands gegangen.

Eigentlich haben wir uns schon während meiner Freiburger Theaterzeit aus den Augen verloren. Im Winter hatten wir keinen Ort: *nichts, niemand, nirgends, nie*, an dem wir uns hätten treffen, wirklich begegnen, wo wir hätten zusammen und eins sein können. Denn um Kaffeetrinken und Händchenhalten ging es uns nicht.

Das ist freilich höchstens die halbe Wahrheit. Genau genommen, ist es geflunkert und nichts als Täuschung und vor allem Selbsttäuschung und Betrug. Irgendwann würdest du, Mäxchen, es ja sowieso erfahren, irgendwann in einer besoffenen Stunde wären die Schleusen ohnehin offen, und die tatsächlichen Hintergründe kämen ans Licht, da kann ich auch gleich damit herausrücken.

Wenn ich die Wahrheit sagen, wenn ich ausnahmsweise wirklich mein Innerstes zuäußerst kehren und mich restlos vor dir entblößen soll, was mir aus den verschiedensten Gründen ausgesprochen schwerfällt, dann muss ich bekennen: Fritzi und ich, wir haben uns nicht aus den Augen verloren, und unsere Trennung hing auch nicht damit zusammen, dass wir kein warmes Zimmerchen mit einem kuscheligen Bettchen hatten. Das ist albern und verlogen. Ich war es, der Fritzi aus den Augen ging, ich war es, der sie verlieren, ich war es, der sie loswerden wollte. Der sie verraten hat. In einem Anfall von Angst, Dummheit und falschem Stolz. Ich habe mich als Schwächling erwiesen. Als Familiensöhnchen. Ich, ich, ich.

Schon recht spät im Herbst, als es noch nicht zu kalt war für den Schober, haben wir uns dort, wie so oft, getroffen. Nachdem wir uns wieder angezogen hatten und noch eine Weile nebeneinander im Heu lagen, sagte Fritzi leise und mit einem schmalen Lächeln, sie sei schwanger. Sie sei schwanger – und sie sei ganz sicher.

Mein Herz begann zu stolpern, zu rasen, zu flimmern, zum ersten Mal in meinem Leben, es schlug bis in den Hals in einem ganz und gar fremdartigen Rhythmus, bis in mein Gehirn hinauf, bis ganz oben unter die Dachlatten, die zu ächzen schienen unter dieser Belastung, aber ich war nicht imstande, auch nur einen Ton herauszubringen. Fritzi sagte noch einmal: „Ich bin schwanger, hörst du?“, und fügte, nach einer kleinen Weile, hinzu: „Und ich bin ziemlich sicher, dass es von dir ist. Sehr sicher sogar. Ich weiß nicht, was ich tun soll. Ich weiß nicht, ob ich es wegmachen lassen soll. Ich glaube, ehrlich gesagt, nicht, dass ich das will, denn ich freue mich. Was meinst du?“

Was ich geantwortet habe, weiß ich nicht. Ich kann mich nicht mehr daran erinnern. Keine Ahnung, ob ich überhaupt etwas gesagt habe. Oder was ich gedacht habe. Was ich gefühlt habe. Ich erinnere mich nur noch an mein flimmeriges Herz, an sein ungestümes, wildes, arrhythmisches Pochen, an einen Schweißausbruch und dass ich dann plötzlich davongelaufen, dass ich geflohen bin wie ein angeschossenes Tier. Ohne mich noch einmal umzudrehen. Fort war ich. Auf Nimmernimmerwiedersehen. Es mag sich verrückt anhören, aber es war so.

In der Nähe des Zirkuslagers ließ ich mich von Stund' an nicht mehr blicken. Kein einziges Mal. Wenn ich nicht in Freiburg oder in der Schule war, verkroch ich mich in meinem Zimmer im *Hof*. In der Regenbogenreihe. Die Theaterspielerei kam mir gerade recht. Bei jeder Probe öffnete sie mir einen wunderbar bequemen Ausweg. Ich schlüpfte in meine Rolle und war plötzlich ein anderer. So gelang mir die Flucht vor meinen Problemen. Die Probenbühne war hässlich und schmuddelig, aber ich nahm das, was sich dort abspielte, als einen Traum von einem besseren Leben. Nur: Der ekelhafte, juckende Ausschlag am Hals, der sich kurz nach meiner Flucht breitzumachen begann, war mir peinlich.

Ich versuchte mir einzureden, dass Fritzi neben mir noch andere Beziehungen hatte. Jede Menge andere Kerle. Dass das Kind von einem der drei Zirkusmusiker, von einem Clown oder einem Akrobaten stammte. Oder von irgendeinem anderen. Schließlich hatte sie zugegeben, dass sie sich nicht hundertprozentig sicher war. Ich verschanzte mich hinter meiner Eifersucht und versuchte, mir klarzumachen, dass ich diese Liebe zu ernst genommen hatte. Dass Fritzi ein verantwortungsloses Flittchen war. Mindestens *einen* anderen musste es ja gegeben haben. Ich gaukelte mir vor, dass ich einer von vielen gewesen sei, und stilisierte Fritzi zu einer männermordenden Nymphomanin. Dennoch fühlte ich mich schuldig. Schuldbeladen, bequem und feig. Aber vor allem hatte ich Angst. Angst vor meinen Eltern und vor einer ausweglosen Situation, der ich nicht gewachsen wäre. Angst vor einem Kind. Vor den Verpflichtungen, die es mit sich brächte. Ja, ich bestand damals vor allem aus Angst.

Zu meinen Sorgen wegen den Folgen meines körperlichen Defekts war eine neue Furcht hinzugekommen. Ich war überfordert. Das war ein Muster, das mir mittlerweile allzu bekannt vorkommt: Angst haben, hinschmeißen und abhauen. Doch Fritzis Duft aus Heu und Parfum, ihr mich fesselnder Geruch ging mir nicht aus dem Kopf.

Schnee und scharfe Kälte kamen, und ich streute mir weiter Sand in die Augen. Anderes schien mir plötzlich viel wichtiger zu sein als die schwangere Fritzi. Das Theater und irgendwelche intellektuellen Abenteuer, Joyce zu lesen, Musil zu lesen und Proust. Sogar die Schule. Aber wann immer ich so tat, als läse ich, beschäftigte mich meine Angst. Fritzi. Und ihr Kind. Unser Kind.

Ich saß stundenlang, tagelang herum und starrte Löcher in die Luft. Meine Angst und meine Eifersucht hatten mich von früh bis spät im Griff. Also versuchte ich, mich zu betäuben. Stundenlang, halbe Tage stapfte ich mit meinem Kirschflachmann durch den sauber riechenden Tiefschnee, bis ich todmüde war und hoffte, schlafen zu können. Oder ich traf mich mit Sepp in einer Vorstadtkaschemme, deren Namen meine Eltern noch nicht einmal in den Mund genommen hätten, und soff billigen Fusel in großen Mengen. Ich spürte, wie mein Puls galoppierte, meine Angst lief im Zickzack durch die stickig-dumpfe Schankstube und stieß sich an den zerschrammten Möbeln und den rauchgelben Wänden. In jener Zeit hätte ich mich am liebsten unsichtbar gemacht.

Ich war nicht bereit, Verantwortung zu übernehmen. Und der angehende Proust-Libertin war zu feig, um sich über die Schopflocher Konventionen hinwegzusetzen, Ende der Siebziger Jahre. Dazu die Eltern, die ohnehin nur auf „den guten, auf den makellosen Ruf“ ihres Hauses erpicht waren, der, so behaupteten sie, ihre Geschäftsgrundlage bildete.

Schopfloch erwies sich schon damals als bedeutend stärker als ich. Heute kann ich es zugeben: Ich habe Fritzi allein gelassen in ihrer Not, und das Kind dazu, das möglicherweise meines war. Bestimmt sogar. Ich habe Fritzi nie mehr gesehen.

Noch nicht einmal ein Foto besitze ich von ihr. Das ist im Grunde kaum zu glauben. Und die Bilder, die ich in meinem Kopf bewahre, verblassen zusehends. Ich kann nur hoffen, dass ich Fritzi damals so angesehen, so gesehen habe, wie sie von mir gesehen werden wollte. Denn das ist doch das Wichtigste. Oder nicht?

Fritzis Stimme vermag ich überhaupt nicht mehr zu hören. Sie ist verklungen, als ob sie tot wäre. Stimmen scheinen noch schneller zu altern und zu sterben als Bilder. Ich *weiß* nur noch, dass Fritzi eine Stimme besaß, die auf eine aufregende Art heiser, verschleiert und belegt klang. Aufgerauht, leicht kratzig. Aber ich kann sie nicht mehr *hören*! *L'amour est dans la voix*, hat Balzac in einem seiner Romane geschrieben, *die Liebe wohnt in der Stimme.*

Nur ganz selten, wenn ich irgendeinen Geruch in die Nase bekomme, der Fritzis Duft ein wenig ähnelt, dieser Mischung aus Heu, ihrer Haut und ihrem schweren Parfum, kann es vorkommen, dass ihr Gesicht kurz vor mir aufblitzt, ihre Augen, ihr Meerblau, ihr Meergrün, aber gleich darauf herrscht erneut Nacht.

Das Beste, was ich hatte im Leben, verschwindet nach und nach. Es ist ein Graus.

*

Ein (männlicher) Drache behauptet, K. habe Nacktbilder von Fritzi gemacht. „Scharfe Photos", sagt er. Er habe vor Jahren einige gesehen: sichtbar ältere, technisch perfekte und wirklich erotische Schwarzweiß-Aufnahmen von einer „gut gebauten" jungen Frau. Ihr Gesicht sei bedauerlicherweise nicht zu erkennen, da es entweder abgewandt oder von einem ihrer Arme weitgehend verdeckt sei. Wo sich die Bilder jetzt befinden, wisse er nicht. Doch er sei sicher: Es müsse das „Zirkusmädchen" gewesen sein. Unter Garantie habe sich früher keine andere junge Frau in Schopfloch derart entblößt und noch dazu in solch anstößigen, beinahe pornographischen Posen photographieren lassen. Und er wisse, dass Klingele junior eine gute Spiegelreflexkamera besessen habe.

Keine Ahnung, ob die Behauptungen des Drachen stimmen. Ich frage mich: Wo und wie hat Konstantin seine Photos entwickelt oder entwickeln lassen? Doch wohl kaum bei *Photo Gothmann* am Kirchplatz. Heute, im digitalen Zeitalter, kann jeder dumme Laie Nacktbilder unbemerkt entwickeln und sogar in Windeseile verschicken. Aber damals?

*

Memorandum Zwei

Bequem war ich immer. Klar. Ja, ein Faust war ich nie. Und ich muss zugeben: Ich habe auch nie eine Faust gemacht. Höchstens in der Tasche. Allenfalls habe ich mir gelegentlich ins Fäustchen gelacht, ohne mir selbst die Hände zu beschmutzen. Der Jahrgang 1960 hat niemals eine Ästhetik des Widerstands gekannt, selbst wenn das vereinzelt behauptet wird. Das dürfte auch ein geneigter Lehrersmann wissen. Wir sind doch ungefähr gleich alt, nicht wahr? Uns hat niemand den Sinn eines Reigens erklärt, *in dem die gesamte, von Zeus geführte Götterschar zum Sieg schritt über ein Geschlecht von Riesen und Fabelwesen.* Klingt ganz schön großkotzig, oder? Anmaßend nachgerade. Für uns gab und gibt es lediglich eine Ästhetik des Mitmachens, der Anpassung oder des Wegduckens. Stimmt's etwa nicht? Alles, was wir hatten und praktizierten, kann man, kurz gesagt, in der Formel Sex, Drugs and Rock'n'Roll zusammenfassen. Sofern wir in Schopfloch nicht auch dafür zu brav waren. Zu brav und zu feige. Außer der einzigartigen Fritzi mit ihren kleinen Brüsten und der aufreizenden Stimme gab's bei mir lange nichts und niemanden. Von ein paar harmlosen Doktorspielen mit zwölf oder dreizehn abgesehen. Und Drogen hießen bei mir Kirsch, Kirsch und nochmals Kirsch. Die finstere Wirklichkeit wurde weggeschnapst.

Trotz allem habe nicht zuletzt ich mich heiß bemüht. Ein wenig Pathos ist mir doch gestattet, oder? Wie in den einschlägigen Kreisen allgemein bekannt, habe ich lange Jahre Literaturwissenschaft, ja sogar Komparatistik studiert, habe eine Doktorarbeit über Flaubert und Fontane summa cum laude hingeschmiert, die längst in den Giftschränken einiger weniger Fachbibliotheken zu Blauschimmel veredelt worden ist, und habe jetzt, als Dank dafür, streng genommen, *weder Gut noch Geld, noch Ehr' und Herrlichkeit der Welt.* Das hört sich, ich weiß, ziemlich maximilianisch-jammerlappig an. Dass ich später meine Habilitation, nachdem schon ein See von Schweiß und Tränen verdunstet war, abgebrochen habe, stellt sich, im Rückblick, möglicherweise als Fehler dar. Als Riesendummheit. Das sollen klügere Leute entscheiden. Ich vermag es nicht, hadere eh von morgens bis abends mit mir, mit Gott und der Welt. Ja, ich habe mein Schicksal selbst entstellt. Blablabla.

Vielleicht hätte ich von Anfang an etwas ganz anderes machen sollen. Mich für Menschen einsetzen zum Beispiel, nicht immer nur für die Literatur oder für mich, Sozialarbeiter werden oder Altenpfleger. Oder ein anderes Studienfach wählen, Psychologie vielleicht. Oder Jura. Eine Wissenschaft vom Menschen und seiner täglichen Bosheit. Und dann eine schnelle Diss. und eine schmale Habil. zusammenstoppeln. Vielleicht wäre das besser gelaufen. Vielleicht, vielleicht. Wer weiß? Ich weiß es nicht. Aber Jura hat mich nie interessiert, dieser Blick auf das immer schon Fixierte, der Blick in den Rückspiegel. Diesen Weg ist mein Kinderfeind Tassilo gegangen, der Rechtswissenschaften in Heidelberg studiert hat, um dann so schnell wie möglich nach Schopfloch zurück zu scharwenzeln, zur Verwaltung des Zucht- und Handels-Imperiums seines Alten und um am Stadtrand, talabwärts, eine riesige Fabrik mit eigener, inzwischen EU-zertifizierter Räucherei zu errichten, aus der unaufhörlich ein intensiver Fischgeruch dringt. Doch von außen kann man nur ahnen, dass dort permanent für unser leibliches Wohl geschlachtet und gestorben wird.

Dr. Widmer-Pohl jedoch, der nebenbei eine gutgehende Anwalts- und Steuerberatungskanzlei betreibt, ward nie anders gesehen als mit spiegelblank poliertem Schädel, im Cutaway, meist bestehend aus einer schwarzen Jacke, schwarz-grau gestreiften Hose, hellblauer Weste, weißem Hemd, einem bunten Designerkrawattenschal, und mit silberknaufigem Spazierstock bewehrt, im kleinen Karo von Schopfloch ebenso großartig wie lächerlich. Er trat in der Tat auf als ein zweiter Markus Lüpertz, was auch insofern stimmig erscheinen mag, als er dem Kunstverein nicht nur vorsteht, sondern ihn darüber hinaus großzügig, wie es heißt, finanziert. Jedes Kind hierzulande weiß, dass die Schopflocher den Bernauern ihren Thoma und den Menzenschwandern ihre Winterhalter-Brüder aus tiefster Seele neiden. Und allein schon deshalb werden der Kunstverein und sein Vorsitzender öffentlich in den höchsten Tönen gepriesen und gerühmt, obwohl sich kaum jemand für Kunst interessiert geschweige denn künstlerische Qualität zu beurteilen vermag, und alle Welt, also nahezu ganz Schopfloch, sich vor Neid auf den Reichtum der Tasse verzehrt. Wenn sie könnten, wie sie wollen, das weiß ich genau, würden sie WP bis aufs Hemd ausrauben, klar, denn viele fühlen sich von seinem Luxus gedemütigt. Am allerliebsten sähen sie ihn am Bettelstab, im Obdachlosenasyl im Bühltal, gar keine Frage.

Selbstverständlich ist Dr. Widmer-Pohl gerne bereit, bei jeder seiner Ausstellungseröffnungen, zu denen häufig alte Freunde von mir wie Lukas und Mäxchen und, insbesondere vor Wahlen, auch der gerade amtierende Bürgermeister und die Abgeordneten erscheinen, ein Grußwort zu sprechen. Er sagt nie etwas, dessen Inhalt ich wiedergeben könnte, und er sagt es jedes Mal. Der Beifall ist ihm sicher. Seine Gefallsucht ist nachgerade rührend: Es heißt, dass er Artikel über ihn, die in irgendwelchen obskuren Blättchen erscheinen, stets an all seine Bekannten verteilen lässt. Immer wenn ich den Lautsprecher Widmer-Pohl sehe, springt mir ins Auge, wie selbstgefällig und gravitätisch er sich gibt und umherstolziert. Lange fand ich das einfach nur lächerlich. Aber dann stieß ich in den *Maximes* von La Rochefoucauld auf eine lesenswerte Definition, nach der die Gravität eine Geheimkunst des Körpers sei, ein einstudierter Streich, der dazu diene, Mängel des Geistes zu verbergen. Voilà: der fette Gockel im Tagesfrack. Mindestens *einen* solchen Vogel gibt es in jedem Provinznest, bunt gefiederte Hühnerstallfürsten, die es auf ihrem kleinen Hof zu etwas gebracht haben.

Aber ich bin abgeschweift. Eine Riesendummheit war es wahrscheinlich schon, meine Habil. einfach so aus Überdruss, Angst und Panik (?) schleifen zu lassen. Sie hätte, sieht man einmal vom universitären Hamsterrad ab, weitreichende Unabhängigkeit und finanzielle Sicherheit bedeuten können. Nur glaube ich nicht, dass ich für den komparatistischen Rundlauf-Marathon geeignet gewesen wäre.

Und dann noch mein scheinbar durch und durch vernebeltes Thema! *Marcel Prousts Kopfreisen am Beispiel von John Ruskin und Richard Wagner.* Ein Fluss ohne Ufer, dachte ich damals, ich würde unter Garantie schmählich in diesem unabsehbaren Gewässer untergehen, absaufen und scheitern, redete ich mir ein. Prousts Verhältnis zu Ruskin und Wagner! Eine Reise ohne Wiederkehr wäre das geworden, sagte ich mir, zu meiner Beschwichtigung, später, ein ums andere Mal. Denn dem internationalen tausendköpfigen Proust-Dechiffrier-Konsortium, dem es stets aufs Neue gelang, irgendwelche winzigen Spuren zu entziffern, die beispielsweise zu Schlesinger und zu Hofmannsthal führten, wäre ich nicht gewachsen gewesen, wollte ich mir unter allen Umständen weismachen. Gewiss läge ich schon längst neben anderen tragikomischen Mittelbau-Heroen auf einem Göttinger Gottesacker, hielt ich mir vor. Und Pfeilstich käme zusammen mit Botterbusch alle paar Jahre mal an meinem Grab vorbei und würde sich eins grinsen. Oder lauthals lachen. Dabei war das Thema, das mir mein Chef aufgedrückt hatte, bei Tageslicht und aus zeitlicher Distanz betrachtet, sogar ausgesprochen fair formuliert und durchaus überschaubar. In nachgerade lächerlicher Weise leicht zu erschließen. Ein akademisches Geschenk sozusagen. *To Konny, with Love!* Damals konnte und wollte ich das freilich nicht sehen, ich Idiot.

Mein intellektueller Selbstmord vollzog sich in Raten. Als ich mich nach einer schweren Infektion wieder halbwegs auf den Beinen halten konnte, erinnerte ich mich an meine heldenhafte Zeit am Freiburger Theater. Ich wollte aus der Unikaserne fliehen, ich wollte, hochbegabt wie ich war, plötzlich Künstler werden, wollte Künstler sein, Schauspieler, Dramaturg oder Regisseur. Oder alles zusammen. Bald schon tat ich mutig den ersten Schritt.

Ich begann, meine Fahnenflucht zu planen, und beschloss, ein Praktikum an einer niedersächsischen Provinzbühne zu absolvieren. Zu meiner Freude ging alles auf Anhieb glatt. Während der Semesterferien nahm ich vier Wochen Urlaub und, statt mich zu erholen, rückte ich ein zu einer Hospitanz. Doch meine Hoffnung zerschellte schnell. Ich erlebte nicht meine theatralische Sendung, sondern eine rechtschaffene Pleite.

Schon an meinem ersten Tag fand eine Vollversammlung des Ensembles statt, die Paul Spöller, der Intendant, selbst leitete, ein korpulenter Hüne, mit ganz enormer Raumverdrängung. Von Kopf bis Fuß in Schwarz. Mit Glatze. Und mit dickrandiger, großer, schwarzer Brille. Spöller dominierte die Szene von der ersten Sekunde an. Er sagte, „die Stadt" habe dem Theater das Budget „mehr oder minder grundlos" zusammengestrichen. Er, Spöller, wolle nun für sein Haus eine „richtig gute" PR-Kampagne starten und gebe bereits in einer halben Stunde eine Pressekonferenz, bei der er die nächsten Schritte erläutern werde. Das sei jetzt das Gebot der Stunde. Außerdem habe er eine junge Fotografin „herbestellt“, die Imagebilder von ihm schießen werde; die benötige er für die Akquise von Sponsoren. Und immer lauter werdend setzte er mit einer überdrehten Stimme, die mehrfach in den Sopran kippte, was bei einem so riesigen Mann grotesk wirkte, hinzu: „Gut, sehr gut wäre es auch, wenn sich alle flotten Frauen für Foto-Shootings zur Verfügung stellen würden. Das Haus braucht dringend Sex-Appeal. Ja, Sex-Appeal! In jeder Hinsicht. Das gilt mehr oder minder auch für den Spielplan. Wir müssen flotter werden. Offenherziger. Spontaner. Und damit wir das zusammen auch richtig gut hinkriegen, habe ich Champagner und Lachsröllchen für alle geordert. Die Stadt bezahlt. Also, lasst es krachen! Wir wollen in Zukunft gute Schauspielkunst machen. Richtig gutes Theater. Schauspiel, das unter die Haut geht. Das Gänsehaut macht. Schauspiel mit Biss!“

Spöllers sprachlicher Furor schien so wirkungslos zu verpuffen wie eine Fehlzündung. Der Applaus fiel spärlich aus. Die Frauen und Männer, die in meiner Nähe standen, zeigten keine Reaktion. Sie wirkten übernächtigt und müde. Beinah wie betäubt. Vielleicht war es nicht das erste Mal, dass Spöller die Lachs- und Champagner-Karte zog. Oder die Ensemblemitglieder unterstellten dem Intendanten, dass es ihm ausschließlich um sich und seine eigene Karriere ging. Ich wurde das Gefühl nicht los, mit dem Kopf gegen eine Wand zu laufen. Mich erneut in einer Sackgasse zu verirren. Den nächsten großen Fehler zu begehen. Spöllers übertriebene Munterkeit lähmte mich. Der Wille, aus der vorgegebenen Spur zu springen, der mich mit Macht aus Göttingen fortgetrieben hatte, löste sich in nichts auf. Ich hochnäsiger Laie, seine Majestät, das hundertste Rädchen am Wagen, für das sich niemand interessierte, hatte keine Lust, auf das richtig gute Theater zu warten.

Während der Monate in Freiburg hatte ich schließlich lange genug gelernt, dass man an einem Schauspielhaus ohnehin mehr herumsitzt und Zeit vertrödelt als agiert. Ich verkrümelte mich in eine Ecke und trank mir die Hucke voll, obwohl es keine Kirschen gab. Dann schlich ich mich davon, packte meinen Koffer und verabschiedete mich vorerst von meinem Hang zur Schauspielerei. Noch immer begreife ich nicht, dass ich aufgab, bevor es überhaupt losging.

Was mich dazu trieb, bald schon eine andere Bühne zu betreten, in eine andere Rolle zu schlüpfen und mein Glück als im Wortsinn verrückter Quereinsteiger in der Tourismus-Branche zu suchen, und das ohne irgendein echtes Interesse an der Materie, ohne jegliche Qualifikation, ohne alle Vorkenntnisse, vermag ich auf Anhieb nicht mehr zu sagen. Aber bekanntlich wusste schon der große Dummheitsforscher Erasmus von Rotterdam, dass es kein gesellschaftliches Zusammenleben gibt, das ohne Torheit erfreulich oder dauerhaft ist. So gesehen erscheint mein schrecklicher Missgriff beinah als ein sozialer Akt.

Mein alter Herr, der nie begreifen wollte, dass ich eine Unilaufbahn anstrebte, und der erstaunlicherweise gespürt haben muss, dass ich mich damals, in Göttingen, in einer Krise befand, rief eines Abends ziemlich aufgeregt an und stotterte, mit unüberhörbar alkoholisch modulierter Stimme, in den Apparat und in mein gleichfalls alkoholisiertes Ohr. Eine leitende Stelle, lallte er ziemlich hysterisch, eine „ganz arg wichtige Popositi-on“ (sic!) in der Stadtverwaltung werde ausgeschrieben. Lohst, Hains Nachfolger, den der alte Hain sogar empfohlen und im Grunde auf den Thron gesetzt habe, sei nach nur drei Wochen „abgehauen“ und habe eine Stelle in der Schweiz angetreten.

Jetzt sei „alles möglich". Eine leitende Position, ein richtiges Amt gebe es in Schopfloch! Der Posten sei auch gut dotiert, übermittelten mir Hammer, Amboss und Steigbügel. Sehr gut sogar: „A Heidegeld giit's", hat mein alter Herr an jenem denkwürdigen Abend in seinem noch immer melodiösen, schwäbisch angehauchten Alemannisch mehr gestammelt als gesagt. Jede Menge Geld! Ich solle endlich, endlich zurückkommen. Schon viel zu viel Zeit hätte ich verbummelt. Verbummelt und vertan.

Das klang zwar böse in meinem Ohr, doch das hörte sich zugleich nach einem sicheren Hafen inmitten eines lebensbedrohenden Sturms an. „A Heidegeld giit's!"

Dennoch zögerte ich. Sollte ich wirklich alles aufgeben, wofür ich so lange und ausdauernd gekämpft hatte? Sollte alles umsonst gewesen sein? Der lange Marsch durch die norddeutschen akademischen Ebenen? Meine immer umfangreicher werdende Proust-Handbibliothek? Die unübersehbar hohen Papierstapel mit Exzerpten und Notizen? Kurz vor dem Ziel resignieren, aus der pulsierenden Wissenschaft (haha!) aussteigen, den Schlüssel herumdrehen und davonhoppeln wie ein ängstliches Häschen, um in der tiefsten Provinz die Schwarzwaldgipfelchen zu bewerben?

Ich überwand meine Hemmungen und rief Lukas an, der als einziger Hautarzt und Proktologe weit und breit längst eine Lizenz zum Gelddrucken besaß. Die Dame am Empfang stellte mich zu meiner Überraschung sofort durch, Lukas meldete sich, und seine Stimme klang so fest, so vertrauenswürdig nach Schopfloch und vor allem so freundlich wie früher, obwohl wir schon seit Jahren nicht mehr miteinander gesprochen hatten.

Ich schilderte ihm meine Entscheidungsnot zwischen der literarischen Moderne einerseits und dem Schwarzwälder

Tourismusrummel andererseits, und Lukas fragte mich rundheraus, ohne auch nur einen Augenblick zu zögern, ob ich verrückt geworden sei: „Bist du jetzt plemplem, oder was?“ Ich hätte ihm doch schon vor zwei Jahren geschrieben, dass der Abschluss der Habilitation bereits in greifbarer Nähe liege. Dass ich ein ausgezeichnetes Verhältnis zu meinem Chef habe. Dass die Atmosphäre im Institut besser gar nicht sein könne. Dass Göttingen eine tolle Stadt sei. Dass die Frauen dort, von Berlin und Freiburg einmal abgesehen, die schönsten der Republik seien. Dass ich insgesamt das große Los gezogen hätte. Und jetzt das? Ein solch feiger Rückzieher, bei der erstbesten kleinen Klippe?

Er fasse es nicht und würde mich am liebsten mit einem Darmrohr durchprügeln. Ich solle gefälligst in mich gehen und zur Vernunft kommen. Er sehe in mir einen Intellektuellen, einen Wissenschaftler und Autor, aber gewisslich keinen (wörtliches Zitat) „kommunalen Sesselfurzer“ in subalterner Stellung, der nach einem halben Jahr zu ihm komme, um seine Hämorrhoiden behandeln zu lassen. Er weigere sich, in mir irgendwann in nicht allzu ferner Zukunft ein Büroopfer zu sehen, das dank miserabler Arbeitsbedingungen und schlechter Stühle zu einem psychosomatischen Patienten mit Mastdarm- oder Schließmuskelproblemen mutiere und eine Überweisung benötige: „Bleib mein Freund und bleib ein echter Gesprächspartner, von dem ich etwas lernen kann! Wir waren doch immer stolz auf dich. Du warst und bist der Einzige, der den Sprung nach draußen und in intellektuelle Höhen geschafft hat. Wir alle hier rechnen mit dir. Und schon bald wirst du die Früchte deiner Arbeit ernten.“

Ich fühlte mich durchschaut und bekam Bauchkrämpfe. Zu meinem Glück waren es nur drei Schritte zur Toilette.

Zwei Tage später rief ich dennoch im Schopflocher Rathaus an. Ich musste oft anrufen. Die Sekretärin am anderen Ende der Leitung teilte mir jedes Mal mit, der Leiter des Personalamts sei in einer Besprechung und „unabkömmlich", er sei sehr beschäftigt, und sie bedaure, mir nicht weiterhelfen zu können, ich solle es „einfach" später nochmals versuchen.

Irgendwann erreichte ich den Personaler wider Erwarten doch und bat ihn, mich mehrfach verhaspelnd, wie ich zugeben muss, um ein paar Hintergrundinformationen.

So überraschend es klingen mag: Ich ließ mir den Rat meines Vaters nicht zweimal sagen. Denn der von mir lange Zeit verehrte Marcel, Wagner und Ruskin kotzten mich inzwischen regelrecht an, alle drei. Klar. Lukas und seine Einschätzung hin oder her. Land war nicht in Sicht. Und meinen literarischen Leidenschaften konnte ich auch auf dem Chefsessel eines Tourismus-Managers, also in ruhigerer See, leben. Bildete ich mir ein. Redete ich mir ein. Wollte ich mir weismachen. Da war wieder das altbekannte Muster: Hinschmeißen, abhauen und etwas Neues versuchen.

Sofern es richtig ist, dass Reife bedeutet, nicht mehr auf sich selbst (und, nebenbei, auf andere) hereinzufallen, verhielt ich mich in keiner Weise wie ein erwachsener, reifer Mensch. Was, so wäre zu fragen, gilt es im Leben zu lernen?

*

Aus der *Schopflocher Zeitung*

Sender dreht in Stutzdorf
Gewagtes Format
Erzbischof besorgt

Der private Fernsehsender *Frontline* hat nach den Worten seines Programmchefs Charles Garch ein neues Format mit dem Titel *Geschlossene Gesellschaft* konzipiert (wir berichteten am 20. Mai 2000 im Landesteil). Zu unserer Überraschung gab das Funkhaus jetzt bekannt, dass die ersten drei „Freiwilligen" des TV-Projekts, zwei junge Frauen und ein 25-jähriger Mann, in einem aufgelassenen Hof bei Stutzdorf „aufeinander losgelassen werden" sollen. Einziges Ziel der eine ganze Woche dauernden Ausstrahlung ist es, zu zeigen, ob und mit welchen Mitteln eine der drei Personen die Oberhand über die beiden anderen zu gewinnen vermag. Auf die Frage, inwieweit sexuelle, physische und psychische Gewalt ausgeschlossen beziehungsweise geahndet würden, teilte der Sender lediglich mit, dass die Teilnehmenden ausführlich über die Regeln, die Risiken und Gefahren aufgeklärt worden seien. Außerdem gebe es ein engmaschiges Sicherheitskonzept. Angesichts des „innovativen Charakters" der Sendung, das sei unbestritten, bleibe allerdings ein gewisses Restrisiko. Darüber seien sich die drei „Mitglieder" der *Geschlossenen Gesellschaft*, die entsprechende Papiere unterschrieben hätten, im Klaren: „Wenn man gute Unterhaltung mit Tiefgang kombinieren will, ist das nicht zum Nulltarif zu haben", sagte der verantwortliche Programmchef.

Die Gemeindeverwaltung von Stutzdorf wollte zu der 168 Stunden dauernden Live-Übertragung, für die sechzehn Kameras installiert wurden, keine Stellungnahme abgeben. Der

Freiburger Erzbischof Karl Sehler zeigte sich bestürzt und besorgt ob der fatalen Irrwege, die die elektronischen Medien immer häufiger beschreiten würden.

*

Aus heutiger Sicht und mit Blick auf sein todtrauriges Ende hatte K. das riesengroße Pech, im entscheidenden Moment unbeschreibliches Glück zu haben. Ich kann es nicht anders sagen. Als er sich auf die Schopflocher Stelle bewarb, trat er, wie bald durchsickerte und wenig später in der Zeitung zu lesen war, gegen eine ganze Riege qualifizierter Kandidaten an. Auf Nachfrage der *Schopflocher Zeitung* und des *Wald-Express'*, eines Gratis-Wochenblattes, ließ der Mediensprecher des Rathauses die Öffentlichkeit noch vor Ablauf der offiziellen Ausschreibungsfrist in amtsschimmeligem Deutsch wissen, dass die anstehende Wahl von entscheidender Bedeutung für die Stadt sei: „Die Neue oder der Neue im Tourismusamt muss uns fit machen für die Zukunft. Vor diesem Hintergrund ist es wichtig, dass hervorragende Bewerbungen im mittleren dreistelligen Bereich von hochkompetenten Frauen und Männern aus ganz Deutschland und aus Österreich vorliegen." Frau Bürgermeisterin Dr. Schlägel und Hauptamtsleiter Hirschle, so Hirschle selbst in seiner Presseverlautbarung, zeigten sich sehr zufrieden. Die Resonanz auf die Stellenausschreibung demonstriere „die hohe touristische Attraktivität von Schopfloch im Hochschwarzwald". Und so weiter und so fort.

Ich konnte nicht beurteilen, und Konstantin vermutlich noch viel weniger, ob das alles stimmte. Doch als Fremdenverkehrs-Winzling hatte er, davon war ich überzeugt, bei dem anstehenden Stellenbesetzungsturnier rein gar nichts zu bieten.

Apropos: Es erstaunt mich, es kränkt mich noch immer, dass K. während der Bewerbungsfrist keine Verbindung mit mir aufnahm, dass er mich, seinen alten Freund, damals wie die Pest mied, und so hielt auch ich mich zurück. Obwohl ich ihm einiges hätte stecken können. Und obgleich ich mich ihm nach wie vor freundschaftlich verbunden fühlte. Aber auch ein Lehrer hat seinen Stolz und drängt sich nicht ungefragt auf. Offenbar sah K. in mir einen unfähigen Pauker und Provinzdeppen, auf den er leichthin verzichten konnte. Ich jedoch hätte ihm geraten, sich umzutun, wie man bei uns sagt, sich bekannt zu machen, um dazuzugehören, denn nichts ist in Schopfloch wichtiger. Er aber ließ sich nirgends blicken.

Hinzu kam, und das wusste ich nur allzu gut, dass Anja Hettich, eine von Konstantins Gegnerinnen beziehungsweise Mitbewerberinnen, die ganz offen mit ihrer Kandidatur umging, eine ebenso kompetente wie kontaktfreudige und beliebte junge Frau war. Ich zweifelte zwar keine Sekunde an K. K.s Fähigkeit, sich mit seiner überdurchschnittlichen Intelligenz auch als Laie rasch in die Aufgaben des Schopflocher Fremdenverkehrsdirektors einarbeiten zu können. Allein, ich glaubte nicht daran, dass er, angesichts der Bewerber-Lage, auch nur den Hauch einer Chance haben würde, sich in einem Verfahren durchzusetzen, in dem es vor allem um den Nachweis von Fachkenntnissen und um fachspezifische Zeugnisse gehen würde. Wie man weiß, sind in Deutschland amtlich abgestempelte Papiere stets wichtiger als alles andere.

Frau Hettich, die dasselbe Gymnasium wie K. und ich besucht hat, selbstredend etliche Jahre später als wir, kannte, außer der neuen Bürgermeisterin, anscheinend fast alle, die man in Schopfloch kennen musste, die gesamte Nomenklatura, also den Altbürgermeister, zahlreiche Stadträte, die tonangebenden

Geschäftsleute, Hoteliers und Restaurantbetreiber. Sie duzte, so war von meinen Drachen zu hören, viele „wichtige Personen und Persönlichkeiten", selbst Tassilo Widmer-Pohl, mit dem sie sich, dem Vernehmen nach, immer wenn sie in der Heimat war und Zeit hatte, „auf einen Espresso" traf. Anja hat im Laufe ihres Touristik-Studiums mehrfach im Rathaus Praktika absolviert, sie hat, auch während ihrer ersten beruflichen Stationen in den Vereinigten Staaten und in Australien, stets die Verbindung zur Schopflocher Verwaltung gehalten, und sie sah vor allem blendend aus, wirklich unverschämt gut. Sie erschien nicht nur mir als eine makellose Schwarzwälder Vorzeigefrau wie aus einem Hochglanz-Magazin. Und sie kam überall an und war überall gern gesehen.

Viele Männer schauen bei Frauen vor allem auf den Busen, die Brüste oder den Po, habe ich mir sagen lassen. Ich hingegen bin wie Truffauts Bertrand Morand ein wenig antiquiert, bin ein Schuh- und Fußfetischist. Eine schlanke Fessel in einem eleganten Schuh kann mich verrückt machen in einem Maße, dass ich nicht mehr wegzuschauen vermag. Auch wenn das auffällt und peinlich wird. Sofern dann noch schlanke, gut gepflegte Hände mit langen Fingern und kirschrot lackierten Nägeln, wohlgeformte Schultern und Arme, schwarz glänzende, schulterlange Haare und eine klassische Nackenlinie hinzukommen, könnte ich durchdrehen. Genaugenommen bin ich in einem solchen Fall nicht zurechnungsfähig und kaum in der Lage, mein Verhalten angemessen zu kontrollieren. Es kommt mir dann so vor, als würde bei mir eine Sicherung nach der anderen durchbrennen.

Anja, ich nenne sie, im Grunde unstatthafter Weise, bei ihrem Vornamen, weil sie mir nicht nur ausnehmend gut gefiel, sondern weil ich mich ihr, obwohl ich schon damals ein älteres

Semester war, ausgesprochen nahe fühlte und weil ich ihr die Stelle von Herzen gönnte, wenngleich ich vom alten Klingele schon frühzeitig wusste, dass K. sich gleichfalls bewarb; Anja, die charmante Anja, war, nach allem, was ich über sie in Erfahrung bringen konnte, intelligent und vor allem war sie bestimmt gut in ihrem Fach, hervorragend sogar und dazu eloquent. Sie war ein Profi. Eine Überfliegerin. Anja trat zugleich selbstbewusst und bescheiden, ja zurückhaltend auf. Und wenn ich ihr einmal begegnet bin, was zu meinem Bedauern selten genug vorkam, war alles, was sie sagte, wohlüberlegt und durchdacht. Das sind Eigenschaften, die nicht viele Menschen besitzen und die ich als Pädagoge ganz besonders schätze. Außerdem verstand sie es, sich ebenso schlicht und schick wie körperbetont zu kleiden. Und sie besaß schlanke Fesseln und, soweit ich das von weitem beurteilen konnte, schöne Schultern und Arme. Darüber hinaus merkte man ihr schon anhand eines kurzen Interviews in der Zeitung an, wie weit sie über den Schwarzwälder Durchschnitt hinausragte.

Merkwürdig war allenfalls, dass Anja sich überhaupt auf die Schopflocher Stelle bewarb. Und seltsam fand ich ebenso, dass sie, intelligent wie sie war, nicht von vornherein einen ganz anderen Weg eingeschlagen hat und nicht in die Fußstapfen ihres Vaters getreten ist.

Ich kann wirklich nicht behaupten, sie gut zu kennen, ganz und gar nicht; dennoch gewann ich damals den Eindruck, dass Anja, auch wenn das geschwollen klingen mag und meine Phantasie eventuell vollständig durchdrehte, ihr Leben Tag für Tag genoss wie ein erfrischendes Bad. Sie war als Arzttochter, anders als die meisten hier, anders auch als Konstantin, nicht mit Blasmusik, Fasnacht, Humbatäterä und Jagdgedöns aufgewachsen, sondern mit Beethoven, Schubert und Schumann, mit Hausmusik und zeitgenössischer Kunst. Anja war ohne jeden Zweifel die Beste für Schopfloch. Bei ihr konnte ich mir absurderweise sowieso keinerlei Fehler oder Mängel vorstellen, auch nicht den winzigsten Makel, kein Gebrechen, das sie befiele, schon gar nicht eine Schwäche für Schnäpse, gepfeffertes Kalbsbries, Schlachtplatte und das dazugehörige laute Auftreten, das nicht wenige Schwarzwälder und Bewohner des Alpenraums kennzeichnet. Nur war ihr linkes Bein ein klein wenig kürzer als das rechte. Aber das fiel lediglich auf, wenn man, wie ich, ganz genau hinschaute.

Anja war also einfach perfekt. Neudeutsch gesprochen: eine Playerin für die Landes- oder für die Bundesliga. Und für Schopfloch zu gut. Viel zu gut. Zu vollkommen. Die Stadt konnte sich von und zu schreiben, eine solche Bewerberin auf ihrer Liste zu haben. Was das für Konstantin den Großen bedeutete, stand für mich fest. Ich hätte ihm seinen alten Achternbusch-Spruch wie ein Mantra zurufen sollen: „Du hast keine Chance, aber nutze sie!“[17] Im Untergrund waren bei K., wie ich weiß, sowieso längst erneut negative Kräfte am Werk: Unzufriedenheit, Zweifel, Qual, Widerspruch und Ablehnung. Kein freudiges Ja.

17 Beim Überlesen des letzten Abschnitts ist mir aufgefallen, dass ich nun doch, eigentlich ungewollt und unbeabsichtigt, viel, sogar sehr viel von mir und meiner Person preisgegeben habe. Gleichwohl lasse ich das so stehen. Möglicherweise hilft diese persönliche Perspektive den Leserinnen und Lesern dabei, eine eigene Einschätzung der vorliegenden Sachverhalte zu entwickeln. Dennoch gilt uneingeschränkt: Schopfloch und K. K. stehen im Mittelpunkt.

7

Memorandum Drei

Im Hinblick auf die Ausschreibung zum großmächtigen Tourismus-Chef von Schopfloch im Hochschwarzwald hatte ich ebenso viel zu bieten wie der Facility Manager des örtlichen Heimatmuseums. Dachte ich, als ich auf dem Göttinger Postamt in der Heinrich-von-Stephan-Straße meine Unterlagen per Einschreiben abschickte. Ich war auf der ganzen Linie ein extrem gut ausgebildeter Laie und besaß vom Geschäft des Tourismus, wenn ich ehrlich bin, keinen blassen Schimmer. Außer dass ich in einem hervorragenden Schopflocher Hotel- und Restaurantbetrieb aufgewachsen war. In einer Edelherberge, wie manche Leute zu sagen pflegen. Weshalb ich in meiner schriftlichen Bewerbung großspurig behauptete, ich hätte das touristische Know-how gewissermaßen Tropfen für Tropfen mit der Muttermilch eingesogen. Und im Prinzip stimmte das auch. Aber eben nur im Prinzip. Denn genau genommen wusste ich ausschließlich von solchen literarisch ganz und gar reizvollen Sachen, die fürs wirkliche Hotelier-Leben nicht viel mehr als Nebensächlichkeiten sind, wie ich sie bei Vicky Baum nachgelesen habe: dass beispielsweise nach neun oder zehn das unausgeschlafene Stubenmädchen in Nummero acht flüchtig den Staub fortfegt. Dass es die welken Blumen fortwirft, die Teetasse hinausträgt und zuletzt neue Bettwäsche bringt – noch feucht vom Bügeln – für den nächsten Gast …

Und der *Kronenhof*, das Hotel meiner Eltern, das sich über Jahrzehnte hinweg als das erste Haus am Platz bezeichnen durfte, war schon seit längerer Zeit erkennbar herabgeblüht. Mehr als welk und herabgeblüht sogar. Beschissen wäre noch geprahlt, kann ich nur sagen. Die guten Zeiten, in denen sogar Größen wie Caterina Valente oder Heinz Rühmann geruht hatten, für ein oder zwei Nächte im *Hof* abzusteigen, waren definitiv vorüber, die Sterne, die einstmals stolz an der Fassade des *Hofs* und in seinen Prospekten geleuchtet hatten, erloschen. Wenn es nach den aktuellen finanziellen Möglichkeiten gegangen wäre, hätte Vater seine Zuflucht wieder bei *Pitralon* suchen müssen. Meine Einschätzung beruhte zwar nur auf ein paar dunklen, kryptischen Andeutungen meiner Mutter und auf ziemlich flüchtigen Blicken auf das Haus. Aber sie genügten. Ich wollte gar nicht genauer hinschauen.

Das sichtlich vernutzte Parkett des Hotels knarrte an allen Ecken und Enden, und der Putz begann an einzelnen Stellen wie ekliger Schorf von den Wänden zu blättern, als ich mich anschickte, den poststrukturalistischen Hokuspokus der Georg-August-Universität zugunsten des Tourismusgeschreis von Schopfloch zu verlassen. Die einstmals blütenweißen Gardinen verbreiteten selbst im Sommer ein tristes Novembergrau, die Seifenspender in den Toiletten waren schmutzig, verschmiert und meistens leer, niemand mehr fühlte sich für sie verantwortlich, niemand füllte sie auf, auch Mutter nicht. Verblühte Blumen, die neuen Embleme des Hauses, blieben tagelang, manchmal sogar wochenlang in den Vasen, und das Wasser düftelte und müffelte, es stank und stach mir in die Nase. Viele Tischtücher und Handtücher waren fadenscheinig oder löchrig und wurden nur selten gewechselt. Zeichen des Niedergangs allenthalben.

Doch es gab Schlimmeres. Durch die Gänge und Verschläge des weitläufigen Kellers schienen Scharen von Ratten und

Mäusen zu stieben, und es roch dort penetrant nach Abfall und Schimmel, womöglich nach Schwarzem Schimmel. Das behauptete jedenfalls Eddi. Vorsichtshalber sah niemand ernsthaft nach. Aber auch die einst so hoch gerühmte Kochkunst eben dieses legendären Eddi hatte, um es vorsichtig auszudrücken, bei weitem bessere Zeiten gesehen. Edmund Klumm, alias Eddi, war, nicht zuletzt als Person, zu einer Karikatur seiner selbst geworden, gezeichnet von zahllosen Arbeitsjahren, vom ungebremsten Konsum ungezählter Zigarettenstangen und vom Leeren alkoholischer Seen und Meere. Überdies roch Eddi. Anders zwar als mein Vater, aber er roch gleichfalls. Er roch stark und unangenehm. Er stank. Nach Rauch, nach ranzigem Fett, nach Schweiß, nach Urin. Und ich weiß nicht, nach was sonst noch. Ich konnte seinen Körper und dessen Ausdünstungen sogar dann wahrnehmen, wenn er nicht in der Küche war.

Eddi habe ich immer gemocht, sehr sogar, aber dieser Geruch, das wird mir jetzt klar, entzog ihm große Teile meiner Zuneigung, denn anders als Vater benutzte Eddi kein Parfum und kein Aftershave und er gehörte nicht zur Familie. Blut ist dicker als Wasser. So trivial und abgedroschen das Bild sein mag: Es trifft auch in diesem Kontext zu. Und Gestank ist nicht Gestank. An Eddis Geruch prallte ich zurück wie an einer Mauer aus Beton. Ich konnte und wollte ihn nicht mehr riechen. Seine Kochjacke, die früher stets neuschneesauber gewesen war, sah nun aus, wie ich mir Hans Thomas älteste Palette vorstelle. Sie schien von Tag zu Tag bunter und schmutziger zu werden. Als ob er dies ausgleichen wollte, schnäuzte Eddi seine triefende Nase nun grundsätzlich in frisch gewaschene und gebügelte Stoffservietten, und ich weiß nicht, ob ihn deshalb jemand noch zurechtwies.

Ich kannte Eddi als einen schweigsamen Mann, als einen Herrn, der sich seiner Würde als ausgezeichneter Küchenchef bewusst war und der an andere nur dann das Wort richtete, wenn er es nicht umgehen konnte. Stolz wie ein herrschaftlicher Hahn war er mir früher im Kreis seiner Helferinnen und Helfer vorgekommen. Ein Fürst der Töpfe, der Tiegel und der Pfannen. Ein Künstler. Und ganz einfach ein Meister seines Fachs, der gewissenhaft und konzentriert seiner Arbeit nachging.

Mittlerweile ergoss sich ein nicht enden wollender Redefluss pausenlos aus seinem Mund, ein gurgelnder, blubbernder, brabbelnder oder zischender Strom, der kaum einzudämmen war. Blitze liefen irrlichternd über sein Gesicht, er grimassierte, murmelte und motzte unentwegt, auch wenn niemand außer ihm am Herd stand. Dann zog er häufig über Ausländer her, in letzter Zeit insbesondere über Migranten, die die deutsche Gastronomie, seinen Behauptungen zufolge, gezielt unterwanderten und ihre traditionell hohe Qualität zerstörten, die Politik würde die heimische Kochkunst nicht schützen, sondern leichtfertig preisgeben und verraten. Wenn Mutter solche Reden zu Ohren gekommen wären, da bin ich sicher, hätte sie Eddi sofort entlassen. Trotz seiner langjährigen guten Dienste, die viel zum einstmals hervorragenden Ruf des *Hofs* beigetragen hatten.

Einmal traf ich ihn in einem finsteren Abstellraum neben der Küche an. Vom Herd aus konnte ich ihn gut beobachten. Eddi schien mich nicht zu bemerken. Er saß an einem kleinen Tisch, trank langsam eine Schnapsflasche leer, Glas um Glas, und starrte auf die schmutzig-weiße Wand. Für mich gewann er in dieser Szene einen Teil seiner alten Souveränität zurück – wenn auch nur für kurze Zeit. Eddi hätte eine Generalüberholung im Trockendock nötig gehabt.

Ich wundere mich darüber, dass wir Schwarzwälder so oft maritime Bilder bemühen. In der ersten Nacht, nachdem ich, wie meine Mama es formulierte, „endlich in den heimatlichen Hafen eingelaufen“ war, ging ich früh von Deck und legte mich schlafen, ich schlief in meiner Jugendkoje, und es fühlte sich gut an, heimgekehrt und müde, erschöpft und entspannt zu sein und nicht an die Göttinger Drangsal denken zu müssen. Ich schlief wie ein Stein.

Vorher hatte uns die alt werdende Sonja (zu ihr später!) in der holzgetäfelten Familien-Stube, gleich neben dem Speisesaal, in dem niemand saß außer ein paar Habitués, die, wie in einem Bahnhofsbuffet, ihren allabendlichen Spätburgunder schlürften, Toasts Hawaii mit Ananas aus der Dose, labbrigem Käse und *Kraft*-Ketchup serviert.

Eigentlich passte dieses Gericht zu mir, denn es schmeckte, wenn auch nur von ferne, nach Kindheit und schien mehr oder weniger direkt aus den sechziger Jahren auf meinen Teller expediert worden zu sein. Eigentlich. Nur hatte es früher doch irgendwie anders gerochen und anders geschmeckt, denn die Zutaten waren damals hochwertig und frisch und keine Konserven gewesen. Und konnte ein Toast Hawaii überhaupt noch in den *Hof* und in unsere Gegend passen, in der jetzt möglichst alles „echt schwarzwälderisch“ zu sein hatte? Ich weiß jedoch zuverlässig, dass in manchen Dörfern, in denen man offiziell größten Wert auf authentische Speisen und Getränke aus der vielbeschworenen Region legt, beim Almabtrieb und ähnlichen Anlässen zu bayerischer Musik und Schwarzwälder Bier Hawaiianer Toast serviert wird. Und es wundert mich noch immer, dass Wochenende um Wochenende Scharen von Schweizern im *Hof* zum Mittagessen einfielen und sich Eddis Fraß vorsetzen ließen. Aber es war halt „fascht umesuscht“. Auch in der Schweiz gibt es Billigesser.

Ja, das Theater um die Authentizität! Je weiter wir uns von unseren Traditionen und Wurzeln entfernen, je mehr wir die in ungezählten Sonntagsreden himmelhoch gepriesene Heimat zubetonieren und mit neuen architektonischen Todsünden verschandeln und zersiedeln, desto mehr wird das Authentische betont. Und die Nachhaltigkeit. Insbesondere in der Tourismus-Branche. Ich muss mit dem Stinkefinger jedoch genauso auf mich zeigen. Nicht nur auf den armen Eddi, den *Kronenhof* und den Schwarzwald. Denn ich habe mich, wenn auch unfreiwillig, nur für kurze Zeit und unter einem gewissen Druck, gleichfalls dazu verführen lassen, auf den gefährlichen Heimat-Zug aufzuspringen, der inzwischen wieder auf Touren gekommen ist. Nur geht es heute nicht mehr um die Perspektive eines Edgar Reitz, es geht nicht um die Pflege, den Schutz und eine bedächtige Weiterentwicklung der Heimat, sondern, ganz im Gegenteil, um ihre Verramschung, um den Ausverkauf der Heimat und um den unterschwelligen Versuch, die Menschen auf dumpfe Weise besoffen zu machen, es geht, unter anderem, um Dirndl, Lederhosen und bayerische Oktoberfeste mitten im Schwarzwald. Meine Heimat wird so lange zu einem Kitschartikel hochgejazzt, bis ihr Herz zu schlagen aufhört. Mir scheint, wir besitzen viel zu wenig Rückgrat.

Aber bin *ich* authentisch? Schlägt mein Herz noch so, wie es soll?

Von der heiligen Zeit mit Fritzi abgesehen, habe ich im Speisesaal des *Hofs* während meines Studiums und der frühen Promotionsphase die glücklichsten Stunden meines Lebens verbracht. Wenn ich für ein verlängertes Wochenende von der akademischen Front auf „Heimaturlaub“ kam, wie ich diese Fluchten aufs Land für mich nannte, und wenn die allabendliche Restaurantschlacht geschlagen war, wenn Vater und Mutter entweder erschöpft an ihren Schreibtischen im Büro zu arbeiten versuchten, sich bis zur wechselseitigen Verletzung stritten oder schon halbtot und mit geschwollenen Beinen in ihren Betten lagen, ruhelos in der *Bunten* oder der *Quick* blätternd, ohne einschlafen zu können, feierte ich dort das, was ich Leben nannte. Ein Leben neben dem Leben. Ein Leben im Ausnahmezustand. Ein Leben zwischen Buchdeckeln und im trüben Milieu des Alkohols.

Im Restaurant saßen außer mir meist nur noch zwei oder drei stadtbekannte vor sich hin süffelnde Rotwein-Schlürfer. Müde kauerten sie auf Stühlen, die ähnlich altersschwach waren wie sie selbst. Ich hatte in der Regel eine Flasche *Primitivo* und ein stets gut gefülltes Glas auf dem Tisch, paffte meine *Gitanes*, was man damals in den Restaurants noch durfte, und las und blätterte in der *Bovary* herum, in einem Band Fontane, in einem Textbuch von Richard Wagner oder in der *Recherche*. Damals hatte ich das Gefühl, Konstantin Klingele sei es, der die Literatur und die große Kultur in den Hochschwarzwald brächte.

Ich überdrehter Kindskopf schmökerte und surfte mehr durch die Bücher, als dass ich ernsthaft gelesen und irgendetwas begriffen hätte, ich genoss die Atmosphäre des holzgetäfelten Saals und meine eingebildete Bohème und entwarf ganze Serien bestechender Interpretationen, Lesarten und Analysen, die einer nüchternen Überprüfung am nächsten Morgen nur sehr selten standhalten konnten. Ich genoss diese kleine Zeitinsel in dem, aus meiner Zwergenperspektive, wild schäumenden akademischen Meer, ich genoss das scheinbar langsame Vergehen, den Stillstand der Zeit und ließ die Gedanken schweifen in die Normandie, die Bretagne, die Mark Brandenburg, nach Paris, Venedig und zurück in den Schwarzwald, ich beging einen großen Weg, über Stock und Stein.

Klar, wenn ich mich heute frage, weshalb ich in jenen Jahren nach Schopfloch fuhr, dann sage ich, dann kann ich sagen: um meine Eltern zu besuchen. Sie waren noch nicht alt. Das nicht. Aber sie wurden älter, und ich begriff nach und nach, dass ihnen die Arbeit mehr Mühe machte als früher und allmählich über den Kopf zu wachsen begann. Ja, ich wollte die beiden sehen, von Zeit zu Zeit. Das nehme ich für mich in Anspruch. Doch ich sage zugleich: An ihre geschäftlichen Sorgen, an ihre Gesundheit und den Zustand des *Hofs*, an Verfall und Hinfälligkeit wollte ich nicht denken, wenn ich im rauchigen Ambiente des Saals meine solipsistischen Feste beging. Sicher nicht. Ich kann mich wenigstens nicht mehr daran erinnern. Ich will mich diesem Thema nicht stellen; es schmerzt mich.

Einerlei, ich gehe davon aus, dass ich viel zu sehr mit mir selbst beschäftigt war. Mit meinen inneren Landschaften, mit meinem Ego und meinen hochfliegenden Plänen von einer großen Karriere. Etwas in mir schien permanent *ich, ich, ich* zu schreien. Den Rest verdrängte ich. Ja, ich tat nichts, um meinen Eltern zu helfen. Mit dem Betrieb wollte ich nichts zu tun haben. Das muss ich zugeben. Wenn ich nach Schopfloch fuhr, ging es mir ganz einfach darum, es mir ein paar Tage lang gutgehen zu lassen. In einem einigermaßen sauberen, gemachten Bett zu schlafen. Keine Pflichten zu haben. Ein Hotelfrühstück, Kalbsbries und Blutwurst zu bekommen. Keinen Mensafraß essen zu müssen. Erstklassigen Wein zu trinken. Obwohl ich aus dem Augenwinkel einiges wahrnahm im *Hof*, was ich lieber nicht gesehen hätte. Ganz klar. Ja, so war das, glaube ich.

Von den Frauengeschichten meines alten Herrn war in jenen Tagen noch nicht die Rede, jedenfalls bekam ich nichts mit, und sein grotesker Überfall lag weitab in der Zukunft.

Aber der Verfall schritt voran. Hätte man ihn verhindern oder zumindest aufhalten können? Hätte *ich* meinen Vater und das Hotel damals unterstützen können? Hätte sich der alte Dickschädel von mir, den er eh nicht ernst nahm, überhaupt helfen lassen? Das frage ich mich oft und fühle mich nicht besonders gut dabei.

Mein Vater war während meiner norddeutschen Jahre zwar nicht zum Alkoholiker geworden, vor dieser eindeutigen Diagnose schrecke ich noch immer zurück; doch bei den Digestifs und Schnäpsen und den guten italienischen und französischen Weinen war er selbst längst sein bester und treuester Gast. Es sei denn, sein Sohn kam zu Besuch. Vor langer Zeit hatte ich begonnen, ihm getreulich nachzufolgen, was mich, da ich auf teure Gewächse und Brände geeicht war, nicht selten an den Rand meiner finanziellen Möglichkeiten brachte. Aber ohne mehr oder weniger unaufhörlich zu schlucken, hätte ich die Situation in Göttingen noch schlechter ertragen.

Mein alter Herr, das war für mich, wie manches andere, tatsächlich unübersehbar, erwies sich nachgerade als Genie, wann immer es darum ging, seinen, ja, ich will ihn ruhig so nennen, seinen Stoff vor dem prohibitiven Zugriff meiner Mutter zu verstecken und in Sicherheit zu bringen. Dass er recht häufig, wenn nicht sogar täglich mit einer deutlich wahrnehmbaren Fahne durch die Korridore schlingerte wie ein falsch beladenes Schiff und in einem solchen Zustand altgediente Feriengäste in Empfang nahm, trug mit Sicherheit nicht wenig zum sich immer mehr beschleunigenden Niedergang unseres Beherbergungsbetriebs bei. Dann tuschelten die Nachbarn im weiten Umkreis und nicht zuletzt auch die Gäste nicht nur vom Duft-Klingele: „Der Alte hat schon wieder geflaggt! Ein ganzes Fahnenmeer!“

Mittlerweile wurde er von drei Vierteln der Schopflocher, die sich alle selbst *(daran erkenn' ich meine Pappenheimer!)* allabendlich zwei, drei Viertel Rotwein hinter die Binde kippten, regelrecht geschnitten. Ausgegrenzt und in kleine Teile zerschnitten wie ein mürbes Brot. Bis man ihn nicht mehr erkannte. Mein Vater war zum gutbürgerlichen Paria geworden. Es ist ganz klar: Ich war feig und herzlos. Ich habe nichts unternommen und habe mich lieber an Joseph Roths Sauferei und seiner Selbstironie delektiert.

*

Mail Vier

9. September 2009 um 10:13

Lieber Herr Mohr,

vielen Dank für Ihre Anfrage! Wie Sie wissen, habe ich früher im *Hof*, nachdem unsere Kinder aus dem Gröbsten raus waren, aushilfsweise gearbeitet, beispielsweise im Büro, wenn die zuständige Dame Urlaub hatte oder krank war, meist aber im Service. Man kann ja nicht den lieben, langen Tag immer nur stricken! Schließlich waren wir ja mit Karl und Helene eng befreundet, wirklich eng, und haben viele tolle Feste zusammen gefeiert. Lang, lang ist's her. Die Zeit ist allzu schnell vergangen. Ich habe gerne geholfen, denn im Hotel und im Restaurant ging es oft hoch her, die Arbeit war für Helene kaum zu bewältigen. Und mir hat sie Spaß gemacht. Mir wäre es nicht in den Sinn gekommen, mich auf die faule Haut zu legen wie die Vogt, die noch nicht einmal in der eigenen Metzgerei geholfen hat. Mein Mann hat meine Hilfsbereitschaft sehr begrüßt, das will ich ausdrücklich betonen, weil er froh war, wenn die Leute sahen, dass Sparkassendirektors sich nicht im süßen Nichtstun suhlten.

Nach allem, was ich weiß, hat Karl zwar, wie wir alle, mal einen über den Durst getrunken, das kam schon vor, das will ich nicht abstreiten, vor allem bei unseren berühmten Partys. Das fiel aber nicht aus dem Rahmen, wirklich nicht, und das fiel auch nicht auf. Wir haben doch alle ab und zu mal gebechert, damals. Ich habe nie von einem Gast oder von einem Nachbarn gehört, der sich über ihn beschwert hätte. Auch nicht von einer Angestellten oder anderen Frauen. Karl war, im Gegensatz zum schmierigen Rotzler, ganz sicher kein Grabscher. Auf gar keinen Fall! Er und Helene waren ein glückliches Ehepaar. Ich bin sicher, Sie schenken meiner Auskunft Glauben, denn Frauen verstehen es bekanntlich weit besser als Männer, mit einem unbeirrbaren Ahnungsvermögen hinter eine fremde Fassade zu tasten.

Gewundert haben sich viele über Klingele junior. Ich weiß ja wohl, dass Sie mit ihm befreundet sind oder waren, aber Sie erwarten ja zurecht, dass ich Sie nach bestem Wissen und Gewissen informiere. Konstantin kam sich eindeutig als etwas Besseres vor. Er hat sich ja auch rar gemacht und hat sich nach dem Abitur kaum noch zuhause blicken lassen in seinen schicken schwarzen Klamotten. Ganz selten nur ist er noch aufgetaucht. Wenn er mal da war, das will ich ausdrücklich unterstreichen, hat er seine Füße unter den Tisch gehängt und hat sich, als Faultier, das er war, nach Strich und Faden bedienen lassen – auch von seiner Mutter und mir, statt selbst einmal mit anzupacken. Das hätte ihm gut zu Gesicht gestanden, das muss ich schon sagen. Konstantin hat seine Eltern im Stich gelassen. Und er hat gesoffen wie ein Loch, nicht sein Vater. Unvorstellbar, welche Mengen der in sich hineingeschüttet hat. Die Eltern haben ihm alles, wirklich alles durchgehen lassen. Sie haben ihn vergöttert. Das war ein schwerer Fehler, da bin ich sicher. Ich für mein Teil fand Konstantin schon damals unsympathisch.

Viele Grüße
Dr Ingrid Brotz

*

Mail Fünf

10. September 2009 um 18:05

Hallo Max,

muss mich kurzfassen, fahre gleich nach Freiburg in die Muho. Kim Kashkashian und Robert Levin gastieren an ihrer alten Wirkungsstätte. Mit Bach und Brahms. Das darf ich auf keinen Fall verpassen. Du verstehst mich doch, mein Lieber, oder?

Dass Konstantin so unter die Räder gekommen ist, tut mir, wie Du weißt, sehr leid. Aus ihm hätte was werden können. Er war einer der Begabtesten von uns. Für seinen Vater würde ich nicht die Hand ins Feuer legen. Aber das sind vielleicht auch nur Gerüchte. Von mir wollte er nichts. Obwohl ich ja auch etwas zu bieten hatte und immer noch habe, wie ich mir einbilde. Das weißt Du ja selbst. Und K. wusste es ebenfalls.

Liebe Grüße
Deine Dr Birgit

PS. Was macht Dein Buchprojekt zu den Hochschwarzwälder Höhenwegen? Komm doch auf ein Gastspiel vorbei! Das letzte Mal ist lange her.

*

Mail Sechs

11. September 2009 um 9:30

Sehr geehrter Herr Mohr,

wie Sie wissen, bin ich ausgesprochen gerne für Sie und Ihr Projekt tätig, zumal ich Pensionär bin, und werde das weiter loyal tun, so Sie mich auch in Zukunft einsetzen wollen. Aber ich finde es nicht gut, dass nun auf jemanden eingetreten werden soll, und das ist ja wohl der Fall, der sich nicht mehr wehren kann. Oder sollte ich mich täuschen? An einer Aktion gegen den alten Klingele will ich mich nicht beteiligen und kann nur sagen, dass er immer sehr großzügig war, dass ich ihn für einen in jeder Hinsicht honorigen, untadeligen Mann gehalten habe und dass ich nichts auf ihn kommen lasse. So Sie von mir wissen wollen, was ich am meisten mit ihm verbinde, kann ich Ihnen sagen, dass er stets bodenständig und zugleich weltoffen war. Ich erinnere mich an viele gemeinsame Jagdausflüge, bei denen er bemüht war, sich auf Englisch mit seinen ausländischen Gästen, so gut es eben ging, zu verständigen. Auf der Speisekarte des *Kronenhofs* standen sowohl Kalbsbries-Gerichte als auch Beluga-Kaviar. Ich denke, das sagt alles.

Mit freundlichen Grüßen
Dr Herbert Bundschuh
Amtsgerichtsdirektor i. R.

*

Notat Acht

Als der Laden richtig gut lief, in den späten Fünfzigern, in den sechziger und bis in die siebziger Jahre hinein, war ich noch nicht geboren beziehungsweise ein Kind. Klar. Aber den Erzählungen meiner Mutter zufolge, die, professionelle Pessimistin, die sie immer war, anders als mein Vater, der trotz seines gesundheitlichen Problems verblüffenderweise lange Zeit frohgemut in die Welt schaute, also Mutter zufolge, die keineswegs zu Übertreibungen neigte und lieber tiefstapelte als aufbauschte, setzte sich die Klientel des *Hofs* (wir sprachen immer nur vom *Hof*) aus Familien des gehobenen Mittelstands zusammen, aus Anwälten, Ärzten, Architekten, höheren Beamten und ihrem Anhang, Leuten also, die sich geräumige, gut ausgestattete Zimmer und eine exquisite Küche sowie teure Weine aus einem hervorragend bestückten Keller leisten wollten und konnten. Mit diesen Gästen stieg auch die gar nicht so hochwohlgeborene Familie Klingele auf. Und manchmal besuchten sogar Großunternehmer und Versandhauschefs unser Hotel, Menschen, die es zu schätzen wussten, wenn mein alter Herr, damals einer der tonangebenden Honoratioren und Stellvertretender Bürgermeister von Schopfloch, der jeden Quadratzentimeter des Hochschwarzwalds aus dem Effeff kannte, sie auf die Jagd begleitete.

Im Anschluss an solche Ausflüge versammelte sich die ganze „Corona“ (Vater nahm diesen Begriff liebend gern in den Mund, obgleich oder gerade weil sein lateinischer Spracherwerb nie die Grenzen der Volksschule überwunden hatte) in der Stube. Und dann hoch die Tassen!, auf Kosten des Hauses, selbstverständlich, das war meinem alten Herrn wichtig und meiner Mutter jedes Mal ein Anlass für Ärger, Vorwürfe und Streit, denn sie schaute nicht nur auf die Mark, sondern auch auf den Pfennig. Mein Erzeuger dagegen scheint diese Stuben-Stunden, das stelle ich mir zumindest vor, während derer er sich als Mittelpunkt eines erlauchten Kreises fühlen durfte, in vollen Zügen genossen zu haben. Ja, er liebte ganz sicher diese Zusammenkünfte, obwohl er garantiert zwischendurch den Tisch verlassen und auf die Toilette oder um die nächste Ecke verschwinden musste, besonders wenn vor der Jagd, auf Wunsch eines Gastes, Kohl oder irgendein Gericht mit viel Knoblauch aufgetischt worden war.

Für ihn, den Aufsteiger, der ganz klein angefangen hatte, war es von großer Bedeutung, von einer betuchten Klientel ernstgenommen und wenigstens scheinbar und für kurze Zeit in ihren Zirkel aufgenommen zu werden. Im stolzen „Stuben-Kreis“, wie er das nannte, in der „Stuben-Corona“ war er jemand, der zählte, der, aus seiner Sicht, ein Stückweit immerhin mitzählte, wenn er seine Storys erzählen durfte. In solchen Situationen trank er umso mehr, das lockerte ihn auf, lockerte mit Sicherheit seine Zunge, machte ihn etwas unbefangener und beruhigte seine Nerven. Dann trieb das Jägerlatein meines Vaters, in dem er über eine hohe Kompetenz verfügte, die buntesten Blüten hervor. Möglicherweise hatte er viele seiner Geschichten, die er zum Teil auch im Familienkreis zum Besten gab, selbst erlebt; dennoch schmückte er sie im Lauf der Jahre immer mehr aus und veränderte sie bis zur Unkenntlichkeit. Hörte man als Fremder, als Neuling in diesem mehr oder minder exklusiven Kreis eine von diesen Erzählungen zum ersten Mal, mochte man sie unter Umständen noch ganz amüsant finden, wer weiß, das kann ich nicht beurteilen. Für uns war es hingegen öd, zuhören zu müssen. Und heute ist es mir peinlich, wenn ich daran denke, dass mein Vater, der große Hotelier, für seine hochmögenden Gäste mit anzüglichen Histörchen den Erzählclown mimte.

Seine Lieblingsanekdote, das hat mir Mutter sehr viel später mehrfach erzählt, weil das Geschichtchen sie jedes Mal, wenn sie dabei sein musste, „zur Weißglut" brachte, wie sie ihre Wut umschrieb, handelte von einem extrem schlanken Unternehmer aus Wiesbaden, den Vater stets nur als „dünnen Mann" bezeichnete, ohne jemals etwas von Dashiell Hammett gelesen zu haben. Jener dünne Mann, der ausgezeichnet Klavier spielte, ging oft in Begleitung eines Försters in der Umgebung von Spirzendobel zur Jagd. „Einmal, es ist schon lange her, und daher kann ich das alles ganz gefahrlos berichten, kamen die beiden auf dem Rückweg", erzählte mein Vater mit leuchtenden Augen in seinem allerschönsten Alemannisch und schaute in die Runde, „zu einem einsam gelegenen Hof. Es war ein herrlicher, lauer Nachsommer-Abend, der Himmel schwarzblau und übersät mit Sternen. Ein Hund schlug an, und der Münsterländer der beiden Jäger antwortete augenblicklich. Sie hatten Durst und Hunger und fragten bei der drallen, großbusigen Hausherrin um ein Vesper nach. Es wurde ein geselliges Beisammensein, und es kam, wie es kommen musste. Nach mehreren Würsten und dem vierten oder fünften Schnaps setzte sich der dünne Mann an das ein wenig verstimmte Klavier, und dann landeten die drei, bei der Besichtigung des Hofs, wie von Ungefähr im Pfuhl des Ehebetts. Nur kehrte alsbald der Bauer aus seinem Wirtshaus heim, es entstand ein wildes Handgemenge, es setzte Schläge und Püffe, und der dünne Mann und sein Begleiter suchten fluchtartig und ohne ihre Kleider das Weite. Es tut mir leid, aber über das Schicksal der Bäuerin weiß ich nichts." An dieser Stelle machte Vater stets eine Pause, bevor er abschließend hinzusetzte: „Ja, so ist das bei uns im Schwarzwald. Trinken wir auf das Wohl der schönen Frau!" Die ganze Corona applaudierte. Dann wurden die Schnapsgläser auf ex geleert. Und Mutter konnte niemand in die Augen schauen; also richtete sie, wie sie behauptete, ihren Blick betreten auf das Tischtuch.

Ich bin sicher, dass die Stuben-Stunden meinem Vater weit wichtiger waren als der Umsatz und der Reingewinn, den er mit Hotel und Restaurant machte. Er suchte den unmittelbaren, persönlichen Erfolg, die Wirkung auf seine Gäste. Er wollte unbedingt ‚dazugehören'. Doch ich bin zugleich davon überzeugt, dass er sich nach jeder Erzählrunde gedemütigt fühlte, wenn seine großstädtischen Zuhörer genug hatten von dörflichen Schwänken, wenn sie wieder unter sich sein und in *ihrer* Sprache über Dinge reden wollten, die er nur vom Hörensagen kannte.

In jener Zeit ist noch kräftig in den *Hof* investiert worden. Während der kurzen Phasen, die für Ausbaumaßnahmen und Renovierungen zur Verfügung standen, vor allem jeweils im November, wenn das Hotel geschlossen war, ging es rund. Schon bald nach dem Krieg ist offenbar das marode Dach, so gut es eben ging, gerichtet worden, aber das stand auf einem anderen Blatt, später wurde der Speisesaal neu möbliert, die Küche bekam eine moderne Ausstattung verpasst, nach und nach erhielten auch die Zimmer eine Verjüngungskur, und bereits in den späten Fünfzigern waren angeblich ausnahmslos alle mit einem Bad ausgestattet. Selbst der Empfang wurde mehrfach aufgefrischt.

Ja, in diesen längst versunkenen Zeiten gab es einen echten Portier mit einem nachgerade edlen, hellrötlichen Schädel, wie der Empfangschef Rohna im Berliner *Grand-Hotel* einen hatte, wenngleich Herr Fürderer im *Hof* seine Rolle mit deutlich alemannischem Akzent spielte. Er war tatsächlich noch ein Herr, eine Respektsperson, und nicht, wie es heute selbst in vielen guten Hotels vorkommt, ein Student oder ein ehemaliger Taxifahrer mit Bandscheibenproblemen. Wobei ich gegen diese gesellschaftlichen Gruppen nichts gesagt haben möchte, denn sie sind mir selbst nur allzu nah. Anton Fürderer aber, Sohn einer Sankt Wilhelmer Bauernfamilie, stieg in Lech am Arlberg zu einem der Besten seines Fachs und zum Chef-Concierge der weltberühmten *Post* auf und war nur aus „dummem, chronischem Schwarzwald-Heimweh", wie er in einer Minute seltener Offenheit mir gegenüber bekannte, freiwillig die Karriereleiter in den *Hof* hinabgestiegen. Als er das berichtete, lebte er bereits in Pension. Er hatte Stil, er stand noch für eine andere Zeit und war, wenn man es genau nehmen will, nach außen das Gesicht des Hotels, nicht die Eltern, keine Frage. Einmal, schon in seiner und des *Hofs* Spätzeit, hörte ich, wie er zu meinem Vater sagte: „Ich behandle alle Gäste wie Adlige. Der Gast ist König. Immer."

Den Gipfel des Komforts markierte der Swimming Pool. Er wurde etwa Mitte der Siebziger in unserem Garten angelegt, den Vater meist großsprecherisch zum „Hotel-Park“ hochjubelte. Spätestens mit dem nicht allzu üppig bemessenen Schwimmbad, das sicherlich dazu beitragen sollte, die einsetzende Krise doch noch abzuwenden, aber nach nur wenigen Jahren zum Tummelplatz von Fröschen und Kröten wurde, erreichte der Hof ein Niveau, auf das mein alter Herr mehr als stolz sein konnte. Denn das Haus, das meine Mutter von Oma Adolfine (sie hieß wirklich so, ungelogen!) übernommen hatte, war eine eher einfache Gastwirtschaft und Pension mit Etagenbädern gewesen, die den Nationalsozialismus und den Krieg mehr schlecht als recht überstanden hatte.

Der *Hof* wurde, wie andere Gasthäuser, in dieser miserablen ‚heroischen‘ Zeit mit wenig einbringenden KdF-Urlaubern und später, im Krieg und vor allem gegen Ende der Gröfaz-Herrschaft, mit Bombengästen aus den Großstädten und mit Flüchtlingen belegt. Trotz der Luftangriffe auf Schopfloch im Januar 1945 blieb der *Hof* von Gebäudeschäden verschont. Auch wenn der Hochschwarzwald nicht ganz ungeschoren davonkam und mehrere zivile Todesopfer zu beklagen waren, lag er schon damals recht weit weg vom Schuss. Von Provinzialität kann man durchaus profitieren.

In der Nachkriegszeit, bald nach der Währungsreform, so von fünfzig, zweiundfünfzig an, als die Einquartierungen längst der Vergangenheit angehörten, scheint es ziemlich schnell aufwärts gegangen zu sein. Im Zuge des Wirtschaftswunders machte der *Hof* Karriere.

8

Tempi passati!, muss man sagen. Schon ein paar Jahre nach dem ziemlich teuren Schwimmbadbau sprachen die Leute in der Stadt, das weiß ich nicht nur als Ohrenzeuge, so haben es mir insbesondere auch meine älteren Drachen berichtet, kaum noch vom *Kronenhof*, sondern in der Regel vom *Kronenloch* oder vom *Krolo* und schmähten das Haus als eine verluderte, verkommene Bruchbude. Von wässrigen Suppen, zähem Fleisch, verkochten Forellen, fauligen Kartoffeln und schimmeligem Brot, kurzum: von üblem Fraß war die Rede. Früh schon wechselte der *Rotary Club*, nach mehreren zum Teil schweren Fällen von Fischvergiftung, das Restaurant, und auch der Literatur- und Altertumsverein nutzte bald ein anderes Lokal für seine Zusammenkünfte. Man munkelte von wiederholten Besuchen des Wirtschaftskontrolldienstes in immer kürzeren Abständen. Das war entschieden zu viel.

Was das Hotel angeht, das ein Bild verfallener Größe darbot, krochen inzwischen fast nur noch in jeder Hinsicht alte Gäste bei den Klingeles unter, die Hamms und Clovs dieser Welt *en vacances au Forêt-Noire*: in trübes Licht getauchte, ergraute, tatterige Herrschaften, die Jahr für Jahr mit scheinbar letzter Kraft und aus alter Anhänglichkeit herbeitaperten, weil sie zum Teil schon mit ihren Eltern in tiefster Vergangenheit nach Schopfloch in die Ferien gereist waren, als man noch nicht auf südliche Inseln düste und es noch keine Pauschalangebote für Mallorca oder für die Malediven gab, erst recht nicht *Booking.com*, *Trivago* und *HRS*. Doch die Schar der alten Stammgäste wurde naturgemäß von Jahr zu Jahr kleiner.

Im Zusammenhang mit Konstantins Stippvisiten, die ihn während seiner Göttinger Zeit recht oft nach Schopfloch führten, nicht weil er nach seinen älter werdenden Eltern schauen wollte, wie ich weiß, sondern weil es ihm gefiel, aus Göttingen zu fliehen und in der Provinz den vermeintlichen Großintellektuellen zu geben, zu später Stunde bleichen Gesichtes im hölzernen Gehäuse des alten Speisesaals herumzusitzen, zu träumen und zu trinken, oder weil er hoffte, bei einem seiner zahlreichen Spaziergänge märchenhafter Weise doch noch einmal der schönen Fritzi zu begegnen, fallen mir stets Philip Roth selig und einer seiner berühmtesten Sätze ein: *Das Alter ist kein Kampf, das Alter ist ein Massaker.* Diese nüchterne Feststellung traf in gleicher Weise auf die lemurenhaften Gäste wie auf das Hotel selbst zu.

Ein gebrechliches, hochbetagtes Ehepaar ist mir und einigen Drachen noch besonders gut in Erinnerung. Die Herrschaften hießen Krug, Dr. Wolf und Greta Krug. Sie lebten in Hamburg, er war dort vor unvordenklicher Zeit Chef der Finanzbehörde gewesen, aber nun schon seit Jahrzehnten außer Dienst und nicht mehr Herr seines Gehirns und seiner Augen. In jüngeren Jahren, ich sehe die Krugs vor mir, als wäre es gestern gewesen, denn ich bin ihnen als Kind ein paarmal begegnet, das bilde ich mir zumindest ein, haben die beiden sich und anderen Partnern unermüdlich lange Tennis-Matches im Schopflocher Club geliefert, wirkliche Kämpfe waren das, echte Duelle. Flach und scharf schlugen sie die Bälle übers Netz, *longline*, *cross* und meist sehr präzise platziert – was das Tennisherz begehrte. Ja, sie spielten gut, die Krugs, sie bildeten ein routiniertes Team, verfügten über eine ausgezeichnete Kondition und verbrachten meist mehrere Stunden auf der Platzanlage, auch bei größter Hitze. Braungebrannt wie sie beide waren, sahen die Krugs in ihrem weißen Sportdress blendend aus. Wie das blühende Leben. Bei den nicht selten stattfindenden Hobby-Turnieren kamen sie im gemischten Doppel regelmäßig ins Endspiel.

Im Anschluss an jeden Tennis-Nachmittag „brach" (das war sein Lieblingsausdruck) Meister Krug einer Champagner-Flasche des gleichnamigen französischen Herstellers „den Hals", von denen er gewöhnlich eine größere Anzahl im Kofferraum seines Wagens mit sich führte. Nicht dass er irgendetwas mit den Produzenten des Edelschaumweines zu tun gehabt hätte, nein, überhaupt nicht, aber es machte ihm einen höllischen Spaß, immer wieder aufs Neue zu erzählen, dass er genauso frankophil sei wie der gebürtige Mainzer Johann-Joseph Krug, der Gründer der *Maison Krug & Cie.* Seine Frau hingegen verschmähte Alkohol in jeder Form, nippte nur um der Geselligkeit willen kurz an der Champagner-Flöte, die ihr Wolf zu reichen pflegte, und schnabulierte stattdessen mindestens einen der weithin berühmten Schopflocher Schwarzwald-Becher, was ihrer guten Figur erstaunlicherweise keinerlei Schaden zufügte, so jedenfalls die von Dr Ingrid Brotz kolportierte Behauptung von K.s Mutter, die sich in fortgeschrittenem Alter selbst als „vollschlank" bezeichnete.

Und im Hochsommer wurde abends auf der Terrasse des Clubhauses bei Kerzenschein getanzt. Ob Klingele senior an solchen Veranstaltungen teilnahm, war nicht zu ermitteln. Ab und zu erhielten die beiden Krüge Besuch vom Verwaltungsdirektor irgendeiner nord- oder westdeutschen Großstadt. Ihr Name wollte bedauerlicherweise keinem meiner Drachen einfallen, so sehr sie ihre Gehirne quälten, aber, das will ich zu meiner und zu ihrer Entschuldigung anfügen, unsere sogenannten Metropolen erscheinen ja allmählich ohnehin nahezu austauschbar, trotz allen Stadtmarketings. Beton-Glas-Stahl-Asphalt-Berlin-Dresden-Düsseldorf-Frankfurt-Hamburg-Köln-Leipzig-München-Stuttgart mit denselben Kaufhäusern, Ketten und Marken-Shops: Sie ähneln sich mehr und mehr, wie all die gesichtslosen, ausgekernten Schlafstädte, Speckgürtel- und Provinzdörfer, das ist unbestritten so. Ein paar Ikonen sollen genügen für ein bisschen Identität. Berlin ist überall, Schopfloch ist überall. Aber lassen wir das. Genug der Polemik! Das ist nicht mein Stil, das ist nicht meine Marke. Ich will nicht in Konstantins Fahrwasser geraten. Ganz und gar nicht.

Der genannte Verwaltungschef war, so beschrieb ihn K.s Mutter und so beschreiben ihn auch ältere Drachen, ein soignierter Herr, dem man anmerkte, dass er über viele Jahre hinweg das Sagen hatte, und der stets mit Bedacht, ja, gewählt sprach und seinen Zuhörern häufig im Duktus eines kunstvoll aufgebauten Großvortrags darlegte, wo man die schönsten und besten Briard-Hunde erwerben könne, in Frankreich oder in Deutschland oder doch in Großbritannien; wo es die reizvollsten Landsitze gebe, den besten irischen Whiskey, den besten Champagner oder den teuersten Kaviar. Und so weiter und so fort. Über solche Sachen muss er unausgesetzt gesprochen haben, das war sein Lebensthema. Und sein Herzensanliegen. Seine Zuhörer konnten den Eindruck gewinnen, dass Hundezucht, Landhäuser, Whiskey, Champagner und Kaviar im Zentrum seiner Amtsgeschäfte, ja, seines gesamten Daseins stünden. Und ich stelle ihn mir vor als einen englischen Lord der Belle Époque, der ein wenig spät irgendwo nördlich der Mainlinie wiedergeboren wurde.

Bisweilen jedoch, und das stört mein Bild ungemein, soll Mylord zu vorgerückter Stunde und unter dem Einfluss einer größeren Whiskey-Zufuhr auf dem Tisch getanzt und anschließend, im kleinen Kreis, mit Tränen in den Augen, aus *Grimms Märchen* vorgelesen haben. Durchaus möglich, dass er ursprünglich aus Nordhessen stammte.

So war das in der sogenannten guten, alten Zeit, im *Hof* und in Deutschland. Wenngleich ich gestehen muss: Von meinen Drachen habe ich die Geschichte von der Märchen-Verwaltung nicht. So zischelt lediglich die Schopflocher Fama.

Später, in der Epoche von K.s Kurzbesuchen, die er sich trotz des angeblich so engen Korsetts seines universitären Alltags nicht gerade selten leistete, gab es indessen keine Matches, keinen Champagner und keine edlen Hunde mehr. Das ebenso gleichgültige wie leistungsfähige Vernichtungswerk der Zeit hatte im Fall des Ehepaars Krug schon tiefe Spuren hinterlassen. Inzwischen konnte sich Greta nur noch mühsam mit Hilfe eines Rollators fortbewegen, doch sie glich noch immer einer Gerte, obwohl sie weiterhin bevorzugt Schwarzwald-Becher genoss. Ihr Mundwerk quoll über vor lauter Anekdoten und Histörchen und sprudelte wie der Wasserfall von Triberg, Frau Krug plapperte unermüdlich, aber ihr Wolf, mit Panamahut, Tweed-Jackett und hellgelben Lederhandschuhen angetan und seit längerer Zeit an Hautkrebs leidend, vermochte noch nicht einmal mehr mit der Lupe die Zeitung zu lesen und fragte Sonja zwanzig- oder dreißigmal am Tag, weshalb es in Schopfloch in diesem Jahr so wolkenverhangen, so unerträglich dunkel und düster, so trübselig sei. Früher, in den wunderbaren, schon so lange vergangenen Jahren sei das, seiner Erinnerung nach, ganz anders gewesen. Täglich habe die Sonne vom blitzblankblauen Schwarzwaldhimmel geleuchtet, und jeder Tag sei ein Fest gewesen. Das Wetter müsse doch jetzt endlich besser werden, sommerlich, hell und lichtdurchflutet, festlich eben. Andernfalls erweise sich die lange, beschwerliche Zugreise von Hamburg herunter in den Süden als sinnlos, auch das mühselige Umsteigen und das endlose Warten auf die Schopflocher Bimmelbahn in Freiburg.

Es lag nicht an den schmutziggrauen Vorhängen. Die Wetterlage jedoch zeigte sich erbarmungslos: Der Himmel blieb beständig blau, und die Sonne schien von morgens bis abends.

*

Tirade Drei

Verehrte Menschen,
geschätzte Drachen,
liebes Mäxchen,

zu Beginn des 19. Jahrhunderts lässt Johann Peter Hebel den Ätti im Zeichen der Vergänglichkeit zum Bueb sagen: *Lueg, dört isch d'Erde gsi, und selle Berg / het Belche gheiße.* In der Mitte des 20. Jahrhunderts wetterte ein berühmter Dichter, nach dem sich später ein noch viel berühmterer Songwriter benannt hat: *And death shall have no dominion.* Und an anderer Stelle: *Do not go gentle into that good night. / Rage, rage against the dying of the light.*

Und was machen wir? Was macht Ihr? Ich sage Euch: Fangt endlich an zu rasen gegen den Tod, dieses Ungeheuer, das uns in jeder Stunde bedroht! Ihr schlappen Drachen, reißt das Maul endlich auf! Tut wenigstens einmal etwas Sinnvolles! Ja, wütet, wütet und legt los! Auch wenn bei Canetti steht: *Die Wiedergeburt erproben, bevor man ihre Einführung erlaubt.* Doch nun schwärmt aus und tut Euer Werk. Ich befehle es Euch, Ihr Schlappsäcke!

Konstantin der Erschöpfte, hadernd

*

Nun ist es Zeit für meine zweite Romangeschichte. Sie trägt den Titel

Maißgayer

und handelt von einem, der, trotz schlechtester Startbedingungen, in der Fremde beinahe sein Glück gemacht hätte, wenn er nicht über sich selbst, und das heißt: über seine Sexsucht, über seine Gier und, letztlich, über seine unübertreffliche Dummheit gestolpert wäre.

Es mag sein, dass manche Leute ihn noch immer cool finden. Josef (Jupp, die Nase) Maißgayer entstammte einer aus dem Österreichischen zugezogenen Familie, die man früher als Kleinhäusler bezeichnet hätte. Der Vater, ein auf geradezu überschwängliche, groteske Weise kleinwüchsiger, hässlicher und brutaler Mann mit einer riesigen Knollennase, arbeitete als Hilfsschlosser in einer Werkstatt unten am Schopfbach, er verdiente nicht schlecht, aber er trank und hatte, trotz oder gerade wegen seiner vollkommen verunglückten Gesichtszüge, die ihn sexuell besonders attraktiv zu machen schienen, häufig wechselnde Freundinnen, meist spindeldürre junge Ausländerinnen, die nicht übel aussahen, nach billigem Parfüm rochen und oft krank waren. Irgendwann warf ihn seine Frau, eine Verkäuferin, aus der Wohnung. Ihr einziger Sohn, Jupp, den gleichfalls eine große Knollennase verunzierte, schaffte seinen Hauptschulabschluss mit knapper Not und viel Glück. Zusammen mit Sepp, einem älteren Arbeiter und Trinker, den er von seinen nächtlichen Sauftouren durch die Kneipen der weiteren Umgebung kannte, trampte er, kaum der Schule entronnen, in die

Provence, nachdem er seine Mutter um einen Riesen erleichtert hatte, wie er das beschönigend nannte. Im nächsten Jahr gelang es ihm zu seiner eigenen Überraschung, eine Lehrstelle in der Gastronomie zu ergattern. Mit ihr begann seine Karriere. Nach drei Jahren verließ er nicht nur den Schopflocher *Bären*, sondern auch den Schwarzwald und heuerte als Barkeeper in Augsburg an. Das hohe Honorar, das er dort erhielt, tat ihm nicht wohl. Nun soff er noch mehr, und der Schnee lag nicht nur im Winter auf der Straße. Jupp fing also an, *white stuff* zu schnupfen. Das besserte sich erst, als er auf einem Narrentreffen am Bodensee Lotte kennenlernte, die auf seine schwarzen Locken hereinfiel und nicht begriff, dass Maißgayer ein sprechender Name war. Sie brachte die Nase auf den Boden zurück und weg vom Koks, indem sie ihren Josef aus der Bar herausholte und ihm, mit der Unterstützung eines entfernten Verwandten, eine Stelle in einer großen Kölner Brauerei verschaffte. Das war der Anfang von Jupps Höhenflug: Von Jahr zu Jahr stieg sein Gehalt, von Jahr zu Jahr erklomm „die Rotznase", wie seine Kollegen und Mitarbeiter ihn aus gutem Grund titulierten, Stufe um Stufe in der Bier-Hierarchie, von Jahr zu Jahr trug Jupp seine hässliche, großporige Knolle höher. Dass die Nase im Grunde keine einschlägigen Vorkenntnisse besaß und sich in Wort und Schrift kaum auszudrücken verstand, fiel nicht ins Gewicht. Das schien Jupp sogar eher zu nützen als zu schaden. Mit Wirten vermochte er ohne weiteres umzugehen. Nur einigen wenigen Damen und Herren, die wie die Nase und der Oberbürgermeister an den formidablen Essen zur Eröffnung des *Volksfests Köln* oder während des Karnevals teilnahmen, fiel auf, dass das Geschwätz, das unablässig aus Jupps Mund troff, von einer kaum erträglichen Beschränktheit zeugte. Dennoch bezeichneten ihn manche Leute als „manipulativ und gefährlich".

Irgendwann heiratete Jupp seine Lotte, erwarb, zusammen mit ihr, ein Haus in einem noblen Stadtteil, baute es mit dem besten Architekten, den seine Frau bekommen konnte, um, bekam von ihr einen Sohn mit hässlicher Knollennase, den er Ludwig nannte, und verdiente mit dem Verkauf von Bier immer mehr Geld, weshalb er nach und nach ins Zentrum der neureichen Schickimicki-Szene gespült wurde. Und dort gab es, wiederum gegen gutes Geld, Berge, ja, ganze Gebirge von Schnee. Die Nase der Nase wurde noch poröser, Jupps Sexleben geriet außer Rand und Band, er vögelte sich nicht nur quer durch NRW, sondern, dank seiner Dienstreisen, durch halb Europa und machte von sich und seinen zahlreichen weiblichen und männlichen Sexpartnern ebenso anstößige wie abstoßende Porno-Aufnahmen, die er über verdeckte Accounts und Konten und über eine Plattform verkaufte, um sich so unauffällig Stoff-Nachschub zu sichern.

Das lief eine Zeitlang, bis Lotte, die stutzig wurde, als Maißgayer begann, sich die Achselhöhlen und die Scham zu rasieren, ihm durch einen Zufall auf die Spur kam. Auf seinem dienstlichen Smartphone, das er, immer unkonzentrierter und nachlässiger werdend, eines Tages in der Küche vergaß, als er sich anschickte, das Haus zu verlassen, entdeckte sie vulgäre Mails und Photos von Genitalien beiderlei Geschlechts, ganze Alben „voller unsäglicher Schweinereien", wie sie die stümperhaften Pornobildchen nannte, sein bislang geheimes Doppelleben.

Lotte weinte nicht, sie schrie nicht, sie räumte das Frühstücksgeschirr in die Spülmaschine und warf die gebrauchten Servietten in den Weidenkorb; ihr Kopf war taub, wie in Watte gepackt, und sie fühlte sich besudelt, schmutzig am ganzen Leib. Später zog sie das älteste Kleid an, das im Schrank hing, und ging langsam durch das große Haus, von Raum zu Raum, und schaute sich alles genau an, insbesondere die großen Bilder, die sie fürs Wohnzimmer gekauft hatte. Am Abend setzte sie die vollkommen überraschte Porno-Nase vor die Tür. Sie reichte die Scheidung ein und zog mit dem hässlichen Ludwig in eine Dreizimmerwohnung. Als die Brauerei von der Sache Wind bekam (auf welchen Wegen, war nicht zu klären), stellte die Geschäftsführung die Nase sofort frei. Die Sitte wurde tätig, und Maißgayer versank in den folgenden Jahren tiefer und tiefer in einem Jauchefass voller Schmutz und Morast, das er lange mit beachtlichem Erfolg hinter einer Art Potemkin'scher Scheinarchitektur von bürgerlicher Wohlanständigkeit verborgen hatte.

Irgendwann kreuzte er, abgerissen und stinkend, erneut bei Lotte und Ludwig auf; einsam, wie sie sich fühlte, gewährte sie ihm, nach nur kurzem Widerstand, Unterschlupf, und dann gerieten alle drei zusammen in einen todtraurigen, fürchterlichen Abwärtsstrudel, der seinen Endpunkt noch nicht erreicht hat.

*

K.s Vater hatte, als sein Sohn im Frühsommer 2000 für seine Bewerbung in den Hochschwarzwald zurückkehrte, nach den mir vorliegenden Informationen kein einziges Ehrenamt mehr inne, weder im Gastronomieverband noch in der Gemeinde oder bei der Sparkasse. Nichts dergleichen, nirgends. In jenen Jahren, als Konstantin und ich Kinder waren, müssen hingegen die versammelten Stadtoberen, der Bürgermeister, die Abgeordneten, der Stadtpfarrer, die tonangebenden Unternehmer und Gemeinderäte im *Hof* ein- und ausgegangen sein, Sparkassendirektor Christian Brotz, der bereits in jungen Jahren Karriere gemacht hatte, war nicht nur die Hausbank in Person, sondern ebenso ein oft und gern gesehener Restaurant-Gast, ein Dauermitglied der

Stuben-Corona. Und mit allen duzte sich der alte Klingele. Das hat mir Christians Frau, mein Drache Ingrid B., erst neulich bestätigt. Wann immer Direktor Brotz Klingeles Restaurant einen Besuch abstattete, sagte er, anscheinend mit einem fetten Grinsen im Gesicht, „ich gehe *an* den Hof", als ob er die Queen oder ein anderes gekröntes Haupt zu einer Audienz aufsuchen würde.

Allein, diese Zeiten waren längst vergangen, die gesellschaftliche und die politische Landschaft von Schopfloch sah anders aus, als Andreas Hain, der altgediente Fremdenverkehrs-Chef, wie es in der Sprache der Ämter und Verwaltungen heißt, in den verdienten Ruhestand entschwand und der verlorene Sohn K. K., nach Lohsts schnellem Abgang, aus dem akademischen Nichts auftauchte, um über Nacht ein „Tourismus-Fuzzi" (K.s Formulierung!) zu werden.

Sein Erzeuger besaß in jenen Jahren, anders als früher, um es kurz zu machen, keine Verbindungen, keinen Einfluss mehr. Im Gegenteil: Der süffelnde Wirt war zwar in Schopfloch und im Hochschwarzwald nicht gerade zu einem gastronomischen Aussätzigen, zu einem Unberührbaren oder Hotel-Paria geworden, dessen man sich wirklich geschämt hätte. Das nicht. Aber man wollte mit ihm nach Möglichkeit nicht mehr viel zu tun haben und nahm ihn nicht ernst. Klingele senior genoss einen denkbar schlechten Ruf bei Lieferanten wie bei Handwerkern, ja in weiten Teilen der Bevölkerung. Und er hatte überdies die Zeichen der Zeit und ihre Segnungen nicht erkannt. Er hatte sie schlicht verschlafen. Der *Hof* verfügte noch nicht einmal über eine Homepage. E-Mail-Aktionen fanden nicht statt. Möglicherweise war das Hotel überhaupt nicht online. All das „neumodische Zeug" interessierte den alten Klingele nicht. Doch auch die traditionelle Prospektwerbung verkümmerte und kam irgendwann ganz zum Erliegen. Und das hatte einen Grund:

Klingele senior war schon damals nicht mehr wirklich solvent. Immer öfter, so hörte man, wurden Geschäftspartner vorstellig und forderten die Begleichung offener Rechnungen.

So ließen die Schopflocher Klingele senior geflissentlich links liegen. Zu offiziellen Anlässen erhielt der alte Mann keine Einladungen mehr. Weder zu städtischen Empfängen und Heimatfesten noch in den Kunstverein oder zu den Jahresausstellungen im Heimatmuseum, für das er in seinen guten Zeiten, zum Verdruss seiner Frau, große, sogar sehr große Summen gespendet hatte. Damals tratschten die Leute, so behaupten einige meiner besten Drachen, der Klingele Karl habe ein allzu enges Verhältnis zu Marianne Flitten, einer gebürtigen Husumerin mit strohblonden, langen Haaren, der Vorsitzenden des Schopflocher Heimat-Vereins, und er, Klingele, kenne jeden Schlupfwinkel des Museums.

Inzwischen ging man dem alten Hotelier, sofern es möglich schien, buchstäblich aus dem Weg, ja, man wechselte sogar die Straßenseite, wenn man das Pech hatte, ihm in der Stadt zu begegnen. Dr Stangel hat mir das einmal folgendermaßen geschildert, ich zitiere im Wortlaut:

„Karl Klingele kommt in einem sehr gemächlichen Schleichschritt (?) von der Metzgerei Vogt, also von der Kirche, heruntergezockelt. Gleichzeitig, das sah ich auf *einen* Blick, denn es war kaum jemand unterwegs, parkt Dr. Widmer-Pohl seinen wie immer blank gewienerten Mercedes-Oldtimer vor Möhms ehemaliger Buchhandlung, also vor *Kalliope*, schließt ab und paradiert, ja, man kann es nicht anders sagen, er paradiert dann in einem Cut, seinen Spazierstock mit Silberknauf selbstbewusst schwingend, dem Hauptgeschäft von Feinkost-Laule zu. Er erblickt Klingele, stutzt, bleibt kurz stehen, lässt ein niederträchtiges Gelächter hören und wechselt auf das Trottoir gegenüber. Wie gesagt: Es war nichts los, und auch Klingele muss diesen Vorgang bemerkt haben."

Es ist sonnenklar: Im Gegensatz zu meiner anziehenden Anja, die auf derlei nicht angewiesen war, verfügte K. über keine gesellschaftlichen Kontakte. Er hatte Schopfloch vor etlichen Jahren den Rücken gekehrt und war inzwischen nahezu unbekannt in der Stadt. Und er verstand überdies, das ist, soweit ich sehe, nicht nur meine Meinung, sondern in gleicher Weise die Auffassung aller meiner Drachen, rein gar nichts vom Stellen politischer Weichen, vom geschmeidigen Umgang mit Amtsträgern und Behörden. In der Technik des Flattierens und Antichambrierens hatte K. K. keine Übung, dazu war er viel zu intellektuell, will sagen: viel zu naiv, viel zu ungeschickt und viel zu weltfremd. Er „tat sich nicht um" und existierte, nach meiner Einschätzung, ausschließlich in diversen Bibliothekskämmerchen und zwischen Buchdeckeln, in einem unendlich großen Meer von Schriften, Texten und Illusionen. K. scheint eine allzu stark ausgeprägte Begabung zum ‚als ob', zu einem Leben in einer Parallel-Welt, mithin zu Erfindung und Lüge gehabt zu haben. Und sein alter Herr war, auf Schopflocherisch gesagt, mächtig in Verschiss geraten. Er war außerstande, seinen Sprössling zu unterstützen.

Trotz all dieser für ihn ungünstigen Rahmenbedingungen hatte der Große Konstantin, zu unser aller Überraschung, geradezu unverschämtes Glück bei seiner Bewerbung. Also riesengroßes Pech. Schon bald ereignete sich etwas Wichtiges. Etwas Unvorhergesehenes. Womit keiner in Schopfloch gerechnet hatte. Womit, nach Lage der Dinge, auch nicht zu rechnen war. Obwohl niemand, hätten wir nur eins und eins wirklich zusammengezählt, überrascht sein durfte.

Längst sah ich Konstantin auf der Verliererstraße. Als einen mit Büchern schwer beladenen Don Quijote, der auf fremdem

Territorium, in einer Wüstenei, bar jeder Vernunft einen sinnlosen Kampf ausgefochten hat und sich alsbald, besiegt und verletzt, von der Walstatt zurück ins ferne Göttingen schleppt, um dort auf unabsehbare Zeit Folianten zu wälzen.

Aber wenige Tage nur vor der alles entscheidenden Sitzung des Stadtrats wurde, abermals über die Zeitung, bekannt, dass Anja, die ebenso kluge wie glamouröse und scheinbar makellose Favoritin, in Offenburg mit deutlicher Mehrheit zur neuen Geschäftsführerin der *Allgemeinen Badischen Tourismusgesellschaft* (ABT) gewählt worden war. Weiter hieß es, auf Anfrage habe das Schopflocher Rathaus mitgeteilt, dass (Vorsicht: „Amtsschimmel-Sprech", K. K.s Formulierung!) „die Hausspitze" in keiner Weise erfreut sei. Der Pressesprecher sagte, er begehe keinen Geheimnisverrat, wenn er bekenne, dass „Frau Hettich zum Kreis unserer Top-Favoritinnen gehört hat". Selbstverständlich stehe auch die Kompetenz der anderen Bewerberinnen und Bewerber außer Frage. Gleichwohl habe man mit mehr Loyalität auf Seiten von Frau Hettich gerechnet. Schließlich stamme sie ja aus „unserer wunderschönen Hochschwarzwald-Stadt". Und so weiter und so fort.

Aus der Rückschau muss ich sagen: Wie alle anderen bin ich blauäugig oder sogar blind gewesen, und das als Oberdrache! Schopfloch war für Frau Hettich von Anfang an allenfalls Plan B. Sie wollte höher hinaus. Viel höher. Das ist mir jetzt klar. Und auch Offenburg wird nicht ihre Endstation sein.

Trotz dieser neuen Sachlage rechnete ich nicht ernstlich damit, dass der Große Konstantin nennenswerte Chancen haben würde. Da ich aber bereits damals über gut funktionierende Kontakte zum Rathaus, vor allem zur obersten Etage verfügte, erfuhr ich via Drachenpost schon bald, dass K. es zu meiner

Verblüffung unter die letzten zwölf Bewerber geschafft hatte. Damals sah er zwar noch gut aus, sehr gut sogar, ein bisschen wie Damian Lewis, doch über Zeugnisse zum Thema Fremdenverkehr verfügte K. K. ebenso wenig wie über einschlägige Praktika oder über Kontakte zur Stadtverwaltung. Die gesamte Angelegenheit war mir ein Rätsel.

Es sollte noch besser kommen. Nach dem Fehlschlag mit Hains Nachfolger war, wohl auf Wunsch der vorsichtig vorgehenden Bürgermeisterin, die die Verantwortung auf möglichst viele Schultern verteilen wollte, ein äußerst umständliches und pingeliges „Berufungsverfahren" (O-Ton Pressestelle) ins Werk gesetzt worden. Als nächsten Schritt, man hätte glauben können, es gelte den Sitz des Vorstandssprechers eines der wichtigsten Dax-Konzerne zu vergeben, sah dieser „Auswahlprozess" eine letzte „rathausinterne Präsentationsrunde" (schon wieder Amtsschimmeldeutsch!) vor, an der Frau Dr. Schlägel selbst, Hubertus Hirschle, der Leiter des Personalamts, seine Stellvertreterin Veronique Scherr sowie Emerentia Beinle, die Leiterin des Amtes für Wirtschaftsförderung, teilnehmen würden. Das Protokoll sollte Wöbser führen, ein Azubi im zweiten Lehrjahr.

Zu dieser Runde wurde nur noch ein halbes Dutzend aus dem ursprünglich riesigen Bewerberfeld eingeladen. Unter den „letzten hochkarätigen Sechs" (Dr. Schlägel) war tatsächlich ein gebürtiger Schopflocher, ein vollkommen fachfremder, aber promovierter Komparatist und hochspezialisierter Proust-Forscher namens Konstantin Klingele. Das war unfassbar. Das war ganz und gar unglaublich. Ich vermute, der Bewerber wusste selbst nicht, wie ihm geschah.

*

Brief Eins

1. Dezember 2009

Lieber Maximilian,

da ich weiß, dass Du ein wahrer Freund bist und sorgsam mit den Informationen umgehst, die ich Dir anvertraue, gewähre ich Dir im folgenden Einblick in mein Innerstes, in meine in mancherlei Hinsicht verkrachte Existenz.

Du wirst Dir denken können, dass es einmal mehr um meine leidige Bewerbung in Sch. geht. Noch heute könnte ich mich verfluchen, dass ich mich auf diesen irren Karriere-Steig eingelassen habe. Damals jedoch gab es für mich nichts Wichtigeres, nichts Bedeutenderes als diese Wahl, und ich bildete mir ein, wenn ich Erfolg hätte, sofern ich nur gewählt würde und den Sieg davontrüge, wäre ich gerettet, ja: gerettet für alle Zeiten. In einem mehr oder weniger metaphysischen Sinn. Mit sachlicheren Vokabeln gab ich mich nicht zufrieden.

Entsprechend akribisch bereitete ich mich vor, soweit ich das als Laie überhaupt konnte. Noch einmal riss ich mich zusammen und schränkte meinen Alkoholkonsum ein, noch einmal wollte ich es wissen, noch einmal gab ich richtig Gas. Ich las alles über Tourismus und Tourismus-Management, was immer ich in die Finger bekommen konnte. Ich versuchte zugleich, mich psychisch und psychologisch auf die Bewerbungssituation einzustellen, und kramte in den Skripten eines Didaktik-Seminars, das ich in grauer Vorzeit bei Tom Schmitt und Michael Esser in Berlin besucht hatte. Meine Überlegungen waren ganz sicher auf tölpelhafte Weise dilettantisch, und ich hätte gut daran getan, mir Rat bei einem Fachmann zu holen.

Aber du kennst mich ja: Ich war immer ein Einzelgänger – und ein Einzelkämpfer.

Theater, Rollenspiele lauteten meine Stichwörter. Da war ich positiv vorbelastet. Also begann ich, nach geeigneten ‚Masken' für mich zu suchen, nach Larven, die zu mir passten. Rasch verfiel ich auf den Gedanken, dass das Profil eines Charismatikers (nach Schmitt und Esser) mir nicht nur gut zu Gesicht stünde, sondern vor allem meiner intellektuellen Qualifikation entsprach und darüber hinaus meiner Sache nur nützlich sein konnte. Denn ein Mensch mit Charisma tritt bekanntlich nicht als Großschwätzer, sondern bescheiden auf; er schätzt das Understatement, er verfügt über Fingerspitzengefühl und Zurückhaltung, was einem laienhaften Quereinsteiger gemäß ist und einem Hochstapler ohnehin, der ich, bei Tageslicht besehen, ganz klar war. Aber, mal ehrlich, sind wir nicht alle Hochstapler, Hasardeure des Lebens?, denn wir holpern und stolpern doch alle, der eine mehr, der andere etwas weniger, durch die Welt, ohne das, auf was es ankommt, wirklich zu beherrschen beziehungsweise es auch nur exakt, wirklich genau beschreiben zu können. Denn unsere Existenz haben wir nicht im Griff. Oder? Weißt *Du* denn, geschätztes Mäxchen, was bei unserem Dasein am Ende von Bedeutung ist? Wie *Leben*, ein *gelingendes Leben* geht? Hast *Du* alle Entscheidungen richtig getroffen? Wenigstens die wichtigen? Wenn ich mich nicht irre, hat Kierkegaard einmal gesagt, man könne das Leben nur rückwärts verstehen, leben aber müsse man es vorwärts, nicht wahr?

Zunächst nahm ich mir also vor, einen sympathischen Hochstapler zu spielen. Und mir eine entsprechende Maske aufzusetzen.

Innerlich, auf meiner nach oben offenen Werteskala, glaubte ich mich, nach den Kriterien von Schmitt und Esser, hoch einschätzen zu dürfen, und fühlte mich daher, was natürlich komplett übertrieben und überzogen war, wie ein halber Professor. Ich kann mich also glücklich schätzen, dass ich den Kriterienkatalog von Esser und Schmitt irgendwann in der Mülltonne entsorgte und gerade noch rechtzeitig Zuflucht bei Adolph Freiherrn von Knigge und seinem *esprit de conduite* suchte, insbesondere bei der von ihm postulierten *Kunst, sich bemerkbar, geltend, geachtet zu machen, ohne beneidet zu werden; sich nach den Temperamenten, Einsichten und Neigungen der Menschen zu richten, ohne falsch zu sein; sich ungezwungen in den Ton jeder Gesellschaft stimmen zu können, ohne weder Eigentümlichkeit des Charakters zu verlieren, noch sich zu niedriger Schmeichelei herabzulassen.*

Ich atmete auf. Mit Knigge schien ich auf der sicheren Seite zu sein.

Da die Schopflocher Berufungskommission und der Stadtrat mir gegenüber die Position von Knigges *Großen* einnahmen, schlug ich insbesondere im dritten Teil von *Über den Umgang mit Menschen* nach, in dem es unter anderem um den gesellschaftlichen Verkehr mit den Mächtigen der Erde, mit Fürsten, Vornehmen und Reichen geht, und las dort unter anderem: *Hüte Dich aber, einen Großen, der Ansprüche auf Verstand, Witz, hohe Tugenden, Gelehrsamkeit, Kunstgefühl, oder worauf es immer sei, macht, hüte Dich, ihn deutlich oder gar in Gegenwart anderer merken zu lassen, dass Du Dir bewußt bist, Du übertreffest, Du übersehest, Du verdunkelst ihn. In der Stille darf er das wohl fühlen, aber er muß es nur allein zu fühlen glauben. Vor allen Dingen ist diese Vorsicht nötig gegen Vorgesetzte, die ungeschickter in ihrem Fache sind als Du.* Blablabla.

Um die städtischen Fürsten für mich einzunehmen, plante ich also, die Rolle eines defensiven Teamplayers zu spielen, der zwar mit allen Wassern gewaschen ist, seine Grenzen freilich in jeder Hinsicht kennt. So weit, so gut. Doch ich hatte die Rechnung ohne meine eigene Nervosität und ohne meine psychosomatische Konstitution gemacht. Und ohne meine Eltern, deren Stimmen ich noch nie so schrill gehört hatte.

Am Tag meines Vorstellungsgesprächs bildete ich mir ein, ihren von Minute zu Minute penetranter werdenden sauren Angstschweiß durch die Duftwolke meines Vaters hindurch bis in das letzte Molekül hinein riechen zu können. Unmittelbar vor dem Präsentationstermin im Rathaus wünschten mir die beiden ein dutzend Mal Glück und Erfolg, sie mutmaßten hin und her, welche Fragen mir gestellt würden und welche nicht, und gaben mir tausenderlei gut gemeinte Tipps, wie ich reagieren könnte und sollte, sie malten meine Hochschwarzwälder Zukunft in rosafarbenen Breitleinwandbildern, und Mutter zupfte an meinem grauen Jackett herum, das anscheinend Falten warf, die es auf keinen Fall werfen durfte, Falten am falschen Ort, behauptete sie, könnten sich katastrophal auf den Ausgang eines Bewerbungsverfahrens auswirken, ganz katastrophal sogar, Falten könnten fraglos alles zu Fall bringen, Falten seien gemeingefährlich. Die grünschwarze Krawatte dagegen stünde mir ausgezeichnet, sagte Mutter, sie sei dezent und markant zugleich, auch meine neue Frisur mache mich sympathisch, und es bestehe überhaupt kein Grund, nervös zu sein, nein, es gebe keinen Anlass für Lampenfieber oder gar Angst. Und meine Eltern zappelten vor Nervosität wie hyperaktive Kinder. Klar, ihre Panik übertrug sich in Nullkommanix auf mich. Dazu kam noch die Befürchtung, nicht rechtzeitig aus dem *Hof* wegzukommen und mich zu verspäten. Ich riss mich also los, und es versteht sich von selbst, dass ich viel zu früh zu meinem Vorstellungsgespräch aufbrach.

Der Tag hätte kaum schöner sein können. Am Morgen, nach dem Aufstehen, hatte ich das immerhin noch bemerkt. Später war es warm geworden, beinahe heiß. Ja, dieser herrliche Schopflocher Sommertag hätte eigentlich auch für mich froh und fröhlich werden müssen, und ein gutgelaunter Optimismus wäre mir ganz sicher nicht abträglich gewesen, aber echte Zuversicht kannte ich schon lange nicht mehr, und der Blick aufs Künftige verhieß mir kaum jemals noch etwas Unbeschwertes.

Bunte, schmale Silhouetten kamen mir auf meinem Weg durch die Stadt scherzend und lachend entgegen, laute, leuchtende Farbkleckse, ganz sicher Mädchen und junge Frauen, die, in roten, blauen und lindgrünen Sommerkleidern und mit klappernden Pfennigabsätzen, leichtfüßig über das Altstadtpflaster nach Hause, zu einer Verabredung oder ins Freibad schlenderten. Ich sah sie nicht. Ich nahm sie nicht wirklich wahr. Ich hatte kein Auge für sie. Ich fühlte mich wie eingeschlossen. Wie weggesperrt. Als ob ich in einem dichten, stickigen Kokon unterwegs wäre. Ich war kribbelig. Ich hatte keine Übung im Fach Bewerben. Für den gesamten neuen Lebensabschnitt, der mir möglicherweise bevorstand, brachte ich keine Erfahrung, keine Kenntnisse mit. Ich wusste schlichtweg nicht, das wurde mir auf dem Weg zum Rathaus klar, wie Bewerben und wie Tourismus gehen.

Einerseits hatte ich, so schätzte ich trotz meiner psychologischen Spielchen und der Nachhilfe bei Knigge die Situation ein, keinen Funken Aussicht auf Erfolg, andererseits war es mein Ziel, nichts falsch zu machen. Auf jeden Fall wollte ich vermeiden, mir hinterher Patzer vorwerfen zu müssen und in einer gallenschwarzen Melancholie zu versinken. Ich hatte keine Chance, klar, aber gleichzeitig den Anspruch, aus dieser seltsamen Tragikomödie als strahlender Sieger hervorzugehen, als Konny der Tourismusheld.

Eigentlich glaubte ich, mich auszukennen, war ich doch in Schopfloch aufgewachsen und früher unzählige Male im Rathaus gewesen. Jetzt jedoch fand ich mich nicht zurecht in dem Gebäude, das mir riesengroß erschien, und irrte, seltsam atemlos, durch ein Labyrinth aus verwinkelten Korridoren und alten Holztreppen.

Schließlich kam ich nach einigem Hin und Her im obersten Stockwerk an und fand die Zimmernummer, die man mir in der ebenso gestelzten wie gestanzten Einladung angegeben hatte. Schon dieser kurze Text hätte mir Warnung genug sein müssen, mich auf das Abenteuer Rathaus einzulassen; schließlich habe ich einmal eine linguistische Ausbildung erhalten.

Auf einer hellbraunen Wandfläche neben der Tür hing ein nicht allzu großes quadratisches Bild in Grau- und Ockertönen, das ein Zimmer in verzogener, verrutschter Perspektive zeigte, in dem ein Knäuel aus seltsamen, ebenfalls verzerrten, halbnackten Wesen herumtollte. Der Raum wirkte wie eine Guckkastenbühne.

Ich war allein. Um mich zu beruhigen und Atem zu schöpfen, schaute ich mir das Gemälde an, das einen verunglückten Tanz oder eine Balgerei darstellt. Ich hatte sofort das Gefühl, mich auf etwas Ähnliches einstellen zu müssen.

Wieviel Zeit verstrich, bevor ich mir endlich einen Ruck gab, kann ich nicht sagen. Eine Verwaltung stellte für mich damals ein ebenso fremdartiges wie Angst einflößendes Terrain dar – und das ist sie im Grunde noch immer. Ich zwang mich daher, obzwar ich vorhatte, mich durch und durch bescheiden zu geben, laut und vernehmlich an der Tür des Chefsekretariats zu klopfen und selbstbewusst einzutreten. Das war mit Sicherheit nicht falsch, aber vollkommen gleichgültig, schickte ich mich doch nur an, dem allerersten Vorhof der Macht näherzutreten, ihrer äußersten Peripherie, einem Kontrollposten an der Grenze des Imperiums, ohne nennenswerte Befugnis, ohne Kompetenz im anstehenden Verfahren. Ich weiß noch, beinahe wäre ich gestolpert, und wahrscheinlich zeichneten sich meine Bewegungen durch die Geschmeidigkeit einer Tipp-Kick-Figur aus. In dem Büro war es gleißend hell; einen Augenblick lang war ich wie geblendet. Es roch intensiv nach Kaffee dort, auch nach Wurst, frischen Brötchen und Laugengebäck, als sollte es gleich Frühstück geben.

Von der Sekretärin der Bürgermeisterin, die, um mich zu begrüßen, wie auf Kommando pfeilschnell von ihrem Drehstuhl aufschoss, wurde ich umgehend in ein mehrere dämmerige Flure entferntes winziges Zimmerchen mit niedriger Decke und randvollen Aktenregalen eskortiert. Unterwegs fragte ich die Sekretärin nach dem Bild. Lachend sagte sie mit einer Stimme, die mir in meiner Aufregung etwas dünn und piepsig erschien: „Das ist eine Spezialität der Frau Bürgermeisterin. Sie hat das Gemälde bereits ein paar Tage nach ihrem Amtsantritt aufhängen lassen. Es heißt *Die Jagdgesellschaft* und stammt von einem österreichischen Maler, den sie sehr bewundert. Er hat nichts mit den regionalen und unseren heimischen Künstlern zu tun, gar nichts, und auch nichts mit dem Kunstverein. Offen gesagt, ärgert es die heimischen Künstlerinnen und Künstler und die Verantwortlichen des Kunstvereins sehr, dass kein Hiesiger an einer so prominenten Stelle im Rathaus hängt, neben der Tür zum Chefsekretariat, neben *meiner* Tür, und sie hören nicht auf, zu stänkern. Aber die Bürgermeisterin lässt sich nicht beirren. Überhaupt nicht! Das Bild hat sie persönlich erworben.

Sie müssen wissen: Frau Dr. Schlägel ist eine moderne, selbstbewusste Frau.“ Fortsetzung folgt.

Grüße von Konstantin dem Erschöpften

*

In eigener Sache Eins[18]

Heute fand ich unter anderem das folgende kuvertierte, anonyme Schreiben in meinem Kasten:

„Herr Mohr,

was, glauben Sie wer sie sind? Und was sie sich erlauben können? Sie bekümmern sich um einen stadtbekannten Säufer, Drögeler und Versager der der Stadt auf der Tasche liegt! Und sie schicken ihre Spione aus um rechtschaffene Bürger dieser Stadt zu bespitzeln und zu verunglimpfen! Was, fällt ihnen ein! Meinen sie als kleiner Lehrer so Macht gewinnen zu können? Das ist zum abkotzen! Wenn du deinen Mist nicht sofort lässt werden wir dir dein dreckiges Handwerk legen dass dir hören und sehen vergeht! Du bist ein Nestbeschmutzer! Ein Dreckschwein! Ein Stück Scheisse!“

18 Undatiert, bei mir eingegangen am 1. Dezember 2009. Maschinenschriftlich; Wortlaut, Orthographie und Interpunktion entsprechen dem bei mir hinterlegten Original. – Ich werde juristisch nichts unternehmen und mein Verhalten nicht ändern.

9

Brief Zwei

Schopfloch, den 2. Dezember 2009

Max, mein Freund,

ja, die Fortsetzung folgt auf dem Fuße, obzwar ich in jeder Hinsicht müd und erschöpft bin, todmüd nachgerade. Oblomow läg' am liebsten den ganzen Tag auf dem Sofa. Doch ich weiß zur Genüge, was ich Dir schulde. Das tragikomische Drama, in dem ich damals keine ganz unwichtige Rolle spielte, nahm seinen Fortgang. Der Knoten war geschürzt.

Die Luft in dem winzigen Verließ, in das ich gebracht wurde und das man mit Schränken und Aktenregalen regelrecht vollgestopft hatte, war verbraucht, wie man so sagt, sie war stickig und dumpf, das fiel mir sofort auf, und das Mobiliar dort schien als fossiles Relikt aus einer prähistorischen Zeit in unsere Gegenwart verschlagen worden zu sein. An der niedrigen Decke verzuckte eine verschmutzte Lampe ihr schwaches Licht.

Die anderen Bewerber und Bewerberinnen würde ich, sagte die Sekretärin, die Sabine Sumser hieß, wie mir ihr rotes Namensschildchen auf der weißen Bluse verkündete, das ich erst jetzt bemerkte, die anderen würde ich garantiert nicht zu Gesicht bekommen, auch nicht hören, nein. Keinen. Keine einzige. Keine Frau und keinen Mann. Das sei sichergestellt. Frau Dr. Schlägel wolle, das sei ihr ein echtes Herzensanliegen, dass jeder Bewerber, jede Bewerberin sich vollkommen ungestört und entspannt fühle, total ungestört und richtig entspannt, um sich möglichst optimal präsentieren zu können. Optimal! Optimalst, sozusagen. Schließlich wolle die Stadt die Beste oder den Besten für sich gewinnen. Das sei gewissermaßen das Ziel: die optimale Lösung!

Es würde freilich noch dauern, ich müsse mich auf eine längere Wartezeit gefasst machen. Leider, leider, ja, es würde noch dauern, soviel sei gewiss. Das sei anders geplant gewesen, ja, ganz anders, vollkommen anders. Aber alles habe man eben nicht im Griff. Der Plan sei das eine, sage sie immer, die schnöde Wirklichkeit das andere.

Die Chefin, die Frau Bürgermeisterin, sei verspätet nach einem wichtigen Gespräch in Stuttgart aufgebrochen, ja, viel zu spät sogar. Das sei leider nicht zu vermeiden gewesen. Leider, ja. Sie bedauere das sehr. Aber der Termin der Frau Bürgermeisterin sei auch ganz besonders wichtig gewesen. Unaufschiebbar. Und so unangenehm! Es sei um die leidige Schwarzwald-Autobahn gegangen, dieses dumme, vermaledeite Thema, das neuerdings wieder aufgeploppt und so hart umkämpft sei. Die Frau Doktor sei nicht zu beneiden, wirklich nicht, sie hetze an jedem Tag von Termin zu Termin. Wirklich, von Termin zu Termin! Nun müsse sie sich auch noch mit mehreren Sekten herumschlagen, die sich durch die Autobahn-Pläne in ihrer Existenz bedroht fühlten. Als wenn sie nicht schon genug zu tun hätte. Ja, die Frau Bürgermeisterin sitze tatsächlich zwischen Stuhl und Bank! Ob ich nicht Platz nehmen wolle? Und ob sie, Sabine Sumser, mir etwas bringen dürfe? Ein Heißgetränk mit etwas Feingebäck? Einen Kaffee oder einen guten Tee? Einen richtig guten Tee? Seit Frau Doktor im Amt sei, habe sie, Sabine Sumser, allerlei Sorten vorrätig.

Ich entschied mich für einen doppelten Espresso und ein kleines Glas Wasser.

In meinem Aktenkerker, der so eng war, dass ich mich kaum umzudrehen und mich nur mit Mühe auf einen wackligen Hocker an einem kleinen Tischchen mit vernutzter, abgeschabter Platte zu setzen vermochte, in diesem Kabuff war es höllisch heiß. Wenigstens kam es mir so vor. Und es roch nach Staub, altem Papier und Leim. Darüber lag, wenn ich mich nicht sehr täusche, ein feiner, aber durchdringender, scharfer Geruch nach Katzenpisse.

Gerade in Stresssituationen sind es meine Nasennerven gewohnt, solche feinen Duftnoten zu erschnüffeln und in einzelne Fraktionen zu zerlegen. Vielleicht hat hier, dachte ich, ein altgedienter städtischer Beamter mit seiner Katze oder seinem Kater gehaust und bis zu seiner verdienten Pensionierung sein karges Gnadenbrot verzehrt, Woche für Woche beschäftigt mit der Aussonderung alter Akten. Bevor er selbst aussortiert wurde und endgültig in sein armseliges Wohnungsverließ schlurfen musste. Wer weiß?

Als Frau Sumser beschwingt, mit meinem Heißgetränk und einem großen Glas Sprudelwasser auf einem Tablett, angeschwirrt kam, sagte sie, während der intensive Geruch des Espressos im Nu meine Wartekammer flutete (und nun klang ihre Stimme plötzlich tief und geheimnisvoll, nachgerade erotisch), es könne selbstverständlich auch blitzschnell gehen, das wolle sie der guten Ordnung halber noch hinzufügen, tatsächlich blitzschnell, und ich müsse kaum warten, denn in nicht wenigen Fällen sei eine Vorstellung schon vorbei, sie sei gewissermaßen schon erledigt, bevor sie richtig begonnen habe. Das passiere nicht selten.

Manche Bewerber tappten sofort, blitzschnell sozusagen, in die erstbeste Falle, ja, wie begonnen, so zerronnen, sage sie immer. Eine leidige Bewerberfalle, und schon sei es passiert, eine einzige Frage, und schon sei es vorbei. Oder sie verlören zuerst die Nerven und gleich darauf die Sprache. Ja, wirklich, sagte Frau Sumser, bei vielen Bewerberinnen und Bewerbern sei es so, zuerst die Nerven, dann die Sprache. Manche würden augenblicklich zu zittern und zu schwitzen beginnen, es fange meistens am Kopf an, die Köpfe zitterten dann so, das wisse sie noch aus der Amtszeit des alten Herrn Bürgermeisters, als ruhten sie nicht fest auf den dazugehörigen Hälsen, als seien sie nicht ordnungsgemäß mit den Körpern verbunden, und irgendetwas, ein paar Scharniere oder so, hätten sich gelockert, schrecklich müsse das sein für die Betroffenen, ganz schrecklich, dann begännen viele Bewerber zu stottern oder vollständig zu verstummen und säßen als nach Luft japsende Fische mit zitternden, wackelnden Köpfen auf dem Trockenen. Das wisse man vorher nie; niemals wisse man das. Das könne man gar nicht wissen. Aber dass es heute schnell gehe, nein, das zu garantieren, sei sie keinesfalls in der Lage. Leider, leider. Wie gesagt: Der lästige Stuttgart-Termin. Dann verließ sie mich.

Schon im nächsten Moment fühlte ich mich wie ein Häftling im Untersuchungsgefängnis. Weshalb nur, frage ich mich, setzt sich der Mensch ohne Not, ohne jeden Zwang, freiwillig sogar und zunächst durchaus hoffnungsvoll, Verfahren und Prozessen aus, die ihn ohnmächtig machen und seines freien Willens berauben? Warum nur? Wofür? Wieso legt er selbst Hand an die Laufbahn seines Lebens? Was treibt ihn in einem Augenblick des Verdrusses und der Unachtsamkeit dazu, das Falsche zu tun? Warum stolpern wir aus freien Stücken in die erstbeste Falle, die sich uns bietet?

Von einem Augenblick zum anderen hatte ich plötzlich großen Durst. Ein unbändiges, höllisches Verlangen nach Flüssigkeit. Als ob ich schon seit Tagen nichts zu trinken bekommen hätte. Wie ein Mann, der unter einer gleißenden Sonne eine Wüste durchqueren muss. Ich griff nach dem Glas und stürzte das Selterswasser, ohne auch nur einen Augenblick lang nachzudenken, in mich hinein und kippte gleich darauf den ausgezeichneten, heißen Espresso hinterher.

Das erwies sich schnell als Fehler, als ein großer Fehler sogar, denn der Kaffee wirkte, als hätte ich ihn mir intravenös gespritzt.

Kaum hatte ich das Kaltgetränk und das Heißgetränk kurz hintereinander genossen, als ich mich auch schon fragte, was die beiden Flüssigkeiten wohl mit meinem Stoffwechsel anstellen würden. Das Knäuel-Bild des österreichischen Künstlers fiel mir ein, und ich hatte das Gefühl, dass mir eine ähnliche Verwicklung jetzt umgehend bevorstünde. Ja, ich ahnte es bereits: Mir war ein Fehler, eine unentschuldbare Dummheit unterlaufen.

So war es in der Tat. Schon sehr bald ereignete sich in meinem Inneren eine unaufhaltsame Kettenreaktion von Angst einflößenden Ausmaßen – und mit ganz erheblichen Folgen. In meinem Gedärm begann es merklich und ausgesprochen laut zu rumoren. Es grumpelte und gurgelte und gärte, es plätscherte, blubberte, gluckerte, fiepte und zischte immer mehr, und wie Frau Sumser versprochen hatte: Entspannung stellte sich ein. Wundersame Entspannung. Nur war es in erster Linie mein Darm, der sich unter der Einwirkung des starken Kaffees lockerte und loslassen wollte. *Laissez faire, laissez aller*, ging es mir durch das Hirn, alles kommt in Bewegung, *panta rhei, cuncta fluunt*, während mein Nacken und meine Kopfhaut sich immer mehr verkrampften und ich endgültig nervös wurde. Das war eine Reaktion, eine Rückkopplung, die mir keineswegs neu war. Aber immer wieder tappte ich in dieselbe Falle! Immer wieder unterlief mir derselbe idiotische Fehler. Gerne hätte ich mir einen Sack voll Kopfnüsse gegönnt.

Ich spürte, wie sich Druck und Blähungen beständig weiter aufbauten, und gleichzeitig merkte ich, oder ich redete es mir mit Macht ein, dass ich demnächst würde pinkeln müssen. Der junge Plenzdorf hatte es vor langer Zeit schon genauso dargestellt, nur umgekehrt: *An sich wollte ich mich bloß verflüssigen, aber wie immer breitete sich das Gerücht davon in meinen gesamten Därmen aus. Das war ein echtes Leiden von mir. Zeitlebens konnte ich die beiden Geschichten nicht auseinanderhalten. Wenn ich mich verflüssigen musste, musste ich auch immer ein Ei legen, da half nichts.* So ungefähr Plenzdorf, aus dem Kopf zitiert.

Ich sprang auf und tigerte um das winzige Tischchen herum, bis ich beinah einen Drehwurm bekam. Ganz klar: Ich musste definitiv pinkeln. Da gab es nichts zu deuteln. Und ich musste meinen armen Darm entleeren. Das war ebenfalls nicht zu bezweifeln. Gleichzeitig meldete sich meine Unsicherheit, meine Lebensangst vor meinem Schließmuskel zu Wort, der ähnlich inkompetent war wie ich, und alles zusammen trieb mich schnellstens in eine ausgewachsene Panikattacke hinein. Aber sollte ich jetzt eine Toilette suchen? Ausgerechnet jetzt? In dieser Situation? Und just dann käme die Sekretärin, um mich abzuholen, und ich wäre nicht da? Nicht aufzufinden? Wie vom Erdboden verschluckt? Was für einen Eindruck würde das machen? Bei der Chefsekretärin und bei der Berufungskommission? Oder sollte ich etwa Frau Sumser nach einer Toilette fragen und mich damit zwangsläufig als hypernervös verraten? Als Klein Konny mit Konfirmandenblase, der in die erstbeste Falle tappte? Wie begonnen, so zerronnen? Nein, das durfte nicht sein, auch das kam nicht in Frage, auf gar keinen Fall. Nein, nein, nein!

Aber wäre ich in der Lage, die Wartezeit, von der ich nicht wusste, wie lange sie sich noch hinziehen und dehnen würde, und später die Befragung ohne Duftorgien und Dauergeknatter, ohne unerträgliche Darmkonvulsionen, ohne noch viel größere Peinlichkeiten und vor allen Dingen so ruhig und konzentriert und so souverän zu überstehen, dass ich mich nicht bis auf die Knochen blamieren würde, sondern die Kommission von mir und meiner sachkundigen Beredsamkeit überzeugen könnte? Ich wusste es nicht, ich konnte mich für nichts entscheiden, ich war ratlos, stand erneut auf und begann wieder, in meiner Zelle im Kreis zu tigern wie ein gefangenes Tier.

Ja, ich empfand das Wartezimmer als einen Käfig, der überdies vollkommen überheizt war. Dass in Schopfloch, angesichts seiner Höhenlage, an manchen Tagen auch in der warmen Jahreszeit, in unserem grünen Winter, die Heizungen liefen, kam durchaus vor. Aber an einem so schönen, heißen Sommertag? Ich hatte den Eindruck, nicht mehr klar denken zu können und nicht mehr scharf zu sehen, mir wurde schwindlig wie in einem Karussell, alles drehte sich momentlang, die Aktenregale, das Tischchen, die zuckende Lampe, gleißende Lichtbögen kreisten unter der Decke, stumpfe Farbfetzen wogten in der engen Kammer auf und ab *und dann und wann ein weißer Elefant*.

In meiner Entscheidungsnot wusste ich bald nicht mehr, wo mir der Kopf stand. Ich wurde fahrig, ich verlor die Fassung und schwitzte stark, und dafür war ich sogar dankbar, denn, so sagte ich mir, das könne eventuell den fürchterlichen Harndrang etwas mildern, etwas abschwächen, ja, vielleicht sogar, wenn ich Glück hätte, in nichts auflösen. Obzwar es mit hoher Wahrscheinlichkeit einen miserablen, einen durch und durch schlechten Eindruck machen würde, wenn mein Anzug Schweißflecken aufwies und die Berufungskommission, zu allem anderen, auch noch den Eindruck gewänne, dass der Bewerber nach Angstschweiß rieche.

Mehrfach lief ich hinaus auf den Flur, um nach einer Toilette zu spähen, doch jedes Mal verlor ich den Mut, rutschte mir das Herz buchstäblich in die Hose, wenn ich hörte, dass sich Schritte näherten, und ich zog mich, beherrscht von meiner rasenden Angst, erneut in meine Zelle, in den Käfig zurück. Und so setzte ich die Umrundungen des Tischchens fort, horchte unablässig in mich hinein und versuchte zugleich zu memorieren, was ich mir zu sagen vorgenommen hatte. Viel war das ohnehin nicht. *Und dann und wann ein weißer Elefant.*

Der Drang, der mich beherrschte, meine Blasenschmerzen und der Rumor im Bauch nahmen zu. Das war nicht zu leugnen. Ich wusste immer weniger, was ich tun sollte und auf welche Weise ich mich aus dieser scheinbar ausweglosen Lage befreien könnte.

Fieberhaft, panisch begann ich schließlich, die windschiefen Schränke, die in dem kleinen Gelass standen, einen nach dem anderen, zu öffnen und nach Krügen, Vasen, Bechern und anderen Gefäßen zu durchsuchen, die in Frage kamen, verzweifelt wie jener Priester, von dem Gerald Murnane in einem seiner Prosastücke erzählt.

Wie lange die Wartetortur am Ende gedauert hat, daran vermag ich mich nicht mehr zu erinnern, ich weiß auch nicht, ob und wie ich Rilkes Elefanten aus dem Kopf bekam, ob ich in einem der Schränke fündig wurde, was Frau Sumser sagte, als sie mich endlich abholte oder wie die peinliche Befragung durch die Kommission im Einzelnen verlief. Keine Ahnung! Ich kann auch nicht sagen, wie meine Gegenspielerinnen und Gegenspieler aussahen, wie ihre Rollen besetzt waren. Es wäre überdies ein lügnerisches Unterfangen, wenn ich irgendetwas über den mit Sicherheit fürchterlichen Frage- und Antworttanz, diesen erzwungenen Pas de deux zwischen sehr ungleichen Partnern zu Papier brächte. Denn ich war außer mir, war wie von Sinnen, es schien, als ob ich mein Bewusstsein und jegliche Präsenz verloren hätte. Klarer Fall eines Black Out. Wie sagt doch der Volksmund? Der Krug geht solange zum Brunnen, bis er bricht.

Ich weiß es nicht, auch davon habe ich bis heute keinen Schimmer, doch irgendwie muss es mir gelungen sein, den Raum, in dem die Befragung stattgefunden hat, und bald darauf auch das Rathaus halbwegs sozialverträglich und unauffällig zu verlassen und zurück zum *Hof* zu stolpern. Zumindest ist mir bis zum heutigen Tag nichts Anderes bekannt geworden. Meine armen Eltern, die ungeduldig und zappelig, wie sie waren, schon im Entrée auf mich warteten, ließ ich wortlos stehen, rannte an ihnen vorbei über die knarrende Treppe nach oben und warf mich auf das Bett in meinem unverändert gebliebenen Jugendzimmer. Von Schlafen konnte keine Rede sein. An die Toilette dachte ich erstaunlicherweise nicht mehr.

Als mich Herr Hirschle, der Chef des Personalamts, mit seiner sonoren Stimme im Auftrag der „Frau Bürgermeisterin“ telefonisch anschnurrte, um mir den Stand des Verfahrens durchzugeben, fand ich keine Worte. Mein Mund war wie verklebt oder gar geknebelt. Zu meiner großen Verblüffung blieb ich, wie mir Herr Hirschle mitteilte, doch noch im Rennen, als einer „von drei übrig gebliebenen“ Kandidaten. Ich wusste nichts zu sagen, stotterte schließlich ein „Da-Da-Dankeschön“ zusammen und legte auf.

Sofort, nachdem ich das Gespräch beendet hatte, warf ich mir vor, mich selbst einmal mehr demontiert zu haben. Und ich musste erneut an das seltsame Bild im Rathaus denken. Fortsetzung folgt.

Gruß, Konstantin der Gefangene

*

Protokollauszug[19]

Der Bewerber Dr. Konstantin Klingele, hier geboren und aufgewachsen, Sohn eines stadtbekannten Gastwirts, stellte sich kurz vor und wurde im Anschluss von allen Mitgliedern der Kommission reihum befragt. Er selbst erkundigte sich nach nichts. Nach zwanzig Minuten war die Vorstellung bereits beendet. Bei der Besprechung sagte Frau Bürgermeisterin: „Der Bewerber ist nicht schlecht." Alle Teilnehmer schlossen sich reihum diesem Urteil an.

gez. Wöbser

*

19 Es macht mich stolz, an dieses interne Papier gelangt zu sein. Zu verdanken ist die kleine Sensation dem Drachendienst, den ausgezeichneten Drähten bis hin in die Chefetage der Verwaltung, über die ich zum Zeitpunkt der Niederschrift verfügte. Der Auszug wird im Wortlaut wiedergegeben.

Brief Drei

Schopfloch, den 3. Dezember 2009

Und schon geht's weiter, mein lieber Max. Ich muss schreiben, solange ich, wenn auch sehr müde, noch ein wenig bei Kräften bin.

Bald kam der Tag, von dem ich dachte, er sei der alles Entscheidende: D-Day. Mein großer Tag! Die Menschen denken ja fortgesetzt solchen Unfug, nicht wahr? Insbesondere ich. Wir schüchtern uns mit *einer* Angstvorstellung nach der anderen ein, und auf solch traurige Art verbringen wir unser Leben. Wir hecheln von Problemchen zu Problemchen, von Prüfung zu Prüfung, von einer vermeintlichen Katastrophe zur nächsten, wir warten und warten und sorgen uns und hätscheln unsere Ängste, und wenn das Problemchen eines Tages erledigt, das Ereignis endlich eingetreten ist, stehen wir da wie zuvor, und beginnen auf das nächste Etappenziel, auf ein viel größeres Problem, auf den nun wirklich alles, alles entscheidenden nächsten D-Day zu starren. Wir warten und starren und starren, bis wir tatsächlich erstarren. Am Ende, wenn das Rennen dann zu Ende geht und wir das Pech haben, nicht in Sekundenschnelle von der Platte geputzt zu werden, schauen wir zurück, reiben uns die alterstrüben Augen und müssen uns sagen: So ziemlich alles falsch gemacht. Zu wenig genossen, zu viel gesorgt, zu viel gelitten. Zu wenig gelebt. Und vor allem viel zu oft und viel zu lange gewartet. Fast immer nur gewartet. Das Leben: ein großer, riesiger Wartesaal, in dem es so erbärmlich zieht wie in einer schlecht geheizten Bahnhofshalle. Einer *Salle des pas perdus*. Unsere verlorenen Schritte, unser vertanes Leben.

Für die Vorstellung vor dem Gemeinderat kaufte ich mir, auf Anraten meiner Mutter, die mich händeringend darum angefleht hatte, eigens einen piekfeinen dunkelblauen Anzug, in dem ich aussah wie ein überzüchteter Außendienstmitarbeiter einer Versicherung kurz nach der Konfirmation. Meinen Auftritt übte ich wie besessen vor dem Spiegel, ich trainierte von morgens bis abends. Wie ein Maniac. Ich gab Gas, Gas, Gas. Und gerne hätte ich getrommelt wie Oskar.

Als es schließlich soweit war, wurde ich ein weiteres Mal von meinen Eltern verabschiedet, als flöge ich zum Mond. Wieder taperte ich, nahezu blind für meine Umgebung, durch die Innenstadt, wieder irrte ich vorbei am Buchladen, den ich nicht mehr betreten hatte, seit er in andere Hände übergegangen war, an der Metzgerei Vogt, der Bäckerei Rohrbach, Reformhaus Kiesch, Juwelier Rotzler, Modehaus Schlick, Bömmels Souvenirladen, Delikatessen-Laule, dem Hutgeschäft Kähler, das schon lange leerstand, an vielen sicherlich hübschen, buntgekleideten Frauen, die ich nicht sah, aber deren wunderbare Düfte ich zumindest kurz wahrnahm, und an vielen anderen Menschen, die ich gleichfalls nicht erkannte, ich stolperte beinahe bewusstlos durch ein leuchtend-lässiges, sommerliches Schopfloch mit all seinen Straßencafés und Obstständen, mit unzähligen Sonnenschirmen und Markisen, die an einem gewöhnlichen Tag auch für mich schwarzschattige Kreise und Rechtecke aus dem grellen Sonnenlicht herausgeschnitten hätten, durch die verwinkelten Gassen und Gässchen der Stadt, in der ich künftig mein Leben zubringen wollte.

Das Vorstellungsprozedere begann kurz nach Mittag mit einem gemeinsamen Essen der Kandidaten und der Berufungskommission im Dienstzimmer der Bürgermeisterin. Es war mit Händen zu greifen und mit der Nase zu riechen, dass man testen wollte, ob die Stellenbewerber zu einer Konversation in der Lage waren, die den Schopflocher Konventionen entsprach, und gesittet mit Messer, Gabel, Gläsern und Espresso-Tassen umzugehen verstanden. Die Atmosphäre war demgemäß steif und gedrückt, und die „schöne Begegnung", wie Frau Schlägel sich ausdrückte, verlief ziemlich wortkarg und unschön, erfreulicherweise aber auch ohne affiges Imponiergehabe der anderen Kandidaten. Einer von ihnen, ein Herr Äser aus München, Betriebswirt und Tourismusexperte und noch sehr jung, legte demonstrativ eine Ausgabe der *Süddeutschen Zeitung* neben sich auf den Tisch, die ihm wichtig zu sein schien als Requisite oder als Glücksbringer. Es kam zu keinen Katastrophen, nichts wurde verschüttet, kein Glas ging zu Bruch, keiner sagte ein falsches Wort. Freilich war nicht zu überhören, dass Äser wie Vater und ich zu einer zivilisierten Form des Schmatzens neigt. Wenn man unter Druck steht und angespannt ist, kann das Erlebnis einer Gemeinsamkeit, und sei es nur das Schmatzen oder das Kauen mit offenem Mund, ein Gefühl der Solidarität erzeugen. So war es während des Essens um mich bestellt. Doch schon bald begann erneut das lange Warten. Die Einzelheiten erspare ich mir. Wie gesagt: Ich bin müd.

Als ich in der nichtöffentlichen Stadtratssitzung an die Reihe kam und ans Rednerpult trat, schwankte der Boden ganz beträchtlich unter meinen Füßen. Ich las, soweit ich das überhaupt mitbekam und in Erinnerung habe, meinen Text, Wort für Wort, abgehackt, atemlos, in einem Tempo und in einem Rhythmus herunter, die keineswegs rhetorisch gewollt, sondern ausschließlich meiner Nervosität geschuldet waren. Ich schlotterte vor Angst, als säßen mir gegenüber nicht Gemeinderäte, sondern die eigens für meine Hinrichtung bestellten Scharfrichter. Dabei war meine Rede noch nicht einmal schlecht formuliert; und sie war mit angelesenen Begriffen wie Alleinstellungsmerkmal, Branding, weiche Standortfaktoren, Online-Kommunikation oder Umwegrendite nachgerade gespickt. Solide Hochstapler-Ware also.

Zum Schluss schwang sich mein Manuskript, das ist mir noch heute peinlich, zu einem geschwollenen, populistischen Pathos auf. Mir sei es wichtig, stand da, dass das touristische Management nicht gegen die Wünsche und gegen den Willen der Gesellschaft arbeite. Im Gegenteil: Der Tourismus habe der gesamten Bevölkerung, ja, dem Volk zu dienen. Nur dann tauge er etwas. Nur dann sei er der Zukunft zugewandt: „Ich mache mich nicht für den Massentourismus stark, aber ich plädiere für niederschwellige touristische Angebote. Und die große, alte Frage dürfen wir in Schopfloch auf gar keinen Fall außer Acht lassen: *Wer hat dich, du schöner Wald / aufgebaut so hoch da droben?*"

Als aufgeregter touristischer Krull verhedderte ich mich mehrfach in meinen zu Sprachungeheuern aufgeblähten Nichtigkeiten. Immerhin war zu meinem Glück beim ‚Prüfungsessen' nichts Blähendes serviert worden, so dass ich wenigstens unter diesem Aspekt nicht allzu viel zu leiden hatte.

Ich hoffe, dass mein schwaches Erinnerungsvermögen das damalige Geschehen nicht komplett auf den Kopf stellt. Zumal mich meine hochgradige nervöse Erregung wie eine Art Kokon von meiner Umgebung isolierte, so dass ich die Szenerie, in der ich mich befand, optisch und akustisch stark gefiltert wahrnahm. Der Saal erschien mir als dunkle, schwarzbraune Höhle, dicht bevölkert von einer Versammlung zumeist rotgesichtiger Lampions, die vorwiegend gutturale Laute von sich gaben. Zusätzlich waren meine Ohren einige Male von dem dumpfen Hummel-Gebrumm erfüllt, das ich seit dem Beginn des Bewerbungsdramas kannte. Eines glaube ich noch ganz genau zu wissen: Ich fühlte mich im Schopflocher Rathaus so deplatziert wie eine ausgewanderte Meerwasserqualle am Strand des Schopfloch-Sees. Und es steht zu fürchten, dass ich auch so roch.

Die Bürgermeisterin zeigte sich mir abwechselnd als gelbe und manchmal als hellgrüne Laterne. Sie leitete die Veranstaltung, so kam es mir vor, ziemlich souverän, aber auch distanziert und in einem künstlichen Schriftdeutsch. Aber vielleicht täusche ich mich auch und projiziere spätere Erlebnisse zurück in die Vergangenheit.

Bei der Befragung waren meine fehlenden touristischen Vorkenntnisse seltsamerweise kein Thema. Dazu hat mein Gedächtnis zumindest nichts gespeichert. Was nicht viel besagt. Ich war verblüfft und bin es noch heute, dass nach den, trotz aller sprachlichen Aufmotzerei, recht schlichten Ausführungen, die ich vorgetragen hatte, mehrfach meine Herkunft aus der Stadt und aus der Branche positiv hervorgehoben wurde: „Identifizieren Sie sich mit unserer wunderbaren Heimat?", wurde ich gefragt. „Sie stammen, wie Sie gesagt haben, aus dem *Hof*, Herr Klingele, Herr Dr. Klingele. Sie sind in unserer großartigen Stadt aufgewachsen. Was kann uns Besseres widerfahren als ein Schopflocher Tourismusexperte, wenn er weiß, wo er zuhause ist und wo er herkommt? Bei uns gilt die Tradition, bedeutet das Herkommen noch etwas. Wir lieben und leben unsere ehrwürdigen Überlieferungen, unser Brauchtum. Hier gehen die Uhren noch anders als in Berlin", gurgelte ein besonders großer und dicker Lampion. Und mein akademischer Grad wurde von mehreren Leuchtkugeln anlässlich ihrer Fragen als besonders wichtig herausgestrichen: „Das klingt doch alles sehr gut. Und Ihr Titel, Herr Dr. Klingele, erscheint mir als ein erstklassiges Aushängeschild für unsere so schöne, liebenswerte Stadt, für unsere Heimat. Am besten aber hat mir das mit dem Wald gefallen!“

Während der gesamten Anhörung, die, wenn ich mich nicht sehr täusche, durchgängig harmonisch verlief, wurde ich von mehreren Stadträten, vorgeblich alten Freunden meiner Eltern, geduzt, und ich war, Gott sei Dank, so klug, sie gleichfalls zu duzen. Obzwar mich das große Überwindung kostete.

Von der Aussprache der Stadträtinnen und Stadträte bekam ich selbstverständlich nichts mit. Zusammen mit den zwei anderen Kandidaten, einer ziemlich selbstbewusst und souverän wirkenden Frau aus Hessen und dem *SZ*-Leser, die beide bleich und genauso verschwitzt wie ich in abgeschabten Sesseln vor dem Sitzungssaal ausharrten, wartete ich einige Zeit vor der schweren, ledergepolsterten Tür des Ratssaals in einem merkwürdigen Halbdämmer und fühlte mich so leer wie ein ausgeblasenes Ei. Ich war müde und erschöpft. Phasenweise schauten wir aus einem schmutzigen Fenster. Dann wieder musterten wir uns gegenseitig, ohne zu bemerken, wie schlecht wir uns benahmen. In diesen Minuten war ich noch nicht einmal auf das Ergebnis der Veranstaltung gespannt. Ich wollte nur meine Ruhe haben.

Wie ich später von der Bürgermeisterin hörte, ging die Diskussion eine Zeitlang hin und her, doch bald schon konzentrierte sie sich, für mich vollkommen unverständlich, auf Konstantin Klingele. Ohne zu wissen, über welche Kompetenzen die Dame aus Darmstadt verfügte und was sie an Berufserfahrung mitbrachte, hätte *ich* sie sofort gewählt. Beim Mittagessen hatte sie immerhin einen guten Eindruck hinterlassen, und sie sah in ihrem leichten Sommerkleid hinreißend aus.

Ernsthafter Widerspruch gegen meine Wahl kam lediglich von einem betagten linken Stadtrat, wie mir die Bürgermeisterin nach der Sitzung lächelnd erläuterte. Dabei hatte ich doch das Wohl der Bevölkerung ausdrücklich betont. Er brachte mehrmals vor, ich sei ein verwöhntes Herrensöhnchen, ein faules Bürschchen, das in einem „Palast mit Schwimmbad“ aufgewachsen sei; mein Vater habe bekanntlich den *Hof* „ruiniert“, er habe Arbeitsplätze „systematisch vernichtet“, und der Apfel falle, wie man wisse, nicht weit vom Stamm. Einem unfähigen Schmarotzer dürfe man kein wichtiges Amt anvertrauen. Man brauche eine sachkundige, erfahrene Fachfrau oder einen Fachmann. Und hochqualifizierte Leute hätten sich ja zuhauf beworben. Zwei von ihnen säßen vor der Tür.

Aber all diese Argumente verfingen nicht. Sie liefen ins Leere. Linke wurden bei uns in Schopfloch eh nie ernstgenommen. Und möglicherweise war es gerade dieses Gegenvotum, das mir den Erfolg brachte. Nach dem Motto „Jetzt erst recht!“ schlossen die Bürgerlichen anscheinend die Reihen und sprachen sich für mich aus, obwohl sie mit Sicherheit noch nicht einmal wussten, was ein Komparatist von morgens bis abends treibt. Ich wurde in die Versammlung der Lampions zurückgerufen, die immer noch hellgrüne Laterne Schlägel teilte mir mit, dass ich mit „überwältigender Mehrheit“ gewählt worden sei, sie gratulierte mir und fragte, ob ich die Wahl annähme.

Ist das nicht unglaublich? Unglaublich und irre? Die Bürgermeisterin fragte mich tatsächlich, ob ich den Job machen wollte. Und das, nachdem ich lange, sehr lange als bekennender Laie mit Recht davon ausgegangen war, keine Chance zu haben! Ich glaube, ich nickte zuerst nur und würgte dann ein ziemlich tonloses, gepresstes „Danke“ heraus. Und jetzt roch ich meinen eigenen Schweiß.

Auf dem Foto, das die Zeitung am übernächsten Tag abdruckte, stand ich als „der frisch gekürte Tourismusdirektor der Stadt Schopfloch" linkisch und verrenkt neben der Bürgermeisterin und dem zufrieden strahlenden Personalchef Hubertus Hirschle und starrte mit leicht geöffnetem Mund ins Objektiv. Ich schien in dem Augenblick, der von der Kamera des Reporters festgehalten wurde, in einer Bewegung begriffen, als sei ich soeben fürchterlich erschreckt worden und wolle mich abwenden, um auf dem schnellstmöglichen Weg die Flucht zu ergreifen.

Tatsächlich schaute ich in dem Moment, als das Foto entstand, daran kann ich mich ausnahmsweise noch gut erinnern, in die Gesichter derer, die mich gerade gewählt hatten. Sie schienen mir leer zu sein. Leer wie viele Gesichter, die Cézanne gemalt hat, leer und müde. Und ohne Augen. Lampions ohne Sehorgane. Gleichwohl machten die meisten einen freudigen, einen erwartungsfrohen Eindruck. Warum nur? Ich wusste es nicht. Zu diesem Zeitpunkt ahnte ich jedoch noch nichts von dem formidablen Nach-Hock.

Roland Barthes hat einmal die These vertreten, jedes Foto behaupte: *So ist es gewesen!* Wenn diese Einschätzung stimmt, und ich glaube, dass eine Menge für sie spricht, dann sagte das Bild in der Zeitung viel über die damalige Situation und darüber aus, dass an diesem Tag Menschen zusammenkamen, die nicht zusammengehörten und schon gar nicht zueinander passten. Ja, so ist es gewesen. Da bin ich sicher.

Nach einem kurzen Pressetermin mit der Bürgermeisterin, dem Personalchef und einer Stadträtin namens Müller-Kiesch, bei dem Matti Bergmann mehrere Fragen an die beiden Politikerinnen und an mich richtete, wurde ich von Herrn Hirschle und den Damen, die mir ein weiteres Mal gratulierten und mich in ihrer „noch ganz jungen Runde" willkommen hießen, zu einem großen Gelage im *Ratskeller* eingeladen, dem Nach-

Hock, mit dem meine Wahl gefeiert werden sollte. So drückten sie sich aus, daran kann ich mich ganz genau erinnern. Ich versuchte jetzt besonders herzlich und freundlich aufzutreten, doch ich kann mir nicht vorstellen, dass mir das gelungen ist. Mein Nervenkostüm war längst abgetragen und fadenscheinig. Reif für die Altkleidersammlung.

Es war Abend geworden. Kalksteinfassaden, Blättergrün, Pflastergrau und Himmelsblau drehten sich in einem schnellen Wirbel um mich her, ich wankte erschöpft zum *Ratskeller* hinüber und blieb kurz auf halber Strecke beim Brunnen stehen, in der lauen Juniluft, die sanft meine heißen Ohren umwehte, klammerte mich an den Rand des Wasserbeckens und schöpfte Atem.

Es roch nach Heu. Nein, das war keine olfaktorische Täuschung. Mitten in der Stadt duftete es nach frischem Heu! Das gab es in Göttingen nicht, sagte ich mir. Nein, das gab es nicht. Göttingen war ein anderer Kontinent. Beinah ein anderer Planet. Ich war zurück auf dem Land. Im tiefsten Schwarzwald. Weit vom Schuss. Ohne Wenn und Aber und mit allen Konsequenzen. Der Heugeruch aber kam mir nach den Strapazen der Wahlprozedur und den langen Jahren meiner strengen akademischen Exerzitien vor wie eines der großen Weltwunder. Auf der Wasseroberfläche des Brunnens schaukelte, zitterte mein blasses Gesicht.

Im Grunde weiß ich, dass ich in Wahrheit nie ein Wissenschaftler, sondern immer ein gedanklicher Schwächling war, der sich für jedes noch so abgeschmackte romantizistische Virus anfällig erwies. Und an diesem Abend des scheinbaren Triumphs, an dem mein Abstieg und mein Untergang definitiv ihren Anfang nahmen, dürfte ich es in ganz besonderem Ausmaß gewesen sein. Meine Zellmembranen waren in hohem Grad durchlässig.

Es begann allmählich dunkler zu werden, die Mondsichel, mein brüderlicher Satellit, schwamm silbrig im noch hellblauen Himmelsmeer, das Heu duftete, und ich Idiot redete mir ein, im Glück zu baden, auf meinem höchstpersönlichen kleinen Olymp angekommen zu sein. Ich war auf das Katzenkopfpflaster meines Kindheitsstädtchens zurückgekehrt, auf dem ich mit dem Fahrrad oft gestürzt war und mir blutige Knie geholt hatte, und alles schien sich gut anzufühlen. Von Antikörpern und Immunität keine Spur.

Jetzt nur nichts falsch machen, sagte ich mir, Knigges Menschenkenntnis beherzigen, niemanden mit universitären Floskeln vor den Kopf stoßen, den Abend nicht verderben, alles gut zu Ende bringen, wiederholte ich mir ein ums andere Mal, als sei auch das gemeinsame Nachtessen nochmals eine allerletzte Prüfung, die ich zu bestehen hätte, eine Klippe, die es zu meistern galt. Ich schaute auf die Sichel, ich schaute aufs Kindheitspflaster und in mich hinein und nahm mir vor, diesen Augenblick nicht zu vergessen.

Als ein paar Stadträtinnen und Stadträte vorbeikamen und halblaut über „die neue Bürgermeisterin" und ihren „Kunstmist" lästerten, trat ich ein wenig beiseite in einen Hauseingang und beobachtete weiter die Szene. Alles gut gegangen, dachte ich, nochmals Schwein gehabt, diese Stimmung kann nicht trügen. Der Juni war schon immer ‚mein' Monat, der Sommer war meine Jahreszeit stets gewesen, auch wenn ich die Schopflocher Winter, die Schwarzwald-Winter genauso geliebt hatte. Der Juni hatte mir Glück gebracht, unschätzbares Glück. Der Göttinger Katastrophe, dem akademischen Selbstmord, Krankheit und Siechtum war ich gerade noch einmal entkommen. Und mit der Bürgermeisterin käme ich schon klar. Das wusste ich.

Nun würde für mich eine neue Zeit beginnen, eine neue Zeitrechnung. Ja, sagte ich mir, eine neue Ära. Ich schloss kurz die Augen, selbst daran kann sich mein Greisenhirn noch erinnern, und ging dann schnell in den *Ratskeller*. Dort wurde ich mit lautem Hallo empfangen und gefeiert. Schließlich war ich doch ein Kind der Region, „einer vo üüs", wie manche Gemeinderäte sich ausdrückten. Der verlorene Sohn, der Spross des Unberührbaren, der Literatur-Spinner war aus dem undurchdringlichen Dschungel der Universitätsstadt zurückgekehrt in die Heimat. Dass ein Intellektueller beziehungsweise ein Pseudointellektueller wie ich auf dem Land, in Schopfloch, von den Allermeisten zwangsläufig als Fremdkörper behandelt wird, musste ich im Lauf der Zeit erst noch lernen.

Aufgetischt wurden an jenem Abend, zu meinen Ehren, so bildete ich mir ein, „Spezialitäten der Region", wie die Bürgermeisterin verkündete, das Beste vom Besten, also Kutteln, Kalbsbries, Schweineschnitzel, gebratene Schweinswürste, Schäufele und vor allem ausgerechnet meine Leibspeise: Blutwurst, dazu Bier, Wein und jede Menge Kirschwasser. Hoch die Tassen! Einer meiner Tischnachbarn, ein gutmütig dreinschauender, stiernackiger Herr mit vorstehenden Augen, der stark schwitzte und, wie ich, ganz besonders den Würsten zusprach, fragte mich, in aller Ruhe weiterkauend, ob ich „a Frau" mitbringe. Als ich verneinte, sagte er: „Hä, a Frau bruuchsch, sonscht gehsch vor d'Hund in deim Job. Des sag' i dir." – „Ich versteh' itt (!)." – „Hä, ohne a Wiib gehsch under. Des sag' i dir. Hä!" Als es momentlang stiller wurde, hörte ich, wie eine Frauenstimme am oberen Tischende sagte, möglicherweise war es Frau Müller-Kiesch: „Doch, doch, macht euch keine Gedanken, dem Dichterling werden wir es schon beibringen", aber gleich darauf wurde es erneut laut im Lokal.

Die Tischmanieren waren alles andere als zimperlich, die Stimmung hätte, so wollte es mir vorkommen, kaum besser sein können; selbstbewusst und stolz auf ihr Tun und Treiben klopften sich meine Gastgeber gegenseitig auf die Schulter und stimmten ab und zu sogar ein Lied an. Wir aßen und tranken stundenlang, es war wie im Schlaraffenland. Mehrmals wurden neue Platten und Terrinen gebracht. Das sei normal, das sei ganz normal und immer so in Schopfloch und nach einer Ratssitzung sowieso, sagte mein Tischnachbar, ein badischer Gargantua, der mit dem Heißhunger eines soeben bei zwanzig Grad minus aus der Eigernordwand geretteten Bergsteigers und mit unübersehbarer Lebensfreude Wurst um Wurst verspeiste, der Nach-Hock, sagte er mit Behagen zwischen zwei Bissen, als er mein Staunen bemerkte, der Nach-Hock sei das Wichtigste, das Allerallerwichtigste. Und das Schönste bei jeder Sitzung. Wie zur Bestätigung dieser Auffassung wurden gegen Ende der Tafelei drei riesige Schüsseln mit Mousse au Chocolat und ein paar Flaschen Grappa aufgetischt.

Spät in der Nacht verließ ich als einer der Letzten den *Ratskeller*. Die Mondsichel schob sich hinter eine dichte Silberwolke.

Der Souverän der Hochschwarzwald-Metropole hatte mich also mit Pauken und Trompeten aufs Schild gehoben. Obzwar ich niemals irgendetwas mit Tourismus zu tun gehabt hatte. Obzwar ich, bei Licht betrachtet, bestenfalls ein Blender war. Obzwar ich die Gemeinderäte hinters Licht geführt hatte. Und obzwar sie ganz genau wissen mussten, mit wem sie es zu tun hatten. Der Satz über den „Dichterling“ irritierte mich. Aber vielleicht hatte ich mich ja auch verhört.

Erst am nächsten Morgen setzte ich meine von einer durchwachten Nacht noch blassen und sichtlich gerührten Eltern ins Bild.

Es grüßt, peinlich berührt, Konstantin der Verrückte

*

Aus der *Schopflocher Zeitung*

Vorgestern ist der Komparatist Dr. Konstantin Klingele mit großer Mehrheit zum Tourismusbeauftragten der Stadt gewählt worden. Matti Bergmann, der Redaktionsleiter unserer Zeitung, hatte Gelegenheit, kurz mit ihm zu sprechen.

Herr Dr. Klingele, herzlichen Glückwunsch zu Ihrer Wahl! Sie stammen aus Schopfloch und Sie stammen aus einem hiesigen Beherbergungsbetrieb. Was bedeutet es für Sie, zu Ihren Wurzeln zurückzukehren?
Ich habe Hotellerie, Gastronomie und Tourismus von Kindesbeinen an erlebt und kennengelernt. Das war ein großes Geschenk, das mir gewissermaßen in die Wiege gelegt wurde. Nun bin ich dankbar, dass ich etwas von meinem reichen Wissen an meine Heimatstadt zurückgeben kann. Es fühlt sich großartig an, wieder hier zu sein.

Wann werden Sie mit Ihrer Tätigkeit beginnen?
Sobald als möglich. Selbstverständlich muss ich mich zunächst mit meinem Institut einigen. Der Betrieb dort sollte nicht nach-

haltig unter meiner Entscheidung, künftig meiner Heimatstadt zu dienen, leiden.

Wie sehen Ihre Zukunftspläne für Schopfloch aus?
Die Stadt ist touristisch bereits sehr gut aufgestellt. Das hat nicht zuletzt die riesige Resonanz auf die Stellenausschreibung gezeigt; wie Sie wissen, musste ich mich gegen eine große Anzahl von Mitbewerberinnen und Mitbewerbern durchsetzen, die recht kompetent waren. Ich werde meine ganze Kraft darauf verwenden, um unser wunderschönes Schopfloch noch attraktiver zu machen.

Was heißt das konkret?
Ich habe einige sehr gute Pfeile im Köcher, hochkarätige Leuchtturmprojekte, darf ich sagen, die ich aber noch mit Bürgermeisterin Dr. Schlägel und dem Gemeinderat abstimmen möchte. Das werden Sie verstehen. Außerdem will ich die bereits bestehende touristische Infrastruktur nachhaltig absichern und erweitern. Am Ende des Tages werden sicherlich alle zufrieden sein.

Herr Dr. Klingele, wir wünschen Ihnen viel Erfolg für ihre verantwortungsvolle Tätigkeit. Besten Dank für das Gespräch.

10

Mail Sieben

24. September 2007 um 23:45

Lieber Maximilian,

selbstverständlich beantworte ich auch dieses Mal gerne Deine Anfrage. Wie Du weißt, bin ich von Deinem Projekt begeistert. Und was Schopfloch angeht, habe ich meinen Finger immer am Puls der Zeit. Aber da ich meine Informationen, wie Du gleichfalls weißt, aus der Steuerungszentrale des Rathauses beziehe, muss ich Dich erneut um strikteste Diskretion bitten.

Es ist genau so, wie Du vermutet hast. Als Rosa Schlägel ins Amt kam, waren allesamt begeistert. Von heute auf morgen wehte ein anderer, ein frischer Wind, der *Wind of Change* gewissermaßen. Bei der gesamten Belegschaft herrschte astreine Aufbruchsstimmung. Jeden zweiten Morgen brachte der graumelierte Hausmeister frische Schnittblumen ins Dienstzimmer der Chefin. Und ein hochwertiger Kaffeeautomat für die Besucherinnen und Besucher wurde umgehend angeschafft. Das hatte es bis dato nicht gegeben. Ein paar ältere Frauen heulten zwar Schlägels Vater nach, aber die Trauergemeinde war eindeutig in der Minderheit. Die Neue sah einwandfrei aus, interessierte sich nicht zuletzt für Mode, besaß daher einen reich bestückten Kleiderschrank und zog sich geschmackvoll an. Das gefiel vielen. Vor allem den Männern. Ohne Umschweife kann ich das auch für meine Person versichern. Rosa Schlägel hatte in den ersten Jahren ihrer Amtszeit meist einen starken Auftritt, insbesondere vormittags: mit untadeliger Frisur und einem vornehm-zurückhaltenden, aber gut riechbar teuren Parfüm, oftmals trug sie einen Hosenanzug, dazu flache, schwarze Lackschuhe oder im Winter Lackstiefel, eine blütenweiße Bluse und ein dezent gemustertes Seidentuch in den Farben der Stadt. Und sie war konzentriert und entschieden in Haltung und Rede. Ihr Sprech-Text stets in lupenreinem Hamburger Alemannisch.

Manche sprachen sogar vom „Schopflocher Frühling". Aber das hielt nicht lange an. Bald schon kreisten fast ausschließlich Schlägels engste Trabanten, vulgo: ihre persönlichen Diener und Mitarbeiter, perfekt choreographiert, um ihre strahlend leuchtende Sonne wie um den Mittelpunkt ihres Planetensystems. Die meisten anderen wandten sich nach und nach ab. Viele hatten auf kollegiale Umgangsformen, auf flachere Hierarchien und menschliche Nähe gehofft, doch sie wurden bitter enttäuscht. Schlägels Freundlichkeiten entpuppten sich schnell als Maskerade, und ihr norddeutscher Tonfall stieß keineswegs auf Gegenliebe. In Schopfloch und erst recht im Rathaus spricht man, wie einem der Schnabel gewachsen ist. Man hat so zu sprechen. Und wenn diese Grundregel nicht befolgt wird, gehört man nicht dazu, und dann wird einem irgendwann die Quittung präsentiert. Wenn sich aber jemand bei Rosa Schlägel für etwas bedankte, reagierte sie stets mit der hanseatischen Floskel „Da nich für".

Das Getue rund um das schräge Bild hielten die meisten am Anfang für einen Witz oder für eine persönliche Marotte, die nicht ernst zu nehmen sei, und viele schüttelten nur den Kopf. Ein paar andere Sachen und Sächelchen kamen jedoch hinzu: Dass die Bürgermeisterin auf den Fluren, anders als ihr Vater, ausschließlich die oberen Zehntausend grüßte und an allen anderen, hoch erhobenen Hauptes und geradeaus gerichteten Blicks, wortlos vorbeiging, stieß übel auf. Sehr übel sogar. Das wurde als Rückkehr ins 19. Jahrhundert, in alte autoritär geprägte Zeiten empfunden. Dabei war Schlägel senior ein echter Patriarch gewesen, aber zugleich auch das, was man einen klugen Gassenengel nennt. Wenn unter der Leitung seiner Tochter etwas schlecht lief, und Frau Schlägel infolgedessen miese Laune hatte, begann sie meist zu klagen: Nun wisse sie endgültig, dass sie in der Provinz angekommen sei. In größeren Städten sei man „mehr auf Zack". Hamburg zu verlassen, sei ein großer Fehler gewesen.

Der gemeine Schopflocher aber, das weißt Du so gut wie ich, lieber Maximilian, kann es auf den Tod nicht verputzen, dass seine heilige Heimat als provinziell niedergemacht wird. Gerade weil sie durch und durch provinziell ist. Das wissen zwar alle. Aber sagen darf man das nicht. Niemals. Und als Rosa Schlägel, auch dies ein wichtiger Punkt, meine Frau mitteilen ließ, dass sie „leider, leider" Wichtigeres zu tun habe, als am Betriebsausflug nach Freudenstadt teilzunehmen, war der Unmut ebenfalls groß. Zusammengefasst kann man sagen: Die Schlägel macht ihren Job zwar gut, aber sie kommt bei den Leuten schlecht an.

Deine zweite Frage kann ich als ehemaliger Stadtrat aus dem Stand beantworten. Stellvertretender Bürgermeister zu sein, heißt nicht zwangsläufig, dass man ein politisches Schwergewicht ist. Aber es hat mit Ehre und Image zu tun – und mit viel Zeitaufwand, denn der Bürgermeister pflegt seine Stellvertreter zu all jenen repräsentativen Lustbarkeiten zu schicken, zu denen er selbst keine Lust hat. Oder die ihm nichts nützen. Dass der Ehrenjob als Frühstücksdirektor auch ein wenig Einfluss mit sich bringt, will ich nicht rundweg abstreiten. Aber

Macht? Das glaube ich eher nicht. Nun weißt Du, wie ich die Sache einschätze.

In diesem Sinn sende ich Dir herzliche Grüße
Dein Dr Bernd

*

Tirade Vier[20]

To Whom It May Concern!

Wenn man als Fremder, der ich genau genommen bin, den Verlautbarungen der Schopflocherinnen und Schopflocher Glauben schenkt, kommt man notgedrungen zu dem Schluss, dass Schopfloch das wahre Zentrum der Welt ist, dass der Erdkreis seinen Mittelpunkt in der Sankt Oswalds-Kirche hat und dass er seine äußerste Grenze dort findet, wo die Gemarkung der Stadt endet. So tönt es nicht nur an den Stammtischen, so tönt es im Grunde, *mutatis mutandis* (sic!), aus den offiziellen Beschallungsinstrumenten der Stadtverwaltung, den Reden des Stadtoberhaupts und seiner Paladine, die bei allen möglichen Anlässen das Lob unserer „wunderschönen Hochschwarzwald-

---

20 Undatiert, maschinenschriftlich, angesichts des Inhalts recht spät. Diese aus meiner Sicht besonders aggressive Tirade schien K. wichtig zu sein. Er hat sie mir mehrfach postalisch zugesandt. – Von der Kontamination des Schopfloch-Sees wusste ich vorher nichts; hingegen war mir die Verschmutzung eines benachbarten Badesees mit PCB bekannt, über die in gleicher Weise nicht offen gesprochen wird. Auch dort ist Fischen verboten und Schwimmen gestattet. Möglicherweise ist K. einer Verwechslung zum Opfer gefallen.

Stadt“ hinausposaunen, so tönt es in den Pressemitteilungen und im Amtsblatt. So oder so ähnlich ist es sinngemäß auf *Facebook, Twitter, Instagram* und all den anderen sogenannten Sozialen Medien zu lesen. Worauf gründet sich diese liebenswerte, possierliche Eitelkeit? Worauf nur, frage ich.

Ich bekomme zur Antwort: auf der „wunderschönen Altstadt“, auf der „wunderbaren, großartigen Hochschwarzwald-Natur“, auf „unserer Traditions- und Heimatpflege“, auf den Menschen, den „bodenständigen Schopflocherinnen und Schopflochern“!

Ich sage: Ja, bodenständig sind sie, die Schopflocher, so bodenständig und in der Heimat verwurzelt, dass sie schon in jungen Jahren wie knorrige, alte Bäume anmuten und an die *Verwurzelten Tiroler* gemahnen, über die sich ihr Landsmann Paul Flora voller Empathie und Sympathie lustig gemacht hat. Nicht dass der klassische Schopflocher ein hölzerner Gesell wäre, nein, nein, weit gefehlt! Er kann freundlich und nett und charmant und sogar charakterfest sein, wenn es sein muss und wenn er Lust dazu hat. Aber er ist zugleich bodenständig und verwurzelt, und selbst wenn er sich in einem schweren Sturm einmal beugt, bleibt er standfest und unbeweglich wie die Wind- und Wetterbuchen auf dem Schauinsland.

Zu dem gesamten Traditions-Komplex sage ich, und es freut mich, dass ich mich nicht mehr ärgere, sondern endlich einen Zugang zu den Segnungen kontemplativer Heiterkeit gefunden habe, denn es ist besser, viel besser sogar, nur noch zu lachen, laut und kollernd zu lachen, wie ein ehrwürdiger Lachsack, denn Lachen soll ja gesund sein:

Die putzigen, zumeist nach 1806, nach dem großen Brand erbauten Häuser der Altstadt wurden schrittweise, mit großem Aufwand, Ende der Siebziger Jahre des 20. Jahrhunderts ausgebeint und neu errichtet. Lediglich die Potemkin'schen Zuckerbäcker-Fassaden blieben erhalten – unter Abzug der modernen, ein wenig überproportional groß geratenen und seit einiger Zeit von LED-Leuchten ausgestrahlten prächtigen Schaufenster, wie man sie mittlerweile in nahezu allen sogenannten Altstädten der Republik anzutreffen pflegt. Die Schopflocher Altstadt ist also in Wahrheit eine prima Neustadt, im Durchschnitt sogar neuer als die modernen Schlafquartiere und aparten Bienenwaben am Stadtrand. So ist unsere kleine Welt beschaffen. Der Lachsack, er lebe hoch!

In unseren Tagen gelingt es immer besser, die traditionell doch recht schlichte, die sozusagen natürliche Natur des Hochschwarzwalds zu einem anspruchsvollen Fun-Park, zum Abenteuerspielplatz für die geschätzten Gäste aus den Großstädten zu verfeinern, also für jene Zeitgenossen, die es sich leisten können, nicht Malle, sondern Schopfloch, Stutzdorf, Düllenbach, Neumatt oder Obernü zu buchen. Der Schopfloch-See erhält, das sei freudig vermerkt, beste EU-Badewassernoten. Dass der piekfeine Teich mit PCB aus der alten Mülldeponie beim Forstacker vergiftet sein soll, scheint mir nicht mehr zu sein als ein bösartiges Gerücht. Gleichwohl wurde das Angeln aus reiner Vorsicht schon vor Jahren verboten. Schwimmen jedoch ist ausdrücklich erlaubt. Und so hört und sieht man in jedem Sommer die Kinder unserer Feriengäste beim Plantschen im See lachen und scherzen.

Lachen kann auch ich. Nicht nur über andere. Sogar über mich. Das habe ich inzwischen gelernt. Bis zu einem gewissen Grad jedenfalls, obwohl es mir manchmal noch immer schwerfällt und meine Lachglocken dann seltsam hohl klingen. Möglicherweise bin ich zu selbstverliebt. Oder zu altmodisch. Ich kenne mich ganz gut und weiß, dass ich, mehr noch als so mancher Schopflocher, ein eingefleischter Traditionalist bin. Wichtig für mich ist die literarische Tradition, das gebe ich zu, das traditionelle diskrete Trinken, gewissermaßen in Einzelsäuferkojen, und die einsame und meist erfolglose Suche nach Frauen.

In Schopfloch scheint die Traditionspflege ähnlich, aber doch um Nuancen anders als bei mir auszusehen. Dass Literatur keine Rolle spielt, versteht sich von selbst. Wenn ich an Fasnacht, am Sankt-Oswalds-Fest im Sommer oder beim bayerischen *Lederhosen- und Dirndl-Fest* im Herbst, den wichtigen Anlässen also, durch das Städtchen schlendere, gewinne ich den Eindruck, dass Brauchtumspflege in Schopfloch nicht zuletzt aus kollektivem Kampftrinken besteht, aus dem, das ist gewissermaßen ein weiterer Brauch, nicht wenige paarorientierte Sexualrangeleien in Büschen oder Besenkammern resultieren. Dann fällt mir meist ein gewisser Fasnetsmändig ein. Die Fasnacht, das ist zumindest meine Einschätzung, wird nur noch von einigen wenigen und von der Politik aufrechterhalten, die Angst vor vermeintlichen Tabubrüchen hat und außerdem zurecht die Chance sieht, sich in Szene zu setzen. Nicht zuletzt geht es um Geld.

Die offizielle Traditionspflege findet nicht *am dunklen Ende des Jahrmarkts* statt, um mit einem Lieblingszitat meines Ohrs M. M. aufzuwarten, und da können uns, scheint mir, vor lauter Lachen die Tränen kommen. Das *Schopflocher Heimat-Museum* zum Beispiel wird in sonntäglichen Ansprachen zurecht als Kern unserer „Hochschwarzwälder Identität“ gepriesen und als Hort des Geschichtsbewusstseins und der Schwarzwälder Überlieferungen gefeiert und geehrt. Fatalerweise jedoch erhält der Literatur- und Altertumsverein für sein Museum anders als früher von keiner offiziellen Stelle mehr eine nennenswerte finanzielle Unterstützung, auch nicht von der klammen Stadt, die ganz andere Sorgen hat (blablabla), weshalb er im Grunde zu kaum mehr in der Lage ist als dazu, seine jährliche Hauptversammlung abzuhalten. Die Zeitschrift des Vereins wird kontinuierlich schlanker; in ihrer letzten Ausgabe erschien nur eine einzige Erzählung, die auch noch ausgesprochen seltsam war: *Aus dem Schwarzen Walde*.

Den Vorsitzenden des Vereins, den Ortshistoriker, Heimatdichter und pensionierten Masken-Schnitzer Emil Altmann, zeichnet die Stadtverwaltung dennoch jahrein, jahraus für seine großen Verdienste mit blechernen Kommunalplaketten aus und ehrt mit ihm zugleich den Verein und das Museum, das sich zur Zeit konsequent zu einem sehenswerten Kuriositätenkabinett mit „den schönsten Fastnachtsmasken, Biergläsern und Schnapsflaschen der Region weiterentwickelt: *Ein Bierkrug auf dem Tisch, ein Lied gesungen frisch*" (Eigenwerbung). Altmann ist einer der Wortführer der „Normalbürger" in der Stadt (wie er sie nennt) und vorgeblicher Opponent aller Großkopfeten. Ich bin sicher: Die Tasse zum Beispiel würde er am liebsten vergiften. Das macht ihn mir selbstverständlich nicht unsympathisch. Doch wann immer ich ihn auf ein literarisches Thema anspreche, reagiert er mit der bewundernswerten Ruhe größter Ahnungslosigkeit.

Es ist noch kein halbes Jahr her, da trat Altmann zusammen mit den *Schwarzwald-Spatzen* an einem Samstagabend in der von Felicitas Lautenschlager moderierten Sendung *Heimatkultur* zur besten Sendezeit im dritten Fernsehprogramm auf und durfte seine brandneue Erzählung *Der Hebel stapft durchs Wiesental* vortragen, wenn auch stark gekürzt. Ich schätze, ganz Schopfloch saß vor dem Bildschirm. Kurz darauf lancierte das Haus einen Presseartikel, dem zufolge „der bei weitem erfolgreichste Schriftsteller der Stadt bei passender Gelegenheit" zum Ehrenbürger ernannt werden solle. Böse Zungen behaupteten nach der Sendung zwar, im Magazin von Altmanns Museum seien seit Jahren wertvolle Tagebücher, Briefsammlungen, Fotos und andere Dokumente zur Stadtgeschichte von Ratten und Mäusen zernagt und zerfressen worden; es sei ein Skandal, dass sich keiner um diesen Skandal kümmere. Doch die verleumderischen Beschuldigungen wurden von offizieller Seite nie bestätigt. Sie stammen sicherlich von missgünstigen, griesgrämigen Leuten, die mit sich und der Welt über Kreuz liegen und gerne selbst einmal im Rampenlicht stünden. Man kennt solche miesepetrigen, unzufriedenen Zeitgenossen zur Genüge, Besserwisser, Klugscheißer, Neidhammel. Dem Vernehmen nach ist es auch heute noch ungewiss, wann Altmann die Ehrenbürgerwürde erhält; ich höre, der Terminkalender des Stadtoberhaupts sei randvoll.

Einerlei: Wir Schopflocher können stolz sein auf unsere wunderschöne Stadt, auf die Heimat. Und auf die Heimatpflege. Wir sollten lachen. Denn Lachen soll gesund sein. Und der wichtigste Kulturveranstalter der Region lacht mit. Es ist die Sankt Wilhelmer Spirituosen-Manufaktur, die nicht nur Pop-Konzerte organisiert, sondern auch die Krimi-Dinner-Serie *Tod im Schnee* und die jährliche Miss- und Mister-Hochschwarzwald-Wahl ausrichtet.

In Michel de Montaignes Essay über die Eitelkeit steht der Satz: *Wenn sich die andren ebenso aufmerksam betrachteten wie ich mich, würden sie sich ebenso voller Nichtigkeit und Torheit finden.* Dem ist nichts hinzuzufügen.

Ich könnte brüllen vor Lachen. Zusätzlich reiche man mir bitte, mit den Worten des längst vergessenen Momos', den Spucknapf. Nach Möglichkeit einen großen. Dank Hephaistos (oder wem auch immer) sind wir freilich nicht in der Lage, den Schopflochern durch ein Glasfenster ins Herz zu schauen. Finis.

Mit den Grüßen eines Lachsacks: Konstantin der Belustigte

*

Ich weiß nicht, ob es von allgemeinem Interesse und wichtig für diese Aufzeichnungen ist, aber für Konstantin war es, das haben mir meine geschätzten Drachen wiederholt bestätigt, aufs Ganze gesehen nicht unangenehm, als Sohn des *Hof*-Hoteliers aufzuwachsen. Hubschrauber-Eltern gab es damals ohnehin noch nicht. Die alten Klingeles, die gänzlich frei waren vom pädagogischen Furor, der meinen Herrn Vater umtrieb und in Schüben dazu veranlasste, an meiner Seele herumzuschrauben, hätten gar keine Zeit dazu gehabt, ihren Sprössling und künftigen Nachfolger am Gängelband zu führen und ihn einer strengen Aufsicht zu unterwerfen. Sie waren mit anderem beschäftigt. Und das scheint mir für die Entwicklung eines jungen Menschen von Belang zu sein. Selbst wenn ihr Sohn nicht der Klassenprimus gewesen wäre, der er war: Vater und Mutter Klingele hätten es sich in ihren fürchterlichsten Alpträumen nicht einfallen lassen, in die Schule zu laufen und den Lehrern Druck wegen irgendwelcher Noten zu machen. Bewertungen waren für sie nur interessant, wenn sie vom *Guide Michelin* und ähnlichen Publikationsorganen kamen.

Konstantin der Große spielte zuhause eine in hohem Grad untergeordnete Rolle. Als kleiner Komparse bewegte er sich, obwohl er über weite Strecken ein Einzelkind war, am äußersten Rand der elterlichen Bühne und war noch nicht einmal gezwungen, Nischen für sich zu suchen, um unsichtbar zu sein oder um sich wegducken zu können. Sein Vater gab unausgesetzt den Hotel-Patron. Er spielte diesen Part mit grenzenloser Leidenschaft: Der alte Klingele kümmerte sich ums große Ganze, er plante akribisch Saison um Saison, entwarf Werbeanzeigen und Prospekte, hielt, Kratzfüße machend und gut parfümiert, wie er stets war, den Kontakt zu den Gästen, plauderte mit ihnen, unterbreitete Wandervorschläge, wenn die Sonne schien, heiterte sie bei einem Schnäpschen auf, wenn es regnete und stürmte, hielt, das war wichtig, den Draht zu Sparkassen-Brotz und zur Volksbank kurz, blieb mit der Politik im Gespräch, wuchs Schritt um Schritt in immer mehr Ehrenämter hinein, die er für seine Zwecke nutzte, er führte das Personal und mimte die Charge eines Generalmanagers.

Mutter Klingele hingegen war das, was Wohlmeinende „die Seele des Betriebs" nannten. Sie spielte den guten Geist, huschte den ganzen Tag durch das weitläufige Gebäude und kümmerte sich, lange Zeit mit offensichtlicher Begeisterung, Hingabe und Schwung, um jedes Detail im Haus: um Handtücher und Tischwäsche, um den Tafelschmuck, Kerzen und Kerzenhalter, Salz- und Pfefferstreuer, Zahnstocher, Teller, Platten, Besteck und Gläser, um die Einkäufe auf dem Markt, bei Fisch WP, in der Metzgerei Vogt und in der Bäckerei Rohrbach, ja selbst um die Sorten der Brötchen und Brote, um jede Pfanne, um jeden Topf und jede Pflanze, um jede Glühbirne, die ersetzt werden musste, um jedes verstopfte Klosett, jeden Wasserhahn, der tropfte. Um das Waschen der Vorhänge war sie ebenso besorgt wie um das Reinigen der Teppiche und das Auffüllen der Putzmittelvorräte. Und so weiter und so fort. Zu delegieren verstand sie offenbar nicht. Und auf den Gedanken, ihr Söhnchen unter die Kuratel irgendeiner Françoise oder Franziska zu stellen, wären K.s Eltern niemals gekommen. Das Geld wurde in erster Linie fürs Hotel gebraucht, zweitens fürs Restaurant, drittens für kleinere Rücklagen – und Konstantin hatte freie Bahn und durfte eine Kindheit genießen, wie ich sie mir unter der Fuchtel meines väterlichen Drachen nur erträumen konnte.

Diese schöne Medaille besaß indessen auch eine Kehrseite, und die fühlte sich weniger gut an. Sie könnte wesentlich dazu beigetragen haben, dass Konstantin später nicht ‚dazugehören' wollte, dass er letztlich zu einer Randfigur wurde.

Wie K. mir mehrfach in fast gleichlautenden Formulierungen berichtet hat, wäre er ohne seine Omama Adolfine und ohne eine Restaurantmitarbeiterin namens Sonja, deren Herzblatt er war, in seinen frühen Jahren seelisch verkümmert und verwahrlost. Konstantin, im Originalton, gemäß Tonband-Mitschnitt: „Ich weiß nicht, woran es lag, aber meine Eltern schienen eh nie Zeit zu haben für mich, sie schienen nie Zeit zu haben für irgendetwas anderes als ihren Betrieb, wirklich, nichts, nirgends, niemand, nie. Sie nahmen sich diese Zeit nicht, immer war etwas anderes wichtiger als ich, klar. Ich schätze, sie hatten einfach keine Lust, sie waren nicht bereit dazu, sich mit mir abzugeben. Auf jeden Fall spielte ich keine nennenswerte Rolle. Überhaupt nicht. Das wurde selbstverständlich nicht besser, als die beiden, drei Jahre nach meiner Geburt, ein Kind im Säuglingsalter adoptierten, meinen Stiefbruder Günther, der von Anfang an nie richtig gesund schien, der stets serbelte, wie man bekanntlich bei uns sagt. Ja, er kränkelte beständig, er serbelte.

Ich habe keine Ahnung, was sie dabei geritten hat, keine Idee. Sollte ich nicht als Einzelkind aufwachsen? Oder trauten sie es mir schon damals nicht zu, dass ich später einmal den *Hof* übernehmen könnte? Keinen Schimmer, keine Peilung. Doch auch um Günthers willen haben sich Vater und Mutter nicht wirklich ein Bein ausgerissen. Klar, es hat ihm an nichts gefehlt, der beste Arzt weit und breit war gerade gut genug für ihn. Das schon, klar. Aber echte Anteilnahme sieht anders aus, wenn du mich fragst. Ganz anders.“

Tatsache ist: Das Hotel und das Restaurant waren immer wichtiger, die Gäste, das Personal, der gute Ruf des Hauses. In diese Richtung deuten auch nahezu alle Berichte, die ich bisher von meinen Drachen erhalten habe. Was seinen Stiefbruder angeht, erscheinen K.s Mitteilungen auffallend fair, zum Teil sogar ausgesprochen selbstkritisch. Denn Eifersucht, das dürfen wir nicht vergessen, war in seinen frühen Jahren sicherlich mit im Spiel.

Günther ist im Alter von nur sechs Jahren an einem Herzfehler gestorben. Wenn die Informationen, die mir zur Verfügung stehen, zutreffen, erkrankte seine leibliche Mutter während ihrer Schwangerschaft an Röteln. Dass es sich bei dieser jungen Frau, die ausnehmend hübsch gewesen sein soll, um eine ehemalige Hotelangestellte handelte, fußt lediglich auf einem Gerücht, das sich nicht mehr überprüfen lässt. Mehr will und kann ich darüber nicht sagen. Aber ich denke mir mein Teil.

An dem Tag, an dem Konstantins Stiefbruder starb, war K. nicht im Hotel, er hat dieses Sterben nicht mitbekommen. Bestimmt hat er's nicht mitkriegen sollen. Oder wollen. Es steht zu vermuten, dass es Großmutter Adolfine war, die dafür sorgte, dass er nichts mitbekam.

K. war an dem fraglichen Tag, nach seiner eigenen Auskunft, bei den Teichen, oben am Waldrand, weil er nachsehen wollte, wie weit die Kaulquappen gediehen waren. Ob sie überlebt hätten und bald aus dem Wasser krabbeln und das Weite suchen würden. Das war am 21. Juli 1969. Daran hat sich K., gemäß seiner eigenen Angabe, deshalb so genau erinnert, weil an diesem Tag Apollo 11 auf dem Mond landete: „So etwas vergisst man nicht." Damals war auch ich mondsüchtig.

Als K. freudestrahlend von seinem Ausflug zurückkam und fragte, ob er fernsehen dürfe, machten alle, denen er begegnete, ein betretenes Gesicht, und Großmutter Adolfine nahm ihn beiseite.

*

Notat Neun[21]

Günther muss ich, noch lange Zeit vor Fritzi, als das erste wirklich dunkle Kapitel im Buch meines Lebens betrachten, denn ich war viel zu egozentrisch, um ihn ernstlich wahrzunehmen oder mich gar um ihn zu kümmern. Ihn zu mögen. Oder sind alle Kinder so? Ist jedes Kind ein Monster? Sind alle Kinder grausam? Das glaube ich nicht.

Aus heutiger Perspektive erscheint mir mein Verhalten ziemlich erschreckend. Sogar abstoßend. Ich kann mich jedoch nicht daran erinnern, dass meine Eltern längere Zeit traurig gewesen wären, nachdem Günther gestorben war, an diesem Mond-Tag. Oder etwas wie Trauer gezeigt hätten. Sie spielten ihre Rollen einfach weiter. Zwei oder drei Wochen schwarze Kleidung, bis die Leute, die gerade im Hotel wohnten, abreisten, und das war's dann, mehr oder weniger. *The show had to*

---

21 Zwei undatierte schmutzige Zettel, in K. K.s später, zittriger Hand, engzeilig mit blauer Tinte beschrieben, am 20. Dezember 2018 in seinem sogenannten Berghaus aufgefunden (Medikamentenbox)

go on, nicht wahr? Das Hotel und das Restaurant standen im Vordergrund und dominierten unser gesamtes Leben. Immer und allezeit. Zuerst das Hotel und dann das Restaurant. Oder umgekehrt. Zu allererst der Gastrobetrieb und dann Günther und ich. Die Routine und das gastronomische Hamsterrad verdrängten rasch Trauer und Trübnis.

Der *Kronenhof* war eh wichtiger als alles andere. Keine Frage, klar. Auf dieser Bühne hatten sie ihren Part zu spielen und die jeweils passenden Texte aufzusagen. Der *Hof* war nicht nur die Kulisse, innerhalb der sie sich bewegten, der *Hof* war es im Grunde, der ihnen das Stück vorschrieb, das Jahr für Jahr gegeben wurde und das sie aufzuführen hatten; lediglich an Regie, Dramaturgie und Rollengestaltung durften sie, in gewissen, branchenüblichen Grenzen, mitwirken. Der *Hof* war, um genau zu sein, selbst das Stück.

Doch abgesehen vom Tempo und von den Zwängen, die der Hotelbetrieb vorgab, abgesehen auch von der traurigen Günther-Geschichte, glaube ich: Beide, Vater und Mutter, waren nicht nur unfähig, sondern letzten Endes tief in ihrem Inneren nicht gewillt, starke Gefühle zu zeigen, die nichts mit Geschäft und Erfolg zu tun hatten. Sie waren ganz froh, dass sie sich hinter den Masken des angesehenen Hoteliers und der emsigen Chefin verstecken konnten. Gefühle waren ihnen fremd, sie strengten an, taten weh, waren lästig. Woran das lag? Am Zeitgeist? An ihrer Kriegskindheit? An der sogenannten ‚schlechten Zeit' nach dem Krieg? Was weiß ich. Keine Ahnung. Ich kann mich an ein einziges Mal erinnern, dass mich mein Vater auf den Arm genommen und liebkost hat. Nur während meiner Stellenbewerbung in Sch. spürte ich, dass meine Eltern von ganzem Herzen, wie die Leute sagen, Anteil an mir und meinem Leben nahmen. Ich glaube, nein, ich weiß: Sie wollten mich ‚abgesichert' sehen.

Neulich, es ist noch gar nicht lange her, da ging es mir noch erheblich besser, und ich befand mich auf einer Zugreise nach Berlin zu einer Buchauktion, fiel mir eine junge Frau auf, deren Haar wie Sonnenlicht leuchtete; ich schätzte sie auf höchstens fünfundzwanzig. Auch sie whatsappte oder zwitscherte zwar kurz wie die meisten ihrer Altersgenossinnen auf ihrem Smartphone herum, doch dann wandte sie sich sofort wieder ihrem kleinen Kind zu, das in einem Sportwagen saß. So heißen doch diese ziemlich dick beräderten Dinger, oder? Sie sprach mit ihrem Kind, streichelte es, las ihm aus einem Buch vor. Mit einem Wort: Sie wandte sich ihrem Kind zu. Ja, das sah nach echter Zuwendung, nach Zuneigung, nach Liebe aus.

Das gab es also. Das gab es tatsächlich. Das gibt es. Früher, in meinem Fall war das anders: Meine Eltern hatten Mühe damit, Zuneigung zu zeigen.

Mir fiel eine Passage in Jonathan Franzens *Die Korrekturen* ein, in der Chip sich fragt, wie es wäre, Vater zu sein, wie es wäre, gebraucht zu werden, statt dauernd selbst etwas zu brauchen. Ja, wie? Wie wäre es, wenn ich damals nicht geflohen wäre? Wenn ich ein Kind, eine Familie, wenn ich Verantwortung hätte? Wenn jemand mit Bedürfnissen, Ansprüchen und Wünschen abends auf mich warten würde? Eine Frau, ein Kind, eine Familie? Bei der Versteigerung in Berlin ging es übrigens um Erstausgaben, unter anderem von Kafkas frühen Büchern.

Als ich in Wilmersdorf durch die Erdener Straße ging, kam mir auf der anderen Straßenseite eine Frau entgegen, die mich an Fritzi erinnerte. Wie eine Doppelgängerin. Sie war so leuchtend, so strahlend blond wie die junge Mutter im Zug. Wie eine Russin. Wir gingen langsam aneinander vorbei, aber als ich mich kurz darauf nach ihr umdrehte, war sie nicht mehr zu sehen. Mir scheint, sie hat mich überhaupt nicht beachtet.

Auf dem Rückweg in mein kleines Hotel im Zentrum wurde es schnell dunkler. Die Schatten und die vielen Autos und Busse und die endlosen Ströme der Menschen und das Geschrei und der Lärm, den die Motorräder machten, alles rückte immer näher an mich heran und bedrängte mich. Etwas Ähnliches hatte ich noch nie erlebt. Ich musste an meine Situation in Sch. denken und fühlte mich bedroht und schutzlos.

Endlich begann es zu regnen.

*

In eigener Sache Zwei

Gestern[22], als ich im Anschluss an den Elternabend nach Hause fahren wollte, musste ich feststellen, dass an unserem Passat zwei Seitenfenster eingeschlagen waren. Ein Bekennerschreiben liegt nicht vor, und ich kann selbstverständlich nicht beweisen, dass es sich nicht um einen Akt des inzwischen auch in Schopfloch beinahe alltäglichen Vandalismus handelt, aber der Verdacht liegt nahe, dass die Attacke mit meinen K.-K.-&-Schopfloch-Forschungen in Verbindung zu bringen ist. Sehr ärgerlich. Dennoch werde ich weitermachen. Wie meine geneigten Drachen, die mich ihrer Solidarität versichert haben.

Ein Zusammenhang mit den Schmierereien, die gleichfalls gestern in der Innenstadt entdeckt wurden („Künzel ist ein Jude!"), besteht ganz sicher nicht. Die ungelenken roten Schriftzüge sind vor dem Hintergrund von Künzels Haltung in der sogenannten Flüchtlingskrise zu sehen.

---

22 Am 20. Oktober 2016, 22 Uhr 30

Ich frage mich natürlich schon, ob es heutzutage noch sinnvoll ist, eine private Biografie, ein einzelnes Schicksal aufzuzeichnen und dabei, hoffentlich, einen Zipfel unserer jüngsten Vergangenheit und unserer Gegenwart einzufangen. Wer interessiert sich heute noch für ein Menschenleben, wenn es nicht einem Trump, einem Bill Gates oder Lady Gaga gehört? Wer interessiert sich noch für ein Provinznest, das ohne den Glanz, den Glamour und ohne die Schlagzeilen von New York, Paris oder Berlin sein Dasein fristen muss? Und wer kann und will überhaupt noch lesen?

Ich mache trotz allem weiter. Ja, es gehört Trotz dazu. Der Eigensinn eines kleinen Oberstudienrats in der Provinz.

*

Der Niedergang des *Hofs* vollzog sich langsam und in Schüben. Er begann schon mit den Flugreisen, die von Jahr zu Jahr beliebter wurden und dem Hotel wie dem gesamten Fremdenverkehr im Schwarzwald allmählich das Wasser abgruben. Irgendwann kamen dann wohl die Enttäuschung über K.s Zukunftspläne, falsche Weichenstellungen, eine sich einschleichende Misswirtschaft, Karl Klingeles Trinkerei und seine zunehmende Überforderung hinzu. Das Übrige ist bekannt.

Der Karriereknick der Bürgermeisterin hingegen vollzog sich vergleichsweise rasch und glatt auf dem Schopflocher Welttheater. Dass Frau Schlägel nach einer einzigen Amtszeit eine volle Breitseite erhielt und mit viel Häme abgewählt wurde, war Pech für den ehemaligen Fremdenverkehrsbeauftragten; wenngleich er mit seiner Unfähigkeit und Unkenntnis, mit seiner Faulheit und seinem täppischen Fehler sogar ein wenig zu ihrer Unbeliebtheit beigetragen haben mag.

Dafür, dass K. ziemlich bald nach ihrem Amtsantritt gewählt wurde, hatte Rosa Schlägel indes nicht die Verantwortung zu schultern. Zumindest nicht allein. Ähnlich war es um andere Probleme und Fehlentwicklungen bestellt, die man ihr in die eleganten Lackschuhe schob. Das seit seinen frühesten Anfängen umstrittene, von mehreren Investoren angestoßene windige Projekt einer Seilbahnverbindung vom Schauinsland zum Feldberg, das noch viel mehr Touristen „in unsere Region geschaufelt hätte" (ich weiß bedauerlicherweise nicht mehr, von wem diese Formulierung stammt), beschäftigte die Regionalpolitik bekanntlich bereits während der Amtszeit ihres Vaters. Jetzt aber wurde das Vorhaben wie eine heiße Kartoffel fallengelassen. Doch das hatte nichts mit Frau Dr. Schlägel, sondern vielmehr mit der Naturschutzbehörde und mit Freiburger Interessengruppen zu tun. Dennoch gab es bestimmte Kreise in Schopfloch und ein paar anderen Gemeinden, die ihr das Aus der Seilbahnidee zur Last legten. Dr. Tasse machte sich die Hände selbstverständlich nicht schmutzig. Öffentlich trat er nicht in Erscheinung und äußerte sich auch sonst nicht zu diesem Thema, aber an so manchem Stammtisch war zu hören, dass er die Kampagne aus dem Hintergrund gesteuert habe.

Weitere Beispiele waren der Konflikt rund um die Schwarzwaldautobahn, bei dem sich Frau Schlägel jedoch eng mit dem Gemeinderat abstimmte, und vor allem der bedrohlich zunehmende Leerstand in der Schopflocher Innenstadt. Bei diesem Thema waren der Bürgermeisterin letztlich die Hände gebunden, das bedarf keiner weiteren Diskussion; dennoch legte sie sich in Sachen Stadtzentrum, soweit wir Drachen das mitbekamen, mächtig ins Zeug, bat die Abgeordneten um Unterstützung, lud zu Runden Tischen ein, installierte ihre Wirtschafts-Frau Emerentia Beinle als Ansprechpartnerin des Einzelhandels

(„Der kurze Draht zur City“) und bemühte sich, Fördermittel des Bundes und des Landes locker zu machen. Allein, es half alles nichts, die Einkaufsströme verlagerten sich weiter in den Raum Freiburg und an den Hochrhein, wo nicht zuletzt französische und insbesondere schweizerische Käufer für hohe Umsätze sorgten. Die Schopflocher Einzelhändler schwächelten, zeterten und schürten Unruhe.

Zugleich gab es echte Fehler und Fehlentscheidungen, die im Sündenregister von Rosa Schlägel und ihren Ministranten verzeichnet wurden. Ich habe den Sturz von der Kanzel kommen sehen. Frau Dr. Schlägel mag eine ausgezeichnete Juristin sein, wie einer der beiden Hausmeister stets versicherte, sie verfügt durchaus über politischen Instinkt, viel mehr als ein gewisser K. K., wobei dazu, das sollten wir nicht vergessen, nicht allzu viel gehörte. Bisweilen jedoch versagte ihr Gespür, und ihr Charakter, ihre Natur obsiegte in triumphaler Weise und vermasselte ihr letzten Endes die Partie.

Die Reihe ihrer Schnitzer und Patzer nahm schon mit dem Bild des Österreichers ihren Anfang. Dieser Lapsus wäre leicht zu korrigieren gewesen, und es gab etliche Leute, die ihr mit Engelsgeduld zuredeten und Ratschläge zur Schadensbegrenzung gaben, aber sie erwies sich durchweg als bockig, als beratungsresistent, wie man so schön sagt. Sie wusste alles besser, sie wollte nicht zuhören, und wer nicht hören will, muss irgendwann fühlen – heißt es nicht so?

Dann kam die Farce um den Friedhof, der „Schopflocher Totentanz“ *(Wald-Express)* begann die Gemüter heftig zu erregen. Er traf alle Stände, und zuletzt ging Frau Dr. Schlägel gezeichnet aus dem Reigen hervor. Beim Neubau der städtischen Begräbniskapelle ergab sich zunächst eine Serie kleinerer und größerer Pannen, die sich zu einer mehrmonatigen Verzögerung summierten. Spätestens zu diesem Zeitpunkt hätte sich die Bürgermeisterin einschalten müssen. Aber das tat sie nicht, nichts geschah. Zusätzlich war, zunächst in einigen Hinterzimmern, bald darauf ganz offiziell, zu hören, dass der Kostenrahmen weit überschritten worden sei. Außerdem machte sich bei der ersten Bestattung in der kalten Jahreszeit ein sehr unangenehmer Umstand bemerkbar: Irgendein sogenannter Verantwortlicher hatte vergessen, in der neuen Kapelle eine Heizung einzubauen. Und das im Hochschwarzwald!

Es war die Trauerfeier des alten Streuners. Ein Postbote hatte ihn ein paar Tage vorher, frühmorgens, im Straßengraben zwischen Schopfloch und Düllenbach entdeckt. Die Obduktion ergab, dass er viel intus gehabt hatte und erfroren war. Zur allgemeinen Überraschung wurde es eine riesige Beerdigung. Nicht nur die Trinkergemeinde aus dem *Bären*, dem *Adler* und der *Sonne* erschien, sogar viele frühere Gäste des *Hofs* kamen, das Ehepaar Brotz zum Beispiel und selbst die alte Wirtin, Frau Klingele. Ihr Sohn wurde nicht gesehen.

Wir sind nur Gast auf Erden und wandern ohne Ruh / mit mancherlei Beschwerden der ewigen Heimat zu. Als ein bunt zusammengewürfelter Chor unter dem Dirigat des Bärenwirts das bekannte Lied anstimmte, hatten etliche Trauergäste Tränen in den Augen. Sie spürten, dass auch für Schopfloch etwas zu Ende gegangen war. Alle froren und bekamen kalte Füße. So war es gut, dass im Anschluss an die Abdankungsfeier ein paar Männer herumgingen und Kirsch in Plastikbechern reichten. *Die Wege sind verlassen, und oft sind wir allein. / In diesen grauen Gassen will niemand bei uns sein.* Finstere Schattenknäuel und Schneewolken ballten sich zusammen, Böen fegten über den Friedhof, und ich hatte ein flaues Gefühl, eine diffuse Ahnung großer Leere, wie sie oft von mir Besitz ergreift, wenn auch am helllichten Tag zu spüren ist, dass längst die dunkle Jahreszeit Einzug gehalten hat. *Gar manche Wege führen aus dieser Welt hinaus. / O dass wir nicht verlieren den Weg zum Vaterhaus!*

Zunächst versuchte die Verwaltung, das Heizungsproblem auszusitzen. Erst nach anhaltenden Protesten aus der Bevölkerung, Eingaben beim Rathaus und dem Gemeinderat und etlichen Leserbriefen entschloss man sich dazu, dem Übelstand abzuhelfen und nachzubessern. Es musste also nochmals Geld auf den Tisch gelegt werden. Dies nahm die Stadtverwaltung zum Anlass, an der Schraube der Friedhofstarife zu drehen. Das Wahlvolk murrte vernehmlich. Rosa Schlägel reagierte nicht.

Was den Hamburgern die Elbphilharmonie, ist den Schopflochern ihr kleines Trauerhaus. Sogar die *Schopflocher Zeitung*, die sonst ausgesprochen freundlich über das Bürgermeisteramt berichtet, schüttete Hohn und Spott über der Verwaltung aus. Und einmal mehr hagelte es bitterböse Leserbriefe gegen die Bürgermeisterin. Zusammen mit der hohen Verschuldung der Stadt, die Frau Schlägel von ihrem Vater geerbt hatte, was niemanden in Schopfloch zu interessieren schien, entfaltete der „Skandal um den teuren Tod" (Matti Bergmann in einem Kommentar seiner Zeitung) politische Wirkung.

Merkwürdigerweise überhörte die Bürgermeisterin sämtliche Warnschüsse, die damals abgegeben wurden. Kaum war der Pulverdampf abgezogen, irritierte Frau Schlägel die Fraktionen und die Bevölkerung mit einem Interview, in dem sie nicht nur mit einer Kandidatur für den Landtag liebäugelte, sondern allen Ernstes einen Rathausneubau ins Spiel brachte, ja forderte, einen großen Glaskubus zu errichten, der Transparenz und Bürgerfreundlichkeit signalisieren sollte. Das sei das Gebot der Stunde, sagte sie, Schopfloch brauche einen unverwechselbaren, einzigartigen Glanzpunkt, ein „architektonisches Alleinstellungsmerkmal" – trotz der schlechten Kassenlage, und obzwar ihr Vorgänger das Haus saniert übergeben hatte. Sie habe bereits, erläuterte die Bürgermeisterin, mit drei ortsansässigen Architekten Kontakt aufgenommen. Angekreidet wurde ihr insbesondere, dass sie mit beiden Themen an die Öffentlichkeit gegangen war, bevor sie den Gemeinderat über „diese seltsamen Gedankenspiele" informierte – so die Formulierung in einem Papier ihrer eigenen Partei: „Die Interessen des Hochschwarzwalds werden in Stuttgart aufs Beste vertreten. Was wir brauchen, ist eine solide Stadtpolitik, die sich auf Sparsamkeit und Bodenständigkeit und nicht auf verrückte und sündhaft teure Vorhaben konzentriert." Zweimal druckte die Zeitung Sonderseiten mit bösen Leserbriefen ab.

Doch viel schwerwiegender als mancher handwerkliche Fehler war, dass Rosa Schlägel mit ihrer angelernten norddeutsch-schnippischen Art und ihrem oftmals harten Ton, der nichts Gewinnendes hatte, bei der Bevölkerung, vorsichtig formuliert, nicht besonders gut ankam. Dagegen konnten auch ihre zahlreichen Phototermine, die sie mit den nichtigsten Begründungen anberaumte, nur wenig ausrichten. Im Gegenteil. Die Leute machten sich je länger, je mehr lustig über die „Schnappschuss-Schlägel" und die „Bilderbuch-Bürgermeisterin".

Frau Schlägel stammte zwar aus Schopfloch, und ihr Vater Johann Schlägel war bekanntlich selbst sechzehn Jahre lang Bürgermeister gewesen – kein schlechtes Stadtoberhaupt, nebenbei bemerkt, nach meiner und nicht nur nach meiner Einschätzung. Lediglich um seinetwillen, der nach wie vor großes Ansehen genoss, war sie überhaupt gewählt worden. Das ist unbestritten. Denn die Leute hier haben nichts gegen Dynastien, nein, sie lieben sie sogar. Und sie mögen es, wenn sich die Namen nicht ändern. Wenn überhaupt alles beim Alten bleibt.

Wenn man sich nicht umstellen muss. Die Schwarzwälder hängen am Alten und am Überkommenen und wollen möglichst nichts Neuartiges und keine Unruhe, sie würden am liebsten genau so leben wie ihre Vorfahren. Die zweifellos stärkste Charaktereigenschaft der Schopflocherinnen und Schopflocher ist ihr sturer Beharrungsgeist. Und in ihrem Innersten sind sie vermutlich noch immer treue Monarchistinnen und Monarchisten. Wenn morgen Prinz Bernhard von Baden, Großcousin von Prinz William und Prinz Harry, in Karlsruhe die Macht übernähme, würden sie sich allenfalls kurz die Augen reiben. Und dann lägen sie mit jubelnden Herzen vor ihm im Staub.

Aber Frau Schlägel trat die heilige Tradition mit Füßen. Sie, die im Anschluss an ihr Schopflocher Abitur in Hamburg studiert und längere Zeit in der Hansestadt, gemäß unseren Recherchen, als recht unbedeutende Staatsanwältin gearbeitet hat, war ihres Dialektes dort willentlich und in einem Maß verlustig gegangen, dass sie ihn längst verachtet und, wie ich zuverlässig weiß, als etwas Minderwertiges betrachtet, als eine Art sprachliche Behinderung oder gar Krankheit. Sie wäre besser in Hamburg geblieben, davon bin ich überzeugt, aber ihre Schwester Kathy war nun einmal in Bozen zu einer international gefragten Architektin aufgestiegen, und da musste Rosa, von unbändigem Ehrgeiz getrieben, „innerfamiliär ein wenig aufholen", wie sie das, so eine meiner Drachinnen, für sich nannte. Zurück in Schopfloch, versuchte sie, gezwungenermaßen, von neuem alemannisch zu sprechen; aber ihre Satzmelodie klang nun aufgesetzt und künstlich, wie eine akustische Karikatur.

Die Schlägel sprach eine Art Waterkant-Badisch, das ihr niemand abnehmen wollte und die Menschen vor den Kopf stieß. Im Kontakt mit dem Wahlvolk wirkte sie überdies gehemmt und ungelenk, oftmals auch arrogant, denn sie vermochte es nicht, auf die Menschen zuzugehen. Frau Doktor trat für Schopflocher Verhältnisse viel zu intellektuell und, um die Wahrheit zu sagen, noch immer wie eine Staatsanwältin auf, die mit Genuss einen ironischen Pfeil nach dem anderen auf den gegnerischen Anwalt abschießt. In Hamburg mag das angehen, dort gehört ein solches Gebaren in der städtischen Politik möglicherweise sogar zum hanseatisch-guten Benimm, ich weiß es nicht. Mit verbalen Florettangriffen und mit Ironie aber vermag man im Schwarzwald nicht umzugehen. Die Menschen bei uns sind geradeheraus. Sie wollen nicht um sechzehn Ecken denken. Sie schätzen das offene Wort. Und sie können selbstgefällige Personen nicht verputzen.

In summa kann man sagen: Die Schlägel traf selten den richtigen Ton, gerade wenn sie volkstümlich wirken wollte. Sie agierte stets so, als bewege sie sich hinter dickem Panzerglas, und war manchmal so undiplomatisch, die Menschen spüren zu lassen, dass sie sich als des früheren Bürgermeisters promovierte Tochter für etwas Besseres hielt. Dass sie jemand war. Und dass sie neue Saiten aufziehen wollte.

Aus zuverlässiger Quelle weiß ich auch, dass ein Gerücht gezielt gestreut und hinter vorgehaltener Hand kolportiert wurde, dem zufolge die ledige Rosa Schlägel mit einer schwäbischen Galeristin verbandelt sei. Ich für mein Teil habe von Anfang an kein Wort davon geglaubt und dieses Gerede als Verleumdung nach Schopflocher Art betrachtet. Man denke nur an Karl und Stinky Klingele. So offenbart sich immer wieder die Kehrseite unserer frommen Schlachtplatten-Seligkeit als üble Nachrede.

Ich bin davon überzeugt, dass die Klatschgeschichte Frau Schlägel geschadet hat. *Semper aliquid haeret.* Schopfloch bleibt Schopfloch. Basta. Das Gerücht war zwar sicher nicht wahlentscheidend, aber genützt hat es der Schlägel auf keinen Fall. Inzwischen wissen wir Drachen im Übrigen, dass sie schon zur fraglichen Zeit mit einem hochrangigen Stuttgarter Ministerialbeamten liiert war.

Als Frau Schlägel relativ kurz vor dem Urnengang endlich begriff, dass die Stimmung kippte, begann sie nervös zu werden und zu wirbeln. Sie versuchte, unzählige öffentlichkeitswirksame Projekte anzustoßen, die nichts kosteten, stockte nochmals ihre Garderobe auf, unter anderem mit weit ausgeschnittenen Kleidern, intensivierte ihre Pressearbeit und beauftragte Hubertus Hirschle, einen Phototermin nach dem anderen zu arrangieren, unerbittlich Termin um Termin. Per Drachenpost erhielt ich dazu, selbstverständlich erst einige Zeit nach der Wahl (trotzdem eine Sensation!), mehrere O-Töne von der Schlägel: „Ich brauche etwas Reizvolles! Etwas, das für gute Laune sorgt! Shootings in verschiedenen Kindergärten zum Beispiel wären nicht schlecht. Oder? Eine ganze Serie! Ja, das sollten wir angehen. Kinder ziehen immer. Eine kurze Darstellung der jeweiligen Einrichtung. Und Bilder mit hübschen, bunt angezogenen, lachenden Kindern. Das ist es!"

Selbst wegen der jährlichen Weihnachtskarte machte die Schlägel Theater. Ich zitiere nochmals die B. gemäß meiner Drachenpost: „Mein Lehrmeister Niccolò Machiavelli sagt an einer Stelle: *Nichts verschafft einem Herrscher so großes Ansehen als bedeutende Unternehmungen und seltene Beispiele, die er durch seine Handlungen gibt.* Nun, wir können derzeit leider keine Paläste bauen und schon gar keine Kriege führen. Aber eine schöne Weihnachtskarte setzt ja gleichfalls unübersehbare Zeichen. Lieber Herr Hirschle, ich erwarte umgehend Ihre Vorschläge. Aber keinen Schnickschnack, wenn ich bitten darf! Wir haben doch so viele gute Schneebilder. Die Bergkapelle im Mondlicht zum Beispiel. Das wäre doch wunderbar. Kirche, Mond und

Schnee: Das zieht an Weihnachten immer! Dazu einen schönen Spruch. Aber einen anderen als bei meinem Vorgänger. Nicht dass ich etwas gegen meinen Vater hätte. Überhaupt nicht! Das wissen Sie. Aber seine Weihnachtssprüche waren mir immer viel zu salbungsvoll. Viel zu brav. Ich will was Weltoffenes, Modernes, Flottes. Gibt es da nichts von Samuel Beckett?" Und so redete sich die Frau Bürgermeisterin, gemäß des mir vorliegenden O-Tons, immer tiefer in eine administrative Ekstase hinein, wie Dostojewskij an meiner Stelle gesagt hätte. Gleichwohl soll sie damals, gemäß einer vertraulichen Mitteilung von Dr Bernd, mehrfach zu ihrer Sekretärin gesagt haben, neuerdings wirke ihr Arbeitszimmer so dunkel und grau, ja, gräulich.

An der Wand des Büros tickt eine Schwarzwälder Uhr. Das Bild des Österreichers hängt auf dem Flur. Der Schopfbach rauscht, die Tannen des Waldes ächzen im Wind, während die Zeit zu schnell verrinnt. K. K. hätte hinzugesetzt: Blablabla.

Rosa Schlägel begann mit Macht, sich beim Wahlvolk anzubiedern. Doch es war bereits zu spät, viel zu spät.

Denn längst war ein charismatischer Mann mittleren Alters auf den Plan getreten: Paul Künzel, der Bürgermeister von Stutzdorf, der einer weitverzweigten Familie von Pferdezüchtern und Immobilienmaklern entstammte. Dank mehrerer Arbeitsaufenthalte in Südamerika und Afrika hatte er sich eine erstaunliche Gewandtheit und Weltläufigkeit erworben. Künzel kannte die Schwächen seiner Kollegin aus der Nähe und wusste selbstverständlich, wo den Schopflochern der Schuh drückte. Früh schon hatte er die Lage sondiert und sich nach und nach ins Gespräch gebracht.

Es war noch Winter, als der relativ kleine und wohlbeleibte Mann mit seinem Wahlkampf begann. Auf seinen Plakaten und Werbezetteln präsentierte er sich mit seiner Frau und seinen beiden Kindern, und wenn Künzel öffentlich auftrat, auf Straßen, Plätzen oder in zahlreichen gut besuchten Wahlveranstaltungen, sprach er in seinem melodiösen Honoratioren-Alemannisch all die Themen an, die den „lieben Schopflocherinnen und Schopflochern“ auf den Nägeln brannten: Bodenständigkeit, Heimatliebe, Bürgernähe, Sparsamkeit, Wirtschaftlichkeit, Wohlstand und so weiter. Auch wenn seine Sätze grammatikalisch oftmals nicht aufgingen: Mit einem gerüttelten Maß an Bauernwitz und Schwarzwälder Charme (ja, auch den gibt es, und zwar nicht selten) formulierte er, was die Menschen gerne hören wollten. Er las es ihnen förmlich von den Lippen ab und sprach das aus, was sie dachten. Mit Worten, die die Menschen verstanden und die sie berührten. Künzel war ein Hochschwarzwälder vom Scheitel bis zur Sohle und besaß, ähnlich wie Schlägel senior, Ausstrahlung und den Stallgeruch des Bodenständigen, der Tradition, der Heimat. Man vermag es auch deutlicher zu sagen: Es gab Tage, und es waren nicht wenige, da roch er nach Pferd.

Überraschend schnell hatte Künzel auch die Zeitung auf seiner Seite. Sie berichtete mehrfach ausführlich über ihn und rückte ihn in ein günstiges Licht. Selbst das SWR-Fernsehen interviewte ihn. Und so gewann Künzel im ersten Wahlgang mit über 65 Prozent gegen die Amtsinhaberin und einen Dauerspaßkandidaten, den niemand kannte, weil er nie in Schopfloch aufgetaucht war.

Als der Stellvertretende Bürgermeister Hermann Vogt, der Metzgermeister aus der Innenstadt, also der ältere Sohn von Blasius Vogt, kurz nach neunzehn Uhr das Wahlergebnis vor dem Rathaus verkündete, standen in der ersten Reihe Paul Künzel mit seiner Familie, Rosa Schlägel mit ihrer Mutter, einem älteren Herrn und ihrem Vater, dem Alt-Bürgermeister, der bei der Begrüßung „mit rauschendem Beifall bedacht wurde“ (so die *Schopflocher Zeitung* am nächsten Tag). Die alten Schlägels nahmen die Nachricht erstaunlich gefasst auf. Tochter Rosa aber gratulierte ihrem erfolgreichen Gegner versteinerten Gesichts und sehr knapp und mit Tränen in den Augen, machte kehrt und rannte, gefolgt von dem älteren Herrn, schnurstracks in den *Ratskeller*, in dem die Wahlparty hätte steigen sollen. Ihre Angehörigen hingegen blieben länger auf dem Platz, beglückwünschten den Sieger und plauderten mit ihm.

Frau Künzel jubelte ausgelassen, sie klopfte sich auf die Schenkel und umarmte freudestrahlend ihren Mann, und eines der Kinder warf eine volle Cola-Flasche aus lauter Begeisterung in hohem Bogen auf das Trottoir. Die Flasche zerplatzte mit einem lauten Knall, verletzt wurde niemand. Die *Stadtmusik*, deren Mitglieder auffällig verkrampft in frisch gebügelten Uniformen dastanden, intonierte den *Schopflocher Marsch*, und der Gesangverein *Liederkranz* sang ein Ständchen *(O Schwarzwald, o Heimat)*. Viele Menschen gratulierten dem Wahlsieger, darunter der Landrat, die Abgeordneten, Gemeinderäte und Dr. Tassilo Widmer-Pohl. Unterdessen gab es Freibier. Herr Künzel, der neue Bürgermeister, genoss, das konnte man sehen, das Bad in der Menge. Von dem rätselhaften Fieber und den Schmerzen, die ihn bald befallen sollten, ahnte er offenkundig noch nichts.

Rosa Schlägel, die Paul Künzel mit Sicherheit intellektuell überlegen war, hätte fraglos besser nach Freiburg oder nach Frankfurt gepasst. Schopfloch war für sie mindestens zwei bis drei Nummern zu klein. Denn obwohl sie, wie gesagt, aus Schopfloch stammte, war sie aus einem anderen Holz geschnitzt als die Leute bei uns. Nein, das ist, recht besehen, falsch. Frau Dr. Schlägel bestand nicht aus Holz, sie war auch nicht verwurzelt hier; mit einem Naturprodukt hatte sie nichts gemein. Ich will das nicht negativ verstanden wissen, aber sie schien mir aus Kunststoff zu bestehen, aus einem hochwertigen, veredelten Kunststoff mit glatter Oberfläche.

Frau Schlägel hat mit ihrer Wahl-Schlappe im Übrigen nicht nur ihr Rathaus-Amt, sondern auch etliche Nebeneinkünfte und Nebentätigkeiten, unter anderem den lukrativen Vorsitz im Aufsichtsrat der Sparkasse, verloren. Darben aber musste sie auch künftig nicht: Mörbel, der Chef der Sankt Wilhelmer Spirituosen-Manufaktur, holte die Juristin umgehend in sein Unternehmen. „Frau Dr. Schlägel und ich haben bereits in der Vergangenheit exzellent und sehr, sehr vertrauensvoll zusammengearbeitet. Nun freue ich mich, dass wir die gute Kooperation hausintern fortsetzen können. Das wird von großem Vorteil für das Unternehmen und für die gesamte Region sein. Ich schätze Frau Schlägel, ihre fachliche Expertise und ihre Führungsqualitäten sehr und bin froh, dass es uns gelungen ist, sie für uns zu gewinnen. Rosa Schlägel wird unter anderem unsere Position in Norddeutschland weiter ausbauen", ließ Mörbel die Zeitung bei einer Medienkonferenz wissen.

*

Mail Acht

29. August 2008 um 23:50

Hallo, Herr Mohr,

Sie kennen mich, obwohl Sie die Schreiberin dieser Zeilen noch immer nicht erkennungsdienstlich gecheckt haben, denn Sie wissen nicht, wer ich bin, und das ist gut so und soll auch so bleiben, aber ich kenne Sie, und vielleicht erinnern Sie sich jetzt sogar an mich, keine Ahnung, was ihr Archiv taugt. Es kann ja sein, dass es inzwischen keine Gefahr mehr für mich darstellt, wenn ich meinen Mund aufmache, aber man weiß ja niemals nicht, wie alles läuft, und man begegnet sich bekanntlich immer ein paar Mal im Leben, gell, und deshalb will ich meine Identity nicht auspreisen und hoffe, dass Sie das verstehen, denn mit der Bitch ist nicht gut Kirschen essen. Scheiße ist es mit ihr, das kann ich Ihnen flüstern. Richtig scheiße. Anyway, ich habe wieder etwas beizusteuern.

Mein Punkt, oder, in Ihrer Sprache ausgedrückt: Worauf es mir ankommt, ist, dass die Schlägel ein Regiment geführt hat nach Gutsherrenart oder sogar wie eine Königin, wie eine kleine Rathaus-Queen, mit Strammstehen und Dienern und Hofknicks und so, Sie verstehen schon, was ich meine, oder? Okay, abgehakt. Natürlich war sie freundlich und all das, was man eben so freundlich nennt, aber man hat ihr anmerken können, dass das alles bloß 'ne Masche, 'ne Maske war, Schauspielerei halt, und dass sie sich alles erlauben konnte, auch ihre verdammte Flunkerei, glaubte sie, und dass sie sich absolut sicher gefühlt hat, absolut, und dass ihr nichts passieren könne, das hat sie tatsächlich gedacht, von wegen gewählt ist gewählt, von wegen Partei und so, und alles super und absolut sicher, das weiß ich ganz genau. Wer sollte sie auch kontrollieren? Alle hat sie um den Finger gewickelt mit ihrem Augenaufschlag und ihren hautengen Hosenanzügen und ihren feinen Blusen und Lackschühchen, denn eine Topfigur hat sie ja, dieser leckere Aff, das muss man ihr lassen, und einen Klamottenfimmel, einen irren Kleiderschrank muss sie besitzen so groß wie *Kaiser Damenmode* in Freiburg. Die weiß schon, wie *frau* sich aufbitcht. Lange

Zeit hat all das funktioniert, wirklich lange, erstaunlich lange. Sie hat gedacht: ‚Okay, jetzt bin ich Bürgermeisterin, ich bin der Boss und ich habe alle potenten Leute, sie hat immer von ihren Freunden und von anderen Politikern als potenten Leuten geredet, auf meiner Seite, quasi in der Tasche habe ich die, die tanzen nach meiner Pfeife, das hat sie gedacht, da möchte ich wetten; und wenn irgendwas ist, wenn irgendwas passiert, sichern die mich ab und meine Partei dazu und die unterstützen mich, und mir geschieht nichts, mir kann keiner und keine.' Das war so beim Friedhofskandal und bei der Autobahnsache und das war auch öfter bei Kleinigkeiten so, bei allem möglichen, von morgens bis abends. Okay, abgehakt. Und ich wette: Die Tussi wollte auch noch Landtagsabgeordnete werden, und einmal soll sie davon auch öffentlich oder mehr oder weniger öffentlich rumschwadroniert und einen auf Welle gemacht haben, volle Kanne, nach drei oder vier Gläsern Rotwein. Da wäre die Post erst richtig abgegangen, da würde ich wetten. Aber daraus wird nun nichts mehr, daraus wird definitiv nichts, das hat sich die Bitch selbst vermasselt, die hochnäsige Barbie.

Ich verbleibe mit freundlichen Grüßen
Ihre Dr Selbsternannt Ungenannt Unbekannt[23]

23 Unter diesem Pseudonym dürfte sich, das ist allerdings nur ein Verdacht, Susi Boll verbergen, die längere Zeit als Assistentin im Chefsekretariat beschäftigt war. Heute leitet sie die Friedhofsverwaltung.

11

Großmutter Adolfine besaß ganz und gar andere Qualitäten als Konstantins Eltern. Sie hatte in ihrem Leben, wie wir bei uns in Schopfloch sagen, viel durchgemacht. Auch sie wusste als Erbin des *Hofs*, was sie wollte, und dass das Leben kein Zuckerschlecken war, wie sie sich auszudrücken pflegte, aber sie trug keine Verantwortung mehr und war nicht von der Wirtschaftswunderzeit der Nachkriegsära geprägt. Oma Adolfine schien beständig für den kleinen, immer bleichgesichtigen Konstantin dagewesen zu sein, wenn er Alpträume hatte, was anscheinend oft vorkam, wenn er in einer Ecke saß und über Kopfschmerzen klagte, wenn er sich einsam fühlte, oder wenn ein Knie blutete. Und die hübsche Sonja, an deren weißer Schürze er hing und die ausgesprochen gut gerochen haben muss, nach frisch gewaschener Wäsche und nach irgendeinem verführerischen Parfüm, vermute ich, Sonja nahm den kleinen Konstantin oftmals auf den Arm und schleppte ihn in die Küche, wo er stundenlang Mehl sieben durfte, was von seinem Vater und vom Chefkoch Eddi sicher nicht gern gesehen, aber nolens volens doch geduldet wurde.

K. siebte mit Hingabe Mehl, er, der später so viel versiebt hat. Die Zeit zerrann ihm, vor den großen, tiefen Mehlschubfächern, im Wortsinn unter den Händen. Welche Bewandtnis es mit dem Mehl hatte, weshalb ihn das Sieben derart zu fesseln vermochte, ist mir letztlich, wie so vieles im Fall Konstantin, schleierhaft. Möglicherweise stellt es eine grobe Verzerrung der Tatsachen aus weiter zeitlicher Entfernung dar, doch vermutlich betrachtete K. das Sieben als eine wichtige Aufgabe, die ihm eine Daseinsberechtigung im Haus und im Hotel gab. Auf alle

Fälle war es eine Art Meditation, was er da trieb. Auch wenn er das damals noch nicht begreifen konnte.

*

Mail Neun

17. März 2015 um 22:40

Du hast ausnahmsweise recht, Mäxchen,

wenn ich auch nicht verstehe, was Du mit der „Daseinsberechtigung" meinst. Die weißen, mehligen Stunden im *Hof*, die mir endlos schienen, werde ich nie vergessen. Sie waren eine Schule des Wartens und der Geduld, denn ich war immer voller Erwartung, voller Hoffnung, immer, selbst wenn gar nichts geschah. Denke ich an meine Kindheit, denke ich vor allem ans Warten und an die großen Behältnisse, die riesigen, tiefen Schubladen und Schütten, die mit duftigem, frischem Mehl gefüllt waren, ich denke an gesiebte Zeit, an ein weißes Rauschen, an das leise Säuseln, das Geraune, das geräuschlose Rauschen der Zeit. Genau betrachtet, habe ich damals stundenlang meditiert, ohne es zu wissen, ohne dass ich auch nur geahnt habe, was ich tat. Ich habe beobachtet, wie weiße Zeit sinnlos und scheinbar bedeutungslos durch mein Sieb lief. Ich habe das rieselnde schneeweiße Mehl beobachtet, aber ich habe nichts wahrgenommen. Ich war leer, voller Gelassenheit, wie Meister Eckhart gesagt hätte. Und sah zu, wie mir mein Leben unter der Hand zerrann. Die weißen Stunden waren für mich eine Vorschule der Ästhetik. Eine Vorschule fürs Leben.

Während meiner Proust-Forschungen hatte ich in Berlin mehrfach Gelegenheit, in Benjamins Nachlass zu recherchieren. Dort stieß ich, im Zusammenhang mit seinem *Bratapfel*, auf folgenden Satz: *Es schmeckte nicht der Apfel, sondern die Erinnerung an ihn*. Beim Beobachten des Mehls, würde ich behaupten, begann mein kontemplatives Dasein, und heute genieße ich die Erinnerung an diese Stunden und kann sie schmecken.

Ich habe das große Glück, in einer anderen Zeit zu leben als Benjamin, kein Jude zu sein und nicht verfolgt zu werden. Seltsam war nur, dass ich als Kind nach Kriegsgeschichten gierte. Vielleicht zeigte sich schon darin, dass ich kein Format besaß. Ich weiß es nicht.

Als ich ein wenig älter war, bestürmte ich jedenfalls Oma Adolfine oft mit der Bitte, mir vom Krieg zu erzählen. Wenn mein Alter das mitbekam, knurrte er unwillig „Mach mir den Konny nicht verrückt!"

Seine Angst war jedoch unbegründet. Oma, die mir sonst jeden Wunsch erfüllte, schwieg beharrlich. Sie schüttelte den Kopf und fuhr mir in solchen Augenblicken mit ihrer knöchrigen Hand durchs Haar. Dabei kniff sie die sowieso schmalen Lippen zu einer messerscharfen Linie zusammen und bekam meist einen starren Blick, sie schaute an mir vorbei auf das silbern gerahmte Foto ihres früh verstorbenen Manns Otto oder auf eine staubige Ecke, in der Wand und Zimmerdecke zusammenstießen und wo in vielen Häusern des Hochschwarzwalds ein Kruzifix hing.

Ein einziges Mal erzählte sie ein wenig. Es war an einem warmen Frühlingstag, an dem ich mich nicht wohlfühlte und Kopfschmerzen hatte. Kann sein, dass Omama mich ablenken wollte. Keine Ahnung. Aber sie nuschelte stockend und vor allem sehr, sehr leise, als wenn ich nicht da wäre und sie ein

Selbstgespräch führen würde, vieles klang wirr in meinen Ohren, und ich verstand nicht viel. Ich erinnere mich aber noch, dass es um „die Ortsgruppe", ihr „Sieg-Heil-Gegröle" in der Gaststube, um den „stinkenden jungen Vogt", den Anführer der „Ortshorde", um „Juden" und „Fremde" und „Volksverräter" ging, um Schreie und Stiefelgetrampel auf der Treppe, um Erschießungen und zerborstene Flaschen und den „säuerlichen Geruch in unserem Keller". Dass sie „viel Blut" gesehen und „der Vogt" sie geschlagen und bedroht habe. Und dass ihr irgendein „fleckiger Bierdeckel" mit einem „widerlichen Spruch" nicht aus dem Kopf gehe. Noch heute müsse sie an ihn denken.

Damals wusste ich nicht, wen sie mit Juden und Fremden und mit der Ortsgruppe meinte. Und ich begriff nicht, was Metzgermeister Vogt, dieser große, dicke Mann, der bei uns täglich ein und aus ging und der immer so viel trank und so laut lachte, mit ihnen und mit irgendwelchen Erschießungen zu tun haben sollte. Ich erfasste also so gut wie nichts von dem, was ich hörte, aber Oma Adolfines Erzählung, wegen der ich sie so oft angebettelt hatte, verstörte mich und meine Kindheit, klar. Blasius Vogt, der auf der Netzhaut meiner Einbildungskraft das Aussehen eines zähnefletschenden deutschen Schäferhundes annahm, fürchtete ich jetzt wie den Teufel und ging ihm aus dem Weg, und überall in unserem großen Haus wähnte ich Soldaten und Folterknechte, die sich versteckt hielten, vor allem in dem nur spärlich beleuchteten Keller voller Spinnweb, in dem es modrig roch. Und wenn ich dort etwas holen oder erledigen musste, schlotterte ich vor Angst und schaute mindestens fünfmal ums Eck, bevor ich einen Gang oder einen Raum betrat.

Was diese Oma-Erzählung, meine Kindheitsfantasien und meine Erinnerungen daran für meinen eigenen Lebensweg bedeutet haben und bedeuten, ist schwer zu sagen. Unter Umständen hätte ich mich ohne sie nie mit Proust beschäftigt, ja, den Weg zur Literatur überhaupt nicht gefunden, der sich für mich, wenn ich mich nicht täusche, als Irrweg entpuppt hat, und wäre brav im *Kronenhof* geblieben. Einerlei: Es klingt wie ein zynischer, böser Witz, dass Oma, der Hitlers Schergen (um es zurückhaltend zu sagen) so übel mitgespielt haben, wie ich viel später erfuhr[24], ausgerechnet Adolfine hieß.

Verbindliche Grüße
Konstantin

*

K.s Äußerungen über den alten Vogt haben mich veranlasst, zusammen mit den anderen Drachen Nachforschungen anzustellen. Der Ertrag fällt dürftig aus. Die Leute wollen noch immer nicht über diese Zeit sprechen. Wenn man sich die entsprechenden Jahrgänge der *Schopflocher Zeitung* ansieht, wird schnell klar, warum das so ist. Damals lebten in unserer Stadt mehr oder weniger dieselben Familien wie heute; die meisten Betriebe, die inserierten, existieren noch. Akten der Militärverwaltung vermochten wir nicht aufzutreiben.

Noch bevor die Franzosen einrückten, muss Vogt Fersengeld gegeben haben. Offenbar wurde er ein paar Wochen später im Wald aufgegriffen und abgeführt. Aber das ist nicht viel mehr als ein Gerücht. Anfang 1946 war er schon wieder in seiner Metzgerei. Entweder konnten die Franzosen ihm nichts

24 Dazu hat sich K. nie geäußert. Und Drachen-Berichte liegen mir nicht vor.

nachweisen, weil die Ortshorde zusammenhielt, oder er erschien den Besatzungstruppen wichtig für die Versorgung mit Wurst und Fleisch. Ob Großmutter Klingele in dem Verfahren eine Rolle spielte, weiß ich nicht.

Von Interesse ist ein anderes Detail, das ich dieser Recherche verdanke. Die Franzosen schlugen im Herbst 1945 an zwei Bergen breite Schneisen und transportierten das Holz ins Elsass. Für Schopfloch erwies sich das als großes Glück, denn aus den beiden Steilhängen sollte sich schon bald unser Skigebiet entwickeln.

*

Brief Vier

10. April 2015

Prof. Dr. Friederike Knecht
Freie Universität Berlin
Institut für Philosophie
Habelschwerdter Allee 30
14195 Berlin

Sehr geehrter Herr Mohr,

Sie wundern sich möglicherweise, dass Sie Post von mir bekommen. Ich habe, da meine Eltern nicht mehr leben, keine besonders engen Kontakte mehr zu Schopfloch, doch sie haben ausgereicht, um mich über Ihre Aktivitäten in Kenntnis zu setzen. Da ich mich fast ausschließlich mit geschichtlichen Gegenständen beschäftige, liegt mir eine größtmögliche historische Präzision am Herzen – auch wenn es nur um Privates geht. Geschichten müssen meines Erachtens stimmen, und zwar möglichst genau. Und auch das Private ist politisch. Ich werde Sie nicht lange aufhalten.

In Schopfloch kannten mich manche Leute als die Fritzi. Ja, ich war für eine ziemlich kurze Zeit Konstantins Freundin, bis er mich sitzen ließ, der kleine, dumme Junge. Konstantin hat sich mehrfach getäuscht: Meine Familie war nicht arm, wir waren auch keine Outlaws, und wir waren nicht ungebildet. Nur gehörten wir, anders als die Familie Klingele, nicht zu der muffigen Clique, die damals in Schopfloch den Ton angab. Ich habe auch kein Kind von Konstantin bekommen, ich war noch nicht einmal schwanger. Aber ich habe begriffen, dass ich ihm peinlich war, dass er nicht mit mir gesehen werden wollte, dass er sich nicht zu mir bekannte, weil er dachte, ich sei ein Mädchen aus der Unterschicht, das man leicht haben konnte. Oder etwas noch Schlimmeres. Also habe ich ihn mit meiner Schwangerschaft auf die Probe gestellt. Und siehe da: Er ist abgezischt wie der Blitz. Wie ein verschüchtertes, ängstliches, kleines Häschen ist er davongelaufen und hat mich mit meinem vermeintlichen Kind sitzenlassen. Ich aber hatte genug von ihm und habe bald darauf mein Abendabitur abgelegt und sofort anschließend ein Studium begonnen, ich habe es schnell durchgezogen, habe promoviert, wurde habilitiert und erhielt nach recht kurzer Zeit einen Ruf. Erst dann gönnte ich mir einen Mann, den ich nach ein paar Jahren sogar geheiratet habe. Inzwischen bin ich geschieden. Einzelheiten erspare ich Ihnen und mir.

Arm war Konstantin, nicht ich. Ich fürchte, er ist noch immer ein dummer, kleiner Junge.

Mit freundlichen Grüßen
Fritzi Knecht

*

Meine dritte Romangeschichte handelt von einer Frau mit einem ebenso seltenen wie außergewöhnlichen Namen:

Lamberta.

Wenn man ihr blöd kam, konnte sie von einer auf die andere Sekunde ausrasten und, sofern sie bedroht wurde, sogar zuschlagen, hart zuschlagen. Ängstlich war sie nicht, denn sie hatte in einer kirchlichen Einrichtung mehrere Selbstverteidigungskurse erfolgreich absolviert. Sie wusste, warum. Wenn sie jedoch von einem kranken Tier berichtete, schossen ihr augenblicklich Tränen in die Augen.

Die Erzählung beginnt wie eine von Konstantins Idyllen: Das Neumatter Hospiz, zwischen Stutzdorf, Düllenbach und Obernü gelegen, im allerfrühsten Morgenlicht. Fahl, nahezu farblos noch die Welt, fahl und grau das Gras, die Büsche, die Bäume, das Tal und der Himmel darüber. Stumm, nahezu totenstill auch die Welt. Kaum etwas zu hören. Dann ganz allmählich ein Hahn und seine Hühner. Die drei Hunde, die Tiere im Minizoo, Esel und Ponys und ein paar verzagte Krähen. Sehr selten und sehr leise, in weiter Entfernung, ein paar frühe Lastwagen auf ihrer Fahrt Richtung Neumatt oder Schopfloch.

Lamberta, die vor vielen Jahren auf verschlungenen Wegen aus Liège über Freiburg in das ehemalige Christliche Hospiz und in den für sie exotischen Schwarzwald kam, ist naturgemäß längst wach, hat nach den Tieren gesehen, hat ihnen Futter gegeben, hat die Gaststube durchgelüftet und die wichtigsten Gerichte für den Tag vorbereitet, in einer Küche, die viel zu eng ist für sie, für den großen Herd mit den vielen Gasflammen, für die Pfannen und die Töpfe, so dass sie kaum in der Lage ist, sich zu bewegen und zu regen, immer öfter hat sie das Gefühl, den Verschlag allein mit ihrem nicht gerade kleinen Körperumfang auszufüllen, und ihr Kopf reicht, so will es ihr scheinen, bis zur niederen Decke. Jetzt trinkt sie ihren Morgenkaffee und kaut an einem Speckbrot herum, aber sie muss sich dazu zwingen, es will ihr nicht schmecken, fad kommt ihr das Brot vor, zäh und ohne jeden Geschmack, ganz anders als sonst, als noch vor zwei Wochen, vollkommen anders sogar. Es graut ihr vor der Hektik, die ihr bevorsteht wie fast an jedem Tag, es graut ihr vor den ungeduldigen Gästen, denen es nie schnell genug geht, sie denkt an die Getränke und Gerichte, die sie Schlag auf Schlag servieren muss, denkt an die Angetrunkenen, die meist gegen Abend zu ihr hereintorkeln, an die aggressiven jungen Männer, die sie in ihrer Muttersprache Gaillards nennt, Kerle, die anzüglich oder sogar handgreiflich werden, und an die, die ihr Essen mitbringen und nichts konsumieren wollen.

Schon hat Lamberta den Absprung zu einer ihrer ausschweifenden „Erregungs-Touren“ geschafft, wie das der *Ochsen*-Wirt vom Feldberg einmal genannt hat, und schießt sich auf die Behörden ein, die sie, davon ist Lamberta zutiefst überzeugt, von früh bis spät gängeln und ärgern und quälen auf eine derart infame Weise, dass sie, Lamberta, es niemand erzählen und erst recht nicht verständlich machen kann, wie es ihr geht. Adam, ihr polnischer Helfer, schimpft sie vor sich hin, Adam bekommt keine bezahlbare Wohnung, noch nicht einmal ein kleines Zimmer in der Nähe, das können sie nicht ermöglichen, das können sie nicht sicherstellen, *les salauds*, aber zugleich verbieten sie ihm und ihr, dass Adam oben, ganz oben in der Mansarde wohnt und übernachtet, das sei ausgeschlossen und „nicht genehmigungsfähig", das sei „im Brandfall" viel zu gefährlich, und deshalb muss Adam tagtäglich weite Strecken zurücklegen, verbraucht viel zu viel Geld fürs Benzin und kommt oft zu spät. Zum Davonlaufen sei das, ja, zum Davonlaufen, und sie, schimpft Lamberta weiter, sie arbeitet fünfzehn, sechzehn Stunden am Tag, sie hat Köchin gelernt, in einem guten Haus, in einem respektablen Restaurant in Lüttich, sie ist eine ausgezeichnete Köchin, die wie ein Pferd rackert von früh bis spät, sie hat etliche Auszeichnungen erhalten und kommt trotzdem auf keinen grünen Zweig, nie wird sie eine Rente erhalten, von der sie existieren kann, niemals; und jetzt ist sie alt und verbraucht und kann nicht mehr, wie sie will, ja, sie kann nicht mehr.

Als Adam kommt, ist Lamberta schon längst nicht mehr da. Sie hat sofort gespürt, dass Zuwarten nicht mehr möglich war, wie eine Nachbarin später erzählte: Die Schmerzen im Rücken, in der Brust seien noch nie so stark gewesen, dazu der Husten, das Keuchen, die Übelkeit. Den Helikopter hat sie selbst „herbeiorganisiert", wie die Nachbarin sich ausdrückte. Sie hätten Lamberta schnellstmöglich in die Uniklinik nach Freiburg geflogen. Herzensgut sei die Hospizwirtin immer gewesen, erzählte die Nachbarin, herzensgut, immer hilfsbereit, immer da für sie, für alle Nachbarn. Auf sie habe man sich stets verlassen können. Um ihre Tiere, die Esel, die Ponys und die Kaninchen, um die Hunde und die Hühner, die vom Morgen bis zum Abend um das Hospiz herumpickten, selbst um die Krähen und im Winter um die Eichhörnchen habe sie sich gekümmert, als seien sie ihre leiblichen Kinder, und habe viel Geld für sie ausgegeben. Eine hervorragende Köchin sei sie, so die Nachbarin, mit Geschmack begabt und sorgfältig, auf höchste Qualität bedacht, alles andere als eine einfache Wirtin. Und nun der Lohn: Herzinfarkt, mehrere Stents. Lambertas Helfer kümmere sich vorläufig um die Tiere. Das ehemalige Hospiz sei geschlossen. Niemand wisse, wie es weitergehen werde. Der Betrieb bedeute sehr viel Arbeit. Früher habe Lamberta immer gesagt: „Das schaff' ich, bien sûr."

Dass Adam die seltsamen, mit Laub, Blumen und Lämpchen geschmückten Holzpyramiden rund um das Hospiz aufgestellt habe, konnte die Nachbarin nicht bestätigen. Plötzlich, eines Abends, seien sie dagewesen: „Wie vom Himmel gefallen."

*

Mail Zehn

12. April 2015 um 20:21

Ja, Max,

da ich neulich schon ausgiebig geplaudert und mich warmgeredet habe, gebe ich Dir heute weitere Informationen über meine grandiose Vergangenheit an die Hand. Obzwar Du mich nicht nach ihnen gefragt hast. Obwohl ich nichts von Dir höre. Nicht wahr?

Am Tag nach dem langen Wahlabend im Schopflocher Rathaus und im *Ratskeller* fuhr ich, geblendet von meinem vermeintlichen Glück und im Hochgefühl, als strahlender Sieger aus einem toten Rennen hervorgegangen zu sein, wie ein jugendlicher Held und Hans-guck-in-die-Luft durch eine leuchtende Frühsommerlandschaft zurück nach Göttingen.

Ich hatte es eilig und gab Gas. Der Horizont war plötzlich wieder weit und nicht mehr eng wie eine Tunnelröhre, die Welt schien auf einmal von neuem offen, als ob ich einen überraschenderweise glimpflich verlaufenen Arzttermin hinter mich gebracht hätte, das Leben meinte es gut mit mir, sehr gut sogar, und wies mir den Weg zu neuen Ufern. Ich konnte den Alpdruck der universitären Kettenverträge getrost hinter mir lassen und hatte ausgezeichnete Aussichten. Wusste ich. Glaubte ich. Redete ich mir ein. Und ich atmete auf.

Östlich der A 5 gab mir der Schwarzwald das Geleit. Als eine schier unendliche Festgirlande säumte er meinen Weg, sein frisches Grün war ein dichter, flauschiger Pelz, der sich den Formen der Berge und Hügel als eine geschmeidig anliegende Haut anpasste, und signalisierte mir *4 Mose 6, 24 bis 26*, situativ und pantheistisch leicht abgewandelt: Der SCHWARZE WALD, der in Wahrheit hellgrün leuchtet, segne dich und behüte dich; der WALD lasse sein Angesicht leuchten über dir und sei dir gnädig; der WALD hebe sein Angesicht über dich und gebe dir Frieden; er stellt seine mächtigen Tannen wie Wächter an deiner Seite auf und ist dir wohl gesonnen. Dir kann fürderhin nichts mehr passieren, nichts Böses widerfahren, du hast, im Gegenteil, freie Fahrt, freie Bahn, deine Lebensampel steht auf Grün, auf Hellgrün sogar, du bist ein großer, beneidenswerter Glückspilz, bist auf der richtigen Straße, dem richtigen Weg, die Richtung stimmt, hast noch einmal Glück gehabt, mein Lieber, hast gerade noch einmal dein Fell gerettet, deine Haut, bist der Uni-Katastrophe entkommen, dem Uni-Tod, der Mutter aller

Untergänge und Zusammenbrüche, dem akademischen Super-GAU. Denn die Strapazen der Habilitation und der dann anstehenden Bewerbungsrunden hättest du an Leib und Seele nicht heil überstanden, nicht unbeschadet, nein, nein, ganz gewiss nicht, mein Guter!

Die grüne Girlande der Schwarzwaldberge und Schwarzwaldhügel begleitete mich immer weiter als eine treue Freundin, und über diesem herrlichen grünen Band war der Himmel blau und rein, als wär' er von Yves Klein. Blablabla. Durch den Gestank von Diesel, Benzin und brandigem Gummi hindurch konnte ich die Luft und den Duft des Waldes erschnuppern und riechen, die Blätter, die Nadeln, das Farn und das Moos. Ich badete in dieser belebenden Sphäre, sie berauschte meine Lungen und also mich, der Wald fuhr mir in die Adern, in die kleinsten Kapillare, bis unter die Schädeldecke, in die Beine, in die Arme, in die Hände und Füße. Am liebsten hätte ich getrommelt wie Oskar.

Die Autobahn jedoch war brechend voll, voller riskanter Fahrmanöver und Gefahren. Dennoch hatte ich das Gefühl, auf einer großen, weichen Welle dahinzusurfen. Plötzlich konnte mir keiner mehr etwas anhaben. *Nichts, nirgends, niemand, nie!* Die akademische Hackordnung ging mich nichts mehr an. Sie hatte sich in Luft aufgelöst, in die allerfeinste würzige Schwarzwaldluft. Ich war künftig mein eigener Chef, wie ich mir einbildete, und somit unverletzlich und sakrosankt. Alles schien mit einem Mal möglich, und alle universitäre Qual war überstanden und wie abgestreift.

Schon sah ich mich in nächster Zukunft als Co-Geschäftsführer der *Allgemeinen Badischen Tourismusgesellschaft* und als quirligen Partner der kessen Anja Hettich, gleich darauf dazu als hochdotierten Chef von *Schweiz Tourismus*. Und, und, und.

Im märchenhaftesten Morgenrot reihte sich Berg an Berg, Gipfel an Gipfel, die Karriereleiter zeigte sich mir als leicht gangbarer Klettersteig. Alles schien mir nun freundlich entgegenzukommen, alle warteten nur auf mich und hießen mich mit offenen Armen willkommen, und dass ich keinen Schimmer vom Metier hatte, dass ich noch nicht einmal ahnte, worauf ich mich einließ und worin touristische Arbeit bestand, kam selbstverständlich gar nicht in Betracht. Das würden wir ganz locker wuppen, nicht wahr? Nur keine Bange! Das wird schon klappen. Das kriegen wir im Handumdrehen hin, mein Guter! Aber hallo!

Das buntgefleckte helle Band saugte mich unablässig in die Ferne, die Blech- und Chrom-Karawane zog weiter, und scharfe Lichtpfeile bohrten sich in meine Augen. Im Rückblick muss ich sagen: Es grenzte an ein Wunder, dass ich in meinem berauschten Zustand keinen Crash verursacht habe. Ich war high. Schopflochvoll high. Und Restalkohol vom großen *Ratskeller*-Gelage, das ich bis zum letzten Tropfen ausgekostet hatte, war sicher mit im Spiel. Ich gab Gas, Gas, Gas. Für meine akademische Vergangenheit und Gegenwart, für die Abenteuer des professionellen Lesens und Schreibens, überhaupt für Lehre und Forschung hatte ich kleiner Wicht nur noch Spott und Häme übrig, so als ob der Job eines Schwarzwälder Tourismus-Beauftragten das Nonplusultra auf Erden und die unmittelbare Vorstufe zu einem riesigen Urlaubs-Imperium wäre. Dabei hat Schopfloch, wie Du weißt, mein liebes Mäxchen, noch nicht einmal ganz elftausend Einwohner.

Als ich in meinem klapprigen Fiat die Landesgrenze von Niedersachsen passierte, kam mir jener Satz in den Sinn, der mich wie ein schlechtes Mantra durch meine Assistentenzeit begleitet hatte: *Die Stadt selbst ist schön, und gefällt einem am besten, wenn man sie mit dem Rücken ansieht.* Ja, die werte Georg-August-Universität konnte mir jetzt den Rücken, den Buckel hinunterrutschen. Das Leben als universitärer Galeerensklave wundersam beendet, keine akademische Züchtigung, keine Gängelei, kein kriecherisches Katzbuckeln vor Habil-Vater Pfeilstich und seinen Marotten, kein nachtlanges Lesen mehr, bis mein Kopf vor Müdigkeit wegkippte. Aus die Maus, vorbei der ganze Mist. Stattdessen dort arbeiten, wo andere Ferien machen, mit netten Kollegen und Kolleginnen, tief im Süden, beinahe schon in Italien, und am Wochenende endlich, endlich damit beginnen, Sport zu treiben, mit langen Bergtouren oder, im Winter, mit Konditionstraining in einer der ungezählten Langlaufspuren. „Ihr könnt mich gernhaben", rief ich lauthals der vibrierenden Windschutzscheibe zu, „ihr könnt mich alle gernhaben, ihr mausgrauen Elfenbeinturmbewohner!" Aber hallo!

Dabei war mein Chef Pfeilstich, ein großer, schlanker Herr mit dichtem, grauem Haar, ziemlich hässlich und daher ganz besonders eitel, eine Art akademischer Dandy – smart, immer modisch und geschmackvoll gekleidet und überhaupt nicht mausgrau. In seinen guten Tagen, als sein Rücken noch halbwegs gesund war, soll Pfeilstich ein exquisiter Tangotänzer gewesen sein. Was sage ich? Ein Tango-Gott! Und selbst während meiner Göttinger Zeit drangen in der Mittagspause manchmal Piazzolla-Klänge zu mir herüber. Er galt als einer der Granden der internationalen Komparatistik, mit Gastprofessuren an der Université de Paris IV – Sorbonne und anderswo, er durchtanzte ungezählte Tage und Nächte auf allen poststrukturalistischen Hochzeiten, die in Deutschland, in Großbritannien und Frankreich gefeiert wurden, und er war prominent. Wenn der *Goncourt* oder ein anderer wichtiger französischer Literaturpreis verliehen wurde, rissen sich deutsche Zeitungen um ihn als kundigen Kommentator. Seit kurzem erst hatte Pfeilstich überdies eine mindestens zwanzig Jahre jüngere, langbeinige Lebensgefährtin, die ich nur zu gerne selbst abgeschleppt hätte.

Freilich wäre ich bei Lena Schiffke ohne jede Chance gewesen. Man durfte es nicht laut sagen, aber Lena ging der Ruf voraus, die LMU München habe ihren Vertrag wegen einer bösartigen Intrige nicht weiter verlängert und sie von heute auf morgen vor die Tür gesetzt. Nun sei die gebürtige Göttingerin in ihre Heimat zurückgekehrt und habe sich ziemlich schnell beim begehrten Pfeilstich „abgesichert". Ich jedoch kühlte mein Mütchen an einem imaginären Mausgrau und dem universitären Establishment. Wie … Ja, wieso eigentlich?

Wahrscheinlich, weil ich doch nichts weiter war und bin als ein typischer Schopflocher, ein träger, bequemer, lahmer Kerl. Weil ich mich heillos überlastet und überfordert fühlte. Weil ich Prousts Werk mehr und mehr als eine riesige Kathedrale wahrnahm, deren Bau und Geheimnis ich nicht zu entziffern vermochte. Weil alles Wesentliche über diese Kathedrale, nach meinem allzu schlichten Urteil, schon längst geschrieben und gesagt war. Weil sich vor dem intellektuellen Prosa-Koloss ein Himalaya an Forschungsliteratur auftürmte, der, anders als das asiatische Gebirge, täglich weiter an Höhe und Umfang gewann. Weil ich Prousts Kopfreisen, Ruskins und Wagners Bedeutung für sein Werk, nicht zu fassen bekam, da ich weder Kunsthistoriker noch Musikwissenschaftler war. Obwohl alles doch so einfach gewesen wäre, zumal für einen Musikliebhaber wie mich, aber das Einfachste ist bekanntlich immer das Schwierigste, das Komplizierteste. Weil ich noch keine einzige originelle Idee zu Papier gebracht hatte. Weil ich, wenn ich ehrlich sein soll, Versagensangst hatte. Angst vor dem Scheitern.

Angst vor dem akademischen Abgrund. Vor dem Ablaufdatum meines Zeitvertrags. Vor Pfeilstich. Vor einer Sackgasse, in der ich arme Mittelbau-Maus die Laufrichtung irgendwann nicht mehr würde ändern können. Angst, Furcht und Schrecken.

Ich befand mich noch immer am Anfang meines Berufslebens, war seit sechs Jahren Assistent, hatte erst vor zehn Monaten einen neuen Vertrag unterschrieben, hetzte hechelnd, mit hängender Zunge und meist nur winzigem Vorsprung vor meinen Studenten, durch das Semester und drohte die unübersehbare Kathedrale vor lauter kleinen Seitenkapellen mehr und mehr aus den Augen zu verlieren. Ich war noch recht jung, aber ich zeigte bereits deutliche Abnutzungserscheinungen. Ich war zermürbt und erschöpft. Am Ende meiner Kräfte. Ausgelaugt. Ich trank. Ich hatte das Konkurrenzgerangel und die Hackordnung satt. Mit einem Wort: Ich war dem Hauen und Stechen am Institut nicht länger gewachsen.

Für meine Göttinger Stelle hatten sich viele interessiert. Sie hatten sich um sie gerissen und bei jeder Audienz des Lehrstuhlkönigs artige Kratzfüße gemacht. Schleimigen Schnecken gleich sind sie um ihn herum und zuletzt in seinen Allerwertesten gekrochen. Von meinem ersten Arbeitstag an wurde ich von den anderen Höflingen angefeindet und regelrecht gemobbt, von Doktoranden, die keine Anstellung hatten, von vorläufig stellenlosen Möchtegern-Karrieristen, die sich schon als kleine Hans Ulrich Gumbrechts sahen, und von schlecht bezahlten Hilfskräften, die bleich und schlapp durch die Flure des Instituts schlichen, als litten sie an fortgeschrittener Auszehrung. Außer den Sekretärinnen und ein paar Studenten grüßte mich niemand. Irgendein Konkurrent hat sogar einmal die Reifen meiner alten Karre zerschnitten und den rostigen Lack zerkratzt. Ich konnte machen, was ich wollte: Am Institut blieb ich ein Fremdkörper, dem man jederzeit gerne signalisierte, dass man ihn weder brauchte noch mochte.

Dass man mich in Schopfloch schätzen würde: Daran glaubte ich felsenfest. Sympathisch finden? Mögen? Oder doch nur dulden? Würde ich in Schopfloch neue Freunde und eine Frau finden, ohne die ich, dem stiernackigen Lampion zufolge, ziemlich schnell absaufen würde? Eine zweite Fritzi? In dieser kleinen Stadt, aus der viele intelligente junge Leute, wenn sie es irgendwie zuwege brachten, flohen, weil sie genug hatten vom Provinzmief? Oder keinen interessanten Job fanden? Auch solche Gedanken gingen mir durch den Kopf, als ich mich allmählich meiner bisherigen Arbeitsstätte näherte, klar.

In Göttingen, der Stadt der vermeintlich schönsten Frauen in Deutschland, kannte ich ein halbes Dutzend Göttinnen, unter anderem Lena Schiffke, doch bei keiner dieser glorreichen Sechs hatte ich Land gesehen. Keine Chance! Ich war ein Schiffbrüchiger geblieben. Monatelang bin ich spätnachts in Discos rumgehangen, obwohl ich dazu gar keine Zeit hatte, habe getrunken und Frauen beim Tanzen beobachtet, die zumindest im Schummer- und Stroboskop-Licht toll aussahen; ich habe, unstatthafterweise (ein Max-Terminus, wenn ich mich nicht irre), Studentin um Studentin angebaggert, aber selten nur war ich erfolgreich, und keine hielt es längere Zeit mit mir aus. Mein Bett blieb öde und kalt. Und ich einsam. Einer der Gründe dafür war, dass ich nicht wusste, wie und über was ich mit Frauen sprechen sollte. Plausibler ist, dass mir der Geruch nach Provinz anhaftete wie Pech und Schwefel. Oder es war ganz einfach mein altes Leiden. Was, in gewisser Weise, eh dasselbe bedeutete. Man kann es gegen den Wind riechen, ob einer aus

Schopfloch kommt oder nicht. Ob er in direkter Linie vom alten Klingele abstammt.

Gruß, Konstantin

*

Ich frage mich noch immer: Was hat K. aus Göttingen hinausgetrieben, einer Stadt, die ihm einstmals als die deutsche Geistesmetropole, als sein Mekka schlechthin erschien? War es wirklich seine Arbeitssituation, die er als unbefriedigend oder sogar als bedrohlich empfand? War es vor allem seine Isolation, die dazu führte, dass er trank, vielleicht sogar kokste und nicht mehr klar denken konnte? Oder war K. ganz einfach triebgesteuert und hoffte auf Schwarzwaldmädchen, die er, der große Uni-Gelehrte, leicht blenden würde? Wie auch immer, der Eindruck drängt sich auf, dass K. K. etwas zurückhaben wollte, was ihm früher angeblich gehört hatte, letztlich jedoch, zumindest für ihn, nirgends zu finden, nirgends zu bekommen war.

Ich bin, das ist nicht weiter verwunderlich, bei weitem nicht so belesen wie es der Große Konstantin war. Und das als Oberdrache! Doch ich habe mir seinen Hinweis auf Knigges Werk *Über den Umgang mit Menschen* nicht zweimal sagen lassen. Dort lese ich, ganz am Anfang: *Wir sehen die klügsten, verständigsten Menschen im gemeinen Leben Schritte tun, wozu wir den Kopf schütteln müssen.* Dem ist, an dieser Stelle, nichts hinzuzufügen.

13

Idylle Zwei

Ich stelle mir vor, wie F. langsam, fast tändelnd, dem rieselnden Geflüster und Geschwätz der kleinen Bäche unter den dunklen Tannen folgt, bis sie zu unserm einsamen Seeufer gelangt. Sie legt sich ins Gras, blendet das Waldesrauschen und das Meckern der Ziegen aus, hört von ihrem Smartphone die alten Songs und ein paar neue. Oder, wie ich seit langem, Jazz. Jarrett, Haden, Garbarek. Oder gar Brahms. Sie schläft ein, träumt, wacht auf, entkleidet sich und geht ins klare Wasser, schaut zu den Bergen auf, beginnt zu schwimmen. Die Schwalben fliegen niedrig, dicht überm See, und Fische springen. Ich stelle mir vor, es könnte ein Tag sein, *wo der Himmel über und in uns sein reines Blau mit nichts bemalt als mit Abend- und Morgenrot – wo wir über das Leben wegfliegen und alles uns hebt wie ein freudiger Traum – wo der unbändige stürzende Strom der Dinge uns nicht auf seinen Katarakten und Strudeln zerstößet und schüttelt und rädert, sondern auf blinkenden Wellen uns wiegt und unter hineingebognen Blumen vorüberträgt – ein Tag, zu dem wir den Bruder vergeblich unter den verlebten suchen und von dem wir am Ende jedes andern klagen: seit ihm war keiner wieder so.*

Ich gebe zu, ich bin sentimental, als ich F. zum See und zum Schwimmen spazieren lasse, sehr sentimental sogar und larmoyant, als ich ihre Männer (und unser Kind) ausblende, alle an der Zahl, und mir nur vorzustellen suche, wie sie aussah. Wie sie aussieht, heute. Doch mein Gehirn ist leer. Ein Bruchstück, ein Trümmerstück ist das Leben nur, ein Splitter eines imaginären Ganzen.

Die Spanne eines halben Menschenlebens hat es gedauert, bis ich tatsächlich begriffen habe, wie egozentrisch ich damals gehandelt habe, wie selbstsüchtig ich bin bis auf den heutigen Tag. Als ich Fritzi wegen ihrer Schwangerschaft auf schmähliche Weise verließ und nach Freiburg ins Theater und später an die Uni floh und sie verlor, ging es immer nur um mich und meine hochfliegenden Pläne, um Selbstbespiegelung, um Selbstsucht und um Größenwahn. Und vor allem um das Übertünchen meiner Schuld, meiner Angst. Als Fritzi, unwiederbringlich, aus meinem Leben verschwunden war, ertrank ich in Selbstmitleid. Immer ging es um mich, mich, mich. Nie um Fritzi. Und erst recht nicht um mein Vergehen.

Es gibt eine kurze, konzentrierte Kalendergeschichte aus dem Jahr 1812 mit dem Titel *Das fremde Kind*. Sie stammt von Johann Peter Hebel und beginnt folgendermaßen: *Durch den Schnee und durch die Tannen des Schwarzwalds kommt Abends am 5ten December 1807. ein achtjähriges Mägdlein halb baarfuß, halb nackt vor das Häuslein eines armen Taglöhners im Gebirg …* Der arme Mann nimmt das fremde Kind, das keinen Vater und keine Mutter hat und zuletzt von Bettelleuten bei St. Peter sitzengelassen wurde und über St. Märgen zufällig zu ihm und seiner Familie gelangt ist, bei sich auf. Der Pfarrherr des Kirchspiels wiederum vermittelt das verlassene Mädchen schließlich an ein wohlhabendes und gutdenkendes Ehepaar, bei dem es von Stund' an aufwächst und gedeiht. Der Erzähler, setzt Hebel am Ende hinzu, *könnte den braven Taglöhner und die braven Pflegeeltern des Kindes mit Namen nennen, wer sie sind und wie sie heissen. Aber über seinen Mund kommt nichts.*

Ich jedoch muss bekennen: Ich habe anders, ich habe falsch gehandelt.

*

Mail Elf

12. September 2015 um 23:53

Lieber Herr Mohr,

nun habe ich es doch noch geschafft, mit Herrn Botterbusch Kontakt aufzunehmen. Nach unzähligen vergeblichen Versuchen, bei denen ich den Verdacht hatte, er lasse sich verleugnen, ist es mir soeben gelungen, ihn zur Unzeit in seinem Institut zu erreichen. Er arbeitet als Professor für Allgemeine und Vergleichende Literaturwissenschaft an der FU Berlin.

Botterbusch, der etwas kurz angebunden war und von oben herab mit mir redete, sagte recht lapidar, was geschehen sei, tue ihm leid. Auf die Nachfrage, was er damit meine, wiederholte er, die Geschehnisse seien zu bedauern. Herr Klingele sei in jenen nun schon weit zurückliegenden Jahren ein begabter junger Mann gewesen, der „zu gewissen Hoffnungen" Anlass gegeben habe. Dieser Ansicht sei auch der „viel zu früh verstorbene Kollege Pfeilstich" gewesen. Doch zu einer Universitätslaufbahn gehörten, neben intellektueller Brillanz, nun einmal auch Biss und Durchhaltevermögen. An allem habe es Herrn Klingele gefehlt. Dann, unvermittelt: „Es tut mir leid, aber ich muss das Gespräch abbrechen. Ich habe viel zu tun."

So dürftig diese Auskunft war, so sagt sie uns meines Erachtens doch einiges. Mosaikstein fügt sich zu Mosaikstein. Wir wissen die Bemerkungen von Professor Botterbusch einzuordnen. So ich erneut für Sie tätig werden soll, lassen Sie es mich bitte wissen.

Mit freundlichen Grüßen
Dr Herbert Bundschuh
Amtsgerichtsdirektor i. R.

*

Memorandum Vier[25]

Auf den letzten paar hundert Metern vor dem Institut verlor ich die Straße aus den Augen, und filmische Schnipsel meiner Assistentenjahre begannen sich vor mir abzuspulen. Ich sah mich, wie ich zum ersten Mal die Tür zu meinem Dienstzimmer aufschloss. Dabei war es gar nicht *mein* Raum, denn ich hatte ihn mit dem ungeschlachten Jens Malte Höwelkröger, einem älteren, erfolglosen Kollegen aus Bremen, und an manchen Tagen sogar mit bis zu drei Hilfskräften zu teilen. Höwelkröger litt unter anderem an einem nervösen Tick, und besonders vor seinen Lehrveranstaltungen trommelte er mit den Fingern seiner linken Hand, immer nur mit der linken Hand, auf dem Schreibtisch herum und scharrte gleichzeitig von Minute zu Minute schneller mit den Füßen.

Trotz solcher Beschwernisse war ich sehr stolz, damals. Jetzt hatte ich es geschafft, dachte ich, jetzt nahm man mich ernst, jetzt gehörte ich dazu, zur Elite, zum inneren Kreis, zu den Ho-

25 K.s Hand, flüssig geschrieben, Tinte auf Papier, A4, auf der Rückseite datiert: 13. April 2015

hepriestern der Komparatistik. Ich hatte eine Anstellung und einen eigenen Arbeitsplatz in dem mir so heiligen Institut. Selbst mit den Toiletten war ich zufrieden, nicht zuletzt sie hielten mich in Göttingen, denn Herr Nörthemann, der Hausmeister, achtete auf peinliche Sauberkeit und frische Luft.

Der Vertrag, den ich erhielt, war freilich eine Frechheit. Die Universität gewährte mir, weil ich noch nicht promoviert war, lediglich ein Dreiviertel-Gehalt. Auf Nachfrage teilte die Verwaltung mit, dass ich schließlich Zeit für meine Doktorarbeit brauche, und die könne man mir selbstredend nicht vergüten. Dafür durfte ich mich, neben der Arbeit für meinen Lehrstuhlchef, um meine eigenen Seminare, um die Bibliothek, die Veröffentlichungen der *Deutschen Proust-Gesellschaft* und um die Redaktion der *Zeitschrift für Vergleichende Literaturwissenschaft* kümmern. Aber all das war mir vorerst vollkommen schnuppe. Klar. Die Anerkennung, die der Vertrag für mich bedeutete, wog alles auf, denn ich wusste: Ich war auf meinem Weg. Es ging aufwärts, steil aufwärts.

Doch mein Job setzte mir zu. Ich arbeitete von Montag bis Sonntag, gewöhnlich von halb sieben am Morgen bis spät in die Nacht und gönnte mir nur kurze Ruhephasen. Fürs Essen nahm ich mir kaum Zeit – was Fast Food bedeutet, weiß ich genau. Bekanntschaften machte ich nicht, von Freunden konnte keine Rede sein. Nach der Arbeit, nach 23 Uhr, zockelte ich meist in eine miese kleine Eckkneipe, um das Heimweh, das mich mit zunehmender Erschöpfung immer öfter durchschüttelte, wegzuschnapsen und ein paar normale Menschen zu sehen. Viel zu spät schlingerte ich ins Bett, kurz nach halb sechs schepperte der Wecker, dann warf ich ein paar Muntermacher und Toastbrot mit Margarine ein, und am Nachmittag schlief ich am Schreibtisch, bis Höwelkröger mich mit seiner Trommelei weckte. Ich lebte wie ein Arbeitsmönch, der immer mehr schluckte.

Im nächsten Kurzfilm sah ich mich stolz und ein wenig dümmlich grinsen, als mir Herr Nörthemann nach meinem glänzend bestandenen Rigorosum das Namensschild mit dem Doktortitel vor dem Dienstzimmer montierte. Momentlang zufrieden war ich auch, wenn mich mein Chef am Ostersonntag oder an Pfingsten anrief und dekretierte, ein solcher Tag schenke uns ungeahnte Freiräume fürs Arbeiten. Und dann ging es los ... Immer öfter befahl der Herr Professor seinen Diener Klingele auch am Wochenende ins Institut und gab ihm Sonderaufträge. Häufig, über eine lange Strecke hinweg, wenn ich ehrlich sein soll: permanent, zeigte mir der Film, wie ich deprimiert, überarbeitet und ausgelaugt über meinem Schreibtisch hing, kraftlos, ideenlos, müde, erschöpft, ein malades Männchen ohne Sexualpartnerin.

Nicht nur Prousts lange und komplexe Satzperioden machten mir zunehmend zu schaffen, sondern auch das Französisch seiner Zeitgenossen und erst recht die theoriegesättigte Fachsprache der französischen Literaturwissenschaftler. Nie hatte ich Romanistik studiert, nicht ein einziges Semester, und erst jetzt begriff ein gewisser Schwarzwälder Dorfdepp, was es hieß, sich wissenschaftlich auf einem internationalen Parkett zu bewegen. Und was es bedeutete, sich in musikwissenschaftliche und kunstgeschichtliche Kontexte einzuarbeiten, die ihm vollkommen fremd waren. Vom täglichen Kleinkram, der die meiste Zeit wegfraß, und von Veröffentlichungen, die Pfeilstich mir wie Hausaufgaben oder Prüfungen aufdrückte, zu schweigen.

Das Schlimmste aber war, und es fällt mir sehr, sehr schwer, das dem Papier anzuvertrauen: Ich hatte bereits eine lange, sehr lange Zeit der Lektüre, des Exzerpierens und des einsamen

Grübelns an meine Habilitationsschrift verschwendet, die mir ein gutes Leben im Reich der Wissenschaft sichern sollte, und hatte noch keine Zeile geschrieben. Ich trat auf der Stelle. Es bewegte sich nichts. Mein altes Tempo und mein Schwung waren dahin. Noch nicht einmal einen Plan, ein Konzept gab es, das diesen Namen verdiente. Nichts, gar nichts hatte ich in Händen. Niente, nada, nullum.

Je aussichtsloser meine Situation schien, desto mehr versuchte ich, mich abzulenken. Jeden zweiten oder dritten Tag ordnete ich meine Handbibliothek neu und sogar meine Stifte und die Papiere auf dem Arbeitstisch, ich entwickelte komplexe Schreibticks und verrückte Rituale, die mich Morgen für Morgen immer mehr Zeit kosteten und schier um den Verstand brachten, bestimmte Bewegungen wie bei einem Hochleistungstennisspieler, bestimmte Abläufe und Selbstermahnungen, und immer wieder schaute ich aufs Neue meine voluminösen Exzerpte durch, als ob mit derartigen Lappalien etwas gewonnen wäre. Doch nichts geschah, nicht die kleinste Idee wurde am Horizont sichtbar, der berühmte Funke wollte nicht überspringen.

Dann begann ich, in Cafés und Bars zu fliehen und von neuem eine Frau zu suchen. Aber ich lernte niemanden kennen. Ein Musenkuss fand nicht statt. Keine Frau erbarmte sich meiner und verliebte sich in mich oder diskutierte wenigstens mit mir über Gilberte, Albertine und Alfred Agostinelli. Ich vermute, trotz meines Parfums ging ein übler Gestank von mir aus.

Als Nächstes verfiel ich auf die Idee, dass ich kein Wissenschaftler, sondern eher ein Romanautor sei, und machte wilde Pläne. In meinen Tagträumen sah ich mich schon einen Verlagsvertrag unterschreiben und den ersten Monatsvorschuss kassieren. Über drei, vier, fünf oder maximal zehn magere Sätzlein jedoch gelangte ich nie hinaus.

Und ich blieb allein und isoliert am Institut. Botterbusch und Höwelkröger gingen ihre eigenen Wege, der eine besser, der andere schlechter. Die einzige menschliche Regung, die von meinem Chef, einem bekennenden Workaholic, ausging, war Druck, Druck und nochmals Druck. Doch auch Pfeilstich begann allmählich zu schwächeln, bei ihm zeitigte das Hamsterrad gleichfalls Wirkung.

Seine Probleme hatten sich bereits seit einiger Zeit abgezeichnet. Er ging krumm, er saß schief und wie verrenkt auf seinem Arbeitsstuhl, und oft konnte er seinen Kopf kaum bewegen. Schon lange litt er unter starken Schmerzen. Nun musste er an der Halswirbelsäule operiert werden und fiel längere Zeit aus. Die Operation gelang, Pfeilstich überlebte den riskanten Eingriff ohne weitere Einschränkungen und verließ den OP nicht querschnittsgelähmt, aber seine Symptome klangen nicht restlos ab, und schon nach wenigen Monaten kamen neue Schwierigkeiten hinzu. Er hatte seinem Körper und insbesondere dem Rücken durch eine langjährige Schreibtischfron und insbesondere dank seiner umfangreichen Untersuchungen zu den „drei Brüdern im Geiste“ Joyce, Musil und Proust nachhaltig Schaden zugefügt. Eine weitere Operation drohte.

Doch von einem aufrechten Gang konnte auch bei mir nicht mehr die Rede sein. Häufig musste ich, soweit man mir das zutraute, Pfeilstich vertreten, ich ertrank in zahlreichen zusätzlichen Aufgaben, und so knickte ich ein und schluckte Abend für Abend immer mehr, ich schlief immer schlechter, meine Konzentration ging allmählich baden, ich wurde nachlässig und machte Fehler um Fehler, und eines Tages war ich handlungsunfähig, arbeitsunfähig und krank, nachdem ich mir irgendeine schwere Infektion zugezogen hatte. Dachte ich, denn Kopfschmerzen, Halsschmerzen, Gliederschmerzen und Erbrechen plagten mich, ich litt unter Fieberschüben, und mein Gedächtnis ließ mich immer öfter im Stich. Kurz gesagt: Ich fühlte mich wie ein rohes Stück Fleisch, ich war nur noch Körper.

Irgendwann ging ich zum Arzt oder, korrekt ausgedrückt: Ich begab mich auf eine schier endlose Wanderschaft von Medizinmann zu Medizinmann, denn keine der auf vielen falschen Diagnosen basierenden Therapien bewirkte etwas. Bis ich an einen tatsächlich gründlichen Weißkittel geriet, der sich für Literatur und also auch ein wenig für mich interessierte. Nach mehreren umfangreichen Laboruntersuchungen und etlichen Besuchen in seiner Praxis erhielt ich den Befund, ich hätte mir das *Chronische Erschöpfungssyndrom* zugezogen. Ja, zugezogen. Ich hatte es mir geholt wie einen Schutz. Wie eine Notfallsicherung. Mein Körper wollte nicht mehr. Er konnte nicht mehr. Er streikte zum ersten Mal. Der Spiegel im Bad zeigte mir eine maskierte Figur, die so weiß war wie frisch gefallener Schopflocher Schnee.

Ich sollte unbedingt „Ruhe halten", sagte der Arzt, am besten im Bett liegen und möglichst nichts tun. Einfach nichts tun. Noch nicht einmal lesen. Auf keinen Fall Proust. Auch nicht Wagner hören. Keinen Alkohol trinken. Und mich gesund und ausgewogen ernähren.

In meinem Institut glaubte kaum jemand an die Diagnose *Erschöpfungssyndrom*, und die meisten hielten mich für einen üblen Simulanten. Also schickte mir Gitti Geist, Pfeilstichs Sekretärin, stapelweise Seminararbeiten zur Korrektur und Benotung in mein kleines Wohnklo. Krank wie ich war, zappelte ich im Hamsterrad.

Es dauerte lange, bis ich wieder halbwegs auf den Beinen stand. Am liebsten wäre ich geflohen und davongelaufen. Vorläufig blieb es bei einsamen Spaziergängen von einem Stehimbiss zum nächsten. Häufig holten mich Rückfälle ein.

In dieser Zeit, wenige Monate nach meinem Theater-Debakel, rief mein Vater an und verkündete mir die frohe Botschaft von der Schopflocher Stellenausschreibung. Ein Stern erschien am Himmel. Die Stadt selbst ist schön und gefällt einem am besten, wenn man sie mit dem Rücken ansieht.

*

Seinen gloriosen Auftritt in Göttingen, nach dem Schopflocher Pyrrhus-Sieg, hat mir Konstantin aber und abermals erzählt, je nach Stimmung ein wenig anders inszeniert: einmal als großes Weltuntergangsdrama, einmal als Slapstick-Komödie, dann als Rührstück oder als akademischen Showdown. Immer wie besessen. Minutiös. Bis ins kleinste Detail. Und trotz aller stilistischen Variationen recht ähnlich im Wortlaut. Ich habe noch heute das Gefühl, Pfeilstich, Botterbusch und Gitti Geist seien alte Bekannte von mir. Obwohl ich keinen von ihnen jemals zu Gesicht bekommen habe.

Im Institut empfing K. das vertraute Gemisch aus Bohnerwachs, abgestandener Luft, Bücherstaub und Studentenschweiß, das ich vom Freiburger Seminar gleichfalls kenne. So riecht oder roch Philologie in Deutschland. Ob die digitale Ära in der Uni andere Ausdünstungen hervorbringt? Ich kann es nicht beurteilen, denn ich besuche schon lange kein Institut mehr, nur noch die Universitätsbibliothek, wenn ich eine Information für meine K.-K.-Nachforschungen benötige. Außerdem bin ich als Lehrer, was Gerüche angeht, viel robuster.

Konstantin hat sich damals eingebildet, wie er mir gegenüber behauptete, ganz genau zu wissen, dass ihn in der Sphäre der Hochschule nichts mehr halten würde. Zumindest hat er versucht, sich einzureden, dass seine Rückkehr in den „geheiligten, gebenedeiten Schwarzwald“, so seine Worte, die richtige Entscheidung sei.

Gleichwohl hat er sich vor dem Institutseingang offenbar plötzlich nicht mehr gut gefühlt. Spürte er die ersten Vorzeichen einer Erkrankung? Eines Rückfalls? Durchaus möglich. Oder begann er bereits zu ahnen, dass sein Aufbruch zu vermeintlich neuen Ufern, in seinen „geheiligten, gebenedeiten Schwarzwald“, genauer betrachtet nichts anderes war als Feigheit, als eine Flucht, als der Anfang seines Niedergangs? Als eine Bankrotterklärung und Kapitulation?

Wenn ich, Max Mohr, im Vorhinein weiß, ein persönlicher Entschluss ist fragwürdig oder fehlerhaft und falsch, spüre ich immer ein Ziehen im Brustkorb. Einen jähen Zug hinauf bis in den Hals. Mein Mund ist dann urplötzlich trocken, die Gesichtshaut spannt. Aber zumeist schlage ich alle Warnsignale in den Wind und laufe sehenden Auges in die selbstgebaute Fallgrube. Und K. hatte es wieder einmal eilig. Erneut machte er den dritten Schritt vor dem zweiten. Er wollte möglichst rasch Fakten schaffen. Wollte die Entscheidung, die er anscheinend vor seiner Bewerbung nicht getroffen hatte, jetzt schnell nachholen und hinter sich bringen und die Qual beenden. Vermutlich hat er damals zu sich selbst gesagt: „Nun mach schon, Konny, beeil dich doch, komm endlich in die Puschen. Und gib gefälligst Gas. Es muss doch weitergehn.“ Konstantin tappte also in die Falle. Und zappelte ungelenk die Institutstreppe hinauf.

Sein Angstgegner Pfeilstich war an diesem Nachmittag in seinem Büro und hatte, wie Gitti Geist (sie hieß tatsächlich so; das habe ich überprüfen lassen) K. mitteilte, überraschenderweise sogar Zeit für ihn. Damit hatte er nicht gerechnet.

Schon stand der Große Konstantin, einigermaßen verdattert und weißen Gesichtes, vor Pfeilstichs Tür mit dem hässlichen

Furnier, und in seinem Hals stak ein dicker Kloß, der in Sekundenbruchteilen zu der Größe eines Wasserkopfs anschwoll. K. fürchtete, angesichts der für ihn entscheidenden Situation seinen Körper nicht kontrollieren zu können und wie ein kaputter Auspuff loszuknattern.

Noch konnte er zurück ins alte Gleis, sagte er sich, noch konnte er in Schopfloch absagen. Problemlos sogar. Keine große Sache. Noch war nichts Entscheidendes geschehen. Im Grunde war doch überhaupt nichts passiert. Nullum! Nada! Niente! Niemand am Institut wusste von seinem Bewerbungs-Abenteuer. Kein Einziger. Die gewichtigen Artikel der Hochschwarzwälder Weltpresse würden nicht bis nach Niedersachsen und Göttingen durchschlagen. Es bestand keinerlei Gefahr. Seine akademische Karriere, schwirrte es K. durch den Kopf, war noch vollkommen intakt, und kein Porzellan zerbrochen. Keine Tasse, kein Teller, keine Schüssel. Aber was sollte er tun? Was war richtig? Was falsch? Wie sich entscheiden? Wie nur? Sich zuhause blamieren oder in Göttingen? Wo überhaupt war er inzwischen daheim? Weiter im Flachland fronen oder ins kalte Schwarzwald-Wasser springen? Das Schopflocher Rathaus schriftlich wissen lassen, dass man in Göttingen nicht gewillt sei, auf ihn, die Hoffnung der deutschen Komparatistik, zu verzichten? Dass man ihn dringend benötige, um den Betrieb aufrechterhalten zu können? Dass in Göttingen eine wissenschaftliche Katastrophe drohe. Er, Konstantin Klingele, sei nicht zu ersetzen. Auf gar keinen Fall. Händeringend habe ihn der Institutsdirektor gebeten zu bleiben.

Welches war der richtige Weg? Sollte er nicht besser eine Nacht darüber schlafen? Oder am besten zwei oder drei? In aller Ruhe nochmals die verschiedenen Aspekte gewichten? Alles abwägen, mit kühlem Kopf? Hatte er Lust, weiterhin den Intellektuellen zu spielen? Oder doch lieber den selbstverständlich erfolgreichen Fremdenverkehrs-Manager? Hatte er denn nicht Zeit genug gehabt, um zu einer Entscheidung zu gelangen?

Doch all die Gewissheiten der letzten Tage und Wochen hatten sich in nichts aufgelöst. Nichts hatte mehr Bestand. In K.s Bauch rumorte es. Der Druck stieg. Er stieg immer weiter. Was tun?

K. stand direkt vor Pfeilstichs Tür, wenige Zentimeter nur von ihr entfernt. Er blickte unverwandt auf ihr hässliches dunkelbraunes Furnier, das er schon seit so vielen Jahren kannte, doch noch nie so genau betrachtet hatte. Das Türblatt musste uralt sei, denn seine Oberfläche war dicht von Haarrissen überzogen, wie er erst jetzt bemerkte. Je länger K. vor der Pfeilstich-Tür verharrte, ohne zu einem Ergebnis zu kommen, desto dunkler erschien sie ihm. Er begann sich einzureden, buchstäblich schwarz zu sehen. Eine schwarze Tür. Ein schwarzes Loch. Das Tor zur Hölle. Und der Druck nahm weiter zu.

Ich frage mich: Ist es wirklich so oder so ähnlich abgelaufen? Was geht einem immer noch recht jungen Menschen durch den Kopf, wenn er vor einer Entscheidung steht, die seinen bisherigen Lebensweg abrupt und endgültig in eine vollkommen neue Richtung zwingt? Wenn er sich anschickt, seine jahrelange Arbeit in den Papierkorb zu werfen, zu vernichten und ihre Früchte nicht mehr zu ernten? Und wenn er sich, zusätzlich, einen künstlichen Zeitdruck aufbaut, der ihm vollends den Blutdruck in die Höhe jagt, den Schweiß aus allen Poren und den Darm zu Konvulsionen treibt? Was hat K. wahrgenommen, damals? Welche äußeren Faktoren nahmen Einfluss auf seine Gedanken und Gefühle? Geräusche zum Beispiel, Luftzug, Lichtverhältnisse, Studenten, die auf den Fluren unterwegs waren? Wie hat sein Gedächtnis seine Wahrnehmungen gespeichert und im

Laufe der Zeit verändert und geformt, überformt? Und kann meine Darstellung irgendetwas mit der Wirklichkeit zu tun haben?

Ich war nicht dabei, in Göttingen lebten damals und leben auch heute keine Drachen, und keiner von uns hätte K. unter die Schädeldecke spähen können. Keiner wäre in der Lage gewesen, in den Fluss seines Bewusstseins einzudringen und schon gar nicht in die darunter liegenden dunklen Schichten am schlammigen Grund. Wenn sich also jedwede Form von Bewusstseinsstrom à la Schnitzler oder Joyce, zu dessen Herstellung ich, als einfacher Schreiber, ohnehin nicht in der Lage wäre, also als pure Fiktion, ja, als Vortäuschung falscher Tatsachen erweist, wäre es dann nicht ehrlicher und angemessener, sich auf die reine Darstellung von Oberflächen, von sichtbaren Handlungen und allenfalls auf die Wiedergabe von Dialogen zu beschränken? Ist eine genaue psychologische Schreibweise überhaupt denkbar? Und kann ich mich auf die eher schlichten, selbstverständlich einseitigen und durch die zeitliche Distanz zusätzlich verzerrten Erzählungen und Schilderungen K.s auch nur ein wenig verlassen? Ich weiß es nicht, ich habe keine Ahnung. Ein Roman ist ein Roman ist ein Roman. Sterne, der bekanntlich einer von K.s frühen Hausgöttern war, hätte an einer solchen Stelle gesagt, es sei sowieso schicklicher, wider die Wahrheit als gegen die Schönheit zu sündigen.

Unvermittelt kam, das scheint gesichert zu sein, Botterbusch, wie immer grinsend, über den Flur gelaufen, der anscheinend so unangenehme, widerwärtige Botterbusch, der bei Pfeilstich über Benjamins versteckte Burton-Rezeption promovierte. Er arbeitete als Hilfskraft und war einer von Konstantins ärgsten Feinden. Sollte er wirklich das Feld räumen, so fragte sich K. gemäß eigener Auskunft – sollte er, genau genommen, für Botterbusch, diesen unsympathischen Schleimer, seine Stelle kündigen?

Was, ja, was nur sollte er tun? Er konnte doch nicht länger vor der braunschwarzen Tür herumdrucksen wie ein Schulkind, das sich nicht traut, den Lehrer etwas zu fragen, während Klassenkamerad Botterbusch immer näher rückte wie weiland Tassilo Widmer-Pohl und seine Kumpane. Stinky! Stinky! Stinky!

K. gab sich selbst das Kommando zum Aufbruch. Er klopfte und trat ein. Pfeilstich kauerte krumm, mit schief positioniertem Kopf und verknoteten Beinen hinter seinem monströs großen Schreibtisch. Mühsam erhob er sich. Halb gebückt stand er vor K. und hatte ganz offensichtlich Mühe, den Kopf zu heben.

Wie um ihn Lügen zu strafen, war Pfeilstich keineswegs mausgrau, sondern in den Farben von Flauberts Papagei gekleidet: blaues Jackett, türkisfarbenes Hemd, hellblauer Seidenschal, hellgelbe Hose, rote Schuhe. „Hallooooo, Master Klingele!", tönte er in seiner gewohnt herablassenden Art. „Sie sehen heute ja beinahe so erschöpft aus wie ihr Freund Marcel kurz vor seinem finalen Abgang, aber Sie duften höchst beeindruckend. Haben Sie mal wieder ein paar Nächte durchgemacht, bei leichten Mädchen, Würstchen und *Roederer Cristal*? Bei *Rotkäppchen*? Oder bei Ihrem Erschöpfungsdingsbums? Ich kann mir nicht helfen: Sie werden zum Dauerquengler. Was liegt denn heute an?"

Zuhause, im Schutz seiner Bibliothek, in seiner Phantasiewelt, wenn er in Gedanken den akademischen Großhelden spielte, das glaube ich K. ohne Einschränkung, vermochte er Leuten wie Pfeilstich durchaus Paroli zu bieten. Da war er der gewandte rhetorische Ritter von der pfiffigen Gestalt. Schlagfertig und nie um ein Wort verlegen. In der persönlichen Begegnung aber war er Professoren noch immer nicht gewachsen.

Schon gar nicht in Göttingen, wo ein Assistent weniger galt als ein Volksschullehrer. Und dem fabelhaften Pfeilstich gegenüber, den er nach eigenem Bekunden gleichermaßen fürchtete und bewunderte, ja, vergötterte, zog er seit jeher das Genick ein.

Er kniff, so K., mit aller Kraft, die ihm zu Gebote stand, die Pobacken zusammen und brachte ziemlich leise, ja verschüchtert, ganze acht Wörter heraus: „Ich wollte Ihnen nur sagen, dass ich kündige." Und sein Kopf fing an, zu wackeln.

Die Szene dürfte filmreif gewesen sein. Man muss sie sich in aller Ruhe vorstellen: In dem geräumigen Arbeitszimmer war es mucksmäuschenstill. Die Vorhänge waren zugezogen, und der Neonstab an der Decke spendete ein grelles Licht. Ein schiefer Kopf und ein in erheblichem Maße wackelnder Kopf fixierten einander. Pfeilstich rührte sich nicht. Er verzog keine Miene. Noch nicht einmal sein Philologen-Haupt, an dem er so schwer trug, zeigte irgendeine Form von Bewegung. Es machte lediglich einen schiefen, irgendwie verdrehten Eindruck. Nichts verriet, dass die Neuigkeit Pfeilstich auch nur ein klein wenig berührte: „Und was will Master Klingele als Nächstes anstellen? Den Cicerone in Paris geben? Oder in Bayreuth, am Grünen Hügel? Etwa transalpin im pittoresken Venedig?"

Seine Schuhspitzen waren schmutzig. Das bemerkte K. erst jetzt: Schopflocher Staub und Schwarzwälder Dreck hafteten an ihnen. Wackelnden Kopfes schaute er auf seine ohnehin nicht sonderlich ansehnlichen Treter hinunter und murmelte kaum hörbar: „Gestern bin ich zum Tourismusdirektor meiner Heimatstadt gewählt worden."

„Großartig, ganz großartig! Na, da lag ich ja gar nicht so falsch. Sie sind ja auch Experte. Vom Kopfreisenden zum Reiseanbieter. Gratuliere zum erheblichen Karriere-Sprung! Direktor, Tourismusdirektor von Schopfloch. Grandios! Schopfloch, so heißt doch ihr stilles Örtchen, oder? Das ist freilich gewaltig! Geben Sie mir Ihren Wisch gelegentlich rein. Wir sehen uns noch, bevor Sie endgültig in Ihre glänzende Zukunft davontippeln."

Pfeilstich bot K. weder einen Kaffee noch einen Cognac an, was er früher angeblich, in guten Tagen, ab und zu getan hatte, er forderte K. noch nicht einmal auf, Platz zu nehmen. Nein, er kehrte ihm stracks den Rücken zu und setzte sich, ohne ein Wort des Abschieds, schwerfällig und mit einiger Mühe, an seinen riesigen Schreibtisch. Und mein Freund konnte gerade noch, das hat er mir gegenüber mehrfach behauptet, aus dem Raum fliehen und im Schweinsgalopp, am schwabbeligen Botterbusch vorbei, zur Etagen-Toilette zappeln, die „Gott sei Dank" (K.) gerade nicht besetzt war. Bevor die Klo-Tür zufiel, hörte er noch, wie Gitti Geist ihm hinterherrief, das Oberseminar in der kommenden Woche könne nun doch wie geplant stattfinden. Dann ging es auch schon los.

K.s Hochschul-Karriere endete auf einer universitären Toilette in Göttingen. Er behauptete zwar, er habe sich „endlich wieder frei gefühlt"; gleichwohl bin ich mir ziemlich sicher, dass er spürte: Nun begann die Zeit seiner Strafe. K. war vermutlich schon damals nicht mehr gesund. Zu Konstantins eingebildeter Krankheit jedoch will ich mich nicht mehr äußern.

Dass mein Freund sich schon von Göttingen aus mit der Tasse, seinem Feind seit Kindheitstagen, in Verbindung gesetzt und nicht den Kontakt zu mir gesucht hat, kränkt mich noch heute. Das schmerzt mich, wenn ich ehrlich sein soll, sogar maßlos. Denn wenn ich irgendetwas auf den Tod nicht ausstehen kann, dann ist es Illoyalität. Treulosigkeit. Verrat. Der Eindruck ist nicht von der Hand zu weisen, dass K. sich in dieser Zeit, verblendet wie er war, in der Rolle gefiel, als vermeintlicher

Chef mit einem anderen Boss zu verhandeln und zu kooperieren. Erst als er sich seiner Situation in Schopfloch als gehobener kommunaler Diener allmählich bewusst wurde und als er spürte, dass es ihm in verschiedener Hinsicht schlechter zu gehen begann, suchte er mehr und mehr meine Nähe. Ich sehe mich gezwungen, nüchtern festzustellen: K. war berechnend, durch und durch, Freundschaft hatte für ihn keine Bedeutung.

14

Mail Zwölf

15. April 2015 um 17:09

Sehr geehrter Herr Mohr,

vielen Dank für Ihre Anfrage! Der Transportauftrag von Herrn Dr. Klingele und der Stadt Schopfloch liegt zwar schon sehr lange zurück. Sie werden trotzdem Verständnis dafür haben, dass wir Ihnen aufgrund des Datenschutzes, den wir als alteingesessene heimische Firma sehr ernst nehmen, keine Auskunft erteilen können. Wir bedauern, Ihnen keine andere Mitteilung machen zu können, und verbleiben
mit freundlichen Grüßen

Franz Brecheisen
Spedition Brecheisen
79710 Schopfloch im Hochschwarzwald

Unser Leitbild: Spedition Brecheisen seit 1934 – damit alles heil bleibt!

*

Mail Dreizehn

19. April 2015 um 23:08

Lieber Herr Mohr,

Sie wissen ja, dass mein Mann und ich uns sehr gut in Schopfloch auskennen und dass wir insgesamt noch immer über hervorragende Kontakte verfügen. Daher bereitete es mir überhaupt keine Schwierigkeiten, Ihren Recherchewunsch zu erfüllen. Es ging ja auch nicht um Staatsgeheimnisse.

Der Franz hat meinem Mann bei einem Bier gesteckt, dass der Dr. Klingele in Göttingen wohl ein ziemlich armer Hund war. Seine Wohnung muss ein elendes Loch gewesen sein: schlechte Gegend, ziemlich ungepflegt, ja, schmutzig, und die wenigen Möbel sahen aus, so die Mitteilung des Franz, der wirklich viel in der Welt herumkommt, als hätten sie aus einem Brockenhaus gestammt. Nein, wie vom Sperrmüll, hat er gesagt. Er, der Franz, der den Transport im Auftrag der Stadt selbst abgewickelt hat, meinte, er könne sich nicht vorstellen, dass der Klingele Konstantin irgendeine Rolle an der Universität gespielt habe. So hause man nicht, wenn man „jemand ist und was zu sagen hat", da sei er sich sicher. Der Franz sagte, er verstehe ja nichts von solchen Sachen, aber die vielen Bücher hätten ihn schon beeindruckt. Und wegen denen hätte der junge Klingele auch ein Riesentheater gemacht. Auf die habe er aufgepasst wie er, der Franz, auf seine Augäpfel und auf seine Autos. Insgesamt sei Klingele junior ziemlich arrogant aufgetreten und habe nicht geholfen. Das muss man sich einmal vorstellen! Er sei nur linkisch in einer Ecke gestanden und habe zugeschaut. Keine einzige Kiste habe „der Schnösel" (so der Franz wörtlich) angerührt. Sonst sei ihm nichts aufgefallen. Aber der Transport liege ja schon lange zurück.

In der Hoffnung, Ihnen gedient zu haben, und mit freundlichen Grüßen
Dr Ingrid Brotz

*

Tirade Fünf[26]

Als die Schopflocher mich gewählt hatten, das gebe ich zu, fühlte ich mich wie im siebten Berufshimmel. Voller Begeisterung begann ich vor dem Spiegel, Posen und ‚Masken' einzuüben, die zu einem Tourismusdirektor passten. Ich grimassierte und modulierte mein Gesicht nach Herzenslust. Die Gemeinderäte hatten mich, so glaubte ich damals, gerettet. Ich war in meiner Heimatstadt auf den Tourismusthron gesetzt worden, die Verantwortlichen hatten sich für mich entschieden, obwohl das Bewerberfeld riesig gewesen war. Und obwohl ich nichts wusste und nichts konnte. Also musste ich ja doch einiges draufhaben, sagte ich mir, als Bewerber, als Redner, als Schauspieler und Hochstapler. Vor allem redete ich mir ein, ich sei nun mein eigener Herr. Und das verschaffte mir ein neues, frisches Lebensgefühl. Ich hätte trommeln mögen wie Oskar.

---

26 Handschriftlich, blaue Tinte auf angeschmutztem Papier, undatiert, nach 2015 entstanden; erstmals ohne die bisher bekannte Signatur

Heute sehe ich das anders. Mein Wechsel in den Schwarzwälder Urlaubsrummel war einer der größten Fehler in meinem an Irrtümern und Missgriffen reichen Leben. Das verschlafene Schopfloch, hinter den Bergen bei den sieben Zwergen, hat mich ruiniert, keine Frage, es hat mich zugrunde gerichtet. Warum nur waren mir die Stadträte so wohlgesonnen, weshalb haben sie ausgerechnet mich auf den Schild gehoben?

Da hat ein Kaff wie Schopfloch, ja, ich sage, im Gedenken an den großen Schmidt, bewusst: ein Kaff!, die Chance, aus ein paar hundert Bewerberinnen und Bewerbern eine Expertin oder einen Experten für ein wichtiges Arbeitsgebiet auszuwählen. Und was macht der Stadtrat, der Souverän, der Herrscher der Gemeinde? Er kürt ein ausgemachtes trinksüchtiges Grünhorn, einen hochspezialisierten Geisteswissenschaftler und nebenberuflichen Freiherrn von Münchhausen, der vom Metier rein gar nichts versteht, zu seinem amtlichen Tourismusschreihals. Warum nur?

Ich wette, dass dieser nicht mehr ganz junge Gimpel nur auserkoren wurde, weil die Damen und Herren Stadträte mit seinem albernen Doktortitel im Schwarzwald renommieren wollten: „Seht her, wir in Schopfloch sind was Besseres, wir haben jetzt nicht nur eine Doktorin als Bürgermeisterin, sondern auch einen Doktor, der unseren Tourismus ganz gehörig beflügeln wird. Wir sind wer!“ Außerdem haben sie ihn genommen, diesen Schnösel, auch da bin ich sicher, weil er ein Kind der vielbeschworenen Heimat ist, ein gutbürgerliches noch dazu, aus einem konservativen, einstmals angesehenen Elternhaus, aus einem längst verkommenen Hotelbetrieb. Aus einer verlotterten Bude. Aber warum ist das so abgelaufen?

Qualität, das weiß ich jetzt, spielt in einer Kleinstadt wie Schopfloch, außer bei Blutwurst, Speck und Kirsch, kaum eine

Rolle. Man schätzt und will sie nicht, weil man von Neid erfüllt ist und Angst davor hat, überflügelt zu werden. Deshalb hassen viele ja auch die beiden neuen Luxushotels. Man nimmt einen, mit dem man angeben kann und von dem man zugleich glaubt, dass er am ehesten zu einem selbst passt. Der einem nicht gefährlich zu werden vermag, weil er, und das haben sie gewittert, schwach ist. Von Leuten wie meinem Busenfeind Tassilo und von Frau Schlägel abgesehen, ist in Schopfloch womöglich kaum einer wirklich dazu befähigt, Qualität zu erkennen, weil Schopfloch für die allermeisten Schopflocherinnen und Schopflocher die Welt bedeutet. Wer bei uns wäre beispielsweise in der Lage, die Texte von Emil Altmann von jenen Peter Altenbergs zu unterscheiden? Und alles Fremde ist ohnehin verdächtig. Fremde mag man nicht, Fremde bedeuten Umstellung, bedeuten Gefahr, bedeuten Einmischung. Und man möchte unter sich bleiben. Klar, heutzutage kann man sie nicht mehr einsperren oder davonjagen, die Fremden, aber hin und wieder vermag man ihnen das Leben ein wenig schwer zu machen. Diese Lektion hat auch mein Vater lernen müssen. Die Heimat scheint unteilbar zu sein. Eine geschlossene Gesellschaft. Und jeder kennt jeden in Schopfloch und will auch den Tourismuschef kennen. Am liebsten schon seit Jahrzehnten. Von Kindesbeinen an.

Und im Grunde haben sie ja ganz recht mit ihrem Verhalten. Bis jetzt war doch alles in Ordnung. Es hat ja gereicht, es hat funktioniert. Bestens sogar. Sie sind schließlich nicht verhungert mit ihrem verdammten Tourismus, sondern waren richtig erfolgreich.

Verwurzelt zu sein in der Heimat, ist wichtig und wird immer wichtiger, je verunsicherter die Menschen in unserer immer unübersichtlicher werdenden Welt sind. Je stärker der Ärger über ‚die da oben' anwächst. Je mehr sich die Leute alleingelassen fühlen. In den Schopflocher Supermärkten wird Fleisch vom *Heimat-Rind* angepriesen. Mein Bio-Joghurt heißt *Unsere Heimat*. Und im Netz gibt es, um nur ein beliebiges weiteres Beispiel zu nennen, einen *Heimatliebe-Store*. Im Jahr 2015, in der Zeit der sogenannten Flüchtlingskrise, habe ich erst neulich gelesen, hat der überbordende Gebrauch des Wortes Heimat einen neuen Scheitelpunkt erreicht. Ganz klar: Wir werden alle zu Heimat-Fanatikern, zu Heimat-Ochsen. Dabei begreift keiner, dass unsere Heimat jeden Tag verhunzt und verraten wird, niemand merkt, dass der massenhafte Gebrauch des Begriffs voller Absicht geschieht und in Wahrheit einen Verlust anzeigt, nämlich die Abwesenheit dessen, was unseren Vorfahren einmal Heimat war. Es ist, liebe Leute, zum Speien. Einen gewissen Halt gibt mir da noch John Burnside, den seltsamerweise auch das gutbürgerliche Mäxchen gerne zitiert: *Wann immer wir an Zuhause denken / kommen wir auf dasselbe zurück: / die Handvoll Pflanzen und Vögel, die wir beim Namen kennen / Regentropfen am Fenster des Fischladens / die schielende Scholle / mit ihren orangensaftfarbenen / Sommersprossen.*

Und bei Machiavelli, den Frau Schlägel so sehr schätzt, kann man Folgendes nachlesen: *Der erste Eindruck, den man sich von der Intelligenz eines Herrschers macht, wird durch die Männer seiner Umgebung bestimmt. Sind diese fähig und treu ergeben, so kann man ihn stets für klug halten, weil er es verstanden hat, deren Fähigkeiten zu erkennen und sich ihre Ergebenheit zu erhalten. Sind sie es aber nicht, so kann man sich immer ein ungünstiges Urteil über den Herrscher bilden; denn der erste Fehler, den er begeht, ist diese Auswahl.* Soviel nur zu meiner Berufung. Kein Kommentar. Klar. Blablabla.

*

K.s bösartige Einlassungen ein weiteres Mal zurechtzurücken, erübrigt sich. Heimatliebe und Bodenständigkeit waren ihm, das wissen wir zur Genüge, fremd. K.s Programm hieß immer nur K. Mehr nahm er nicht in den Blick.

Mit etwas gutem Willen und echtem Interesse an der Sache hätte er in seinem neuen Beruf durchaus Erfolg haben können, obwohl er als Laie antrat. K. war doch alles andere als dumm. Um die Rahmenbedingungen für den Fremdenverkehr in unserer kleinen Stadt zu schaffen, ist, davon bin ich überzeugt, kein ausgeklügeltes Fachwissen nötig, kein Hochschulstudium und erst recht keine Habilitation über die aktuellen Strategien beim Vermarkten einer überschaubaren Urlaubsregion. Dass Anja eine erstklassige Kandidatin war, ist unbestritten. Aber wir haben ja gesehen, wie es mit ihrer Bewerbung gelaufen ist. Selbst für einen K. wäre die neue Aufgabe zu meistern gewesen, da bin ich sicher, wenn er nur dazu bereit gewesen wäre, sich auf den Hosenboden zu setzen. Und den Rest hätten unsere Beherbergungsbetriebe mit links hingekriegt. Aber K. hat das alles anscheinend nicht interessiert. Er wollte nur seinen Kettenvertrag loswerden und weiter in Literatur schwelgen. Gewissermaßen suchte er Göttingen in Schopfloch – bei freier Kost und Logis und einem unbefristeten, stattlich dotierten Vertrag.

Die gründlichen Ermittlungen meiner Drachen zur K.-K.-Wahl haben ein klares Ergebnis gezeitigt. Die Meinungsmacher im Stadtrat entschieden sich am Ende für K., weil sie, nach dem Fall Lohst in berechtigter Besorgnis, davon ausgingen, der Sohn des *Hof*-Wirtes bleibe nicht nur kurze Zeit, nicht nur ein oder zwei Jahre wie viele Fremdenverkehrsfachleute, die sich, als Job-Hopper, wie es auf Neudeutsch heißt, auf der Karriereleiter beständig weiter nach oben hangeln wollen, sondern engagiere sich als ein treues Kind des Hochschwarzwaldes wie Andreas

Hain langfristig für seine Heimat. Sie konnten allerdings nicht wissen, dass K. ein rücksichtsloser Egoist, ein Verrückter und überdies faul war. Somit liefen die Überlegungen der Stadträte ins Leere. Mit tödlichen Folgen.

K.s Umzug war für ihn ohne jeden Zweifel eine Bewegung in die falsche Richtung. Doch sie ging nach meinem Kenntnisstand rasch und problemlos über die Bühne. Außer Büchern, Regalen, einem Schrank, Tisch, Stühlen, zwei kleinen, abgeschabten Sesseln, einer Matratze, etwas Kleidung, ein paar anderen Habseligkeiten und irrwitzigen Hoffnungen hatte K. wohl nicht viel im Gepäck.

Die erste Enttäuschung stand jedoch schon bald ins Haus. Als er seine neue Wohnung betreten wollte, ließ ihn sein Vermieter, Dr. Tassilo Widmer-Pohl (!), auf einem kaum leserlichen, handgeschriebenen Zettel, der an der Tür klebte, informieren, dass die Heizung zu seinem großen Leidwesen defekt sei und er, K., eine „gewisse Zeit" warten müsse, bis „das System" wieder einwandfrei arbeite. Inzwischen war es Frühherbst geworden und vor allem nachts und morgens schon empfindlich kalt.

Also kroch Konstantin erst einmal im *Hof* unter. Seine armen Eltern waren mächtig stolz auf den heimgekehrten verlorenen Sohn, der nun zur städtischen Prominenz gehören würde. Aber die Atmosphäre in dem, laut K., buchstäblich verfallenden Hotel war bedrückend. Sein Vater, behauptete K. mir gegenüber, süffelte und düftelte damals tagein, tagaus durch das schlecht gelüftete, marode Haus, treppauf und treppab auf der Suche nach Stoff, seine Mutter sei immer gereizter und bärbeißiger geworden, was er ihr kaum verdenken konnte, und Eddi habe gestunken wie eine marode Imbissbude. Zu seiner Schande müsse er mir gestehen, so K. mehrfach im vertraulichen Gespräch, dass er damals an jedem Tag, „den der Herr werden ließ" (K., wörtlich), oft sogar sonntags, regelrecht ins Rathaus und in die sogenannte Arbeit geflohen sei. Er habe es im *Hof* nicht ausgehalten.

Als die Mitteilung bei ihm eintraf, dass die Heizung repariert sei, stattete K. seiner neuen Behausung voller Vorfreude einen Besuch ab. Er schloss die Tür auf, musste jedoch gleich darauf feststellen, dass in den meisten Räumen Wasser stand, eine übelriechende, schwärzliche Flüssigkeit. Vielleicht war den Monteuren ein fataler Fehler unterlaufen. Oder es hatte einen Rohrbruch gegeben. Entmutigt verließ K. seine neue Wohnung.

Zwei Tage später teilte ihm Tassilo mit, dass das Parkett nicht zu retten sei. K. musste also erneut warten. Er war niedergeschlagen. Schon in dieser Zeit gestand er mir bei einer seiner ersten Stippvisiten: „Ohne zu übertreiben, kann ich sagen, dass ich in hohem Maße abergläubisch bin, und tief in meinem Inneren dämmert es mir allmählich, dass nicht die Installateure, sondern dass *ich* etwas grundsätzlich falsch gemacht habe. Nicht nur in Bezug auf die Wohnung." Ja, die Zeit der Strafe hatte längst begonnen.

*

Schnipsel Vier[27]

Was bist du nur für ein Mensch, Konstantin?

Wenn ich das wüsste …

Und weshalb kanzelst du deine Umgebung ständig ab?

Du scheinst mich zu verwechseln. Ich bin kein Pfarrer.

---

27 Dieses und das nächste Gespräch mit K. habe nicht ich geführt, M. M.

Aber du attackierst unausgesetzt deine Heimat und die Menschen, die hier leben.

Angriff ist die beste Verteidigung.

Und warum glaubst du überhaupt, dich wehren zu müssen?

Der Einzelne ist ständig in Gefahr. Immer und überall.

Hast du nicht den Eindruck, ungerecht zu sein?

Wer ist schon gerecht?

Sag mal, wen oder was liebst du am meisten?

Ich weiß nicht. Vielleicht mein Mütterchen. Vielleicht immer noch Fritzi. Vielleicht mich. Aber das darf man ja nicht sagen.

*

Aus der *Schopflocher Zeitung*

Am Schopf gepackt, kurz nachgefragt

Peter Huber ist gegenwärtig einer der erfolgreichsten Schopflocher Hoteliers und Gastronomen. Wir hatten Gelegenheit, am Rand einer Tagung mit ihm zu sprechen.

Herr Huber, Sie stammen aus dem Adler *und führen inzwischen mit der* Mountain Lodge *ein Luxus-Hotel. Wie sehen Sie die aktuelle Tourismus-Situation unserer wunderschönen Stadt?*
P. H.: Um Ihre Frage zu beantworten, muss ich kein Buch schreiben. Es ist im Prinzip ganz einfach: Wir dürfen uns nicht auf den Lorbeeren der Vergangenheit ausruhen. Wie heißt es doch so schön: Wer rastet, der rostet. Die Konkurrenz schläft nicht. Ich für meine Person tue alles, was in meiner Macht steht, um unsere

Angebote weiter zu optimieren. Ich will High-End-Produkte. Ein ähnliches Verhalten erwarte ich auch von den anderen Playern.

Wen meinen Sie damit?
P. H.: In erster Linie natürlich die Stadt. Wir müssen unsere Märkte nach allen Regeln der Kunst bespielen. Der Hochschwarzwald verfügt weder über eine Schönwetter- noch über eine Schneegarantie. Das gilt es auszugleichen.

Und wie soll das gehen?
P. H.: Wir brauchen ein hervorragendes Indoor-Angebot, vor allem eine wettkampffähige Kletterhalle. Ich habe außerdem einen Premium-Fun-Park ins Gespräch gebracht. Der muss jetzt endlich kommen, ebenso wie Schneekanonen, die mit den steigenden Temperaturen schritthalten. Für meine kulturbeflissene Klientel wünsche ich mir eine Konzerthalle mit einer Akustik, die sich auf dem aktuellen Stand der Technik befindet. Und wir sollten den Markt optimal bewerben. Unsere Online-Strategie ist von vor-vor-gestern. Konstantin Klingele wurde nach seiner Wahl mit Vorschusslorbeeren überhäuft. Jetzt muss er liefern. Gute Berichte in den südbadischen Medien nützen uns wenig. Es braucht internationale Ausstrahlung. Die Schweiz, Österreich und Südtirol machen vor, wie es geht. Ich stehe auf dem Standpunkt: Es ist sinnlos, von den Göttern zu fordern, was man selber zu leisten vermag. Und besonders wichtig ist: Was du heute kannst besorgen, das verschiebe nicht auf morgen. Ich hoffe, mein Weckruf findet rechtzeitig Gehör.

Herr Huber, wir danken Ihnen für das aufschlussreiche Gespräch.

*

Notat Zehn[28]

Meine Arbeit (ich bezeichnete das, was ich in meinen sogenannten Dienststunden spielte, tatsächlich als Arbeit) schien sich erstaunlich gut anzulassen. Es wollte mir so vorkommen, als sei ich tatsächlich ein geborener Tourismus-Experte. Ja, ich versuchte es mit Autosuggestion, und wenn ich ein echter Reiter gewesen wäre, hätte ich meinem Pferd die Sporen gegeben. Aber wie!

Bei meiner touristischen Geburt, an meinem ersten Tag im Amt hatte Frau Schlägel keine Zeit für mich. „Die Chefin, Frau Bürgermeisterin" musste, leider, leider, wie so oft, das teilte mir Frau Sumser mit, zu einem wichtigen, zu einem „furchtbar wichtigen Termin" nach Stuttgart. Die Besprechung im Ministerium habe absoluten Vorrang.

Ich machte mich also mit Kristin, Kerstin und Vanessa bekannt, meinen beiden Mitarbeiterinnen und unserer Sekretärin. Sie kamen mir wie enge Verwandte von Gitti Geist vor. Nur waren sie jünger, trugen meist hautenge Hosen und Schuhe mit hohen Absätzen, besaßen erstaunlich schlanke Handgelenke und Hände und rochen ziemlich gut. Und ihre kurz geschnittenen Haare wechselten häufig die Farbe: von dunkelbraun zu blond, zu rotblond (meinem Ton!) oder zu rot.

Und noch etwas anderes unterschied sie von Gitti Geist. Ich brauchte einige Zeit, bis ich begriff, was es war. Es drehte sich um die Art, wie sie sich bewegten, wie sie mit ihren eleganten Schuhen gingen und standen, wie sie mir die Hand gaben und etwas anpackten. Ja, sie verhielten, sie bewegten sich wie junge Bäuerinnen auf den Höfen der letzten Nebenerwerbslandwirte

28 Undatiert, maschinenschriftlich, von K. am 5. Mai 2015 übersandt

von Schopfloch, die erstaunlicherweise, trotz der für sie immer problematischer werdenden EU-Richtlinien, immer noch nicht aufgegeben haben. Sie hätten in den *Kronenhof* gepasst. Oder noch besser auf einen Bauernhof, denn sie konnten zupacken, meine drei Mädchen, keine Frage. Sie hatten Power. Bei ihnen saß jeder Handgriff. Zudem schienen Kristin und Kerstin tatsächlich Ahnung vom Tourismus-Metier zu haben. Das wollte ich ausnutzen.

Ich begann sofort damit, die gesamte anfallende Arbeit an meine Vertreterin, also an Kristin, zu delegieren: Vorlagen für den Stadtrat, alle möglichen Schriftsätze und Informationen für die Bürgermeisterin, Medienmitteilungen, Texte für Broschüren, Werbekampagnen und Werbeanzeigen et cetera. Ich leitete insbesondere auch alle Postsachen, die für mich einliefen, an sie weiter und gab ihr die Anweisung, die Antworten für mich „unterschriftsreif" zu machen. Will heißen: Alles, aber auch alles für mich zu pinseln. Von meinem altgedienten Vorgänger war Kristin das wohl nicht gewohnt. Also machte sie erst einmal Theater, aber ich ließ sie ins Leere laufen und gab ihr zu verstehen, dass ich für Kleinkram keine Zeit hätte, ich müsse zukunftsträchtige Themen angehen und konzeptionell arbeiten: „Schopfloch steht auf dem Spiel! Nicht mehr und nicht weniger."

Kerstin wurde niemals laut, niemals aggressiv, Kerstin machte nie Theater, sie blieb immer freundlich, immer verbindlich, ja, charmant. Umso weniger bekam ich sie zu fassen. Sie verschanzte sich unter anderem hinter ihrer „aufwendigen Themenarbeit", den Animateur-Programmen für Kinder und Senioren, und da ich bis heute keine Ahnung vom touristischen Handwerk habe, kann ich nicht wirklich beurteilen, ob sie tatsächlich so beschäftigt war, wie sie tat. Den internen Ermittler zu spielen, war mir viel zu anstrengend. Ich hatte den Eindruck: Kerstin hielt sich im Windschatten und verstand es, sich ähnlich geschickt wegzuducken wie ich und Arbeit auf Kristin abzudrücken. Sie stöhnte nicht selten und klagte darüber, dass sie „vollkommen überlastet“ sei. Aufs Ganze gesehen, war das gar nicht übertrieben, denn sie engagierte sich ehrenamtlich für mehrere Düllenbacher und Schopflocher Vereine. So etwas wird geschätzt im Hochschwarzwald. Gerade auch im Haus.

Ich bin sicher: Menschen wie Kerstin und mich gibt es nicht nur in jeder Verwaltung, sondern in jedem Unternehmen. Sie finden immer und überall eine Nische, in der sie sich bequem einzurichten vermögen, ohne weiter aufzufallen. Und Kerstin hatte, anders als ich, das bekam ich oft zu hören, einen hervorragenden Ruf im Bürgermeisteramt – als gleichermaßen freundliche, fleißige und tüchtige Kollegin. Sie hatte den Dreh raus. Irgendwann erfuhr ich zufällig, dass Kerstin, zusammen mit ihrem Mann Ralf, einem Friseurmeister, in Düllenbach einen Bauernhof bewohnte, und selbstverständlich half sie in der kleinen Landwirtschaft mit, die Ralf Kromer nebenbei betrieb.

Frau Schlägel führte das Haus – wir sprachen meist nur vom *Haus*, wenn wir die Stadtverwaltung meinten – mit einem freundlichen Lächeln, aber, zumindest im Vergleich zum Lehrstuhl Pfeilstich, mit harter Hand und schien uns, ihre Mitarbeiter, wenn nicht als Leibeigene, so doch als subalterne Diener zu betrachten, mit denen sie am liebsten gespielt hätte wie mit Schachfiguren. Je höher man in der Hierarchie stand, desto direkter war man ihren Weisungen und Zurufen ausgeliefert – von Montag bis Sonntag, wenn es sein musste. In den ersten Wochen hetzte ich von Besprechung zu Besprechung, von Meeting zu Meeting und von Tagung zu Tagung; irgendetwas Nennenswertes kam dabei nicht heraus. Wohin ich auch kam, war ich bemüht, den smarten Manager im *Boss*-Anzug zu mimen und meine Geschäftsführermaske zu Markte zu tragen. Jeden Tag fertigte ich ungezählte Notizen, die ab sofort auch für mich, in gutem Verwaltungsdeutsch, Aktenvermerke oder noch besser: Vermerke hießen, und kam mir ziemlich wichtig vor. Diese schriftlichen Belanglosigkeiten gab ich zeitnah (auch so ein Unwort) zur weiteren Bearbeitung an Kristin weiter.

Schnell wurde mir klar, wie man mit einem gut organisierten, planvollen Leerlauf viel Zeit verbringen und vertun kann und dass ich das in vollen Zügen genießen konnte, da ich nicht mehr an die Schrecken eines Habilitationskolloquiums und an die Fragilität des Eises, auf dem wir uns alle täglich bewegen, denken zu müssen glaubte. Nur manchmal kam es mir vor, als nähme ich ein leises Krachen und Rumoren, ein dumpfes Grummeln aus dem Untergrund wahr, wie vor einem Erdbeben – dem Hummelgebrumm ähnlich, Vorboten meines Tinnitus.

Ich lernte unter anderem, dass mir als Amtsleiter und Tourismusdirektor ein Arbeitszimmer mit einem Besprechungstisch in einer bestimmten Größe und sechs dazugehörigen Stühlen, ein Schreibtisch und ein Schrank von der und der Beschaffenheit, ein Schreibtischstuhl von der und der Qualität, ein Telefon mit so und so vielen Speicherplätzen, ein Handy von der und der Marke sowie einfache Visitenkarten in Rot-Blau zustanden, den Stadtfarben von Schopfloch, „unseren Farben", wie wir stets sagten. Dass ich dann an einem Tisch und auf einem Stuhl sitzen musste, die, ihrem Zustand und ihrer optischen Erscheinung zufolge, mit Sicherheit bereits von mehreren Generationen verdienter Beamtinnen und Beamter zerschlissen worden waren, stand auf einem anderen Blatt. Rücken- und Gesäßschmerzen ließen nicht lange auf sich warten. Doch der internen Hierarchie war entsprochen worden; es befand sich alles in schönster Ordnung.

Bald begriff ich, dass es im Haus, anders als an der Uni, in erster Linie nicht darauf ankam, neue Erkenntnisse zu gewinnen, Sachverhalte zu klären oder gar zu optimieren und verwendbare Ergebnisse zu erzielen. Wichtig war es vor allen Dingen vielmehr, und das stand in der Tat ganz obenan, grundsätzlich den Dienstweg exakt einzuhalten, sich selbst auch bei vermeintlichen Kleinigkeiten gründlich abzusichern, das heißt, sich nicht angreifbar zu machen und die anderen nicht aus dem Blick zu verlieren. Besser man fertigte einen Vermerk zu viel als zu wenig, besser man stimmte sich doppelt und dreifach ab, besser man traf keine Entscheidung, sie mochte so belanglos sein, wie sie wollte. Angelegenheiten, die die Bürgermeisterin und den Gemeinderat betrafen, hatten absoluten Vorrang, klar. Überlebenswichtig war die korrekte, gewissenhafte Führung der Akten und der Wiedervorlagen. Selbst kleine Formfehler und insbesondere übersehene Termine gehörten zum Schlimmsten, was einem unterlaufen konnte. Sie führten zu fürchterlichen Unwettern. Im Haus wurde von morgens bis abends ‚das Team' beschworen. Nicht zuletzt deshalb kapierte ich schnell, dass Teamarbeit bei uns nicht stattfand. Jeder arbeitete gegen jeden. Oder, mit Werner Herzog gesagt: Jeder für sich und Gott (beziehungsweise die Göttin) gegen alle.

Echte Leistung und pfiffige Ideen brachten so gut wie nichts ein und erwiesen sich mehrmals sogar als schädlich. Denn wenn man zum Beispiel zeigte, irgendetwas „schnell wegputzen" zu können, wie es auf gut Schopflocherisch hieß, lief man nur Gefahr, immer mehr aufgepackt zu bekommen. Das hätte für mich bedeutet, Kristin noch mehr belasten zu müssen. Bis sie aus dem letzten Loch pfeifen würde. Nein, Verwaltung funktioniert nicht nach dem Leistungsprinzip, Verwaltung hat viel mehr mit dem alten Räuber- und Gendarm-Spiel zu tun, und das heißt: Sich langsam, aber effektiv bewegen und nach Möglichkeit im Hintergrund bleiben, rechtzeitig in Deckung gehen, nicht auffallen und möglichst unsichtbar sein, tricksen, täuschen, im Notfall besser die Augen und Ohren schließen und so tun, als ob nichts wär', bei Bedarf jemanden gezielt im Regen stehen lassen, wenn man selbst etwas verbockt hat – und am Ende gute Miene zum bösen Spiel machen.

Nein, Leistung brachte nicht viel ein. Wenn man den Haushalt halbwegs geordnet vollzog und daher nicht in den grellen Lichtstrahl eines Suchscheinwerfers geriet, war man schon auf der sicheren Seite. Nachteilig, mitunter sogar verheerend konnte es hingegen wirken, wenn man als leitender Mitarbeiter selbst allzu oft im Licht der Öffentlichkeit stand, denn alle kommunale Strahlkraft hatte ja von der Chefin auszugehen, aller Glanz sollte ihr zuteilwerden. Presseberichte über Amtsleiter provozierten nicht selten Neid und Ärger. Und dazu konnte, unter Umständen, bereits ein kurzer Artikel über Emerentia Beinle als Leiterin eines fünfköpfigen Lesekreises reichen, der sich Gottfried Keller widmete.

Richtig und wichtig war es demgegenüber, kurzfristige informelle Bündnisse zu schließen und Netzwerke zu bilden, die früher despektierlich als Seilschaften bezeichnet worden wären. Beispielsweise mit Norbert Augstein, dem Leiter der Kämmerei, von dem ich im Lauf der Zeit lernte, dass man finanzielle Vorgänge sehr unterschiedlich darstellen kann, und der häufig wusste, wo ungeahnte Reserven schlummerten. Oder mit dem Hirschle Hubertus, dem aus Karlsruhe stammenden Leiter des Hauptamts, der zugleich als Pressesprecher fungierte; mit ihm war es erheblich schwieriger, auf gutem Fuß zu stehen.

Der Hirschle, ein nach meiner Einschätzung gutmütiger Mensch, unterstand, wie Augstein und ich, direkt der Bürgermeisterin, aber da er den Zugang zu Presse und Rundfunk kontrollierte, hatte er, für unsere kleinen Verhältnisse, eine echte Machtposition inne. Dabei war der Hubert denkbar ungeeignet für den Medien-Job, denn er gebot über einen ganzen Fundus an Merkwürdigkeiten. Wie viele andere Schopflocher besaß er keinen Sinn für schöne, ja, noch nicht einmal für angemessene Kleidung, und er litt an einer verschärften Form des Geizes, der typisch ist für die Provinz. Mit seinen stets speckigen, abgetragenen Anzügen, den unsauberen Hemden und seinen ungepflegten Haaren sah er heruntergekommen und schmuddelig aus. Dazu passte, dass Hubi ein wahrhaft bäurisches, mit nordbadischen Elementen durchsetztes Alemannisch sprach, das sich im Rundfunk grotesk ausnahm und in einzelnen Formulierungen, die die deutsche Sprache nachweislich nicht kennt, teilweise bis in seine schriftlichen Medienmitteilungen durchschlug („ausmachender Grund", „die Einstellung vom Tourismusdirektor" et cetera).

Es kam relativ oft vor, dass ich mit ihm zusammenstieß, weil er glaubte, meine, das heißt: Kristins Pressetexte verschlimmbessern zu müssen. Bei Frau Schlägel jedoch, die den Dialekt hasste wie die Pest, war der Hirschle, den ich bei mir gerne „unser röhrendes Hirschle" nannte, weil er nicht nur unverhältnismäßig laut sprach (es ging das Gerücht, er sei schwerhörig), sondern am späteren Nachmittag in seinem Dienstzimmer bisweilen so durchdringend und schrill alte Schlager sang wie ein Papagei *(Nel blu, dipinto di blu)*, obzwar er mit seinen gut fünfzig Jahren auch nicht mehr der Allerjüngste war, der Hirschle also, der bereits unter dem Alt-Bürgermeister und dessen Vorgänger geamtet hatte, war bei der Schlägel, trotz seiner Klamotten und seiner fettigen Haare, sehr gut angeschrieben.

Vielleicht konnte er sich als altgedientes Haus-Schlachtross alles leisten, vielleicht war er aber ganz einfach Schlägels Typ, weil er ihr gegenüber beinahe väterlich aufzutreten verstand. Schon möglich. Entscheidend dürfte gewesen sein, dass die Chemie zwischen den beiden stimmte. Das war überhaupt das Wichtigste in der Verwaltung. Grundsätzlich war eigentlich nur das von Belang und Bedeutung. Wenn die Chemie stimmte, konnte einem im Rathaus nichts passieren. Und der Hirschle wusste die Schlägel nach Belieben um den Finger zu wickeln. Wenn man sich jedoch gegenseitig ‚nicht riechen konnte', hatte man als Untergebener nicht den Hauch einer Chance. Soviel an dieser Stelle zum Thema Geruch. Wann immer die B., also die Bürgermeisterin, nicht da war, das will ich nur noch kurz erwähnen, gab der Hirschle Hubert, recht geschickt, den Ton an. Statt von der B. sprach man im Haus dann nur vom H.

Ich selbst hatte bereits nach den ersten Tagen sonderbarerweise das Gefühl, mich ganz hervorragend eingelebt zu haben. Endlich zählte ich mit und hatte etwas zu sagen, wenn auch nur drei jungen Frauen. Das gefiel mir. Also gefiel mir auch die Verwaltung. Obwohl ich keine Ahnung vom Tourismus hatte. Mein Universitätsalltag lag schon in weiter Ferne, ich dachte kaum noch an den rückenlahmen Pfeilstich, an Botterbusch, Höwelkröger und all die anderen; Proust, Wagner und Ruskin schienen mir nicht zu fehlen und die Studenten erst recht nicht. Ich war froh, mich nicht mehr mit Kopfreisen abplagen zu müssen, sondern es mit leibhaftigen Reisenden, mit Urlaubern zu tun zu haben, ich war froh, zurück im Schwarzwald zu sein, ich war glücklich, ein neues Leben beginnen zu können. Man lügt sich ja überaus gerne selbst in die Tasche.

Schon bald nach meinem Dienstbeginn fand eines Morgens um 8 Uhr 30 im Kleinen Besprechungsraum eines unserer legendären Krisenmeetings statt, die im Lauf der nächsten Monate immer häufiger einberufen werden sollten. Diese Treffen waren heilig, ich sah und sehe sie auch heute noch als unsere weltlichen Hochämter. Denn hier ging es um das Wohl und Wehe der Stadt. Vor allem um das Wehe. Gerne, sehr gerne würde ich über diese administrativen Andachten und ihre stets gleiche Liturgie berichten, denn sie zeigten, gewissermaßen unter einem Mikroskop, wie der Hase im Haus lief. Doch im Hinblick auf diese Sitzungen galt nicht nur die strikte Pflicht, die Dienstkrawatte oder ein Halstuch mit dem Stadtwappen und unseren Farben zu tragen, sondern vor allem strengste, allerstrengste Vertraulichkeit, so dass ich nur zwei, drei Details dem Papier anvertrauen will und kann. Sie betreffen Äußerlichkeiten, die mir im Hinblick auf unser häusliches Leben wichtig erscheinen, nicht den Content.

Kurz vor Beginn meiner ersten derartigen Veranstaltung klopfte jemand leise an die Tür des Chefsekretariats, und gleich darauf betrat ein kleiner, grauer, verhutzelter Mann den Raum. Sabine Sumser wandte sich mir kurz zu und verdrehte die Augen, dann schoss sie pfeilschnell von ihrem Stuhl hoch und machte mich augenblicklich mit dem Herrn bekannt: „Ja sowas! Welche Freude, welch große Freude! Darf ich vorstellen? Unser guter, alter Amtsleiter in Ruhe, Herr Andreas Hain, Herr Dr. Klingele, ihr Nachfolger, lieber Herr Hain. Genau genommen ihr Nach-Nachfolger. Sie werden sich sicher, ganz sicher sogar viel zu sagen haben. Ihnen ist doch nicht etwa langweilig, lieber Herr Hain? Das kann ich mir bei Ihnen absolut nicht vorstellen. Absolut nicht. Jetzt, wo Sie endlich genügend Zeit für Ihre Kakteensammlung haben, von der man so viel Gutes hört. Sie sehen ausgezeichnet aus. Wie das blühende Leben."

Andreas Hain, der einen abgeschossenen Cordsamt-Anzug trug und sich bereits seit Monaten nicht mehr im Dienst befand, hatte offensichtlich, wie Sabine Sumser mir später berichtete, große Mühe damit, das Dasein ohne sein früheres Amt zu fristen. Wie Huysmans' zwangspensioniertem Monsieur Bougran hätte es ihm wohlgetan, sein Büro in den eigenen vier Wänden nachzubauen. Doch auf diese Idee verfiel er nicht, dazu fehlte es ihm wahrscheinlich an Geld, Mut und Fantasie, und so tauchte er, das erfuhr ich gleichfalls später, immer wieder mit einem großen Käsekuchen aus dem *Turmcafé* bei Frau Sumser auf. Und wenn es „passte", durfte Hain, wie früher und trotz hoher Vertraulichkeitsstufe, „ausnahmsweise" zu den Krisenmeetings dableiben, obwohl er nicht mehr „dazugehörte".

Außer der B. nahmen, sofern nicht etwas ganz Spezielles vorlag, Augstein, Emerentia Beinle, die Leiterin des Amtes für Wirtschaftsförderung, der Hirschle, Hieronymus („Hiero") Flamm vom Ordnungsamt, Stadtforstfuzzi Paule Faller und ich teil. Die Beinle hätte gerne, das merkte ich schnell, die Nummer zwei im Rathaus gespielt, doch in ihrem Dauer-Clinch mit dem Hirschle hatte sie keine Chance. Trotz ihres enormen Einsatzes und ihrer meist guten Beziehungen zur städtischen Wirtschaft war und blieb sie nur die „Hausmaus" oder wahlweise die „Stadtratte", wie unser Kollege Flamm boshaft und liebevoll zugleich formulierte.

Emerentia Beinle, die von ihren Freundinnen Emmi genannt wurde (wohl in Anspielung auf den gleichnamigen Schweizer Joghurt, den sie im Büro in großen Mengen und diversen Geschmacksnoten als Mittagessen zu verzehren pflegte), die Beinle führte das Sitzungsprotokoll. Sie machte das nicht nur gut, sondern in der Tat hingebungsvoll und perfekt. Für einige von uns allzu perfekt. Im Verlauf ihres langen Arbeitslebens waren ihre Mitschriften, wie man mir berichtete, unter dem Einfluss des Alt-Bürgermeisters und ihres Mannes, der als Richter am Amtsgericht arbeitete, immer skrupulöser und ausführlicher geworden. Ganz allmählich gerieten sie, so geringfügig die Probleme auch sein mochten, zu umfangreichen Krisenerzählungen mit echten Cliffhangern und im gesamten Verwaltungskörper, in der Stadt und in der weiten Welt sich verästelnden Fortsetzungen und Seitenzweigen, die vom Sachzusammenhang her überflüssig erschienen.

Diese beträchtliche Leistung erbrachte die Beinle mit inbrünstiger Leidenschaft zusätzlich zu ihren offiziellen Obliegenheiten, einfach so, nebenher und nicht selten, wie ich weiß, in ihrer Freizeit. Dabei stand ihr, wie mir schien, die in langer Zeit ausgereifte Kraft der Verwaltungssprache in vollem Umfang zur Verfügung. Aber nicht nur für hartgesottene Anhänger administrativer Gebrauchsschriften waren die Ausarbeitungen von Emerentia Beinle echte Höhepunkte; nein, nicht zuletzt auch für mich. Ihr juristisch inspiriertes Amtsdeutsch stand mir dabei überhaupt nicht im Weg, denn ich spürte bei diesen Texten sofort, dass sie von einer besessenen Erzählerin stammten, der nichts so wichtig war wie das Erzählen selbst, die Leidenschaft für die sprachliche Errichtung paralleler Welten.

Ich bekenne, ich liebte Emmis Protokolle. Für mich waren sie Geschichten, die wie glühende Kohlen im grauen Dämmer des Büroalltags still vor sich hin glommen. In ihnen brannte ein Feuer der Begeisterung. Ja, Emerentia Beinle beleuchtete noch die letzten kapillaren Verzweigungen eines jeden banalen Vorgangs im Haus dergestalt, dass sie mir beim Lesen so fremd wurden wie ein gefährlicher tropischer Urwald voller wilder Tiere. In diesen im Grunde surrealistischen Storys konnte ich mich stundenlang verlieren, denn von ihnen ging eine eigentümliche Magie, ein echter Zauber aus. Sie erzeugten, erzähltechnisch gesprochen, sogar Suspense, weil negative Prognosen Emmis besondere Leidenschaft zu sein schienen. *Sie* waren es, die Spannungsbögen von Meeting zu Meeting, von Monat zu Monat produzierten. Natürlich nutzten sie sich mit der Zeit ein wenig ab; das konnte nicht ausbleiben. Ohnehin kam, zu meinem großen Missvergnügen, bald das Ende.

Der B. wurde die Lektüre der immer weiter ausufernden Protokolle, für deren poetische Qualität sie offenkundig kein Auge hatte, irgendwann lästig, der zugegebenermaßen hohe Zeitaufwand ging ihr gegen den Strich, und eines Tages verkündete Frau Schlägel, sie wolle „Verwaltungsabläufe" verschlanken („wir müssen effizienter werden, ich will eine Verwaltung mit Biss und ohne Schnickschnack!"), und „starten" wolle sie mit dem Protokollwesen: „Ab heute beginnt eine neue Zeitrechnung, eine ganz und gar neue Epoche!" Die Arbeit des Hauses werde deutlich beschleunigt. Man könne, ja, man müsse zunächst einmal versuchsweise die Protokolle der Krisensitzungen auf „schlanke Abstracts umstellen, die Wöbser fertigen wird". Sie gebe zu, dass ihr dieser Schritt alles andere als leichtfalle, er tue ihr „sehr, sehr leid", weil gerade die „Krisen-Mitschriften so ganz herausragend und vorbildlich" seien, aber irgendwo müsse man eben „den Hebel umlegen". Nicht zuletzt wolle sie die bisherige Protokollantin entlasten. Zu einem späteren Zeitpunkt könne man ja „nochmals über die Bücher gehen".

Diese Entscheidung führte zu einer harschen Verstimmung zwischen der Bürgermeisterin und der Beinle, klar. Damit war zu rechnen gewesen. Aber auch das gab sich wieder mit der Zeit, im täglichen Rhythmus des Amtstrotts.

*

Ein Protokoll aus der Feder von Frau Beinle, das versteht sich von selbst, habe ich nie zu Gesicht bekommen. Überrascht hat mich jedoch, dass der sonst so überhebliche K. sich derartig beeindruckt von seiner Kollegin gezeigt hat. Dass er zu Bewunderung überhaupt noch fähig war. Ich muss gestehen: Das hat mich verblüfft.

Von den Themen seiner Ministertreffen im Miniaturformat hat mir Konstantin der Große kein einziges Mal berichtet. So großmäulig er sonst auftrat, hätte er sich merkwürdigerweise nie getraut, das säkulare Schweigegelübde jener Sitzungen zu brechen, auch nicht was kleinste Kleinigkeiten anging. Es ist sehr zu beklagen, dass weder ich noch einer meiner Drachen jemals das Vergnügen hatte, einem solchen „Verwaltungsarkanum im Sinn Jakob Böhmes“ (K.s Formulierung) beizuwohnen. Und erfinden will ich, das versteht sich von selbst, nichts. Auch wenn dieser Roman unendlich viele Fiktionen und Lügen beinhalten mag, soll die Geschichte stimmen.

Von etwas ganz anderem hat mir K. indessen ausgiebig erzählt, und zwei meiner Drachen waren gleichfalls an Ort und Stelle. Kurz nach K.s erster Krisensitzung nämlich fand die offizielle Einweihung des neuen Verwaltungsgebäudes und des Kunstmuseums *Art@Home-WP* auf Dr. Widmer-Pohls Firmengelände statt. Frau Schlägel, die naturgemäß eingeladen war, wollte partout nicht hingehen und schickte die Beinle und K., letzteren wohl, weil sich Dr. Tasse, wie ich erst jetzt erfuhr, hinter *Silver Mountain Residences* verbarg, inzwischen also auch als ein nicht gerade unbedeutender Spieler in der Fremdenverkehrs-Szene agierte.

Als Emerentia Beinle und K. K. im neuen stahl- und glasfunkelnden Museumsbau von *Fisch WP* eintrafen, wurden den dreihundert geladenen Gästen in der klimatisierten Eingangshalle gerade Forellen-Häppchen, Speckwürfel, Schwarzwälder Kirschtorte und Sektflöten gereicht. Wie mir meine Drachen berichteten, muss Konstantin ein ausgesprochen wichtigtuerisches, eitles Gehabe an den Tag gelegt und mehrmals erfolglos versucht haben, mit der Tasse in Kontakt zu kommen. Neben seiner bodenständigen Begleiterin nahm sich sein affektiertes Verhalten offenbar besonders grotesk aus. Das kann ich mir gut vorstellen.

Die Beinle und K. K. deckten sich schnell mit Sekt, Speck und Torte ein und bereiteten sich an einem Stehtischchen mit weißer Husse auf ihr zweites oder drittes Frühstück vor. Allseitiges Teller- und Gabelgeklapper, leichtes Schmatzen und Schlürfen, die Lieblingsmusik der Schopflocher Gourmands, setzten ein. Unterdessen spielte ein anscheinend berühmtes französisches Streichquartett, dessen Namen ich mir nicht notiert habe, einen Satz von Schostakowitsch. Dann begann der Große Widmer-Pohl, der zu seiner wie immer glänzend polierten Glatze, die Narbe war selbst aus naher Distanz nicht mehr erkennbar, einen schwarzen Frack mit einer schwarz-grau gestreiften Hose, einer bunt geblümten Weste, einem cremefarbenen Hemd, einer silbergrauen Krawatte und dazu schwarze Lackschuhe trug, mit seiner Ansprache (ohne Manuskript, dialektfrei, noch blasierter als sonst, mit alemannischer Satzmelodie und selbstgefällig-fischöliger Stimme):

„Hochverehrter Herr Abgeordneter, sehr geehrte, liebe Frau Müller-Kiesch, sehr geehrte Damen und Herren von Fernsehen, Funk und Presse, sehr geehrter, lieber Herr Professor Wiesler, verehrte Künstlerinnen und Künstler, meine sehr geehrten Damen und Herren, liebe Freunde! Ich werde mich heute ausnahmsweise einmal kurzfassen. Jawohl. Ganz, ganz kurz. Auch wenn Sie es mir nicht glauben. Etwas aber kann ich nicht genug betonen und wiederholen: Sie, meine Damen und Herren, sind ein großartiges, ein wunderbares, ein einmaliges Publikum! (Beifall.) Ja, ein ganz, ganz tolles Publikum! (Kurze Pause, Beifall.)

Selbst an einem normalen Freitagmorgen, an dem Sie viel lieber ihrer wichtigen Arbeit nachgehen würden, sind Sie dazu bereit, zu uns zu kommen und uns großzügig Ihre wertvolle Zeit zu schenken. Sie lassen alles andere stehen und liegen, Sie halten Ihre hochpräzisen Uhren an und besuchen uns. Das ist keineswegs selbstverständlich. Und dafür danke ich Ihnen von Herzen. Ich verneige mich! (Beifall.)

Sie sind aber längst nicht nur ein tolles Auditorium. Nein! Sie sind vor allem gute, sehr, sehr gute Nachbarn, Freunde und Partner, Partner und Freunde, die seit langen Jahren in den vielfältigsten Beziehungen zu unserem, zu meinem Haus stehen. Für Ihre geschätzte Freundschaft, für Ihre langjährige Treue und für das Vertrauen, das Sie uns, das Sie mir seit Jahr und Tag entgegenbringen, möchte ich Ihnen, auch im Namen meines Vaters und meiner Frau, ja, im Namen von uns allen heute gleichfalls von Herzen danken. Vielen, vielen Dank, dass Sie so sind, wie Sie sind! Bleiben Sie uns bitte gewogen! Und lassen Sie mich weiterhin ihr Ansprechpartner sein! Bei mir finden Sie immer ein offenes, ein ganz und gar offenes Ohr für Ihre Belange. Das verspreche ich Ihnen. (Pause, rauschender Beifall.)

Heute weihen wir gemeinsam mit Ihnen zwei Häuser ein, unser neues Verwaltungsgebäude sowie unser Museum, zwei großartige Bauwerke, für die niemand Geringeres als das derzeit international gefragteste Architekturbüro verantwortlich zeichnet. Auch wenn das in den deutschen Landen noch nicht alle begriffen haben. Aber es ist so. Das ist ganz gewiss so! Es handelt sich, Sie ahnen es bereits, um Wiesler & Wiesler. Bitte sehen Sie es mir nach, wenn ich es einmal salopp formuliere: Die beiden neuen Gebäude sind Knaller, echte Knaller! (Kurze Pause.)

Stellvertretend für alle Ehrengäste möchte ich daher ganz, ganz herzlich einen guten Freund bei uns willkommen heißen, einen Schwarzwälder von echtem Schrot und Korn und einen Schopflocher, wie er im Buche steht, niemand Geringeren als Herrn Professor Wiesler. Es freut mich außerordentlich, dass Sie, dass du, lieber Joe, zusammen mit deiner bezaubernden Assistentin Valery Gruber aus Bozen zu uns herüber in die Heimat gekommen bist. (Rauschender Beifall.)

Die Baukunst ist, nomen est omen, eine veritable Kunst, aber sie ist dennoch kein Selbstzweck. Auch wenn wir mit den beiden neuen Gebäuden unserem wunderschönen, unserem einzigartigen Schopfloch von vorne herein zwei kulturtouristische Leuchttürme schenken wollten, so war es Joe Wiesler und mir doch wichtig, sehr, sehr wichtig sogar, optimale architektonische und innenarchitektonische Rahmenbedingungen herzustellen, die es unseren geschätzten Mitarbeiterinnen und Mitarbeitern ermöglichen, konzentriert und mit Hingabe für Sie, meine Damen und Herren, tätig zu sein. Ja, jawohl! Das vor allem hat uns motiviert. (Beifall.)

Jedoch: Verwaltung und Arbeit sind das eine, Kunst und Kultur das andere. *Kunst wäscht den Staub des Alltags von der Seele*, sagte bekanntlich kein Geringerer als Paul Klee. Oder war es Oskar Schlemmer? Na, ist ja egal. Ich verhehle auf jeden Fall nicht, dass mir, auch als Vorsitzendem des Kunstvereins, das neue Museum beinahe noch wichtiger ist als der wunderbare, wunderhübsche Bürokomplex. Denn es wurde höchste, allerhöchste Zeit, unseren heimischen Kunstschaffenden, die tagtäglich Großartiges leisten, endlich eine angemessene Heimat zu geben. Tatsächlich, da mache ich aus meinem Herzen keine Mördergrube, tatsächlich wäre das eine Aufgabe, was sage ich, eine zentrale Pflicht der öffentlichen Hand gewesen. Aber wenn sich unsere Stadt dazu nicht in der Lage sieht, was ausgesprochen schade ist und, bei aller Sympathie, auch ein wenig verwundert, springen wir gerne, sehr gerne sogar, in die Bresche. Denn ich kenne die politischen Zwänge nur zu gut.

Eines will ich Ihnen klipp und klar sagen: Ich bin froh, dass ich kein Politiker bin. Dass ich mit der Politik nichts zu tun habe. Und dass ich auf die sogenannten politischen Sachzwänge, anders als unsere geschätzte Frau Bürgermeisterin, die heute leider verhindert ist, keine Rücksicht zu nehmen brauche. Ich bin ein einfacher Anwalt und ein kleiner, mittelständischer Geschäftsmann. Und mir liegen die Kunst und die Heimat am Herzen. (Beifall.) Freilich eine weltoffene, eine moderne Heimat. (Schwächerer Beifall.) Und die Kunst unserer heimischen Künstlerinnen und Künstler. (Beifall.) Deshalb heißt das Kunstmuseum, ganz im Stil der neuen Zeit, *Art@Home-WP.* (Beifall.)

Über viele Jahre, ja, über Jahrzehnte hinweg haben wir Werke unserer geschätzten einheimischen Künstlerinnen und Künstler angekauft. Das war uns immer eine Herzensangelegenheit. Das dürfen Sie mir glauben. Und es war richtig, angemessen und gerecht. Denn die zeitgenössischen Künstlerinnen und Künstler des Hochschwarzwaldes erbringen zum Teil, zu einem großen Teil ganz phantastische Leistungen. Denken Sie nur an die herausragende Sophia Weinhold. Ihre Werke sollen möglicherweise demnächst im MoMa gezeigt werden. Wenn ich dazu einen Beitrag leisten kann, will ich das gerne tun. (Beifall.)

Selbstverständlich ist gegen die Kunst anderer Regionen nichts einzuwenden. Ganz und gar nicht. Aber auch auf diesem Feld gilt der altbewährte Satz: ‚Wer die Heimat nicht ehrt, ist der Welt nichts wert.' (Rauschender Beifall.)

Ein Teil unserer Erwerbungen ist ab heute im Museum zu sehen und der Öffentlichkeit uneingeschränkt zugänglich. Künftig soll gelten: Der Prophet zählt im eigenen Lande. Und selbstverständlich in gleichem Maße die Prophetin. Nicht nur im nahen oder fernen Ausland, wo unsere Künstlerinnen und Künstler von jeher gewürdigt wurden. (Beifall.)

Ich lade Sie alle herzlich zu einem Rundgang durch unser neues Kunsthaus ein. Seien Sie unsere Gäste! Herr Professor Scheitzhammel, den Sie ja von seiner segensreichen Tätigkeit für den Kunstverein kennen, und meine Wenigkeit, wir werden es uns nicht nehmen lassen, Sie persönlich zu führen. Vielen Dank für Ihre Aufmerksamkeit! (Langanhaltender rauschender Beifall, Bravo- und Hochrufe ...)"

Es wurde weiter gegessen und getrunken, während der bekannte Satz aus Haydns *Kaiserquartett* erklang. Er ging jedoch im Teller- und Gabelgeklapper, im Sektschlürfen, Geschwätz und Gelächter weitgehend unter. Widmer-Pohl und Scheitzhammel schwänzelten geschäftig umher, gefolgt von einem beständig wachsenden Schweif von Bewunderern, und wurden von Fred B. Lichter mehrfach photographiert. Nach etwa dreißig Minuten begannen die ersten Führungen. Aus den Reihen des Publikums kam höchstes Lob:

„Und die Schwarzwälder: vom Feinsten!"

„Valery Gruber ist auch zum Anbeißen."

„Gut gebrüllt, oder? Das zweite Stückle der Musikanten: nicht übel."

„Ein Klavierspieler wär' ja genug gewesen."

„Das hat der sich was kosten lassen, mein lieber Schwan!"

„Der Bau ist nicht von schlechten Eltern."

„Hast du die teuren, prächtigen Bilderrahmen gesehen? Erste Sahne."

„Wenn wir so viel Schotter hätten …"

„Dann brächten wir das ebenso zuwege."

„Malen können die Unsrigen, wie die Teufel."

„Ihre Farben sind echt stark."

„Das ist europäisches Niveau."

„Ich würde es Weltkunst nennen, Weltkunst aus unserer Heimat."

„Und die Speckwürfel!"

Widmer-Pohl würdigte K. K. und die Beinle keines Blickes. Die beiden verließen die Veranstaltung früh. Kurz bevor K. ging, wurde er in einer der Herrentoiletten von einem meiner Drachen gesichtet. Er starrte sein eigenes Konterfei in dem riesigen Spiegel des Waschraums an und grimassierte. Erst als er nach einiger Zeit den Drachen bemerkte, suchte K., ein wenig verlegen, das Weite.

15

Mail Vierzehn

10. Mai 2015 um 11:36

Lieber Maximilian,

für Deine Anfrage danke ich Dir herzlich! Von meiner Frau weiß ich, dass es im Rathaus „schon immer" zu den größten Sünden gezählt worden wäre, wenn jemand es gewagt hätte, die Vertraulichkeit einer Sitzung zu missachten. Für die Juristin und ehemalige Staatsanwältin Schlägel wäre ein solches Verhalten einem geradezu teuflischen Landesverrat gleichgekommen. Konstantins strikte Befolgung des säkularen Schweigegelübdes, wie Du es nennst, an das er sich augenscheinlich selbst nach vielen Jahren und lange nach Schlägels Abgang noch gebunden fühlt, entsprach und entspricht also nicht nur dem hausinternen Kodex, sondern war schlicht normal. Für einen langjährigen ehrenamtlichen Stadtsoziologen wie mich stellt sich das Thema indes etwas anders dar.

Schopfloch ist, wie Du zur Genüge weißt, nicht allzu groß. Besser gesagt: Es ist eine echte Kleinstadt. Die Kernpopulation (ohne die frisch Zugezogenen und Langzeitnestflüchter wie Frau Schlägel und K. K.) ist überschaubar. Seit vielen Generationen leben mehr oder weniger dieselben Familien in Schopfloch. Jeder ist mit jedem irgendwie verwandt, und sei es um sechzehn Ecken. Von all den beruflichen Verquickungen, die es in jeder Stadt von der Größe Schopflochs gibt, spreche ich erst gar nicht. Viele, sehr viele haben schon im Sandkasten miteinander gespielt, viele sind zusammen in die Schule und in den Kommunionsunterricht gegangen, viele singen heute gemeinsam im Kirchenchor, im *Liederkranz 1898* oder im *MGV Schwarzwald-Spatzen 1870*, viele sind Mitglied im Skiclub oder in einem der zahlreichen anderen Vereine. Und fast jedes Vereinsmitglied wiederum hat eine Familie, einen Stammtisch und dergleichen soziale Ankerplätze mehr. Mit anderen Worten: Jeder kennt jeden, und die allermeisten duzen sich. Das bedeutet, dass die soziale Kontrolle perfekt funktioniert; ihr entkommt niemand. Ihr Antrieb ist die Gleichförmigkeit des Lebens in der Provinz, die Überschaubarkeit der Verhältnisse, die Engstirnigkeit, die Langeweile, der Neid. Die SoKo, das muss ich Dir ja nicht erklären, hat alle, samt und sonders, in ihren Klauen. Genau genommen findet bei uns also privates Leben nicht statt. Das Privatleben ist öffentlich. Wir alle hier leben in Glashäusern.

Andererseits heißt das aber auch, dass es in Schopfloch ein astrein arbeitendes, engverzweigtes informelles Informationssystem gibt, ein Netzwerk, das weit über unsere Stadt hinaus reicht. Denn die große Mehrheit der Bevölkerung verfügt ja auch über beste Beziehungen und Kontakte ins Umland, nach Stutzdorf, Neumatt, Obernü, Düllenbach, Titisee-Neustadt, St. Blasien, St. Märgen, Freiburg, ja, bis nach Stuttgart und noch weiter, so dass die nichtoffizielle Rohrpost bedeutend besser funktioniert als die amtlichen Kommunikationswege. Bei einem ernsthaften Problem, wenn es um Leib und Leben ginge, würde ich mich viel eher auf das bürgerschaftliche Infosystem stützen, das ich (in Analogie zum Fluri, dem Flurfunk) Gassi nenne, als auf irgendeinen Dienstweg; denn der ist in aller Regel bedeutend langsamer und meist auch längst nicht so effektiv wie unser Gassi, in dem zahlreiche Informationskanäle mit ganz unterschiedlichen Wurzeln zusammenschießen, wie in einem Rhizom, wenn Du verstehst, was ich meine.[29] Indes muss man die ‚Zeichen an der Wand' zu lesen und zu interpretieren wissen (aber das alles nur ganz im Vertrauen!), da es in einer Stadt wie Schopfloch, wie Du weißt, keineswegs einfach ist, aus den zahlreichen Fakten, den sich häufig widersprechenden Kommentaren, Vermutungen und Interpretationen die Wahrheit zu ermitteln. Jede und jeder ist auf die eine oder andere Weise voreingenommen und parteiisch und akzeptiert nur das, was ihr oder ihm in den Kram passt. Dass unser Drachen-Netzwerk gerade unter diesen Gesichtspunkten sowohl dem Gassi als auch der Verwaltung bei weitem überlegen ist, steht für mich außer Frage. Zumal ich bei Bedarf den Gassi mit einbeziehe.

Aus der Sicht eines graswurzeldemokratischen Stadtsoziologen war das administrative Schweigegebot also in gewisser Weise immer absurd. In der Stadt wusste und weiß man normalerweise stets bedeutend mehr als im Rathaus. Die Trabanten von Frau Schlägel hätten gut daran getan, den Gassi anzuzapfen. Aber dazu wären sie im Gros der Fälle kaum in der Lage gewesen. Denn sie waren, wie K. K. und die Bürgermeisterin selbst, meist Rückkehrer oder Zugezogene, die nahezu ausschließlich zwischen dem Schlafgürtel in mittlerer Hanglage und dem Rathaus pendelten. Sie lebten wie unter einer luftdichten Käseglocke. Zu den Eingeborenen hatten sie fast keinen privaten Kontakt und somit auch keinen Zugang zu den informellen Kanälen. Außerdem muss man, wie Du weißt, mit einem Schopflocher erst einen Sack Salz gegessen haben, bevor man von ihm auch nur eine Kleinigkeit von Belang erfährt.

---

29 Seit dieser Nachricht weiß ich, dass ich meinen stets verlässlichen Dr Bernd, den abgebrochenen Juristen und Besitzer einer kleinen Versicherungsagentur, zu meinem großen Bedauern bisher unterschätzt habe.

Wie immer darf ich Dich um strikte Diskretion bitten. Und wie immer freue ich mich schon jetzt auf Deine nächste Anfrage.

Herzliche Grüße sendet Dir
Dein Dr Bernd

*

Notat Elf

Das Grundmuster dessen, was ich meine Arbeit nannte, ich habe es, glaube ich, bereits irgendwann erwähnt, bildeten externe und hausinterne Besprechungen, alle möglichen Meetings und Tagungen, viel leeres Blabla also, und eine ausgedehnte Korrespondenz, die in aller Regel zu nichts führte und deren technische Abwicklung ich getrost Kristin überließ; selbstverständlich unterschrieb meist ich – außer bei negativen Bescheiden. Hätte es damit sein Bewenden gehabt, wäre mein Berufsalltag im Rahmen einer Vierzig-Stunden-Woche locker zu bewältigen gewesen. Doch dem war nicht so. Denn die Bürgermeisterin deckte mich täglich mit neuen Sonderaufträgen ein, die vor allem auf Medientermine abzielten und sie in funkelndem Glanz erscheinen lassen sollten. Es war klar, dass ich die Büroarbeit Kristin und Vanessa überließ, doch bei den Mediengesprächen selbst und den sich stets anschließenden Nach-Hocks musste ich, ebenso wie Hubertus Hirschle, dabei sein oder sogar die B. vertreten. Und allein das kostete viel Zeit.

Die Schlägel war eh todunglücklich, dass es in Schopfloch nur noch eine einzige Tageszeitung gab, der sie sich, wie sie sagte, „auf Gedeih und Verderb ausgeliefert“ fühlte. Ich glaube, sie hätte sich, fashionable und an größtmöglicher Öffentlichkeit interessiert, wie sie war, am liebsten auf einer ganz großen Hamburger Bühne im internationalen Pressegetümmel gesehen.

Schon in meinen ersten Schopfloch-Tagen verlangte sie eine neue Tourismus-Konzeption von mir. Ausgerechnet von mir, der ich doch von Tourismus im Allgemeinen und von Schopfloch-Tourismus im Besonderen rein gar nichts wusste, nicht die Bohne: „Ach ja, Herr Klingele, bis wann können Sie eine neue ‚Touri-Konz‘ runterschreiben? Wir sollten dringend möglichst schnell möglichst viele Felder besetzen. Positiv besetzen. Am besten auch ein paar Veranstaltungen durchführen. Eine Reihe. Das muss ein großer Wurf werden. Ich rechne auf Sie. Also los. Gehen Sie in die Vollen. Das ist Ihre Chance. Zeigen Sie, was Sie können!“

Meine Hoffnung, mich langsam und in Ruhe einarbeiten zu können, hatte mich bös’ getrogen. Und, ehrlich gesagt: Ich hatte keine Lust auf den ganzen Kram. Nicht die geringste Lust. Das wurde mir erst jetzt klar.

Sofort berief ich daher eine Arbeitsgruppe ein, die aus Kristin, Kerstin und mir bestand; Vanessa sollte das Protokoll führen. Aber da Kerstin sich krankmeldete, saßen wir nur zu dritt zusammen, und Kristin erklärte, dass sie von der letzten Konzeption nur so viel wisse, dass sie uralt und von meinem Vor-Vorgänger im Alleingang formuliert worden sei. Sie selbst habe noch nie konzeptionell gearbeitet; das sei eine „Nummer zu groß“ für sie. Ich bat Kristin, bei meinem Vorgänger anzurufen und nach seinem Konzept zu fragen, doch Andreas Hain teilte mit, dass er zu seinem Bedauern über keine dienstlichen Papiere verfüge.

Nach zwei Tagen Sucherei wurde der handgeschnitzte Text schließlich in den Schlünden der Registratur gefunden. Er stammte aus der Mitte der siebziger Jahre, der *Hof* wurde rühmend erwähnt, was mich rührte, und selbst ich begriff, dass dieses Papier so viel mit der Gegenwart zu tun hatte wie ich mit dem Tourismusgeschäft.

Trotzdem drückte ich Kristin das Exposé, denn mehr war es nicht, in die Hand und gab ihr den Auftrag, den Text in den touristischen Slang von heute zu übersetzen, ihn insgesamt zu aktualisieren und aufzublasen, ein paar „hochkarätige Leuchtturm-Projekte" zu skizzieren, die aus den unterschiedlichsten Gründen niemals realisiert würden, alles in rosa Farben erscheinen zu lassen und den *Hof* durch *Mountain Lodge* und *Berge à discrétion* zu ersetzen: „Ich rechne auf Sie. Gehen Sie in die Vollen. Das ist Ihre Chance. Zeigen Sie, was Sie können!"

Schon vor meiner Wahl hatte ich begriffen, dass Vokabeln wie ‚Leuchtturm' und ‚hochkarätig' einem im Schwarzwald förmlich aus der Hand gefressen wurden. Die Menschen hierzulande waren und sind unglaublich leicht zufriedenzustellen. Über Worthülsen wie ‚Leuchtturm' und ‚hochkarätig' ging ‚am Ende des Tages', wie deutsche Politiker und Verwaltungshirsche gewöhnlich zu formulieren pflegen, nichts. Allerhöchstens eine Abkürzung wie ‚Touri-Konz'. Die B. war durchaus innovativ.

Vor allem, sagte ich, komme es darauf an, Frau Dr. Schlägel als das neue Gesicht des Schopfloch-Tourismus herauszustellen und die Konzeption mit einigen exzellenten Porträtfotos von ihr noch „wertiger" zu machen. Am Geld für die Fotografen dürfe also auf keinen Fall gespart werden. Ich wollte Schlägels Eitelkeit gehörig schmeicheln. Das konnte mir nur nützen, klar.

Als Kristin fertig war, opferte ich zwei oder drei Stunden und motzte ihren ganz passablen Entwurf sprachlich auf. Und ich sorgte dafür, dass er auf den ersten Blick etwas umfangreicher ausschaute als das Vorgängermodell.

Ich hatte mich nicht getäuscht: Meine Neukonzeption war nichts als ein übles Remake, aber die Gemeinderäte und vor allem die Bürgermeisterin waren hell begeistert und gratulierten mir, in Anwesenheit der Presse, zu meinem „Meisterstück". Die Porträtfotos waren richtig gut geworden. Solch eine attraktive Bürgermeisterin hatte nicht jedes Schwarzwald-Städtchen zu bieten. Das Echo, selbst in den Freiburger Medien, war groß. Und Frau Schlägel zeigte sich vollauf zufrieden.

*

Mail Fünfzehn

25. November 2000 um 11:13

Lieber Maximilian,

gerne melde ich mich wieder zur Stelle, und ich muss sagen, Du besitzt einen hervorragenden Riecher, denn Du schätzt die Situation ziemlich zutreffend ein.

Die Bilder, die von Konstantin herumgeistern, könnten widersprüchlicher kaum sein. Alles, was in der Öffentlichkeit über ihn gesagt wird, hört sich nach Superlativ und Bestnoten an. Das gilt beispielsweise für Reden, die Frau Schlägel irgendwo hält, in denen sie sich, wenn auch nur beiläufig und am Schluss, routinemäßig für K.s „hervorragende Arbeit" bedankt. Mit manchen Wortmeldungen im Gemeinderat und verschiedenen Berichten der Zeitung verhält es sich recht ähnlich. Überall Lob, Lob, Lob. Und dazu schöne Bilder in der Presse.

Ganz anders jedoch sieht die Angelegenheit aus, wenn man Leute aus K.s Umfeld hört. Da ist, hinter vorgehaltener Hand, versteht sich, von „peinlich-lautem universitärem Geschwalle", von üblem, hirnlosem Geschwätz voll „verkopfter, pseudointellektueller Fremdwort-Huberei" und von einem herausgeputzten Gockel die Rede, der selbstverliebt, stets mit dem Handy am Ohr, durch die Gassen der Altstadt stolziert und sich in Posen gefällt, die weltmännisch wirken sollen. Vor allem aber wird beklagt, dass Konstantin der Große alle Arbeit auf den Rücken seiner Mitarbeiterinnen ablade, sich selbst im warmen Licht der Öffentlichkeit sonne und am liebsten mit der Bürgermeisterin „durchs Land kutsche". Kristin Schäuble scheint richtiggehend Angst vor K. zu haben und nicht in der Lage zu sein, sich gegen ihn zu wehren.

Zusammengefasst könnte man sagen, das darfst Du als abgesichert betrachten, die Situation erscheine medial gewissermaßen verzerrt. K. K. versieht sein Amt mehr schlecht als recht.

Ich muss nicht hinzufügen, dass Diskretion unabdingbar ist. Das weißt Du ja.

Immer wieder gern
Dein Dr Bernd

*

Echte Fortschritte und Verbesserungen, die durch K.s sogenannte Arbeit oder durch die seiner Mitarbeiterinnen erreicht worden wären, vermochte niemand, der die Abläufe und Ereignisse auch nur ein wenig verfolgte, zu erkennen. Die Verwaltung verwaltete eben, denn dazu war sie da. Und damit war sie zufrieden. Wenn K. diesen Sachverhalt (welch ein Wahnsinn!)

im Hinblick auf eine andere Abteilung und in vollständiger Verkennung seiner eigenen Leistungen ansprach, so beklagte er sich oft bei mir, erntete er regelmäßig blankes Unverständnis und die Antwort: „Du wirst schon sehen."

Oft jammerte K., er sei allzu häufig, zusammen mit dem Pressesprecher, als besserer Kofferträger oder als kleiner Spin-Doktor und Berater im Schlepptau der Bürgermeisterin unterwegs. Das röhrende Hirschle sitze immer vorne, neben Frau Schlägel, er stets im Fond. Und Hubertus dürfe das große Wort führen. Er hingegen habe nicht viel zu melden. Aber Zeit zur Einarbeitung in sein Arbeitsgebiet bleibe ihm kaum (!).

Die B. zeigte sich K. gegenüber in den ersten Tagen und Wochen auf eine oberflächliche Art zwar freundlich, konnte allerdings zugleich nur schlecht verhehlen (zumindest bildete er sich das ein), dass er das Siegel ‚zweite Wahl' trug. Doch Konstantins gezielte Taktik, die B. öffentlich herauszustellen und ihr zu schmeicheln, trug nach und nach Früchte. Nichtsdestoweniger war Frau Schlägel launisch und starken Stimmungsschwankungen unterworfen. In guten Stunden und Minuten konnte sie durchaus umgänglich und eine offene Gesprächspartnerin sein. Wenn sie jedoch in kritischer Verfassung oder ärgerlich war, legte sie den Kopf schief und bekam einen wässrigen, stechenden Blick und motzte ohne Unterlass. Zweifellos hätte Frau Schlägel es lieber gesehen, wenn sie mit der charmanten Anja Hettich im Schlepptau durchs Land gefahren wäre. Da lag K. sicher nicht falsch.

Aber selbst das schien sich allmählich zu erledigen, und schon bald fasste Frau Schlägel ein gewisses Zutrauen zu K. In jener Zeit soll sie anscheinend, übrigens vollkommen aus dem Zusammenhang gerissen (so wurde es mir zumindest hinterbracht), mit Ergebenheit in der Stimme oftmals gesagt haben:

„So ist das Leben" (was einigermaßen wunderlich gewirkt haben muss). Worauf der Hirschle, sofern er dabei war, prompt echote: „Ja, so isch es Läbe. Es isch, wie es isch! Was solle mer mache? Wie wär's mit eme Stückle Schoklaad?"

Sie fuhren zusammen von Besprechung zu Besprechung, von Tagung zu Tagung und von Treffen zu Treffen. Wenn es gut gelaufen war, sagte Frau Schlägel hinterher: „Das war super. Richtig supi. Nächstes Mal schlagen wir wieder zu." Oder: „Prima! Denen haben wir es gezeigt." Und wenn sie nicht zufrieden war, legte sie den Kopf schief und brummte: „So ein Schnickschnack. Alles Blödsinn. Das war der Gipfel der Unverschämtheit. Selbstverständlich kann ich das so nicht stehen lassen. Das geht gar nicht. Da müssen wir uns wehren." Und Hubertus Hirschle stimmte sonor ein: „So isches." Oder: „Dös goht so itt."

Und wenn die drei abends zurück nach Schopfloch gekurvt waren, beugte sich die Bürgermeisterin zum Aktenstudium über ihren Schreibtisch, der Hirschle checkte die neuesten Mails und ein paar Personalangelegenheiten, und K. zeichnete meist noch eine halbe Stunde lang widerwillig und mit Gebrumm in den Ohren die Briefe ab, die Kristin für ihn ‚unterschriftsreif' gemacht hatte, oder blätterte ein paar Minuten lang in Fremdenverkehrs-Handbüchern, doch deren Inhalt langweilte ihn, wie er mir oft gestand, oder stieß ihn sogar ab, und so kam es, dass er sich wie ein desinteressierter Schüler nichts merken konnte. „Was soll ich denn machen?", klagte er häufig. „Wenn ich auf *die* Art und Weise weiter herumlaviere, bekomme ich keinen Fuß auf den Boden. Fachlich bin ich ja noch nicht einmal in der Lage, Kristin wirklich zu kontrollieren. Aber nichts an der Sache reizt mich."

So verrann Woche um Woche, und K. behauptete, trotz allem langsam ein wenig Tritt zu fassen im administrativen

Leerlauf. Dann kam der Dezember und mit ihm zahlreiche offizielle Essen und sogenannte Weihnachtsfeiern, bei denen der Alkohol in großen Mengen und hohen Konzentrationen floss. Je höher der Pegel stieg, desto anziehender wurden die Schopflocherinnen, aber es geschah, was unser Objekt anging, nichts weiter. Im Amt schien es ganz passabel zu laufen, und K. dachte, er sei mit Kristin, Kerstin und Vanessa gut Freund. Sie sagten jetzt ‚du' zueinander, und mir wollte K. weismachen, sie seien „ein richtiges Team". Zwei Wochen vor Heiligabend konnte er endlich seine Wohnung beziehen, und an den Weihnachtstagen und an Neujahr begann er damit, seine heilige Bibliothek aufzubauen. Er blätterte in einzelnen Bänden herum und staubte sie ab.

In den darauffolgenden Monaten schien sich K. zu teilen und zu spalten, ja, geradezu schizophren zu werden. Mehrfach klagte er bei seinen kurzen Besuchen in unserer Wohnung darüber (und begleitete sein Lamento häufig mit einer wegwerfenden Bewegung seiner rechten Hand, die ich nicht von ihm kannte), dass er nicht zum Lesen komme. Er habe keine Zeit, und wenn er sich ausnahmsweise doch einmal ein paar freie Stunden „herausschneiden" könne, finde er keine Ruhe und sei nicht in der Lage, sich zu konzentrieren. In solchen Situationen genehmige er sich „eine große, eine richtig kräftige Kirsche". Zwar sei er nach einem „Vierfachen" nicht mehr imstande zu lesen, doch er träume dann von der Zeit in Göttingen, von den Proust-Räuschen und seinen stets fernen Göttinnen: „Hier gibt es keine drei von dieser Sorte" (!). Im „Rathaus-Laden" aber, behauptete K., habe er alles „ganz prima im Griff".

Ich gewann den Eindruck, Konstantin schlage in seinem Leerlauf-Hamsterrad einen Purzelbaum nach dem anderen. Inzwischen spürte er offensichtlich, dass er die Uni doch vermisste und jetzt in einer Welt lebte, die ihn zwar nicht ausfüllte, aber mit ihrem Lärm, ihrer Hektik und ihren Inhalten, die ihm nichts bedeuteten, ganz in Anspruch nahm und ihn „vollmüllte", wie er sich ein paar Mal, in seiner hässlichen, abstoßenden Diktion, ausdrückte.

Zugleich versuchte er, sich als Geschäftsführer zu sehen und zu geben, als Chef, der über der Arbeitsebene schwebt und Auftrag um Auftrag erteilt: „Weißt du, ein Direktor, ein Manager braucht im eigentlichen Sinn nicht zu arbeiten. Das ist nicht seine Aufgabe. Er muss von der Materie keine Ahnung haben, aber er muss es verstehen, seine Leute so zu steuern, dass sie gute Arbeit leisten. Er muss es verstehen, das volle Potential seines Personals herauszukitzeln. Er muss es verstehen, ein Unternehmen zu führen. Er muss wissen, wie Management geht. Nicht mehr und nicht weniger."

Meinen Einwand, dass seine Abteilung kein Unternehmen und viel zu klein für einen Geschäftsführer sei, der lediglich Steuerungsfunktionen übernehme, und dass seine Mitarbeiterinnen nach meinem Kenntnisstand nicht die Voraussetzungen mitbrächten, um den Schopflocher Fremdenverkehr am Laufen zu halten, wischte er ohne Weiteres weg: „Das, Mäxchen, verstehst du nicht. Du besitzt zu wenig Kenntnisse, nicht wahr? Und dein Horizont ist viel zu eng."

Dennoch hatte er, so eine seiner Mitteilungen, „das Gefühl zu ertauben", was sich ganz sicher nicht nur auf seine Hörprobleme bezog. Nach meiner Einschätzung berührte ihn Literatur nicht mehr, er fand keinen Eingang mehr in diese Welt, er hatte den Ort, an dem er bisher Zuflucht gefunden hatte, anscheinend verloren.

Einige Male, das weiß ich, traf sich K. mit Lukas, der gerade einen Porsche gekauft hatte und in erster Linie seinen finanziellen Erfolg als Hautarzt genoss. K. verabredete sich auch mit einigen anderen Leuten, die er aus der Schulzeit kannte. Doch die Gespräche verliefen scheinbar, wie soll ich mich ausdrücken?, recht schleppend. Ein paar seiner alten Bekannten waren stehen geblieben, hatten sich überhaupt nicht verändert und dozierten immer noch, mit einem überdrehten Tremolo in der Stimme, über Bob Dylan und „seinen tollen Sound". Die anderen waren kaum wiederzuerkennen, gingen ganz in ihrer Rolle als Familienvater auf oder hatten nur Frauen, teure Uhren und Autos im Kopf.

An Silvester herrschte tagsüber Tauwetter. Gegen Abend zog die Temperatur an, und es begann zu schneien. K. besuchte die Party der *Bären-Zunft* in Obernü. Er hegte die vage Hoffnung, das hat er auf seine gespielt flapsige Art angedeutet, dort endlich jemanden kennenzulernen, weil der 31. Dezember für ihn ein „magischer Tag" sei. In der *Bergsonne* aber traf K. fast ausschließlich auf junge Pärchen und saß den größten Teil des Abends allein am maschinengeschnitzten, bierverklebten Tresen. Wie Hoffmanns Ich-Erzähler fand auch er keine Julie und erst recht keine Fritzi. An der Wand, in der Nähe seines Platzes aber hing ein Schwarzweiß-Porträt einer jungen Frau, silbern gerahmt und mit Trauerflor. Darunter stand, in fetten Großbuchstaben, der Name Maria. K. schaute wie unter Zwang immer wieder hin.

Ohne es darauf anzulegen, betrank er sich und schlingerte durch die Abenteuer der Silvester-Nacht: *Die Turmfahnen knarrten, es war als rühre die Zeit hörbar ihr ewiges furchtbares Räderwerk und gleich werde das alte Jahr wie ein schweres Gewicht dumpf hinabrollen in den dunkeln Abgrund.*

Goar, der Wirt, der seine unruhigen Augen stets überall hatte, bemerkte, so die Mitteilung eines zufällig anwesenden

Drachen, dass K. das Photo gebannt betrachtete, und erklärte seinem Gast, es zeige Maria, die jüngste Tochter von Josef Vogt, des jüngeren Bruders von Hermann Vogt: „Als Kind hat das Mädel keine Krankheit ausgelassen. Röteln, Mumps, Masern, Scharlach, hab' ich ein paar Mal gehört, ne. Trotzdem war sie eine ausgezeichnete Skiläuferin, war in der Rennmannschaft und brach sich ständig irgendwas, aber sie muss auch eine gute Schülerin gewesen sein, hab' ich gehört, ne, sie hat Abitur gemacht, und sie war vor allem ein attraktives Mädel. Die hätte ich nicht von der Bettkante gestoßen, das kann ich dir stecken, mein Lieber, das sage ich dir. Freundlich war sie, überhaupt nicht eingebildet, eine Nette eben, ne, war auch Mitglied in der *Bären-Zunft*. Sie hat angefangen, Jura zu studieren, ne, oder sowas Ähnliches, und war wohl schon ziemlich weit, da steigt sie eines Abends hier in Obernü, vor meiner *Bergsonne*, das musst du dir vorstellen, zu einem sturzbetrunkenen Kerl ins Auto, einem Düllenbacher Hallodri, und der Teufel reitet seinen Mustang gegen einen Baum. Sie war sofort tot, der verdammte Verbrecher hat leichtverletzt überlebt. Seitdem ist der Josi ein anderer, das kannst du mir glauben."

Ob K. Goars grobschlächtige Worte verstand, weiß ich nicht. Um zwölf holte ihn das Feuerwerk jedenfalls aus seinem Alkoholnebel zurück. Er steckte seine Ausgabe der *Fantasiestücke* umständlich in die Jackentasche, zahlte und stolperte durch den Glückwunsch-Trubel ins Freie. Unfallfrei rollte er über die schneeglatte Straße hinab ins Tal und gelangte, ohne kontrolliert zu werden, nach Schopfloch.

Trotz allem, das versuchte sich Konstantin nach meiner unmaßgeblichen Meinung in jenen Tagen immer noch einzureden, fand er an seinem neuen Leben durchaus Gefallen. Ehrlicherweise muss ich hinzufügen, dass es bis zu diesem Zeitpunkt keine ernstzunehmenden Anzeichen dafür gab, dass K.s beruflicher Werdegang auf Sand gebaut war. Nach außen verlief sein Leben weitgehend unauffällig. „Alles paletti", pflegte er zu sagen. Im Rathaus schien niemand seine Trinkerei zu bemerken.

Mitte Januar kam viel Neuschnee, Ende Februar war Fasnacht. Und nun hatte K. noch mehr Termine als sonst zu bewältigen, zahlreiche Photoanlässe auf Wunsch von Frau Schlägel, Pressegespräche, kleine Journalistenreisen, die Wahl der Schopflocher Miss Snow, unzählige Anfragen zu Schneehöhen, Kunstschnee, Wetterprognosen und dergleichen mehr. Das waren Dienstgeschäfte (!), die Konstantin wahrnehmen musste, auch wenn Kristin, Kerstin und Vanessa im Hintergrund die Arbeit erledigten. Und er hatte die nicht ungefährliche Chance, sich in den Medien als emsigen Macher zu zeigen.

Das alles funktionierte jedoch nicht ohne Kollateralschäden; ich gebrauche ein Wort aus der Sprache des Militärs mit voller Absicht: Kristin, vor kurzem noch eine kleine ländliche Venus, die oft allzu aufgedonnert, aber lebenslustig in den Dorfdiscos der Umgebung umherflirtete, sah jetzt so bleich aus wie eine Maischolle und hatte dunkle Ringe unter ihren beeindruckend großen Augen. Sie war ganz offensichtlich überarbeitet. K. übersah das geflissentlich. Er hatte nur sich und seine Angelegenheiten im Blick, sich, seinen Ruf, sein „Standing", wie er immer sagte. Der Begriff der Fürsorgepflicht schien ihm fremd zu sein.

„Weißt du", sagte Konstantin einmal, als er eines frühen Abends, schon leicht angetrunken, bei mir vorbeischaute, „weißt du, dieser Veranstaltungskram lenkt mich ein wenig ab und erspart es mir, wenn ich Glück habe, über meine Situation und über mich, über meine Unlust und meinen Lebenslauf nachdenken zu müssen. Darüber, dass die Arbeit in einer hierarchisch organisierten Verwaltung, ob du es glaubst oder nicht, seelenzersetzend wirkt. Dass sie die Seelen zerstört. Dass ich Besseres, viel Besseres verdient hätte, ist mir eh klar. Selbstverständlich, das kannst du mir glauben. Auch wenn das unbescheiden klingen mag. Ich finde, ich habe ein Recht darauf, unbescheiden zu sein. Ein gut ausgestatteter Lehrstuhl stünde mir durchaus zu, nicht wahr? Doch, doch, schau nicht so blöd. Das wäre keine große Affäre mehr gewesen. Das hätte ich hingekriegt. Mit links hätte ich das gepackt. Denk doch nur mal an meine Publikationen! Mag ja sein, dass ich ein intellektueller Emporkömmling bin. Was soll's? Ich hätte mich trotzdem dauerhaft durchsetzen können. Mir stünde wahrhaftig etwas Besseres zu als der Schopflocher Tourismusrummel! Wenn du dir einbildest, dass ich an einem meiner Events inneren Anteil nähme, täuschst du dich gewaltig, und wenn du denkst, dass eine Miss-Wahl auch nur ein Fünkchen erotischen Mehrwert versprühen würde, dann bist du gleichfalls auf dem Holzweg, mein Lieber. Das ist nur eklig und abgeschmackt. Im Grund wie Fasnetsmändig, von meinem grandiosen 29. Februar einmal abgesehen. Und vom Schwarzwald-Winter, den wir täglich wie sauer Bier bewerben, von meinem geliebten Schwarzwald kriege ich eh nichts mehr mit. Die verschneiten Berge, Wälder und Täler nehme ich nur noch als Kulisse des Tourismusbetriebs wahr, die Landschaft, in der ich einmal zuhause gewesen bin, sehe ich nicht mehr, die touristischen Vokabeln, die mich jetzt permanent umgeben, verstellen mir die Welt, der Maschinenschnee, der angesichts des Massenbetriebs und des in schöner Regelmäßigkeit einfallenden Regenwetters dringend notwendig ist, vernebelt mir erst recht die Sicht. Ich werde zugeschüttet mit Presseanfragen, ob die rechtlichen Rahmenbedingungen gegeben sind, um Kunstschnee produzieren zu dürfen, ab welchen Temperaturen wir ihn herstellen können, wie voll unsere Wasserspeicher sind, wie sich die aktuelle Auslastung der Gästezimmer darstellt et cetera pp. Glaubst du, ich habe noch Lust aufs Skilaufen? Auf diesem betonharten Kanonenschnee? Du müsstest dir mal unsere überfüllten Hänge am Wochenende anschauen! Wie früher die Strände am Teutonen-Grill im Hochsommer. Du kriegst das Grausen. Von meiner Kondition will ich gar nicht erst reden. Einerlei, viel wichtiger ist: Ich habe meinen Schwarzwald, ich habe die Zeit meiner Jugend nicht wiedergefunden."

Den Hinweis, dass ‚Bescheidenheit' im alten Deutsch ‚Verständigkeit' und ‚Vernunft' meinte, kann ich mir nicht verkneifen.

*

Mail Sechzehn

15. März 2001 um 0:56

Lieber Max,

Du kennst mich, und Du weißt, dass es mir nicht leichtfällt, einem Lehrer, Verzeihung: einem veritablen Oberstudienrat recht zu geben. Aber ich muss einräumen: Du hast schon früh den Braten gerochen. Aus heutiger Perspektive weiß auch ich es besser. Während meiner ersten Wochen und Monate habe ich mich nach Kräften bemüht, mir in mehrfacher Hinsicht in die Tasche zu lügen. Meine Devise lautete ähnlich wie früher: „Hey, dir geht es doch gut als Tourismus-Fuzzi, du hast die richtige

Entscheidung getroffen. Du gehst deinen Weg, du bist in der richtigen Spur. Nun mach schon, gib gefälligst Gas!" Et cetera. Und gleichzeitig versuchte ich mir die Angst zu nehmen, man könne mir auf die Spur kommen und realisieren, dass ich nichts Anderes war und bin als Konny der Scharlatan, Konny der Bluffer, Klein-Krull mit Pappnase.

Eine neue Kathedrale ist vor meinen Augen entstanden, eine Kathedrale jedoch, die bis jetzt noch nicht bedrohlich auf mich wirkt. Mein Job war und ist anstrengend, wegen der zahlreichen Abend- und Wochenendtermine, versteht sich, denn Arbeit in einem ernstzunehmenden Sinn habe ich ja nicht zu bewältigen, und alles plätschert so dahin. Ein Tag vergeht wie der andere. Mit Sitzungen, Terminen, Durchs-Land-Kutschen mit der Schlägel und dem Hirschle und Laberlaberlaber. Nichts tut richtig weh, nichts verursacht echte Schmerzen, nur die schlaflosen Nächte und die Alkoholmengen nehmen zu. Es ist aber schon gut, den Pfeilstich-Druck und die Kettenverträge los zu sein, keine Frage, klar. Den Bürojob lasse ich eh Kristin erledigen, die versteht mehr davon. Viel mehr. Und ich verdiene trotzdem eindeutig besser als an der Uni. So sieht mein neues Leben aus.

Meine Probezeit endete, ohne dass ich es wirklich gemerkt hätte. Niemand im Haus schien sich für die Frage zu interessieren, ob ich etwas tauge oder nicht. Das große Wahltheater mit ein paar hundert Bewerbern, das den Besten für Schopfloch ermitteln sollte, war längst vergessen. Schnee von gestern. Frau Schlägel, die sich gern damit brüstet, dass sie als einzige Verwaltungschefin weit und breit einen Touristiker hat, der einen Doktortitel sein Eigen nennen darf, verzichtete darauf, auch nur ein kurzes Gespräch mit mir zu führen. Jede Wette, dass weder sie noch der Hirschle *einen* Gedanken daran verschwendete. Ich hatte in den vergangenen sechs Monaten schließlich keine goldenen Löffel geklaut. Und eine Überprüfung meiner Leistung hätte ja nur unnötige Arbeit und Zeitaufwand mit sich gebracht.

Ja, so stellt sich die Situation ein halbes Jahr nach meinem Dienstantritt dar.

Herzliche Grüße
Konstantin der traurige Clown

*

Mail Siebzehn

19. März 2001 um 7:30

Lieber Maximilian,

soeben habe ich von den Vorgängen rund um die Ausstellung zur Schopflocher Kunstszene erfahren. Ich bin, wie Du weißt, stets am Puls der Zeit. Und ich nehme an, dass Du die wirklich interessanten Details nicht mitbekommen hast.

Dass Dr. Tasse aus Ärger über das Österreicher-Bild und auch aus anderen Gründen Druck auf die Schlägel zugunsten der heimischen Künstlerinnen und Künstler ausgeübt hat, wirst Du ja gehört haben. Wiederholt forderte er sie schriftlich auf, endlich „unsere heimischen Stars“ mit einer großen Präsentation zu würdigen. Seit der Einweihung seines pompösen Museums ist das ja im Grunde überflüssig. Aber Widmer-Pohl wollte der B. eins auswischen. Und dass die Schlägel am Ende nachgegeben hat und der *Hochschwarzwälder Sezession* im Foyer des Rathauses eine Schau ausrichten ließ, sagt meines Erachtens viel über die Machtverhältnisse in unserer Stadt. Das alles ist hinlänglich bekannt. Wirklich brisant für die Zusammenhänge, die Dich interessieren, sind die Einzelheiten. Die kannst Du nicht kennen.

Da unsere Stadtverwaltung über keine Kulturabteilung verfügt und sich normalerweise auf Zuschüsse für Vereine und Veranstaltungen beschränkt, gab die Schlägel Deinem Großen Konstantin den Auftrag, in Zusammenarbeit mit Dr. Tasse und den Schopflocher Künstlern die Ausstellung vorzubereiten und durchzuführen, was immer das heißen mochte, aber das Verwaltungsdeutsch ist Dir ja sattsam bekannt. Die B. ging sicherlich davon aus, dass K. als promovierter Literaturwissenschaftler am ehesten die Gewähr dafür bot, die Sache geräuschlos abzuwickeln. Nur hat K. K. die Brisanz der Situation vollkommen unterschätzt und hat, wenn Du mich fragst, das Fass zum Überlaufen gebracht. Unser Objekt scheint nicht mehr dazu bereit zu sein, auch nur den allerkleinsten Finger zu rühren.

Er hat nämlich den Auftrag, wie alle anderen, kalt lächelnd auf Kristin Schäuble abgewälzt. Und hat dabei anscheinend nicht bedacht, dass Kultur, dass Kunst für seine Stellvertreterin ein absolut fremdes Terrain ist. K. hat ihr noch nicht einmal Ratschläge mit auf den Weg gegeben, sofern er das gekonnt hätte, was ich nicht weiß, ja, er hat überhaupt nicht mit ihr gesprochen, selbst dazu war er zu faul und ist, ohne sich um irgendetwas zu kümmern, zu einem einwöchigen Tourisiker-Treffen nach Mayrhofen im Zillertal entschwunden. Bei dieser Aktion hatte er, wie Du sagen würdest, allergrößtes Glück, gewissermaßen also Pech, denn die Schlägel muss K. K.s Dienstreiseantrag blind abgezeichnet haben, ohne ihn zu lesen oder auf die Daten zu achten.

So etwas passiert ihr, meiner Informantin zufolge, recht häufig, denn sie hat stets vermeintlich Wichtigeres im Sinn, gibt zum Beispiel einem Mitarbeiter, der auf der anderen Seite ihres Schreibtischs auf dem Besucherstuhl kauert, Anweisungen, telefoniert höchst angeregt mit einer Gemeinderätin oder träumt von ihrem nächsten Segeltörn im Norden, während sie ohne Unterlass eine Unterschriftsmappe nach der anderen durchblättert und ungezählte Briefe, Vorlagen, Dokumente oder Anträge abzeichnet. So konnte es geschehen, dass Konstantin sich zum ersten Mal in seiner Karriere als touristischer Hansdampf selbst ein Bein stellte.

Kristin, die sich zurecht von unserem Objekt ausgenutzt fühlte, hat die Sache nämlich punktgenau in den Sand gesetzt. Aber ich bezweifle, dass das Absicht war.

Im Grunde kennt Kristin doch nur die Verwaltung und ihre immer gleichen Abläufe. Sonst nichts. Von Kunst und Kunstbetrieb, von den vielfältigen Fallstricken, die auf diesem Gebiet für Laien ausliegen, und von den Erfordernissen einer Ausstellung hat sie schlicht keine Ahnung. Woher sollte sie die auch haben? Und so unterlief ihr ein Fehler nach dem anderen.

Das größte Problem war, dass sie sich noch nicht einmal für Kultur interessiert. Daher konnte sie sich nicht für die Werke der beteiligten Künstler erwärmen und behandelte das gesamte Projekt ziemlich kaltschnäuzig als eine Art Verwaltungsakt. Also war die ohnehin überarbeitete Kristin bemüht, die Angelegenheit mit möglichst minimalem Aufwand abzutun. Das spürten die beteiligten Kulturschaffenden selbstverständlich, und sie fühlten sich und ihre berechtigten Anliegen in keiner Weise „ästimiert“, sondern von Anfang an hochgradig missachtet, wie sich eine ältere Künstlerin ausdrückte. Spannung lag in der Luft.

K.s Vertreterin versteht offenkundig auch nichts vom Umgang mit Menschen. Sie war, immer eingedenk ihrer zahlreichen Überstunden und mit Blick auf die Uhr, vor allem darum bemüht, die Künstlerinnen und Künstler nicht an sich heranzulassen und sie rasch abzufertigen. Letztlich behandelte sie die Mitglieder der *Hochschwarzwälder Sezession* wie ein schlechter Chef seine Auszubildenden. Kulturschaffenden jedoch, das ist sogar mir klar, darf man keine platten Anweisungen geben – schon gar nicht auf ihrem eigenen Gebiet, von dem man selbst nichts versteht.

Zum Eklat kam es, das darf ich Dir im Vertrauen mitteilen, weil Kristin nicht wusste, wer Professor Valentin Scheitzhammel ist und welche supergroßen Verdienste er sich um Schopfloch und die Schopflocher Kunst erworben hat. Als er ihr bei einer Besprechung ein paarmal, ziemlich hochnäsig und blasiert, wie er eben ist, ins Wort fiel („Ach, hören Sie doch auf, meine Liebe, das ist doch alles dummes Zeug, Sie haben ja keine Ahnung vom Hängen einer Ausstellung, Sie haben noch nicht einmal Augen im Kopf!" etc.) und sie ihn im Gegenzug fragte, was ihm einfalle und wer er überhaupt sei, wurde sie von drei älteren Künstlerinnen niedergemacht.

Die Damen, allesamt in einer Mischung aus dunkelgrünem Loden, pinkfarbenen und hellblauen Leggings, wallenden Gewändern sowie schwarzen Filzhüten gekleidet, nahmen, gemäß dem Protokoll einer meiner Subdrachen, kein Blatt vor den Mund: „Das darf ja wohl nicht wahr sein! Glauben Sie, jugendliche Naivität, lange, rote Fingernägel, hohe Absätze, ein kurzes Röckchen und das Wackeln mit dem Hintern ersetzen Kopf und Kinderstube?" Und Kristin, die vor wenigen Monaten noch so lebenslustige Kristin Schäuble, klappte zusammen wie ein kaputter Regenschirm. Genauer gesagt erlitt sie einen Nervenzusammenbruch und lief heulend davon. Und unverzüglich zum Arzt. Und wurde für ein paar Tage krankgeschrieben.

Die Ausstellungsvorbereitungen blieben liegen, die Kommunikation mit den heimischen Künstlern kam zum Stillstand. Im Untergrund rumorte es. Und dass Scheitzhammel bei seinem Intimus Tasse einen Riesenaufstand veranstaltet hat, versteht sich von selbst. Indes dürfen wir als gerechte Drachen, die wir doch sein wollen, nicht vergessen, dass es der mutterseelenallein lebende Professor an den Ufern des Schopfbachs alles andere als leicht hatte, bis Widmer-Pohl endlich auf ihn aufmerksam wurde und ihn für den Kunstverein gewann. Wer wem die Pralinen offeriert, wer von den beiden das Wirtstier ist und wer der Parasit, ist schwer auszumachen; es dürfte sich wohl um ein symbiotisches Verhältnis handeln. Die Tasse sonnt sich in Valis Titel und seiner Gelehrsamkeit, und Scheitzhammel wärmt sich an der neuen gesellschaftlichen Stellung, die er dem reichen Freund verdankt. Er ist längst nicht so selbstsicher, wie er zu sein vorgibt. Die Verletzungen, die er erfahren hat, kannst Du seinem Gesicht ablesen. Was gilt schon ein Professor der Kunstgeschichte in Schopfloch? Außerdem soll er's an der Leber haben und deshalb besonders schnell durch die Decke gehen.

Eines Abends muss der aufgebrachte Widmer-Pohl, darüber wurde ich nur in groben Zügen unterrichtet, seinen aus Tirol zurückgekehrten Mieter zuhause aufgesucht haben. Das Ergebnis war wohl, dass der Große Vorsitzende die Sache selbst in die Hand nehmen wollte und dass Vanessa, weil K. sich so ganz und gar überlastet gab (kaum zu glauben, oder?), die „entsprechenden Maßnahmen“ umzusetzen hatte. Das lief zu meiner Überraschung alles astrein, obwohl Vanessa wie Kristin keinerlei Kenntnisse in Sachen Kunst besitzt. Aber WP soll ja, wie man hört, ein Händchen für hübsche Frauen haben.

Am Ende nahm die Schlägel noch nicht einmal an der Vernissage teil, weil sie es vorzog, eine Konkurrenzveranstaltung in Titisee zu besuchen, bei der der Ministerpräsident sprach. Wie Du weißt, stehen in absehbarer Zeit Landtagswahlen an.

Schlägels Abwesenheit bedeutete, weil niemand von den Stadtoberen und noch nicht einmal K. K. zugegen war, freie Bühne für Herrn Dr. Tasse, der die Veranstaltung daher von der ersten bis zur letzten Minute nach Belieben zu dominieren wusste. Schade, dass Du das nicht miterlebt hast. Aber ich konnte gleichfalls nicht dabei sein; mein Stammtisch feierte, mit einem prächtigen Festessen, sein fünfjähriges Jubiläum. Darüber berichte ich Dir ein anderes Mal.

Die Tasse muss vor der gut vertretenen Presse eine Lanze nach der anderen für die heimischen Künstler gebrochen haben. Das Thema seiner Begrüßungsansprache lautete: „Die Bedeutung der Hochschwarzwälder Kunst für die Welt von heute“. Außerdem ließ er drei der „berühmten *Lüpertz-Lieder*“ (O-Ton Tasse) zu Gehör bringen. Ich für meine Person kenne diese Sachen nicht. Es sang Amalie Mäser, die in der Vergangenheit sogar einmal in Freiburg aufgetreten sein soll; sie wurde von Franz-Felix Klöpfer, dem Musiklehrer der Schopflocher Realschule, am Vibrafon begleitet. Die Laudatio, die von der anscheinend bekannten Waldkircher Kunstsachverständigen Claudia Kliffe-Strietzel gehalten wurde, soll sehr gut gewesen sein. Eigentlich schade, dass sie in den regionalen Medien kein Echo fand. Zwei Tage später titelte die Zeitung: „Glanzvoller Auftritt des Kunstvereins – Große Rede von Dr. Widmer-Pohl –

Frenetischer Beifall für Amalie Mäser". Das wirst Du ja gelesen haben.

Im Anschluss an den offiziellen Teil der Ausstellungseröffnung ging Vanessa im schwarzen Minikleid mit Fingerfood von Fisch WP (Fleischbällchen, kleine Würste, große Forellen- und Lachs-Kanapees) herum, das der Stadt selbstverständlich in Rechnung gestellt wurde. Die Qualität des Essens soll astrein gewesen sein. Es waren, außer der Presse, fast nur Angehörige und ein paar Freunde der ausstellenden Künstler gekommen.

Wie stets, lieber Maximilian, bitte ich Dich um strikte Diskretion. Im Übrigen gilt: Auf ein Neues, und zwar gern!

Ganz in diesem Sinne grüße ich Dich herzlich als
Dein Dr Bernd

16

Trotz seines faultierhaften Verhaltens und der Schnitzer, die ihm unterliefen, schien sich K., oberflächlich und von außen betrachtet, in seinem neuen Umfeld einzugewöhnen. Negatives nahm er nur an anderen wahr, und so schimpfte er häufig über die Stadtverwaltung und die „spartanisch eingerichteten Toiletten" im Rathaus, wozu ich mich nicht äußerte. Vor den wirklichen Schwierigkeiten, Problemen und Pannen, mit denen er sich konfrontiert sah, verschloss K. sorgsam die Augen, ja, er dichtete sich regelrecht gegen sie ab. Seine sogenannte Arbeitszeit, auf deren Verlauf er kaum Einfluss nehmen konnte, wurde weiterhin in einem kurz getakteten Rhythmus der ewigen Wiederkehr befüllt mit Besprechungen, Tagungen und Treffen, mit zum Teil galligen amtsinternen Streitereien und Revierkämpfen, in die er sich auf täppische Weise mehr und mehr verstrickte, weil er es nicht besser wusste, mit der Beantwortung von Presseanfragen, die er mit Hubertus Hirschle ‚abzustimmen' hatte, und mit dem Zusammenkleistern von Vermerken und Schriftsätzen für die Bürgermeisterin aus so und so vielen Textbausteinen seines Vor-Vorgängers, die er stets Kristin fertigen ließ und immer seltener auf ein höheres sprachliches Niveau hob, weil er sich einredete, die Chefin würde seine Mühen nicht zur Kenntnis nehmen und zu schätzen wissen. Er beauftragte Kristin mit der Entwicklung ganzer Medienkampagnen und genaugenommen, das hätte er sich und mir natürlich nie eingestanden, mit der Verwaltung der gesamten kleinen Fremdenverkehrs-Welt von Schopfloch. Er selbst organisierte das Nichts, das übrigblieb, spielte den meist übellaunigen Frühstücksdirektor, besuchte Sektempfänge und

Arbeitsessen ohne Zahl und tauschte unentwegt mit seinen Gesprächspartnern blankpolierte Phrasen aus.

Mir gegenüber klagte K., dass ihm alles „unter den Händen zu zerrinnen beginne", die Zeit jage nur so dahin, ohne dass etwas Sinnvolles geschehe. Tatsächlich gingen etliche Monate voller Leerlauf ins Land. Unterdessen nahm George W. Bush als neuer Präsident der Vereinigten Staaten seine Dienstgeschäfte auf, und Ariel Scharon wurde Ministerpräsident von Israel, und die Eidgenossen votierten bei einer Volksabstimmung gegen Beitrittsverhandlungen mit der EU, und die englische und die deutschsprachige *Wikipedia* wurden gegründet, und die Taliban zerstörten die Buddha-Statuen von Bamiyan in Afghanistan, und der Sohn des nepalesischen Königs Birendra tötete seinen Vater und fast die ganze Familie, bevor er sich selbst richtete, und der FC Bayern gewann das Champions-League-Finale gegen den FC Valencia, und die Auslieferung von Ex-Präsident Slobodan Milošević an den Internationalen Strafgerichtshof fand statt, und beim G8-Wirtschaftsgipfel in Genua kam es zu Straßenschlachten zwischen Demonstranten und der Polizei, und die Terroranschläge gegen das World Trade Center und das Pentagon forderten dreitausend Menschenleben, und alle Welt, selbst das badische Hinterland, das weit weg vom Schuss liegt, wie man bei uns sagt, Schopfloch, die Drachen und mich eingeschlossen, alle sprachen nur noch von den Attacken auf Amerika, das örtliche Geschehen trat in den Hintergrund und besaß vorerst keine Bedeutung mehr. Ein großer weltweiter Konflikt zog herauf und überlagerte unsere kleinstädtischen Themen. Und am Abend des 12. Septembers stattete K. uns einen Besuch ab.

Zu meiner Überraschung war er stocknüchtern. Er begrüßte weder Christa noch mich, sondern ging schnurstracks mit einem hasenhaft wirkenden Gesichtsausdruck an uns vorbei ins Wohnzimmer und setzte sich wortlos in ‚seinen' Sessel.

Nachdem ich um eine Flasche Wein in den Keller gegangen war, wie ich das schon gewohnheitsmäßig machte, wenn K. bei uns auftauchte, muss er unvermittelt gesagt haben: „Ich weiß nicht, warum, aber ich werde das Gefühl nicht los, dass etwas passieren wird. Dass mir etwas widerfahren wird. Ich fühle mich bedroht." Der Anschlag auf die Zwillingstürme berührte ihn, so Christas Eindruck, nicht. K. kreiste mehr denn je nur um sich. Als ich zurück in die Wohnung kam, war er schon wieder weg.

Was K. K. betraf, schien zunächst dennoch alles weiterhin auf einem stabilen, ruhigen Gleis zu laufen, ohne erkennbare größere Ereignisse oder gar Störungen. Er schaute ein paarmal vorbei, schimpfte über „das Haus" und über seine Mitarbeiterinnen, schimpfte über Schopfloch und die Schopflocher und trank ziemlich viel. So weit, so gut. Oder so schlecht.

Eines Tages aber erhob sich Udo Kluttig, der einzige Vertreter einer linken Splittergruppe im Stadtrat, bei einer der Oktobersitzungen von seinem Platz und brachte K.s scheinbar immerwährenden Kalender einer hohlen Routine abrupt durcheinander.

Ich weiß nicht, wie es zu dieser heftigen Attacke kam, denn seit seiner Wahl hatte K. leichtes Spiel im Gemeinderat gehabt – auch, was Kluttig anging. Probleme waren bislang nie, das behauptete zumindest K., in den Gremien ruchbar geworden, kein einziges Mal. Und noch kurz vor der Stadtratssitzung hatte „Udo" ihm freundschaftlich auf die Schulter geklopft und ein paar belanglose Worte mit ihm gewechselt: „Goldener Oktober, Konny. Oder?" – „Ja, scheint so."

Indessen haben meine Drachen in Erfahrung gebracht, dass Kluttig als junger Mann, also in grauester Vorzeit, in einer

Stichwahl gegen K.s Vor-Vorgänger Andreas Hain angetreten war und jämmerlich verloren hatte. Offenbar sah sich „der linke Udo", wie er bisweilen genannt wurde, als von den Bürgerlichen verhinderter Fremdenverkehrsexperte, als eine politisch ausgebremste Großbegabung.

Nun forderte er K., die Presse war anwesend, in scharfem Ton auf, endlich, endlich, nach einem Jahr und schon in einer der nächsten Sitzungen eine überprüfbare Leistungsbilanz seiner bisherigen Tätigkeit sowie eine erfolgversprechende neue Tourismus-Kampagne vorzulegen: „Konstantin, du weißt, du weißt ganz genau, dass ich dir von Anfang an skeptisch gegenüberstand, oder?, daraus habe ich keinen Hehl gemacht, und ich bin nach wie vor der Auffassung, dass deine Wahl eine Fehlentscheidung war. Einen so miserablen, einen so grottenschlechten Tourismusbeauftragten hatte Schopfloch noch nie. Was du bisher vorgelegt hast, waren lediglich Luftnummern, Käse und kalter Kaffee, nichts weiter! So etwas gab es früher nicht. Da lobe ich mir den alten Andreas Hain. Der hatte das Schießpulver zwar auch nicht erfunden, aber er hat wenigstens vergleichsweise solide Arbeit geleistet. Du hingegen, du lieferst doch nur Firlefanz und Sprachgeklingel. Außerdem ist uns zu Ohren gekommen, wie du mit deinen Mitarbeiterinnen umgehst, wie du sie verschleißt. Wie ein patriarchalischer Herrenreiter. Ich erinnere dich nur an die Vorgänge rund um die Schopflocher Kunstausstellung. Du weißt, was ich meine, oder? Du weißt es ganz genau. Die Schonfrist ist endgültig vorbei. Jetzt will ich eine Bilanz mit harten, belastbaren Zahlen sehen!"

Noch blieb K. ruhig. Denn er setzte auf den Rückhalt bei den Bürgerlichen. Zu seiner Überraschung jedoch stießen zwei andere Fraktionen in dasselbe Horn. Unter anderem griff die angesehene Beatrix Müller-Kiesch K. mit harten Worten an.

Sie habe die Befürchtung, sagte sie, „Herr Klingele“ werde den Tourismusbetrieb, absichtlich oder unabsichtlich, „auf mittlere Sicht“ in den Bankrott führen. „Und nach vollbrachter Tat wird er mit Sicherheit nicht dazu bereit sein, mit dem Klingelbeutel durch die Lande zu ziehen. Sie tun nichts, Sie setzen nichts in Gang, und daher handeln Sie in hohem Maße verantwortungslos, Herr Klingele.“

Frau Dr. Schlägel verteidigte Konstantin zwar, aber sie tat es ziemlich halbherzig und lustlos. Er habe sich gut eingearbeitet, betonte sie, er sei ein „durchaus fleißiger Mensch“, sei auch „chronisch überlastet“, sie könne sich gleichwohl auf ihn verlassen („Phototermine! Phototermine!“, echote Kluttig), und die neue „Touri-Konz“ beginne schon zu wirken, aber es gebe in der Tat noch manches nachzuholen, manches auch zu verbessern, einiges zu beschleunigen, das gebe sie zu, und „Herr Klingele“ werde bereits in vierzehn Tagen Rede und Antwort stehen. Das sei „ganz selbstverständlich“.

Abermals wackelte zuerst K.s Schädel wie der einer schlecht geführten Marionette; das kam inzwischen öfter vor. Dann begann K. K. am ganzen Leib zu zittern, und das wurde sogar auf der Pressebank registriert. Am nächsten Tag titelte die *Schopflocher Zeitung*: „Konstantin Klingele angezählt: Die Zitterpartie des Tourismusbeauftragten“. Eine Strafe kann viele Gesichter besitzen.

*

Karte Drei[30]

Lieber Max,

muss mich kurzfassen. Habe das Gefühl, dass ich reif bin für eine piekfeine Gummizelle. Ja, Du hast richtig gelesen: Gummizelle wie Klapsmühle. Klapsmühle wie Geschlossene. Geschlossene Klapse. Brauche Ruhe,

K.

*

Mail Achtzehn

9. Oktober 2001 um 21:35

Hallo, Herr Mohr,

Sie kennen mich nicht, aber ich kenne Sie und ich habe von Ihrer Arbeit gehört und habe etwas beizutragen, auch wenn Sie glauben, dass das nicht sein kann. Doch da täuschen Sie sich. Ich wette, jetzt erwischt es den Klingele Konstantin, dieses ebenso kleine wie dreckige kommunale Schoßhündchen. Und dass es den erwischt, das ist sowas von gut, das kann ich Ihnen sagen, ob Sie es nun hören wollen oder nicht. Bei Ihnen weiß man ja nicht so richtig, wo man dran ist und auf welcher Seite Sie Position beziehen, ob Sie überhaupt eine Position ha-

30 Mit Datum vom 8. Oktober 2001

ben, einen Standpunkt, oder nur wackeln wie ein Pudding oder wie glibberige Götterspeise und zuschauen und frohen Herzens genießen, was sich da vor Ihren Glupschern abspielt und all das. Man verdächtigt Sie ja sogar, ein vollkommener Lackaffe und mit diesem *Sus scrofa domesticus* Klingele, diesem Hausschwein, befreundet zu sein, aber, wie gesagt, nichts Genaues weiß man nicht, das ist ja meistens so, gell? Davon ab: Von Ihrer Arbeit höre ich fast nur Gutes, und in der Penne habe ich gelernt, man solle zwischen dem gelackten Autor und seinem Werk unterscheiden, oder so ähnlich. Und ich war keine ganz schlechte Schülerin, in keiner Beziehung, das kann ich Ihnen flüstern. Abflocken lasse ich mich von *Ihnen* nicht.

In der Stadt und im Haus erzählen sich die Leute, Sie wüssten alles über das Schwein Klingele, absolut alles, gell? Aber das glaube ich nicht, das will ich einfach nicht glauben. Dass er sich an manchen Tagen stundenlang auf dem Herrenklo einschließt, kann mir, kann auch Ihnen egal sein, das tut nichts zur Sache, okay, abgehakt, aber dass er ein Radfahrer vor dem Herrn beziehungsweise vor der Dame ist und nach oben buckelt und nach unten tritt, das steht beispielsweise auf einer anderen Seite, und genauso, dass er andere anschwärzt, um selbst umso besser *bella figura* zu machen. Er hat kein Rückgrat, der Kerl, und ich wette, er ist von Kopf bis Fuß mit Komplexen vollgestopft, der Körperklaus, das ist seine Welt und sonst gar nichts.

Einmal hat er es absolut auf die Spitze getrieben. Anfang des Jahres, im Januar oder im Februar, das kann ich Ihnen nicht mehr so genau durchgeben, war ein Professor Doktor von und zu, was weiß ich, von der Sporthochschule Köln da, seinen Namen will ich jetzt nicht zu Markte tragen, er kam wegen eines Gutachtens oder so, Tourismus halt, und nach dem Fach-Talk, am Nachmittag, sollte die Bitch mit ihm die übliche Sightseeing-Tour durchziehen, Downtown Schopfloch, Show-Town eben, aber ihre Majestät hatte mal wieder keine Zeit oder keine Lust, weil sie nach Stuttgart oder zum Klamotten-Shoppen nach Freiburg wollte, keine Ahnung, Sport geht ihr ja sowieso am Arsch vorbei. Also schickte sie das Hausschwein, und die Idee war ja auch gar nicht so schlecht, das muss man ihr lassen, denn wenn einer aus dem Haus, von der Queen einmal abgesehen, mit einem Professor parlieren konnte, dann doch am ehesten der Klingele, sollte man denken, denn der war ja lange auf der Unität und kennt sich doch bestens mit den Herren und Damen Professoren aus, schließlich ist er ja selbst ein Doktor, angeblich zumindest. Doch als es ans Gehen ging, und ich stand rein zufällig daneben, wirklich rein zufällig, da bekam der Klingele plötzlich Bauchkrämpfe, ganz fürchterliche Bauchkrämpfe, er wand sich auf dem Boden, als ob er den Löffel abgeben würde, wirklich ganz, ganz furchtbar, wie wenn er gleich Gesäßhusten bekäme; aber mich kann das Schwein nicht zum Narren halten, mich nicht, mir war sofort klar, dass er eine Show abzog, dass er bloß geschauspielert hat, und das auch noch schlecht. War alles Schnullibambulli. Egal, der Waschlappen war aus der Nummer raus, aber niemand sonst aus dem Haus hatte Zeit für den Mountainbike-Professor, der Hirschle Hubertus nicht, die Beinle Emerentia nicht, niemand, obwohl alle sonst geil sind auf solche Termine wie nur was. Keiner konnte. Der Hirschle Hubi sah richtig bedröppelt aus, richtig hilflos und hatte null Peilung, was jetzt abgehen könnte, denn der musste dringend zu irgendeinem Verein oder zu 'nem anderen Offi-Treff, keine Ahnung wohin, aber ganz, ganz dringend. Also, was macht der Hubert? Sie werden es nicht glauben. Das muss man sich auf der Zunge zergehen lassen wie Kräuterbutter! Sein Blick fällt plötzlich auf mich, und er sagt kurz und bündig: „Begleiten *Sie* bitte den Herrn Professor auf seinem Rundgang. Sie kennen sich doch prima aus in unserer schönen Stadt."

Auf die Idee, einen oppositionellen Underdog wie mich mit dem Onkel aus Köln loszuschicken, darauf wäre selbstredend keiner und keine sonst gekommen außer dem Hirschle, obwohl ich eine abgekochte Göre bin, der Klingele nicht und die Schlägel gleich gar nicht. Das können Sie mir glauben, denn das ist wahr, Herr Kommissar! Ich rechne ihm das hoch an, dem Hubert. Der hat was gut bei mir. Im Vergleich zum Hirschle ist der Klingele ein abgepsychter Sockensortierer.

Aber ich habe meine Sache auch nicht schlecht gemacht, das garantiere ich bei meiner geliebten Ratte. Der Professor hat sich als echtes Schnitzel erwiesen. Und war selbst ganz begeistert. Am Abend sind wir dann noch zum Speisen gegangen, es war echt cool, es wurde spät, und schon am nächsten Weekend bin ich zu ihm nach Köln gerauscht. Nee, der Klingele hätte sich nicht besser um den Professor Doktor gekümmert als ich. Nee, nee. Für mich war das Ganze ein Brutzler.

Aber am nächsten Tag stand er wieder auf der Matte, der Klingele, als wäre nichts gewesen. Von wegen Bauchkrämpfe und so. Ich verbleibe mit freundlichen Grüßen als

Ihre Dr Selbsternannt Ungenannt Unbekannt

*

Schnipsel Fünf

Was würdest du, wenn du könntest, im Rückblick anders machen in deinem Leben?

Alles. Also genau genommen nichts.

Was soll das heißen?

Professor werden. Oder Hotelier. Oder Touristiker.

Ich verstehe dich nicht.

Wahrscheinlich hätte ich irgendeinen Beruf zu hundert Prozent durchziehen sollen. Ganz und gar. Mit Haut und Haaren. Bauch und Kopf. Denn hinter professionellen Ritualen kann man sich bequem in Deckung bringen. Also, ich meine, wenn einen die verdammte schwarze Galle zu überschwemmen droht, nicht wahr?

*

In eigener Sache Drei[31]

Wenn ich mir vorstelle, meine Ermittlungen und meine Schreibarbeit in Sachen K. K. und Schopfloch wären zu Ende, ich müsste sie einstellen, würde ich alle Zuversicht verlieren. Als Oberstudienrat und Beamter dürfte ich das nie und nimmer öffentlich bekennen, aber im Rahmen eines Romans, bei dem der Erzähler bekanntlich nicht mit dem Autor verwechselt werden darf, ist das durchaus statthaft.

Zum ersten Mal in meinem Leben habe ich das Gefühl, etwas Sinnvolles zu tun. Zum ersten Mal bewege ich mich nicht

31 10. Oktober 2001

im luftleeren Raum einer Scheinwelt, zum ersten Mal habe ich es mit der sogenannten Wirklichkeit selbst zu tun. Ja, zum ersten Mal bin ich sogar in der Lage, Realität selbst herzustellen. Und es begeistert mich, wie sich ein Mosaiksteinchen zum anderen fügt. Auch wenn meine Drachen und ich Laien sind und nur wenig von Nachforschungen und ihrer sprachlichen Aufbereitung verstehen.

Eine Sache ist für mich persönlich besonders wichtig: Die Arbeit der Drachen, und auch ich verstehe mich ja durchaus als ein solcher, gewissermaßen als Drache unter Drachen, allenfalls als Oberdrache, das Drachenwerk schützt mich vor den Anfeindungen des Alltags, vor der Knochenmühle des Schultrotts, den kritikwütigen Eltern, den geliebten Kollegen, vor dem bürokratisch entfesselten Direktor und überhaupt vor der Lebensroutine. Seit dem Beginn meiner Aufzeichnungen lebe ich in einem sicheren, geschützten Raum, in einem feinen Gespinst aus Wörtern und Sätzen, das mit jeder Nachricht, die ich erhalte, und mit jeder Zeile, die ich dem Rechner anvertraue, dichter wird. Es ist verrückt und mag lächerlich sein – das Schreiben und das, was wir Drachendienst nennen, ist für mich extrem wichtig geworden: das Wichtigste auf der Welt, das mich jeden Tag neu antreibt. Als ob es nichts Anderes gäbe. Es ist das, was vom Tage bleibt.

M. M.

*

Mail Neunzehn

10. Oktober 2001 um 15:55

Lieber Maximilian,

eine gemeinsame Schulzeit verbindet ein Leben lang, und es freut mich, dass wir uns nicht nur ab und zu auf der Straße und im Kunstverein sprechen, sondern nun sogar schriftlich miteinander in Kontakt treten. Leben bedeutet Begegnung.

Der gute Konstantin hat sich kurz vor seinem Wechsel in unsere Heimat an meine Immobilienabteilung gewandt, er hat es furchtbar eilig gemacht, ist schrecklich quengelnd und drängend aufgetreten, und ich habe dafür gesorgt, dass er bevorzugt und schnell bedient wurde. Wir haben für ihn in kurzer Zeit eine komfortable Wohnung gefunden, mit der er sehr zufrieden ist.

Gleichwohl war ich von Anfang an der Überzeugung, dass seine Entscheidung, die Universitätskarriere aufzugeben und als kleiner Tourismusbeauftragter in ein Rathaus zu wechseln, unter keinem guten Stern stehen konnte. Aber bin ich meines Freundes Hüter? Hätte ich ihn warnen sollen? Im Übrigen war das Kind bereits in den Brunnen gefallen, als er auf Wohnungssuche ging. Jedoch, es ist schade um unseren so intelligenten, klugen und belesenen Konstantin. Ich bin ziemlich sicher, dass ich mich im Reich der Literatur kaum besser auskenne als er.

Aber was er mit der Ausstellung im Rathaus-Foyer und mit der armen, ebenso niedlichen wie unbedarften Kristin Schäuble hingelegt hat, war schon ein dickes Ei. Und am Ende hat er sich noch nicht einmal vor sie gestellt, sondern ihr alle Schuld zugeschoben. Wat für 'ne fiese Charakter, kann ich da nur sagen. Das Urteil über sich hat er selbst gefällt.

Lass Dich doch mal wieder im Kunstverein blicken! Demnächst zeigen wir die „expressiven Puppen“ von Lotte Hongs. Zusammen mit dem wunderbaren Valentin hat sie, wie Du bestimmt weißt, im vergangenen Jahr die künstlerische Leitung des Internationalen Stutzdorfer Blockflötenfestivals übernommen. Lottes Ausstellung wird eine Sensation! Ein Knaller! Sie trägt den Titel *Nora ist nicht zuhause*. Ich lasse Dir wie immer eine Einladung schicken.

Mit freundlichen Grüßen
Dein alter Freund Tassilo

Dr. Tassilo Widmer-Pohl
Auf der Sonnleite 1
79710 Schopfloch im Hochschwarzwald

*

Die ganze Zeit über hat K., sofern es nicht um sprachliche Kosmetik ging, lediglich das umgesetzt, was Kristin für ihn ausgearbeitet und was ihm die Bürgermeisterin ins Ohr geblasen hat. Eine seiner wenigen eigenen Ideen war ein Werbe-Anstecker, den er unter dem Motto „Schopfloch fürs Knopfloch“ herstellen ließ. Doch davon abgesehen führte er sich von Anfang an als Frau Schlägels braves Schoßhündchen auf, hoppelte an ihrem Gängelband in seinem ruckartigen Gang durch Schopfloch, durch Freiburg und durch Stuttgart, begleitete sie zu Besprechungen, Tagungen, Treffen, Pressekonferenzen, Phototerminen und bei zahlreichen Begehungen der Schopflocher Wanderwege, Loipen und Skipisten und bemühte sich, möglichst wenig falsch zu machen und seine Chefin ins richtige Licht zu rücken.

Heißen Schlägel-Wind zu produzieren, auch wenn meist nur ein lindes Lüftchen dabei herauskam: Diesem Ziel war nahezu K.s gesamtes Sinnen und Trachten gewidmet. Und dieses Themenfeld beherrschte er im Laufe der Zeit verhältnismäßig gut. Den größten Erfolg fuhr er mit der öffentlichen Interview-Serie „Im Gespräch mit der Tourismus-Königin" ein. Für sie engagierte er einen Redakteur der *Schopflocher Zeitung*, zu dem er einen kurzen Draht hatte. Der Trick bei der Sache war ganz einfach: Weil er selbst beteiligt war, sorgte der Journalist dafür, dass sein Blatt die Berichte über die Gesprächsreihe überdimensional groß aufmachte.

Die Veranstaltungen fanden vor Publikum statt, das allerdings im zuverlässig schlecht gelüfteten Kurhaus, einer Mehrzweckhalle, an deren Wänden stets zahllose Turnmatten aufgestapelt lagen, von Termin zu Termin immer schütterer wurde. Frau Schlägel („Darf ich ‚Rosa' sagen, verehrte Frau Bürgermeisterin?") wurde zu ihrem Lieblingsberg, zu ihrem Lieblingstal, zu ihrem Lieblingssteig, zu ihrem liebsten Après-Ski-Drink und Ähnlichem befragt. Belanglosigkeiten („Und Sie haben wirklich das Skilehrer-Diplom *und* den Sportbootführerschein? Wirklich? Das ist ja toll!") wurden mit Hilfe von Druckerschwärze zu Sensationen hochstilisiert. Auf den Photos zeigte die Bürgermeisterin ihr sympathischstes Lächeln und viel Dekolleté. Journalistische Enthüllungen oder gar Informationen, die dem Fremdenverkehr hätten aufhelfen können, sprangen dabei freilich nicht heraus. Die Interviews waren inhaltlich so seicht wie der Schopfbach im Hochsommer und fanden außerhalb ‚der Region' keine Verbreitung. Dennoch: Eine Zeitlang vermochten solche PR-Aktionen die tatsächliche Beschaffenheit von K.s sogenannter Arbeit zu verschleiern. Doch die Hotelbuchungen zogen nicht an, sie gingen aus Gründen, die nicht klar waren, sogar deutlich zurück.

Wenn man ihm die Pistole auf die Brust gesetzt und ihn, etwas härter als Kluttig, dazu aufgefordert hätte, Farbe zu bekennen, wäre K. nicht umhingekommen, einzuräumen: Neue Ideen hat er nicht in die Welt gesetzt, innovative, erfolgversprechende Fremdenverkehrsangebote nicht, wie es im fortgeschrittenen Verwaltungsdeutsch heißt, ‚auf den Weg gebracht', und ‚Leuchtturm-Projekte', hochkarätige zumal, hat er erst recht nicht lanciert. Wie hätte er das als Laie, der keine Lust hatte, sich anzustrengen und etwas dazuzulernen, auch zustande bringen sollen? Entscheidungen zu treffen, Konzepte zu entwickeln, die auf Wissen und Fakten fußten, die Menschen für seine (nicht vorhandenen) Ideen zu begeistern und ‚sie mitzunehmen': Dazu sah er sich außerstande.

Vielmehr war K. auf den gut gebahnten und ausgetretenen Wegen und Holzwegen seiner Vorgänger ‚unterwegs' und fühlte sich schon damit und mit seiner Rolle als bürgermeisterlicher Zwergpinscher voll und ganz ausgelastet. Einen Tätigkeitsbericht auf der Grundlage der Arbeit von Kristin und Kerstin rechtzeitig abzuliefern: Das traute er sich zu. Gar kein Problem, auch wenn ‚die Zahlen' nicht besonders toll waren. Aber eine neue Kampagne? Frische Ideen? Das war alles außerhalb von K.s Reichweite, zumal Frau Schlägel ihm nicht helfen konnte. Sie befand sich auf einer seit langer Zeit geplanten Dienstreise in die französische Partnerstadt, hängte einen Kurzurlaub an und wollte erst einen Tag vor der anstehenden Stadtratssitzung zurück sein.

K.s amtliches Trio, Kerstin, Kristin und Vanessa, nutzte diese Sachlage geschickt aus und beschwatzte ihn, er solle endlich mit der Geschäftsführung der *SNTV*, der *Stutzdorf-Neumatter-Tourismus-Vereinigung* Kontakt aufnehmen. „Du musst über einen Beitritt oder zumindest über Kooperationsmöglichkeiten verhandeln, musst anfangen zu reden, musst neue Wege gehen, zukunftsträchtige Wege, die weiterführen. All das kannst du dann konzeptionell aufdonnern und dem Stadtrat berichten. Das beherrschst du doch. Lass deine phantastische, elegante Rhetorik spielen. Mensch, Konny, hau endlich auf die Pauke! Verkauf dich doch nicht immer unter Preis. Komm aus der Deckung. Schneid die alten Zöpfe ab. Schopfloch ist kein Solo-Koch, kann nicht mehr allein sein eigenes Süppchen köcheln. Es braucht eine große Gebietskulisse. Mach endlich! Und lass Dir eine neue Kampagne einfallen, etwas Schickes. Schopfloch muss sexy werden. Wir helfen dir."

*

Mail Zwanzig

11. Oktober 2001 um 23:22

Max, mein Geschätzter,

nur ganz geschwind, im Eiltempo, will ich Dir mitteilen, dass mir wohl ein entscheidender Befreiungsschlag, ich sage: ein riesiger Sieg, gelingt. Dass der Kluttig mich im Stadtrat angeschossen hat, wirst Du ja in der Zeitung gelesen haben, nicht wahr? Aber die halten mich wohl für einen Volldeppen. Denen werd' ich's zeigen. Von wegen „angezählt"!

Heute habe ich mich, bei drei, vier guten Kirschen, an die

Werbekampagne einer winzigen Clown-Agentur mit dem gewinnenden Namen *The Glamorous Boys and Girls* erinnert, auf die ich einmal im Netz gestoßen bin. Sie lief unter dem Slogan *Wir machen Klamauk*. Schon kurz darauf habe ich mich in Robert Musils berühmtes Rennpferd verwandelt, das mit Aplomb durch den *MoE* galoppiert, denn ich hatte eine geniale Idee: eine kleine semantische Verschiebung, und die Sache läuft. Ich bin sicher, das kann funktionieren. Meine Kampagne wird unter dem Motto *Wir machen Urlaub!* starten. Na, was sagst Du? Besser geht es doch nicht, nicht wahr? Dieselbe Silbenzahl. Der Rhythmus sitzt. Jetzt muss ich erneut an die Arbeit. Denn ich sage mir: Nun mach schon, beeil dich gefälligst, gib Gas!

Herzliche Grüße sendet Dir zufrieden
Konstantin der Gerettete

*

Wie so oft habe ich mich heute abermals mit meinen beiden wichtigsten Drachen Ingrid und Bernd im *Turmcafé* getroffen, um den aktuellen Stand unserer Recherchen zu diskutieren und unsere Strategien zu justieren. Die Schweizer und die Franzosen bleiben schon lange nicht mehr nur in Freiburg, Lörrach, Säckingen und Waldshut hängen, sie fahren jetzt scharenweise bis nach Schopfloch und bevölkern im *Turmcafé* sogar das Nebenzimmer. Trotzdem können wir uns dort ungestört unterhalten, es ist im Grunde noch besser als früher, denn weder die Schweizer noch die Franzosen interessieren sich für uns, niemand hört uns zu. Und Einheimische kommen nur sehr selten in die hinteren Räumlichkeiten. Alles bleibt also vertraulich. Nur Dr Bernd verursacht mir im Hinblick auf seine Gesundheit

Angst, denn er isst viel zu viel Pralinen, und ich müsste, genau genommen, meiner Sorgfaltspflicht als Oberdrache besser nachkommen. Bernd scheint bereits Atemprobleme zu haben. Aber was soll ich machen? Die Kugeln schmecken ihm zu gut. Ich denke, er bräuchte eine Entziehungskur.

„Selbst wenn wir Drachen keine wichtige Funktion in unserer Stadt wahrnähmen: Die Pralinés wären Grund genug für unsere Zusammenarbeit."

„Mein Mann hat ebenfalls eine Vorliebe für gute Schokolade. Und irgendwie hat er ja schon Recht. Ich jedoch ..."

„Das heißt natürlich nicht, dass wir unsere Arbeit vernachlässigen sollen. Ganz und gar nicht. Aber die Pralinenkugeln sind sozusagen die Früchte, die die Wurzeln hervorbringen."

„Habt ihr ..."

Zürich. Alle Flugzeuge der Swissair blieben, wie bereits gemeldet, am Boden, es kam zum Grounding, da die Gesellschaft den laufenden Betrieb nicht mehr finanzieren konnte. Politik und Bevölkerung in der Schweiz sind schockiert.

„Habt ihr übrigens schon gehört, dass der Spänzer hinter der jungen Vogt her ist? Jetzt hängt er noch mehr im Feuerwehrhaus herum, weil die Vogt, die ja schon speziell sein soll ..."

„Ach was! Tatsächlich, Max? Ein solches Leben wäre mir viel zu strapaziös. Zwei Frauen! Und das in unserer immer noch so prüden Stadt, in der sowas auf keinen Fall rauskommen darf. Ich gebe ganz entschieden den Spezialitäten des *Turmcafés* den Vorzug."

Nebenbei: Der Fremdenverkehr scheint auch ohne Verwaltung zu funktionieren. Doch die Frischluftschnapper kaufen kaum ein bei uns.

*

Meine vierte Romangeschichte heißt

Heinrich A.

Er war ein hochbegabtes Großstadt-Kind. Als noch niemand in Deutschland von einem Numerus clausus redete, legte er am Frankfurter Goethe-Gymnasium sein Abitur mit einer glatten Eins ab und begann, als Teil des sogenannten Weißen Jahrgangs und ausgestattet mit einem Stipendium, schnellstens das Medizinstudium, das er, geschwinder als wir alle, in Rekordzeit beendete, denn seine Familie war nicht begütert, und er wollte endlich richtiges Geld verdienen. Das gelang ihm auch, und schon bald nach seiner Facharztausbildung am Universitätsklinikum avancierte er, nicht nur zu meiner Verwunderung, zum Oberarzt sowie, nach dem überraschenden Hirnschlag eines Kollegen, zum Leitenden Oberarzt. Landauf, landab genoss Heinrich als Schulter- und Kniespezialist einen ausgezeichneten Leumund, den er auf Kongressen beständig weiter beförderte, so dass sich in der Fachwelt niemand sonderlich erstaunt zeigte, als er noch in jungen Jahren einen Ruf auf die Chefarztstelle in Hannover erhielt. Zusammen mit einer blutjungen, ausgesprochen gutaussehenden OP-Schwester, in die er sich verguckt hatte, zog er nach Niedersachsen. Doch dort blieb das Paar nicht lange, denn schon drei Jahre später erreichte Heinrich der nächste Ruf, dieses Mal an die weltberühmte Harvard Medical School. Als ich das beinahe glamouröse Paar (sie mit großem, flammendrot geschminktem Mund) einmal am Rand einer Tagung traf, strotzte Heinrich nur so vor Stolz und Selbstvertrauen. Mir schien, als kultiviere er sogar einen leichten amerikanischen Akzent. Die Überraschung, ja, die Bestürzung war allgemein, als wir ehemalige Kommilitonen zwei Jahre später erfuhren, Heinrich habe gekündigt, Boston Hals über Kopf verlassen und betreibe jetzt als einfacher niedergelassener Chirurg tief unten im Hochschwarzwald eine Praxis. An der Freiburger Uniklinik hatte man ihm, zuverlässigen Informationen zufolge, eine Absage erteilt.

Hintergrund dieses merkwürdigen Vorgangs war unter anderem, wie nach und nach bekannt wurde, dass Heinrichs Frau Heidi schwanger geworden war und partout, sozusagen ums Verrecken (eine im Schwarzwald gebräuchliche Redewendung) zurück in ihre Heimatstadt Schopfloch wollte, um ihr Kind dort großzuziehen. Es musste die Heimat sein – immerzu führte Heidi, so wurde mir berichtet, das Wort „Heimat" im Munde. Nach meinen Informationen war sie mit dem Leben in den USA und mit der Sprache dort nicht zurechtgekommen. Heinrich war seiner schönen Frau angeblich nach wie vor verfallen und opferte zu unserer Verblüffung zähneknirschend seine internationale Karriere.

Zunächst schien alles gut zu laufen. Heinrich fühlte sich auf dem Land, inmitten einer Gegend und unter Menschen, die ihm völlig fremd sein mussten, überraschend wohl und vermochte sich im Schwarzwald rasch zu etablieren, seine Praxis wuchs stetig, er wurde rasch zum neuen Platzhirsch, obwohl die allermeisten Leutchen in diesem Schopfloch keine Ahnung hatten, zu welcher Kapazität sie in die Sprechstunde pilgerten, und da Heidi außer ihrer Tochter Anna kein weiteres Kind zur Welt brachte, sah sie sich bald in der Lage, ihren Mann als Assistentin zu unterstützen. So verging die Zeit.

Allein, das Glück währte, wie zu erwarten, nicht allzu lange. Die Kleinchirurgie und das Leben als Landarzt vermochten Heinrich auf die Dauer nicht zu befriedigen, es fehlten ihm die Herausforderungen, die Klinik und überdies die Studentinnen und Studenten, und er begann auf andere Gebiete auszuweichen. Er baute für seine Familie ein monströs großes Haus und zwei Ferienhäuser an der Côte Azur und auf Sylt, er kaufte sich und seiner Frau einen schnellen Sportwagen nach dem anderen und er fing an, eine unselige Entwicklung, wie sich bald zeigen sollte, Wein und Spirituosen zu sammeln und zu trinken. Auch ganz harte Sachen, vor allem Schwarzwälder Obstbrände. Allzu viel bekamen wir ehemaligen Kommilitonen und Kollegen in Frankfurt nicht mit, aber ich weiß, dass er eines Nachts auf einer schmalen Straße in betrunkenem Zustand mit einem entgegenkommenden Kleinwagen kollidierte, dessen Fahrer mehrere Knochenbrüche und ein stumpfes Bauchtrauma davontrug. Auch die Freiburger Studentin, die neben Heinrich im Auto saß, wurde schwer verletzt.

Der Fall war klar: Das Gericht sprach Heinrich schuldig, und in der Folge wurden er und seine Praxis weitgehend gemieden. In einer Kleinstadt weiß jeder um jeden. Man erzählte sich in Schopfloch, das hat mir ein Kollege aus Neustadt bei einer Davoser Tagung berichtet, dass Heinrich sich von dem alteingesessenen Allgemeinmediziner Schöberl verfolgt fühlte, der es sich, so seine Behauptung, besonders angelegen sein ließ, ihn schlechtzumachen. Heinrich habe sich mehr und mehr in diese Vorstellung hineingesteigert, die bald zu einer Idée fixe geworden sei.

Etwa vier oder fünf Wochen nach der Urteilsverkündung begannen Gerüchte zu kursieren, unter Schöberls Patienten sei es zu auffällig vielen Magen-/Darm-Infektionen mit teilweise schweren Verläufen gekommen. Tatsächlich erkrankte Schöberl selbst als einer der Ersten an Brechdurchfall, und eine hochbetagte Patientin schwebte sogar tagelang in Lebensgefahr und musste im Krankenhaus versorgt werden. Daraufhin trat das Gesundheitsamt auf den Plan, die Praxis wurde zeitweise geschlossen. Nachdem sie wieder geöffnet war, wurden erneut Erkrankungen bekannt. Schöberl begannen naturgemäß die Kunden davonzulaufen. Erst jetzt kam der Arzt auf den Gedanken, dass die Krankheitsfälle mit zwei Einbrüchen in seine Räume, die sich in letzter Zeit ereignet hatten, zusammenhängen könnten.

Und eines Morgens blieb Heinrichs Platz am häuslichen Frühstückstisch leer. Sein Bett, Heidi und er schliefen längst getrennt, war unbenutzt, und alle Autos standen in den Garagen. Weder im Haus noch im Garten war Heinrich zu finden, die Hoffnung, er sei zu einem frühen Waldlauf aufgebrochen, erfüllte sich nicht. Ehefrau und Tochter gerieten in helle Aufregung. Ein Anruf bei der Polizei brachte schließlich Gewissheit. Es stellte sich heraus, dass Heinrich in die Uniklinik Freiburg transportiert worden war, wo er zum Zeitpunkt des Anrufs noch auf der Intensivstation lag. Man hatte ihn dabei ertappt, als er, angetan mit einer professionellen Schutzkleidung, über ein Fenster in die Praxisräume seines vermeintlichen Gegners eingebrochen war, um im Behandlungsraum in Windeseile eine, wie später nachgewiesen werden konnte, mit einem Virus kontaminierte Flüssigkeit zu versprühen. Der Sohn des Mediziners hatte Heinrich gestellt und mit einem schweren Holzknüppel niedergestreckt. Dabei verlor Heinrich ein Auge und erlitt außerdem schwere Kopfverletzungen, von denen er sich nur langsam erholte.

Schon vor Prozessbeginn zog die Familie nach Hamburg, wo, so Heidis Hoffnung, kaum jemand sie kannte. Ob Heinrich je wieder arbeiten könne oder dürfe, sei, wie sie mir auf der Durchreise in Frankfurt mitteilte, ungewiss. Ich hätte sie beinahe nicht erkannt, ihr Körper schien mir aufgedunsen, der große

Mund fahl, die Gesichtshaut von Spinnennetzfalten überzogen. Heinrich aber bekam ich gar nicht zu Gesicht.

*

K. litt nun vermehrt unter Wirklichkeitsverlust. Das zeigte mir nicht nur die E-Mail zu seiner Verteidigungsstrategie, die er mir damals geschickt hat. Das lag auch bei unseren Gesprächen, die in jener Zeit häufiger stattfanden, offen zutage. Oft begann er, aus meiner Sicht vollkommen grundlos, zu lachen, ein überdrehtes, lautes und schrilles Gackern. Seine Stimme klang immer gepresster, und ich gewann den Eindruck, dass sein Kopf jetzt beinahe unausgesetzt zitterte oder wackelte.

Auch die zahlreich bei mir einlaufenden Drachen-Berichte bestätigten, dass er den Bezug zur Realität verlor. Mein armer K. verrannte sich in rosarote Zukunftsträume und in Wahnvorstellungen von einem „großen Schopflocher Ferien-Imperium" sowie gigantischen Gehaltserhöhungen für ihn, „den verdienstvollen Tourismusdirektor", der dafür sorge, dass in der Stadt „glänzende Zeiten" anbrächen. Zugleich war er stark verunsichert, er schien tatsächlich angezählt, und umso mehr war er auf Bestätigung erpicht. Guten Argumenten, die ihm nicht in den Kram passten, und ernsthafter, freundschaftlicher Beratung war er nicht zugänglich. Lediglich Beifall suchte er, Bewunderung und Anerkennung, sonst nichts. Widersprach man ihm, wurde er jähzornig, ja, richtig böse. Und ohne sein Gegenüber anzusehen, machte er in solchen Situationen mit seiner rechten Hand eine wegwerfende, geringschätzige Bewegung.

„Du wirst sehen, mein Lieber, ich werde die Tasse überflügeln. Was die Knete angeht, werde ich ihn links liegenlassen. Aber sowas von links!"

„Konny, du musst jetzt erst einmal zurück in ruhiges Fahrwasser kommen und die Probleme bewältigen, Schritt für Schritt. Und …"

„Den Kluttig und die Tasse mach' ich fertig. Das wär' ja nochmal schöner."

„Du darfst jetzt vor allem keine vorschnellen …"

„Ach Quatsch, du hast ja keine Ahnung! Du kannst mich mal."

Kristin, Kerstin und selbst Vanessa schienen K. in der neuen Situation tatsächlich gut unter Kontrolle zu haben. Als sie ihn ein paar Tage vor der Stadtratssitzung ein weiteres Mal zu einer Kooperation mit der *SNTV* drängten, wurde ihm geradezu schwindlig. Das hat er mir später selbst gestanden und mehrfach genauestens geschildert. Wie bei einem Ballett sah er die leuchtendrot lackierten, lanzenförmigen Fingernägel der drei Frauen wild gestikulierend durch die Luft tanzen, ihre schönen, schlanken Hände: „Ich sage dir, alles, wirklich alles in meiner Umgebung, alles um mich herum flirrte und flackerte, der Raum begann sich zu drehen und nach und nach wegzukippen." Er nannte sie für sich, aber auch mir gegenüber, noch immer seine „Mädchen", obwohl sie alle in Jonathan Franzens weiblichem Idealalter um die fünfunddreißig waren.

Erneut beschwatzt, nahm er, ohne zu überlegen, ganz so als stehe er unter Trance, den Telefonhörer in die Hand, wählte die Nummer der *SNTV* und ließ sich einen Besprechungstermin bei der Geschäftsführung geben. Bereits einen Tag später setzte er sich in seinen Dienst-Polo und fuhr los. Ich weiß es nicht, aber vielleicht malte er sich aus, wie er mit Anja Hettich, dem schwarzhaarigen Schwarzwald-Starlet, schäkern, diskutieren, Kaffee trinken und bald ein Bündnis eingehen würde. Vermutlich sah er sie schon in ihrem schicken Businesskostüm lächeln, sah ihre gepflegten, makellosen Hände und sah Anja zustimmend nicken, und die Aussicht auf eine wunderbare Zukunft überstrahlte den grauen Herbsttag.

Ich bin sicher: Konstantin kannte den Unterschied zwischen der *Stutzdorf-Neumatter-Tourismus-Vereinigung* und der *Allgemeinen Badischen Tourismusgesellschaft*. Er musste ihn dank unzähliger Kontakte und Treffen kennen, das ist ja klar. Aber nach allen Berichten, die bei mir eingelaufen sind, ist er wohl einer fatalen Verwechslung erlegen. Erst als er dem stämmigen Benno Hanfstengel (schwarzer Lodenjanker, Trachtenhemd, schwarze Jeans, Haferlschuhe, selbstzufriedenes Grinsen) und nicht Anja Hettich gegenübersaß, hat er wohl begriffen, dass sein Gehirn und seine Synapsen einem hormonellen Gift zum Opfer gefallen waren. Dennoch wurde Kaffee getrunken, dennoch wurde geredet. Vor allem K.s Gesprächspartner redete unentwegt.

Hanfstengel, der Geschäftsführer der *SNTV*, erläuterte ihm in lupenreinem Sächsisch und auf beredte Weise die Stärke „unserer Marke". Man bilde, das wisse Dr. Klingele ja, mit Stutzdorf, Neumatt, Obernü und Düllenbach eine „starke, ja, eine potente Kulisse" und sei stolz auf „unsere Bilderbuchlandschaft", auf Herkommen und Brauchtum, sei zugleich aber international aufgestellt, weltoffen und auf der Höhe der Zeit. In den kommenden fünf Jahren, „nu ja, wir haben einen Fünf-Jahres-Plan!", wolle man „die Zahlen", also vor allem wohl Umsatz und Gästeankünfte, um zehn Prozentpunkte steigern. Dabei setze man nicht zuletzt auf Themenmarketing. Die solventen Urlauber seien vorhanden, man müsse sie nur „zu uns rüberschaufeln". Der „Nachbar Schopfloch" sei dabei herzlich willkommen. Das ergebe eindeutig eine Win-Win-Situation, er sagte „Wün-Wün“. Zum Schluss drückte Hanfstengel dem Großen K. K. ein bereits vorbereitetes Memo in die Hand und versicherte ihm, er freue sich schon jetzt auf den Vertragsabschluss und die künftige Zusammenarbeit. Verdattert zog Konstantin von dannen.

K., der weiterhin keinerlei Rücksicht auf sein angeschlagenes Mädchen nahm, verdonnerte die noch immer bleiche und kränkliche Kristin dazu, den Tätigkeitsbericht und eine Sitzungsvorlage über die Neuausrichtung des Schopflocher Fremdenverkehrs für ihn zu pinseln, die einen Beitritt zur *SNTV* und mit ihm eine glänzende Zukunft für „unsere wunderbare Stadt“ vorsah.

Misslich für K. war es allerdings, dass er sich mit Frau Dr. Schlägel nicht mehr in Ruhe besprechen konnte. Auf den naheliegenden Gedanken, die Tourismuskönigin zumindest per E-Mail über den ‚Sachstand‘ zu informieren, kam der Verwaltungs-Neuling dummerweise nicht. Diesen, für jeden einigermaßen intelligenten Rathausmitarbeiter selbstverständlichen, Schritt zog er noch nicht einmal in Erwägung. Und seine weiblichen Knechte hielten sich mit guten Ratschlägen zurück. So verging Tag um Tag.

Ein anderes Problem, mit dem K. nicht rechnen konnte, kam hinzu. Die Bürgermeisterin erkrankte während ihres Urlaubs und erschien erst wenige Minuten vor Sitzungsbeginn im Rathaus: Schniefend, hustend, bleich und erkennbar schlecht gelaunt nahm sie, mit schiefgelegtem Kopf und stechendem Blick, auf der Verwaltungsbank Platz. Nach den Tagesordnungspunkten ‚Neubau Freiwillige Feuerwehr‘, ‚Erweiterung Kläranlage‘, ‚Zuschussantrag des Käsereivereins‘, ‚Neue Sandkästen für den innerstädtischen Spielplatz‘ und im Anschluss an die Vorstellung der Frauenhaus-Initiative *Emma* war K. an der Reihe.

Wieder einmal, da bin ich sicher, schwankte der Schopflocher Boden, als K. ans Pult trat. Zunächst herrschte gespannte Aufmerksamkeit. Es war totenstill im Saal. Doch je länger K. sprach, er muss dabei unter großem Druck gestanden haben, denn seine Stimme klang enorm gepresst und zittrig, wie die eines Hahns, der sich seiner Hühner nicht mehr sicher sein kann, je öfter er, im Anschluss an seine kurze „Leistungsbilanz", die *SNTV*, seine Besprechung mit Hanfstengel und den ins Auge gefassten Beitritt von Schopfloch erwähnte, desto unruhiger wurde es im Ratsrund. Beim Thema ‚Wintersaison' schließlich kamen erboste Zwischenrufe: „Ja, sollen wir am Ende unsere Selbstständigkeit aufgeben und auch noch die Bahnen der *SNTV* bezahlen? Wir brauchen das Geld für unsere tapfere Feuerwehr und ihr neues Haus!" – „Der nächste warme Winter kommt bestimmt!" – „Die passen doch nicht zu uns!" – „Wir haben genug mit unseren eigenen Liften zu tun!" K.s Ausführungen gingen in einem wilden Stimmengewirr unter.

Dann war es plötzlich erneut still, und der Sprecher der Mehrheitsfraktion sagte leise: „Was soll denn das? ‚Wir machen Urlaub'? Das ist doch Humbug! Ich kann mir schon vorstellen, dass Sie gerne von Januar bis Dezember Ferien machen würden, Herr Klingele. Aber wir haben Sie gewählt, damit Sie unsere schöne Stadt touristisch vermarkten und nicht solchen Mist verzapfen. Haben Sie etwas anderes zu bieten als hohles Geschwätz und blödsinnige Ideen? Wollen Sie Schopfloch ruinieren?"

Zusammen mit Kristin hatte K. mehrere Nachtschichten eingelegt, er hatte seinen Vortrag bis ins Kleinste rhetorisch poliert, aber sein „Geschwätz" half ihm nicht weiter. Die Empörung war bei allen Mitgliedern des Gemeinderats erkennbar groß.

Als K. K. weiterreden wollte, wurde er von Frau Schlägel brüsk unterbrochen. Der stechende Blick ihrer entzündeten Augen verhieß nichts Gutes: „Es reicht, Herr Klingele, es reicht jetzt! Machen Sie es nicht noch schlimmer. Setzen Sie sich und halten Sie endlich den Mund. Wir veranstalten hier kein Oberseminar über untaugliche Utopien, sondern kümmern uns verantwortungsvoll um das Wohl unserer wunderschönen Stadt." Und an die Gemeinderäte gewandt fügte sie hinzu: „Die seltsamen Äußerungen von Herrn Klingele waren mit mir selbstverständlich in keiner Weise abgestimmt. Dessen darf ich Sie versichern. Mir scheint, er ist bedeutend kränker als ich."

Die Bürgermeisterin hatte die Lacher auf ihrer Seite, der *SNTV*-Beitritt wurde einstimmig abgelehnt, und die Sitzung nahm ihren Fortgang.

K. sackte auf seinem Stuhl von Minute zu Minute mehr in sich zusammen. Sein Mondgesicht schien noch fahler zu sein als sonst. Er zitterte stark. Zwei anwesende Drachen berichteten mir noch am selben Abend, dass ‚seine' Mädchen vor Freude gestrahlt und als Zeichen ihres Sieges die Daumen erhoben hätten. K. hatte ihnen blindlings vertraut, sie jedoch hatten sich gerächt und ihren Vorgesetzten regelrecht vorgeführt und ans Messer geliefert. Der Nach-Hock fand ohne K. K. statt. Am nächsten Tag lautete die Überschrift in der Zeitung: „Klingele schlägt sich selbst k. o."

17

Notat Zwölf[32]

Spätestens seit der fürchterlichen Stadtratssitzung befand ich mich auf einer schiefen Ebene, auf einer abschüssigen Bahn, es ging unaufhaltsam in den Keller mit mir, die Zeit meiner Amts-Fron nahm ihren Anfang. *Lasciate ogni speranza, voi ch'entrate*, sagte ich mir, *lasst jede Hoffnung fahren …*

Das Band zwischen Vanessa, Kerstin, Kristin und mir war irreparabel zerschnitten. Ich konnte mich auf die drei nicht mehr verlassen und kehrte zum ‚Sie' zurück. Wir gingen miteinander um wie erbitterte Feinde während eines wackligen Waffenstillstands. Die Eisschicht, auf der ich mich bewegte, war hauchdünn. Anderes Personal bekam ich nicht, klar, das stand fest. Das Personalamt positionierte sich selbstverständlich auf der Seite der Bürgermeisterin und der drei Damen. Jetzt musste ich selbst rackern, ich ackerte und ackerte, ich arbeitete, soweit ich dazu überhaupt in der Lage war, Tag und Nacht; alles, was ich bisher Kristin aufgedrückt hatte, versuchte ich jetzt selbst hinzukriegen, wie ein kleiner Schüler wollte ich meine Scharte auswetzen, die ‚Schuld' abtragen und wiedergutmachen, neues Vertrauen gewinnen – doch alle meine Bemühungen, alle meine Leistungen zeitigten keinen Erfolg. Das Verhältnis zu Schlägel blieb nachhaltig gestört. Im Stadtrat durfte ich nicht mehr vortragen, bei Anfragen ließ mich die B. nicht mehr antworten, wenn ich Außentermine wahrzunehmen hatte, musste ich jeden noch so kleinen Pieps vorher mit ihr abstimmen, und

32 2. Juli 2007

zu ihren touristischen Besprechungen und Meetings nahm sie mich nicht mehr mit. Es war demütigend. Das Krachen und Rumoren des Eises, das dumpfe Grummeln aus dem Untergrund wurde lauter und spürbarer. Nun wurde der zweite Klingele zum Unberührbaren gestempelt.

Das Amt empfand ich fortan als Feindesland. Immer öfter badete ich im Alkohol. Ende Mai 2002 zog ich in die Berghütte oberhalb von Obernü, denn ich wollte Distanz zwischen mich und das Haus legen, ich brauchte Abstand. Hier oben richtete ich mich ein wie in einer *Outstation*. Ich unternahm den Versuch, in meiner Freizeit als Bücher- und Naturmensch zu leben, als Wald-Intellektueller gewissermaßen. Aber auch das hat nicht viel gebracht. Es ging unaufhörlich bergab mit mir. Obwohl ich nach oben gezogen war. Denn Präzision am Arbeitsplatz, Konzentration auf komplexe Bücher, anstrengende Bergläufe und fortgeschrittenes, nachgerade hauptberufliches Trinken vertragen sich schlecht. Ich sah mich auch nicht mehr als Manager oder als Chef oder auch nur als Vorgesetzter. Und heute trage ich längst keine *Boss*-Anzüge mehr. Inzwischen habe ich den letzten Rest meiner Selbstdisziplin eingebüßt und nehme eindeutig zu viele und zu große Kirschen zu mir.

All das geschieht nicht absichtlich, nicht geplant oder bewusst, wie mir scheint, sondern eher unter der Hand, als ein von Monat zu Monat, von Jahr zu Jahr schlimmer werdender, schleichender Prozess des allmählichen Verkommens, des Verluderns und Verlotterns. Ja, ich komme mir selbst abhanden und drohe mein Leben an den Treibstoff zu verlieren. Jeden Tag kämpfe ich noch um ein wenig Haltung und bin bemüht, den Schein zu wahren. Dass ich mich, trotz allem, eine ganze Reihe von Jahren auf meinem Posten halten konnte und nach wie vor auf einem Amtsleiterstuhl sitze, ist ohnehin ein kleines Wunder und hängt wohl damit zusammen, dass ich kaum kündbar bin. Und dass hier nicht so schnell scharf geschossen wird. Das Leben in der Provinz hat auch seine Vorteile, nicht wahr? Obwohl meine Schopfloch-Existenz, bei Licht betrachtet, eine Qual ist.

Die Verhältnisse im *Hof* haben sich in letzter Zeit gleichfalls verschärft. Ganz erheblich sogar.

Eines Abends rief mich meine Mutter an. Ich hatte Mühe, sie zu verstehen. Mama konnte nicht richtig sprechen, sie bekam kaum Luft und röchelte und stotterte. „Du musst sofort, du … du musst … musst sofort kommen", stammelte sie und heulte. „Du machst dir kein Bild! Der Alte hat es wieder einmal … und die …"

Ich schaltete den Weltempfänger aus und versuchte, Ruhe zu bewahren. Selbstverständlich war ich schon lange nicht mehr nüchtern. Trotzdem setzte ich mich ins Auto und fuhr hinab in den Abyssos, nach Downtown Schopfloch. Mein schlechtes Gewissen plagte mich, denn im *Hof* ließ ich mich kaum noch blicken. Das ist mittlerweile ein Dauerzustand: Immerzu quälen mich Schuldgefühle und Gewissensbisse. Einerlei, was ich tue, ich begehe einen Fehler nach dem anderen, ich weiß es.

Am Ortsschild wurde ich angehalten. Alkoholkontrolle. Bud Spänzer jr., Abteilungsleiter bei Hiero Flamm, erkannte mich sofort. Ich ließ das Seitenfenster zwei, drei Zentimeter herunter und signalisierte ihm, dass ich im Dienst sei. Bud grinste schief und tippte mit zwei Fingern an seine Uniformmütze. Wahrscheinlich hatte er Mitleid mit einem, der sowieso schon am Boden lag. In einem solchen Fall tritt man nicht nach. Zumindest nicht hier. Weit vom Schuss.

Mutter war außer sich. Sie hatte meinen Vater zusammen mit der dicken Düllenbacherin erwischt, mit der Römmele Leni, die seit neuestem den Zimmerservice versah; mein alter

Herr hatte sie ganz sicher aus einem einzigen Grund eingestellt: wegen ihrer überdimensional großen Brüste. Als Mutter dazukam, saß die Leni mit hochgerutschtem, verkleckertem Rock auf dem Bett, und Vater mit offener Hose. Gemälde begannen durch mein zerrüttetes Hirn zu irrlichtern, Bilder von zahnlosen, geilen Greisen und geldgierigen Frauen. Und eine Passage eines voluminösen niederländischen Romans aus der Proust-Schule über einen Wichtelmännchen-Forscher; dort wird von einem Mann berichtet, der Gedichte über große Brüste schreibt.

Ich machte mir von neuem Vorwürfe. Klar, ich hätte die Eskapade meines Vaters verhindern können. Keine Frage. Aber nur, wenn ich beständig auf ihn aufgepasst hätte wie auf ein kleines Kind, wenn ich ihm nicht von der Seite gewichen wäre. War ich im *Hof* zu wenig präsent? Trug ich Schuld? Wer denn sonst? Freilich hätte ich selbst einen Babysitter, eine Aufsichtsperson gebraucht, am besten eine, die in der Lage wäre, das Schlimmste zu verhüten.

Manche Frauen verstehe ich nicht. Weshalb nur hatte sich die dicke Düllenbacherin mit einem ziemlich abstoßenden, stinkenden Greis, mit diesem armen, alten Mann eingelassen? Sie musste doch wissen, dass bei ihm nichts mehr zu holen war. Und warum empfand Mutter eine so große Trauer? Als ob ihr Mann ein junger, begehrenswerter Märchenprinz und sie in ihn verliebt wäre – wie in den alten Zeiten, lange vor dem Fasnachtsmändig am 29. Februar 1960. Ging es ihr um Verlust? Um Verrat? Um echte Trauer? Und mein Vater: Musste er sich beweisen, dass er noch nicht tot, dass er noch ein Mann war?

Bin ich herzlos? Kalt? Stumpf wie ein Stein? Ich weiß es nicht. Und ich kann auch nicht einschätzen, wie oft im *Hof* ähnliche Geschichten schon vorher stattgefunden hatten. Ich will es gar nicht wissen.

Hausgäste, die Bewohner des Zimmers, in dem sich die Szene zugetragen hatte, wurden zufällig zu Zeugen der Auseinandersetzung zwischen dem tatterigen Greis, meiner Mutter und der jungen Angestellten und sind sofort mit Sack und Pack in das schöne Familienhotel *Waldesruh* umgezogen, das der Sohn der Besitzer vor kurzem übernommen hat. Unter Garantie machte die Affäre sofort die Runde in der Stadt. Schopfloch ist klein. Und Schopfloch ändert sich nicht.

Mein Vater war an diesem Abend nicht ansprechbar. Er hing in schmutzigen, verschwitzten Klamotten in seinem vernutzten Ledersessel mit den dunklen Flecken herum, und Speichel lief ihm in einem dünnen Faden aus dem Mund, in dem die letzten gelben Zähne zu sehen waren: seine „drei Zinnen", über die er an passablen Tagen scherzte. Jetzt stöhnte er leise, und sein Blick irrte bang umher. Mit der rechten Hand kratzte er sich abwechselnd am Kopf und wischte über die Sessellehne, als wollte er sie reinigen. Täuschte ich mich, oder zeigten mir seine Gesichtszüge wirklich die Spuren von Falschheit, Verstellung und Berechnung, Eigenschaften, die ich nie mit Vater in Verbindung gebracht, die ich bisher nicht an ihm wahrgenommen hatte? Mutter zeterte, gestikulierte und humpelte, eine alte, kranke Löwin, durch das Wohnzimmer, unter ihren schwerfälligen Schritten knarrte das Parkett. Ich versuchte sie zu trösten und zu beruhigen. Es half wenig.

Stundenlang war ich Teil dieses todtraurigen vorgezogenen Finales. Ich fragte mich, ob auch ich so enden würde, und trank Bier um Bier. Vor kurzem noch, so wollte es mir vorkommen, ragten Vater und Mutter steil vor mir in die Höhe wie zwei Riesen, und ich, der kleine Konstantin, blickte ängstlich und doch geborgen zu ihnen empor. So jung, so blutjung und gesund waren sie gewesen. Jetzt aber lagen sie plötzlich hingestreckt am Boden, krank und gebrochen und hilflos.

Gegen Morgen schlingerte ich zurück auf meinen Berg. Weit vom Schuss.

*

In eigener Sache Vier[33]

Selbstverständlich mache ich mir zunehmend Sorgen um K., denn er befindet sich in einer trostlosen Seelenstimmung. Und er öffnet sich mir nicht mehr. Er redet zwar noch, sogar mehr, viel mehr als in jener Zeit, als es ihm noch besser ging und er in seinen schwarzen Anzügen scheinbar stolzgeschwellt und erhobenen Hauptes als eitler Stenz durch die Stadt paradierte. Fast jeden Tag gießt er, bleich, ungepflegt, fahrig, den Wasserfall seiner Klagen, mit verzerrtem Mund und gepresster Stimme, über mir aus. Aber mit meinen Gedanken und Ratschlägen dringe ich nicht mehr zu ihm durch. Er will von mir nichts hören, er will nichts wissen, will sich nur sprachlich entleeren und, im besten Fall, bestätigt werden. Er braucht mich als Überdruckventil. Als Müllhalde. Schrottplatz. Abtritt. Er ist am Ende. Das ist mein Eindruck.

Zugleich frage ich mich, ob sich meine Berichterfunktion überhaupt mit einer Rolle als Ratgeber verträgt. Je länger ich als Drache unter Drachen lebe, glaube ich, dass ich mich aus allem heraushalten muss. Ein Beobachter ist ein Beobachter ist ein Beobachter. Wenn ich wissen will, was mit K. los ist, wenn ich ihn durchschauen möchte, benötige ich eine gewisse Distanz zu ihm, einen kalten Blick. Daran kann kein Zweifel bestehen.

---

33 26. Juli 2007

Ich beanspruche für mich die Funktion einer Art Kamera. Nicht mehr und nicht weniger. Das ist für mich auch in anderer Hinsicht stimmig: Einerseits bin ich Beamter, andererseits habe ich noch nie ‚dazugehört'. Schon gar nicht zur Schopflocher Gesellschaft. Inzwischen will ich das auch gar nicht mehr, will keiner der sogenannten A-Dabei's sein. Die Orte, an denen sich Männer und Frauen aus Dorf oder Kleinstadt, was so gut wie eins ist, treffen und zusammendrängen, jene die glauben, jemand zu sein, weil sie vorsitzen in Club und Verein und daher klingende Namen tragen im Flecken, sie interessieren mich nicht, denn sie leihen sich gegenseitig nur Kling und Klang, und bisweilen spüren sie sogar, dass sie hohl sind wie ein tönend' Erz und eine klingende Schelle, Narren auf einem trudelnden Schiff. Ich bin sicher: So ist es bei all den komparatistischen Hochzeiten dieser Welt, und so war es im Fall der Stuben-Corona. Der alte Klingele soll, das weiß ich aus verlässlicher Quelle, allen seinen Gästen stets rechtgegeben haben, er widersprach niemandem, er glänzte als ein Großmeister des Katzbuckelns („Selbstverständlich, Herr Direktor! Sehr, sehr gerne, Herr Doktor!") und gefiel durch eine unterwürfige, ansteckende Heiterkeit. Die Reihe könnte beliebig fortgeführt werden. Doch das bescherte lediglich Ennui. Die ganze Bagage widert mich an. Und K. wird mir, um es vorsichtig zu sagen, immer fremder.

*

Notat Dreizehn[34]

Die eigentliche Katastrophe kam für mich vollkommen überraschend. An einem ganz gewöhnlichen Tag im August, an dem das Sonnenlicht schon einen unübersehbaren Stich ins Herbstliche hatte. Es schien alles klarer, durchsichtiger zu machen. Als ob die Welt bereit sei, geröntgt zu werden und ihre Konstruktion, ihr Gerippe, ihren Plan offenzulegen und preiszugeben. Es roch bereits nach Herbst – zumindest ich nahm den leichten Fäulnisgeruch wahr, der alles, wenn auch nur hauchdünn, grundierte.

Ich saß über Mittag in meinem Büro und stellte eine neue Pressemappe zum Thema ‚Wellness' zusammen, eine Sache, die ich früher, wie fast alles, Kristin, Kerstin oder sogar Vanessa überlassen hätte. Plötzlich hörte ich Sirenen heulen, zunächst ziemlich laut, dann wurden sie leiser, offenbar verließen mehrere Polizeifahrzeuge die Stadt. Einige Zeit später folgte das Dröhnen und Rattern eines Helikopters, der in niedriger Höhe Schopfloch überflog und dann gleichfalls verschwand. Ich vergaß den Lärm schnell wieder und konzentrierte mich auf die Materialien für die Presse.

Kurz nach zwei verließ ich das Haus, um mich bei meinem Stammitaliener mit einem dreifachen Espresso wachzuputschen. Unterwegs zur Kaffee-Bar sah ich kleine Grüppchen erregt diskutieren. Ich dachte mir nichts dabei. Warum auch? Als Rico mir meinen Kaffee brachte, überfiel er mich mit der Frage, was ich von dem Amoklauf halte: „Non è stata una buona cosa per il turismo", das sei nicht gut, das sei gar nicht gut für den Tourismus: „Wir hatten eine ausgezeichnete Saison bis jetzt. Non vogliamo titoli negativi!"

---

34 11. September 2007

„Was für ein Amoklauf?“, fragte ich zurück.

Rico, der Besitzer der Bar, sagte (ich notiere hier lediglich, was ich von seinen Mitteilungen zumindest teilweise kapiert habe), irgendwo am Feldberg schieße ein arabischer Asylant, ein Islamist, wild um sich. Das sei ein Anschlag, ganz sicher sei das ein islamistischer Überfall. Der Attentäter habe sich einen Schusswechsel mit der Polizei geliefert. Schon drei Touristen seien tot, ein Polizist schwer verletzt. Ob der Verbrecher Geiseln in seine Gewalt gebracht habe, wisse er nicht. Der Islamist sei, das habe er mehrfach gehört, als harmloser Wanderer verkleidet. Aber niemand könne sagen, ob es nicht mehrere Täter gebe. Und ob sie nicht auch noch nach Schopfloch kämen. Nun ziehe die Polizei Spezialeinheiten aus der gesamten Region, selbst aus Freiburg und Lörrach, zusammen. So etwas sei im Schwarzwald noch nie vorgekommen. Das habe man nun davon. Es sei entsetzlich: „Das alles können wir doch nicht brauchen hier! Was ist nur aus unserem schönen Schwarzwald geworden? Che cosa è successo alla nostra bellissima Foresta Nera?“

Ich weiß nicht, warum, aber mir wurde es mulmig zumute. Außerdem hatte ich noch eine ganze Menge Arbeit zu erledigen, und so zog ich es vor, möglichst schnell ins Haus zurückzukehren, um mich mit Wellness, Anti-Aging, Wohlfühloasen, Thalasso-Therapien und ihrer Vermarktung zu beschäftigen.

Bevor ich die allabendliche Flucht aus meinem Büro antrat, ging ich auf das Online-Portal der *Schopflocher Zeitung*. Dort schrieb Matti Bergmann, dass ein etwa 75-jähriger Mann aus der Schopflocher Gastro-Szene um zwölf Uhr das Kassenhäuschen der Feldbergbahn überfallen habe. Der Mitarbeiter des Liftbetriebs habe „geistesgegenwärtig“ die Alarmtaste gedrückt und sich anschließend in dem rückwärtig gelegenen Büro in Sicherheit bringen können. „Die Verkaufsstelle“ sei innerhalb von etwa vierzig Minuten von der Polizei abgeriegelt worden. Bei einem Schusswechsel sei der Täter an der Hand verletzt worden. Er habe auf tollpatschige Weise versucht, in den nahegelegenen Wald über dem Feldsee zu humpeln, sei aber schnell gefasst worden und habe keinen Widerstand geleistet. Bei seinen Waffen habe es sich um einen nichtgeladenen Jagdrevolver und um eine Schreckschusspistole gehandelt.

Nur zu gut konnte ich mir vorstellen, wie das Gezischel von Stammtisch zu Stammtisch, von Wohnung zu Wohnung und von Haus zu Haus übersprang: „Habt Ihr es schon gehört? Der Stinker ist jetzt auch noch unter die Räuber gegangen. Das musste ja so kommen."

Zuhause in der Hütte trank ich mich Glas um Glas bis an den Rand der Bewusstlosigkeit. Die magischen Stimmen des Weltempfängers drifteten in immer weitere Ferne.

Am nächsten Morgen wachte ich gerädert in einem Sessel auf. Ich lief durch den Frühnebel hinunter zum Bergsonnenwirt, der frech grinste, lieh mir die gedruckte Ausgabe der Zeitung und fand meine Befürchtung bestätigt. Schon auf der ersten Seite war zu lesen, dass es sich bei dem Feldberger Räuber um einen alten Hotelier aus Schopfloch handele. Der Mann sei, dem Vernehmen nach, hoch verschuldet. Außerdem werde in der Stadt gemutmaßt, seine Frau habe ihn verlassen: „Das ergab eine Schnellrecherche unserer Redaktion am gestrigen Spätnachmittag."

In seinem kommentierenden Beitrag im Innenteil der Zeitung erläuterte Matti Bergmann unter anderem, bei dem Überfall habe es sich sehr wahrscheinlich um eine Verzweiflungstat gehandelt. Im Kartenhäuschen der Bahn sei, wie jedes kleine Kind wisse, „niemals Bargeld in größeren Mengen" vorhanden. Zeugenaussagen zufolge habe „der Täter" den Tatort mit dem

Schwarzwälder erreicht. Er leide seit Jahren an einer schweren Gehbehinderung. Geklärt sei ebenfalls, dass kein Fluchtfahrzeug zur Verfügung gestanden habe. Laut Auskunft der Staatsanwaltschaft besitze der Mann überdies keinen Führerschein mehr und habe, den bisherigen Erkenntnissen zufolge, keinen Komplizen gehabt. Fluchtmöglichkeiten hätten also kaum bestanden. Bei seiner Festnahme sei der alte Mann einerseits friedlich, andererseits hochgradig verwirrt gewesen. Bei den Beamten habe er sich freundlich bedankt. Mehrfach habe er „Guten Appetit" gewünscht und hinzugefügt: „Lassen Sie es sich schmecken!" Bergmanns Artikel schloss mit folgenden Sätzen (ich zitiere sinngemäß): „Es kann nicht ausgeschlossen werden, dass der alte Hotelier die Flucht nach vorne antrat und auf die sichere Perspektive einer Vollversorgung in einer Justizvollzugsanstalt für Senioren hoffte. Mit dem Strukturwandel der Tourismuswirtschaft hat das Verbrechen höchstens mittelbar zu tun."

Ich rief bei Vanessa an, die ihr schadenfrohes Lachen nur mit hörbarer Mühe unterdrücken konnte, teilte ihr mit, dass ich krank sei, und trank weiter. Zum ersten Mal begann ich tatsächlich im Alkohol zu ertrinken.

Ein paar Tage später nur liefen mir auf dem Marktplatz Botterbusch und die noch immer schöne Schiffke Arm in Arm über den Weg. Ich traute meinen Augen nicht. Botterbusch mit der Schiffke! Botterbusch und Lena in Schopfloch! Unglaublich, nicht zu fassen. Vielleicht habe ich diese seltsame Begegnung aber auch nur halluziniert, wer weiß? Die beiden schlenderten, in piekfeinen Pfeilstich-Farben-Gewändern und Lena mit Schmuck behängt, direkt auf mich zu, mein früherer Konkurrent sah mich und grinste sein typisches Botterbusch-Grinsen:

„Sind Sie das, Klingele? Sind Sie's wirklich? Na, Sie haben sich aber verändert. Hätte Sie um ein Haar nicht erkannt."

„Ich …“

„Wir kommen gerade von einem Kongress in Luzern und fliegen morgen zurück nach Berlin. Hat übrigens alles bestens geklappt mit Habil. und Ruf, wie geschmiert. Das werden Sie ja gelesen haben. Lena hat jetzt auch eine Planstelle. Wir wohnen in Lichterfelde-West. Wunderbare alte Villa.“

Ich entschuldigte mich mit dringenden Geschäften und humpelte davon. In Göttingen habe ich Botterbusch geduzt.

*

Der Überfall des alten Klingele beschäftigte Schopfloch und den ganzen Hochschwarzwald lange Zeit. Auf der Straße, beim samstäglichen Einkauf auf dem Wochenmarkt, an den Stammtischen. Die Zeitung brachte unter der Überschrift „Aufstieg und jäher Fall eines Hoteliers: Der Feldberg-Räuber“ einen großen Artikel über ein ehemals erstklassiges Hotel und seinen Besitzer. Der Beitrag sparte nicht mit Anspielungen auf den Schürzenjäger Klingele und malte jede Einzelheit in den grellsten Farben. Er brachte überdies zwei Photos des „Täters“, die durch schwarze Gesichtsbalken nur unzureichend anonymisiert waren. Der Artikel hob außerdem darauf ab, dass der Vater eines Schwarzwälder Fremdenverkehrs-Experten geplant hatte, „die touristische Infrastruktur der Region zu schädigen“.

K. wurde nicht aktiv, zu irgendwelchen Gegenmaßnahmen wäre er vermutlich gar nicht in der Lage gewesen. Er hätte, nach meiner unmaßgeblichen Einschätzung, sowieso nur weiteres Öl ins Feuer gegossen und seine Position, angeschlagen, wie er war, zusätzlich geschwächt. Indessen verrannte er sich nochmals in die Literatur und hoffte, auf diesem für die Schopflocher Verwaltung verrückten Weg „Boden gutzumachen“, wie er sich ausdrückte. K. meldete sich krank und begann, Grimmelshausen, Martin Gerberts *Historia Nigrae Silvae ordinis Sancti Benedicti coloniae*, Hebel, Berthold Auerbachs *Schwarzwälder Dorfgeschichten*, Mark Twain, Walker Percys Schwarzwald-Reminiszenzen, Thomas Strittmatter und manches andere „genauestens" zu studieren. Als er Frau Dr. Schlägel seine ganz sicher mit Unmengen von Kirschwasser getränkten Ideen für eine „kulturell basierte Touri-Konz" vortrug, ließ die Bürgermeisterin das höhnischste Gelächter gellen, über das sie verfügte.

*

Notat Vierzehn[35]

Im Wanderbus zwischen Schopfloch und dem Feldberg. Mit Sonnenbrille und Schildmütze. Wettsteiner, der Fahrer, erkennt mich zum Glück nicht. *Der Schwarzwälder* ist mehr als gut besetzt. Ich sage: bumsvoll. Viele haben keinen Sitzplatz, auch ich nicht. Halte mich an einer Schlaufe fest. Die Bergfahrt ist relativ erträglich. Viele dicke Bleichgesichter mit rot bestrumpften Waden. Rieche vor allem billige Parfums, Deos, Sonnencremes, denn wir stehen dicht aneinandergedrängt und rammen uns wiederholt, ohne es zu wollen, gegenseitig die Ellenbogen in den Leib. Manche flirten, alte Männer versuchen Einblicke in die tiefen Ausschnitte karierter Blusen zu erhaschen. Neben mir starrt ein pummeliges Mädchen in gelben Hot Pants, mit fett aufgetragenem Make-up und riesigem Rucksack, aus dem

35 Handschriftlich, möglicherweise nachträglich von Konstantin auf „September 2007" datiert

Fenster. Auf der hintersten Bank knutscht eine junge Frau im Wanderdirndl mit einem im Gesicht tätowierten Kerl. Die laute Schunkelmusik aus dem Radio übertönt weitgehend das schrille Stimmengewirr.

Die Rückfahrt am frühen Abend viel schlimmer. Wir stehen eng aneinandergepresst. Es riecht intensiv nach Schweiß, Alkohol und Knoblauch. Auch ich habe meinen Flachmann geleert. Krebsrote Sonnenbrand-Dekolletés. Verknitterte Gesichter. Ein Mann in meiner Nähe trinkt Bier und rülpst. Saurer Atem. Die Augen meiner Nachbarn schauen müde und leer. Immer wieder fallen Wanderstöcke zu Boden und verursachen Rempeleien. Dieselbe dröhnende Schunkelmusik wie am Vormittag. Zwei alte Leute, Mann und Frau, streiten erbittert. Ein kleiner Hund scheint im Bus seine Notdurft verrichtet zu haben. Der Gestank lähmt mich augenblicklich. Ich bin froh, als *Der Schwarzwälder* mich ausspuckt. Die Café-Terrassen voll besetzt, Sahnetorten und Bierhumpen auf fragilen Tischchen. Und das alles und noch viel mehr bietet mein Amt an: Qualitätsurlaub in Schopfloch.

*

Je länger ich mich mit meiner Stadt, mit K. und seinem Niedergang beschäftige, gewinne ich den Eindruck, dass es mir in erster Linie um mich und meine Lage zu tun ist – auf eine recht vertrackte Weise. Jeder, seien wir doch ehrlich, ist sich, wie man sagt, selbst der Nächste. Was haben wir anderes im Blick als das eigene Ego? Und stellt nicht auch ein Text-Körper ein Gefäß, das Behältnis einer Seele dar? Wenn das so ist, beschäftigen sich die Leser dieses Romans in letzter Konsequenz dann nicht vor allem mit mir? Mit dem Medium, dem Erzähler, seinen Gefühlen und seinen Sichtweisen? Noch vor dem Erzählten geht es um den Erzähler, um seine Erzählstrategien und um seine Sprache. Und je länger ich mich mit meinem Roman, also mit mir, mit K. und vor allen Dingen mit Schopfloch beschäftige, desto weniger weiß ich, wo mir der Kopf steht. Was mit mir war und ist. Ob ich richtig gehandelt habe oder nicht. Ob ich mein Leben weggeworfen habe oder nicht. Ob es gut war, zu bleiben, oder nicht.

Aber freilich auf dem Tüllingerberg, schreibt Johann Peter Hebel im Februar 1792, also kurz vor der französischen Kriegserklärung an Österreich, aus Karlsruhe an Gustave Fecht, *wär es noch gar viel feiner und lieblicher, wo man doch auch Schnee sieht im Winter, und Blüthen im Frühling und wo es im Sommer donnert und blitzt, als wenn der liebe iüngste Tag im Anzug wäre. Ich glaube dass am iüngsten Tag die Morgenröthe lauter Blitz seyn, und der Donner Schlag auf Schlag die Morgenwache antrommeln werde.*

Ja, der Tüllingerberg, der Belchen, der Feldberg, all die anderen Schwarzwaldberge und die Täler, Hebels Sehnsuchtslandschaft, in der er nicht blieb, nicht bleiben konnte, weil schon zu seiner Zeit das ‚wirkliche' Leben und die Karrieren in den großen Städten, zum Beispiel in der Residenzstadt Karlsruhe stattfanden, sie alle stellen die Frage: Wie steht es um den Schwarzwald heute? Wer hier lebt wie ich, hat das Gefühl, lediglich Beobachter zu sein und ein Zaungast. Denn das ‚wahre' Leben, so wird uns täglich suggeriert, findet in den Mega-Citys und in den Großstädten statt. Wo gedacht und das Gedachte umgesetzt, wo gehandelt wird, wo Impulse gesetzt werden. Was ist demgegenüber ein kontemplatives Leben wert? In Krähwinkel, das, von früh bis spät, verschrien wird?

Die Schwarzwälder sind, da gibt es nichts zu deuteln, in vieler Hinsicht Bewohner eines Randgebiets, an dem die großen Entwicklungsströme seit langem vorbeifließen. Trotz des schnellen Internets, das nun auch auf dem Land Einzug halten soll: Grassiert denn nicht längst das Virus der Landflucht? Gehen nicht viele junge Leute weg, die Begabten, die Intelligenten, die Unternehmungslustigen zumindest, um in den sogenannten Verdichtungsräumen und in den großen Städten zu arbeiten und zu leben? Wie wird Schopfloch in zehn, in zwanzig, in dreißig Jahren aussehen? Wie werden wir dann unser Dasein fristen? Und noch später? Schon heute ist ja kaum ein Lehrer, kaum ein Arzt bereit, Freiburg oder Karlsruhe aufzugeben und dauerhaft nach Schopfloch zu kommen. Ich habe den Eindruck, dass der Hochschwarzwald immer mehr zu einem touristischen Streichelzoo gerät, der für ein paar Tage im Jahr von älteren Stadtbewohnern besucht und bestaunt wird, denen die Schweiz zu teuer und hochalpine Touren in Österreich zu anstrengend sind.

Derweil gerät auch das an Bildung orientierte Leben, so kann indes nur ein braver und zahmer Beamter formulieren, ins Hintertreffen, denn anders als in den Städten fehlt es auf dem Land zumeist an Interesse und Nachfrage und infolgedessen an allem, was das Mittelmaß übersteigt, an guten Bibliotheken, Programmkinos, Theatern, Konzerthallen, Literaturhäusern und so weiter und so fort. Und anders als im 18. und 19. Jahrhundert entsteht Kultur auch kaum noch dezentral auf dem Land, wo es keinen Markt gibt. Es sei denn, jemand hat in der Großstadt an seiner Karriere gestrickt, ist bereits erfolgreich und kann es sich jetzt leisten, fern von den großen kulturellen Kontaktbörsen und Einrichtungen zu leben und in die Uckermark, in die Toskana oder nach East Boothbay zu ziehen.

Was also macht das Leben aus?

*

In eigener Sache Fünf

Noch immer bin ich ein wenig enragiert. Vorhin, es war bereits später Nachmittag, ging ich vom neuen Parkplatz beim Forstacker durch das Bühltal in Richtung Obernü; ich wollte ein wenig laufen und nachdenken. Es begann gerade einzunachten. Schwarzgraue Wolken zogen schnell über den Himmel, und die Tannen links und rechts des Weges verdunkelten die Szene zusätzlich, worauf ich jedoch nicht besonders achtgab. Ich verwende den Begriff der Szenerie sehr bewusst, denn was mir schon bald widerfahren sollte, hatte, ohne zu übertreiben, durchaus etwas Theatralisches.

Abermals beschäftigte ich mich mit K. Meine geschätzten Drachen vertreten seit einiger Zeit mehrheitlich die Auffassung, es gebe kaum noch etwas Neues, unser Objekt habe ein labiles Gleichgewicht erreicht, der Zeitaufwand stehe in keinem Verhältnis zum Ertrag, jeder habe schließlich einen Brotberuf, eine Familie und so weiter und so fort, wir sollten unsere Recherchearbeit daher, wenigstens vorläufig, auf ein Mindestmaß beschränken. Ich war selbst unschlüssig, denn ich wollte und will meine Drachen einerseits keinesfalls überfordern oder sogar verlieren; andererseits glaubte ich nicht, dass K. sich stabilisiert hat. Was also tun?

Der Weg führte über eine längere Strecke steil bergauf. Ich näherte mich bereits Obernü. Indem ich plötzlich ein Geräusch hörte, als ob ein großes Tier aus dem Unterholz bräche, sprang mich schon ein schwerer, korpulenter Unhold von hinten an, riss mich an den Beinen mit sich zu Boden und hieb, im Fallen, derartig mit einem Prügel (?) auf meinen Rücken und meinen Kopf ein, dass ich einen Augenblick lang das Bewusstsein verlor und die fette Gestalt, die einen riesigen dunklen Faltenrock, einen Anorak und Reitstiefel zu tragen schien, nur noch in einiger Entfernung davonhumpeln sah und entkommen lassen musste.

Zuerst dachte ich, eine alte Frau habe mich überfallen. Je länger ich aber darüber nachdenke, desto mehr neige ich zu der Vermutung, dass es K. war. Noch immer habe ich einen üblen Geruch aus Schweiß und Alkohol in der Nase. Es fehlt nichts, weder die Brieftasche noch meine Ausweise.

Ich bin nicht ins Krankenhaus gegangen. Christa hat die Platzwunde an meinem Hinterkopf desinfiziert und die Blutung zum Stillstand gebracht. Jetzt werde ich meine Drachen informieren. Bei diesem verworfenen Menschen muss man anscheinend mit allem rechnen.

*

Notat Fünfzehn[36]

Ich war festgefahren in der badischen Provinz. Irgendein Zurück gab es nicht mehr. Und im Tourismus-Amt ging es mir von nun an natürlich noch schlechter. Der Sohn eines tölpelhaften Räubers, der eine der Nachbargemeinden schädigen wollte, als Amtsleiter! Untragbar. Eine Katastrophe. Ohnedies kam es im Grunde einem Wunder gleich, dass ich mich seit meiner faktischen Entmachtung noch so lange auf meinem Amtsleiterstuhl, freilich mehr schlecht als recht, hatte halten können: Allein und isoliert wie ich war, nur auf mich gestellt; von mei-

36 Konstantins Handschrift, Kugelschreiber auf sehr schmutzigem Papier, von ihm eigenhändig datiert: Ende November 2007

nen drei Mädchen angefeindet, wuchsen mir die vielen Details mehr und mehr über den Kopf. Vater wurde, seinem Wunsch gemäß, eingebuchtet, der *Hof* machte die Schotten dicht, und Mutter verscherbelte ihn zu einem mickrigen Betrag an *Silver Mountain Residences*. Um sie, die seit einigen Wochen in einem Heim wohnt und sich dort langsam an Melancholie, Dunkelheit und Nacht zu verlieren scheint, kümmerte ich mich viel zu wenig.

Wenn ich halbwegs nüchtern war, telefonierte ich zwar stundenlang mit ihr, so wie ich in meinen Göttinger Jahren mit ihr telefoniert habe, aber in ihr neues ‚Zuhause' ging ich nur selten. Ich hatte Angst vor Mutter, hatte insbesondere Angst vor ihren Vorwürfen, ich schämte mich, ich war angesichts der ganzen Situation überfordert. Vater besuchte ich zu meiner Schande kein einziges Mal im Knast. Das schaffte ich nicht.

Ich trank viel zu viel und immer mehr und war allzu sehr mit mir selbst beschäftigt und damit, die Dehors zu wahren, wie TM gesagt hätte – soweit das überhaupt noch ging. Auch meine Fassade hatte ja längst zu bröckeln begonnen, nicht wahr?

Wenn ich offen sein soll: Das ist stark untertrieben. Den einzigen Halt boten mir noch die Flaschen. Und so verlor ich Mutter und Vater allmählich aus den Augen.

Die Ausgrenzung, die spöttischen Bemerkungen und all die anderen Demütigungen im Rathaus vermochte ich nur mit immer größeren Mengen Kirsch zu kompensieren. Es mag übertrieben klingen, aber ich fühlte mich bedroht. Einmal, kurz vor meinem Zusammenbruch, schien es dann doch noch einen Lichtblick zu geben: In der *Bergsonne* lernte ich einen Deutschamerikaner kennen. Als Meyers, so heißt er, nach dem dritten Doppelten mitbekam, dass ich Komparatist und meine Lage im Schwarzwald unerträglich sei, behauptete er, eine Professur an einer kalifornischen Universität innezuhaben. Er wisse zur Genüge, was schlechte Jobsituationen bedeuteten, und er wolle für mich tun, was in seinen Kräften stehe. Nach langen üblen Jahren besitze er nun einigen Einfluss. Er pendle zwischen Berkeley und dem Hochschwarzwald hin und her und führe das Leben eines modernen Nomaden.

Es kann sein, dass ich mich täusche, aber Meyers schien mir in ähnlicher Weise dem Alkohol verfallen zu sein wie ich. Dass er ein schweres Leid mit sich herumträgt, ist offensichtlich. Als ich mich verabschiedete, lallte er: „Zeigen Sie … zeigen Sie mir bei … bei Gelegenheit mal ein paar Ihrer Veröffentlichungen."

Dazu kam es jedoch nicht mehr. Wenige Tage später erlitt ich meinen Herz-Crash. Ein paar böse Zwerge begannen in meinem Brustkorb zu kegeln, Blitze schlugen ein, mit scharfen, langen Messern zerfleischte mir das üble Zwergenvolk auf schmerzhafte Weise Rücken und Brust, mir wurde flau, kalter Schweiß lief mir übers Gesicht, ich konnte kaum noch atmen, ich hustete wie eine alte Diesellok, und dann war ich weg.

Wenn ich von dieser Attacke nicht im Büro überfallen worden wäre, wenn, was ich erst viel später erfuhr, Vanessa nicht sofort den Notarzt gerufen hätte und wenn ich nicht schnellstens mit dem Heli nach Freiburg expediert worden wäre, könnte ich jetzt nichts mehr erzählen.

Mein Klinikaufenthalt war kurz und knackig: Zunächst OP, dann Intensiv, auf Messers Schneide, darauf Station, später Entzug, anschließend eine Art kurzer Reha und dann noch ein paar Tage in Obernü unter der Kontrolle eines niedergelassenen Arztes.

Ich erhielt, wen wundert's, keinen Besuch aus dem Amt. Doch zu guter Letzt kam das großartige Wortungetüm *BEM* ins Spiel, das *Betriebliche Eingliederungsmanagement*. Kein Witz, das heißt wirklich so und ist in Deutschland eine Pflichtaufgabe des Arbeitgebers nach § 167 Absatz 2 Satz 1 des Sozialgesetzbuches IX. Die Stadtverwaltung von Schopfloch hat diesen Job an ein Unternehmen vergeben, das unter anderem auch für die *Deutsche Telekom AG* und für *Vietnam Posts and Telecommunications* in Hanoi tätig ist. Vornehm geht das Dorf zugrunde.

Das Ziel lautete: die Überwindung meiner Arbeitsunfähigkeit, die Vorbeugung einer erneuten Arbeitsunfähigkeit sowie der Erhalt und die Sicherung meines Arbeitsplatzes. Letzteres war notabene ein schlechter Scherz, ein Ding der Unmöglichkeit, denn Schlägel, Kristin und Kerstin hatten bereits zu Beginn meiner Abwesenheit Nägel mit Köpfen angefertigt.

Meine noch immer ziemlich attraktiven Ex-Mädchen mit ihren engen Klamotten, den gefärbten Haaren, den gepflegten Händen und den rot lackierten, lanzenförmigen Fingernägeln wirkten kräftig auf die Bürgermeisterin ein. Insbesondere Kristin verstand es, das weiß ich aus zuverlässiger Quelle, Schlägel zu umgarnen. Vor ihrer Anstellung im Haus und nach ihrem Bachelor-Studium des Tourismusmanagements an der Hochschule Heilbronn hatte sie ein Volontariat in der Reiseredaktion der *FAZ* absolviert. Jetzt reaktivierte sie, taktisch geschickt, ihre alten Verbindungen und verschaffte der Rosa ein Interview zu den Schopflocher Landschafts-Highlights und unseren neuesten Reiseangeboten, das die *Frankfurter* in Großformat brachte. Der mit ihrem Porträtfoto geschmückte Artikel, den Frau Schlägel voller Stolz an die Gemeinderäte verteilen ließ, schlug ein. Kristin war die Heldin des Gremiums.

Bald darauf nutzte die Chefin geschickt den neuen Medien-Draht, um auch mit dem Deutschland-Ressort der Zeitung anzubandeln. Der Beitrag über ihre kommunalpolitischen Leistungen und Probleme, der nach einigem Hin und Her schließlich erschien, ließ Künzel jedoch kalt. Er wusste ganz genau, dass die *FAZ* im Hochschwarzwald so gut wie nicht gelesen wurde. Die Musik spielte am Schopfbach und nicht am Main.

Nur kurze Zeit, nachdem ich in die Klinik verfrachtet worden war, trug die B. in nichtöffentlicher Sitzung im Stadtrat vor, dass, wie mir später brühwarm durchgestochen wurde, eine lange Vakanz an der Spitze des Tourismusreferats nicht akzeptabel sei. Angesichts der Schwere meiner Erkrankung bestehe keinerlei Klarheit darüber, wann ich in den Dienst zurückkomme, ja, ob ich jemals wieder „voll verwendungsfähig" sein werde. Man wisse noch nicht einmal, ob ich eines fernen Tages den Dienst überhaupt erneut aufnehmen könne: „Herr Klingele ist schwer herzkrank. Und mehr als das." Sie sei von mir, und damit verrate sie kein Geheimnis, ohnehin nicht mehr überzeugt. Der Rückgang der Tourismuszahlen sei nicht zuletzt auf „Klingeles törichtes Missmanagement" zurückzuführen.

Das Mädchen-Trio hätte dank meiner miesen Performance, des *Hof*-Desasters und des grandiosen Überfalls meines alten Herrn auf die Feldbergbahn ohnehin leichtes Spiel gehabt; entscheidend befördert wurde die Entwicklung jedoch dadurch, dass es Kristin über ihren Vater gelang, zum Vorsitzenden der Mehrheitsfraktion einen guten Kontakt herzustellen.

Kerstin und Kristin wurden, bei geringfügig erhöhten Gehältern, als weibliches Dioskurenpaar oder, wie man heute eher sagen würde, als Doppelspitze installiert. Kerstin begleitete die B. fortan im kleinen Schwarzen auf den meisten Dienstreisen und avancierte zu einer Art persönlichen Referentin. Kristin amtierte als die heimliche Chefin der Tourismusabteilung. Vanessa schließlich durfte sich jetzt, bei gleichbleibendem Aufgabengebiet und hundert Euro brutto mehr im Monat, Assistentin nennen, und für mich würde man eine neue Aufgabe innerhalb der Verwaltung finden, so ich denn je zurückkäme – beim selben Salär wie bisher. Klar, herunterstufen oder kündigen konnten sie mich nicht.

Als ich nach nicht allzu langer Rekonvaleszenz-Phase tatsächlich ins Haus zurückkehrte, wurde ich, wie man sich denken kann, nicht gerade mit offenen Armen empfangen. Es roch noch immer nach Amt, aber die Atmosphäre war jetzt frostig. Wie damals in Göttingen wurde ich weitgehend geschnitten. Aber mittlerweile war ich niemand mehr, der einem anderen eine begehrte Stelle weggeschnappt hatte, sondern galt in der Tat als ein Niemand, ein Nobody, ein Verwaltungsparia, mit dem keiner mehr etwas zu tun haben wollte, als einer, der ganz unten angekommen war und dennoch als Schmarotzer Monat für Monat das üppige Gehalt eines rechtschaffenen Amtsleiters einstrich. Ein ziemlich gut versorgter Schiffbrüchiger war ich, der von zahlreichen feixenden Zuschauern beobachtet wurde. Schiffbrüchige gibt es schon seit Menschengedenken – auch im Schwarzwald. Und die wenigsten nur waren Fremde, die übers Meer kamen. Ihnen erging es jedoch bedeutend schlechter als mir. Klar, keine Frage. Ich konnte nicht viel, ich musste nicht mehr viel tun und wurde dennoch bestens bezahlt.

An meinem ersten Arbeitstag drückte ich mit Mühe die schwere Rathaustür auf, inhalierte den Duft aus Bohnerwachs, abgestandener Luft und Aktenstaub und hatte augenblicklich ein ungutes Gefühl. Obwohl ich einer Intrige zum Opfer gefallen war, redete ich mir ein, an einen Tatort zurückzukehren, an dem ich einen Schrank voll metaphorischer goldener Löffel geklaut hatte.

Schlägel empfing mich, ohne nach meinem Befinden zu fragen, mit schräggelegtem Kopf und stechendem Blick. Zu ihrem Bedauern sei die Registratur personell bereits heillos überbesetzt, tja, randvoll, sagte sie in ihrem schönsten Waterkant-Alemannisch. Im Keller könne sie mich also leider nicht unterbringen, wiewohl das fraglos der beste Platz für mich sei. Sie müsse mir gestehen, dass sie es, „nach allem, was geschehen ist", als Zumutung empfinde, mich täglich auf unabsehbare Zeit vor Augen zu haben. Denn vor einer Woche sei sie „mit einem unwiederbringlichen Verlust konfrontiert worden". Sabine Sumser, ihre ebenso versierte wie treue und geschätzte Sekretärin, habe „leider, leider" einen Wechsel vorgenommen und sei über den Rhein in den Süden abgeschwirrt, was sie ihr angesichts der Schweizer Einkommensverhältnisse nicht verdenken könne. Gute, ausgewiesene Fachkräfte seien bei den Eidgenossen gefragt. Dieses „Sumser-Loch" müsse sie nun „bis zu einer qualifizierten Wiederbesetzung der Stelle" mit mir stopfen, auch wenn ich es selbstverständlich nicht ausfüllen könne und es keineswegs verdient hätte, in der Chefetage zu sitzen: „Gutes, sehr gutes Personal ist in dieser Region ja kaum noch zu bekommen. Also bin ich gezwungen, erst einmal mit Ihnen vorliebzunehmen, Klingele."

„Abgeschwirrt": Innerlich musste ich momentlang grinsen, denn ich hatte die Sumser, chauvinistisch wie ich bin, mit ihrer Kurzhaarfrisur, der noblen Form ihres Kopfes und den schlanken Beinen, immer als hübschen Käfer betrachtet und freute mich über die ästhetisch perfekte Übereinstimmung von Wort und Erscheinung.

Doch das Grinsen und die Freude sollten mir noch vergehen. Anfangs fühlte ich mich ganz gut. Frau Klemm, die Sekretärin des Hauptamtsleiters, die kurz vor der Pensionierung stand, gab mir sogar Tipps und wies mich auf einige von Schlägels schrägsten Ticks hin, auf die ich mich einstellen müsse, wenn ich größere Wutausbrüche vermeiden wolle, Ticks, die mir bisher noch nicht aufgefallen waren. So habe die Tasse für den Morgenkaffee an einer ganz bestimmten Stelle auf dem Schreibtisch und in einem stets gleichbleibenden Winkel zur Sammlung ihrer wertvollen Füller und Kugelschreiber zu stehen. Den Kaffee nehme die B. stark, schwarz und mit vier Stück Würfelzucker. In der Fastenzeit „selbstverständlich", aber das könne ich mir ja denken, ohne Zucker. Auch die Zeitungen seien, sauber in stets derselben Reihenfolge aufgeschichtet, an der immer gleichen Stelle ihres Arbeitstischs zu positionieren, zuoberst die *Schopflocher* und darunter die überregionalen Blätter. Kämen sie nass oder feucht an, solle ich sie föhnen und eventuell zusätzlich bügeln. Plätteisen und Föhn fände ich im Sekretariatsschrank. Frau Dr. Schlägel schätze, sie liebe den Geruch frisch geglätteten und gebügelten Zeitungspapiers.

Wenn ich diese elementaren, einfachen Grundregeln beachte, könne mir nicht viel passieren. Und „selbstverständlich" sei Verschwiegenheit allerhöchste Pflicht. Denn „die Frau Dr. Bürgermeisterin" sitze ja auch im Kreistag und verfüge über bundespolitische Kontakte. Sie sei „eine bedeutende Politikerin". Aber das wisse ich ja selbst.

Alles ließ sich zu meiner Überraschung recht gut an. Ich arbeitete mich nach und nach ein, erledigte den Telefondienst, wimmelte unliebsame Anrufer und Besucher ab, führte Schlägels Terminkalender, und zwar doppelt: elektronisch für sie und vorsichtshalber, für mich, auf Papier, öffnete und sortierte die Post, schrieb nach Diktat, was mir die größten Schwierigkeiten bereitete, servierte Kaffee, manchmal auch, je nach Besuch, die guten Pralinen und Plätzchen oder sogar Kuchen aus dem *Turmcafé*, und föhnte und bügelte bei Bedarf die Zeitungen. Ich war, mit anderen Worten, das Männchen für alles, ein promoviertes Faktotum im Sekretariat der kleinen Königin von Schopfloch.

Wenn nichts Besonderes anstand, verließ ich um 17 Uhr meinen Arbeitsplatz, hatte den Abend zur freien Verfügung, besuchte Mutter und begann erstmals wieder, ernsthaft zu lesen und mir Notizen zu machen. Die Bücher gewährten mir, zu meiner Überraschung, Zutritt und wurden erneut zu meiner Heimat. Ich war trocken wie die Sahara. Und ich war mit mir und der Welt zufrieden. Ja, wenn alles so weitergegangen wäre, hätte diese kontemplative Lebensform mein Paradies sein und bleiben können: dem Tod gerade noch einmal von der Schippe gesprungen und verhältnismäßig gesund, finanziell nicht schlecht ausgestattet und abgesichert durch einen Job, der mich intellektuell nicht strapazierte, auch weitgehend unbelastet von Verantwortung und versehen mit viel Zeit für Mutter und für Lektüre und, später einmal, so bildete ich mir ein, für literaturwissenschaftliche Arbeit, jedoch ohne Zwang und ohne existentiellen Druck.

Gleichwohl hoffte ich auf eine weitere Begegnung mit Meyers. Das aber war grundfalsch und dumm. Was hätte es gebracht, mich nochmals in die Mühlen des universitären Betriebs zu begeben? Mein komfortables Reservat freiwillig zu verlassen? Mich dem akademischen Kleinkrieg erneut auszusetzen? Der Amerikaner tauchte auch gar nicht mehr auf. Und ich hatte weder eine Telefonnummer noch eine E-Mail-Adresse von ihm. Er war nicht mehr und nicht weniger als eine flüchtige Kneipenbekanntschaft. Ein abhängiger Säufer, wie auch der Klingele Konstantin bis vor kurzem einer gewesen war. Ich nahm an, dass Meyers im Suff geflunkert hatte. Trinker pflegen zu lügen. Nicht nur die Dichter. Auf eine Internet-Recherche verzichtete ich wohlweislich.

*

Mail Einundzwanzig

27. Dezember 2007 um 18:17

Lieber Herr Mohr,

es ist an der Zeit, dass ich Ihnen berichte. Wie Sie wissen, liegt die Jagd meines Mannes auf der Gemarkung von Obernü. Und hin und wieder geht mein alter Jäger mit seinem Jagdfreund auf einen Schoppen und ein deftiges Schnitzel in die *Bergsonne*. In letzter Zeit hat er dort jedes Mal Herrn Klingele angetroffen, immer den jungen Klingele. Selbstverständlich hat er ihn nicht angesprochen, aber er konnte beobachten, dass er Kaffee um Kaffee in sich hineingeschüttet und dabei angestrengt in einem dicken Buch gelesen hat.

Es ist kaum zu glauben. Da trauert und versauert seine Mutter einsam im Heim am Spitalplatz, und der verzogene, lebenslang verwöhnte Herr Sohn hat, nach allem, was ich weiß, Zeit wie Heu, geht gemütlich Kaffee trinken und liest dicke Schwarten, aber seine Mutter besucht er nicht. Er lässt sich nicht bei ihr blicken. Ums Verrecken nicht! Es ist wirklich kaum zu glauben. Nach allem, was ich weiß, hat K. vom Tod seines Vaters keine Notiz genommen. Auf der Arme-Leute-Beerdigung habe ich ihn nicht gesehen. Ich bin sicher: Er war nicht da. Und er hat keinen müden Pfennig zur Ehre seines Vaters ausgegeben, nicht das Schwarze unter dem kleinen Fingernagel. Da möchte ich wetten. So einen nenne ich Unmensch. Aber von Klingele junior habe ich, für mein Teil, nichts anderes erwartet. Pfui Deibel! Im Kongo gäbe es so etwas nicht. Was sind das für Zeiten, in denen wir leben? Das muss ich schon fragen.

Ich besuche Helene regelmäßig im Heim, in dem ich nicht enden möchte, und ich weiß, wie sehr sie unter ihrem Früchtchen von Sohn leidet.

In der Hoffnung, Ihnen gedient zu haben, und mit vielen Grüßen
Ihre Dr Ingrid Brotz

*

Schnipsel Sechs

Kann es ein Elend geben, das größer wäre als meines?

Bist du verrückt? Vater? Mutter? Omama? Wie lange willst du das alles noch hinausziehen?

Eine berechtigte Frage.

Fühlst du dich gut?

Im Augenblick geht es noch. Ja.

Und die Aussichten?

Ich rechne nicht mit Schnee oder Sturm. Bin müde.

Wie geht es deinem Herzen?

Eine berechtigte Frage. Ja. Aber ich weiß nicht, wie lange.

Was würde ihm helfen?

Blutwurst möglicherweise?

Weshalb diese Komödie jeden Tag?

Ich versuche doch zu gehen.

Und?

Mein Herz schlägt im Kopf.

18

Mail Zweiundzwanzig

16. Januar 2008 um 22:09

Lieber Maximilian,

Du weißt ja, dass ich Dich inzwischen noch freier informieren kann. Und obwohl ich jetzt gewissermaßen nicht mehr im Vorzimmer der Macht sitze, bin ich trotzdem auf dem Laufenden. Meine Informanten haben ihre Ohren überall.

Ja, Sabine führt jetzt das Leben einer Grenzgängerin und arbeitet im Kanton Aargau. Das bringt zwar erheblich mehr Geld in unsere Kasse, ganz erheblich sogar; aber dafür ist die Strecke ziemlich weit, und unser Alltag ist von viel Hektik und mancherlei Missstimmungen geprägt. Wir stehen sehr früh auf und sehen uns nur noch wenig, und wenn meine Frau abends nach Hause kommt, ist sie müde und nicht selten schlechter Laune; schließlich ist sie, wie ich, nicht mehr die Jüngste. Ja, alles hat seinen Preis. Aber ich will nicht klagen. Nun zur Sache.

Viel gibt es heute nicht zu berichten. Eine kurze Zeitlang schien sich Konstantin der Große gefangen zu haben. Sabine konnte er zwar nicht ersetzen, das ist klar, doch allmählich wuchs er in seine neue Tätigkeit hinein und kam mit Frau Schlägel immer besser zurecht. Er zog sich ganz anständig an und sah recht proper aus.

Dann jedoch kam mir immer öfter zu Ohren, dass er auf den Fluren junge Frauen, Besucherinnen des Rathauses vor allem, anscheinend aber auch Mitarbeiterinnen einer Reinigungsfirma, anstarrte oder gar ansprach und anmachte. Das führte zu etlichen Beschwerden bei der B. Folgen hatten sie zu meiner großen Überraschung bis dato nicht. Jedenfalls habe ich nichts gehört. Die Anschuldigungen selbst treffen, nach meinen bisherigen Erkundigungen, so ziemlich zu. Längst aber galoppieren wüste Gerüchte durch die Stadt, die Dir vielleicht bekannt geworden sind: K. habe „wildfremde“ Frauen betatscht und ihnen „perverse Zoten“ erzählt, er habe sich vor jungen Mädchen entblößt, man sehe ja auf den ersten Blick, dass „dieser Dreckslite-rat nicht normal“ sei. Et cetera.

Das ist ganz sicher Quatsch, zumindest übertrieben. Du weißt, wie schnell solche Geschichten bei uns die Runde machen. Und es gibt in der Stadtverwaltung genug Leute, die unserem Objekt nicht gerade wohlgesonnen sind.

Wie dem auch sei: K. K. scheint nicht ganz richtig zu ticken, und das könnte sich noch einmal zu einem echten Problem für ihn auswachsen. Sofern seine Sexsucht ihn weiterhin im Griff hat und seine Intelligenz ausknipst, sehe ich schwarz für ihn. Nicht nur, was das Haus angeht. Denn der Klatsch kann in einer kleinen Stadt böse Folgen haben. Das wissen wir zur Genüge.

Wenn Du mich fragst: K. sollte verschwinden und irgendwo, möglichst weit weg, von vorne beginnen. Hier bekommt er keinen Fuß mehr auf den Boden. Das ist meine Auffassung.

Wie immer bitte ich Dich um Diskretion und bin in diesem Sinne und mit herzlichen Grüßen

Dein Dr Bernd

*

Notat Sechzehn[37]

So verging Woche um Woche. Schlägel legte schon bald ihren Kopf nicht mehr schief, ihre Augen stachen nicht mehr zu, und eine Alternative zu mir war anscheinend nicht in Sicht. Während meiner Dienststunden hatte ich genug Muße, um das Treiben um mich her zu beobachten. Große oder kleine politische Skandale aber gab es ebenso wenig aufzudecken wie, wenn ich ehrlich sein soll, die geheime Mechanik der Politik. Da hatte ich mir als Lieschen Müller aus der Literaturabteilung vollkommen falsche Vorstellungen gemacht.

Dafür schärfte sich mein Blick mehr und mehr für ein politisches und menschliches Biotop, in dem es, ähnlich wie an der Uni und womöglich in den meisten anderen Betrieben, um viel öden Leerlauf und um die wöchentliche Wiederkehr des Gleichen ging, um die zähe Verteidigung der eigenen Claims, um Hackordnungen und Machtspielchen, um Aufstieg und Abstieg, Ellenbogen, Kränkungen, Ränke, Bösartigkeiten, Beleidigungen und ausnahmsweise einmal um ein großes, unverhofftes Glück, wenn eine kranke Kollegin mit einer guten Diagnose vom Arzt kam, und sich fast alle, von der Putzfrau bis zum Amtsleiter und zur Bürgermeisterin, mit ihr freuten, als sie, bei Sekt, Selters und Schwarzwälder Speck, die positive Perspektive freudestrahlend erläuterte. Doch ob die in diesem Lebensraum aktiv Handelnden die ebenso kräftezehrenden wie nicht selten zermürbenden Abläufe überhaupt als solche wahrnahmen oder sich erfolgreich zu täuschen vermochten, vermag ich nicht zu beurteilen.

37 Konstantins Handschrift, Bleistift auf zerknittertem, sauberem Papier, sein Datum: Sommer/Herbst 2008

In meiner Freizeit, und es gab jetzt viele Abendstunden ohne Arbeit, denn ich hatte nach siebzehn Uhr kaum noch dienstliche Obliegenheiten, kümmerte ich mich jetzt wieder mehr um Mutter, „mein altes Mütterchen", wie ich sie für mich, in meinen Selbstgesprächen, oder auch, selten, am Telefon nannte. Mutter und ich hatten ein Leben lang nur wenig Zeit miteinander verbracht, das Hotel und das Restaurant waren stets wichtiger gewesen, dann ging ich nach Göttingen, und jetzt wollte ich nachholen, was wir in der Vergangenheit versäumt hatten. Obwohl ich noch immer, um offen zu sein, Angst vor ihr hatte.

Ich kam meiner Mama nicht wirklich nahe. Gespräche, die mehr waren als ein Blabla übers Wetter, über andere Heimbewohner oder das, was in der Zeitung stand, Gespräche, die uns, die sie und Vater und mich betroffen hätten, kamen kaum zustande. Keiner von uns beiden wollte den anderen verletzen, und so schlichen wir vorsichtig und furchtsam um den Familienbrei herum. Lediglich über ihre „Geschäfts-Ehe" und die jahrzehntelange „Hotel-Schufterei" sprach Mutter sich einmal aus. Und darüber, dass sie nicht wisse, wofür und für wen sie „das alles" getan habe. Richtig Spaß gemacht habe es ihr nur am Anfang, als zu spüren gewesen sei, dass es aufwärtsging mit dem „großen Kasten", wie sie den *Hof* jetzt bisweilen nannte.

Eines Abends sagte sie leise, und dabei strich sie mit ihrer Hand über das Tischtuch, dessen Kaffeeflecken sie früher niemals geduldet hätte, sie sagte, lange werde sie nicht mehr da sein, sie sei bereit „zu gehen". Das dürfe sie noch nicht einmal denken, entgegnete ich, mehr fiel mir nicht ein, und hilflos senkte ich meinen Blick auf den schmutzig-grünen Teppichboden.

An Tagen, an denen es ihr schlecht ging, kam es vor, dass Mutter ein böses Gesicht machte und mich ein wenig beschimpfte. Sie störte sich daran, dass ich „fett“ geworden sei und „verkomme“, wie sie sagte. Ich fühlte mich angegriffen und wollte etwas zu meiner Verteidigung vorbringen, aber dann hatte ich jedes Mal Mitleid oder Angst vor einem Streit, und ich hielt den Mund.

Ansonsten mied Mutter alle Themen, die gefährlich werden und weh tun konnten. Das Einzige, was mir möglich schien und was ich tat, bestand darin, ihr ein wenig das Gefühl der Einsamkeit zu nehmen, für sie da zu sein und sie abzulenken. Und hin und wieder ihre Hand zu halten. Aber schon das war meistens zu viel. Zu pathetisch, zu rührselig. Als ob es ein Zeichen dafür sei, dass es schlecht stehe um sie. Körperliche Nähe hat ihr, glaube ich, ohnehin nie viel bedeutet. Sie ertrug sie nicht.

Und ich? Hielt ich der Begegnung mit Mutter, der Auseinandersetzung mit der Vergänglichkeit, mit Verfall und Tod stand? Wollte ich die Augen davor nicht lieber verschließen? Wann immer ich das Heim mit seiner dumpfen, verstockten Luft verließ, fühlte ich mich auf unbestimmte Weise erleichtert. Als ob eine schwere Bürde von mir genommen worden wäre. Aber ich war dann auch leer, ausgelaugt und ohne Energie. Den traurigen Blick der alterstrüben Augen, das allmählich immer durchsichtiger werdende Gesicht meines Mütterchens verkraftete ich nur mit größter Mühe. Ich ertrug noch nicht einmal ihr kleines, übermöbliertes und überheiztes Zimmer, das wie eine Abstellkammer, ein verschandeltes Wartezimmer anmutete.

Der grausamen Arbeit der Zeit und dem allmählichen Verfall der Körper konnte ich mich nur über den Umweg meiner von neuem aufgenommenen Proust-Lektüre aussetzen. Wenn ich nicht bei Mutter war, las ich viel. Das war meine Art, mich meinem Mütterchen zuzuwenden. Nie fühlte ich mich ihr so nahe, wie wenn ich *Die wiedergefundene Zeit* las. In der *Berg-*

sonne oder zuhause. Nie liebte ich sie mehr als in jenen Wochen, als ich begann, von neuem in Prousts Textmassen zu versinken. Dass ihr, dass meiner Mutter das nichts half und nichts nützte, weiß ich wohl.

Je weiter ich mich freilich in das Innere der Kathedrale hineinbegab und je länger ich zugleich tagsüber meinen subalternen Bürodienerdienst versah, desto mehr wurde auch mein alter Ehrgeiz angestachelt und desto mehr deprimierte mich meine Situation. Ein wenig fühlte ich mich wie Vinteuil, wie ein verkanntes Genie, als Trottel des Alltags. Ich führte mir mein Wissen, die exzellente Ausbildung vor Augen, die hinter mir lag, das besessene Studium, die Dissertation, die in einer renommierten Reihe erschienen war, die Habilitation, die ich hoffnungsvoll in Angriff genommen hatte, meine Lehrtätigkeit, die mir, wenn ich ehrlich bin, doch Spaß gemacht hat, und ich ging unter in rabenschwarzer Wehmut. Die Verleumdungen, die irgendjemand gegen mich in Umlauf gebracht hatte, setzten mir ohnehin zu. Als ob ich abgetakeltes Wrack überhaupt noch so etwas wie ein Sexualleben gehabt hätte.

Dann war plötzlich, nach langer Zeit, der Amerikaner zurück. Er sei viel länger als erwartet in Kalifornien aufgehalten worden, erzählte er mir in der *Bergsonne*. Er wolle im Grund nichts von dem Thema wissen, aber nun werde auch seine kleine Fakultät von mehreren Missbrauchsskandalen erschüttert. Neben anderen verdächtige man einen guten Freund von ihm. Aussage stehe gegen Aussage: „Aber genug davon. Ich schätze mich glücklich, dass ich nicht mehr im amerikanischen Hexenkessel schmore, sondern im Schwarzwald bin. Lassen Sie uns etwas trinken! Und dann wollen wir sehen, wie ich Ihnen helfen kann.“

Nun zeigte sich, dass ich keine Standfestigkeit besaß. Eben nicht bodenständig war und nicht verwurzelt. Vergeblich versuchte ich, mich an meinen Kaffee zu halten und den ersten, den zweiten und den dritten Schnaps abzuwehren. Dann gab ich allen Widerstand auf und ertrank in den Fluten eines bitteren Glücks. In den nächsten Wochen glitt ich von Tag zu Tag schneller zurück in mein umnebeltes, alkoholisch-literarisches Dasein. Ob Meyers meine Diss. und die Aufsätze las, die ich ihm überließ, und ob er etwas für mich unternahm, weiß ich nicht. Von einem Tag zum andern war er erneut verschwunden und ward nicht mehr gesehen. Nie wieder. Er ließ mich im Stich.

Allmählich gab ich alle Hoffnung auf. Und ich fühlte mich elend. Mutter besuchte ich seltener. Die Bewältigung meines Büroalltags kostete mich zunehmend mehr Energie. Ich wurde noch dicker. Meine Kleidung begann nach und nach zu verkommen. Immer öfter schreckte ich nachts auf, weil ich befürchtete, wichtige Termine nicht in den Kalender eingetragen und vergessen zu haben.

Dann näherte sich rasend schnell der Wahltermin. Als sich abzuzeichnen begann, dass Schlägel in der Auseinandersetzung mit dem Bürgermeister von nebenan ernsthafte Schwierigkeiten haben könnte, wurde sie nervös und ruppig. Der Umgangston fiel plötzlich wieder schärfer aus. Sie monierte immer öfter mein Aussehen und meine Kleidung. Irgendwann sagte die B. sogar, ich sei für sie „unzumutbar“. Ihr Kopf lag meist schief, der Blick war stechend.

Nach ihrer Abwahl im späten Frühjahr nahm die Schlägel alten Urlaub, und der Neue schaute nur selten für kurze Besprechungen ins Haus. Dann wurde er krankgeschrieben, und seine Amtseinführung verzögerte sich. Doch ich hatte die begründete Sorge, dass Künzel mich an seinem ersten regulären Arbeitstag durch eine adrette Kollegin ersetzen würde und ich ins Hamsterrad zurückmüsste.

Und dann kam, was kommen musste: Nach etlichen einsamen Schnapsexzessen begann mein Herz von neuem mit seinen Kapriolen und ging ohne Rücksicht gegen mich vor: Rhythmusstörungen. Schmerzen im Brustkorb. Im Kreuz. Schweißausbrüche. Atemnot. Panikattacken. Das ganze Programm eben. Zu einer weiteren Ablation war ich nicht bereit. Ich meldete mich krank und trank. Ich kippte immer weiter. Ich bemühte mich, die Welt wegzuschnapsen.

Einmal mietete ich mir ein Pferd und ritt gemächlich auf der alten Kindheitsstrecke durchs untere Bühltal. Meinen Cowboyhut zog ich tief ins Gesicht; niemand sollte mich erkennen. Es ging mir gut, ich fühlte mich wohl, ich war wieder Hoss Cartwright, der ausgeglichene, der souveräne Hoss, ich hatte alles im Griff, war mein eigener Boss, nahm von Zeit zu Zeit einen Schluck und träumte vor mich hin, träumte mich zurück, bis alles plötzlich sehr schnell ging. Ein riesiges Tier mit schwarzgeflecktem, geschecktem Fell und roten Augen raste, ich sehe es jetzt in Zeitlupe, mit metallischem Gekläff und zähnefletschend und einen furchtbaren Gestank verströmend, wie aus dem Nichts kommend, wie eine Fantasmagorie auf mich zu, ein Höllenhund mit einem Feuerstrudel im Gefolge war das, so kam er mir vor, ich zog reflexartig die Zügel an, mein gutmütiger, mir wohlgesonnener Gaul, er scheute, stieg auf, ich ließ, im Schreck, die Reitgerte los, wollte nachfassen, griff ins Leere, verlor das Gleichgewicht und stürzte hinab in Matsch und Kot. Als ich zu mir kam, war von dem Cerberus weit und breit nichts mehr zu sehen, und der ungute Geruch verflogen. Irgendjemand hat mich gefunden und den Notarzt gerufen. Ich wurde abgeholt und, verdreckt wie ich war, in die Ambulanz gebracht. Der Rettungssanitäter war der ältere Sohn von Veronique Scherr. Um den Spott brauchte ich mich also nicht zu bemühen. Das Gerücht vom täppischen Reit-Klingele galoppierte unter Garantie sofort von Gasse zu Gasse, von Haus zu Haus, von Stammtisch zu Stammtisch – das ist *unser* ultraschnelles Internet.

Seit diesem Tag denke ich oft an mein Kindheitswiegenlied: *Guten Abend, gut' Nacht*, das Mutter, wenn sie einmal Zeit dafür hatte, mit mir sang. Der große, der ganz große Johannes! Brahms' Vertonung ist auf so wunderbare Weise schlicht. Sie rührt mich zu Tränen.

Beinahe täglich höre ich Schubert. Nur selten noch *Tristan*.

Kaum einer wird sich wundern, wenn ich sage, dass mich das Lehman-Theater nicht berührt.

*

Schopfloch ist, das wird von niemandem bestritten, ein kleines Nest, in dem jeder die anderen partout zu kennen meint. Gleichwohl habe ich erst jetzt erfahren, dass der Familie Widmer-Pohl nicht nur Fisch WP, eine Immobilien-Firma, *Silver Mountain Residences* und eine Rechtsanwalts- und Steuerberatungskanzlei, sondern, seit langem schon, die *Casa-Foresta-Nera-Wohnbau* mit Sitz in Waldkirch sowie das Möbelhaus Kiesch gehört, der mit Abstand größte Möbelmarkt des Hochschwarzwaldes, mit etlichen Filialen im weiten Umland. Außerdem soll die WP-Gruppe Mitinhaberin der Sankt Wilhelmer Spirituosen-Manufaktur sein, hört man. Dr. Tasse und seine Familie scheinen großen Wert darauf zu legen, dass all das nicht ruchbar wird. Man ist ganz offensichtlich sehr darauf bedacht, nicht als das in Erscheinung zu treten, was man ist: ein Clan, der die Region wirtschaftlich beherrscht. Abgesehen davon, dass die

Familie zugleich über beste Kontakte zur Politik verfügt. Das ist ja nicht verwunderlich.

Ein Wunder war es allenfalls, dass ich so lange in Schopfloch gelebt habe, ohne diese Verknüpfungen und Verbindungen auch nur im Ansatz zu bemerken. Dass ich als Lehrer nichts mitbekomme, mag ja noch nachvollziehbar sein, doch ich betätige mich nun schon geraume Zeit als Drache und beginne erst allmählich zu begreifen, wie die Nervenbahnen, knapp unterhalb der Haut, zwischen Wirtschaft, Rathaus, Gemeinderat und Stuttgart hin und her laufen.

*

Notat Siebzehn[38]

Brechen. Besser brechen. Zusammenbrechen. Zerbrechen: *Aufs Schlimmste zu* (Beckett). Ja, es ist kaum zu glauben, aber wahr: Nun sitze ich tagein, tagaus in jenem stickigen, überheizten Nebengelass mit dem vernutzten kleinen Tisch und der nackten, zuckenden Glühbirne, in dem ich einst mit brodelndem Gedärm und schmerzender Blase auf mein Vorstellungsgespräch gewartet habe. Jetzt bin ich es, der die alten Schopflocher Akten aussondert, was übrigens eine verantwortungsvolle Tätigkeit ist. In der Luft liegt noch immer ein Gemisch aus Staub und Katzenpisse. Das nenne ich Kontinuität. Und auch sonst hat sich der Raum nicht verändert. In Schopfloch wird die Tradition gepflegt. Ein Kreis schließt sich. Ich führe immer noch das

38 Auf der Rückseite eines alten Aktenvermerks, von K. datiert: Mai 2009

Leben eines Dieners. Und niemand sieht hier meinen wackelnden Kopf.

Im Vorzimmer von Bürgermeister Künzel arbeitet jetzt Evelyne Böhler, die Miss Snow des vergangenen Jahres. Ich kann es dem Chef nicht verdenken.

Meinen Niedergang vermag ich mir nur so zu erklären, dass mir ab irgendeinem Zeitpunkt ein Zeichen anhaftete wie ein Kainsmal, ein stinkendes, schmutziges Kainszeichen, das signalisierte, ich sei nichts mehr wert, ich werde als zu leicht befunden, ich sei nicht attraktiv. Ja, ganz sicher hatte ich eine negative Ausstrahlung, und ich gehe davon aus, dass der üble Duft, den mein Körper freisetzt, den Ausschlag gab. Er hat meinen Weg bestimmt. Das begann lange schon vor meinem Wechsel nach Sch.

Und es ging heraus ein anderes Pferd, das war feuerrot. Und dem, der darauf saß, ward gegeben, den Frieden zu nehmen von der Erde, und daß sie sich untereinander erwürgten, und ihm ward ein großes Schwert gegeben.

*

Meine Drachen und ich sind im Laufe der Zeit zweifellos professioneller geworden. Das ist unbestritten so. Und wir werden es uns auch in Zukunft nicht auf der Chaiselongue bequem machen. Kommt gar nicht in Frage.

Das Werk der Drachen spricht sich herum – obwohl wir im Verborgenen tätig sind. Jetzt tritt man bereits von außen mit Aufträgen an uns heran. Neulich wollte mir ein älterer, grauhaariger Herr, offenbar ein Rentner, in einem Supermarkt (das ist doch verrückt, oder?) Unterlagen, Photos, Dokumente, handschriftliche Aufzeichnungen, über ein Lehrer-Ehepaar aushändigen, das Dreck am Stecken haben soll. Aber diese Affäre ist mir zu heiß. Vorläufig jedenfalls. Wir sind schließlich keine *Wirklichkeitsfabrik* und konzentrieren uns auf absehbare Zeit auf unsere eigenen Vorhaben. „Kommt Zeit, kommt Rat", um den alten Klingele zu zitieren. Außerdem habe ich noch andere Pläne.

*

Mail Dreiundzwanzig

30. Juli 2018 um 15:55

Lieber Max,

ich weiß nicht, wie Du mit der Dauerhitze zurechtkommst. Sabine arrangiert sich recht gut, trotz ihrer anstrengenden Aargau-Fahrten. Mir aber machen die abnormen Temperaturen doch sehr zu schaffen. Ich bin eben ein Schwergewicht.

In Sachen K. K. läuft ja nicht mehr allzu viel. Doch wenn irgendetwas zu laufen scheint, will ich Dich, unter dem Siegel der immerwährenden dienstlichen Verschwiegenheit, der wir uns verschrieben haben, davon in Kenntnis setzen. Auch wenn es sich um Kleinigkeiten handelt. Wir wissen ja alle: Der Teufel steckt im Detail. Und er wohnt dort und lässt sich nicht vertreiben.

Sabine und ich waren, trotz sengender Hitze, wie immer beim Sankt-Oswalds-Fest, das Du inzwischen zu meiden scheinst. Zuerst nahmen wir am Großen Gottesdienst teil, den traditionsgemäß der Freiburger Erzbischof gefeiert hat, und das war eine gute Entscheidung. Die Kühle in der Kirche tat uns sehr wohl. Vor allem mir. Interessant war es einmal mehr, zu sehen, wie die Abgeordneten und die Stadtoberen mit gesenkten Häuptern zusammen in die Kirche einzogen und ganz vorne gemeinsam platznahmen. Wie eine Kaste, eine geheime Bruderschaft oder eher noch wie eine Schulklasse, die für sich sein will. Die Predigt des Erzbischofs handelte von der Hauptsünde Neid und schien alle zu ergreifen.

Anschließend ging es, mit der ganzen Corona, wie der alte Klingele gesagt hätte, ins Festzelt auf der von der Sonne verbrannten Oswaldswiese. Die Schulklasse nahm, feixend und lachend, als erste Gruppe am Ehrentisch Platz. Wie in den letzten Jahren ging das Gerücht, Kanzlerin Angela Merkel nehme, zusammen mit ihrem Mann und dem Ministerpräsidenten, am Festakt teil. Aber wie in der Vergangenheit erwies sich das Geschwätz als falsch. Merkel kam nicht.

Die Hitze im Zelt war unbeschreiblich. Nach dem Anstechen füllten die geladenen Gäste ihre Leiber bis zur Halskrause mit Bier. Künzel hat dasselbe gesagt wie jedes Jahr. Er hat seine Sache nicht schlecht gemacht, astrein sogar, das muss ich sagen, obwohl er ganz offenkundig wieder einmal einen Fieberanfall hatte. Oder es lag an der grässlichen Schwüle. Dass er sich den Eröffnungstanz trotz allem nicht nehmen ließ, hat mich überrascht. Für alle jedoch war unübersehbar, dass er von Susi Boll geführt wurde.

Während des Sankt-Oswalds-Wurst-Essens erzählte mir die Witwe Hirschle zum x-ten Mal, dass sich ihr Hubertus nach seiner Pensionierung mehr oder weniger nur noch von Vogts Blutwurst ernährt habe, morgens, mittags und abends, und dass er „schlussendlich" auch an einer „Überdosis" Blutwurst gestorben sei. Als Ursel mir gerade zu beschreiben begann, wie der

Kopf ihres lieben Hubertus auf seinen letzten Blutwurst-Teller plumpste, so dass die fette Sauce in alle Richtungen spritzte, betrat K. K., von den meisten unbemerkt, denn alle waren mit dem Verzehr ihrer Ehrengast-Wurst beschäftigt, das vollbesetzte Festzelt. Er stand krumm im Eingang, reckte die Faust und zeigte uns gleich darauf grinsend das V-Zeichen. Dann drehte er sich auf dem Absatz um und humpelte schwerfällig hinaus. Ein informeller Drache hat mir später mitgeteilt, dass K., wie er sich ausdrückte, zum „Ende des Jahrmarkts" gegangen sei.

Sabine und ich waren froh, als wir das kochende Zelt endlich verlassen konnten. Obwohl meine Klamotten tropfnass waren, fühlte ich mich als Alt-Stadtrat dazu verpflichtet, mir auch noch den Umzug der Fasnachts- und Traditionsvereine anzuschauen, der unter dem Motto ‚Heimat bleibt Heimat: Schopfloch first!' stand. Ich überredete Sabine, mich zu begleiten. Wie immer musste die Kapelle der Freiwilligen Feuerwehr in der dicken rot-blauen Montur hinter ihrem Kommandanten Bud Spänzer jr. an der Spitze des Zugs laufen. Sie brachte den *Schopflocher Marsch* „zu Gehör", wie Bud lauthals rief. Aber wir staunten nicht schlecht, als wir bemerkten, dass Konstantin bei den *Bühlertaler Teufeln*, in seinen gewöhnlichen Kleidern und stark hinkend, mitlief. Es war alles sehr laut. Trotzdem bin ich sicher, dass er mehrfach schrie: „Wir taumeln in die Unterwelt!"

K. K.s Verhalten hat mich befremdet. Er scheint nicht mehr recht bei Sinnen zu sein. Das wollte ich Dich wissen lassen. K. wird von meinen älteren, meist gutsituierten Bekannten seit langem in einer Art und Weise geschnitten, als wenn er ihnen ihr schönes Schopfloch gestohlen hätte. Und die jüngeren verspotten ihn.

Die *Heimat-Modenschau*, die das Sankt-Oswalds-Komitee in diesem Jahr erneut in Zusammenarbeit mit *Schlick-Mode*

(Du weißt ja: „Schlick ist schick") auf dem Marktplatz ausgerichtet hat, haben wir uns geschenkt. Die Tribüne stand in der prallen Sonne. Unsere Mädels sollen toll gewesen sein, habe ich mir sagen lassen; allerdings ist die flotte Susi in ihren hochhackigen Schuhen gestolpert und gestürzt. Das Festbier und die Schnäpse!

Mit freundlichen Grüßen
Dein Dr Bernd

*

Mail Vierundzwanzig

28. August 2018 um 12:00

Ja, mein lieber Max,

die Zeiten haben sich geändert. Und ich mich mit ihnen, nicht wahr? Oder, ohne vermessen sein zu wollen, sie haben sich gewandelt, weil ich heute ein anderer bin. Was war zuerst da? Das Ei oder die Henne? Wer kann das schon sagen?

Meine Birne ist zu höherer Konzentration nur noch in winzig kleinen Zeiteinheiten in der Lage. Das wirst Du Dir sicher denken können. Viel zu viel Alk. Und viel zu viele Tabletten. Macht keinen Spaß mehr. Doch für die Dauer einer Mail an meinen besten Freund, der sich zu meinem großen Kummer schon lange nicht mehr bei mir blicken lässt, reicht es gerade noch. Geschichten aber brauche ich nach wie vor. Sogar mehr denn je. Klar. Sonst bekäme ich überhaupt keinen Abstand mehr zu mir und meinem Elend. Geschichten benötigen wir schließlich alle. Also: Was mache ich? Du wirst es nicht glauben, nicht für möglich halten.

Früher war mir Goethe gerade gut genug, Shakespeare, Büchner, Beckett und all die anderen Stars. Und das Stadttheater Freiburg, wie Du weißt, genauso. Freiburg, Zürich, Basel und Stuttgart, in meiner Göttinger Zeit, nach Möglichkeit, Bochum und Berlin. Darunter habe ich es bekanntlich nicht gemacht, anspruchsvoll und arrogant, wie der Schnösel war. Jetzt aber bringe ich nicht mehr die Energie, den Elan, die Kraft auf, in eine Stadt zu pilgern. Jeder Schritt fällt mir schwer. Also: Was mache ich?

Du wirst es ganz sicher nicht fassen können. Ich klappere die dörflichen Volkstheater ab und ziehe mir einen Schwank, ein Stück nach dem anderen rein. Früher hatte ich ja nicht den Dunst einer blassen Ahnung, was da läuft. Und wie interessant das ist. Wie packend und ergreifend!

Ich bekenne: Es macht mir höllischen, diabolischen Spaß. Auch das ganze Drumherum. Dass ich die langwierigen Vorbereitungen, von der schwierigen Kunst der Finanzierung über die Anpassung der Textvorlage an die örtlichen Gegebenheiten und die Produktion der Kostüme bis hin zu den monatelangen Proben und zum Bangen um das Wetter, dass ich das alles ziemlich hautnah mitbekomme; dass ich die Karten-Kontrolleure am Eingang und die Platzanweiser vom Einkaufen oder von den Wartezimmern kenne; dass mir zumeist alle Schauspieler und Schauspielerinnen und ihre Schwächen und Stärken, der Regisseur, die Ausstatterin, der Autor und die Techniker bekannt sind; dass ich in der Pause mit der einen oder dem anderen über das Stück und die Aufführung plaudern kann und dazu noch ein Schnitzel und zwei, drei oder vier große Bier bekomme, wenn auch meist keine Blutwurst: Das alles finde ich großartig, und das nimmt mich in einem ganz und gar positiven Sinn mit, es erfüllt mich mit Enthusiasmus und trägt mich und gibt mir so viel mehr als früher jede ästhetisch ausgeklügelte, feinsinnige Inszenierung eines Peter Stein oder eines Luc Bondy mit einem Bühnenbild von Karl-Ernst Herrmann oder Wilfried Minks.

Denn jetzt bin ich mittendrin und spüre, wie alle Beteiligten nicht nur mitspielen, sondern mitleben, wie sie von Anbeginn bis zum Schluss, bis zur allerletzten Aufführung der Saison mitfiebern und die Volksfeststimmung, die alle erfasst, genießen. Und die, die auf der Bühne und hinter der Bühne tätig sind und ihren Urlaub fürs Theater opfern, das darf nicht unterschlagen werden, das ist beinahe das Wichtigste, viele von ihnen vollbringen ganz beachtliche Leistungen, ungelogen, und zum Teil agieren sie beinahe wie Profis, wie professionelle Theaterleute – von den Kulissen und den technischen Effekten ganz zu schweigen. Und selbst wenn einmal etwas nicht klappt, wenn es kleinere oder größere Fehler und Versprecher gibt, ist das okay, das geht vollkommen in Ordnung. Theater ist schließlich Theater, in Stutzdorf, Düllenbach und Obernü wie in Wien. Denn so ist nun mal das Leben.

An all dem will ich und an all dem kann ich teilhaben. Das ist ein Geschenk. Das sind jetzt meine Geschichten. Und ich genieße sie, wie ich früher keine große Aufführung in Berlin genossen habe. Die Werke von hier: Sie sind meine neue Leidenschaft.

Wenn alle Mitwirkenden und Verantwortlichen es dann noch zu allem anderen hinbekommen, dass dank des gemeinsamen Spielens und Arbeitens eine echte Gemeinschaft entsteht unter den Beteiligten, wenn es so läuft (und dafür gibt es ein paar Beispiele im Hochschwarzwald), dass keiner und keine der Akteure sich eitel in den Vordergrund drängt, wenn alle, vom

Eisverkäufer und vom letzten Komparsen bis zum Regisseur, im Gegenteil, zusammenstehen und zusammenwirken über die Bühne hinaus, dann ist das tatsächlich gut für die ganze Gesellschaft, im Dorf und in der Stadt, wo immer gespielt wird. Denn, notabene, es gibt ja sogar Theater in Schopfloch.

Früher war das Laientheater überhaupt kein Thema für mich. Das gebe ich unumwunden zu. Jetzt jedoch berührt ein Stück wie *Der Hebel*, das gerade in Stutzdorf gespielt wird, mein Innerstes. Es erzählt ziemlich frei das Leben des Dichters, Aufklärers und Theologen, der seine Oberländer Heimat verlässt, verlassen muss, und in der Fremde, in der Residenzstadt, wo er *an einer unsichtbaren Hand immer höher hinan, immer weiter von dem Ziel meiner (!) bescheidenen Wünsche hinweggeführt* wird, an seinem vermeintlichen Glück verzweifelt. Das Stück ist aus der Perspektive der Heimat geschrieben, die arm, zugleich aber stolz auf ihre Schönheit ist. Und es ist voller Zauber, also voller Poesie.

Bekanntlich hat Goethe über J. P. H. gesagt, er sei ein *Provinzialdichter, der von dem eigentlichen Sinne seiner Landesart durchdrungen, von der höchsten Stufe der Cultur seine Umgebungen überschauend, das Gewebe seiner Talente gleichsam wie ein Netz auswirft, um die Eigenheiten seiner Lands- und Zeitgenossen aufzufischen und die Menge ihr selbst zur Belustigung und Belehrung vorzuweisen.* Kann es etwas Besseres geben?

Ich plane, alle Vorstellungen zu besuchen. Die Bürgermeister von Düllenbach, Neumatt, Obernü, Stutzdorf und Schopfloch, das ist mein inniger Wunsch, mögen sich für ihre Gemeinden nach besten Kräften einsetzen, damit sie in der deutschen Theaterlandschaft künftig *die* Rolle spielen, die ihnen gebührt.

Mit freundschaftlichem Gruß, trotz allem,
Konstantin der Ermutigte

*

K. verblüfft mich immer wieder. Es hätte mich nicht überrascht, wenn er mit der gesellschaftlichen Bedeutung des antiken Theaters, der mittelalterlichen Fasnachtspiele oder mit Brecht argumentiert hätte. Aber dass er noch in der Lage ist, so viel Gefühl und Begeisterung zu zeigen, erstaunt mich dann doch. Vorausgesetzt: Er schauspielert nicht und bindet mir keinen Bären auf, was man bei ihm nie ganz auszuschließen vermag.

Das Stichwort „Gefühl" führt mich zu einem seit langem gehegten Gedanken. Je länger ich mich mit diesem Manuskript beschäftige, desto entschiedener bin ich, nach Berlin zu reisen und mich unstatthafterweise mit F. K. zu treffen. Seit meiner Jugend fasziniert sie mich, seit damals ist sie das wichtigste Phantom meines Lebens. Noch viel wichtiger als Anja Hettich. Und jetzt sage ich mir, mit einem gewissen altertümlichen Pathos: Solange wir atmen, ist es noch nicht zu spät, aus der Spur zu springen. Es darf nicht nur um Stille gehen.

Manchmal, und in den letzten Jahren immer öfter, habe ich den Eindruck, dass aus Langeweile und Routine Wut, ja, sogar Hass entstehen kann, entstehen muss.

Es kostet mich große Überwindung, diese kleine Notiz in mein Tableau einzufügen. Doch ich möchte so offen sein wie möglich.

*

Tirade Sechs[39]

Ich will nicht lange darum herumreden. Es mag ungerecht sein, aber ich hasse Euch! Ja, zum Teufel, sage ich, ich verachte, ich hasse Euch. Und der Hass treibt an, er beflügelt und verleiht mir Kraft. Trotz allem.

Ihr habt mich im Stich gelassen. Allein gelassen. Scheitern lassen. Jetzt verliere ich sogar meine Stelle in der Aktenaussonderung. Ab dem 1. Oktober muss ich den Hausmeister spielen, Briefe sortieren und mit einem Handwägelchen, unterm grellen Neon der Flure, in die verschiedenen Abteilungen expedieren. Trotz meiner Gelenkschmerzen. Noch schlimmer ist: Sie zwingen mich, eilige Sendungen im Stadtgebiet auszutragen. Und alle auf der Straße werden mich anstarren. Anglotzen werden sie mich. Riechen werden sie mich.

Meine Gesundheit und mein Gehirn habe ich längst verloren. Und Fritzi und meine Eltern ebenso, meinen Vater ans Grab, meine Mutter an die Nacht. Was bleibt mir? Was habe ich jetzt noch zu verlieren?

Im Rückblick erst erfasse ich das ganze Ausmaß meines Glücks in der Aktenkammer.

Konstantin der Rasende

*

39 Maschinenschriftlich datiert: 17. September 2018

In eigener Sache Sechs

In Zukunft wird es, nun muss es um Künzel gehen, um Künzel und seine Pläne, um Künzel und Schopfloch. Daran führt nichts vorbei. Das Projekt wird weitergeführt. Alle Drachen sind ganz entschieden dieser Meinung. Auch in Künzels zweiter Amtsperiode zeichnet sich zwar noch nichts wirklich Konkretes ab, aber wir werden sehen. Ja, wir werden sehen! Denn keiner ist ohne Fehl. Allerdings muss ich feststellen, dass Künzel bei der Bevölkerung ausgesprochen beliebt ist. Das gilt jedoch nicht für seine Frau. Von ihr hört man seit längerem, sie sei „hochnäsig" und lege beim Einkaufen in den Schopflocher Geschäften Wert darauf, als „Frau Bürgermeister" angesprochen zu werden. Ob das mehr ist als böswilliges Spitzle-Gezischel, kann ich vorläufig nicht beurteilen.

Aber auch Künzel wird uns nicht entkommen, wir überwachen ihn gründlich. Dr Bernd hat im Haus neue Mitarbeiter gewonnen, Dr Herbert verfügt über spezielle Kanäle, und ich weiß mir ohnehin zu helfen. Künzel wird bald zum neuen K. Wir werden ihn stellen. Das wäre doch gelacht!

*

Mail Fünfundzwanzig

20. November 2018 um 17:34

Lieber Herr Mohr,

ich weiß nicht, ob es etwas zu bedeuten hat, aber es fällt mir auf, dass K. K. in letzter Zeit an den Wochenenden und abends, nach Dienstschluss, häufig in der Innenstadt umherhumpelt. Ein ähnliches Verhalten habe ich früher nicht an ihm bemerkt. Oftmals geht er unschlüssig auf und ab, bleibt stehen, schaut sich um, geht weiter. Es sieht so aus, als ob er etwas suchen würde, und gleich darauf hat er bereits vergessen, was er zu finden hoffte. Häufig klemmt er seine Oberlippe zwischen die Zähne, was sein Gesicht sehr kläglich erscheinen lässt.

Das alles macht auf mich einen merkwürdigen Eindruck. Außerdem wirkt K. abgerissen. Er vernachlässigt sich noch mehr als in den letzten Jahren, und sein Kopf scheint noch stärker zu wackeln. Ich denke, das sollten Sie wissen. Stehen Sie noch mit ihm in Verbindung? Mein Gefühl sagt mir: Etwas Schlimmes wird geschehen.

Mit freundlichen Grüßen
Dr Reiner Stangel

*

Spätherbst. Frühwinter. Nachsaison. Nicht einmal Vorsaison. Noch herrscht Ruhe, noch haben die Touristen Schopfloch nicht im Griff. Nahezu alle Hotels sind geschlossen, ihre Besitzer bräunen an den Stränden irgendwelcher Südinseln und träumen von gut belegten Betten. In der Stadt ist bisher kein Schnee gefallen, doch es riecht schon nach ihm, nach dem Schnee, der auf den Gipfeln liegt.

Ich komme am *Adler* vorbei. Durch die beschlagene Scheibe kann ich das Innere der Kneipe nicht gut sehen, aber ich bin ziemlich sicher, dass die korpulente Gestalt mit dem weißlichen Gesicht unterm Cowboyhut, die an der Bar sitzt und Bier trinkt, K. ist. Einen Augenblick lang erwäge ich, das Lokal zu betreten und ihn anzusprechen. Dann gehe ich rasch weiter. Es ist unglaublich, dass solch ein verkommener Fettkloß einmal ein reizender Säugling, ein kleines Kind gewesen sein soll, das von einer jungen Frau geherzt und Grafi genannt wurde. Ich setze mich ins Auto und fahre in Richtung Kamm.

Im Licht des Spätnachmittags laufe ich schließlich, den eisigen Rasiermesserwind im Gesicht und sein Heulen in den Ohren, unter einem Himmel, der an seinen Rändern schon türkis leuchtet, vom Feldberg zum Seebuck und bin vollkommen allein auf dem breiten Rücken. Mein Schatten wird immer länger. Der Schnee knirscht bei jedem Schritt. Wenn ich stehenbleibe und der Sturm kurz nachlässt, ist die Stille überwältigend. Am Horizont, über dem Nebelmeer, ragen die Vogesen auf und die Schweizer Alpen.

Zwei Stunden bin ich gelaufen und sitze nun in der Schreibstube am Roman.

*

Notat Achtzehn[40]

Ich träume, ich sehe mein Berghaus, das nicht mir gehört, ohne Möbel, ohne Bücher, in einem trüben Licht. Das einzige Bild ist gegen die Wand gekehrt. Durch ein hoch angebrachtes Fenster sehe ich einen vereisten Wald. Der Boden und die Wände des Berghauses sind ebenfalls mit einer dicken Eisschicht überzogen. Es ist heiß im Zimmer. Ich rieche nichts, ich höre nichts. Es gibt keine Tonspur. Totenstille.

---

40 K.s Schrift, Bleistift, nur mit größter Mühe lesbar: 17. Dezember 2018

Jetzt, bilde ich mir ein, bin ich wieder wach. Draußen, vor dem Fenster meiner Festung, liegt grauer, schorfiger Schnee, angetaut und erneut gefroren, alt und schmutzig. So verdreckt wie mein Lager. Wie ich. Der Wald dahinter eine grünschwarze, hohe Flanke, der Himmel monochrom grau. Es riecht brenzlig oder metallisch, es riecht nach Schlachtfest. Das wässrige, weiche Dezemberlicht hüllt meine Hütte ein. Im Fensterglas spiegelt sich mein schönes Gesicht.

Lesen mag ich schon längere Zeit nicht mehr. Ich hasse die Bücher und glotze nur noch: *Tatort* und alle möglichen anderen Krimis. Jeden Tag sehe ich dieselben Schauspielerinnen und Schauspieler, dieselben Gesichter und dieselben Räume, so dass sich so etwas wie Vertrautheit eingestellt hat. Das tut mir gut. Die Schauspieler: Sie sind nun meine Bekannten, meine Freunde, die mich im Berghaus besuchen, und es gefällt mir, dass sie am Ende meist alle Probleme gelöst haben, mit Gewalt oder ohne. Wenn Felix Murot, Ludwig Schaller, Anna Springer, Lisa Brenner, der chronische Versager Overbeck, der Trinker Erich Erichsen, der gewitzte Georg Wilsberg und all die anderen Helden meiner Telenovelas auftreten, bin ich in Sicherheit, und nichts Übles kann mir widerfahren. Meine Bekannten, meine Freunde, meine Familie: Sie alle schlagen für mich zurück.

Wenn es mir richtig schlecht geht, vermag ich der Handlung oft nicht zu folgen. Doch es genügt mir vollkommen, die bekannten Gesichter und Gestalten zu sehen. Dann fühle ich mich geborgen.

*

Mail Sechsundzwanzig

17. Dezember um 18:55

Sehr geehrter Herr Mohr,

vielen Dank für Ihre Anfrage! Solche Zuschriften erhalte ich selten. Aber für uns Journalistinnen und Journalisten ist es wichtig, mit den Leserinnen und Lesern in Verbindung zu stehen. Deshalb habe ich mich sehr über Ihre Mail gefreut.

Dass es in diesen Tagen nicht viele Neuigkeiten zu vermelden gibt, entnehmen Sie täglich der Zeitung. Was soll schon los sein in Schopfloch? Im Grunde kann derzeit nur von frischem Glühwein in alten Flaschen die Rede sein. Eigentlich wäre es möglich, an jedem Tag auf die jeweilige Ausgabe des Vorjahrs zurückzugreifen und die Berichte von damals erneut abzudrucken: Black Friday, Cyber Monday, eine Lesung mit Emil Altmann, das Weihnachtsballett *Nussknacker* der Jungen Konservativen, Weihnachtsmarkt, Weihnachtstombola, Weihnachtsfeiern, Bachs Weihnachtsoratorium, die verschiedenen Laientheater-Aufführungen, die Bergweihnacht und das Weihnachtswunschkonzert des Tourismusbüros, die Silvestergala der Sankt Wilhelmer Spirituosen-Manufaktur. Nicht zu vergessen: die Weihnachtsdepressionen der Wohnsitzlosen und das Weihnachtstauwetter. Alle Jahre wieder! Mit anderen Worten: In Schopfloch und im Hochschwarzwald herrscht *business as usual.*

Doch, eine Neuigkeit habe ich tatsächlich für Sie: ein weiteres Nail-Studio, das in die leerstehenden Räumlichkeiten eines Traditionsgeschäfts *(Bömmels Souvenirladen)* einzieht. Mehr gibt es bis auf Weiteres nicht zu vermelden.

In diesem Sinne wünsche ich Ihnen und Ihren Lieben frohe Festtage und ein glückliches, gesundes Neues Jahr!

Mit freundlichen Grüßen
Matti Bergmann
Redaktionsleiter

*

Notat Neunzehn

Weiß und Grau. Eher eine wimmelnde Fläche als ein Raum. Den Waldessaum sah ich kaum, Flockenwirbel, ein dichter Schaum. Blablabla. In meiner Kindheit dauerten Schneestürme oftmals zwei oder drei Tage lang. Immerhin: Wenn ich meinen Blickwinkel stark einenge, gelingt es mir auch heute an manchen Tagen noch, ausschließlich weiße und graue, dunkelgraue Flächen zu sehen, sonst nichts. Ehrliches, heiteres Grau.

Sonnenglanz und Sonnenflecken sind verflogen im Vorübergehn, die Wärme ist verdunstet. Mit einem Wimpernschlag ist alles vergangen. Kälte und Totenstille: Sie sind geblieben.

Gehe zurzeit öfter in den *Bären*. Es gefällt mir, dort der Resi zuzuschauen, die aus Bregenz stammt, wenn sie an „der Schank", wie sie sich ausdrückt, mitten im Beizentrubel gedankenverloren mit Gläsern, Tellern und Flaschen hantiert. Die Arbeit des großen, schlank-biegsamen Mädchens erscheint ganz und gar beiläufig, aber jeder Handgriff wirkt anmutig, jede Bewegung ist fachgerecht und zielgerichtet, und in Wahrheit ist die Resi, da bin ich sicher, so tief versunken in das, was sie tut, wie ich es niemals war.

Meinungen interessieren mich nicht mehr.

Ich wünschte, ich könnte *Taxi Driver* sehen. Oder *Spiel mir das Lied vom Tod.* Ich bin ein apoplektischer Reiter.

*

Damit habe ich nicht gerechnet. Ich bin davon überzeugt, dass man mit so etwas nicht rechnen konnte. Meine Drachen und ihre jeweiligen Informanten sind von den Nachrichten gleichfalls kalt erwischt worden. Es würde mich interessieren, ob K. stolz wäre, wenn er wüsste, dass alle großen Fernsehsender und die wichtigen Printmedien, wie man heute sagt, darunter sowohl die *BILD*-Zeitung als auch die *FAZ*, über ihn berichten.

Woher er die Waffe hatte, und wie lange sie schon in seinem Besitz war, ist unklar. Viel wichtiger aber scheint mir die Frage zu sein, wie gut man über die Anderen Bescheid wissen kann. Kenne ich mich denn selbst und weiß, was ich im nächsten Augenblick, am nächsten Tag, im nächsten Jahr machen werde? Bin ich mir ein Fremder? Einer, der sich auf eine unberechenbare Weise abrupt zu verändern vermag? Zu was wäre *ich* fähig? Und die Drachen, die ich als meine Freunde betrachte? Je länger wir ermitteln, umso weniger wissen wir.

Auf der Grundlage von zwei Drachenberichten und mehreren ziemlich gleichlautenden Zeitungsartikeln bin ich in der Lage, das Geschehen am späten Vormittag des 18. Dezember 2018 ziemlich genau zu rekonstruieren und darzustellen. Meine Version zu formulieren.

Die Frühnebel hatten sich längst verzogen, das Städtchen wurde von einem blanken, milchweißen Winterlicht überschüttet, das so tat, als sei es ein überheller Abglanz des Schnees. Die löchrigen Flächen funkelten in der Sonne, die Luft fühlte sich kalt an, doch die Temperatur lag knapp über dem Gefrierpunkt. Was ging in K. vor, als er in seinem kleinen Auto vom Berghaus in die Innenstadt fuhr? Was waberte durch sein Hirn, welche Gedanken, welche Wünsche, welche Ängste, welche Vorstellungen?

Angetan mit einem schmutzigen roten Anorak, einer ausgefransten Hose und seinem Cowboyhut drückt K. die schwere eisenvergitterte Tür auf, mit seltsam verzerrten Gesichtszügen betritt er das Rathaus, feindliches Gebiet, gefährliches Gelände, was genau soll er machen?, wie wird er vorgehen?, wie?, sein Wort soll endlich gelten, es soll obsiegen, und die anderen müssen seinen Standpunkt begreifen, endlich, endlich, verstehen müssen sie ihn und akzeptieren, fressen, ja, sie sollen ihn fressen, endlich fressen, widerwillig, angeekelt atmet er die abgestandene, warme Luft ein, sie betäubt ihn und macht ihn schwindlig, trotzdem müht er sich ins oberste Stockwerk, Stufe für Stufe hinauf, und als er dort schließlich ankommt, erschöpft und schwer atmend, beinahe keuchend, schwenkt sein wackelnder Kopf, schwenkt der Blick schnell nach rechts, nach links und zurück, ohne Halt, hin und her, das Haus scheint zu schwanken, der Boden wankt wie bei einem Erdbeben, er könnte doch stillstehen, verdammt!, Ruhe geben, weshalb steht er nicht still?, warum nur?, es hat ihm die Sprache verschlagen, doch er wird sprechen, er wird so unmissverständlich, so laut sprechen, dass man ihn hört, dass man ihn versteht, sie müssen doch kapieren, das ist doch nicht zu viel verlangt, oder?, und er beginnt rasch in der Chefetage, zuerst beim Bürgermeister und seiner Sekretärin, ohne lange zu fackeln, ohne zu zögern, zu schießen, die Pistole bellt, sie bellt hinein in die Angstschreie, die Hilferufe und das Stöhnen, sie faucht laut und unüberhörbar, unmissverständlich, ist das zu begreifen?, die Argumente, sind die Gründe nachvollziehbar?, K. humpelt, zappelt schwerfällig von Raum zu Raum, es wird heiß und eng unter der Schädeldecke, der Kopf droht zu explodieren, das spürt K., er will doch nur Ruhe und Frieden für sich und schreit nun selbst und feuert auf seine Kollegen, alle sehen irgendwie gleich aus, keiner ist zu erkennen, alle haben sich geschickt getarnt, es ist, als ob sie Masken trügen, Puppen wären, lebensgroße Lampions sind sie, K. geht mit Mühe hin und her, und die Pistole schießt, schießt immer weiter, irgendwann trampelt K. die Treppe hinunter, sein Fett wabbelt bei jedem Schritt, er verlässt das Rathaus, er hinkt durch das Hauptportal hinaus, die reine, duftende Luft belebt ihn, er lädt nach und zappelt weiter umher, immer wieder bellt unterdessen seine Waffe, mitten durch die Altstadt humpelt K., hin und her, ohne erkennbare Richtung, scheinbar ohne Ziel, ohne Plan, jetzt müsste Botterbusch des Wegs kommen!, der widerlich grinsende Botterbusch, K. humpelt vorbei an grellen Neonbändern, großen Glasflächen, Farbtafeln, vorbei an schmalen Silhouetten, die gut riechen, schreien und sich schnell bewegen und kleiner werden, verschwinden, durch verschiedene Gassen und Straßen läuft K., und die Pistole feuert auf Farbkleckse, Lampions, Puppen, die sich noch zeigen, ganz von selbst macht sie das, dann versucht K. zu laufen, mit ungelenken Bewegungen immer schneller voranzukommen, er humpelt schließlich auf den Alten Spitalplatz, grau und blau und malvenfarben sind die Fassaden, sie wanken und schwanken wie das Rathaus, wie das Kindheitspflaster, alles neigt sich, alles dreht sich im Kreis wie ein Kirmeskarussell, die Welt ist aus den Fugen und gefährlich, so anstrengend und mühsam und fremd, und plötzlich ist der Weg unsagbar steil, es geht langsam bergauf, Glocken beginnen zu dröhnen, und noch immer geht es aufwärts, ein Stahlpanzer klemmt die Luft ab, das

Herz pumpt wie wild im schlimmsten falschen Rhythmus, das liebe, gute Herz, es ist heiß und kalt zugleich, kochend heiß, die Kopfhaut brennt wie Feuer unterm Hut, Blitze schlagen ein, es riecht nach der Pistole, nach Glühwein und Lebkuchen und Würsten, *O du fröhliche*, plärrt es irgendwo, der Geburtstag des Herrn, der Weihnachtsmarkt, die ersten Buden rechts, *o du selige*, viele ganz kleine bunte Farbkleckse, die sich schnell bewegen, schnell im Kreis drehen, *Gnaden bringende Weihnachtszeit,* Farbfetzen, Lichtbögen, schwierige Ziele, eine schwere Prüfung, Rigorosum, *Welt ging verloren,* Habil.-Kolloquium, Kinder auf dem Karussell, wahrscheinlich, so viele, viele kleine Kinder, *Christ ward geboren,* und blaue Figuren, mehrere große blaue Gestalten tauchen jetzt auf, undeutlich wie Schemen, blaue Schatten am linken Bildrand, *freue, freue dich oh Christenheit,* Prüfer vielleicht, die versammelten Professoren, sie rufen, sie schreien, sie brüllen sogar, *freue dich oh Christenheit*, nicht zu verstehen, was sie wohl schreien, was sie wollen, was sie auszusetzen haben an seiner Leistung, urplötzlich knallt es, dumpfe Schläge gegen den Brustkorb, eiskalte Hitze, taube Finsternis, Totenstille. Aus.

K.s Cowboyhut liegt ein Stückweit neben ihm auf dem Kopfsteinpflaster. Nach den letzten Schüssen ist für einige lange Augenblicke nur der schrille Lautsprecher des Karussells zu hören: *Himmlische Heere jauchzen dir Ehre*. Dann legen sich Rufe und Schreie über das metallische Krächzen. Polizisten sichern den Platz gegen Schaulustige ab. Martinshörner beginnen zu heulen.

Außer K. sind zwölf Tote und elf Schwerverletzte zu beklagen. Der Bürgermeister kam mit dem Schrecken davon und erlitt lediglich einen Streifschuss am linken Oberarm. Wer sonst getroffen wurde und wer nicht, kann ich im Moment nicht sagen. Manche Überlebenden behaupten, K. sei „totenblass“ gewesen, andere sprechen von einem „hochroten Kopf“.

Gegenüber den Medien erklärte Künzel am frühen Abend, dass er es als seine erste Pflicht ansehe, die tiefen Wunden, die dieses „feige Verbrechen“ geschlagen habe, so schnell wie möglich zu heilen. Das gelte umso mehr, als die grausame Bluttat von einem Mitarbeiter des Rathauses begangen worden sei. Er trauere mit den Angehörigen der Toten und wünsche den Schwerverletzten von Herzen eine rasche und vollständige Genesung: „Schopfloch ist eine wunderschöne Stadt, die jetzt auf das Schlimmste besudelt wurde. Ich werde den Hinterbliebenen und den Verletzten jedwede mögliche Unterstützung angedeihen lassen und werde versuchen, das Menschenmögliche dazu beizutragen, dass von Neuem Friede einkehrt. Jetzt müssen alle Schopflocherinnen und Schopflocher zusammenstehen.“

Laut *BILD* war K. zur Tatzeit nicht nennenswert alkoholisiert. Ob er vorhatte, das Altenheim zu betreten, ist unklar. Ob seine Mutter vom Verbrechen ihres Sohnes und seinem Tod erfahren oder ob ihr Dämmerzustand, in dem sie sich, hochbetagt, wie sie ist, seit längerer Zeit befindet, sie davor bewahrt hat, ist ebenfalls nicht bekannt.

Wann, wo und wie der Toten gedacht wird, weiß ich noch nicht. Es ist wie so oft: Trotz der freundlichen Hilfe meiner Drachen weiß ich fast nichts. Noch nicht einmal, wann die Toten bestattet werden. Keiner meiner Drachen verfügt über Informationen.

Alle, die ich in der Stadt treffe, beklagen das Schicksal der Toten und der Schwerverletzten. Doch aus ihren Jeremiaden höre ich vor allem die Erleichterung darüber heraus, nicht selbst unter den Opfern, noch einmal mit heiler Haut davongekommen zu sein und am abendlichen Stammtisch die Ereignisse in aller Gemütsruhe durchgehen zu können. Es fällt auf, dass, anders als sonst, über niemanden hergezogen wird. Außer über K.

*

Mail Siebenundzwanzig

4. Januar 2019 um 14:35

Lieber Herr Mohr,

nun ist der Winter nach der langen Wärmeperiode doch zurückgekommen. Ich bin für ein paar Tage in meinem kleinen Wochenendhäuschen in Todtnauberg. Kaum war ich hier, ging es auch schon los. Der Sturm hat mittlerweile zwar etwas nachgelassen, aber dafür schneit es jetzt so stark, dass man die Umrisse des Belchens noch nicht einmal mehr erahnen kann. Von Schneefall darf ich im Grunde gar nicht sprechen. Es sieht vielmehr so aus, als ob jemand beständig wabernde weiße Schleier, ja Tücher oder Vorhänge vom schwarzgrauen Himmel auf mein Haus fallen ließe. Richtig unheimlich schaut das aus, das muss ich sagen, es kann einem angst und bange werden dabei, denn die Schneedecke wächst schnell an. Sehr schnell. In der Nacht fürchte ich mich davor, unter all den Tüchern zu ersticken, und wenn ich ein Fenster öffne, kann ich hören, wie der Schnee herabstürzt. Ein feines Knistern und Wispern ist in der Welt. Obwohl mir dieses leise Unwetter großes Unbehagen bereitet, freut es mich zugleich, dass es den Schwarzwald-Winter noch gibt, wenigstens von Zeit zu Zeit.

Ich hatte mir vorgenommen, auf dem Rundweg zur Heidegger-Hütte zu gehen, aber das muss ich verschieben, das hat bei dieser Schneegewalt keinen Sinn, dazu fehlt mir der Mumm, ich verlasse das Haus vorsichtshalber nicht, allein und alt, wie ich inzwischen bin, und so will ich Ihnen kurz eine Nachricht zukommen lassen.

Das furchtbare Verbrechen, das Konstantin Klingele begangen hat, bestärkt mich in der Auffassung, die mein Mann und ich schon lange Zeit vertreten haben. Er war ein schrecklicher, haltloser, gewissenloser Mensch. Anders kann ich es nicht sagen. Er war uns nie sympathisch. Meine Gedanken sind bei den Opfern und ihren Angehörigen, deren Leben zerstört wurden. Mord und Totschlag gab es früher nicht in Schopfloch. Ich bin sprachlos, und deshalb schließe ich.

Ich wünsche Ihnen und Ihrer Frau alles Gute für das neue Jahr und Ihnen viel Erfolg beim Künzel-Projekt. Gerne bin ich wieder dabei, soweit meine Kräfte dies erlauben. Selbstverständlich! Und sehen Sie sich vor in diesem Schneesturm.

Mit freundlichen Grüßen
Ihre Dr Ingrid Brotz

*

Die anderen reden über alles, was war, hinweg, sie übersprechen, sie überschreiben es, obwohl sie in ihren offiziellen Verlautbarungen das Gegenteil behaupten und ohne Unterlass hervorheben, wie wichtig, wie bedeutend die Kultur der Erinnerung sei. Nichts dürfe vergessen, nichts verloren oder gar unterschlagen werden. In Wahrheit wollen sie die Vergangenheit zu ihren Gunsten umschreiben, sie wollen sie verleumden und fälschen, das Gewesene soll nicht nur das Vergangene sein, sondern wird mit voller Absicht ausgelöscht. Das ist die Wahrheit. Genau betrachtet, so hätte es das offizielle Schopfloch am liebsten, hat K. nie gelebt. Er war und ist höchstens ein Gespenst. K. würde, ohne dieses *Aide-Mémoire*, immer weiter überschrieben, vollends unkenntlich und unlesbar gemacht von der ebenso lauten wie glorreichen Gegenwart, von einer in sich selbst verliebten Nachwelt, von einem immer dichter werdenden Palimpsest. Wie Schnee, wie Mehltau legen sich die Texte, die nach seinem Tod veröffentlicht wurden und werden auf ihn und bringen die Vergangenheit zum Verstummen.

Vermutlich ist ganz einfach auch Ablenkung das Ziel. Meinen Drachen wird immer klarer, dass die Ortspolizeibehörde versagt hat. Über viele Jahre hinweg wurde in Schopfloch nichts gegen den illegalen Waffenhandel unternommen. Man hat die Zügel schießen lassen. Die Straßen und Plätze wurden und werden nicht ausreichend überwacht. Künzel trägt Schuld. Die Drachen werden ermitteln. Wir stellen uns der Pflicht.

*

Aus der *Schopflocher Zeitung*

Stadtgeschichte, Aufarbeitung, Theater

Wie die Redaktion erfahren hat, plant die Theatergemeinschaft, in einem der nächsten Jahre ein Stück über Konstantin Klingele zur Aufführung zu bringen. Dem Vernehmen nach trägt es den Arbeitstitel *Der verlorene Sohn*. Den Text wird Oberstudienrat Maximilian Mohr erstellen. Sogar von einem Roman, der bereits im Vorfeld erscheinen soll, ist die Rede. Aus produktionstechnischen Gründen wird im kommenden Sommer das Stutzdorfer Drama *Der Hebel* in Schopfloch wiederaufgenommen. Wir werden weiter berichten.

*

Brief Fünf

13. Januar 2019

Prof. Dr. Carl Meyers
4345 Clement St
San Francisco, CA 94121
USA

Sehr geehrter Herr Mohr,

Herr Sumser war so freundlich, mir Ihre Adresse zu geben. Von ihm weiß ich auch, dass Sie mit Dr. Klingele befreundet waren. Durch die zum größten Teil reißerischen Press Reports über Konstantins Amoklauf, die man mir zugeschickt hat, ist ein in hohem Maße einseitiges Bild von ihm entstanden. Das will ich denn doch ein klein wenig korrigieren. Selbstverständlich ändert dies nichts an der Scheußlichkeit seiner Untat. Not at all. Aber perhaps, gegebenenfalls haben Sie die Möglichkeit, sobald sich die Wogen ein wenig glätten, den ‚anderen Konstantin' erneut sichtbar zu machen.

Ich habe Herrn Klingele erst kurz vor seiner schweren Herzattacke als introvertierten, sensiblen und instabilen Menschen kennengelernt. Das ist mehr als zehn Jahre her. Wenn mich meine schwächer werdende Erinnerung nicht trügt, belastete ihn damals noch immer der Umstand, dass er seine schwangere Jugendfreundin verlassen hat. Immer wieder kam er auf dieses Thema zurück. Das war wohl sein großes Lebenstrauma.

Ich hatte Gelegenheit, Konstantins Publikationen und Textentwürfe genau zu studieren. Zu meinem großen Bedauern habe ich mir dafür viel zu viel Zeit gelassen. Seine Arbeiten weisen Herrn Klingele als einen äußerst begabten und kreativen Wissenschaftler aus. Yep, ich kann es nicht anders sagen. Von Haus aus bin ich zwar Linguist, aber dank meiner Tätigkeit für das Department besitze ich durchaus ein Urteil im Bereich der Literaturwissenschaft. Überzeugt hat mich ganz besonders die Leidenschaft, mit der sich Konstantin seinen Themenfeldern genähert hat. Er hat ganz offensichtlich aus persönlicher Betroffenheit heraus gearbeitet. Seine Schrift über Marcel Proust wäre ein großer Wurf geworden. Da bin ich sicher. Jedes der Worte, die er niederschrieb, hat er bewusst gesetzt. Ich fühle mich schuldig, weil ich zu sehr mit meinen eigenen Angelegenheiten und denen meines Departments beschäftigt war und nicht rechtzeitig gehandelt habe. Seit jenen Tagen lebe ich allerdings auch wieder dauerhaft an der Westküste. Und nun bin ich ein ziemlich alter Mann.

Haben Sie den Skandal um die Doktorarbeit von Herrn Botterbusch verfolgt? Es wundert mich, dass die Sache erst so spät aufgeflogen ist. Botterbuschs dreiste Fälschungen sind jetzt selbst in den akademischen Kreisen der Staaten genau registriert worden, denn bei uns gibt es eine intensive Burton-Forschung, und ein paar Kollegen sind direkt betroffen. Ich glaube nicht, dass B. sich halten kann.

Mein Haus in Obernü gehört mir noch. Und von meiner Verwalterin, einer Bäckersfrau (sagt man nicht so?), erhalte ich auch die eine oder andere Information. Sie hat mich zuletzt unter anderem darüber unterrichtet, dass Konstantins Berghaus vor kurzem in Flammen aufgegangen ist. Früher hörte ich ja ab und zu vom Brand eines alten Schwarzwaldhofs. Aber eine unbewohnte Berghütte? Das erscheint mir schon merkwürdig.

Ob ich die weite, beschwerliche Reise noch einmal auf mich nehmen soll? Ich glaube, eher nicht. Zumal in letzter Zeit so viele rechtsradikale Anschläge in Deutschland verübt worden sind. Und ich nicht nur gute Erinnerungen an den Schwarzwald habe. Doch die Schwarz-Weiß-Aufnahme, die Fred B. Lichter von meinem Haus in Obernü gemacht hat, gefällt mir nach wie vor; sie hängt neben meinem Schreibtisch und erinnert mich an viele schöne Tage, aber auch an ein paar schlechte.

Bei meiner letzten Wanderung, vom Stübenwasen den Katzensteig hinunter, über den Napf hinauf und an der Wetterstation vorbei zum Gipfel des Feldbergs (sie liegt schon viele, viele Jahre zurück), ging gerade die Sonne unter, als ich oben war, und die Schneealpen begannen rot zu glühen, hinter den Schwarzwaldkuppen und den alpinen Vorbergen, ganz hinten, am südlichen Horizont. Da standen der Tödi, der Glärnisch, Eiger, Mönch, Jungfrau und all die anderen – wie alte Patriarchen. Ich bin sicher: Das hätte Konstantin gefallen. Yep.

Und er hätte, mit Blick auf den Heimweg, gemahnt: „Nun mach schon, beeil dich doch, Tempo!, komm endlich in die Puschen! Und gib gefälligst Gas! Es muss doch weitergehn.“

Mit herzlichen Grüßen
Ihr Meyers

Auch dieses Buch ruht, wie viele andere, auf den Schultern großer Autorinnen und Autoren. Sie haben ihre Spuren auf den vorangegangenen Seiten hinterlassen. Zu ihnen zählen v. a. Vicky Baum, Samuel Beckett, John Burnside, *Die Bibel*, François-René de Chateaubriand, Dante Alighieri, Heimito von Doderer, Fjodor Dostojewskij, Joseph von Eichendorff, Ludwig Fels, Theodor Fontane, Richard Ford, Wilhelm Genazino, Johann Wolfgang von Goethe, Iwan Gontscharow, Peter Handke, Heinrich Heine, Friedrich Hölderlin, Joris-Karl Huysmans, Gottfried Keller, Heinrich von Kleist, Adolph Freiherr von Knigge, Niccolò Machiavelli, Thomas Mann, Xavier Marías, Friederike Mayröcker, Jean Paul, Ulrich Plenzdorf, Anthony Powell, Marcel Proust, Rainer Maria Rilke, Arno Schmidt, Laurence Sterne, Botho Strauß, Dylan Thomas, Peter Weiss, Dieter Wellershoff, Ror Wolf.

Grundlage für die jugendsprachlichen Ausdrucksformen, die in zwei Abschnitten dieses Romans vorkommen, war u. a. das Online-Nachschlagewerk *Lexikon der Jugendsprache*: www.hehl-rhoen.de.

Jürgen Glocker, 1954 in Pforzheim geboren, schloss sein Studium der Germanistik und der Geschichte in Tübingen mit einer literaturwissenschaftlichen Dissertation ab. Von 1983 bis 1987 arbeitete er als Assistent am Deutschen Seminar der Universität Münster. Anschließend leitete er drei Jahrzehnte das Amt für Kultur, Archivwesen und Öffentlichkeitsarbeit des Landkreises Waldshut. Daneben nahm er Lehrtätigkeiten an den Universitäten von Freiburg und Basel wahr. Heute lebt Glocker als freier Autor und Kulturvermittler im Süden von Baden-Württemberg. Zahlreiche Publikationen zu Literatur und Kunst, vor allem jedoch Hörspiele, eine Fernseherzählung (Arte), Romane, Erzählungen und Lyrik. Bei Morio erschienen zuletzt sein „Stationen"-Band *Hans Thoma in Bernau* (2017) und, gewissermaßen als Auftakt zum nun vorgelegten Roman, die Weihnachtsgeschichte *Der Amerikaner* (2020).

Originalausgabe

Morio Verlag, ein Imprint der mdv Mitteldeutscher Verlag GmbH
www.morio-verlag.de

Umschlagabbildung: Fred B. Lichter, *Am Rand von Sch.*, Fotografie, 2015 (Ausschnitt)

Gesamtherstellung: Mitteldeutscher Verlag, Halle (Saale)
Lektorat: André Schinkel, Halle (Saale)

ISBN 978-3-945424-99-5

Printed in the EU